2ª edição - Fevereiro de 2025

**Coordenação editorial**
Ronaldo A. Sperdutti

**Capa**
Juliana Mollinari

**Imagem Capa**
123RF

**Projeto gráfico e diagramação**
Juliana Mollinari

**Revisão**
Alessandra Miranda de Sá
Ana Maria Rael Gambarini
Maria Clara Telles

**Assistente editorial**
Ana Maria Rael Gambarini

**Impressão**
Gráfica Santa Marta

© 2023-2025 by Boa Nova Editora.

Av. Porto Ferreira, 1031 | Parque Iracema
CEP 15809-020 | Catanduva-SP
17 3531.4444

www.**lumeneditorial**.com.br
www.**boanova**.net

atendimento@lumeneditorial.com.br
boanova@boanova.net

Dados Internacionais de Catalogação na Publicação (CIP)
(Câmara Brasileira do Livro, SP, Brasil)

Masselli, Elisa
    Vidas entrelaçadas / Elisa Masselli. -- 1. ed. --
Catanduva, SP : Lúmen Editorial, 2023.

    ISBN 978-65-5792-085-5

    1. Doutrina espírita 2. Espiritismo 3. Romance
espírita I. Título.

23-175072                                CDD-133.9

Índices para catálogo sistemático:

1. Romance espírita : Espiritismo     133.9

Tábata Alves da Silva - Bibliotecária - CRB-8/9253

Impresso no Brasil – Printed in Brazil
02-02-25-3.000-8.000

# VIDAS ENTRELEÇADAS

## ELISA MASSELLI

LÚMEN
EDITORIAL

# SUMÁRIO

# MUITO TEMPO ATRÁS

O ambiente estava iluminado por várias luzes de velas coloridas acesas em candelabros nas paredes. O cheiro de bebida, cigarro e velas era marcante. O som de uma música, que vinha de um violonista, ecoava e as pessoas dançavam felizes. Outras conversavam, riam e até gargalhavam. Parecia que todos estavam felizes. A noite ia passando e todos seguiam na sua alegria descontraída.

Em um dos quartos, Olívia e Edite conversavam.

— Edite, você precisa ir, amanhã, comigo na casa da dona Olímpia. Já conversei com ela e está tudo certo.

— Outra vez, Olívia? Esta vai ser a quarta vez! Você não pode continuar fazendo isso!

— O que quer que eu faça? Não existe outra solução, Edite...

— Claro que existe, Olívia! O coronel Amauri é apaixonado por você e pode lhe dar uma vida rica e tudo o que desejar.

Além disso, poderá se tornar uma senhora respeitável, e o melhor: poderá deixar esta vida e viver feliz e tranquila.

Olívia soltou uma gargalhada.

— Quem disse a você que quero sair desta vida e ser uma senhora respeitável, e que, para isso, terei de viver ao lado de um velho? É um preço muito alto que não estou disposta a pagar. Eu, ao contrário de você, gosto desta vida, destas roupas e deste ambiente festivo! Jamais conseguiria viver como uma dona de casa cuidando de crianças!

— Está bem, Olívia. Porém, esta é a quarta vez que você vai praticar um aborto. Quantos mais ainda virão?

— Não sei e não me interessa, Edite! Praticarei quantos forem necessários!

— Está bem. Sabe que sempre estarei ao seu lado, ajudando em tudo o que for preciso e possível, nesta e em outras vidas, se é que existem. Amo você como se fosse uma irmã.

— Sei disso, Edite, mas, se tiver outra vida, quero que seja exatamente como esta. Quero ser bonita, com este corpo lindo, que jamais deixarei estragar por uma gravidez e, finalmente, ser feliz como sou agora!

Edite, sabendo que nada poderia fazer para que a amiga mudasse de ideia, pois já tentara outras vezes, apenas sorriu. Ouviu-se uma leve batida na porta.

— Olívia, o coronel Amauri está esperando por você.

— Está bem, Josias. Diga que já estou descendo. Obrigada.

Olívia levantou-se, olhou para o espelho, passou as mãos pelo corpo, retocou a maquiagem e sorrindo disse:

— Você está linda, Olívia!

Olhando para Edite, continuou:

— Vamos à luta, Edite. A noite está apenas começando.

Edite sorriu e, levantando-se, acompanhou Olívia, que saiu deslumbrante e feliz.

Assim que chegaram ao topo da escada, viram um senhor de mais ou menos sessenta anos, porém com uma aparência agradável que, ao vê-las, olhando fixamente para Olívia, sorriu.

Olívia começou a descer a escada, degrau por degrau, em um gesto insinuante.

Edite, ao ver a atitude da amiga, também sorriu e a seguiu.

Olívia chegou ao primeiro degrau; sorrindo, abriu os braços e foi recebida por ele, que, abraçando-a com força, encaminhou-a até uma das mesas. Edite se afastou e sorriu para um homem que acabava de entrar.

Sentaram-se. Amauri tirou de seu bolso uma caixinha e a entregou a Olívia, que, com um sorriso, pegou-a e a abriu. Diante de seus olhos um lindo colar de esmeraldas surgiu. Seus olhos se iluminaram:

— Que lindo, Amauri!

— Pode ser que seja lindo, mas nunca como você, minha deusa. Tire esse colar de bijuteria que está usando e coloque este para ver como fica.

Olívia, extasiada com a beleza do colar e feliz, levantou os cabelos negros e virou-se, assim, ele poderia colocá-lo.

Ele, carinhosamente, colocou o colar e beijou seu pescoço. Olívia levantou-se e caminhou em direção a um dos espelhos que havia ali.

— É maravilhoso, Amauri! Adorei!

— Não tão maravilhoso quanto na sua beleza! Agora, sente-se, tenho uma proposta para fazer a você.

Olívia, sem conseguir tirar as mãos do colar, sentou-se e, beijando o rosto do coronel, disse:

— Obrigada, Amauri. Você como sempre é maravilhoso!

— Sabia que ia gostar, mas o que tenho a propor fará com que fique mais feliz ainda!

— O que vai me propor?

— Não quero que continue nesta vida. Quero você só para mim. Vamos nos casar e poderá ter o que desejar...

— Casar?

— Sim, casar. Quero que você seja a mulher mais feliz deste mundo e farei de tudo para que isso aconteça. Casando-se comigo, já que não tenho herdeiros, tudo o que é meu passará a ser seu.

Olívia ficou muda, sem saber o que falar. Imediatamente, lembrou-se da criança que estava esperando e naquilo que Edite havia dito: "Poderá se tornar uma senhora respeitável".

— Vamos, Olívia, o que me responde?

— Não sei, Amauri. Estou extasiada com o colar e com sua proposta, mas preciso pensar...

— Pensar sobre o que, Olívia?

— Não sei, foi tudo tão repentino. Não sei se serei uma boa esposa como você merece...

— Claro que será! Tenho certeza disso!

— Não sei o que responder.

— Precisa decidir logo. Na semana que vem vou, a negócios, para Roma, Paris e Amsterdam. Preciso ter sua resposta para que possa preparar seus documentos, e, assim, poderá ir comigo!

— Roma, Paris e Amsterdam? Seria um sonho conhecer todos esses lugares...

— Um sonho que está em suas mãos. Basta se decidir.

— Não pode ser agora. Tenho muito para pensar. Pode esperar até amanhã?

— Está bem, mas só até amanhã; se não se decidir, não terei tempo para preparar os seus documentos.

— Está bem, amanhã vou dar uma resposta.

— Espero que seja positiva.

Olívia não respondeu, apenas sorriu.

— Vamos tomar nossa bebida preferida? Depois dessa proposta, preciso de algo forte para beber.

Amauri fez um sinal para o garçom, que se aproximou. Pediu a bebida que estavam acostumados a beber. O garçom se retirou, Amauri pegou as mãos de Olívia e, enquanto as beijava, disse:

— Tenho certeza de que se aceitar nunca vai se arrepender. Vou passar toda a minha vida fazendo de tudo para que você seja feliz.

Olívia, calada, apenas sorriu.

Assim que terminaram a bebida, foram para o quarto. Edite, que estava ali na companhia de um rapaz, ao vê-los subindo a escada, sorriu.

# TOMADA DE DECISÃO

Olívia abriu os olhos e pensou: "Dormi muito!" Olhou para o relógio que estava sobre um criado-mudo e se admirou. "Quase dez horas? Dormi muito!"

Ficou ali, na cama, pensando sobre o que Amauri tinha proposto. Ouviu uma batida leve na porta:

— Entre, Edite.

Edite entrou perguntando:

— Onde está o colar que você ganhou?

— Está ali na cômoda, mas você viu o colar?

Edite foi até a cômoda, pegou o colar e ficou olhando-o extasiada.

— Eu e todas as pessoas que estavam ali! Ele é lindo, Olívia! Deve ter custado muito caro!

— Realmente, quando Amauri me deu, fiquei muda, sem saber o que falar.

— É realmente lindo! Amauri gosta muito de você.

— Sim, sei disso. Você não imagina a proposta que ele me fez.

— Que proposta?

Olívia contou tudo o que ele havia dito, e terminou dizendo:

— Estou pensando na resposta que vou dar.

— Pensando? Não tem o que pensar, Olívia! Precisa aceitar! Ele vai dar tudo a você e poderá deixar esta vida, além de se tornar uma mulher respeitável! Case-se com ele, será feliz e poderá ter tudo o que sempre sonhou!

— Tudo o que *você* sonhou, Edite! Você sempre quis sair daqui, eu não! Quantas vezes eu disse a você que gosto desta vida e da minha liberdade? Sei que muitas mulheres que trabalham aqui ou em lugares como este sonham e desejam que algo assim aconteça em suas vidas. Eu, ao contrário, sinto que se aceitar essa proposta viverei em uma gaiola de ouro e não estou disposta a isso. Sou feliz aqui, nesta vida. Gosto da noite, da música e de beber, e, o mais importante, da minha liberdade. Nasci para viver assim!

— Não acredito que está falando isso, Olívia! Aceitando a proposta de Amauri, sua criança poderá nascer. Não vai precisar fazer outro aborto.

— Já disse várias vezes a você que não quero estragar meu corpo com uma gravidez, além de não saber e não querer criar uma criança. Esta vida, que adoro, não permite isso. Você vai comigo na dona Olímpia?

— Tem certeza de que quer mesmo fazer isso, Olívia? Pense bem. Deus está dando a você toda chance para que faça diferente, para que deixe essa criança nascer.

— Já pensei muito e estou decidida. Dona Olímpia está me esperando. Vou tomar banho e iremos em seguida. Você vai comigo?

— Sou sua amiga e pretendo, aconteça o que acontecer, ser para sempre. Embora não concorde com o que está fazendo, vou com você...

Olívia sorriu. Sabia que Edite nunca a abandonaria. A amizade que existia entre as duas era forte.

Sem que pudessem imaginar, duas entidades estavam ao lado delas e acompanhavam a conversa. Uma delas, desesperada, falou:

— Ela não pode fazer isso novamente, Maria Rita!

— Infelizmente pode, Eloína. Ela tem seu livre-arbítrio e, por ele, pode fazer as escolhas que quiser. Nada podemos fazer para impedir a não ser ficarmos ao seu lado tentando convencê-la a não fazer o que está pretendendo. Vamos iluminá-la para que bons pensamentos cheguem até ela...

— Ela não pode, Maria Rita! Prometeu ao David que ele nasceria. Ela precisa ser mãe dele para que possam, juntos, resgatar os erros do passado.

— Sei disso, Eloína. Em vidas passadas, juntos cometeram vários crimes. Tiveram a chance de renascerem como mãe e filho, mas, nesta vida, por três vezes, ela impediu que isso acontecesse e vai acontecer novamente. Foi uma promessa entre os dois que não foi cumprida por ela! As promessas feitas aqui, deste lado, infelizmente, quase sempre nem dez por cento delas são cumpridas. Aqui, vivemos em uma energia pura, quando renascemos somos rodeados de energia animal, porque é preciso, para que o corpo sobreviva, e tudo o que prometemos se perde no meio dessas energias. As provas, às vezes, nos parecem excessivas, nos revoltamos e vamos permitindo que energias ruins se aproximem sempre mais. Por enquanto, ainda existe uma esperança. David está adormecido, dentro dela. Vamos tentar protegê-lo, aguardar e mandar luzes para ambos. Edite sempre esteve ao lado de Olívia, Eloína, e sabe que nada poderá fazer para impedir que Olívia tome essa atitude, embora sejam amigas desde sempre e se ajudaram em todas as reencarnações. Edite sempre tentou impedir que Olívia cometesse crimes, mas nunca conseguiu. Agora, assim como nós, ela está tentando, mas a força do livre-arbítrio é muito forte.

Alheias ao que se passava entre Maria Rita e Eloína, Edite ainda tentou argumentar:

— Pense bem, Olívia. Pode deixar essa criança nascer e, depois, se não a quiser, poderá deixá-la em algum lugar para que a criem ou poderá se casar com Amauri e, assim, você e a criança terão uma boa vida. Em outra vida, se eu ficasse grávida e tivesse um trabalho diferente do nosso, um marido, eu criaria sua criança como se fosse minha.

— Pois é exatamente isso que não quero, Edite! Durante os noves meses minha barriga vai crescer, meu corpo vai ficar deformado! Não vou conseguir conviver com isso! Além do mais, você fala dessa criança como se fosse realmente uma criança. Não é, Edite! É apenas um feto!

— Sim, agora, é um feto, mas se você não interromper se tornará uma linda criança. Acredito que o feto tem alma, Olívia.

Olívia, enquanto entrava no banheiro para tomar banho, voltou-se e soltou uma gargalhada.

— Sei lá, Edite! Não sei se eu tenho alma e se essa história de alma existe mesmo!

Sem esperar uma palavra de Edite, Olívia entrou no banheiro e fechou a porta.

Sentindo-se triste e impotente, Edite recostou-se sobre um travesseiro e ficou olhando para a porta do banheiro.

Algum tempo depois, Olívia saiu do banheiro enrolada em uma toalha. Abriu a porta do guarda-roupa e ficou escolhendo a roupa que iria vestir. Edite a acompanhava com os olhos.

— Acho que vou com esta saia preta e esta blusa vermelha! O que você acha, Edite?

— Com qualquer roupa você fica linda, Olívia.

Olívia sorriu, vestiu a saia e a blusa. Pegou um colar, um brinco e várias pulseiras que estavam em um porta-joias. Perguntou:

— Edite, você pode me ajudar a colocar o colar?

— Claro que sim.

Olívia sorriu e virou-se de costas para Edite, que colocou o colar. Logo depois estava pronta. Escovou os cabelos, olhou para o espelho e, rindo, falou:

— Como você é bonita! Vamos, Edite, vai vestida com essa roupa mesmo?

— Sim, Olívia. Esta roupa está muito boa. Afinal, não estou indo para uma festa...

— Não é uma festa, mas, também, não precisa ficar com essa cara de velório! Ninguém morreu!

Edite, ainda triste, forçou um sorriso e saíram. Caminharam até a praça, onde uma charrete estava parada. Olívia deu ao cocheiro um papel, perguntando:

— O senhor pode nos levar a este endereço?

Ele olhou para o papel e respondeu:

— Claro que sim. — Depois, abriu a porta traseira e as duas entraram na charrete e sentaram-se. Embora não soubessem, estavam sendo acompanhadas por Maria Rita e Eloína. O homem fez com que o cavalo andasse e, meia hora depois, a charrete parou diante de uma casa simples. O cocheiro desceu e as ajudou a descer também, indo embora em seguida. Olívia bateu palmas. Uma porta se abriu e, por ela, saiu uma senhora que, ao vê-las, sorriu:

— Chegaram na hora. Entrem.

Antes de entrar, Edite viu que a casa parecia pequena, mas que nos fundos havia outra casa. Entraram pela porta da frente. Dentro da sala, Olímpia, inspirada por Maria Rita, que estendia as mãos sobre sua cabeça, perguntou:

— Está realmente preparada, Olívia? Sabe das consequências do que vai fazer? Esta já é a quarta vez que vai fazer isso em pouco tempo.

— Sim, dona Olímpia. Está mais do que na hora. Não se preocupe. Já fiz muitas vezes e não vejo problema algum. Podemos começar?

— Sendo assim, está bem. Trouxe o dinheiro que combinamos?

Olívia, tirando o dinheiro que estava em um envelope, entregou-o para ela respondendo:

— Sim, está aqui.

Olímpia pegou o dinheiro e o guardou no bolso.

— Venha até o quarto. A senhorita, por favor, espere aqui. Não vai demorar.

Edite, incomodada com aquela situação e constrangida, não respondeu, apenas sentou-se em uma poltrona que estava ali.

Olímpia, Olívia e as duas entidades passaram pela porta que levava ao quarto. Ao entrarem, Olívia olhou para a cama, que estava coberta por um lençol branco; ele já parecia ter sido usado. Olívia, seguindo a orientação de Olímpia, deitou-se sobre a cama.

Maria Rita e Eloína, caladas, apenas jogando luzes sobre Olívia, permaneceram ali. Olímpia começou o procedimento. David, que até então estava dormindo, ao sentir a dor de estar sendo cortado, despertou, levantou-se e se colocou ao lado da cama. Ao entender o que estava acontecendo, desesperado, começou a gritar e a chorar:

— Não faça isso, Olívia! Você me prometeu que, desta vez, seria diferente!

Maria Rita se aproximou e o abraçou:

— Vamos embora, David. Nada mais pode ser feito aqui. Olívia usou seu livre-arbítrio e terá de arcar com as consequências.

— Eu não quero ir embora! Ela prometeu que, desta vez, eu renasceria...

— O espírito, quando está deste lado, sente-se protegido, reconhece seus erros e pretende corrigi-los, por isso, faz planos e promessas para a redenção, mas, quando reencarna, com o peso da carne, deixa-se iludir e não cumpre nem dez por cento de suas promessas. Infelizmente, isso aconteceu com Olívia, que perdeu mais uma vez a possibilidade de, ao seu lado, ter a oportunidade de redenção.

— Não pode ser, Maria Rita! Não pode ser...

— Assim como você, também estamos tristes, mas precisamos ir embora. Nada mais temos a fazer aqui.

Maria Rita e Eloína, cada uma de um lado, abraçaram David e saíram do quarto. Passaram por Edite, que, triste e preocupada, olhava para a porta por onde Olívia havia entrado. David, ao vê-la, ficou surpreso:

— Edite! O que ela está fazendo aqui, Maria Rita?

— Como sempre, está acompanhando Olívia e tentando fazer com que ela deixe você renascer, David. Ela ama vocês dois e sempre estará tentando ajudá-los.

— Também a amo...

— Sei disso, mas, agora, precisamos ir embora. Não temos nada mais a fazer aqui.

Edite, embora não imaginasse o que estava acontecendo, voltou os olhos em direção a eles. Sentiu um bem-estar enorme. Era David, que, com carinho, aproximou-se e, a curta distância, com a ponta dos dedos, mandou-lhe um beijo. Ela, sem saber por que, sorriu.

Em seguida, Maria Rita, Eloína e David desapareceram.

No quarto, Olímpia terminava o procedimento. Junto a ela, várias entidades com uma energia pesada, com as mãos, arrancavam os restos do feto. Faziam isso com tanta fúria, que o sangramento aumentou. Olívia gritava:

— Está doendo muito, dona Olímpia! O que aconteceu?

Tentando demonstrar uma calma que não sentia, Olímpia respondeu:

— Fique calma, Olívia. Está tudo bem. Essa dor logo vai passar.

Disse isso, mas desesperada percebeu que alguma coisa estava errada e pensou: "Não sei o que está acontecendo. Não consigo estancar o sangue! Preciso fazer alguma coisa, porém não sei o que fazer!"

Continuou tentando. Olívia ainda gritava, mas aos poucos os gritos foram ficando mais calmos, até que, por fim, acabaram.

Desesperada, sem saber o que estava acontecendo, Olívia viu aquelas entidades que, com fúria, a levavam, flutuando, para algum lugar. As entidades riam sem parar.

Olímpia, ainda tentando estancar o sangue, percebeu que Olívia havia morrido. Ficou desesperada: "O que vou fazer? Ninguém pode saber o que aconteceu. Preciso me livrar dela, pois se não o fizer poderei ser presa, mas como vou fazer isso? A amiga dela está aí fora e vai ficar desesperada!"

Continuou ali por mais alguns minutos, sem saber o que fazer. Enquanto isso, Edite, que ouviu os gritos de Olívia e achou que estava demorando muito, nervosa, abriu a porta e entrou no quarto. Ao ver aquela quantidade enorme de sangue espalhado pela cama, olhou para Olívia, que estava branca como cera. Embora nunca antes tivesse visto alguém que havia acabado de morrer, gritou:

— O que aconteceu, dona Olímpia? O que fez com ela?

— Não sei, não consegui estancar o sangue...

Edite se aproximou da cama em que Olívia estava deitada, tocou em suas mãos e desesperada perguntou:

— Ela está morta, dona Olímpia?

Olímpia, agora apavorada e também em desespero, respondeu:

— Está, e não sei o que fazer...

— Como não sabe? Precisa fazer alguma coisa! Vamos chamar um soldado da polícia!

— Não! Não podemos fazer isso, pois se eles souberem que ela morreu aqui vou me complicar. Você sabe que aborto é crime! Poderei ser presa!

— Isso não me importa! A senhora, quando aceitou fazer isso, sabia que era crime, portanto precisa arcar com as consequências. Vou chamar a polícia!

— Não pode fazer isso, moça! — Olímpia falou, chorando, ajoelhada e abraçada às pernas de Edite. — Tenha pena de mim. Olívia está morta e nada mais poderá ser feito por ela, mas eu estou viva! Por favor...

Edite, transtornada, não respondeu. Saiu do quarto, da casa e foi para a rua, que estava deserta. Olhou para um lado e para o outro; não conhecia aquele lugar, nunca estivera lá. Quando vieram na charrete não prestara atenção no caminho. Mesmo de longe, viu que a duas quadras dali havia uma placa de um comércio. Pensou: "Pode ser um bar".

Correndo, foi em direção à placa.

Chegou cansada e ofegante. Era um bar. Atrás do balcão estava um senhor. Quase sem conseguir falar de tão cansada, quase gritou:

— Por favor, senhor. Minha amiga está morta e preciso chamar um soldado da força policial!

— Onde ela está? — o homem perguntou assustado.

— Na casa de uma senhora chamada Olímpia. Fica a duas quadras daqui.

— Eu conheço essa dona Olímpia e sei o que ela faz. Sabia que, a qualquer momento, algo assim poderia acontecer. Lá na esquina tem uma casa onde os policiais ficam. Como a senhorita está cansada, vou até lá falar com eles. Só vou chamar minha mulher para que fique aqui no bar. A senhorita fique aqui e descanse. — Entrou em casa e voltou logo depois com uma mulher que olhou para Edite e sorriu. Ela ofereceu um copo com água a Edite, que aceitou.

O homem saiu e voltou depois de algum tempo acompanhado por dois policiais.

Edite, ao vê-los, respirou aliviada e correu até eles.

— Minha amiga está morta! Minha amiga está morta!

— Acalme-se, senhorita. Estamos aqui para isso. Onde ela está?

— A duas quadras daqui.

— Está bem, vamos até lá.

Edite olhou para o dono do bar e para sua esposa. Tentando sorrir, disse:

— Obrigada. Sua ajuda foi importante.

Eles ficaram calados, apenas sorriram.

Em seguida, ela acompanhou os soldados, que, pelo local ser na mesma rua, foram caminhando. Pararam diante da casa de Olímpia. Os soldados, acompanhados por Edite, entraram na casa, que estava com a porta da frente aberta. Edite os seguiu e, abrindo a porta do quarto onde Olívia estava, assustada, viu que nem ela nem dona Olímpia estavam ali. A cama estava sem lençol, com o colchão limpo, sem sangue, e não havia sinal algum de que algo havia acontecido ali.

— Onde ela está? — um dos soldados perguntou intrigado.

— Não sei, quando saí elas estavam aqui. Dona Olímpia estava assustada e com medo de ser presa.

— Isso é mais complicado do que pensávamos. Precisamos ir até a delegacia para que a senhorita possa dar queixa.

Edite, desesperada, acompanhou os soldados. Chegaram à delegacia e ela prestou queixa a um delegado que a escutou com tranquilidade. Quando ela terminou de falar, ele disse:

— Agora, a senhorita vá para sua casa. Vamos começar a investigação. Deixe o seu endereço para que eu possa comunicá-la assim que encontrarmos o corpo de sua amiga e a tal de dona Olímpia. Não se preocupe. Nós encontraremos as duas.

Ela deu o endereço da casa em que morava. O delegado e os policiais já conheciam aquele endereço. Um olhou para o outro, mas nada falaram.

Edite agradeceu ao delegado e saiu para a rua. Para sua sorte, bem em frente à delegacia havia uma charrete de aluguel. Caminhou até ela e falou o endereço para o cocheiro, que a ajudou a subir na charrete. Depois, ele também subiu e fez com que o cavalo andasse.

Pouco tempo depois, a charrete parou em frente à casa onde morava. Edite pagou, desceu e entrou em casa. Dona Irene, a proprietária, assim que a viu e percebeu que ela estava alterada, correu ao seu encontro:

— Edite! O que aconteceu? Onde está Olívia?

Edite, voltando a chorar, abraçou-se a ela e, nervosa, não conseguia falar. Ficou assim, calada por algum tempo, depois se afastou. Sentaram-se em um sofá e Edite contou tudo o que havia acontecido; terminou dizendo:

— Não sei para onde dona Olímpia levou o corpo de Olívia, mas o delegado disse que vão encontrá-la.

— Meu Deus do céu, como isso foi acontecer, Edite? Muitas das minhas garotas, inclusive Olívia, já foram atendidas por essa senhora.

— Sei disso, mas, desta vez, não deu certo. Agora, só precisamos esperar o delegado encontrá-la.

— Estou pensando, Edite. Nunca diga a nenhuma das moças qual foi o motivo da morte de Olívia, pois, se fizer isso, elas ficarão com medo e logo vou ficar sem moças ou com muitas crianças andando de um lado para o outro aqui na casa...

— Como não dizer, dona Irene? Elas vão querer saber!

— Vamos inventar uma história e dizer que ela morreu do coração no meio da rua.

— Elas não vão acreditar, pois o corpo de Olívia está desaparecido!

— Elas não vão se preocupar com isso, mas, se alguma perguntar, vamos dizer que está demorando porque a polícia quis fazer a autópsia. Elas não entendem muito e não se preocupam com nada.

— Não gosto de mentiras, dona Irene. A verdade sempre aparece.

— Quando aparecer, se aparecer, inventaremos outra história.

— Está bem, dona Irene. Agora, vou para o meu quarto. Preciso me deitar por um tempo.

— Vá, mas não se esqueça de que à noite precisa estar bonita e parecer feliz.

— Não se preocupe, dona Irene, estarei.

— Enquanto você estiver descansando vou mandar avisar o coronel Amauri para contar o que aconteceu e dizer que, assim que a encontrarem, vamos precisar de dinheiro para o enterro.

Edite, que estava subindo a escada, ao ouvir aquilo, parou e, indignada com a frieza daquela mulher, voltou-se e disse, com olhar de desprezo:

— Faça como quiser, dona Irene. Estou apenas preocupada e ansiosa para que Olívia seja encontrada.

Irene não percebeu que Edite estava indignada. Despreocupada, foi até o quintal e chamou Jordão, o jardineiro.

— Jordão, preciso que vá até a fazenda do coronel Amauri e diga que preciso falar com ele, urgente.

— Sim, senhora. Já estou indo!

Jordão saiu e Irene entrou novamente na casa.

Depois de algum tempo, Jordão voltou acompanhado pelo coronel Amauri. Este, demonstrando preocupação no rosto, desceu da charrete e, correndo, entrou na casa.

— Irene! O que aconteceu, por que mandou me chamar?

Ela, fingindo chorar, contou o que havia acontecido e terminou dizendo:

— Assim que o corpo for encontrado, precisamos providenciar o enterro. Posso contar com sua ajuda?

Amauri, muito abalado, disse:

— Não se preocupe com isso, mas por que ela foi fazer um aborto? Por que não me contou que estava grávida? Mesmo sem saber se essa criança era minha ou não, eu a teria assumido. Pedi a Olívia que se casasse comigo. Ela ficou de me dar a resposta hoje à noite! Por que ela fez isso? — ele voltou a perguntar.

— Não sei, coronel. Eu não sabia. Ela também não me contou que estava grávida — Irene mentiu, pois sempre que alguma moça ficava grávida ela logo mandava ir para dona Olímpia.

Edite, em seu quarto, chorou até adormecer.

À noite, embora as pessoas comentassem sobre o aconteci-do, tudo continuava igual, a música, a dança e a bebida. Edite se esforçou e conseguiu ser agradável.

Cinco dias depois, Olívia acordou com muita dor pelo corpo todo. Abriu os olhos e, horrorizada, viu que seres horrendos e pequenos, com as mãos, rasgavam suas carnes e as co-miam. Desesperada e assustada, tentou se levantar e fugir dali, mas não conseguiu. Começou a gritar em desespero. Os seres, ao ouvi-la, riam sem parar e continuavam. Depois, a levantaram e saíram voando.

Naquele mesmo instante, um homem, morador da região, passava pela estrada e sentiu um cheiro muito forte e ruim. Entrou um pouco na mata e descobriu o corpo de Olívia, que já estava em decomposição. Assustado, foi até a cidade e na delegacia contou o que havia encontrado. Imediatamente, os policiais o seguiram até o local. Assim que viram o corpo, enrolado em um lençol, deduziram que seria o de Olívia. Pe-garam-no e o levaram para a delegacia.

Depois, foram até a casa de Edite para comunicar sobre o achado. Foram recebidos por uma criada.

Um deles falou:

— Precisamos falar com a senhorita Edite. Ela está?

— Está, sim. Vou chamá-la. Podem entrar e fiquem à vontade.

Eles entraram e ficaram olhando tudo por ali. Um deles já tinha visitado aquele lugar por algum tempo. Logo depois, Edite desceu a escada correndo.

— Encontramos um corpo que, provavelmente, deve ser o de sua amiga. O corpo está em decomposição, por isso pre-cisamos que nos acompanhe para que, talvez, pelas roupas, possa reconhecê-lo.

— Claro que sim! Finalmente a encontraram!

— Precisamos dizer que a visão pode não ser agradável. Não quer levar alguém junto?

— Não tem ninguém — falou, lembrando-se do que Irene havia dito, para que não contasse a verdade, e continuou: — A esta hora, todos estão dormindo. Sabem que trabalhamos até tarde. Só estou acordada porque não tenho conseguido dormir bem desde aquele dia. Vamos e não se preocupem, sou forte. Só quero ver e poder enterrar minha amiga.

Acompanhou os policiais. Quando chegaram à delegacia, foi encaminhada ao delegado, que, ao vê-la, disse:

— Bom dia, senhorita. O corpo de sua amiga está no Instituto Médico Legal. Depois que a senhora o reconhecer, será feita a autópsia e só depois ele será liberado para o enterro.

Edite, emocionada e nervosa, nada disse, apenas acenou com a cabeça, dizendo que sim.

Depois de falar com o delegado, foi levada até onde Olívia estava, um quarto que tinha a porta fechada. O policial abriu a porta, de onde ela pôde ver o corpo de Olívia sobre uma mesa feita com cimento e coberto por um lençol branco. O policial, antes de entrar, disse:

— O rosto dela está quase irreconhecível, por isso, se a senhorita quiser, pode reconhecê-la pelas roupas que deixamos aparecendo.

Edite, agora chorando, disse com a voz embargada:

— Sendo assim, acho melhor não ver o seu rosto, prefiro guardar a imagem dela como sempre foi, alegre, feliz e linda...

O policial, ao ouvir aquilo, fez um sinal para que ela permanecesse ali onde estava, junto à porta, e caminhou até a mesa onde o corpo estava, levantando o lençol das pernas até a cintura. Edite pôde ver a saia preta e um pedaço da blusa vermelha que Olívia vestia naquela manhã.

Tremendo e muito nervosa, só conseguiu dizer:

— Ela estava com essa saia e essa blusa.

— Está bem. Esse reconhecimento, embora não seja o comum, basta. Com o delegado estão as joias que ela usava. A senhorita poderia reconhecê-las?

— Sim, posso. Eu estava com ela quando as colocou e a ajudei a colocar o colar no pescoço no dia em que fomos para a casa de dona Olímpia.

O policial, cobrindo o corpo, encaminhou Edite de volta à delegacia e à sala do delegado. Assim que entraram na sala, o soldado disse:

— Ela só reconheceu as roupas, doutor, pois o rosto está irreconhecível.

— Muito bem. Agora, quero que veja estas joias que estavam com ela.

Tirou de uma caixinha as joias tão conhecidas por Edite.

— A senhorita as reconhece como sendo da sua amiga?

Edite pegou as joias nas mãos e chorando, emocionada e nervosa, respondeu:

— Sim, reconheço todas. Olívia as adorava.

— A senhorita sabe se ela tem algum parente?

— Não que eu saiba. Ela nunca falou sobre isso nem eu perguntei.

— Sendo assim, a senhorita será responsável pelo enterro. Assim que o corpo for autopsiado e liberado, um policial a avisará para que possa providenciar tudo.

— Está bem, doutor.

Edite saiu da delegacia e foi para casa. Assim que chegou, foi recebida por Irene, que havia sido avisada pela empregada de que Edite havia saído acompanhada de um policial. Por isso, estava ansiosa para saber o que havia acontecido. Assim que Edite entrou em casa, Irene perguntou:

— O que aconteceu, Edite? Por que um policial veio até aqui?

— Fique calma, dona Irene. Ele veio me informar que o corpo de Olívia foi encontrado.

— Ainda bem, estava preocupada. Você viu o corpo dela?

— Sim. Precisei reconhecer.

— Que horror! Mas o que aconteceu?

Edite contou e terminou dizendo:

— Assim que o corpo for liberado, vou providenciar o enterro e ele virá para cá.

— Para cá? — Irene perguntou nervosa.

— Sim, dona Irene. Para onde ele poderá ir? Ela morava aqui...

— Eu sei, mas aqui? Esta casa não se dá a esse tipo de coisa. Aqui o ambiente deve ser de alegria, nunca de tristeza.

— Sei disso, mas não há outro lugar para que o velório seja feito e, como a senhora deve saber, o velório é obrigatório.

— Está bem, mas que seja o mais rápido possível. Outra coisa, não se esqueça de que você não pode dizer que Olívia morreu por causa do aborto, pois, se as meninas souberem, ficarão com medo e nunca mais vão procurar a dona Olímpia. Não posso ter moças com barriga grande ou crianças andando por aqui!

Edite estava indignada com aquela atitude e pensou: "Enquanto Olívia deu muito dinheiro, ela valia bastante e a senhora faria qualquer coisa para que ela não saísse desta casa. Agora que não serve mais para isso, deseja descartá-la o mais rápido possível".

Pensou, mas não falou, pois sabia que não tinha para onde ir. Foi para seu quarto e ficou pensando em Olívia, na sua beleza e alegria.

Na manhã seguinte, foram comunicados de que o corpo estava liberado. Irene se comunicou com Amauri. Ele veio imediatamente e acompanhou Edite até a funerária, onde providenciou o enterro. O corpo foi levado para a casa de Irene, que, mesmo a contragosto, foi obrigada a aceitar. Poucas pessoas compareceram ao velório, que durou apenas o tempo exigido por lei. Edite ficou o tempo todo ao lado da urna, que estava lacrada pela decomposição.

Edite, mesmo sem poder ver o rosto de Olívia, pensou: "Que pena, minha amiga, que essa coisa horrível tenha acontecido com você. Estou sofrendo muito e sei que ainda vou sofrer por não mais ter você ao meu lado, mas, se é verdade, como algumas pessoas dizem, que existe vida após a morte, com certeza vamos nos reencontrar. Dizem, também, que existe reencarnação. Nunca dei muita atenção a esse assunto, mas hoje estou torcendo para que seja verdade e que, se realmente existir, possamos nos reencontrar para ficarmos juntas novamente. Se isso acontecer, prometo que estaremos sempre unidas, nos ajudando e caminhando juntas..."

Edite, Amauri e as moças da casa acompanharam o enterro, que, a pedido de Irene, foi rápido e discreto. Quando voltaram para casa, Edite, ainda muito triste, despediu-se de Amauri, que estava abalado e inconformado:

— Olívia não precisava ter feito isso, Edite. Eu a assumiria, e a criança também. Tenho quase certeza de que essa criança era minha!

— Sei disso, Amauri, mas infelizmente ela não levou isso em conta nem ouviu os meus apelos para que não fizesse o aborto. Agora, ela foi embora e nós precisamos aceitar que não a veremos nunca mais. Sei que vou ter muita dificuldade.

— Eu também, Edite. Eu também...

Ele foi embora e ela subiu para seu quarto e ficou ali até a noite, quando a música começou a tocar e as luzes fracas foram acesas. As pessoas foram chegando e comentavam sobre o acontecido, mas durou apenas algumas horas; depois, Olívia foi esquecida e a vida da casa voltou ao normal. Somente Edite pensava na amiga: "Espero que você esteja bem e, como dizem as pessoas que acreditam na vida depois da morte, esteja me esperando até o dia em que eu for ao seu encontro".

# RELEMBRANDO O PASSADO

Quando a noite na casa terminou, as luzes foram apagadas e a música parou. Edite, assim como as outras moças, foram descansar. Em seu quarto, deitou-se de costas e, com os olhos para o teto, começou a relembrar o dia em que conhecera Olívia.

"Embora não parecesse, pois eu tinha um corpo formado e parecia ser muito mais velha, tinha acabado de fazer quinze anos, quando meu pai e minha mãe me chamaram para conversar. Estranhei, pois não costumavam fazer isso. Eles quase não conversavam comigo e com meus irmãos. Hoje, entendo que a preocupação deles era apenas a de trabalhar para nos sustentar. A casa estava vazia. Apenas nós três estávamos lá. Meus irmãos foram obrigados a sair. Meu pai me mostrou uma das cadeiras em volta da mesa, sentei-me. Com ar firme, ele disse:

— Eu e sua mãe temos algo importante para conversarmos com você.

— O que, pai? — perguntei preocupada.

— O coronel Augusto veio aqui e disse que precisa de uma empregada, já que sua mulher morreu e a empregada dele está doente. Ele quer que você vá trabalhar na sua casa.

— Não quero ir! Quero ficar aqui! Nunca trabalhei e não sei como cuidar da casa, pai!

— Falei isso para ele, mas ele disse que não tem importância e que você vai ter tempo para aprender.

— Não quero ir! Não gosto dele nem da maneira como me olha — falei chorando.

— Sabe da dificuldade que temos para sustentar todos vocês. O coronel nos ofereceu uma quantia muito boa e um salário muito bom para você. Não temos como não aceitar. Você vai se esforçar para fazer seu trabalho direito. Todos os meses, ele vai nos dar o seu salário e, com esse dinheiro, poderemos viver bem melhor. Eu, sua mãe e seus irmãos ficaremos muito bem.

Tentei argumentar, mas foi em vão. Eles estavam decididos. No dia seguinte, bem cedo, peguei minhas poucas roupas que minha mãe havia colocado em um lençol e amarrado pelas quatro pontas. Abracei minha mãe, mas ela não correspondeu ao meu abraço. Depois, me despedi de meus irmãos. Todos eram menores do que eu. Eles, assim como eu, não entendiam o que estava acontecendo, nem por que eu tinha de ir embora. Paulinho, o menor, que era muito agarrado a mim, abraçou-me com força e, chorando, disse:

— Não vai, Edite. Como vou ficar sem você?

Senti meu coração apertado. Olhei para meus pais, que continuaram impassíveis. Depois, abraçando-o com força, também chorando, eu falei:

— Não chore, Paulinho. Todas as noites, quando você for dormir, pense em mim, prometo que estarei pensando em você. Eu, sempre que puder, virei visitar vocês.

Em seguida, ainda chorando, caminhei para onde meu pai estava junto da carroça que já havia preparado. Uma hora depois, chegamos à fazenda onde o coronel morava. A fazenda dele era enorme, com muito gado. Quando meu pai parou em frente à porta da casa-grande, o coronel estava parado diante dela. Sorrindo e me olhando profundamente, disse ao meu pai:

— Chegou na hora, Euclides. Não se preocupe, que sua filha vai ficar muito bem aqui.

— Tenho certeza disso, coronel.

Meu pai segurou no meu braço e, quase me empurrando, disse:

— Vá com ele, Edite, e procure fazer o seu trabalho da melhor maneira possível.

Peguei o lençol onde estavam minhas roupas, caminhei e parei em frente ao coronel.

— Seja bem-vinda, Edite. Entre que preciso conversar com seu pai.

Enquanto eu entrava, vi que ele tirou uma quantidade imensa de notas e deu para meu pai, dizendo:

— Euclides, todos os meses, vou dar a você o dinheiro que combinamos. Não se preocupe em vir aqui para receber. Um dos meus peões vai levar até sua casa.

Meu pai pegou o dinheiro, subiu na carroça e foi embora. Entrei em uma sala grande, bem decorada e bonita. Para mim, que morava em uma casa pequena feita com madeira, ela era enorme e linda. Uma senhora entrou por uma porta:

— Seja bem-vinda, Edite. Meu nome é Anastácia e vou cuidar de você.

Ela era negra, alta, com um sorriso bonito e bondoso. Devia ter mais ou menos cinquenta anos. Estranhei por ela estar ali e pelo que disse.

— Eu vim para trabalhar.

— Anastácia sabe disso, Edite. Ela quis dizer que vai ensinar o trabalho a você.

O coronel foi quem falou. Ele estava atrás de mim. Voltei-me e, olhando para ele, nervosa e assustada, perguntei:

— Eu não vim para cuidar da casa?

— Claro que sim, mas precisa aprender, e Anastácia vai ensinar a você.

Ele fez, com a mão, um sinal para Anastácia, que, pegando meu braço, disse:

— Vem comigo, Edite. Vou mostrar onde é o seu quarto.

Eu acompanhei aquela senhora que, para mim, era uma estranha. Entramos por um corredor onde havia seis portas. Deduzi que eram quartos. Ela abriu uma das portas e fez com que eu entrasse na sua frente. Entrei e fiquei parada. O quarto era grande e lindo. Sobre a cama havia uma colcha de cetim na cor rosa. Havia, também, várias almofadas sobre ela em um tom de rosa mais escuro. Vi duas janelas enormes com cortinas também de cetim e da mesma cor da colcha. Eu nunca tinha imaginado que poderia haver um quarto tão lindo como aquele.

Ela tirou o lençol que ainda estava em minha mão:

— Deixe-me ver o que você tem neste lençol amarrado, Edite.

Desamarrou o lençol e, parecendo estranhar, disse:

— Nossa, Edite, que roupas são essas? Estão ruins mesmo! Vou falar com o coronel e dizer que você precisa de vestidos e roupas de baixo novas. Vou pedir que nos leve até a cidade. Lá tem um lugar que vende tudo o que vamos precisar. Tecidos lindos e aviamentos maravilhosos. Vou costurar vestidos lindos para que possa ficar apresentável.

Eu ouvia tudo o que ela falava e não entendia. Assustada com tudo aquilo, perguntei:

— Por que ele está fazendo isso? Disse para os meus pais que eu vinha aqui para trabalhar cuidando da casa.

— Ele me falou que, quando viu você morando quase na miséria, ficou com pena e, como só tem uma filha que mora longe e que não se comunica com ele, queria que você viesse morar aqui e fosse tratada como sendo sua filha.

— Por que ela não se comunica com ele?

— Não sei muito bem a história. Quando vim trabalhar aqui a esposa dele já havia morrido e a filha, ido embora. Ele não gosta de falar sobre isso. Parece que a filha o culpa pela morte da mãe.

— Por quê?

— Quem me contou foi uma das mulheres que trabalham na lavoura. Ela me disse que eles sempre moraram na capital e que o coronel comprou esta fazenda e as obrigou a vir morar aqui. Elas não queriam, mas tiveram de obedecer. Ela disse que a moça e a mãe odiavam tudo aqui. A mãe, por todo o tempo, ficou muito triste, até que um dia teve um ataque do coração e, como moravam muito longe, quando chegaram ao hospital, já estava morta. Por isso ela culpa o pai, dizendo que, se estivessem vivendo na cidade, teria dado tempo de socorrer a mãe.

— A senhora acredita nisso?

— Não. Acredito que todos nós temos uma hora certa para nascer, viver e morrer. Aquela foi a hora dela, pois mesmo morando na cidade teria morrido da mesma maneira.

— Não sei, a gente nunca vai saber. Ele nunca tentou conversar com a filha?

— Ela se casou e mora na Europa. Todos os meses ele manda uma carta com dinheiro, mas ela nunca respondeu, embora nunca tenha devolvido o dinheiro. Por isso é que ele quer que você tenha tudo o que daria para sua filha.

— Por que não contou isso aos meus pais em vez de dizer que eu vinha para trabalhar?

— Isso, não sei, mas você pode ficar aqui e viver feliz. Não acha que vai ser feliz aqui?

— Não sei, dona Anastácia. Estou encantada com tudo o que estou vendo, nunca imaginei que poderia existir uma casa e um quarto como estes. Nunca saí da minha casa para ir a lugar algum, mas, ao mesmo tempo, estou com medo.

— Não precisa ficar com medo. Ele é um homem muito bom. Agora você precisa tomar um banho. Já pedi para que

Laurita colocasse água quente na tina que está lá no quarto de banho. Vai ter de usar um desses vestidos que você trouxe, mas, depois do almoço, o coronel vai nos levar para a cidade.

Sem saber o que fazer, apenas obedeci. Ela me levou até o quarto de banho. No meio dele havia uma tina feita com madeira. Estava quase cheia. Coloquei a mão na água e vi que estava em uma temperatura muito boa. Eu, desde que nasci, nunca havia tomado banho em uma tina, menos ainda quente. Sempre tomei banho no rio e por isso não imaginava como seria tomar um banho com água quente. Ela, antes de sair, disse:

— Eu vou sair para que você possa tirar as roupas e entrar na tina. Ali estão a toalha e o sabão perfumado para que os use.

Ela saiu. Eu tirei o vestido e as roupas de baixo devagar, entrei na tina e me sentei. Não consigo me esquecer do bem-estar que senti. Fiquei por alguns minutos apenas ali sentada, sem nada fazer a não ser sentir aquela água quente que tomava conta do meu corpo. Depois peguei o sabão que estava ali e comecei a passar no meu corpo. O cheiro era suave e agradável, provavelmente preparado por Anastácia ou comprado em uma loja especializada que só devia existir na capital. Depois de muito tempo, quando a água começou a esfriar, saí da tina, peguei a toalha macia e comecei a me enxugar. Para mim, parecia que estava sonhando. Nunca, em minha vida, imaginei que alguém pudesse viver daquela maneira. Logo depois, Anastácia voltou:

— Estou vendo que já terminou. Agora, quando estiver pronta, vai lá pra sala, que Martinha, a cozinheira, vai servir o almoço.

Saiu novamente. Coloquei o vestido e sentei em frente a um espelho que estava preso em uma parede sobre a penteadeira. Logo depois, ela voltou, penteou os meus cabelos e colocou neles uma fita verde.

— Sabia que você ia ficar bonita com essa fita. Ela combina com seus cabelos louros. E com seus olhos azuis.

Olhei para o espelho e gostei do que vi. Em seguida, ela pegou no meu braço:

— Vamos almoçar. Não se esqueça de que depois iremos para a cidade.

Eu a acompanhei como se estivesse embriagada. Na minha cabeça tudo aquilo parecia um sonho. Na sala, a mesa estava arrumada com pratos que, naquele tempo eu não sabia, eram de porcelana trazida do exterior. Os talheres eram de prata, e os copos, de cristal. Tudo era muito luxuoso, ainda mais para mim, que estava acostumada a comer com o prato na mão e, quando não estava chovendo, no quintal, porque na minha casa não tinha espaço para uma mesa. O coronel estava sentado na ponta da mesa. Ele apontou para a outra ponta:

— Sente-se, Edite.

Eu me sentei e, logo depois, Martinha, a cozinheira, entrou trazendo uma travessa de louça que colocou sobre a mesa. Depois, outra e outras. Eu a acompanhava com os olhos. Nunca tinha visto tanta comida. Fiquei parada sem saber o que fazer.

— Pode se servir, Edite.

Continuei parada. Ele, percebendo que eu estava nervosa, começou a se servir e eu fui acompanhando com os olhos. Ele, sorrindo de uma maneira carinhosa, falou:

— Sirva-se, Edite. Faça como eu fiz.

Eu, que havia acompanhado tudo o que ele fizera, com cuidado e devagar, me servi, e garanto que nunca, em minha vida, havia comido uma comida tão saborosa. Quando terminamos de comer a sobremesa, um manjar com uma calda de ameixas secas — uma delícia! —, ele olhou para Anastácia, que estivera o tempo todo em pé ao lado da mesa.

— Obrigado por tudo, Anastácia.

Anastácia, parecendo envergonhada, disse:

— Eu que agradeço, coronel, por ter permitido que eu trabalhasse aqui e agora ensinasse para essa quase menina tudo o que aprendi.

Ela falou olhando para mim, que, não podendo me conter, também sorri. Ele, embora parecendo emocionado, falou com a voz firme:

— Agora, vão se arrumar para irmos à cidade, já mandei preparar a carruagem.

Ao ouvir aquilo, pensei: "O que será uma carruagem?" Fiquei com vergonha de perguntar para Anastácia e demonstrar que não sabia.

Anastácia, com a mão, fez um sinal. Eu me levantei e a acompanhei até aquele que seria o meu quarto. Quando estávamos saindo da sala, ele falou:

— Espere, Edite. Quero que conheça Martinha. Ela cuida da limpeza e arrumação da casa. Tem, também, a Norma, que cuida de lavar e passar as roupas. Elas estarão sempre ao seu dispor em tudo o que precisar.

Olhei para uma moça, ainda jovem, que estava com uma vassoura e um balde nas mãos. Sorri e ela devolveu o meu sorriso. Anastácia me puxou pelo braço e saímos. Quando chegamos ao quarto, ela pegou uma jarra com água que estava sobre uma cômoda e, colocando minhas mãos em uma espécie de bacia, jogou a água para que eu as lavasse. Para mim, tudo aquilo era novidade. Enquanto eu lavava as mãos, ela, sorrindo, disse:

— Depois que você terminar de lavar as mãos, nós vamos lá para fora e iremos para o centro. Quando chegarmos ao armazém que vende de tudo, você vai poder escolher o tecido que quiser para seus vestidos.

Eu, ainda pensando estar sonhando, fiquei calada, apenas sorri. Saímos da casa e, realmente, havia, diante da porta, um tipo de carroça, mas que parecia ser luxuosa. Em pé, ao lado dela, estava um rapaz que, assim que nos viu, abriu uma pequena porta e nos ajudou a entrar. O coronel já estava sentado dentro dela e, ao ver que eu entrava, sorriu:

— Sente-se aqui, Edite, e você, Anastácia, sente-se no banco em frente.

Depois que nos sentamos, ele olhou para o rapaz que terminara de nos ajudar e falou:

— Este é Simão. É ele quem conduz a carruagem e a charrete.

Em seguida, sentimos que a carruagem se movia. A princípio, devagar; depois que saiu da casa, começou a andar mais rápido. Eu fiquei olhando por dentro dela, que era revestida em veludo vermelho com o acabamento em fios que pareciam ser de ouro. Enquanto a carruagem andava, eu ia olhando o caminho que ainda não conhecia. Estava encantada com tudo aquilo que estava acontecendo em minha vida. A transformação foi para melhor, muito melhor. Quando entramos na rua principal da cidade, fiquei encantada com o que via. Achei a cidade enorme. Hoje sei que não era tão grande, mas, para mim, era imensa. Passamos por uma igreja e diante dela havia uma praça com muitas árvores, bancos e canteiros floridos que a rodeavam. A carruagem continuou andando por mais alguns minutos até que parou. Simão desceu, abriu a porta e nos deu a mão para que pudéssemos descer.

— Compre tudo o que precisar, Anastácia, e peça para que o valor seja colocado na minha conta. Tenho algo para fazer e voltarei daqui a mais ou menos meia hora.

— Está bem, coronel.

Assim que desci, vi que estávamos em frente a um galpão grande onde havia, na frente, móveis e louças. Entramos. Anastácia caminhou por um corredor estreito e eu a segui. Enquanto caminhávamos, eu ia vendo que ali havia de tudo, desde panelas e roupas de cama até sapatos e outras coisas. Anastácia parou no fundo; em frente a um balcão, estava um homem. Por trás dele vi muitos rolos de tecidos.

— Senhor Joaquim, o coronel mandou que eu viesse aqui e escolhesse tudo o que eu quisesse. Disse que é para o senhor colocar na conta dele que, depois, ele manda alguém com o dinheiro.

— Pode escolher o que quiser, Anastácia — ele disse demonstrando alegria pela nossa presença ali.

— Obrigada, senhor Joaquim. O senhor pode nos mostrar aquele rolo e aqueles outros também? — falou, apontando para vários rolos de tecido que estavam em prateleiras na parede.

Ele, sorrindo, foi colocando uma porção de rolos sobre o balcão. Eu fiquei olhando sem saber qual escolher. Todos eram lindos. Anastácia, ao perceber a minha indecisão, perguntou:

— Senhor Joaquim, o senhor tem aquelas revistas de moda e de modelos para costureiras?

— Tenho, sim, Anastácia. Vou pegar.

Ele caminhou em direção a uma gaveta, abriu-a e tirou dela várias revistas de moda.

— Aqui está, Anastácia, pode olhar à vontade.

— Obrigada, senhor Joaquim.

Ela pegou as revistas, colocou-as entre nós duas e começou a folhear as páginas de uma delas. Olhando para mim, disse:

— Edite, pode escolher todos os vestidos que quiser.

Eu olhava, olhava, mas não conseguia escolher. Todos eram lindos, ainda mais para mim, que sempre usei vestidos de saco de farinha que minha mãe costurava. Continuamos olhando os modelos. Quando terminamos de ver todas as revistas, Anastácia perguntou:

— Gostou de algum, Edite? Já escolheu algum?

— Gostei de todos! Não sei qual escolher! Todos são lindos!

Ela, com as revistas nas mãos, voltou para o balcão anterior, onde estavam os tecidos. Eu a segui. Começou a mexer e a olhar um por um. Olhava para os tecidos e voltava para a revista.

— Olhe, Edite, este tecido vai ficar muito bom com este modelo. O que acha?

Eu gostei e acenei com a cabeça dizendo que sim. Anastácia fez isso com vários tecidos, e eu fui aprovando todos. Separou oito rolos e pediu que o senhor Joaquim cortasse. Não me lembro da quantidade, mas sei que foram muitos metros. Enquanto ele media e cortava os tecidos, ela falou:

— Edite, vou fazer sete vestidos para que possa usar um por dia e outro para você usar à noite quando tiver festa. O coronel de vez em quando convida seus amigos para um jantar que, no final, transforma-se em festa. Você vai precisar estar bem bonita.

Quando o senhor Joaquim terminou de cortar os tecidos e os colocou em duas sacolas, Anastácia as entregou para mim. Pegou, também, um papel em que o senhor Joaquim havia anotado o valor dos tecidos.

— Não se preocupe, senhor Joaquim. Vou entregar este papel para o coronel e ele vai mandar alguém trazer o dinheiro.

— Sei disso, dona Anastácia. Pode pegar tudo o que precisar.

Anastácia sorriu. Apertei as duas sacolas nas mãos. Antes de sairmos, ela disse:

— Preciso comprar algumas fitas, rendas e botões para enfeitar os vestidos, vamos lá naquele balcão.

Fomos até lá e o rapaz que atendia os clientes, ao ver que nós nos aproximávamos, sorriu. Anastácia também sorriu e, chegando ao balcão, começou a tirar os tecidos das sacolas e a colocá-los sobre ele, dizendo:

— Rapaz, vou precisar de linhas para costurar estes tecidos, botões, fitas e rendas que combinem com eles.

O rapaz, prontamente, passou a pegar as linhas e tudo o que ela havia pedido. Anastácia ia colocando os aviamentos junto aos tecidos para ver se combinavam. Depois de muito tempo, encontrou tudo o que procurava.

Novamente, colocamos os tecidos nas sacolas e, agora, tudo o que ela escolhera para ser usado como enfeite. O rapaz deu a ela outro papel em que havia o valor dos aviamentos.

— Agora, vamos para o outro lado, lá tem sapatos. Você está precisando.

Disse isso rindo e olhando para os chinelos que eu estava usando. Também ri, pois sabia que ela tinha razão, nunca tive sapatos, normalmente, andava descalça. Tinha apenas um chinelo para ir à missa.

No outro lado do galpão havia vários pares de sapatos. Todos eram diferentes. Parei e fiquei olhando; como já havia acontecido, fiquei sem saber qual escolher. Anastácia, por dedução ou por ver em meu rosto a indecisão, começou a pegar um após o outro e me fez experimentá-los. No final, foi ela quem escolheu oito pares de sapatos, que eu já sabia que seriam para usar um por dia. Um rapaz que nos viu se aproximou.

— Pelo que estou vendo, já encontraram os sapatos que queriam.

— Escolhemos, sim. Pode, por favor, escrever o valor em dois papéis, dar um para mim e outro para o senhor Joaquim?

— Claro que sim.

Com todas as sacolas cheias, saímos dali. Quando chegamos à rua, vimos que a carruagem não estava lá. Anastácia disse:

— Eles ainda não voltaram. Vamos nos sentar naquele banco lá na praça?

Olhei para o banco que ela apontava com o dedo. Ficava embaixo de uma árvore. Com a cabeça eu disse que sim. Anastácia, parecendo estar nervosa, perguntou:

— Você é muda, Edite?

Novamente, respondi com a cabeça dizendo que não.

— Então, quando alguém fizer a você uma pergunta, olhe nos seus olhos e responda com a boca, não com a cabeça! Vamos nos sentar naquele banco?

Olhei para ela e respondi:

— Vamos...

— Melhorou, mas precisa responder ou falar com mais força. Você não é mais uma criança para falar como se fosse.

Atravessamos a rua e nos sentamos no banco da praça. O dia estava quente, mas a sombra da árvore e uma brisa faziam com que se tornasse agradável. Assim que nós nos sentamos, Anastácia disse:

— O coronel me pediu que eu ensine a você tudo o que precisar para que se torne uma moça educada e elegante, para que possa acompanhá-lo quando tiver de viajar ou frequentar casas de amigos. Por isso, você vai aprender a se vestir, falar direito e a usar sapatos. Vai aprender a usar louças, taças e talheres com requinte. Enfim, vai se tornar uma moça da sociedade.

Eu não entendia o que ela dizia, mas tudo o que falava soava como música em meus ouvidos. Ficamos ali sentadas e conversando por mais ou menos quinze minutos. Vimos quando a carruagem se aproximou e parou em frente ao banco em que estávamos sentadas. Anastácia quase gritou:

— Chegaram, Edite! Vamos até eles!

Nós nos levantamos e fomos ao encontro deles. Assim que nos aproximamos, Simão desceu e pegou as sacolas. Abriu a pequena porta e nos ajudou a entrar. Sentamos.

— Parece que compraram muitas coisas! — o coronel falou sorrindo.

— Tudo o que foi preciso, coronel. Aqui estão os papéis com a conta.

Ele pegou e os olhou.

— Compraram muito mesmo! Espero que tenha um bom resultado, Anastácia!

— Vai ter, coronel! O senhor vai ver!

Simão, após nos entregar as sacolas, foi para a parte da frente da carruagem, subiu e fez com que os cavalos andassem.

Quando chegamos à casa do coronel, Simão desceu, nos ajudou a descer e nos entregou as sacolas. Entramos na casa. Anastácia caminhou em direção ao corredor onde havia todas aquelas portas. Entrou em uma delas que eu ainda não conhecia. Nela, havia uma mesa grande e uma máquina de costura, que eu também não conhecia. Sorridente, falou:

— Olhe, Edite! Nesta mesa vou cortar e ensinar a você como se faz um vestido! Depois, vou costurar nesta máquina e você vai ver a mágica acontecer!

Eu apenas fiquei olhando a alegria dela e comecei a ficar alegre também."

# A HISTÓRIA DE MARGARETE

Edite continuava deitada de costas, com os olhos para o teto, relembrando seu passado e como tudo tinha acontecido em sua vida, como havia conhecido Olívia e chegado àquela casa, quando ouviu uma leve batida na porta e alguém falando baixinho:

— Edite, você está acordada?

Edite sorriu e também respondeu baixinho:

— Estou acordada, Margarete. Espere.

Levantou-se e abriu a porta.

— Entre, Margarete.

Margarete entrou falando:

— Desculpe, Edite, mas estou muito nervosa, e por baixo da porta vi que sua luz de vela estava acesa, então deduzi que estivesse acordada.

— Estou acordada, sim, Margarete. Relembrava como havia conhecido Olívia. Sente-se aqui na cama. — Edite também se sentou, recostando-se em duas almofadas, e perguntou:

— O que aconteceu, Margarete?

— Descobri que estou grávida e sei que se dona Irene descobrir vai me colocar para fora de casa, e não tenho para onde ir.

— Não pode voltar para a casa de seus pais?

— Não! Eles não me aceitariam porque não se conformam por eu ter abandonado meu marido.

— Você abandonou seu marido? Porque ele a maltratava?

— Não, ao contrário, ele é um homem muito bom, traba-lhador e sempre me deu tudo o que eu quis.

— Então, por que o abandonou?

— Eu o conheci quando tinha dezessete anos, por acaso, quando fui convidada para ir ao casamento de minha amiga, Leila. Ele era amigo do Claudio, o noivo. No dia do casa-mento, me preparei. Minha mãe até me comprou um vestido novo. Eu estava muito feliz por Leila, pois fora minha amiga desde quando éramos crianças. Na igreja eu vi aquele moço bonito, mas nada fiz para que ele percebesse isso. Depois da cerimônia na igreja, fomos para a casa de Leila, onde haveria uma pequena festa, com comes e bebes e um bolo que, por sinal, era grande, alto e lindo. Na festa, após comer e beber, eu estava conversando com outra amiga, Manuela, quando Claudio se aproximou ao lado daquele moço que eu havia visto na igreja, e disse:

— *Margarete, Manuela, este é meu primo, Jaime. Mora em uma fazenda, por isso, quase nunca vem à cidade.*

— Olhei para ele, estendi a mão.

— *Muito prazer, meu nome, como ouviu, é Margarete.*

— *O prazer é meu. Eu vi você na igreja. Meu nome é Jaime.*

— Ao ouvir aquilo, fiquei feliz, pois também o tinha visto e gostado dele.

— *Que bom...*

— Continuamos conversando. No final, quando todos começaram a sair, ele perguntou:

— *Posso acompanhar você até a sua casa?*

— *Claro que sim!* — respondi, tentando esconder que estava feliz.

— Daquele dia em diante, Edite, começamos a namorar. Com o tempo, fomos nos conhecendo. Ele me visitava todos os fins de semana. Vinha da fazenda e ficava na casa dos pais de Claudio, que eram seus tios. Ele, embora tivesse só vinte e três anos, trabalhava desde os doze em uma fazenda em uma cidade próxima da minha. O fazendeiro gostou dele e sempre teve muita confiança. Ele cuidava da venda do café e, por isso, sempre foi muito bem pago. Com isso, embora continuasse a morar na fazenda, já tinha sua casa própria no centro da cidade.

— Nossa, Margarete! Isso é muito raro!

Margarete, rindo, disse:

— Foi isso mesmo o que meus pais disseram quando contei a eles, Edite! Eu era, era não, sou filha única. Meu pai sempre foi médico na cidade, por isso, nasci e fui criada ali. Jaime era o genro sonhado por qualquer pai. Eles o receberam com muito carinho e sempre o trataram como filho. Ele os considerava da mesma forma. Depois de um ano de namoro, estávamos passeando em um parque, quando ele fez com que eu me sentasse e disse:

— *Nós já nos conhecemos muito bem, por isso, acho que chegou a hora de nos casarmos e começarmos uma nova família. O que você acha? Aceita ser minha esposa?*

— Ao ouvir aquilo, fiquei emocionada e ao mesmo tempo feliz. Embora eu me desse muito bem com meus pais, eles controlavam minha vida. Não me deixavam sair com amigas, eu só podia sair na companhia deles. No dia do casamento em que conheci Jaime, eles estavam lá acompanhando os meus passos. Aquilo me incomodava, mas fazer o quê? Isso acontecia em todas as casas, com todas as moças. Quando

Jaime me fez a proposta, lembrei-me de tudo isso e cheguei à conclusão de que poderia ter a minha casa e não ser mais controlada. Poderia fazer o que quisesse. Estaria livre! Não existiria nada melhor para acontecer na minha vida! Empolgada, olhei para Jaime e respondi:

— *Claro que aceito, Jaime! É tudo o que quero.*

— *Só existe um problema* — falou ele com o olhar sério.

— Ao ouvir aquilo e pela expressão do rosto dele, fiquei assustada, Edite. Apreensiva, perguntei:

— *Qual o problema, Jaime?*

— *Você sabe que precisamos ir morar na fazenda. Já que sempre morou na cidade, será que vai se acostumar a morar no campo?*

— *Há, é isso? Claro que sei que precisamos morar na fazenda. Embora sempre tenha morado aqui, desde criança gosto de ir ao campo. Meus pais passavam férias na fazenda de um amigo e eu adorava! Esse não vai ser um problema. O importante é que vamos ficar juntos para sempre!*

— Eu estava sendo sincera, Edite. Gostava dele e achava que me casar seria tudo o que me faria feliz. Ele me abraçou e nos beijamos com muito carinho.

— Para mim, parece que era o ideal, Margarete. Por que vocês se separaram?

— Quando ele me fez essa proposta, estávamos sentados na varanda da minha casa e os meus pais estavam jogando baralho na mesa da sala. Eles, sempre que meu pai não estava trabalhando, faziam isso, e ainda devem fazer. Eu e Jaime entramos abraçados. Meus pais estranharam, pois não costumávamos ficar tão perto um do outro na presença deles, mas, antes que pensassem ou dissessem qualquer coisa, Jaime, segurando minha mão, disse, emocionado:

— *Doutor Eustáquio, dona Miriam, eu e Margarete estivemos conversando e desejamos nos casar. Só está faltando o consentimento e as bênçãos dos senhores. Preciso saber se me aceitam como genro.*

— Os dois, como se tivessem levado um choque elétrico, levantaram-se.

— Casar, Margarete?

— Sim, papai. Eu e Jaime conversamos e achamos que já está na hora de nós nos casarmos, e vamos morar na fazenda!

— Embora eu saiba que já está na hora de você se casar, fico preocupada, minha filha, você sempre morou aqui, na cidade. Tem certeza de que quer morar na fazenda? Lá, a vida é bem diferente da que está acostumada.

— Não se preocupe, mamãe, já fiz dezoito anos e sei muito bem o que quero. Vou ser uma ótima esposa! — eu disse rindo, Edite. Meu pai, emocionado, abraçou Jaime:

— Claro que concordo, Jaime. Sei que você fará minha filha feliz. Porém, nunca se esqueça de que ela é o meu único tesouro!

— Não se preocupe, doutor Eustáquio. Eu farei o possível e o impossível para que Margarete seja feliz.

— Que homem bom você encontrou, Margarete! Honesto, trabalhador, e, pelo que você está contando, ele gostava muito de você! Como teve coragem de abandoná-lo? Agora entendo o motivo de seus pais terem ficado nervosos, mas continue.

— Hoje, penso como você, Edite, mas na época e da maneira como as coisas aconteceram, eu fiquei confusa e perdida. Daquele dia em diante, começaram os preparativos para o casamento. Enxoval, igreja e a festa. Jaime desejou nos levar, eu e meus pais, até a fazenda para que conhecêssemos o coronel Genésio, dono da fazenda. Quando chegamos, ele parou a charrete em frente à porta de entrada da casa e, no mesmo instante, ela se abriu e por ela saiu um senhor que, sorrindo, cumprimentou-nos:

— Sejam bem-vindos! Chegaram bem na hora, o almoço será servido em seguida.

— Afastou-se e, assim, permitiu que entrássemos e nos conduziu a uma sala onde pudemos ver uma mesa que estava preparada para o almoço com muito requinte. Apontadas as cadeiras por ele, sentamo-nos. Ele também se sentou e fez um sinal a uma senhora que se mantinha em pé. Ela saiu da sala e, logo depois, voltou acompanhada por duas moças sorridentes que traziam em suas mãos travessas, uma depois da outra, com vários tipos de comida. Quando elas terminaram de servir, saíram, e o coronel, com a mão, pediu que começássemos a comer. Foi o que fizemos. A comida, por sinal, estava maravilhosa. Quando terminamos de comer, foi-nos servida uma sobremesa deliciosa. Enquanto comíamos, ele se dirigiu ao meu pai:

— *Doutor Eustáquio, fiquei muito feliz quando Jaime me contou que havia conhecido uma moça linda, o que, por sinal, é verdade.* — Olhou para mim, sorriu e continuou: — *Disse-me, também, que se apaixonou e que quer se casar. Confesso que fiquei preocupado, pois, embora não seja meu filho, eu o considero como tal. Conhecendo Jaime como conheço, sei que será um bom marido. Vou aproveitar este momento para dizer algo que nem Jaime sabe. Ele trabalha ao meu lado desde sempre. Confio nele plenamente. Como nunca tive filhos, já estando com idade avançada e sabendo que o fim da minha jornada aqui na Terra é somente uma questão de tempo, resolvi fazer um testamento deixando-lhe, como agradecimento pela sua dedicação, tudo o que tenho. Assim que eu partir, será tudo seu, Jaime.*

— Jaime, assim como nós, arregalou os olhos. Constrangido, falou:

— *Por que fez isso? Sempre gostei do senhor e de trabalhar ao seu lado. Por isso não precisa agradecer.*

— *Não estou fazendo isso porque preciso, estou fazendo porque quero.*

— *Mesmo assim, não precisava.*

— *O senhor é italiano, não é?* — meu pai perguntou.

— *Sou, sim. O sotaque não dá para disfarçar* — ele disse rindo, Edite.

— Nós também rimos. Eu estava muito curiosa. Não entendia como alguém poderia dar sua fortuna para alguém que não fosse da sua família.

— Margarete, você está curiosa em saber como conheci Jaime, não está? — perguntou, olhando firme para meus olhos.

— Para ser sincera, estou mesmo.

— Meu pai me olhou com aquele olhar que eu já conhecia, sabia que ele estava me repreendendo. Pensei que fosse melhor me calar, mas o coronel não percebeu o olhar dele e continuou:

— Quando eu e minha Julieta saímos da Itália e viemos para cá, estávamos cheios de ilusão e de projetos. Trouxemos dinheiro, pois meu pai havia morrido e me deixado uma boa herança. Estávamos bem e não precisaríamos sair da Itália, mas, como todo jovem, viemos em busca de aventura. Assim que chegamos, compramos esta fazenda. Ela não era tudo o que é hoje, mas, com muito trabalho, fomos fazendo com que ela ficasse da maneira que está. Não sei o motivo, mas Julieta nunca engravidou. Mesmo assim, isso nunca foi empecilho para a nossa vida. Sempre fomos felizes, um vivendo para o outro. Continuamos vivendo a nossa vida até que Gaspar, meu capataz, que havia ido à cidade fazer algumas compras para a fazenda, voltou trazendo com ele um menino de mais ou menos sete anos que estava com as roupas sujas, um olho roxo e o rosto inchado. Quando ele parou em frente à entrada da casa, ao ver o menino, perguntei:

"— Que menino é esse, Gaspar?

"— Não sei, coronel. Eu estava voltando para a fazenda e ele estava cambaleando no meio da estrada. Quando me aproximei, parei a charrete, desci e fiquei assustado ao ver a situação em que ele se encontrava. Perguntei:

'— De onde você é, menino? O que está fazendo sozinho aqui nessa estrada?'

"— Ele me olhou, mas não respondeu, apenas disse:

'— Quero água, estou com fome...'

"— Como sempre faço quando viajo, tinha na charrete uma garrafa com água, que estava quente, mas mesmo assim dei a ele, que a tomou de uma vez. Não tinha comida, por isso resolvi trazer ele comigo para ver o que o senhor pode fazer por ele."

— Eu me aproximei do menino:

"— Como é o seu nome?"

— Ele respondeu com a voz fraca:

"— Jaime...

"— Por que está sozinho e quem fez isso com seu rosto?"

— Ele tentou responder, mas percebi que ia desmaiar. Julieta, que saiu da casa quando Gaspar se aproximou e, ouvindo minha conversa com ele, veio até nós para ver a situação do menino, teve a mesma reação que todos tivemos:

"— Meu Deus do céu, quem é esse menino e o que fizeram com ele, Genésio?

"— Não sabemos, Julieta. Gaspar o encontrou vagando pela estrada."

— Ela, rapidamente, se aproximou do menino:

"— Parece que você está muito fraco. Está com fome?"

— O menino ficou calado, apenas disse que sim com a cabeça. Julieta pegou em sua não e o levou para dentro da casa, dizendo:

"— Venha, vamos comer. Acabamos de almoçar e a comida ainda está sobre a mesa."

— O menino a acompanhou. Assim que entraram, e ao ver a mesa com muita comida, ele arregalou os olhos. Julieta percebeu e, sorrindo, fez com que ele se sentasse em uma das cadeiras. Depois, perguntou:

"— O que você quer comer? Pode escolher o que quiser."

— O menino ficou olhando, mas sem coragem de pegar qualquer coisa. Julieta percebeu que ele, além de ser tímido, estava muito assustado. Sentou-se ao seu lado, pegou um prato e colocou um pouco de cada comida, depositando o prato à sua frente. Ele olhou para o prato e depois para ela, que disse:

"— Pode comer. Não precisa ficar com vergonha nem assustado. Aqui ninguém quer fazer mal a você."

— Jaime sorriu, agradecido, e começou a comer. Enquanto ele comia, Julieta olhou para mim e para Gaspar, que estávamos ali, em pé, apenas acompanhando seus passos.

"— Gaspar, este menino lindo está precisando tomar um banho e trocar de roupas. Procure entre os trabalhadores da fazenda se algum tem roupas para emprestar para ele.

— Sim, senhora. Vou agora mesmo."

— Saiu rapidamente. Jaime continuou comendo. Logo depois, Gaspar voltou trazendo uma porção de roupas. Ao ver toda aquela roupa, Julieta sorriu.

"— Está vendo, Jaime, quanta roupa você tem agora?"

— Ele, ainda tímido, olhou para Gaspar, que sorria. Sorriu também e se levantou.

"— Já terminou, Jaime? Não quer comer mais?

— Não, senhora. Obrigado.

— Você é muito educado, quem o educou?

— Minha mãe. Ela sempre me disse que eu precisava dizer obrigado quando alguém fizesse alguma coisa boa para mim, e a senhora fez."

— Julieta sorriu.

"— Agora, você precisa tomar banho, e eu vou colocar uma compressa em seus olhos e no rosto para acabar com esse inchaço. Está pronto?

— Estou."

— Julieta saiu com ele. Eu e Gaspar nos sentamos. Preocupado, eu disse:

"— Gaspar, precisamos descobrir de onde veio esse menino. Amanhã, bem cedo, você vai à cidade e pergunte, na delegacia, se houve queixa de um menino desaparecido.

— Está bem, coronel, vou fazer isso."

— Algum tempo depois, Julieta voltou à sala dizendo:

"— Ele já tomou banho e eu o levei para o quarto para que descanse. Vim pegar água quente para fazer compressas em seu rosto e no olho. Ele vai ficar bem."

— Ela foi até a cozinha e voltou logo depois com água quente em uma jarra e alguns panos brancos. Voltou ao quarto onde Jaime estava deitado. Sentou-se ao lado dele na cama e, enquanto colocava as compressas, disse:

"— Você falou que sua mãe o educou. Onde ela está?

— Não sei. Ela, quando meu padrasto me bateu e estava batendo nela, gritou:

'— Fuja, Jaime! Fuja e não volte nunca mais!'

"— Eu saí correndo e só parei quando estava cansado, longe e perdido no meio da mata. Depois de descansar, continuei andando. Fiquei com fome, comi algumas frutinhas e bebi água do rio. Andei muito, muito, até chegar naquela estrada onde o moço me encontrou. Estava com fome e com muita sede."

— Ao ouvir aquilo, revoltada, Julieta perguntou:

"— Foi seu padrasto que fez isso no seu rosto?

— Foi. Ele sempre bate em mim e na minha mãe, mas, desta vez, bateu muito. Fiquei com muito medo. Por isso fugi correndo. Preciso ver como minha mãe está.

— Não se preocupe, vamos encontrá-la. Sabe onde fica sua casa?

— Não. Saí correndo para a mata, fiquei perdido, não sei voltar. Não havia outras casas por perto, só a nossa.

— Nós vamos procurar sua casa e sua mãe. Enquanto não a encontrarmos, você vai ficar aqui e estará protegido. Agora durma. Quando acordar, vamos conversar mais um pouco."

— Julieta voltou para a sala, sentou-se.

"— Ele está dormindo. Está muito cansado. Precisamos encontrar a mãe dele. Está preocupado com ela.

— Como vamos fazer isso, Julieta? Não sabemos de onde ele veio! Ele disse algo a respeito?

— Não. Só disse que teve de fugir e que andou muito tempo no meio da mata e que não sabe onde fica sua casa. Ele é muito pequeno, Genésio.

— Sei disso. Já pedi ao Gaspar que vá até a cidade para ver se alguém deu parte de algum menino desaparecido.

— Vamos esperar. Enquanto isso, ele vai ficar aqui e vamos cuidar dele."

— Jaime dormiu por duas horas. Quando acordou, Julieta lhe deu um lanche e depois o levou para visitar as casas dos trabalhadores onde ela sabia que existiam crianças. Ele, ao ver tantas crianças, começou a brincar. Quem o visse não imaginaria por tudo o que havia passado. No dia seguinte, bem cedo, Gaspar foi para a cidade procurar saber se alguém havia dado parte de um menino desaparecido. Voltou mais tarde dizendo:

"— Fui à delegacia e a alguns comércios, coronel. Perguntei, mas ninguém sabia de menino algum desaparecido."

— Olhei para Julieta, que respirou fundo e aliviada. A nossa vida continuou, só que agora era diferente, tínhamos uma criança em casa. Julieta levou Jaime para a escola rural. Ela conversava muito com o menino, lia e contava histórias. Ela estava feliz. Ele dividia seu tempo entre a escola, as brincadeiras com as crianças e as conversas com Julieta. Eu estava feliz por ver que ela tinha adquirido luz. Seus olhos, quando olhavam para Jaime, brilhavam como eu nunca tinha visto. Nunca imaginei que uma criança poderia fazer aquilo por ela. Fazia quase um mês quando, em uma manhã, Julieta, após o café, olhou para Jaime, que estava sentado à sua frente, e disse:

"— Hoje, vamos até a cidade. Precisamos comprar roupas para você, Jaime. O que acha?"

— Ele não respondeu, apenas sorriu. Assim que terminamos de tomar o café, Gaspar já estava em pé nos esperando junto à charrete. Eu e Julieta nos sentamos atrás, e Jaime foi sentado na frente com Gaspar. Jaime estava bem. Os olhos já não estavam mais roxos e rosto também não estava mais inchado. Ele, durante toda a viagem, olhava para tudo o que via. Gaspar parou a charrete em frente ao armazém, onde se vendia de tudo. Nós descemos da charrete e Gaspar ajudou Jaime a descer. Entramos no armazém, Julieta começou a escolher roupas para Jaime, que ria feliz a cada uma que ela lhe mostrava. Depois de comprarmos tudo o que ela queria, saímos. Estávamos subindo na charrete, quando ouvimos alguém gritando:

"— Jaime! Jaime! Estamos procurando muito por você!"

— Ao ouvir aquela mulher gritando, todos nós nos voltamos, e Jaime, ao vê-la, gritou e correu ao encontro dela!

"— Tia! Tia! Minha mãe mandou que eu fugisse, ele me machucou muito!

— Sei disso, meu filho. Sua mãe conseguiu fugir dele e está lá em casa."

— Em seguida, olhou para nós. Percebi que Julieta estava tremendo muito. Emocionado e preocupado com Julieta, perguntei:

"— A senhora é tia dele?

— Sim, a mãe dele é minha irmã. Conseguiu fugir e está lá em casa, mas está muito doente e preocupada com Jaime. Ele está em sua casa?

— Está, sim. Minha mulher cuidou muito bem dele. Meu nome é Genésio, e o de minha esposa é Julieta.

— Muito prazer, meu nome é Mariana. Posso levar Jaime para casa para que possa ver a mãe?

— Claro que sim, mas, se não se incomodar, podemos ir junto?

— Podem e devem! Carlota, minha irmã, vai ficar feliz em conhecer as pessoas que cuidaram tão bem de seu filho!

— É longe? Precisamos ir com a charrete?" — perguntei.

"— Se quiserem podem ir com a charrete, mas não é necessário, fica logo ali na outra travessa.

— Está bem, senhora, podemos caminhar. Gaspar, pode nos seguir?

— Claro, coronel."

— Jaime pegou a mão da tia e eu a de Julieta, que estava fria e tremendo. Julieta, com os olhos, seguia Jaime, que parecia estar feliz. Ela ficou calada o tempo todo, enquanto a tia de Jaime não parava de falar sobre a irmã e o menino.

"— Minha irmã se casou muito cedo. Tinha dezesseis anos e o marido, quarenta e dois. Embora a diferença de idade entre eles fosse muito grande, eles realmente se gostavam. Ele comprou uma casa perto da minha. Nossos pais já haviam morrido, éramos somente nós duas. Depois de um ano de casados, nasceu Jaime, que, embora eu já tivesse quatro filhos, foi a alegria da família. Meu filho caçula, Claudio, estava com um ano. Ele e Jaime brincavam juntos e se tornaram amigos."

— Ela ia falando, eu e Julieta a ouvíamos. Julieta, muito preocupada, não conseguia tirar os olhos de Jaime, que seguia ao nosso lado e parecia feliz por ter encontrado a tia. Perguntei:

"— Se eles viviam tão bem, o que aconteceu para que Jaime fosse encontrado com muitos hematomas no rosto e pelo corpo todo?

— Quando Jaime estava com cinco anos, seu pai ficou doente. A doença era grave e após um ano ele faleceu. Minha irmã ficou arrasada e sem vontade de continuar vivendo. Financeiramente, ela estava bem. Ficou com a casa onde morava com Jaime e outra que estava alugada, além de dinheiro que ele havia guardado, mas, mesmo assim, entrou em depressão. Ficamos preocupados e fizemos de tudo para que ela voltasse a ser a mesma mulher que era antes. Por ficar sem comer, ela ficou muito fraca, até que um dia desmaiou e caiu no chão da sala. Assustada, eu a levei até o médico. Ele, após examiná-la, chegou à conclusão de que ela estava com uma anemia muito profunda e que precisava, além de se alimentar, tomar algumas injeções. Mesmo contra a vontade dela, a obrigamos a tomar as injeções. Além das injeções, o médico receitou vitaminas que deveriam ser manipuladas e que, provavelmente, aumentariam seu apetite. O resultado do tratamento foi imediato. Ela começou a se alimentar. Nos primeiros dias, eu a acompanhei até a farmácia; depois, começou a ir sozinha. Nunca eu iria imaginar que aquelas idas à farmácia poderiam mudar sua vida para sempre. Ao lado da farmácia havia uma bodega onde um rapaz trabalhava como ajudante. Carlota e ele começaram a conversar e, depois de alguns dias, ela mudou de expressão, estava alegre e feliz. Não entendi, até que um dia, ela, depois de ir à farmácia, chegou a minha casa. Vinha acompanhada de um rapaz que eu não conhecia. Assim que entrou em casa, muito feliz, disse:

'— Este é Orlando. Nós nos conhecemos e pretendemos nos casar'.

"— Levei um susto, pois não fazia seis meses que ela havia ficado viúva, mas, por outro lado, fiquei feliz em ver que ela havia mudado e que tinha sarado da depressão. Recebi o rapaz com educação, embora existisse nele algo que me incomodava.

'— Muito prazer, entre, por favor.'

"— Ele entrou e se comportou muito bem. Parecia uma pessoa alegre e feliz. Jaime, acompanhado por Claudio, brincava no quintal. Entraram e ao verem aquele homem pararam. Carlota, sorrindo, aproximou-se do menino:

'— Venha aqui, meu filho. Este é Orlando e vai ser o seu pai. Ele é muito brincalhão e adora crianças. Vocês vão se dar muito bem.'

"— Jaime parecia petrificado e não conseguia se aproximar. Orlando, percebendo que o menino não tinha ficado feliz com aquela notícia, se aproximou dele.

'— Venha cá, Jaime. Nós vamos ser grandes amigos e vamos jogar bola juntos.'

"— Aos poucos, Jaime foi se soltando e gostando daquele homem, que, embora fosse um desconhecido, parecia ser muito bom. Um mês depois, se casaram. A cerimônia foi simples, apenas no cartório, ao qual só comparecemos eu e minha família. Orlando disse que não tinha família que morasse ali e que todos moravam em outro estado. Fiz um almoço para comemorarmos. Carlota estava feliz, parecia estar vivendo um conto de fadas. Jaime também havia se acostumado com Orlando e parecia feliz. Por seis meses, tudo caminhou em paz. Orlando continuou trabalhando na bodega e Carlota ficou em casa cuidando de Jaime. Em uma tarde, ela veio até minha casa e, feliz, me comunicou:

'— Estou grávida! Orlando está muito feliz e eu também! Embora ele goste de Jaime, queria muito um filho seu, e eu, graças a Deus, consegui engravidar! Agora nossa felicidade vai ser completa!'

"— Levei um susto, mas Carlota parecia muito feliz, só me restou abraçar-me a ela.

'— Parabéns, minha irmã, e que Deus abençoe essa criança.'

"— Com o passar do tempo, eu também comecei a gostar de Orlando. Ele era formidável, estava sempre de bom humor, sempre solícito, perguntando se eu precisava de alguma coisa, e tratava muito bem Carlota e Jaime. Dois meses depois, ela voltou a minha casa. Agora estava com três meses de gravidez e continuava feliz. Para minha surpresa, disse:

'— Nós vamos nos mudar, Mariana.

— Mudar? Para onde?

— Vendi minhas casas e compramos terras no interior. Lá, vamos criar gado e em breve vamos recuperar o dinheiro das casas. O dinheiro que está no banco vamos usar para comprar gado e vivermos até que o gado comece a dar lucro.

— Por que fez isso, Carlota? Por que não pediu minha opinião?

— Orlando achou que não seria bom conversar com você, porque, provavelmente, não aprovaria. Não entenderia aquilo que queríamos fazer. Também, agora está feito e não há como mudar. Vamos nos mudar amanhã.

— Amanhã? Para onde? Qual é o endereço, para que eu possa visitar vocês?

— Ainda não sei o endereço, pois foi Orlando quem fez toda a negociação. Eu apenas assinei para vender as casas e retirar o dinheiro do banco.'

"— Senti um aperto no coração, sentia que alguma coisa estava errada, mas não sabia o quê! Eles se mudaram e nunca mais vi minha irmã. Quase dois anos se passaram. Ela nunca voltou e eu não poderia visitá-la, pois não tinha ideia de onde estava. Isso aconteceu até dez dias atrás. Eu estava no quintal, lavando roupa, quando vi que uma carroça parou em frente ao meu portão. Curiosa, fiquei olhando e, para minha surpresa, Carlota descia dela. Corri ao seu encontro, ainda com as mãos molhadas. Ela também, chorando, olhou para o cocheiro que a ajudou a descer e falou:

'— Obrigada, senhor, por sua ajuda...

— Não precisa agradecer, moça. Não sabia qual era o motivo de, de repente, ter mudado o meu caminho. Agora, sei. Era para encontrar a senhora e ajudá-la a voltar para casa. Fique com Deus. O seu anjo da guarda deve ter conversado com o meu e cá estamos. Seja feliz, moça.'

"— Carlota sorriu, abanou a mão e veio ao meu encontro. Não conseguia correr porque estava mancando e parecendo sentir muita dor. Quando nós nos encontramos, chorando, nos abraçamos. Enquanto nos encaminhamos para a porta de entrada da casa, assustada com a aparência dela, perguntei:

'— Que aconteceu com você, minha irmã?'

"— Ela tentou responder, mas não conseguiu. A dor que sentia por todo o corpo era imensa."

— Estávamos andando e ouvindo Mariana contar o que havia acontecido com a mãe de Jaime, até que ela parou em frente a um portão.

"— Nossa, falei tanto e nem percebi que estávamos chegando. Esta é a minha casa. Carlota está aqui. Ela, embora tenha sido curada de toda a maldade que sofreu, está muito doente, e o médico disse que o estado de fraqueza dela é muito grande e que, talvez, não consiga resistir."

— Vimos um menino que brincava no quintal e que, ao ver Jaime, veio correndo e abraçou-se a ele, que respondeu, também rindo. Eu e Julieta ficamos olhando e, embora soubéssemos que perderíamos Jaime, estávamos felizes por ver que ele havia reencontrado sua família. Mariana abriu a porta e fez com que entrássemos.

"— Entrem, por favor. Carlota está no quarto. Vou ver se está acordada."

— Ficamos esperando. Assim que entramos, os dois meninos entraram também. Mariana voltou em seguida:

"— Ela está acordada e quer ver Jaime."

— Ao ouvir aquilo, Jaime saiu correndo em direção ao quarto. Nós o seguimos. Quando entramos no quarto, assustamo-nos com aquela moça. Ela estava muito abatida, com olheiras profundas. Jaime, ao ver a mãe, abraçou-se a ela, que, com dificuldade, o abraçou e beijou.

"— Que bom que você está bem, meu filho. Estava muito preocupada sem saber o que havia acontecido com você. Como você está?

— Eu corri muito naquele dia, mamãe, corri até ficar cansado e não poder andar mais. Sentei e fiquei olhando para os lados e não sabia onde estava. Quando anoiteceu, fiquei com mais medo ainda. Olhei para o céu, que estava coberto por muitas e muitas estrelas. Estava com sede e fome, mas não tive coragem de sair lá de onde eu estava. Dormi sem perceber e, quando acordei, o dia já estava claro. Levantei e continuei andando. Queria encontrar a nossa casa, mas não sabia onde estava. Continuei caminhando e não encontrei nenhum rio, só frutinhas que estavam espalhadas pelo caminho. Estava muito cansado, com fome e sede. Encontrei uma estrada e comecei a caminhar por ela. Quando não estava mais aguentando andar, uma carroça se aproximou e um homem parou e desceu dela. Ele me deu água e me levou para a fazenda da dona Julieta. Ela cuidou das minhas feridas e de mim. Estou muito bem, mamãe. Dona Julieta cuida bem de mim. Eu só estava muito triste e preocupado por não saber o que aquele homem havia feito com a senhora. Agora, estou feliz. Dona Julieta me levou à escola e para brincar com muitas crianças. A fazenda é linda, tem muitas galinhas, cavalos e vacas."

— Carlota olhou para nós, que estávamos em pé atrás de Jaime.

"— Obrigada por terem socorrido e cuidado do meu filho. Ele é um bom menino e merece toda sorte deste mundo.

— O prazer foi nosso, senhora. Jaime iluminou a nossa vida e, embora estejamos tristes por ele nos deixar, também estamos felizes por ele ter reencontrado a senhora e a família."

— Jaime, assim que contou à mãe o que havia acontecido, saiu, ao lado do primo, e foi brincar. Carlota olhou para nós e, com lágrimas nos olhos, disse:

"— Mais uma vez, obrigada."

— Percebemos que ela estava com dificuldade em falar.

"— Não tem o que agradecer. Nunca mais Jaime e a senhora ficarão sem assistência. Viremos algumas vezes aqui para ver como a senhora e ele estão."

— Ela nada falou, apenas sorriu e fechou os olhos. Mariana, que também estava ali, preocupada, disse:

"— Desde que chegou, ela está assim. Não consegue falar por muito tempo, nem ficar acordada. O médico disse que ela tem uma doença no coração.

— A senhora está dizendo que ela pode morrer?" — assustado, perguntei.

"— Vamos lá para a sala, onde poderemos conversar."

— Saímos do quarto e fomos para a sala. Depois de nos sentarmos, Mariana foi até a cozinha e voltou com uma bandeja, que continha um bule, açucareiro e xícaras.

"— Enquanto conversavam com Carlota, preparei um café. Vamos tomar?"

— Aceitamos. Ela, enquanto nos servia, falou:

"— Fiquei muito assustada e com raiva ao ver a situação em que Carlota se encontrava, mas nada falei, pois percebi que ela não tinha condições de falar. Somente após três dias foi que ela tomou a iniciativa de contar tudo o que havia acontecido:

'— Sei que você está curiosa em saber o que me aconteceu, Mariana, e não tiro sua razão. Orlando soube fazer bem-feito o que realmente queria. Ele sabia das minhas casas e do dinheiro que eu tinha guardado. Armou uma história de tal maneira que eu acreditei. Quando chegamos lá na tal terra que disse que havia comprado, me assustei, pois naquele lugar nada havia a não ser uma choupana. Não havia gado nem plantação. O lugar era distante e isolado. Assim que chegamos, assustada e desesperada, perguntei:

— Que lugar é este, Orlando? Onde está a casa que você disse ter comprado com o meu dinheiro?

— Seu dinheiro? Seu dinheiro? — perguntou irritado. — Desde que nós nos casamos, o dinheiro passou a ser nosso! Comprei estas terras e esta casa. Vamos viver aqui e você vai ser feliz.

— Feliz? Como feliz, vivendo nesta choupana? Não existe nada por aqui, a não ser mata! Não quero ficar aqui, quero voltar para minha cidade! Este não é um lugar para se viver!

— Voltar? Voltar? Você não sabe o que está dizendo. Não tem para onde voltar! Não tem mais dinheiro nem casa para morar! Vai viver aqui e não vamos mais falar sobre isso!

— Não me importo, vou para a casa de Mariana, sei que ela vai me receber.

'— Ao ouvir aquilo, ele ficou furioso e, me empurrando, fez com que eu descesse da carroça onde me encontrava. Ele me puxou com tanta força que eu caí. Fiquei parada, deitada no chão e, sem saber o que fazer, só me restou chorar. Nunca imaginei que um dia poderia ver aquele homem, que até então havia sido carinhoso e amável, se transformar em um monstro. Ele fez com que eu me levantasse e aos trancos me levou para dentro da casa, onde não havia coisa alguma, a não ser uma cama com um colchão velho e um fogão a lenha. Jaime, que a tudo acompanhou, chorando, agarrou-se em minha perna. Depois de me levar para dentro, ainda nervoso e gritando, disse:

— Agora que você já está na sua casa, vou comprar alimentos. Não tente sair, pois não tem caminho algum para seguir! Vai ficar aqui, e procure encontrar algo que a agrade.

'— Antes de sair, tirou da carroça e jogou no chão três malas com nossas roupas, e as de cama e de banho. Em um saco de estopa, estavam algumas panelas que havia trazido também. Ele jogou tudo no chão, subiu na carroça e foi embora, deixando-me ali sem saber o que fazer. Eu, que sempre fui tratada com muito carinho pelos nossos pais, por você e por meu marido, estava em estado de choque, sem forças para reagir. Eu e Jaime estávamos com fome, mas não havia o que comer, somente um resto de pão que trouxemos na viagem. Depois que ele saiu, também saí e fiquei olhando a minha volta. Nada existia a não ser uma mata espessa. Do lado esquerdo da choupana havia um poço com um balde amarrado por uma corda. Fui em direção a ele e, olhando para o fundo do poço, pude ver que havia água. Baixei o balde e, fazendo muita força, consegui trazê-lo para cima com um pouco de água. Eu e Jaime bebemos aquela água que eu nem sabia se era boa para se beber ou não. A sede que sentíamos era muito grande. Passei o dia inteiro tentando entender o que estava acontecendo, parecia um sonho do qual a qualquer momento eu acordaria. Fui ao quintal, peguei algumas lenhas que estavam ali, em um canto da casa, e acendi o fogo. Peguei uma das panelas e esquentei água para que eu e Jaime pudéssemos tomar banho. Estava começando a escurecer quando Orlando voltou. Chegou visivelmente alterado.

— Trouxe mantimento para você cozinhar.

'— Colocou no chão arroz, feijão, fubá e sal, nada mais. Nervosa, perguntei:

— Só isso, Orlando? Não trouxe carne, ovos, nem ao menos óleo?

— Está reclamando do quê? Está pensando que é rica para comer carne e ovos? Pode cozinhar arroz, feijão e fazer polenta! Pensa que todo mundo tem isso para comer?

— Você não trouxe nem leite para que Jaime possa tomar?

— Esse menino já está grande, não precisa mais tomar leite! Não tenho dinheiro! Contente-se com isso!

— O que você fez com meu dinheiro?

— Já disse que o dinheiro era nosso! Gastei tudo em dívidas que tinha! Pare de reclamar e vá cozinhar!

'— Tentei falar mais alguma coisa, mas ele me deu, com muita força, um tapa no rosto e gritou:

— Já disse para você ir cozinhar!

'— Ao levar aquele tapa, fiquei paralisada, sem entender, ou não querendo entender, o que estava acontecendo e o que havia feito com minha vida. Com medo de levar outro tapa ou coisa pior, me calei, coloquei lenha no fogão e acendi o fogo. Jaime, depois de tomar banho e eu ter colocado um lençol sobre a cama, deitou-se e ficou calado e encolhido. Com o fubá, água e sal, fiz um mingau e dei para ele comer. Comi um pouco, mas estava sem vontade. Perguntei a Orlando se ele queria comer. Com desprezo na voz, respondeu:

— Não, já comi! Coma você essa porcaria!

— Comeu onde?

— Isso não é de sua conta, e pare de falar e de fazer perguntas!

'— Orlando saiu de casa e voltou trazendo um colchão de solteiro, que colocou no chão de terra.

— Coloque um lençol, esse menino vai dormir nele!

'— Sem reação para lutar contra ele, obedeci. Jaime deitou-se naquele colchão velho e usado. Meu coração estava apertado, mas eu sabia que não havia nada que eu pudesse fazer. Na manhã seguinte, quando acordei, levantei-me rapidamente. Não conseguia mais ficar deitada ao lado daquele homem que eu não conhecia e cujo suor cheirava a bebida. Ele também se levantou.

— Venha comigo, Carlota!

'— Eu o acompanhei. Ele tirou da carroça uma enxada e algumas folhas de jornal com algo dentro.

— Comprei esta enxada e algumas sementes para que você capine e limpe uma parte do quintal. Faça uma horta com estas sementes de verduras e legumes!

'— Ao ver e ouvir o que ele disse, me assustei.

— Eu não sei capinar, menos ainda plantar!

— Pois, se quiser comer, vai ter de aprender!

— Por que você não faz isso?

— Tenho mais o que fazer. Estou saindo e, quando voltar, vou trazer algumas galinhas para que você tenha ovos para comer!

'— Antes que eu falasse qualquer coisa, ele subiu na carroça e foi embora. Eu e Jaime estávamos com fome, mas não havia o que comer. Novamente peguei um pouco de fubá e fiz um mingau, que comemos. No fogão ainda havia brasas. Coloquei feijão para cozinhar e saí caminhando pela mata para ver se encontrava alguma fruta. Andamos muito, mas não encontramos fruta alguma. Embora tenha andando por muito tempo, de onde estava eu sempre podia ver o telhado da choupana. Depois de chegar à conclusão de que nada havia por ali, resolvi voltar para casa e ver como estava o feijão que eu havia colocado no fogão. Quando cheguei, olhei para a enxada. Entrei na choupana e vi que o feijão continuava cozinhando. Coloquei mais água e coloquei arroz para cozinhar somente com água e sal. Depois, voltei para o quintal. Peguei a enxada e, meio desajeitada, comecei a capinar. Trabalhei por horas e consegui limpar uma pequena área. Sabia que precisava capinar mais, mas minhas mãos estavam com bolhas que doíam muito. Mesmo com as mãos doendo, com muito esforço, consegui plantar algumas sementes e rezei a Deus para que elas brotassem. Depois, voltei à choupana. Agora, o feijão já estava cozido e o arroz também. Respirei fundo, pois teríamos algo diferente para comer, mesmo que fosse só arroz e feijão, sem tempero algum. Orlando não voltou naquele dia, o que me fez muito bem, pois eu não aguentava olhar para ele. No dia seguinte, enrolei um pano nas mãos e, mesmo com muita dor, continuei capinando, e tudo continuou igual. Eu cozinhava arroz e feijão e fazia mingau de fubá. Três dias depois, pela manhã, ele voltou. Tirou da carroça três galinhas e um galo, e, ao soltá-los no quintal, saíram ciscando. Tirou, também, um filão de pão que estava amanhecido, mas melhor do que nenhum. Com ironia na voz, ele falou:

— Pronto, Carlota, agora você vai ter os seus ovos! Fez um bom trabalho, logo mais vai ter verduras e legumes, não vai ter mais do que reclamar. Viu como a gente aprende tudo nesta vida?

— Por que está fazendo isso comigo, Orlando?

— O que eu estou fazendo? Não disse a você que compraria terras para que pudéssemos viver em paz?

— Por favor, me leve embora. Posso voltar para a casa da Mariana! Pode ficar com o dinheiro, não vou reclamar dele. Só quero viver em paz...

'— Ele começou a rir.

— Viver em paz? Existe lugar melhor do que este para se viver em paz?

'— Aquela risada e o ar irônico me enfureceram; parti para cima dele e, com as mãos fechadas, comecei a bater no seu peito. Ele me empurrou e jogou no chão. Depois começou a me chutar no rosto e em todo o meu corpo, principalmente na minha barriga, que já estava grande por causa da gravidez. Depois de muito me bater, subiu na carroça e foi embora. Eu, ao ver que Jaime chorava desesperado e sem parar, consegui me levantar.

— Pare de chorar, Jaime, está tudo bem. Ele foi embora e nós vamos ficar em paz.

— Vamos embora daqui, mamãe...

— Não sei como sair daqui, Jaime. Só tem mata por todo lado...

'— Meu corpo inteiro doía, mas a dor ficou mais forte na minha barriga. Olhei e, desesperada, vi que havia muito sangue correndo pelas minhas pernas. Pensei na minha criança que estava para nascer. Sem saber o que fazer, só me restou chorar. A dor continuou por muito tempo, e eu fiz o possível para que Jaime não percebesse o meu desespero. Sobre o fogão havia duas panelas com arroz e feijão que eu havia cozinhado logo pela manhã. Coloquei em um prato e dei para Jaime comer. Durante toda a tarde, senti muita dor. À noite, depois de mais dor, senti quando a criança nasceu. Eu a peguei no colo e vi como era pequena e que ainda não estava formada, e chorei mais ainda. Eu não sabia o que fazer para me cuidar, apenas tomei banho e me deitei. Orlando não voltou naquela, nem por mais três noites. Eu senti que estava muito quente, provavelmente com febre. Fiquei preocupada com o que, se algo pior me ocorresse, aconteceria a Jaime ali sozinho ou nas mãos daquele monstro, e chorei, chorei sem parar e rezei a Deus para que me ajudasse. Depois de dar comida para Jaime e tentar comer alguma coisa, me deitei e, sem que eu percebesse, adormeci rezando e pedindo a Deus que me protegesse, e também a Jaime. Não sei se sonhei ou se realmente aconteceu, mas vi um casal entrando na choupana. Eles estavam vestidos com roupas todas brancas. A mulher se aproximou de mim e, sorrindo, estendeu as mãos sobre todo o meu corpo, principalmente sobre minha barriga. Depois, se afastando um pouco, encantada, vi que de suas mãos raios de luzes brancas saíam, e ela os direcionou para minha barriga. Enquanto isso, o senhor também jogava luzes sobre Jaime, que dormia profundamente. Ficaram ali por alguns minutos. Nada falaram, mas não foi preciso. Aquela simples presença deles já foi o suficiente para que eu me sentisse bem. Depois se despediram sorrindo. Eu também sorri. Não sei se estava acordada ou não, só sei que, na manhã seguinte, quando acordei, estava me sentindo muito bem. O sangue havia estancado e as dores do meu corpo desapareceram. Olhei para Jaime, que continuava dormindo profundamente. Com muito sacrifício, consegui me levantar. Fui ao quintal e cavei um pequeno buraco, onde, chorando, enterrei minha criança. Quando Orlando voltou, eu nada contei e quase não conversei, apenas respondi às suas perguntas. O tempo foi passando, sempre que voltava, procurava uma desculpa para me bater, mas, como nunca bateu em Jaime, fui, aos poucos, aceitando aquela situação, que agora já não estava tão ruim. Minhas sementes brotaram, e eu tinha verduras e legumes. As galinhas botavam ovos pelo quintal. Uma delas chocou e, para alegria de Jaime, nasceram oito pintinhos. Eu e Jaime, todos os dias, assim que acordávamos, íamos para o quintal procurar os ovos. Orlando trouxe banha e açúcar. Nossa alimentação, embora não fosse perfeita, nos fazia ficar sem fome. De vez em quando, eu sonhava com aquele casal. Eles entravam na choupana e jogavam luzes sobre nós, depois iam embora. Orlando nunca me perguntou o que havia acontecido com a criança que eu esperava, e eu nunca comentei. Tudo foi caminhando, até a semana passada, quando ele me batia novamente e Jaime pulou em suas costas para que ele parasse. Com muita raiva e transtornado, ele se voltou para o meu filho e o espancou. Foi quando tomei coragem e gritei para que Jaime fugisse para o mais longe dali. Vi quando Jaime saiu correndo e respirei aliviada. Orlando continuou a me bater, mas eu já não sentia mais dor, apenas raiva. Como ele sempre fazia, após me bater, subiu na carroça e foi embora. Eu estava preocupada com Jaime, pois não sabia onde ele estava. Andei por volta da choupana, na esperança de que ele estivesse escondido por ali, mas não o encontrei. Desesperada, olhei para o caminho que Orlando saia com a carroça e pensei: 'Como nunca tive essa ideia? Ele sempre saiu e chegou por aqui, esse deve ser o caminho de algum lugar para onde vai e fica por tantos dias'.

'— Não pensei mais, fui até a choupana, peguei um pedaço de pão, enchi uma garrafa com água e saí andando por aquele caminho, sempre com a esperança de encontrar Jaime. Percebi que, por onde a carroça andou, a grama estava amassada; fui seguindo os amassados. Andei muito até ficar cansada, o que acontecia bastante, e por várias vezes tive de parar e descansar. Eu estava fraca e meu coração batia fortemente. O que mais me assustou foi que, depois de eu ter andado tanto, ainda estava rodeada pela mata. Durante esse tempo todo em que caminhava, muitas vezes fui obrigada a parar e me sentar, pois não conseguia dar mais um passo. Quando isso acontecia, eu me lembrava do casal e sentia que estavam ali, ao meu lado, me levantava e continuava andando. Não sei quanto tempo andei, mas acho que foram dois ou três dias, pois, por duas noites, precisei parar e me sentar. Eu me deitava na grama e dormia por algumas horas, sempre sonhando com o casal. Comi frutinhas que fui encontrando e bebi água de um riacho que corria por ali. Depois de andar e parar por muitas vezes, finalmente cheguei a uma estrada que, ao vê-la, me lembrei de ter chegado por ela no primeiro dia. Feliz, senti que minha liberdade estava próxima e com mais rapidez comecei a andar. Porém, logo tive de parar, pois meu coração parecia querer saltar para fora do meu corpo. Sempre que isso acontecia, me lembrava do casal e me sentia protegida. A minha maior angústia, além de não poder andar mais rápido, era o desespero de não saber o que havia acontecido com Jaime. Isso me dava forças para continuar. Andei até ficar sem forças e sentir que ia desmaiar ou talvez morrer. Deitei no meio da estrada e fiquei lá nem sei por quanto tempo. Comecei a sentir uma dor forte em meu coração. Sentia que o fim estava próximo. Rezei a Deus para que cuidasse de Jaime, pois com ele, se não encontrasse você, Mariana, eu não sabia o que poderia acontecer. Estava ali, quando senti uma mão que tocava meu rosto e chamava:

— Moça, moça! O que aconteceu? A senhora está bem?

'— Com dificuldade, abri os olhos e vi um homem; respondi:

— Preciso ir até a cidade, para a casa de minha irmã.

'— O homem, sorriu e falou:

— Eu estava indo para lá, mas não sei por que me deu uma vontade de desviar do meu caminho! Sem pensar muito, mudei e a encontrei caída no meio da estrada. Não tenho comida, mas, se quiser, posso dar à senhora um pouco de água.

— Por favor. Estou com muita sede.

'— Ele me deu água que estava em uma garrafa, depois perguntou:

— A senhora pode se levantar?

— Acho que posso.

'— Tentei me levantar, mas não consegui ficar em pé. Ele me ajudou e me levou até sua carroça, que estava parada ali, e me ajudou a subir. Embora fraca, eu sabia que o meu martírio havia terminado. Ele me ajudou a deitar no fundo da carroça e, lembrando-me do casal, adormeci e só acordei alguns minutos antes de, graças a Deus, àquele carroceiro que me encontrou, e principalmente ao casal que esteve o tempo todo ao meu lado, chegar aqui.'

'— Nossa, minha irmã, como você sofreu, e eu aqui sem saber e, portanto, sem poder ajudar você.

'— Sei disso, Mariana, e sinto muito por ter ouvido as mentiras de Orlando e afastado você da minha vida.

'— Não se preocupe com isso, agora precisa ficar forte para, juntas, encontrarmos Jaime.

'— Como e onde será que ele está, Mariana?

'— Nós vamos encontrá-lo, Carlota, embora eu sinta que ele está bem. Você precisa confiar em Deus e naquele casal. Eles devem estar cuidando dele também.

'— Tem razão, Mariana. Ele deve estar bem.'

"— Eu a levei à Santa Casa, onde foi examinada por um médico. Fez um raio-x e o médico chegou à conclusão de que ela tinha uma doença de nascença e que se agravou por causa da vida que havia tido ultimamente. Dali para a frente, ela tem se tratado. Pelo menos no momento, ela está lutando. Acredito que tudo agora, com a volta de Jaime, vá se restabelecer."

— Eu e Julieta acompanhamos com atenção tudo o que ela contava e sentimos muito pela dor por que aquela moça, quase uma menina, havia passado. Revoltado, perguntei:

"— O que aconteceu com esse homem, Orlando?
— Carlota não sabe. O dia em que ela conseguiu fugir, ele não estava lá. Provavelmente, ele, ao chegar e ver que ela tinha fugido, se desesperou e, com medo, deve ter fugido também, mas isso não importa, o que importa é que ela está melhorando e que Jaime foi encontrado e, graças aos senhores, está bem. Estamos felizes por isso."

— Julieta, que até ali permaneceu calada, entregando os pacotes com roupas de Jaime que havia comprado, disse:
"— Embora vamos sentir muita falta dele, também estamos felizes por ver que essa moça que tanto sofreu finalmente está bem e em paz. Eu quis vir para a cidade para comprar roupas para Jaime. Aqui estão, são dele e, se a senhora precisar de mais alguma coisa, basta nos procurar."

— Mariana pegou os pacotes e, com lágrimas, agradeceu:
"— Obrigada, senhora. Carlota fugiu sem carregar coisa alguma. Por isso, Jaime não tem roupas. Como não tenho dinheiro para comprar, eu estava pensando em dar algumas roupas do meu filho, Claudio, mas ele, além de ser maior, também não tem muitas. Como pode ver pela casa em que moramos, não somos ricos. Por isso, elas são muito bem-vindas.
— Bem, agora precisamos ir embora. A distância daqui até a fazenda é longa, mas não se esqueça de que, se precisar de qualquer coisa, pode nos procurar."

— Saímos para o quintal, onde Jaime continuava brincando com seu primo, Claudio. Ao ver que estávamos saindo, correu e se abraçou em Julieta, que o abraçou também.
"— Precisamos ir embora, Jaime, mas você, agora, está bem ao lado de sua mãe.
— Estou, sim, dona Julieta. Minha mãe está muito doente, mas, quando ela ficar boa, a senhora deixa ela ir morar na fazenda? Assim eu posso ir naquela escola e brincar com todos aqueles amigos que conheci lá!"

— Julieta olhou para mim, que respondi:
"— Claro que sim, Jaime. Ela e você serão bem-vindos, e garanto que Julieta vai ficar muito feliz em ter você por perto novamente."

— Nós o abraçamos e nos despedimos de Mariana, que nos levou até o portão. Durante o caminho de volta, nem eu nem Julieta tínhamos vontade de falar, apenas nos lembrávamos dos bons momentos que passamos ao lado de Jaime.

Edite, que escutava com atenção tudo o que Margarete contava, emocionada, disse:

— Que história, Margarete! Como pode existir uma pessoa tão ruim como esse Orlando e como uma mulher pode confiar tão cegamente em um homem?

— Enquanto o coronel contava a história, muitas vezes olhei para Jaime, Edite, que, durante todo o tempo e relembrando tudo aquilo, permaneceu, mesmo que sem chorar, com os olhos molhados. Quanto a acreditar em um homem, quantas mulheres já não fizeram isso e ainda farão?

— Tem razão, Margarete. Acho que a mulher sempre foi e sempre será crédula quando se trata de amor. Você sabe o que aconteceu depois para que Jaime ficasse com o coronel? A mãe dele morreu e a tia deixou que ele fosse morar na fazenda?

— Calma, Edite. Tem muita história ainda. Essas mesmas perguntas que você me fez eu fiz ao coronel, e ele sorrindo respondeu:

— Calma, Margarete, muita coisa ainda aconteceu depois desse dia. Gaspar ia todas as semanas para a cidade, pois precisava comprar alimentos e tudo o que a fazenda precisasse. Aproveitava e ia, também, ao correio levar e pegar correspondência. Sempre que ia, visitava Jaime e a mãe na casa de Mariana e nos trazia notícias. Dois meses depois do dia em que entregamos Jaime para a mãe, Gaspar voltou trazendo na carroça tudo o que havia ido comprar, como também Jaime e a mãe. Parou a carroça em frente à porta da casa e ajudou Carlota e o menino descerem. Eu e Julieta, ao ouvirmos o barulho da carroça, saímos e ficamos surpresos ao vê-los ali. Gaspar, após ajudá-los a descer, se voltou para nós. Jaime correu para nos abraçar, e Carlota se aproximou:

"— Bom dia!"

— Julieta, que estava radiante ao vê-los e abraçada a Jaime, sorriu:

"— Bom dia, dona Carlota! A senhora parece estar muito bem!

— Estou, sim. Graças a Deus, consegui sobreviver àquela crise. As gotas que o médico me deu e a tranquilidade que senti na casa da minha irmã ajudaram muito. Estou aqui para agradecer tudo o que fizeram pelo meu filho. Naquele dia em que o trouxeram, eu estava muito fraca e não conseguimos conversar.

— Meu marido já disse que não precisa agradecer. Ter Jaime aqui em casa foi uma bênção, mas entrem, por favor."

— Entramos e, assim que se sentaram em cadeiras que Julieta apontou, emocionada e abraçando Jaime, Julieta disse:

"— Estou muito feliz em ver a senhora aqui e bem de saúde. Querem beber uma limonada?

— Não é preciso, senhora, obrigada.

— Eu quero!" — Jaime disse.

"— Está bem, vá até a cozinha, a Berta vai providenciar."

— O menino saiu correndo e voltou, logo depois, trazendo uma caneca de alumínio com limonada nas mãos. Sentou-se e, olhando sério para mim, disse:

"— Eu contei para minha mãe como fui feliz naqueles dias em que morei aqui e disse também que o senhor havia me dito que, quando ela sarasse, poderia vir morar aqui. Foi verdade aquilo que o senhor falou?"

— Eu, meio sem saber o que responder, olhei para Julieta, que respondeu:

"— Claro que foi, Jaime, e, se sua mãe quiser vir morar aqui na fazenda, serão muito bem-vindos."

— Os olhos dele, assim como os de Julieta, iluminaram-se. Rindo, ele saiu da cadeira e abraçou primeiro a mim e, depois, Julieta. Carlota, tentando evitar demonstrar a felicidade que sentia, sorrindo, disse:

"— Como sabem, eu perdi tudo o que tinha. Minha irmã quer que fiquemos na sua casa, mas ela não tem condições. Meu cunhado trabalha na farmácia e o que ganha não é muito. Pensei que, se a senhora me desse um trabalho, eu poderia morar aqui. Faço qualquer coisa."

— Já disse que vou ficar muito feliz em ter vocês aqui em casa, e a única coisa que quero que faça é que cuide de Jaime e me deixe cuidar dele também."

— Carlota começou a rir.

"— Esse trabalho vou fazer com muito carinho e felicidade."

— Foi assim que Jaime veio morar na fazenda. Julieta e Carlota se tornaram grandes amigas. A professora da escola rural ficou doente e teve de ir para a cidade, pois lá ela poderia se tratar. Carlota começou a dar aula no lugar dela. Ela não era professora, mas havia estudado e, além de gostar das crianças, fazia aquele trabalho com muito carinho, e as crianças a adoravam. Carlota o tempo todo falava sobre aquele casal que havia visto quando estava muito mal e disse que eles sempre apareciam quando ela precisava. Eu não dava muita atenção ao que ela falava, mas algumas vezes ficava pensando sobre aquilo. Quando minha Julieta ficou doente, Carlota cuidou dela com muito carinho e atenção. No dia em que ela estava muito mal e o médico me disse que nada mais poderia ser feito, fiquei desesperado. Carlota se aproximou, colocou sua mão no meu ombro e disse:

"— Não fique preocupado com dona Julieta, coronel. O meu casal amigo está aqui e disseram que ela vai ficar muito bem. Que o tempo dela aqui na Terra terminou e que ela vai ter de percorrer outro caminho."

— Aquilo que ela falou me deixou espantado e nervoso. Olhei para o lado em que ela apontava, onde provavelmente o casal estaria, mas não vi coisa alguma, a não ser uma leve brisa que senti em meu rosto. Aquela brisa me fez muito bem. Naquele dia, após quase dois anos doente, Julieta partiu. Senti uma dor imensa, mas, sempre que ficava assim, voltava a sentir aquela brisa que me deixava bem. Aos poucos, fui acreditando que aquele casal, realmente, existia. Jaime foi crescendo e começou a me ajudar na fazenda. Eu quis que ele fosse para a capital, para poder estudar, mas ele se recusou. Disse:

"— Não preciso ir embora. Posso comprar livros, estudar e continuar ajudando o senhor."

— Senti que ele não queria ir embora. Com o tempo foi aprendendo, e hoje cuida de tudo na fazenda. Compra, vende e cuida dos trabalhadores. Um dia, uma das mulheres entrou em trabalho de parto. Aquilo era comum, e uma delas era parteira e ajudava as outras a terem seus filhos, mas aquela foi diferente. A criança não nascia e a parteira chegou aqui assustada e muito nervosa:

"— Eu não consigo ajudar a Marieta. A criança nasceu, mas ela está perdendo muito sangue, eu não consigo estancar. Precisa ser levada para a cidade e a um médico."

— Imediatamente, Jaime pegou a charrete e a levou junto com o marido. A charrete, por mais que Jaime fizesse para que fosse rápido, não andava muito. Quando chegou ao hospital, já era tarde, a mulher não resistiu e morreu. Quando voltou para a fazenda, ele estava arrasado:

"— Não deu tempo de salvar a senhora, coronel.

— Por que não deu?

— Chegamos tarde demais.

— Onde está a criança que nasceu?

— Está bem, com o pai e a avó, mãe dele. Isso não pode continuar assim. Quando eu voltava da cidade com o marido da mulher, viemos conversando. Ele estava desesperado:

'— Não acredito que Marieta morreu! Quando viemos da Itália para cá, pensamos que a nossa vida ia mudar e que a gente poderia ter uma vida melhor. Nunca imaginamos que uma coisa como essa poderia acontecer. Ficamos tão felizes quando ela engravidou O que vou fazer da minha vida sem ela?'

— Eu não soube o que responder, coronel. Estava me sentindo culpado.

— Como, culpado? Você fez tudo para que essa tragédia não acontecesse!

— Tentei, mas não consegui. Quantas tragédias como essa já aconteceram aqui na fazenda? Quantos trabalhadores se machucaram trabalhando na lavoura? Quantas mulheres perderam suas crianças ainda na gravidez? Quantas crianças já morreram ou ficaram doentes sem assistência médica?

— A morte faz parte da vida. Não existe coisa alguma que possamos fazer.

— Existe, coronel. Estive pensando e achei uma solução.

— Que solução?

— Poderemos construir uma casa que seria usada como um pronto-socorro para que, se houver um acidente ou acontecer o que aconteceu com dona Marieta, possam ser atendidos por um médico aqui mesmo na fazenda.

— Que médico? Não temos médico aqui na fazenda.

— Não temos, mas poderemos ter! Basta que contratemos um que more aqui na fazenda ou venha duas ou três vezes por semana.

— Onde vai encontrar um médico que queira passar sua vida aqui?

— Não sei, coronel. O senhor sabe que viajo muito, posso procurar e tenho quase certeza de que vou encontrar.

— Já imaginou quanto vai custar fazer tudo isso que pretende?

— Não, coronel, só sei que essas pessoas trabalham aqui e precisam de um mínimo de assistência. Elas já deram muito lucro ao senhor. Aliás, o senhor já tem dinheiro para que possa viver tranquilamente até o fim da sua vida. O dinheiro que gastamos não vai fazer falta alguma para o senhor, e os trabalhadores, sabendo que não precisam mais se preocupar com sua saúde e a das suas famílias, trabalharão com tranquilidade e com mais vontade. Permita que eu faça isso, coronel."

— Edite, não pode imaginar como todos nós estávamos nos sentindo ao ouvir tudo o que havia se passado na fazenda e com Jaime. O coronel olhou para Jaime, que, assim como nós, prestava atenção e relembrava toda a sua vida. O coronel sorriu e continuou:

— Diante de todos os seus argumentos, não tive como negar. Realmente, eu tinha e tenho muito dinheiro, e o pouco que gastaria com aquilo não me faria falta. Falei:

"— Está bem, Jaime, faça como quiser. Tem minha autorização.

— Obrigado, coronel. Vou agora mesmo conversar com os trabalhadores e ver se podem me ajudar a construir a casa. Muitos deles sabem como fazer, construíram suas casas. Temos muitas árvores que poderão ser cortadas."

— Saiu dali, conversou com os trabalhadores, que ficaram animados com aquela ideia e se prontificaram a ajudar. Cortaram árvores e com os troncos foram formando as paredes do pronto-socorro. Gaspar continuava indo, todas as semanas, para a cidade, só que, agora, além de comprar o necessário para a fazenda, comprava, também, alguma coisa que fosse preciso para a construção. Jaime continuava viajando e, por todas as cidades pelas quais passava, inclusive na capital, colocava anúncios nos jornais procurando um médico que se dispusesse a trabalhar na fazenda. Quando voltou de uma dessas viagens, como sempre fazia, veio conversar comigo, só que, desta vez, a conversa foi diferente. Antes de falar sobre as vendas e compras que fizera, disse sério:

"— Fui visitar minha tia e ela me contou que um policial foi até sua casa para informar que Orlando foi assassinado, bêbado, em uma briga de bar. O policial disse que ele precisava ser enterrado e, como todos sabiam que era casado com minha mãe, queriam saber onde ela estava para providenciar o enterro.

— O que está me dizendo, Jaime? Aquele bandido covarde morreu? A justiça de Deus não falha!

— Também pensei isso, coronel. Ele nos fez sofrer tanto e, da maneira como vivia, seu fim só poderia ser esse.

— Quando isso aconteceu?

— Faz quinze dias.

— Então, ele já foi enterrado. Sua tia pagou o enterro?

— Não. Ela disse ao policial que ele havia abandonado minha mãe há muito tempo e que não sabia onde minha mãe estava. Disse que não tinha dinheiro para o enterro, portanto, que fosse enterrado como indigente.

— Foi a coisa mais certa que ela tinha de fazer. Finalmente, sua mãe está livre daquele monstro!

— Também fiquei aliviado, coronel.

— Vai contar a sua mãe?

— O que vai me contar, Jaime?"

— Olhamos para a porta, onde Carlota estava parada. Jaime foi ao encontro dela e contou o que havia acontecido. Quando terminou de falar, Carlota respirou fundo.

"— Que Deus cuide de sua alma."

— Nunca mais falamos sobre o acontecido e continuamos a nossa vida. A casa ficou pronta e foi pintada por dentro e por fora com óleo e cal, para que, além de ficar bonita, ficasse protegida contra alguns insetos que poderiam existir ou surgir nas madeiras. Em uma das salas, os trabalhadores fizeram uma mesa e cadeiras para que o médico pudesse atender as pessoas. Na outra foi colocada outra mesa, mas com o comprimento que pudesse caber um adulto deitado e onde o médico cuidaria dos ferimentos causados por acidentes ou de uma mulher quando estivesse em trabalho de parto. Jaime pensou em tudo. Ao lado da casa, mandou construir uma pequena casa com quarto, sala, cozinha e banheiro, que serviria para que o médico morasse. Em uma das suas viagens à capital, trouxe ferramentas para que o médico as usasse. Trouxe, também, remédios e tecido para que fossem feitos lençóis e fronhas para serem usados no pronto-socorro. Estava tudo pronto, só faltava o mais importante, o médico, que até agora Jaime não havia encontrado, embora tivesse, por todas as cidades pelas quais passou, conversado com as pessoas e colocado anúncios nos jornais. Mesmo assim, o pronto-socorro serviu para socorrer algum trabalhador que se machucasse; Carlota, embora não fosse enfermeira, cuidava muito bem de todos. Em uma manhã, um pouco antes do almoço, mais ou menos uns seis meses depois que o pronto-socorro havia ficado pronto, eu e Jaime estávamos no escritório conversando, quando ouvimos o som de um carroceiro parando em frente à porta principal. Curiosos, saímos, e da carroça de aluguel desceu um senhor que, sorrindo, perguntou:

"— É aqui que estão precisando de um médico?"

— Eu fiquei parado olhando para ele, que sorria. Ele era um senhor levemente grisalho, mas de boa aparência. Ao vê-lo, Jaime se animou:

"— É aqui mesmo. Pode dispensar o carroceiro e entre, por favor."

— Ele se voltou para o carreteiro e deu um dinheiro a ele, falando:

"— Obrigado por me ter trazido até aqui."

— O carroceiro sorriu e fez com que o cavalo andasse. Depois que ele foi embora, Jaime correu para abrir a porta. Eu, colocando um ar sério de patrão, entrei na frente e fomos para o escritório. Sentei-me em uma cadeira que estava ao lado da minha escrivaninha. Jaime e o médico sentaram-se na minha frente. Eu, olhando sério para o médico, perguntei:

"— O senhor é médico, mesmo? Como é o seu nome?

— Sou médico, sim. Meu nome é Carlos. Trabalhei, por muito tempo, na emergência da Santa Casa, onde aprendi muito mais do que na faculdade. Depois, resolvi, com minha esposa, que o melhor seria eu ter meu próprio consultório, pois assim poderia ficar mais tempo com ela e com meu filho, que ainda era criança. Hoje, ele tem vinte e cinco anos. Foi passar férias em Londres, conheceu uma inglesa, se casou e ficou por lá. Tenho um casal de netos, que são pequenos. O menino com quatro e a menina com dois anos. Montei meu consultório na sala de frente da minha casa. A casa era grande, e eu e minha esposa, agora sozinhos, não precisávamos morar em uma casa tão grande. Com o consultório ali, estávamos sempre juntos. Ela me ajudava como enfermeira, sempre que eu precisasse. Tudo caminhava bem. Estávamos planejando uma viagem para Londres, onde conheceríamos nossa nora e netos. Quando faltava um mês para a viagem, ela ficou doente, com uma doença que ainda não tem cura. Fiz tudo ao meu alcance para salvá-la, mas foi em vão. Faz seis meses que ela morreu. Sem ela, fui ficando muito triste. Afastei-me de meus amigos e me sentia muito só. Não conseguia mais atender meus pacientes, me sentia culpado por não tê-la salvado. Estava assim até a semana passada, quando ouvi o menino que entrega jornais gritando na rua. Eu me lembrei de que, todos os domingos, ele deixava o jornal na minha porta. Saí, peguei o jornal e voltei para o meu quarto, onde, desde que Maria morreu, eu ficava por horas, quase sempre dormindo. Mesmo sendo médico, não percebi que estava em uma profunda depressão. Recostei-me na cama sobre um travesseiro e comecei a folhear as páginas do jornal, sem prestar muita atenção no que lia. Meus olhos pararam sobre um anúncio que dizia estarem procurando um médico para trabalhar em uma fazenda. Fiquei olhando aquele anúncio e pensando: 'Talvez morando em uma fazenda, junto à natureza, eu possa me reencontrar. Lá, provavelmente, vou cuidar de pacientes simples e que dificilmente conseguem se consultar com um médico'. Anotei o endereço e cá estou."

— Eu e Jaime ficamos calados e impressionados com o que ele contou. Ele tirou de uma pasta de couro que carregava alguns papéis e colocou-os sobre a mesa:

"— Aqui estão meus documentos."

— Fiz um sinal para que Jaime olhasse os documentos. Depois de olhar todos, voltou os olhos para mim, dizendo:

"— Está tudo certo, coronel, ele é mesmo médico.

— Sendo assim, está contratado. Jaime, cuide de mostrar a fazenda para o doutor Carlos. Mostre, também, o pronto-socorro e a casa onde ele vai morar, embora, com essas roupas que está usando, jamais eu poderia pensar que o senhor fosse um médico."

— O médico, sorrindo, perguntou:

"— Por que está dizendo isso, coronel?

— O senhor não se veste como um médico. Está usando roupas normais."

— Ele começou a rir.

"— Roupas normais? Estou usando roupas que sempre uso. Sempre achei que um médico não precisava se vestir como se fosse um urubu, sempre com ternos pretos ou escuros e gravata. Gosto de andar simples e o mais livre possível. Odeio gravatas e paletós, mas posso garantir ao senhor que essas roupas não me impedem de bem assistir meus clientes."

— O coronel olhou para nós, Edite, que continuávamos prestando atenção no que ele contava. E, rindo, disse:

— *Confesso que me senti envergonhado por aquela observação. Realmente, a roupa não deveria dizer coisa alguma em relação às pessoas, mas a sociedade é cheia de preconceito. Jaime saiu com ele e eu fui para a cozinha, peguei uma caneca de alumínio com água e me sentei em uma cadeira que estava junto à mesa, pensando: quando Julieta morreu, só não fiquei como ele, em depressão, porque tive ao meu lado Jaime e Carlota e, não sei muito bem, mas acho que também aquele casal de Carlota. Eu sempre me sentia muito bem quando pensava neles. Ao me lembrar do casal, vocês podem não acreditar, mas juro que senti aquela brisa minha conhecida. Sorri e voltei ao escritório para examinar papéis relativos à fazenda. Jaime e o doutor Carlos voltaram. O médico estava entusiasmado.*

*"— Jaime me mostrou tudo, coronel, e fiquei impressionado. Não falta coisa alguma e os seus trabalhadores, daqui para frente, terão um médico que tudo fará para que sejam, na medida do possível, bem atendidos."*

— Foi assim que o doutor Carlos começou a trabalhar aqui na fazenda. Carlota, que já atendia os trabalhadores, cuidando de seus ferimentos causados durante o trabalho, continuou ajudando o doutor. Tudo continuou como sempre. Jaime e eu cuidando da fazenda. Carlota e o doutor Carlos cuidando dos casos médicos que apareciam. O doutor deu aulas às mães para que cuidassem da alimentação e da higiene das crianças. Ele pediu a Jaime que, em uma de suas viagens, trouxesse algumas vitaminas e gotas para dor e febre. Os trabalhadores gostaram de tudo aquilo e, naquele ano, a produção cresceu de uma maneira que eu não imaginava. Muitas crianças nasceram e alguns que ficaram doentes ou sofreram algum ferimento foram prontamente atendidos pelo doutor e por Carlota. Jaime e a mãe continuavam morando aqui em casa, e o médico, na casa perto do pronto-socorro. Em uma manhã, o médico veio aqui em casa. Eu, Jaime e Carlota estávamos tomando café. Ele quase nunca vinha em casa, a não ser que houvesse algum problema. Como tudo estava correndo bem na fazenda, assim que o vi, fiquei preocupado e pensei: "Será que veio para dizer que vai embora?" Como sempre, Jaime estava ali para tomar as decisões:

"— Bom dia, doutor, e seja bem-vindo. Sente-se e tome café ao nosso lado."

— Ele se sentou e colocou café em uma xícara que estava à sua frente. Enquanto tomávamos café, ele ficou falando. Ele é muito falante" — o coronel disse, rindo. — Quando terminamos de tomar café, ele falou:

"— Agora que já terminamos, vou dizer qual foi o motivo de eu ter vindo até aqui. O meu trabalho, aqui na fazenda, me fez muito bem. Quando cheguei, trazia no meu peito muita dor e de-sesperança, mas, morando e trabalhando aqui, aos poucos fui deixando esses sentimentos para trás. Tudo mudou em minha vida, e hoje estou bem e feliz. Mudou tanto, que estou aqui para pedir a mão de Carlota em casamento."

— Eu e Jaime nos olhamos e ficamos calados, sem entender o que estava acontecendo e sem saber o que responder. Olhamos para Carlota, que olhou para Jaime:

"— Jaime, eu e Carlos fomos, aos poucos, nos conhecendo e, sem que percebêssemos, algo começou a existir entre nós. Sei que, depois de Orlando, eu disse a você que nunca mais me casaria ou me interessaria por homem algum, mas com Carlos é diferente. Ele é um bom homem e sei que me fará feliz, mas o nosso casamento só vai acontecer se você aceitar."

— Jaime imediatamente olhou para mim, que dei com os ombros, dizendo que não sabia o que fazer. Ele voltou os olhos para a mãe e para Carlos:

"— Não se preocupe comigo, mamãe. Eu, também, aos poucos, fui conhecendo e gostando de Carlos, e sei que ele a fará feliz. Nada tenho contra. Aceito o pedido, Carlos, e só desejo que se-jam felizes."

— Carlota olhou para mim.

"— O que o senhor diz, coronel?"

— Eu, ainda perplexo com tudo o que estava acontecendo, só pude responder:

"— Para ser sincero, fui tomado de surpresa, mas só posso dizer que, quando você e Jaime chegaram aqui, iluminaram a nossa vida, e Julieta imediatamente se apaixonou pelos dois. Por isso, a única coisa que posso fazer é abençoar esse casamento e desejar que sejam felizes.

— Obrigada, coronel. Tenho certeza de que seremos felizes e que vamos continuar trabalhando, juntos, para cuidar de todos os trabalhadores e de suas famílias."

— Eu, rindo, disse:

"— Carlos, assim que você chegou aqui, pensei que tinha vindo para dizer que estava indo embora!

— Nem pensar, coronel! Aqui eu reencontrei a minha felicidade e vou ficar até o fim da minha vida!" — também falou ele rindo. O casamento foi realizado com muita festa. O padre Jorge lá da igreja matriz e o juiz vieram até aqui e realizaram o casamento. Os trabalhadores providenciaram o altar. As mulheres o enfeitaram com flores do campo. Confesso que ficou muito bonito. Os trabalhadores fizeram questão de providenciar a comida, a música e a dança. Fazia muito tempo que eu não me divertia tanto. Carlota e Carlos foram morar juntos na casa do pronto-socorro. Eu queria que viessem morar aqui, mas eles preferiram morar na casa ao lado do pronto-socorro e estão lá até hoje.

Edite, que estava recostada em uma almofada, ao ouvir aquilo, sentou-se totalmente na cama e, curiosa, perguntou:

— Eles continuavam a morar lá, Margarete? Por que não foram ao almoço? A mãe de Jaime não aprovava o casamento de vocês?

— Eu também fiquei perplexa, Edite, e fiz essa mesma pergunta ao coronel, que, rindo, respondeu:

— Claro que ela aprova o casamento de vocês, e só não vieram porque, hoje pela manhã, uma senhora entrou em trabalho de parto, e eles, como sempre fazem, estão ao lado dela. Disseram que assim que a criança nascer virão até aqui para conhecer você, Margarete, e seus pais.

— Eu respirei fundo, Edite. Também estava preocupada. Depois de conhecer a história de Carlota, queria muito conhecê-la. Meia hora depois, Carlos e Carlota chegaram. Confesso que fiquei emocionada em conhecer aquela mulher corajosa e forte. Ela, assim que me viu, abraçando-me, disse:

— Tenho muito prazer em conhecer você, Margarete. Jaime tem me falado muito sobre você e quanto é maravilhosa. Espero que faça meu filho feliz. Ele merece, pode ter certeza disso.

— Sei disso e farei tudo o que estiver ao meu alcance para que isso aconteça.

— Você não me disse que o abandonou, Margarete? Como pôde deixar um homem como esse?

— Essa é outra história, Edite. Se tiver paciência e estiver disposta, posso contar.

— Claro que estou disposta, Margarete, não conseguiria dormir sem saber o motivo de você ter abandonado um homem tão honesto e bom.

— Está bem, mas, antes de continuar, pois falei por muito tempo e estou com a garganta seca, vamos até a cozinha? Vou preparar um chá para que possamos tomar. Você quer?

— Quero, sim. Vamos.

Saíram do quarto e se dirigiram até a cozinha.

# O CASAMENTO DE MARGARETE

Já na cozinha, Margarete pegou um bule que já estava com água fervendo ao lado das brasas sobre o fogão de lenha. Colocou-a em duas xícaras de porcelana, com algumas ervas que sempre estavam sobre a mesa em uma jarra também de porcelana. Começaram a tomar o chá e, lentamente, Margarete continuou a contar sua história:

— Durante o resto da tarde, ficamos discutindo sobre o casamento, onde seria, em que data e onde iríamos morar. No final, tudo foi resolvido. O casamento seria na fazenda, como havia sido o de Carlota e Carlos. O coronel se encarregaria de, com a ajuda dos trabalhadores, providenciar a festa. O juiz e o padre seriam convidados a comparecer, o que, com certeza, aceitariam. Quando chegou a hora de decidirmos onde iríamos morar, o coronel falou:

— *Acho que o melhor seria que morassem aqui na minha casa. Sabe, Margarete, Jaime viaja muito, e acredito que morando em outra casa aqui na fazenda você, nesse tempo, poderia se sentir muito sozinha.*

— Depois de discutirmos sobre o assunto, meus pais e Jaime acharam que seria o melhor. Eu não me convenci, mas fui vencida por todos eles. Como foi planejado, o casamento foi realizado na fazenda. Muitas pessoas foram convidadas e eu estava vivendo um sonho. Para mim, tudo era lindo e eu tinha certeza de que seria feliz ao lado de Jaime, pois, assim como você, Edite, eu também o achava e ainda acho um ótimo homem. Quando a festa terminou e começou a vida real, confesso que no começo foi tudo muito bem. Não tive problema algum em morar na casa do coronel, pois eu era a dona e servida, com muito carinho, pelas criadas. Jaime, Carlota e o coronel tudo faziam para que eu me sentisse bem, e me senti. Sempre que Jaime viajava eu ia junto. Por isso, eu, que nunca havia saído da minha cidade, conheci muitos lugares. Na capital, vi um carro que não precisa de cavalos para andar. Jaime me contou que nele existe um motor. Disse, também, que ele foi importado e que não havia muitos, mas que, em breve, deveriam chegar mais. Fiquei encantada quando vi. Tudo caminhava bem, até eu engravidar e o meu filho nascer.

— Você tem um filho?

— Tenho, sim. Está com quatro anos. Carlota, Jaime e o coronel cuidam dele. Quando os abandonei, ele ia fazer um ano.

Edite ficou nervosa.

— Como pôde fazer isso, Margarete?

— Por favor, não me julgue. Sei que o que vou contar agora vai fazê-la sentir até muito ódio de mim, mas aconteceu. Agora que terminamos de tomar o chá, o que acha de voltarmos para o quarto? Lá é mais confortável. O que você acha?

— Acho muito bom, porque esta cadeira está muito dura!

Levantaram-se e voltaram para o quarto. Assim que entraram e se acomodaram, Margarete continuou a contar sua história:

— Eu queria ser feliz e achava que seria ao lado de Jaime; por algum tempo, eu fui.

— Como assim, Margarete? Por que deixou de ser feliz?

— Quando engravidei e não pude mais viajar, e depois que Luizinho nasceu, me senti aprisionada. Eu tentava encontrar aquele amor maternal que todos falavam, mas não encontrava. Eu não amava aquela criança, e, para mim, era um estorvo e me impedia de ser feliz. Hoje, penso diferente, mas, naquele tempo, ainda jovem, acreditava que tinha muito para viver e conhecer. Quando Jaime e o coronel perceberam que eu não estava bem e que não me interessava pelo menino, conversaram com Carlota e Carlos, que vieram morar na nossa casa. Carlota, sempre carinhosa, me dizia:

— *Muitas mulheres sentem isso, Margarete, mas, com o passar do tempo, tudo isso mudará, e você não vai acreditar que um dia havia pensado assim.*

— Eu acreditava nela e tentava, tentava, mas não conseguia e nada mudou. Eu me sentia gorda, feia, e tinha saudade do meu corpo tão bonito e daquela moça que eu era, que não tinha compromisso algum a não ser fazer Jaime feliz, e eu, com certeza, fazia. Aquele cheiro de leite que eu sentia me causava enjoo e nojo. Algumas vezes, eu quis viajar com Jaime, mas ele sempre respondia:

— *Não pode, Margarete! Agora temos um filho, e ele precisa ser cuidado.*

— *Sua mãe pode cuidar dele. Sei que ela vai cuidar muito bem! Quero continuar viajando com você! Quero conhecer mais lugares! Não suporto ficar aqui sem nada fazer!*

— *Sei que minha mãe cuidaria bem dele, mas a mãe dele é você, Margarete! Ele precisa saber disso e, assim, amá-la. Neste momento em que ele está crescendo, só com você estando ao lado dele poderá crescer feliz e tranquilo. Agora, Margarete, você é mãe e precisa assumir o seu papel.*

— Sempre que ele me falava isso, eu ficava mais revoltada. Quando me casei nunca pensei que poderia me sentir tão nervosa e infeliz, Edite. Desde que Luizinho nasceu, Jaime passou a dar mais atenção ao filho do que a mim.

— Tudo isso é normal, Margarete. Todos aqueles, quando se casam, o fazem sabendo que terão filhos. Você deveria ficar feliz por seu marido, além de ser um bom marido, ser também um bom pai.

— Pode ser normal para muitas pessoas, Margarete, mas não para mim! Quando me casei, nunca pensei, nem por um momento, que teria um filho! Não nasci para ser mãe! Eu não aguentava mais aquela vida!

— Foi por isso que você os abandonou?

— Em parte foi, mas você quer saber o que penso sobre a vida?

— O que você pensa?

— Acredito que todos nós, quando nascemos, já trazemos conosco um destino e que, por isso, seremos levados a encontrar as pessoas que farão parte desse destino.

— Não estou entendendo o que você quer dizer, Margarete!

— Exatamente o que eu disse. A vida vai caminhando, e nós apenas seguimos o caminho para onde ela nos leva.

— Que bobagem é essa que está dizendo?

— Não é bobagem, Edite! Todos nós somos levados! Pode pensar em sua vida e vai chegar à mesma conclusão que eu cheguei.

— Não sei, Margarete. Vou pensar sobre isso que você está falando, mas por que está dizendo isso? O destino determinou a sua vida?

— Pode-se dizer que sim. Embora infeliz, continuei na minha casa e sei que sempre fiz o mínimo possível para modificar tudo aquilo. Apenas chorava e ficava cada dia mais triste e infeliz. Em uma manhã, Carlota cuidava do menino enquanto eu estava sentada na cama me limpando por ter acabado de dar de mamar ao meu filho. Eu não suportava aquele cheiro de leite! Muitas vezes tentei parar de alimentar meu filho, mas tanto Jaime como Carlota nunca permitiram, diziam que o leite materno era importante para o menino. Eu ficava revoltada e me perguntava: por que todos só pensavam no menino, nunca em mim? Carlota, parecendo ler meus pensamentos e percebendo que eu estava triste e nervosa, disse:

— *Você está muito triste e desanimada, Margarete. Sei que preferia ter acompanhado Jaime na sua viagem, mas sabe que isso é impossível. Ele nunca permitiria que Luizinho ficasse sozinho.*

— *Ele não está sozinho, dona Carlota! Poderia ter ficado com a senhora!*

— *Embora eu o ame muito, não sou a mãe dele, Margarete. Ele precisa de você...*

— Eu não conseguia entender aquilo. Já tinha feito a minha parte. Luizinho nasceu e estava crescendo, e continuaria a fazê-lo, com a minha presença ou não! Por que eu teria de ficar o tempo todo ao seu lado? Pensei isso, mas nada falei. Carlota me abraçou e disse:

— *Por que não faz uma caminhada pela fazenda, assim poderá, junto da natureza, encontrar um pouco de tranquilidade. Caminhe e olhe tudo ao seu redor. Vai poder ver em que lugar maravilhoso você está vivendo e como Deus foi generoso com todos nós. Sei que voltará mais tranquila. Não precisa se preocupar com Luizinho, eu cuidarei dele até você voltar.*

— Eu não queria sair de casa. O que queria realmente era ficar no quarto, sozinha, deitada e, se possível, dormindo, mas, diante da insistência de Carlota, resolvi aceitar. Tirei a camisola que estava vestindo e a troquei por um vestido branco, com pequenas flores azuis. Carlota escovou os meus cabelos e disse:

— *Não vamos prender os seus cabelos. Saia com eles soltos, assim poderá sentir o vento no seu rosto e neles.*

— Saí da casa e caminhei em direção a uma pequena estrada que começava ali, diante da casa, e terminava na plantação. Por ela, passavam cavalos e cavaleiros, carroças e pessoas. Como eu caminhava devagar, ia olhando tudo à minha volta. De um lado, vi gados que pastavam. Não eram muitos, pois só serviam para produzir leite para o uso da fazenda. Mais à frente estava a plantação de café, que era grande, estava verde e brilhava com a luz do sol. Passei por um riacho com águas tão tranquilas que pude ver peixes nadando. Aos poucos, como Carlota havia dito, fui ficando tranquila. Aquele aperto no meu peito que me sufocava, aos poucos, foi sumindo. Continuei caminhando, até que vi um cavaleiro que vinha do lado oposto ao que eu caminhava. Ele estava sobre um cavalo negro que, à distância, parecia ser muito bonito. Quando se aproximou de onde eu estava, parou o cavalo.

— *Bom dia, senhorita! Está passeando ou perdida?* — *perguntou rindo.*

— *Bom dia, senhor. Estou fazendo as duas coisas.*

— Ele desceu e eu fiquei impressionada com sua beleza. Alto, com os cabelos pretos e com a pele, embora fosse branca, queimada pelo sol. Quando ele sorriu, pude ver seus dentes, que eram brancos e brilhantes. Notei na sua fala um sotaque que conhecia.

— *O senhor é italiano?*

— *Sim. Cheguei há mais de um ano.*

— *Veio com sua família?*

— *Não. Sou sozinho. Vim ao encontro de alguns amigos que estão aqui há muito tempo. Gostei daqui e fiquei. Os patrões e o salário são bons.*

— *Fico contente com isso.*

— *A senhorita mora onde?*

— *Na casa-grande. Sou esposa de Jaime.*

— *Esposa?*

— Fiquei surpresa com a sua reação, Edite. Não entendi por que ele havia reagido daquela maneira; perguntei:

— *Por que está surpreso?*

— *Perdão, senhorita, mas é muito bonita para ser casada...*

— Sem perceber, comecei a rir, Edite. Eu, que até então estava me sentindo feia, gorda e desajeitada, que estava sentindo que Jaime já não sentia o mesmo que havia sentido quando nos casamos, receber um elogio daqueles de um homem lindo como aquele! Só consegui dizer:

— *Obrigada pelo elogio, embora ache que não o mereça.*

— *Não merece por quê?*

— *Já fui muito bonita, mas hoje, depois que tive meu filho, deixei de ser...*

— *O que está dizendo? A senhora é muito bonita! Constatei isso assim que a vi na estrada. Seu porte é de uma princesa!*

— Eu não acreditava no que estava ouvindo. Ele, um homem simples, com aquelas palavras lindas. Fiquei sem saber o que dizer. Ele, talvez percebendo meu constrangimento, disse:

— *A senhora quer que eu a acompanhe na volta para casa?*

— *Não, obrigada, prefiro continuar andando.*

— *Está bem. Também preciso ir para a casa do coronel. Ele me espera todos os dias, pela manhã, para prestar contas da colheita e de tudo o que acontece na fazenda.*

— Dizendo isso, montou no cavalo, acenou com a mão e saiu. Já sobre o cavalo, disse:

— *Meu nome é Juliano, qual é o seu?*

— *Margarete...*

— *Seu nome é lindo, assim como a senhora.*

— Eu, envergonhada, apenas sorri e fiquei ali, parada, olhando-o se afastar. Continuei caminhando, mas já não estava mais interessada na paisagem. Não conseguia deixar de pensar nele. Quando comecei a me cansar de caminhar, parei e tomei o caminho de volta. Enquanto andava, desejei, ardentemente, encontrá-lo pelo caminho, mas não aconteceu.

Quando voltei para casa, mesmo que quisesse, não conseguiria esconder como estava feliz. Carlota, ao me ver, disse:

— *Parece que o passeio fez bem a você, Margarete!*

— *Fez sim, dona Carlota. Nunca imaginei que uma simples caminhada poderia me fazer tão bem.*

— *Estou feliz por isso! Você está tão bem que acho que deveria voltar a caminhar todos os dias. Eu sabia que a natureza iria fazer muito bem a você.*

— *Tem razão, dona Carlota. Fez bem mesmo, e estou pensando seriamente em voltar a caminhar todos os dias.*

— Eu disse aquilo, mas sabia que não fora a natureza que me fizera bem, mas, sim, aquela bela imagem de homem e suas palavras. Olhei para Luizinho, que engatinhava. Pela primeira vez, depois de muito tempo, passei a mão sobre seus cabelos. Fui para meu quarto. Assim que entrei, olhei para o espelho em tamanho real que estava ali. Olhei de frente, de costas e de perfil. Sorrindo, cheguei à conclusão de que, realmente, eu não estava tão feia como imaginava.

— Não vai dizer que abandonou seu marido e filho por esse homem, Margarete!

— Não vou responder a isso, Edite! Você precisa saber o que e como minha vida mudou e caminhou daquele dia em diante.

— Está bem, continue.

— Durante todo o dia, não consegui me esquecer dele nem por um minuto. Mesmo com os olhos fechados, eu o via diante de mim, seus olhos, seu corpo e, principalmente, seu sorriso. Eu sabia que nunca havia sentido algo parecido. Achava que gostava de Jaime, mas, naquele dia, descobri que não era verdade, pois eu estava completamente envolvida por aquele italiano lindo! Daquele dia em diante não senti mais falta de Jaime e não me importava mais por ele estar viajando. Durante aquela noite, quase não consegui dormir e, sempre que acordava, meu primeiro pensamento era para ele. Eu não entendia bem o que estava acontecendo, só sabia que estava bem, muito bem. No dia seguinte, como sempre acontecia, fui acordada por Luizinho, que dormia em um berço ao lado da minha cama. Levantei-me sem reclamar e, pela primeira vez, eu o peguei no colo, o que causou surpresa em Carlota quando entrou no quarto.

— *Você está com ele no colo, Margarete? Isso é muito bom!*

— *Fiquei com vontade de segurá-lo, dona Carlota.*

— *Que bom, minha filha, sempre achei que esse dia chegaria e que o amor materno e incondicional surgiria em você!*

— Ao ouvir aquilo, novamente pensei: por que todas as mães precisam sentir esse amor incondicional? Eu até gostava do menino, mas não achava necessário ficar dizendo a todo instante isso a ele ou a ninguém.

— Nossa, Margarete! Nunca ouvi uma mãe dizer isso!

— Nunca ouviu, Edite, porque a maioria das mulheres não tem coragem para dizer isso!

— Não acredito no que está falando, Margarete. Todos os pais amam seus filhos!

— Não sei se o que você está dizendo é verdade, mas naquele tempo, e principalmente naquele dia, achei que meu filho não tinha o direito de me escravizar. Minha única preocupação era o italiano. Não falei coisa alguma sobre o que Carlota havia dito; sentei-me em uma poltrona que havia no quarto e comecei a amamentar o menino. Quando senti o cheiro do leite, voltei a sentir aquele mal-estar, aquele enjoo. Falei para Carlota:

— *Dona Carlota, a senhora não acha, já que Luizinho está comendo de tudo, que seria a hora de eu parar de amamentá-lo?*

— *O ideal seria que ele fosse alimentado até os dois anos, mas, já que você se sente tão mal, acho que podemos, aos poucos, ir trocando seu leite pelo leite de vaca e prestarmos atenção na reação dele.*

— Fiquei feliz com sua resposta e, para minha felicidade, rezava para que ele não sentisse falta do meu leite e se acostumasse com o leite de vaca. Quando terminei de amamentar, sentindo o cheiro de leite ainda mais forte, falei:

— *Estou precisando de um banho, dona Carlota.* — Ela, rindo, disse:

— *Sei o que você sempre sentiu em relação a isso. O cheiro de leite a irrita. Pensando que ia dizer isso, mandei preparar o seu banho e que fosse colocada aquela água de cheiro de que você tanto gosta. Basta ir até a casa de banho, está pronto à sua espera.*

— Ao ouvir aquilo, Edite, só me restou sorrir e agradecer. Ela era e é uma mulher maravilhosa, me tratava como se eu fosse sua filha e, arrisco a dizer, melhor até que minha própria mãe. Todos os dias eu acordava cedo, porque Luizinho não me dava folga. Normalmente, eu ficava irritada, mas, naquela manhã, foi diferente. Estava feliz por ter acordado cedo, pois, assim, poderia sair e, com sorte, encontrar Juliano pelo caminho. Depois do banho peguei o vestido de que mais gostava. Não esperei que Carlota escovasse meus cabelos, pois ela estava cuidando de Luizinho. Escovei meus cabelos e os prendi com uma fita amarela que combinava com meu vestido. Depois de olhar mais uma vez para o espelho, me despedi de Carlota, dei um beijo na testa de Luizinho. Como havia acontecido na manhã anterior, ela, ao ver que estava saindo, disse:

— *Tenha uma boa caminhada e aproveite a natureza.*

— Eu apenas sorri e, ansiosa, percorri o curto caminho entre a porta da casa e a estradinha. Quando cheguei nela, parei, respirei fundo e comecei a caminhar. Eu não estava preocupada com a natureza, não olhei para o gado, a plantação e menos ainda para os peixes no riacho. Meu olhar estava fixo à frente no caminho por onde eu esperava encontrar Juliano. Depois de andar mais ou menos vinte minutos, vi, ao longe, o cavalo se aproximando. Meu coração disparou. Ele, lentamente, foi se aproximando. Quando chegou a alguns metros, parou o cavalo, tirou o chapéu e, com um sorriso lindo, disse:

— Bom dia, senhora! Vejo que está aproveitando a natureza!

— Bom dia, senhor. Realmente, estou aproveitando. O senhor está indo falar com o coronel?

— Estou, sim. Como já disse à senhora, faço isso todos os dias.

— Está bem; agora, vou continuar a minha caminhada. Até mais, senhor...

— Até mais, mas, antes, preciso dizer que a senhora está mais bonita ainda! Sua imagem enche minha vida de luz!

— Senti que meu rosto pegou fogo, e, mesmo sem ver, sabia que estava vermelho. Tímida e desajeitada, só consegui dizer:

— Obrigada, senhor.

— Ele sorriu, voltou a colocar o chapéu e, rindo, se afastou. Eu estava paralisada e não sabia o que pensar, só sabia que estava feliz por vê-lo e o acompanhei com os olhos até que desapareceu na curva da estradinha. Continuei minha caminhada, mas logo dei a volta e caminhei em direção a minha casa, pois nada mais me interessava naquele passeio. Quando cheguei a casa, vi que o cavalo dele estava ali. Pensei em encontrar uma maneira de ir até o escritório para vê-lo mais uma vez, porém não tive coragem, sabia que ele conversava com o coronel. Entrei em casa e fui ao encontro de Carlota, que estava com Luizinho no colo e que, ao me ver, sorriu:

— Essas caminhadas estão fazendo muito bem a você, Margarete! Fico feliz por isso! Você se transformou totalmente. Quando Jaime chegar, não vai acreditar e, mais ainda, vai ficar muito, muito feliz! Você está linda! Parece a mesma moça que era quando se casou!

— Obrigada. A senhora, como sempre, é muito gentil. Agradeço pela ideia que me deu para que eu caminhasse, o que me fez muito bem.

— Sabia que você precisava de algo que a animasse, tentei e parece que deu certo!

— Deu, sim, pode ter certeza disso!

— Eu disse aquilo sorrindo por dentro, Edite.

— Estou ouvindo o que você está falando, Margarete, e juro que não estou acreditando. Você estava casada com o homem mais maravilhoso de que já ouvi falar e teve coragem de pensar em outro?

— Sei o que você está pensando e não a culpo, mas, mesmo sabendo que não serve como justificativa, naquele tempo, eu era muito jovem e sem experiência alguma. Só sei que estava feliz como há muito tempo não me sentia e só pensava na manhã seguinte, quando poderia vê-lo novamente. Passei o resto do dia cuidando e brincando com Luizinho, o que causou muita felicidade a Carlota. Em outros tempos, eu estaria nervosa por Jaime ter viajado sem ter me levado, mas, naquele dia, não estava, e até agradeci intimamente, pois estaria livre para reencontrar o italiano.

— Não acredito no que está falando, Margarete!

Margarete apenas sorriu e continuou:

— No dia seguinte, eu me levantei muito cedo, sem reclamar. Escolhi um vestido que achava o mais bonito de todos os que eu tinha. Carlota ficou feliz por me ver tão animada com a caminhada. Quando eu saí, disse:

— *Vá com Deus, minha filha. Aproveite a natureza!*

— Eu sorri e, alegre, fui para a estrada. Depois de andar por algum tempo, vi Juliano se aproximando. Assim que chegou ao meu lado, desceu do cavalo:

— *Que bom encontrá-la novamente, senhora. Estava preocupado e com medo de não a encontrar.*

— *Medo, por quê?*

— *Eu queria muito encontrar a senhora. Não sei o que está acontecendo comigo, não consigo esquecê-la por um minuto sequer.*

— Ao ouvir aquilo, Edite, estremeci. Antes que eu me recuperasse, ele me abraçou e me beijou apaixonadamente. Mesmo sem querer, tentei reagir, mas foi por pouco tempo e me entreguei àquele amor que sentia. Após algum tempo, nos separamos e ele, profundamente envergonhado, montou no cavalo.

— Perdão, senhora! Eu não devia ter feito isso...

— Saiu em disparada. Eu fiquei ali, parada, ainda sentindo o sabor do seu beijo. Assim que ele desapareceu na curva da estrada, segui em direção a minha casa. Não sentia vontade alguma de continuar a caminhada. Queria chegar o mais rápido possível, ir para o meu quarto, me deitar e ficar relembrando aquele momento maravilhoso. Assim que cheguei, Carlota se admirou:

— Já de volta, Margarete? Pensei que fosse demorar mais, como sempre faz. Não está se sentindo bem?

— Eu, ao perceber que estava demonstrando em meu rosto o que sentia, pensei: "Preciso disfarçar. Ela não pode descobrir".

— Estou com um pouco de dor de cabeça. Deve ser algum resfriado. Acho que vou para meu quarto.

— Faça isso. Vou providenciar um chá para você.

— Foi o que fiz. Fui para meu quarto, me deitei e fiquei relembrando aquele momento maravilhoso. Estava embriagada de tanto amor e felicidade. Alguns minutos depois, Carlota entrou no quarto com uma bandeja na qual havia um bule com chá. Sentou-se ao meu lado.

— Tome este chá, vai sentir sono, mas não se preocupe, quando acordar vai estar se sentindo bem melhor.

— Na realidade, eu não queria dormir, queria continuar pensando naquele momento, mas não tinha como recusar o chá. Tomei-o depressa, queria que ela saísse do meu quarto. Não sei por quanto tempo eu dormi. Só sei que fui acordada ao sentir um beijo na minha testa. Sorri, pensando que estava sonhando e sendo beijada por Juliano. Abri os olhos e lá estava Jaime. Ao vê-lo, estremeci.

— Acorde, Margarete. Está quase na hora do almoço.

— Ainda deitada, sem saber o que falar ou fazer, apenas disse:

— Já chegou?

— Como já, Margarete? Estou viajando há mais de uma semana! Estou morrendo de saudade.

— Acordei totalmente, sentei-me na cama e, olhando para ele, respondi:

— *Desculpe, eu ainda não havia acordado. Estou feliz por sua volta e também estava morrendo de saudade.*

— Ele me abraçou e se inclinou para me beijar. Virei o rosto.

— *Não me beije, Jaime, estou com um resfriado que pode ser uma gripe, não quero que fique doente.*

— Falei isso enquanto me levantava rapidamente. Eu não podia permitir que ele me beijasse, queria continuar sentindo o sabor do beijo de Juliano.

— *Estou muito feliz, Margarete. Mamãe me disse que você está muito bem e feliz! Eu estava muito preocupado, pois você estava sempre triste.*

— *Estou bem mesmo, Jaime, e também estou feliz por isso.*

— Caminhei em direção à penteadeira, Edite, e me sentei em um banquinho que havia em frente a ela. Peguei uma folha de hortelã de um pequeno galho que sempre estava ali dentro de uma travessa com água. Comecei a mastigar. Depois, peguei uma escova e passei a escovar os cabelos. Jaime se aproximou de mim e, abraçando-me por trás, colocou em meu pescoço um colar de esmeraldas. Ao olhar para o espelho e ver aquilo, a princípio fiquei paralisada. Depois, sem conseguir conter meu espanto, disse:

— *Nossa! Que lindo, Jaime!*

— *Não sei qual é o motivo de todo esse espanto, Margarete, pois todas as vezes que volto de uma viagem trago um presente para você, e quase sempre é uma joia!*

— *É verdade, Jaime, mas nunca trouxe algo como este, que deve ter custado muito caro!*

— *Não deve discutir o valor de um presente, Margarete, mas esta joia tem um motivo especial.*

— *Qual é o motivo?*

— *O coronel Otaviano nos convidou para irmos a um jantar em sua casa e você sabe que toda a sociedade da cidade vai comparecer. Minha linda mulherzinha precisa estar linda!*

Na realidade, para que isso aconteça, não seria necessário um colar como esse, que está no seu pescoço, porque você é linda, mas achei que ficaria lindo em você. Sei que já houve jantares antes desse, mas eu nunca quis comparecer a eles antes, pois vi que você não estava bem. Quando vi esse colar, imaginei como você ficaria linda com ele, arrisquei e trouxe, só imaginando como você ficaria feliz, além de combinar com seus olhos e cabelos. Pensei, também, que talvez ele poderia animá-la, mas minha mãe, assim que cheguei, disse que você não andava mais tão triste e desanimada. Portanto, precisa mandar fazer um vestido bem bonito para irmos a esse jantar, que é muito importante para nossos negócios.

— Está disposta a ir a esse jantar?

— Claro que estou!

— Então, prepare-se. Agora, vou conversar com o coronel para mostrar os resultados da minha viagem. Espero você para o almoço. — Beijou minha testa e saiu.

— Nossa, Margarete, como você pôde abandonar um homem como esse? — Edite perguntou indignada.

Margarete, rindo, respondeu:

— Também já me fiz essa pergunta mais de mil vezes, Edite, mas aconteceu.

— Está bem, Margarete. Estou brava, nervosa, mas também curiosa para saber o que aconteceu depois dessa loucura que a levou a abandonar esse homem, o que, na minha opinião, foi um erro grave.

— Assim que ele saiu do quarto, voltei o meu olhar para o meu pescoço e para o colar. Era realmente divino. Enquanto o olhava, pensei: "Como pude trair o meu marido? Ele é um homem bom e gosta muito de mim. Não merece e nunca mais vou repetir o mesmo erro. Nunca mais vou me encontrar com Juliano! Não tenho esse direito, e Jaime não merece". Quando me lembrei de Juliano, senti meu corpo estremecer. Não conseguia esquecer aquele beijo, seu olhar e seu sorriso.

Sabia que estava errada, mas não podia evitar, Edite. Sentia que ele era o amor da minha vida. Balancei minha cabeça de um lado para o outro, na tentativa de tirar o meu pensamento dele, mas foi em vão. Guardei o colar na caixa que Jaime havia deixado sobre a penteadeira, terminei de me vestir e fui para a sala. A mesa já estava colocada, Carlota dava a papinha de Luizinho, que estava todo sujo de comida. Carlos olhava para Luizinho e sorria. Lembrei-me da história de Carlota e em como ela estava feliz agora.

— *Onde está o Jaime, dona Carlota?*

— *No escritório do coronel, Margarete, mas os dois já devem vir para almoçar.*

— Ao ouvir aquilo, lembrei-me de Juliano, mas procurei afastar aquele pensamento. Eu não queria pensar nele nem repetir o que havia acontecido. Jaime era um ótimo marido e desde sempre fez tudo para que eu fosse feliz. E eu o havia traído; sabia que a traição não havia se consumado, mas, mesmo assim, eu o havia traído. Eles chegaram e sentaram-se. Começamos a comer e eu a olhar para Jaime, que estava feliz e descontraído.

— *Mamãe, fomos convidados para um jantar na casa do coronel Otaviano. A senhora sabe como ele é importante na cidade e para os nossos negócios. Todos nós precisamos comparecer. Dei um colar para Margarete e queria que a senhora fosse com ela para providenciar os vestidos que ambas vão usar.*

— *Eu já disse ao Jaime que não vou, dona Carlota. Estou muito velho para isso. Ele pode, muito bem, me representar. Gosto de ficar tranquilo na minha casa.*

— *Não fale assim, coronel, a sua presença é importante e, também, poderá rever amigos e conversar com eles.*

— *Não, Carlota. Já passei desse tempo. Só quero ficar tranquilo.*

— Carlota olhou para nós e sorriu. Não precisou falar coisa alguma, pois todos nós conhecíamos o coronel e sabíamos que ele não gostava de sair de casa. Ela, ainda sorrindo, disse:

— Está bem, coronel. Não vamos insistir e, quando voltarmos, vamos contar tudo o que aconteceu na festa.

— O jantar será realizado daqui a dois meses. Portanto, vocês terão bastante tempo para se prepararem.

— Eu, embora animada com o jantar, sabia que, com Jaime em casa, seria difícil me encontrar com Juliano e, ao mesmo tempo, sabia que aquilo era bom, pois eu precisava me afastar dele. Jaime ficou em casa por quinze dias. Todos os dias ele me convidava para que fôssemos fazer uma caminhada, mas eu sempre, com medo de encontrar Juliano pelo caminho, recusava-me a caminhar pela manhã e dizia que sim, poderíamos caminhar à tarde. Ele, me abraçando, falou:

— Está bem, pois para mim seria complicado sair pela manhã. Eu e o coronel, ao lado de um trabalhador da fazenda, costumamos conversar sobre os problemas e as soluções da fazenda.

— Eu, em pensamento, agradeci. Todas as tardes, assim que o calor diminuía, saíamos para caminhar. Eu não achava graça alguma, mas sabia que precisava continuar a manter as aparências. Eu acordei cedo todas as manhãs. Isso quando conseguia dormir uma noite inteira sem acordar várias vezes pensando em Juliano. Estava agitada, mas, felizmente, Jaime não percebeu. Assim que acordava, pensava em Juliano, que deveria estar se preparando para ir conversar com o coronel, e, agora, com Jaime. Para disfarçar o meu estado de ânimo, eu, para felicidade de Jaime e de Carlota, passava os dias brincando e cuidando de Luizinho. Carlota estava animada com o jantar. Queria que ambas estivéssemos bonitas, pois toda a sociedade estaria lá. Fomos até a cidade e escolhemos e compramos tecidos, depois os levamos para uma modista que se comprometeu a entregar os vestidos quinze dias antes do jantar. Ela se comprometeu também a levar tecido para um sapateiro, que faria os sapatos com o mesmo tecido do vestido. Nesses momentos em que estava envolvida com os preparativos do jantar, eu até me esquecia de Juliano. Quando Jaime foi viajar novamente, respirei aliviada. Embora não quisesse e soubesse que era errado, sentia que não conseguiria ficar sem me encontrar com Juliano. Na manhã seguinte, após Jaime ter partido, acordei cedo com a decisão de nunca mais me encontrar com ele, mas essa decisão não durou muito tempo. Escolhi um vestido diferente de todos os que ele conhecia e ia saindo, quando Carlota entrou no quarto e, ao ver que eu ia sair para a caminhada, admirou-se:

— *Vai caminhar novamente, Margarete?*

— *Vou, sim. Enquanto Jaime esteve em casa, caminhamos à tarde, mas gosto mesmo é de caminhar pela manhã.*

— *Também acho que pela manhã é melhor. Vá, minha filha, e não se preocupe com Luizinho, cuidarei dele.*

— Eu não estava preocupada com Luizinho, sabia que ela cuidaria dele.

— *Sei que cuidará, como sempre cuidou, dona Carlota, e só posso agradecer novamente.*

— Ela sorriu e eu saí da casa. Assim que cheguei à pequena estrada, estava ansiosa e com o coração acelerado. Comecei a caminhar com o olhar fixo na estrada e na esperança de vê-lo se aproximando. Pouco tempo depois, vi o cavalo que se aproximava. Meu coração quase saiu pela boca. Apressei o meu passo, e ele, quando me viu, fez com que o cavalo andasse mais rápido. Assim que chegou, desceu do cavalo e, sem nada dizer, me abraçou e beijou apaixonadamente. Eu retribuí aquele beijo com todo o meu coração e amor. Depois, sem nada dizer, ele pegou minha mão e me levou para dentro da mata. Eu o segui sem gesto algum para impedir e sabendo o que aconteceria. Nós nos deitamos sobre a grama e aconteceu. Nós nos amamos de uma maneira como nunca eu tinha sentido antes. Quando terminamos, ele, ainda beijando meu rosto e testa, disse:

— *Quando vi seu marido, soube que não poderia vê-la. Você não pode imaginar como me senti todos esses dias. Não consegui me esquecer de você nem por um minuto. Estou apaixonado e sei que nunca senti um amor igual a esse.*

— Eu, inebriada com o que havia acontecido, não soube o que dizer. Apenas o beijei mais uma vez e ficamos abraçados. Depois de algum tempo, ele disse:

— *Agora, preciso ir embora. O coronel está me esperando e não posso fazer com que espere muito. Já estou atrasado. Vou sair primeiro e ver se não tem ninguém na estrada, embora isso seja difícil, pois todos a esta hora estão na roça. Quando eu for embora, pode sair em segurança, pois, se houver alguém, eu vou esperar e conversar, assim saberá que não pode sair. Só saia quando ouvir o trote do cavalo. Está bem?*

— Eu somente consegui responder com a cabeça. Ele me beijou mais uma vez e saiu. Eu fiquei ali esperando que ele fosse embora, depois saí e, feliz, continuei minha caminhada.

Edite, que ouvia atentamente o que Margarete contava, nervosa, quase gritou:

— Não acredito que você tenha feito isso, Margarete! Como pôde?

— Hoje também penso isso, mas, naquele tempo, eu não pensei; estava feliz demais e só queria ficar com Juliano para sempre. Ainda quer continuar ouvindo o que tenho para contar? Se não quiser, eu posso parar.

— Claro que quero continuar ouvindo, Margarete! O que aconteceu para que esteja aqui e não ao lado do seu marido ou de Juliano?

— Depois daquele dia, continuamos a nos encontrar e a repetir o nosso amor. Eu procurava fazer o máximo possível para que Carlota não desconfiasse, mas nem sempre conseguia, pois era difícil eu não demonstrar a felicidade que sentia. Muitas vezes ela perguntou:

— *O que está acontecendo com você, Margarete? Está muito feliz! Não que eu não esteja feliz por isso, mas estou estranhando.*

— *Estou bem, dona Carlota. Perdi muito tempo me sentindo infeliz. Hoje estou bem e não quero que aquele tempo se repita!*

— *Ainda bem que você sarou, Margarete, eu estava muito preocupada.*

— Pois hoje não precisa mais se preocupar. Agora, só estou pensando no jantar do coronel Otaviano e no aniversário de Luizinho.

— É verdade, faltam poucos dias para o aniversário, e o coronel quer que seja feita uma grande festa para as nossas famílias, amigos e trabalhadores da fazenda. Precisamos tomar a frente de tudo isso.

— Estou fazendo isso, dona Carlota. Hoje mesmo, à tarde, vou conversar com as mulheres dos trabalhadores e ver o que elas podem fazer a respeito, como prepararem comidas e doces.

— Faça isso, Margarete, todas elas cozinham muito bem, e o coronel quer que seja feito um grande churrasco. Precisa ver se algum dos trabalhadores pode se encarregar disso.

— Vou conversar com eles. Agora estou ansiosa para saber como estão os nossos vestidos para o jantar.

— Também estou. Na quarta-feira precisamos voltar à costureira para fazermos a prova dos vestidos.

— É verdade, estou ansiosa para ver como os vestidos ficaram.

— Continuei a me encontrar com Juliano. Quando faltava um dia para Jaime voltar, depois de nos amarmos, eu disse:

— A partir de amanhã, não sei por quanto tempo não poderei voltar a me encontrar com você, Juliano, pois meu marido vai retornar da viagem e não sei por quanto tempo ele vai ficar sem viajar.

— Juliano, muito nervoso, disse:

— Não suporto isso! Só de pensar em você se deitando com ele, eu enlouqueço! Isso não pode continuar, Margarete! Estou enlouquecendo!

— Também quero ficar com você para sempre, mas não existe maneira alguma! Sou casada!

— Sei que tem uma vida luxuosa, que nunca poderei dar a você! Sei que tem um filho, mas não é feliz, Margarete! Sei que, assim como eu, não consegue parar de pensar em mim e em tudo o que estamos vivendo! Precisamos encontrar uma maneira para podermos ficar juntos.

— Como vamos fazer isso, Juliano? Estou presa a esse casamento!

— Podemos fugir, Margarete!

— Fugir para onde, Juliano? Para qualquer lugar que eu for, Jaime vai me encontrar!

— Podemos fugir para a capital. Lá, misturados com uma população bem maior do que a nossa, ninguém nos encontrará!

— Capital? Como faremos isso, Juliano?

— Eu posso dizer ao coronel que preciso viajar para visitar um primo que está doente. Posso pedir a charrete emprestada. Sei que ele não vai me negar. Ele confia em mim. Antes de pegarmos o trem, eu vou deixar a charrete no estábulo. O coronel mandará alguém para nos encontrar, mas será tarde, pois estaremos no trem a caminho da capital, coisa que eles nunca pensarão. Quando chegarmos lá, posso me encontrar com um primo que trabalha em um restaurante. Tenho certeza de que, por algum tempo, nos dará abrigo.

— Você pensou em tudo? Mas não sei se terei coragem de fazer isso. Tem que admitir que, para mim, será muito difícil abandonar meu marido e meu filho. Juliano...

— Sei que não será fácil, mas depende de quanto você quer ficar comigo. Com você ou sem você, eu irei embora. Não consigo ficar com você pela metade, sabendo que tem outro homem.

— Outro homem, Juliano? Ele é meu marido! Você sabe o que acontece com uma mulher separada. Ela é condenada e discriminada pela sociedade.

— Sei disso, mas ninguém precisará saber. Na capital, ninguém nos conhece! Diremos que somos marido e mulher. Ninguém vai descobrir, nem sequer pensar que não é verdade. Não precisa me dar uma resposta agora, pode ser amanhã ou depois, só precisa saber que daqui a uma semana estarei indo embora. Já conversei com o coronel, ele ficou triste, mas não tentou me impedir e disse que, a qualquer momento que eu quiser voltar, as portas da fazenda estarão abertas. Por isso, precisa pensar no que deseja fazer.

— Está bem, vou pensar muito bem e, depois, dou uma resposta a você. Por enquanto, estou muito confusa, Juliano.

— Ele, sem nada dizer, me abraçou, beijou e, desamarrando o cavalo, foi para a estrada. Eu fiquei ali por mais algum tempo e, assim que ouvi o trote do cavalo se distanciando, saí da mata e comecei a caminhar em direção à minha casa. Realmente estava confusa. Sabia que o amava e que queria passar a minha vida ao seu lado, mas tinha muito a perder. Tinha um marido que fazia o possível e o impossível para me ver feliz. Tinha um filho que de alguma maneira precisava de mim. Continuei caminhando e pensando naquilo que eu poderia fazer. Assim que cheguei, Carlota, como sempre, me recebeu com um sorriso.

— Voltou cedo, Margarete! Hoje caminhou menos?

— Eu não estava com vontade de conversar. Luizinho engatinhava pela sala, sob a supervisão dela. Desanimada, respondi:

— Estou com dor de cabeça e, se a senhora não se importar em continuar cuidando do Luizinho, gostaria de ir para o meu quarto e me deitar um pouco.

— Claro que não me importo! Vá e fique o tempo que precisar. Quer que eu prepare um chá?

— Não precisa, dona Carlota. Acredito que só de me deitar vou melhorar. Obrigada por todo o seu carinho.

— Ela sorriu e eu fui para meu quarto. Assim que cheguei, me deitei e comecei a chorar e a pensar: "Meu Deus. O que vou fazer? Tenho uma boa vida, um filho e um marido que cuida de mim. Não sei o que vai acontecer com minha vida se abandonar tudo o que tenho. Embora sinta que ame Juliano, não o conheço, nem sei se tudo o que está dizendo é verdade, mas não consigo imaginar a minha vida sem ele. O que vou fazer?" Fiquei ali por muito tempo que nem sei imaginar quanto. Sem perceber, adormeci. Não sei quanto tempo depois, abri os olhos e continuei pensando no que faria. Percebi que a maçaneta da porta se movia. Fechei os olhos novamente, sabia que era Carlota e não estava com disposição para conversar ou me levantar. Ela entrou no quarto, se aproximou da cama e, pensando que eu estivesse dormindo, saiu novamente. Fique ali quase o dia inteiro, não sentia fome ou qualquer coisa, só queria encontrar uma solução. No meio da tarde, resolvi que estava na hora de me levantar. Foi o que fiz. Ao entrar na sala, Carlota, sentada no chão, colocava Luizinho em pé para que começasse a andar. Ele dava um ou dois passos e caía sentado. Ao lado deles, Pipo, um filhote de pequinês que Jaime trouxera para brincar com Luizinho, corria de um lado para o outro. No dia em que trouxe o filhote, disse: "Eles vão crescer juntos e serão amigos". Fiquei olhando e pensando: "Luizinho é muito feliz aqui. Está protegido por todos e, principalmente, por Carlota. Crescerá feliz e não sentirá falta da minha presença. Não consigo imaginar minha vida sem Juliano, por isso vou embora com ele e seja o que Deus quiser".

Edite não conseguia acreditar no que estava ouvindo, mas preferiu nada dizer. Estava ansiosa para ouvir o resto da história, embora já adivinhasse o seu final e o motivo de Margarete estar vivendo naquela casa. Margarete continuou:

— Passei o resto do dia brincando e também tentando ensinar Luizinho a caminhar. No dia seguinte, como sempre fazia, acordei cedo e fui ao encontro de Juliano, que, na mesma hora de sempre, chegou montado em seu cavalo. Assim que se aproximou, desceu e, pegando em minha mão, fomos para dentro da mata, o nosso lugar. Depois de nos abraçarmos, ele perguntou:

— *Pensou no que vai fazer, Margarete?*

— *Pensei muito e resolvi que vou acompanhar você, só que precisamos esperar alguns dias. Por isso, só poderá acontecer depois do aniversário de Luizinho. Todos virão para a festa. Meus pais, amigos e parentes. Todos estão ansiosos. Não posso estragar a festa, pois sei que vai ser um escândalo. Confesso que estou com medo, mas não consigo mais viver sem você. Espero que não esteja me enganando.*

— Claro que não! Garanto que vamos ser felizes. Você é a mulher da minha vida e vou fazer de tudo para que seja feliz e tenha uma vida não tão rica como a de hoje, mas feliz e tranquila.

— Eu queria, do fundo do coração, que aquilo fosse verdade, por isso, me abracei a ele e nos amamos mais uma vez. Ele estava indo embora, após me abraçar e beijar, quando parou e, voltando-se para mim, disse:

— Só temos um problema, Margarete.

— Que problema?

— Não tenho muito dinheiro e não sei quanto tempo vai demorar para que eu arrume um emprego. Você tem algum dinheiro?

Ao ouvir aquilo, Edite sorriu e pensou: "Eu sabia que esse homem era um canalha!" Pensou, mas nada falou. Margarete continuou:

— Não tenho dinheiro, mas sei onde Jaime guarda. Não posso pegar muito, mas pegarei algum. Tenho também joias, que, se for necessário, poderão ser vendidas.

— Está bem, faça isso. Sei que não precisará se desfazer de suas joias, pois, assim que chegarmos, vou encontrar um emprego e tudo vai ficar bem.

Ao ouvir aquilo, Edite não se conteve:

— Não acredito que você tenha feito isso, Margarete! Conhecia a história de Carlota! Sabia tudo o que havia acontecido com ela por ter acreditado em um homem que mal conhecia!

— Não pensei nem me lembrei disso, Edite. Estava apaixonada e você sabe que quando alguém está apaixonada não pensa muito, só quer ficar com aquela pessoa que julga ser seu amor. Quer que eu pare? Vejo que está nervosa.

— Não! Continue, Margarete, embora eu já possa prever o final e o motivo de estar vivendo aqui.

— Acho bom que ouça até o fim, Edite, pois o que aconteceu comigo foi bem pior daquilo que aconteceu com Carlota.

— Pior? Como pior?

— Assim que eu terminar, você vai saber e ver que tenho razão em dizer isso. Foi pior, muito pior.

— Então continue!

— Finalmente o dia da festa chegou. Todos estavam animados. Trabalhadores e suas mulheres se empenharam para que tudo ocorresse como havia sido planejado. Houve muita macarronada, polenta e carne para o churrasco. O coronel não cabia em si de tanta felicidade e aquilo me fazia muito mal, pois imaginava o grande sofrimento que traria a ele e, principalmente, a Jaime e Carlota, que sempre fizeram todo o possível para que eu fosse feliz, mas eu não encontrava outro caminho. Sentia que se continuasse ali sofreria muito e até morreria. Naquele tempo, eu achava que morrer de amor poderia acontecer. As pessoas começaram a chegar. Meus pais estavam felizes por mim e por eu ter me casado com um homem maravilhoso como Jaime, pois sabiam que ele era um bom marido e pai. Todos se divertiram muito. Os trabalhadores se encarregaram, também, da música e da dança. Eu dancei com vários deles, menos com Juliano. Sentia medo de despertar suspeitas. No dia seguinte, ao acordar, Jaime beijou minha testa e disse:

— *Preciso agradecer a você toda a felicidade que tem trazido para minha vida e pelo lindo filho que me deu, e a Deus por ter colocado você em minha vida. Durante algum tempo fiquei preocupado com você, mas hoje sei que tudo aquilo terminou. Ontem, você estava linda e parecia feliz.*

— Ao ouvir aquilo, Edite, meu coração se apertou novamente. Imaginei o que ele sentiria quando eu fosse embora, mas não havia alternativa. Precisava tentar ser feliz com Juliano, mesmo sabendo que não o conhecia e sem certeza de que, realmente, poderia ser feliz. Só consegui falar:

— *Não pense tão bem de mim, Jaime. Talvez eu não seja tão maravilhosa assim.*

— *Como não? Você é linda e a melhor mulher do mundo. Agora, depois do café, vou conversar com o coronel. Amanhã vou viajar novamente. Preciso ir para Santos negociar a safra de café que, este ano, graças a Deus, foi muito boa. A colheita está perto e* acredito que vamos ganhar um bom dinheiro e, com ele, estive pensando em fazer uma viagem para Paris.

— Paris?

— Sim, Margarete! Paris! Dizem que lá o amor está no ar. Poderemos passar momentos muito bons e nos amar felizes e tranquilos! Fiquei sabendo que lá tem uma torre muito alta, construída com ferro. As pessoas que já estiveram lá dizem que é linda!

— Fiquei com os olhos parados, olhando para ele. Sempre gostei de viajar para qualquer lugar, imagine o que estava sentindo naquele momento. Ele, não entendendo a minha expressão, preocupado, perguntou:

— Pensei que ficaria feliz com a viagem, Margarete!

— Desculpe, fui pega de surpresa. Jamais imaginei que você me diria uma coisa como essa!

— Agora que a surpresa passou, espero que esteja feliz.

— Estou, claro que estou.

— Apesar da surpresa e de imaginar o que seria uma viagem para Paris, lembrei-me de Juliano e de como seria bom fazer uma viagem para Paris, mas ao lado dele. Sabia, também, que isso jamais aconteceria. Ao me lembrar dele, e sabendo que Jaime estaria conversando com o coronel, disse:

— Enquanto você conversa com o coronel, posso fazer minha caminhada? Preciso pensar em tudo o que está acontecendo. É muita coisa, Jaime...

— Faça isso, Margarete! Uma caminhada só pode fazer bem a você. Agora, vamos tomar café?

— Ele me beijou mais uma vez e se levantou. Eu, ainda atordoada, fiz o mesmo. Assim que terminamos de tomar o café, Jaime foi conversar com o coronel e, após beijar Luizinho, que engatinhava, eu saí para minha caminhada. Não conseguia me esquecer de Paris. Já havia visto várias fotografias em revistas que Jaime sempre me trazia de suas viagens. Caminhava e pensava: "Como minha vida pode mudar de tal maneira? Por que me encontro nessa situação para a qual não vejo saída? Jaime é ótimo! O marido que toda mulher, com certeza, deseja ter! Não posso abandoná-lo, nem toda a minha vida, por uma aventura! Não sei se Juliano está dizendo a verdade. É isso que vou falar a ele. Não posso seguir a seu lado. Vou continuar aqui, com Jaime e meu filho, além de Paris". Eu estava firme na decisão de não abandonar Jaime e continuei andando. Quando cheguei ao lugar em que sempre nos encontrávamos, vi Juliano se aproximando em seu cavalo. Assim que o vi, meu corpo estremeceu, mesmo assim continuei com minha decisão em não ir embora. Ele se aproximou, desceu do cavalo e, pegando em minha mão, me levou para dentro da mata. Antes que ele fizesse qualquer coisa, eu tentei falar com a voz forte:

— *Espere! Hoje não poderemos demorar. Jaime está em casa. Amanhã ele vai viajar. Ele costuma sair bem cedo. Por isso, poderei vir até aqui e poderemos conversar com mais calma. Temos algumas coisas para decidir.*

— *Está bem. Até amanhã* — disse, me beijando apaixonadamente. Pegou o cavalo que estava amarrado, saiu da mata, e eu o segui logo depois. Voltei a caminhar, agora em direção à minha casa. Enquanto andava, não conseguia parar de pensar: "Por que ele teve de me beijar daquela maneira? Sinto que não conseguirei viver ao lado de Jaime sendo sua esposa! Mas preciso pensar muito a respeito. Tenho muito a perder, mas eu amo Juliano e não consigo mais ficar sem seus beijos e seu sorriso. O que vou fazer, meu Deus?"

— Assim que entrei em casa, fui brincar com Luizinho, que estava sentado e brincando com um carrinho de madeira, feito por um dos trabalhadores. Tentei mudar meu pensamento, Edite, mas não consegui. A imagem e o sabor daquele beijo não saíam do meu pensamento. Jaime ainda continuava conversando com o coronel e, agora, com Juliano também. Eu sabia que ele estava ali e me sentia triste por não estar ao seu lado. Na hora do almoço, dei comida para Luizinho e, depois, o coloquei para dormir. O resto da tarde passei bordando. Era tudo o que fazia. Achava que minha vida não tinha graça alguma e que somente ao lado de Juliano ela poderia mudar. Naquela noite, como sempre acontecia quando Jaime estava em casa, eu quase não dormi, pensando em Juliano o tempo todo. Percebi quando ele se levantou, mas fingi que estava dormindo. Não queria ser incomodada. Ele não se preocupou, pois, sempre que ia viajar, isso acontecia. Sabia que eu não gostava de acordar cedo. Ele, antes de sair do quarto, beijou minha testa suavemente. Eu continuei ali, deitada e ainda pensando no que iria fazer. Como sempre fazia quando Jaime não estava em casa, Carlota entrou no quarto. Eu, embora ainda deitada, disse:

— Bom dia, dona Carlota.

— Bom dia, minha filha. Está acordada? Acordou cedo, Margarete? Não está bem?

— Estou bem, sim, dona Carlota, e não sei por que acordei um pouco mais cedo. Talvez por ainda estar muito cansada da festa.

— Foi uma festa linda, não foi?

— Foi, sim, dona Carlota. Pena que Luizinho, por ser muito pequeno, não entendeu bem o que estava acontecendo e, ao contrário, acho que ficou muito assustado com tanta gente.

— Verdade, mas ele terá muitas festas pelo resto da vida. Vai se levantar agora?

— Vou, sim. Estou precisando caminhar.

— Entendo. Quando Jaime viaja, você fica sempre muito triste, mas ele me disse que vai viajar bem menos e que até está pensando em viajar, ao seu lado, para Paris.

— Ele falou sobre isso. Fiquei muito feliz.

— Eu não estava com vontade de conversar, Edite. Levantei-me e fui até o berço, onde Luizinho estava em pé, segurando-se na grade. Peguei-o no colo. Ele, rindo, colocou suas mãozinhas no meu rosto e encostou sua cabeça. Aquele gesto me fez estremecer. Pela primeira vez, senti uma vontade enorme de abraçá-lo e beijá-lo. Sem conseguir evitar, lágrimas correram pelo meu rosto.

— O que aconteceu, Margarete, por que está chorando?

— Por nada, dona Carlota. É que eu descobri que amo este menino e queria ser uma boa mãe para ele.

— Você será, Margarete. Mesmo quando, no princípio, você o rejeitava, sempre disse a você que o amor de mãe apareceria. Estou feliz por estar sentindo isso.

— Fiquei em silêncio e comecei a trocar Luizinho e a pensar: "Amor de mãe, coisa que jamais acreditei que existisse, mas hoje sei que existe. Meu filho, meu coração está apertado, mas não poderei ficar ao seu lado, porém sei que crescerá lindo, forte e feliz. Sei, também, que jamais me esquecerei de você. Espero que algum dia me perdoe pelo que vou fazer". Terminei de vesti-lo e com ele no colo fui tomar café. Carlota acompanhou todos os meus passos e, feliz, sorria. Eu, naquele dia, fiz questão de dar a papinha que ele comia todos os dias. Carlota, que era quem fazia isso desde que ele nasceu, nada falou e ficou apenas me observando. Depois de tomar café, coloquei Luizinho no chão para que brincasse com seus brinquedos. Olhei para Carlota e, tentando aparentar uma calma que não sentia, disse:

— Agora, vou fazer minha caminhada. Posso ir?

— Claro que sim. Estou feliz por ver que está tão bem.

— Sorri e, calada, saí da casa. Quando cheguei à estradinha e comecei a caminhar, estava nervosa e ansiosa. Quando estava me aproximando do local do nosso encontro, pela primeira vez, vi que Juliano já estava ali. Em pé ao lado do cavalo, sorriu ao ver que eu me aproximava. Assim que cheguei, como sempre acontecia, ele pegou minha mão e entramos na mata e nos amamos. Depois, continuamos ali conversando:

— Decidi que vou embora com você, Juliano. Espero que não esteja enganada a seu respeito.

— Não está enganada, Margarete! Posso nunca poder dar a você tudo o que seu marido dá, mas com certeza darei muito amor.

— Eu não queria pensar em coisa alguma, menos ainda no meu futuro; a única coisa que queria era ficar ao lado dele para o resto da minha vida. Decidida, perguntei:

— *Como vamos fazer, Juliano?*

— *Já conversei com o coronel e ele me autorizou a pegar a charrete a hora que precisar, desde que ela não esteja sendo usada. Como Jaime já foi viajar e Gaspar aproveitou para fazer as compras da fazenda, vou agora conversar com ele e dizer que preciso para amanhã. Posso pegá-la amanhã bem cedo, e precisa ser muito cedo, pois o trem para a capital parte às seis horas da manhã. Por isso, precisamos sair daqui às quatro e meia para que possamos chegar a tempo. Eu estarei esperando por você a alguns metros distante da casa em direção à cidade, para que ninguém possa nos ver. Pegue o dinheiro e as joias que tiver e coloque algumas roupas em uma sacola. Não precisa levar muito, pois, se precisar, como logo vou começar a trabalhar, poderemos comprar. Vai dar tudo certo, Margarete! Não se preocupe, vamos ser muito felizes!*

— *Entendi. Minha única preocupação é que acho que não vou conseguir dormir, mas o resto está tudo certo. Espero que não me deixe esperando, Juliano.*

— *Não vou deixar, Margarete, pois é o que mais quero! Não se preocupe, também, se não conseguir dormir, pois terá muito tempo durante a viagem. Agora, preciso ir embora para conversar com o coronel.*

— Dizendo isso, me beijou e, saindo para fora da mata, foi embora, e eu logo depois também saí e voltei para casa. Durante todo o dia, fiquei ao lado de Luizinho, mesmo à tarde, quando foi dormir, eu o deitei em minha cama e fiquei abraçada a ele. Procurei me comportar como todos os dias, para não despertar suspeitas. À noite, quando chegou a hora de dormirmos, me despedi de Carlota, do coronel e de Carlos e fui para meu quarto. Eu sabia onde Jaime guardava dinheiro. Ele dizia que era para que, se precisasse, pudesse comprar alguma coisa. Sabia que não era muito, pois a quantia maior quem guardava era o coronel, e ficava no cofre, que eu não sabia como abrir. Peguei o dinheiro que Jaime me dera. Era uma boa quantia, pois eu não gastava em coisa alguma. Jaime se encarregava de comprar tudo o que eu precisava. Eu não sabia por quanto tempo ele duraria, mas não pensei muito. Peguei as joias, entre elas, o lindo colar de diamantes e esmeralda. Coloquei em uma sacolinha de cetim. Peguei apenas um vestido, que, por ser largo e comprido, fazia um grande volume, um par de sapatos e roupas de baixo. Coloquei tudo em uma sacola de pano grande o suficiente. Coloquei a sacola sob minha cama, olhei para o relógio que havia sobre o criado-mudo e que marcava nove horas da noite. Faltava muito tempo, e eu sabia que não conseguiria dormir, pela ansiedade e pelo medo de perder a hora. Como havia previsto, Edite, não consegui dormir. Cochilei algumas vezes, mas estava ansiosa demais. Aquela foi a noite mais longa da minha vida. Fiquei o tempo todo olhando para o relógio e parecia que estava parado. Os ponteiros moviam-se lentamente. Fiz um bilhete e o coloquei sobre a cama. Nele, estava escrito:

*Espero que todos vocês possam, um dia, me perdoar. Principalmente você, Jaime, que sempre foi um ótimo marido e pai. Sei que cuidarão bem de Luizinho e desejo, de coração, que ele e vocês sejam felizes.*

*Margarete*

— Finalmente, a hora chegou. Peguei a sacola e saí bem devagar do quarto. Constatei que estava tudo em silêncio. Depois, saí da casa. Caminhei rapidamente pelo jardim, sempre me voltando e olhando para a casa para ver se ninguém estava me vendo. Tive a sensação de que sim, mas mesmo assim caminhei. Juliano já estava lá me esperando. Assim que me aproximei, ele, em silêncio, pegou a sacola, colocou-a na charrete, me ajudou a subir e fomos embora. Quando chegamos à cidade, fomos rapidamente para a estação. O trem já estava ali, pois faltavam poucos minutos para sair. Eu me sentei em um dos bancos e fiquei esperando Juliano comprar as passagens. Sempre de cabeça baixa, para evitar que alguém conhecido me visse e reconhecesse, mas nada aconteceu. Logo depois, Juliano voltou com as passagens e entramos no vagão da primeira classe. Juliano me disse que, embora fosse um pouco mais caro, era bem confortável. O trem apitou e saiu lentamente.

— Meu Deus do céu, Margarete, você teve mesmo a coragem de abandonar seu marido, filho, Carlota e tudo o que tinha para seguir alguém praticamente desconhecido?

Margarete, que, enquanto falava, tinha o olhar distante, parecendo reviver aqueles momentos, com lágrimas nos olhos respondeu:

— Tive coragem sim, Edite. Não queria saber de coisa alguma, só queria ser feliz e sentia que minha felicidade só seria completa se fosse ao lado de Juliano. Nem por um minuto imaginei o que aconteceria comigo ou com minha vida...

— O que aconteceu, Margarete?

— Estamos conversando há muito tempo, Edite. Tem certeza de que quer que eu continue? Não está com sono?

— Depois de tudo o que me contou, Margarete, acha que vou conseguir dormir sem conhecer o resto? Continue, estou curiosa para saber como tudo terminou, embora já possa imaginar.

— Por mais que imagine, não vai conseguir, Edite. Está bem, vou continuar, pois, agora, não falta muito. À medida que o trem se afastava da cidade, fui me tranquilizando. Beijando minha testa, Juliano perguntou:

— Está nervosa, Margarete?

— Como poderia não estar, Juliano? Estou mudando minha vida embarcando em uma aventura. Além do mais, estou cansada. Quase não dormi esta noite.

— Também estou nervoso e cansado, pois, assim como você, também não consegui dormir. Além do mais, estou com fome. Vamos até o trem-restaurante? Lá poderemos tomar café e, depois, tentar dormir por algum tempo. Vamos?

— Não estou com fome, Juliano. Estou nervosa demais...

— Você precisa se alimentar e dormir um pouco. Agora, não tem mais volta. Vamos acreditar que tudo vai dar certo.

— Com a cabeça eu disse que sim. Fomos para o restaurante. Embora eu não estivesse com fome, Juliano fez com que eu comesse. Tomamos um café reforçado. Quando terminamos, ele, sorrindo com aqueles dentes lindos, se levantou, pegou em minha mão e fomos para os nossos assentos. Após nos sentarmos, ele disse:

— Agora, vamos tentar dormir, Margarete. Vamos chegar à tarde. Tenho o endereço do meu primo. Quando chegarmos lá e eu arrumar um emprego, vamos começar uma vida que vai ser só de felicidade.

— Demorou um pouco, mas, no fim, cansados e com o barulho do trem sobre os trilhos e seu suave balançar, vencidos pelo cansaço, adormecemos. Algum tempo depois, acordei. Estava com a cabeça sobre o ombro de Juliano, que dormia tranquilamente. Olhei para seu rosto, que estava tranquilo. Sorri, com a certeza de que, realmente, eu o amava e que seria feliz ao seu lado. No mesmo momento, pensei no que estaria acontecendo na fazenda, pois já haviam descoberto a minha fuga. Fiquei nervosa, mas sabia que nada poderia ser feito. Eu tinha tomado aquela decisão e não poderia mudá-la. Logo depois, Juliano disse:

— Já acordada, Margarete?

— Acabei de acordar.

— Como você está?

— Estou bem. Somente um pouco ansiosa com o desconhecido e sem saber o que vai acontecer.

— Não pense em coisa alguma. Tudo vai dar certo e vamos ser felizes, pode ter certeza!

— Eu queria muito acreditar no que ele dizia, mas, mesmo assim, a incerteza e o medo do desconhecido tomavam conta de mim. Juliano olhou para o relógio que estava pendurado no teto, no meio do trem.

— *Quase meio-dia, Margarete! Dormimos bastante! Daqui a duas horas, vamos chegar à capital e à nossa nova vida!*

— Eu nada disse, apenas sorri.

— *Vamos almoçar? Assim, o tempo vai passar mais rápido.*

— Voltamos ao vagão-restaurante. Já descansada, pude constatar que era luxuoso. Sobre cada mesa, havia toalhas brancas e vasos de flores, que estavam frescas. Nós nos sentamos e escolhemos a comida que nos ofereciam. Enquanto comíamos, Juliano não parou de falar:

— *Nossa vida vai ser maravilhosa, Margarete! Garanto a você que nunca vai se arrepender de ter me acompanhado!*

— Eu, embora preocupada, sorri. Terminamos de comer e voltamos para nossos assentos. O trem continuava andando no seu ritmo. Eu olhava pela janela e via aquela imensidão de verde, pensando em como seria minha vida na capital. Notei que Juliano, embora tentasse disfarçar, também estava nervoso. Ele ficou o tempo todo falando de seus planos para a nossa vida:

— *Depois que eu começar a trabalhar, vamos alugar uma casa grande e linda. Você vai se surpreender com tudo o que vou fazer, Margarete! Claro que nunca vai ter a mesma vida que tinha, mas vai ser boa!*

— Fiquei preocupada, Edite, quando ele perguntou:

— *Você pegou o dinheiro e as joias?*

— Aquela pergunta, no meio da conversa, me fez estremecer, mesmo assim, respondi:

— *Sim, estão aqui na minha sacola.*

— *Está bem. Por enquanto não vamos precisar usar o seu dinheiro, menos ainda suas joias. Eu trouxe algum dinheiro. Tudo o que consegui economizar no tempo em que trabalhei na fazenda. Deve dar por algum tempo. Não quero e não vamos usar seu dinheiro e suas joias.*

— Mesmo fazendo um esforço imenso para não pensar, quando ele falou sobre o dinheiro e as joias, não consegui deixar de me lembrar de Carlota e pensei: "Será que estou cometendo o mesmo erro que ela cometeu?" Continuamos a viagem, mas eu, preocupada, falei o mínimo possível. No mesmo instante, pensei que não adiantaria imaginar e que precisava esperar para ver o que aconteceria. Finalmente, o trem parou na estação em que deveríamos descer. Com uma das mãos, Juliano pegou minha sacola e a dele, que estava com suas roupas, e, com a outra, segurou meu braço e me ajudou a descer. Caminhamos pela estação. Eu já a conhecia, pois, por várias vezes, já estivera ali com Jaime, quando eu o acompanhava em suas viagens. Assim que saímos da estação, vimos, na rua, paradas ali, charretes e carroças de lotação. Juliano se encaminhou para a primeira charrete. Assim que chegamos, ele olhou para o cocheiro e, tirando do bolso um papel, perguntou:

— *O senhor pode nos levar para este endereço?*
— O homem olhou o papel e respondeu:
— *Posso, não fica longe daqui. Podem subir.*
— O cocheiro, durante todo o tempo, não parava de falar. Perguntou:
— *O senhor é italiano?*
— *Sim, e o senhor?*
— *Sou espanhol, estou aqui há mais de dois anos.*
— *Está bem?*
— *No começo foi difícil, mas, depois de muito trabalho e economia, consegui comprar esta charrete, o cavalo e, agora, tudo mudou.*
— *Conseguiu fazer a América?* — Juliano perguntou, rindo.
— *Não! Nada de América! Lá na Itália, a propaganda era grande, mas na realidade não é bem assim. Não estou rico, mas*

tenho uma boa vida. O senhor sabe os problemas pelos quais a Europa está passando, não sabe?

— Sei, sim. Por isso vim para cá, tentando melhorar.

— Eu seguia calada, pois você sabe, Edite, que mulher não pode nem deve se intrometer nas conversas dos homens.

— Sei, sim, Margarete, e acho que isso precisa mudar. Não sei quanto tempo vai demorar, mas tem de acontecer. Tenho ouvido alguma coisa de mulheres que nos Estados Unidos já estão votando. Embora seja apenas o começo, já é uma grande vitória.

— Será que isso vai acontecer aqui, Edite?

— Mais cedo ou mais tarde, tem de acontecer, mas agora não estamos aqui para falar sobre isso. Preciso saber o resto da sua história, Margarete.

— Está bem, vou continuar — Margarete disse, rindo, e prosseguiu: — Enquanto a charrete andava, eu ia olhando a paisagem. Havia muitas pessoas, mas o que mais me sur-preendeu foi que eu já tinha ido muitas vezes à capital, mas sempre andei por lugares bonitos e limpos, diferentes da-quele. Parecia ser muito pobre. O cocheiro, parecendo ouvir meus pensamentos, disse:

— Aqui, neste bairro, só moram imigrantes de todos os países da Europa. Quando chegam à estação, ficam morando por aqui até encontrarem um emprego. Alguns mudam para outros bairros, mas a maioria fica por aqui mesmo.

— Ao ouvir aquilo, entendi o motivo de aquele lugar ter aquela aparência. Meia hora ou quarenta minutos depois, a charrete parou em frente a um armazém.

— É aqui o endereço que me deu, senhor.

— Obrigado. Boa tarde e até logo.

— Juliano desceu e me ajudou a descer. Pegou as sacolas e pagou o cocheiro, que sorriu. Assim que a charrete se afas-tou, eu e Juliano nos viramos para a porta do armazém e vi-mos que havia um balcão e, detrás do balcão, um homem. Nós nos aproximamos. Juliano perguntou:

— Boa tarde, senhor. Eu poderia falar com o Guido?

— Infelizmente, não.

— Por que não?

— Faz três dias que ele foi embora para o Nordeste.

— Como? Foi embora?

— Sim. Conheceu uma pernambucana, apaixonou-se e foi, com ela, para lá.

— Não pode ser. Ele me escreveu dizendo que era para eu vir para cá que me ajudaria, dando-me abrigo, até que eu encontrasse um emprego. Escrevi dizendo que aceitava.

— O seu nome é Juliano?

— Sim.

— Ontem pela manhã chegou esta carta. Foi o senhor quem a mandou?

— Juliano pegou a carta nas mãos.

— Sim. Eu escrevi dizendo que viria.

— Ele não recebeu. Foi embora antes de a carta chegar.

— Juliano, desolado, olhou para mim, que nada falei. Em seguida, voltou-se para o homem:

— Ele não deixou o endereço?

— Não, apenas disse que ia para Pernambuco e não falou nem o nome da cidade.

— Eu não poderia trabalhar no lugar dele?

— Infelizmente, não. Meu irmão está chegando de Portugal e vai trabalhar aqui comigo.

— Entendo. Como o senhor está vendo, eu e a minha mulher chegamos agora e não temos onde ficar. Será que o senhor conhece algum lugar onde pudéssemos ficar?

— O Guido morava aqui ao lado. Eu moro na casa da frente. Atrás tem um terreno muito grande com muitos quartos. O Guido morava em um dos melhores; como até agora eu não o aluguei, se quiser, pode ficar com ele. Tem sorte, pois está mobiliado. O Guido não levou coisa alguma.

— Posso ver?

— Claro que sim. Aqui está a chave do quarto. É o numero dez. O portão da frente está aberto, é só empurrar.

— Juliano pegou a chave. Saímos do bar e entramos por um portão que ficava ao lado de uma casa que, por fora, parecia ser grande. O terreno era bem comprido e pudemos ver que havia vários quartos numerados. Fomos andando até chegar ao número dez. Juliano colocou a chave na fechadura e abriu a porta. Entramos. O quarto era grande e, como o homem disse, era mobiliado com uma cama, um guarda-roupa e uma cômoda. Na parede, ao lado da porta de entrada, estava um fogão a lenha que ainda tinha algumas brasas. Ao lado dele, pregos, onde as panelas estavam colocadas. No outro lado, dois caixotes, um sobre o outro. Em um deles estavam pratos, canecas e talheres. No outro, uma garrafa com óleo, um pouco de arroz e de feijão. Guido, quando foi embora, deixou aqueles mantimentos ali. Havia também fubá e sal. Na parte de cima do fogão havia uma janela feita com madeira. Juliano abriu as duas partes e uma brisa fresca entrou. Imaginei como seria no calor, com o fogão aceso. Na outra parede, estava pendurada uma enorme bacia de banho. Juliano, percebendo em meu rosto minha decepção, abraçou-me.

— Sei que não é bem o que você pensou, mas vai ser por pouco tempo. Logo vou encontrar um emprego e poderemos nos mudar para um lugar melhor.

— Embora eu estivesse, realmente, desapontada, nada disse, pois, quando aceitei fugir com ele, não imaginava o que poderia me acontecer e aceitei. Por isso, somente sorri. Quando estávamos saindo, ao nos ver, uma senhora que estava na porta do quarto em frente ao nosso perguntou:

— Boa tarde. Vocês vão morar no quarto que era do Guido?

— Pelo sotaque, percebi que ela era italiana. Estranhamos aquela pergunta. Juliano, tentando sorrir, respondeu:

— Sim. Ele é meu primo.

— Ao ouvir o que Juliano disse, ela, sorrindo, continuou:

— São italianos?

— Eu, sim, minha mulher é brasileira.

— Quando ouvi Juliano dizer "minha mulher", estremeci. Acho que só naquele momento eu entendi o que havia feito. Porém, de agora em diante, eu seria sua mulher.

— Estou feliz por estarem aqui e por serem italianos; espero que sejam felizes.

— Parece que moram muitas pessoas aqui.

— Sim, são muitas. A maioria são homens que moram juntos para poder dividir o aluguel; outros, são casais recém-chegados. Agora estão todos trabalhando. Tem, também, quatro ou cinco crianças que estão na escola e as mães foram buscá-las. São de todos os países, italianos, espanhóis e portugueses. Tudo boa gente.

— Sorrindo, Juliano disse:

— Isso é muito bom. Agora precisamos ir. Até mais tarde.

— Até mais tarde. Espero que gostem de morar aqui.

— Sorrimos e saímos. Voltamos ao armazém. Assim que entramos, o senhor, mostrando ansiedade, perguntou:

— Então, gostaram?

— Sim, vamos ficar com ele. Qual é o preço?

— Quinhentos.

— Quinhentos? É muito dinheiro!

— Não é não. Quando o senhor conhecer os quartos que existem nos outros cortiços, vai ver que esse quarto é muito bom.

— Está bem. Vamos ficar com ele.

— Após falar isso, para minha surpresa, vi que Juliano se dirigiu para uma banca que havia ali. Era de frutas, verduras e legumes. Pegou alguns legumes, verduras e bananas. Juliano pagou pelo quarto e voltamos para ele. Quando entramos, ele, em silêncio, pegou lenha que estava em um canto e, abanando com uma tampa de panela, avivou as brasas que ainda estavam ali. Logo o fogo acendeu novamente. Só aí percebemos que não havia água no quarto. Juliano pegou um balde e uma lata de banha e saiu, dizendo:

— Precisamos de água, Margarete. Quando entramos, vi que no fundo do quintal há um poço. Vamos até lá para pegar água?

— Eu não respondi, apenas acenei com a cabeça. Saímos e fomos para o poço. Nele, havia uma corrente em volta de um tipo de roda de madeira. Na ponta, um balde. Juliano baixou o balde, depois, rodando a roda, trouxe-o para cima. Colocou a água na lata. Em seguida, voltou a descer o balde que estava preso na corrente. Trouxe-o de volta e colocou a água no balde que havíamos levado. Eu peguei o balde e ele colocou a lata no ombro. Voltamos para o quarto. Assim que entramos, ouvimos o barulho das crianças que voltavam da escola. Pelo fogão ser dentro do quarto, deixamos a porta aberta para que o calor não fosse demais. As crianças passavam por nossa porta e olhavam curiosas. Elas sorriram para mim e eu devolvi o sorriso. Juliano colocou a água em um grande caldeirão e o colocou sobre a chapa do fogão. Depois, pegou os legumes e os cortou em pedaços pequenos, foi lavando em uma bacia e colocando-os no caldeirão. Eu fiquei calada, acompanhando, com os olhos, tudo o que ele fazia. Como nunca havia cozinhado em minha vida, deduzi que estava preparando uma sopa. Foi exatamente o que ele fez. Preparou uma sopa engrossada com fubá. Lavamos as mãos em uma bacia e, depois, comemos. Eu nunca tinha comido uma sopa tão deliciosa. Quando terminamos, ele lavou os pratos. Eu fiquei o tempo todo parada, sem saber o que fazer. Na parede havia um relógio que marcava sete horas da noite.

— Agora, precisamos dormir, Margarete. Amanhã, bem cedo, vou sair para procurar um emprego. Preciso encontrar logo, pois, depois de pagar o aluguel, me sobrou pouco dinheiro. Vamos nos deitar?

— Preciso tomar um banho, Juliano. Viajamos quase o dia inteiro, não posso dormir suja...

— Vou colocar água nesta bacia e você poderá se banhar. Depois eu também vou tomar banho, estou muito cansado.

— *Juliano, preciso ir ao banheiro. Só tem aqueles quatro lá no fundo do quintal?*

— *Sim. Vamos até lá.*

— Juliano voltou a pegar a lata para carregar água e fomos até os banheiros, que, embora limpos, davam um pouco de medo. Eram separados por paredes de madeira, com algumas frestas. Senti que, se estivesse ali, qualquer pessoa poderia me ver.

— *Não posso fazer coisa alguma aqui, Juliano. Alguém pode me ver.*

— *Não se preocupe, vou ficar aqui, do lado de fora, tomando conta para que ninguém incomode você.*

— *Quando você não estiver aqui, como vou fazer?*

— *No quarto, provavelmente embaixo da cama, deve ter um urinol, você poderá usá-lo. Agora entre. Também preciso ir ao banheiro.*

— Entrei e, quando me sentei na bacia, não consegui me segurar e comecei a chorar. E a pensar: "Como posso estar em uma situação degradante como esta? Nunca imaginei que isto poderia me acontecer, nem mesmo quando resolvi acompanhar Juliano. Sempre tive uma casa boa, com um quarto e tina para tomar banho. Agora, estou aqui, com medo até de fazer minhas necessidades".

— *Vai demorar, Margarete? Também preciso usar o banheiro.*

— *Não, já estou saindo.*

— Saí e ele entrou. Fiquei ali, em pé, esperando. Depois que saímos, ele encheu a lata de água e voltamos para o quarto. Eu acompanhava tudo o que ele fazia parecendo estar sonhando, vivendo em outro mundo.

— *Agora, pode tomar banho, Margarete. Tem só este sabão feito com banha, por isso o cheiro não é bom, mas vai limpar muito bem. Amanhã, poderemos ir à farmácia e comprar água de cheiro para colocar na água.*

— Eu estava estarrecida e, naquele momento, senti que havia feito uma péssima escolha ao fugir com ele. Ele, parecendo entender o que eu estava pensando, me abraçou.

— Sei que não é o que sonhou, mas tudo vai melhorar. Você precisa acreditar nisso. Agora, tome banho.

— Nunca fiquei nua na sua frente, Juliano...

— Ele, ao ouvir aquilo, começou a rir e, me abraçando, disse:

— Agora sou seu marido, Margarete! Posso ver seu corpo e devo confessar que é o que mais quero! Vou ajudar você com esse banho.

— Ele me abraçou e, beijando-me, foi tirando minhas roupas. Nada fiz, deixei-me levar. Em seguida, entrei na bacia e tomei banho. O cheiro do sabão realmente era horrível, mas resolvi deixar de me preocupar. Após tomar o banho, ele me conduziu até a cama e eu me deitei e me cobri com um lençol que Guido havia deixado no armário. Ele também tomou banho e, depois, se deitou ao meu lado. Jamais vou me esquecer daquela noite, pois, pela primeira vez, nós nos amamos livres e sem medo. Naquele momento, todo medo e frustração sumiram. Eu estava feliz e sabia que o amava e que nada poderia estragar isso ou fazer com que eu mudasse de ideia ou me arrependesse de coisa alguma. Dormi como uma criança. Na manhã seguinte, Juliano saiu bem cedo; antes, porém, fez café em um coador de pano que parecia ter sido usado por muito tempo e colocou sobre a chapa do fogão um pedaço de pão. Tomamos o café e comemos o pão mesmo sem manteiga ou outra coisa qualquer. Estava animado com a certeza de que encontraria um emprego. Fiquei ali, sozinha, sem coragem de abrir a porta. Dormi e acordei várias vezes. Ouvi as crianças correndo pelo quintal e pessoas conversando. Almocei o resto de sopa da noite anterior. Eu não sabia cozinhar, nunca tinha cozinhado em minha vida. Sempre tive alguém que fizesse minha comida. Com medo de ir ao banheiro, usei o urinol, coisa que, antes, nunca havia feito, mas estava esperançosa de que Juliano encontrasse um emprego e logo pudéssemos nos mudar dali. À tarde, ele voltou. Estava desanimado, pois, mesmo tendo andado o dia inteiro, não havia encontrado emprego algum. Embora eu estivesse apavorada, tentei animá-lo:

— Não fique assim, Juliano. Logo vai encontrar um emprego e tudo vai ficar bem.

— Sei que isso, mais tarde ou mais cedo, vai acontecer. O problema é que me restou pouco dinheiro.

— Como você sabe, eu trouxe algum dinheiro e tenho minhas joias, que podem ser vendidas.

— Não quero mexer com seu dinheiro ou suas joias, e só vamos usá-los se for extremamente necessário.

— Não vamos precisar, Juliano. Você vai encontrar um emprego. Disso, tenho certeza.

— Também tenho certeza, Margarete! É tudo uma questão de dias.

— Vejo que trouxe alguns mantimentos. Vai fazer o jantar, Juliano?

— Vou, sim, fazer uma típica macarronada e você vai aprender para, quando eu estiver trabalhando, poder cozinhar. Sei que vai gostar.

— Ele cozinhou macarrão e fez um molho com tomate e cebola que, por sinal, ficou delicioso. Eu acompanhei tudo o que ele fez e, pela primeira vez, cortei tomates e cebolas. Estava aprendendo. Naquela noite e em todas as seguintes, nos amamos, o que fez com que eu tivesse a certeza de que estava tudo certo. Na manhã seguinte e em todas as outras, ele saiu em busca de trabalho. Eu acompanhava Juliano até o portão. Naquela manhã, beijando meus lábios de leve, ele disse:

— Hoje, vou encontrar um emprego.

— Falou isso animado, mas não encontrou. Por seis dias, ele saiu todas as manhãs, inclusive no sábado e no domingo. Até que, em uma tarde, chegou animado:

— Encontrei um emprego, Margarete!

— Que bom! Que emprego? O que você vai fazer?

— Eu estava desanimado, sentado em um banco em uma praça, quando um senhor sentou-se ao meu lado. Ele, talvez percebendo que eu estava desanimado e pensativo, perguntou:

"— Você é italiano?

— Sou, sim.

— Também sou. Tem uma cervejaria que está oferecendo emprego. Eles oferecem uma carroça e um cavalo, onde são colocados pedaços de gelo para serem entregues em bares e restaurantes. O serviço é pesado, mas me disseram que pagam muito bem. O senhor poderia ir até lá.

— Vou sim, e obrigado! Não me importo com trabalho pesado, sou jovem e forte!

— Fico feliz em ouvir isso. Tomara que consiga."

— Levantando-se, me deu um papel com o endereço e, sorrindo, foi embora. Olhei para o endereço que havia no papel e lembrei-me do que minha mãe sempre dizia: "Meu filho, não se preocupe com o momento ruim que estiver vivendo, pois, quando chegar a hora, Deus sempre nos envia um anjo para nos ajudar". Aquele homem, Margarete, foi um anjo enviado por Deus para me ajudar. Perguntando aqui e ali, consegui chegar ao endereço que estava no papel. O prédio era grande e me informaram que eu deveria ir até uma porta que havia ao lado. Bati na porta e um senhor abriu.

"— Boa tarde. O senhor veio em busca de trabalho?

— Sim, fui informado de que estão contratando.

— Estamos, sim. Entre, por favor."

— Assim que entrei, o senhor sentou-se em uma cadeira junto a uma mesa e me mostrou outra à sua frente, e eu me sentei também. Ele disse:

"— Antes de dar o emprego ao senhor, preciso dizer que o trabalho não é fácil. O senhor vai precisar carregar, no ombro, uma pedra de gelo que pesa mais ou menos quinze quilos. O problema não é o peso, mas o gelo. O ombro pode doer, pode congelar. Muitos não aguentam e desistem logo no primeiro dia. O salário é muito bom, bem maior do que se paga em qualquer outro emprego. O que acha?

— Eu preciso muito de um emprego, por isso vou aceitar.

— Está bem, mas antes disso acho melhor o senhor me acompanhar para fazer um teste.

— Vamos, sim, mas tenho certeza de que vou gostar."

— Fomos até um galpão onde estavam várias geladeiras, que eu nunca havia visto. Dentro delas, havia pedras enormes de gelo. Nunca imaginei que se pudesse produzir gelo. Com a ajuda de outro homem que estava ali, coloquei sobre meu ombro direito um saco de estopa e sobre ele a pedra de gelo que, realmente, era pesada. Com a pedra no ombro, caminhamos até outro galpão, onde havia vários cavalos e carroças. Coloquei a pedra de gelo em uma das carroças, que já continha algumas pedras. O homem que me ajudou com a pedra subiu na carroça e, despedindo-se, saiu com ela. Olhei para o homem que havia me recebido, o qual, percebendo a minha confusão, disse:

"— Ele está trabalhando conosco há uma semana.

— Entendi.

— O que achou, acha que vai dar conta?

— Preciso dar conta e vou dar."

— Ele me contratou, Margarete. Preciso estar lá às cinco horas da manhã, para que o gelo não descongele. O período da tarde só começa às cinco horas, quando não tem mais sol. Quando eu voltar de entregar o gelo, preciso cuidar do cavalo, da carroça e do estábulo. O salário não é muito, mas vai dar para pagar o aluguel, comprar comida e ainda sobrar um pouco para que possamos passear e conhecer a cidade. Nossa vida está entrando no rumo!

— Estou feliz, Juliano! Tudo vai ser diferente, ainda mais sabendo que, por nosso amor ser imenso e sincero, vai nos ajudar a passar por este momento.

— Nós nos abraçamos, nos beijamos e fomos seguir nossa rotina diária. No dia seguinte, Juliano acordou às quatro horas da manhã. Fez o café e saiu. Eu acordei e fiquei vendo a movimentação dele. Antes de sair, ele beijou minha testa.

— Estou indo, devo voltar lá pelas três horas.

— Eu sorri, ele saiu e voltei a dormir. Acordei e olhei para o relógio. Eram sete horas. Eu me levantei, lavei meu rosto em uma bacia menor e, assim que abri a porta, a vizinha da frente também estava abrindo a dela.

— Bom dia, vizinha. Já está morando aqui há algum tempo e até agora não conversamos nenhum dia. A senhora fica muito tempo dentro do quarto. Precisa tomar um pouco de sol; sem ele, pode ficar doente. Meu nome é Genoveva. E o seu, qual é?

— Meu nome é Margarete. Viemos de uma fazenda e não conhecemos ninguém.

— Como não? Agora já conhece a mim! Podemos conversar e até sair. Todas as manhãs, vou à igreja para assistir a missa. Não quer ir comigo?

— Não sei. Meu marido talvez não goste que eu saia.

— Acho que ele não vai se importar. Converse com ele e, amanhã, talvez, poderemos ir. Agora vou lavar roupa e levar o urinol para lavar. Quer ir comigo?

— Eu fiquei sem jeito, Edite, não tive como dizer não. Entrei no quarto, peguei as roupas que estavam sujas, o urinol e, juntas, fomos para o fundo do quintal. Até aquele dia, quem fazia essas coisas era Juliano. Eu tinha medo de ir sozinha até os fundos do quintal. Havia quatro tanques. Nunca em minha vida havia lavado uma peça de roupa, por isso fui fazendo igual ao que ela fazia. Genoveva baixou o balde e foi tirando água e colocando-a em um deles. Depois, colocou as roupas dentro da água e começou a ensaboá-las. Fiz o mesmo que ela. Enquanto lavávamos as roupas, ela falava sem parar:

— Eu e meu marido estamos aqui no Brasil há dois anos e pouco. A cidade em que morávamos na Itália era muito pobre e não tinha trabalho. Meu primo veio para cá e nos escreveu dizendo que estava muito bem e que havia muito trabalho. Como nós tínhamos sonhos de ficarmos ricos, meu marido se entusiasmou e, como o governo brasileiro estava chamando imigrantes para trabalharem no lugar dos escravos, viemos e aqui estamos. Fomos para uma fazenda, mas lá, além de o trabalho ser muito grande, o pagamento era quase todo descontado no armazém da fazenda onde comprávamos as coisas de que precisávamos. Eu e meu marido trabalhávamos das seis da manhã até as seis da tarde. Ficamos lá por mais de um ano e resolvemos tentar a vida aqui, na capital, e viemos. Ele começou a trabalhar em um armazém, onde se vende de tudo. O patrão gosta e confia nele. Estou tentando arrumar um emprego também, mas sabe como é difícil isso acontecer para uma mulher, mas continuo tentando. Uma amiga lá da igreja que trabalha no outro lado da cidade como empregada doméstica disse que vai tentar me arrumar trabalho na casa. Estou esperando. O nosso sonho é podermos nos mudar para uma casa grande, diferente deste quarto em que moramos agora, para podermos ter filhos. Quero muitos! Tenho fé que vamos conseguir. A senhora também não tem filhos, tem?

— Ao ouvir aquilo, Edite, lembrei-me de Luizinho e estremeci, mas só pude responder:

— Não, não tenho filhos.

— A senhora me parece uma moça muito bem tratada e com educação. Parece até ser uma pessoa muito rica. Esse vestido que está lavando, também, é de qualidade. A senhora é rica?

— Não, não sou rica. Os meus vestidos ganhei da moça rica que é dona da fazenda onde estávamos trabalhando. Eu e meu marido. Aconteceu a mesma coisa que com a senhora. Meu marido veio da Itália, foi trabalhar na fazenda em que meu pai trabalhava. Eu ajudava na casa-grande e a filha do fazendeiro me deu este vestido. Foi ela quem me ensinou boas maneiras e a ler.

— Com patrões tão bons, mesmo assim resolveram vir embora?

— Sim. Meu marido achou que aqui teríamos mais oportunidades. Hoje foi trabalhar; está feliz por ter encontrado um trabalho.

— Vai trabalhar onde?

— Não sei bem. Ele vai carregar gelo, em uma carroça, para ser entregue nos bares e restaurantes. Está muito animado. Tomara que dê certo.

— Vai dar certo, sim.

— Terminamos de lavar as roupas. Genoveva estendeu todas em um varal, que eu já tinha visto, mas do qual nunca tinha chegado perto. Fiz o mesmo com minhas roupas. Depois, voltamos para nossos quartos. Ela, sorrindo, disse:

— *Agora, vou à missa. Quem sabe, amanhã, a senhora poderá ir junto.*

— *Sim, vou falar com meu marido a respeito disso.*

— Entrei no quarto e fechei a porta. Não aguentava mais ouvir a voz dela. Porém, ao mesmo tempo, admirei sua empolgação e esperança com a vida. Apesar de tudo, ela parecia ser feliz. Fui para a cama e me deitei, pensando: "Ela realmente fala muito. Imagine se soubesse como era minha vida! Quando me lembrei de Luizinho, senti uma saudade imensa, mas sei que, provavelmente, nunca mais poderei ver aquele rostinho lindo. Jaime deve estar me odiando, e com razão. Talvez, um dia, eu possa pedir perdão aos dois, mas, por enquanto, preciso assumir a vida que escolhi e ficar ao lado de Juliano". Passei o resto do dia ali, deitada, Edite. Como sempre acontecia, comi o resto da comida que havia sobrado do jantar. Um pouco mais das três horas, finalmente, Juliano chegou. Assim que entrou no quarto, corri para abraçá-lo.

— *Que bom que chegou! Estava ansiosa para saber como foi o seu dia, Juliano!*

— Ele colocou sobre a pequena mesa que havia ali uma sacola que trouxera. Abriu-a e, para minha surpresa, havia dentro dela verduras, legumes e uma panela com pedaços de carne assada. Tinha, também, uma garrafa com leite, um pão e um pedaço de manteiga. Entusiasmado, disse:

— *Vamos tomar café?*

— Pegou a garrafa e, primeiro, colocou o leite em uma leiteira e, depois, sobre o fogão. Fiquei encantada. Eu estava tão feliz que não consegui responder, apenas sorri e acenei com a cabeça.

— *Olhe, Margarete, hoje não precisamos nos preocupar com o jantar! O dono de um restaurante perguntou se eu queria a carne que havia sobrado do almoço. Aceitei e agora vou fazer um molho e uma polenta para comermos com esta carne, que parece estar maravilhosa!*

— Ele estava, realmente, entusiasmado, e eu também, por ver a felicidade em seus olhos.

— *Também estou feliz, Juliano, mas como foi o trabalho? O peso do gelo é muito grande?*

— *Não, Margarete! Sou forte! O que mais me incomodou foi o frio que senti com a água do gelo escorrendo por meu corpo, mas, com o tempo, vou me acostumar. Continuando nesse emprego, logo poderemos nos mudar daqui!*

— Ele voltou a me abraçar, e eu a pensar: "Como pude duvidar do amor dele por mim?" O leite ferveu, Edite, e nós nos sentamos e começamos a tomar o café e a conversar. Eu disse:

— *Conversei com a vizinha da frente. O nome dela é Genoveva e fala sem parar.*

— *O que conversaram?*

— Contei tudo o que havia acontecido, até que havia lavado as roupas, e aproveitei para dizer que precisávamos ir recolhê-las, pois ainda estavam no varal. E terminei dizendo:

— *Ela vai todas as manhãs à missa e perguntou se eu não queria ir também. Respondi que ia conversar com você. O que acha?*

— *Se quiser, não vejo problema algum e até acho muito bom! Assim você poderá conhecer outras mulheres e conversar com elas. Faça isso! Vou ficar mais tranquilo sabendo que você não vai ficar sozinha aqui dentro!*

— À noite, quando terminamos de jantar, Juliano tirou do bolso um pacotinho.

— *Olhe o que comprei para você. Não é uma joia, mas foi comprado com muito carinho. Espero que goste.*

— Curiosa, peguei o pacotinho e o abri. Dentro dele havia um vidrinho e, ao abri-lo, senti um aroma delicioso.

— *O moço da farmácia disse que é para ser usado na água do banho e que é para se usar apenas dez gotas em uma bacia com água.*

— Fiquei encantada, Edite, não só pelo presente, mas por ele ter se lembrado daquilo, que me incomodava muito. Tomar banho com aquele sabão horroroso. Naquela noite, tomei um banho cheiroso e maravilhoso. Eu, apesar de toda aquela pobreza em que estava vivendo, me considerei a mulher mais feliz do mundo. Depois do jantar, nos deitamos e nos amamos mais uma vez com muito amor e carinho. Na manhã seguinte, acompanhei Genoveva até a igreja e assisti à missa. Depois da missa, algumas mulheres haviam preparado café e tomamos conversando e rindo. Todas estavam alegres. Tudo aquilo, para mim, era muito estranho. Depois do café, elas foram para uma sala que havia no fundo da igreja e, para minha surpresa, havia uma mesa enorme e algumas cadeiras. Sobre a mesa, havia uma máquina de costura, tecidos, linhas e botões. Havia, também, novelos de lã e agulhas de tricô. Cada uma delas foi se sentando. Genoveva, ao ver minha surpresa, disse:

— *Todas as manhãs e tardes, quando podemos, nos reunimos aqui nesta sala para arrumarmos roupas que são doadas, ou fazer roupinhas de bebê para doarmos aos pobres. Esta sala nunca fica vazia. Sempre tem alguém trabalhando para aqueles que mais precisam.* — Eu fiquei impressionada e perguntei:

— *Como pode ser que essas mulheres, que também não devem ter muito, ainda se preocupem com os outros?*

— Genoveva se sentou e me mostrou uma cadeira para que eu me sentasse. Assim que nos sentamos, ela pegou duas agulhas de tricô e um novelo de lã e me deu.

— *Não sei tricotar, Genoveva!*

— *Também não sabia e aprendi, assim como você vai aprender. Hoje, vai fazer um sapatinho de bebê.*

— Aquilo que parecia impossível aconteceu. Pacientemente, ela foi me ensinando a colocar os pontos na agulha e, depois, como fazer os pontos. Antes do meio-dia, eu já estava com meu sapatinho pronto, o que me encantou. Genoveva, rindo, pegou o sapatinho da minha mão e falou:

— *Pronto, Margarete! Você acabou de aquecer um dos pés de uma criança recém-nascida!*

— Eu sorri e percebi que aquele simples aprendizado me fez muito feliz. Daquele dia em diante, todas as manhãs, eu ia para a missa e, depois, para aquela sala. Passei a fazer não só sapatinhos, mas casaquinhos e gorros de lã que, enfeitados com fitas, ficaram um mais bonito do que o outro. Com o tempo, fui me acostumando com Genoveva e com como não parava de falar. Ela, além de ensinar trabalhos manuais, também me ensinou a cozinhar, a passar as roupas com o ferro esquentado na chapa do fogão e, ainda, a cuidar do quarto para que ficasse confortável. Juliano continuou trabalhando, feliz por ter conseguido aquele emprego. Mais feliz, ainda, por me ver entusiasmada e tranquila. Fazia um pouco mais de um mês quando senti alguns sinais que eu já conhecia. A princípio fiquei nervosa, pois a situação em que vivíamos poderia ser boa para nós dois, mas não para uma criança.

— Você ficou grávida, Margarete?

— Sim, Edite, e fiquei apavorada. Antes de conversar com Juliano, conversei com Genoveva:

— *Estou grávida, Genoveva, e não sei o que fazer. Não podemos ter uma criança, não por enquanto.*

— Ela, após me ouvir, disse:

— *Que maravilha, Margarete! Um filho é sempre uma bênção!*

— *Também acho, mas agora não é o momento.*

— *Quando é o momento, Margarete? Pode ter certeza de que, se Deus o está enviando a você, é porque vai poder criá-lo! Que essa criança seja bem-vinda!*

— Embora eu estivesse nervosa, lá no fundo, bem no fundo, eu queria ouvir exatamente o que Genoveva disse. Eu queria muito ter aquele filho de Juliano, o homem que eu amava. O que me preocupava mais ainda era a reação que Juliano teria. Uma certeza eu tinha: o que menos passava pela cabeça dele era ter uma criança para criar. Levei alguns dias para ter coragem de contar a Juliano. Temi sua reação. Em uma tarde, após tomarmos café, com a voz trêmula, eu falei:

— *Tenho algo importante para contar a você, Juliano...*

— O que é? Parece que está preocupada.

— Estou, sim.

— Fale logo, Margarete! O que aconteceu? Está tentando dizer que vai me deixar e voltar para a fazenda?

— Ao ouvir aquilo, não me contive e comecei a rir.

— Não é nada disso, Juliano! Estou bem e feliz ao seu lado!

— O que é, então?

— Estou grávida...

— O que, grávida?

— Sim, e não sei o que fazer.

— Como não sabe o que fazer? Vamos ter essa criança e ela vai crescer feliz! O que sempre mais quis foi ter um filho! Estou feliz com essa notícia!

— Não temos condições de criar uma criança aqui neste quarto, Juliano...

— Não se preocupe com isso. Antes de ela nascer, estaremos morando em uma casa!

— Como, Juliano? Seu salário é bom, mas não dá para pagarmos um aluguel mais caro!

— Tem o dono de um bar que é meu amigo. Vou conversar com ele e ver se me dá um emprego.

— Vai deixar o seu trabalho?

— Não, Margarete! Posso trabalhar depois que largo o trabalho com o gelo. Esse bar fica bem perto dali. Vou dizer a ele que posso trabalhar das cinco às oito, quando ele fecha o bar. Com dois empregos, vamos poder nos mudar!

— É muita coisa para você, Juliano! Seu trabalho é pesado e precisa se levantar muito cedo. Quase não vai ter tempo para dormir!

— Embora meu trabalho seja pesado, Margarete, como já disse várias vezes, sou forte e posso aguentar. O que importa é que nosso filho vai ter tudo o que pudermos dar de melhor.

— Você não pode imaginar, Edite, como fiquei feliz ouvindo aquilo. Você pode estar se lembrando de como eu, infelizmente, rejeitei meu primeiro filho. Porém, naquele tempo, era diferente. Eu achei, erradamente, sei disso, que Luizinho veio para me impedir de ser feliz, para tirar minha liberdade, pois não poderia mais viajar como fazia antes. Com essa criança que estava para nascer, foi diferente. Eu não queria mais viajar nem me sentia presa. Estava sozinha e a vinda dela seria para que eu tivesse uma companhia.

Edite concordou com a cabeça. Margarete continuou:

— Na manhã seguinte, após eu contar a Genoveva a reação de Juliano, ela ficou feliz e, claro, após a missa contou para as outras mulheres, que ficaram felizes e se comprometeram a me ajudar com o enxoval da criança. Eu estava feliz, Edite. O tempo passou. Juliano começou a trabalhar no segundo emprego. Eu quase não o via mais, pois chegava tarde e saía muito cedo. Passaram-se quase dois meses, quando notei que ele estava com uma tosse muito forte e seca. Preocupada, conversei com ele:

— *Essa sua tosse não me parece bem, Juliano. Acho que deveria ir a um médico.*

— *Que médico, Margarete? Não tenho tempo para isso. Estou com gripe. Vou tomar um banho quente e, depois, um chá com limão, e ela vai passar.*

— Tomou o banho, o chá e se deitou. Adormeceu rapidamente. Julguei que fosse pelo cansaço, ele estava trabalhando muito. Na hora certa, ele se levantou e foi trabalhar. Voltou e percebi que a tosse continuava.

— *Não quero saber, Juliano! Amanhã, vamos a um médico! Vou conversar com a Genoveva; ela deve conhecer algum que não seja muito caro!*

— *Pare com isso, Margarete! É apenas uma gripe!*

— Deitamo-nos e acordei com ele tossindo muito, se virando na cama e falando coisas que eu não entendia. Chamei por ele, mas não respondeu. Assustada, acendi uma lamparina e constatei que ele estava muito quente e suado. Tanto que sua roupa estava toda molhada. Eu já tinha visto aquilo em Luizinho e como Carlota cuidou dele. Fui até a lata com água, que ficava longe do fogão e que, por isso, estava fria. Peguei a água e a coloquei em uma bacia pequena, peguei um pano de prato, molhei e comecei a passar por todo o rosto, pescoço e ombros dele. Sabia que eu precisaria tirar a sua roupa, mas, pelo seu peso e tamanho, não conseguiria. Só me restou ficar ali ao seu lado. Aquela noite foi muito comprida, Edite. Olhava para o relógio e parecia que os ponteiros não andavam, parecia que estavam parados. Quando o despertador tocou na hora em que ele deveria se levantar para o trabalho, Juliano acordou e tentou se levantar, mas não conseguiu. Sentou-se na cama, mas teve de se deitar novamente.

— *Preciso ir trabalhar, Margarete.*

— *Precisa, mas não vai. Está com muita febre e precisa ir a um médico.*

— *Já disse a você que não temos dinheiro. O que tenho, estou guardando para podermos nos mudar daqui.*

— *Sabe que tenho um pouco de dinheiro e minhas joias; se for preciso, usaremos. O importante é que fique bem.*

— *Já disse que não quero usar o seu dinheiro.*

— *Quando resolvi acompanhar você até aqui, esse dinheiro deixou de ser meu e passou a ser nosso. Por isso, se precisar, vamos usá-lo, sim.*

— *Está bem, mas onde vamos encontrar um médico? Não conhecemos médico, Margarete...*

— *Quando Genoveva acordar, vou perguntar. Ela mora aqui há muito tempo e deve saber para onde devemos ir.*

— Finalmente amanheceu e, ao ouvir que Genoveva estava acordada, saí e bati em sua porta. Ela, claro, se assustou.

— *O que aconteceu, Margarete, por que está tão nervosa?*

— *Acho que Juliano está doente e não sei o que fazer, Genoveva!*

— *Como doente?*

— *Não sei, ele está tremendo e falando coisas sem nexo. Acho que está com uma febre muito alta.*

— *Vamos até lá.*

— Corremos para o meu quarto. Ao se aproximar de Juliano, Genoveva colocou a mão em sua testa e, assustada, falou:

— *Ele está com febre muito alta, Margarete.*

— *O que vou fazer?*

— *Fique calma, pense na sua criança. Vou acordar o Antônio lá do quarto cinco, ele tem uma carroça de aluguel, e pedir que nos leve até a Santa Casa. Não se preocupe, Margarete, ele vai ficar bem.*

— Como eu poderia não me preocupar, Edite? Estava nervosa, assustada e não conseguia parar de tremer. Genoveva fez o que disse e logo vi um senhor, ainda arrumando o suspensório, se aproximando.

— *Bom dia, senhora. Onde está o seu marido?*

— *No quarto. Ele não está bem.*

— Ele entrou e chegou perto de Juliano.

— *Como está, amigo?*

— *Não estou bem, preciso melhorar.*

— *Vai ficar bem, vai ficar. Consegue se levantar?*

— *Acho que sim.*

— *Então, vamos.*

— Juliano tentou se levantar, mas não conseguiu e voltou a se deitar. Vincenzo, o marido de Genoveva, também saiu do quarto e se juntou a nós. Antônio, o português, saiu do quarto e, preocupado, disse:

— *Ele precisa, sim, ser levado à Santa Casa. Não está conseguindo andar e precisa ser carregado.*

— Como naquela hora todos se levantavam para trabalhar, logo, vários homens e mulheres estavam ali. Pessoas com as quais eu nunca havia conversado, a não ser por um bom-dia ou boa-tarde, e que só conhecia de vista; no entanto, elas estavam ali, prontas para me ajudar. Juntos, o português e Vincenzo enrolaram Juliano em um cobertor e, com mais dois, carregaram-no até a rua e à carroça que estava parada na rua em frente ao portão do cortiço. Eu e Genoveva também subimos na carroça. Ela se sentou ao lado de Vicenzo, e eu fui junto com Juliano, ainda secando sua testa. Quando nos acomodamos, o português saiu. A Santa Casa ficava do lado oposto àquele em que eu morava, por isso, apesar de o português fazer com que o cavalo andasse rápido, demorou quase duas horas para chegarmos. Assim que ele parou a carroça em frente à Santa Casa, descemos e ele entrou por uma porta e saiu acompanhado de um homem que trazia uma maca. Colocaram Juliano sobre ela e entramos. O homem parou diante de uma porta e se voltou para nós, dizendo:

— *Agora, ele vai ser examinado. Depois, o médico vem aqui trazendo notícias.*

— Indecisa, perguntei:

— *Como vou fazer isso, Genoveva? Eu não trouxe o documento dele...*

— *Não se preocupe, ele só vão perguntar o nome, a idade e o endereço atual.*

— Respirei aliviada e, junto com ela, fui até a recepção. Um homem nos atendeu e, como Genoveva havia dito, não perguntou pelo documento. Voltamos para junto do português, que ainda continuava ali. Sentamo-nos e ficamos esperando, com os olhos fixos na porta por onde Juliano havia sido levado. Havia muitas pessoas esperando para ser atendidas ou esperando notícias de algum paciente. Algum tempo depois, a porta se abriu e, por ela, saiu uma freira vestida de branco. Ela, com um papel nas mãos, perguntou:

— *Quem é o acompanhante do paciente Juliano?*

— Nós três nos levantamos e caminhamos até ela, que disse:

— *O médico vai conversar com os senhores. Podem me acompanhar?*

— Ela nos levou até uma sala onde estava o médico sentado diante de uma mesa. Ao entrarmos, ele levantou a cabeça. Olhando para o português, perguntou:

— O senhor é parente?

— Não, sou vizinho. Essa moça é a mulher dele.

— O que ele tem, doutor? — perguntei muito nervosa, tremendo e chorando.

— Ele está muito mal. Está com os pulmões comprometidos.

— É grave?

— Infelizmente, sim. Não temos muitos recursos medicinais. Acredito que, com o avanço da ciência, algum dia terá remédios para tratar esse tipo de doença, mas, por enquanto, vamos tentar tudo o que tivermos. Com o que ele trabalha?

— Ele carrega pedras de gelo nos ombros, para serem entregues em bares e restaurantes.

— Talvez esse seja o motivo. Provavelmente, enquanto ele carrega a pedra, ela derrete e a água gelada escorre por suas roupas. Ele deve ficar com essas roupas o dia todo e por muitas vezes elas ficam molhadas e secam em seu corpo. Com o tempo, o corpo vai sentindo, e a friagem causou tudo isso. Ele vai ficar aqui por dois ou três dias, para acompanharmos a evolução da doença. Como é jovem e forte, seu corpo pode reagir e ele ficará bom. Porém, mesmo que isso aconteça, ele jamais poderá voltar a fazer esse trabalho.

— Ao ouvir aquilo, sem querer dei um sorriso, Edite. O médico não deve ter entendido o motivo do meu sorriso. Sorri porque ele repetiu o que Juliano sempre dizia em ser jovem e forte. Constrangida pelo meu sorriso, perguntei:

— Ele precisa mesmo ficar aqui? Posso levá-lo para casa? O senhor diz o que é preciso ser feito e vou cuidar dele muito bem...

— Tenho certeza disso, mas por enquanto é melhor ele ficar aqui.

— Vendo que não havia alternativa, só me restou perguntar:

— Antes de sair, posso vê-lo?

— Sim, mas ele está dormindo profundamente. Não vai poder ver ou falar com a senhora.

— Não me importo. Só quero me despedir.

— Ele olhou para a freira, que estava ali.

— Acompanhe a senhora até o marido.

— A freira abriu a porta, por onde saímos, voltando à recepção. A freira disse para Genoveva e o português:

— Somente ela pode entrar. Por favor, esperem aqui.

— Eles obedeceram e continuaram na sala de espera. Eu a segui pelo corredor até uma porta, que ela abriu.

— Ele está aqui neste quarto. Por favor, não fale alto, pois existem outros pacientes.

— Entrei e vi Juliano, que estava deitado em uma cama junto à janela. Caminhei em direção a ele, sem olhar para os outros pacientes que estavam ali. Quando cheguei perto, estremeci e me lembrei do meu italiano lindo e garboso sobre seu cavalo, tão diferente daquele que estava ali deitado e dormindo. Ele estava abatido, com os olhos fechados e olheiras profundas. Qualquer um que o visse teria a certeza de que ele, realmente, não estava bem. Beijei seu rosto e testa, dizendo baixinho:

— Você vai ficar bom e vai voltar para mim. Vamos ficar bem, teremos nossa criança e ela vai crescer feliz. Fique bom, meu amor.

— A freira que cuidava dos pacientes tocou em meu ombro.

— Está na hora. Ele e os outros pacientes precisam descansar. Não se preocupe, ele vai ser bem tratado.

— Com o coração apertado, eu beijei Juliano e disse baixinho em seu ouvido:

— Fique bom logo, meu amor. Estarei esperando por você.

— Depois, saí chorando. Nada mais eu poderia fazer a não ser confiar em Deus, coisa que eu não costumava fazer, pois, embora tenha sido criada em um lar católico, não me preocupava muito com isso. Mas, naquele momento, pensei com força em Deus. Quando cheguei à recepção, Genoveva e o português, ansiosos, olharam para mim.

— Como ele está, Margarete?

— Não muito bem, Genoveva, mas tenho fé em Deus que ele vai ficar bom.

— Claro que vai! Ele é forte e vai conseguir fazer com que essa doença passe bem depressa. Precisa rezar muito. Deus sempre escuta aqueles que rezam. Agora, vamos embora?

— Vou rezar muito, Genoveva. Minha mãe tem muita fé em Nossa Senhora das Graças, vou rezar para ela, também. Senhor Antônio, poderia me levar até o trabalho do Juliano? Preciso ir até lá contar o que está acontecendo e o motivo de ele não ter ido trabalhar. Assim que voltarmos e chegarmos a casa, vou pagar por seu trabalho.

— Não precisa pagar, senhora. Seu marido está doente e é meu dever ajudar.

— Não, senhor! Faço questão, pois esse é o seu trabalho e agradeço muito por ter nos trazido e por ter ficado aqui até agora.

— Não tem o que agradecer. Era o mínimo que eu poderia fazer pelos meus vizinhos.

— Obrigada. Ele trabalha na cervejaria. O senhor sabe onde fica?

— Sei, sim. Vamos para lá.

— Depois de muito tempo, Edite, pudemos ver o grande prédio do qual Juliano havia me falado. O português parou a carroça em frente a uma porta pequena. Eu e Genoveva descemos. Bati na porta e, em seguida, um senhor a abriu.

— Bom dia.

— Bom dia. Preciso falar com o senhor.

— Pois não. Podem entrar?

— Entramos e ele nos apontou cadeiras para que nos sentássemos. Após nos acomodarmos, ele perguntou:

— Qual é o motivo de estarem aqui?

— Sou a mulher do Juliano. Estou aqui para comunicar que ele não veio trabalhar por estar internado na Santa Casa.

— O que a senhora está me dizendo? Internado? O que aconteceu?

— Ele passou muito mal e tivemos de levá-lo à Santa Casa.

— Agora, como ele está?

— Não muito bem, mas tenho fé de que ele vai ficar bom. Só tem um problema.

— Qual?

— O médico disse que ele não pode fazer o mesmo trabalho de antes. Vim comunicar isso ao senhor para que providencie, se precisar, um novo empregado.

— Obrigado por ter vindo e não se preocupe. Juliano é um ótimo empregado e, quando ficar bom e pronto para trabalhar, encontraremos um lugar para que ele possa trabalhar sem perigo. Poderá ser em outro setor, bem longe do gelo — disse, tentando sorrir.

— Obrigado, senhor. Ele está preocupado e com medo de perder o emprego.

— Diga a ele que não precisa se preocupar a respeito disso e que desejo que se recupere em breve.

— Dizendo isso, Edite, ele se levantou e fizemos o mesmo. Apertamos as mãos e saímos. Eu estava feliz por aquilo que ele havia dito. Sabia que, assim que eu contasse a Juliano, ele ficaria mais calmo e que, com certeza, isso ajudaria na sua recuperação. Fomos para casa. Quando chegamos, o português não queria cobrar, mas eu insisti:

— Não, senhor Antônio. O senhor vive disso e não é justo. Vou precisar outras vezes do seu serviço. Por favor, aceite. Só precisa esperar eu ir até o quarto pegar o dinheiro.

— Ele, sorrindo, disse:

— Já que a senhora insiste, vou aceitar.

— Fui até o quarto, voltei e paguei o português. Genoveva queria que eu fosse, com ela, até a igreja, pois, embora a missa já houvesse terminado, as mulheres estavam na sala de trabalho voluntário. Porém, eu não estava em condições de conversar, Edite. Estava nervosa, assustada e cansada. Ela entendeu o que eu disse e foi sozinha. Voltei para meu quarto e me deitei. Comecei a rezar muito a Deus e a Nossa Senhora para que Juliano ficasse bem. Ainda rezando, adormeci. Sonhei que estava em um jardim muito bonito, com flores e folhas brilhantes. Do meio das flores, surgiu uma mulher vestida de branco. Ao vê-la, entusiasmada, disse:

— *A senhora é a Nossa Senhora?*

— Ela não respondeu, apenas sorriu.

— *Preciso muito da sua ajuda! Meu marido está muito mal e só a senhora pode me ajudar! Ele é um bom homem e nos amamos muito, além de estarmos esperando uma criança! Ajude-nos, por favor...*

— *Não se preocupe, minha filha. Tudo está sempre certo, e a única coisa que deve saber é que nunca está ou estará sozinha. Você tem um caminho para seguir e o seguirá. Eu e outros estaremos sempre ao seu lado.*

— Acordei naquele momento, Edite, e fiquei nervosa, pois tinha muita coisa para perguntar. Apesar de frustrada por não poder continuar conversando, fiquei tranquila com a certeza de que Juliano ficaria bem. Naquele dia não poderia visitar Juliano, só poderia fazer isso na tarde do dia seguinte. Passei o resto do dia sem conseguir tirar da cabeça a imagem de Juliano naquela cama, completamente abatido. Chorei e rezei muito. Naquela noite, também não consegui dormir. Dormi e acordei várias vezes. Na manhã seguinte, Genoveva bateu em minha porta. Atendi.

— *Margarete, você vai à missa?*

— *Vou, sim, Genoveva. Preciso rezar muito por Juliano, embora, depois do sonho que tive, acho que ele vai ficar bem.*

— *Que sonho?*

— Contei a ela o sonho e terminei dizendo:

— *Acho que foi a Nossa Senhora, Genoveva. Ela era linda!*

— *Deve ter sido ela mesmo, Margarete! Que sonho lindo esse que teve!*

— Fomos à igreja, assistimos à missa e rezei o tempo todo. Eu mesma estava admirada, pois até então eu nunca havia rezado tanto. Naquela tarde, meia hora antes do horário da visita, eu já estava no hospital. Genoveva e o português me acompanharam. Eu e ela entramos, ele ficou esperando até que saíssemos. Eu havia recebido um cartão de visitas para apresentar na recepção, pois só com ele eu poderia ir até o quarto. Assim que o apresentei, o rapaz da recepção disse:

— *Por favor, sente-se e espere. Alguém vem falar com a senhora.*

— *Por que não posso ir direto ao quarto?*

— Eu, após o sonho, tinha certeza de que Juliano ficaria bom, por isso não me preocupei. Achei que Juliano estaria bem e que eu poderia levá-lo para casa. Sabia, também, que, com meus cuidados e carinho, em breve ele ficaria bom. Algum tempo depois, a porta se abriu e, por ela, saiu a freira que também era enfermeira. Chamou pelo meu nome. No mesmo instante, eu e Genoveva nos levantamos e caminhamos até ela. Assim que nos aproximamos, ela disse:

— *Queiram me acompanhar. O médico vai conversar com as senhoras.*

— Confiante, eu a acompanhei, Edite. Assim que entramos na sala do médico, ela nos mostrou as cadeiras, em frente à mesa, para que nos sentássemos. Algum tempo depois, o médico entrou e sentou-se em sua cadeira. Olhando sério para mim, disse:

— *Sinto muito, senhora, mas não tenho boas notícias. Apesar de usarmos todos os recursos disponíveis, não conseguimos fazer com que seu marido reagisse e ele morreu às onze horas da manhã.*

— Nossa, Margarete! Não acredito que isso tenha acontecido! Isso não pode ter acontecido!

— Mas aconteceu, Edite. Meu Juliano, meu italiano lindo, morreu. Quando ouvi o que o médico disse, fiquei sem reação, parecia que estava sonhando, vivendo uma vida que não era minha. Chorando e quase gritando, eu disse:

— *Ele não pode ter morrido, doutor! O senhor mesmo falou que ele era jovem e forte!*

— Falei e era o que eu pensava, mas existem coisas para as quais não temos explicação. Fizemos tudo o que estava ao nosso alcance, mas não conseguimos. Sinto muito.

— Senti meu corpo esmorecer, Edite; achei que fosse desmaiar. Genoveva, assustada, disse:

— Calma, Margarete! Agora precisa pensar na sua criança! Em um momento como este, somente Deus pode nos confortar...

— Que Deus, Genoveva? Enquanto eu estava na igreja, rezando, Juliano estava morrendo! Como posso acreditar que exista um Deus? Minha criança? O que vai ser dessa criança sendo criada sem pai?

— Sem que eu conseguisse me conter, comecei a chorar convulsivamente. Não conseguia acreditar que aquilo estava acontecendo realmente, Edite. A freira, que sem que eu notasse havia saído, voltou trazendo uma caneca com água e açúcar.

— Tome esta água, senhora. Vai se acalmar um pouco.

— Tremendo, peguei a caneca e tomei toda a água. Genoveva pegou em meu braço.

— Precisamos ir embora, Margarete. Temos de cuidar do velório e enterro.

— Sem conseguir parar de chorar, disse:

— Não sei como fazer isso, Genoveva. Não consigo nem pensar em uma coisa como essa...

— Não se preocupe, nós vamos cuidar disso. Agora vamos embora.

— Ela, me abraçando pela cintura, levou-me até a saída. Quando chegamos do lado de fora, o português, vendo que nós duas chorávamos, correu ao nosso encontro.

— O que aconteceu? Por que estão chorando?

— Eu, que soluçava, não consegui responder.

— O marido dela morreu...

— Morreu? Como? Ele era tão jovem e forte!

— Todos nós pensamos isso, mas como vamos entender essas coisas? O médico disse que usaram todos os recursos que tinham, mas que ele não reagiu.

— Sinto muito, dona Margarete. Agora, venha, vou ajudar a senhora a subir na carroça. Vamos para casa.

— Eu não consegui expressar nenhuma reação. A única coisa que conseguia fazer era chorar. Ele me ajudou a subir na carroça. Quando chegamos a casa, Genoveva preparou e me deu um chá que, aos poucos, foi fazendo com que me acalmasse. Fiquei ali, deitada e pensando no que faria da minha vida, ou o que seria daquela criança que estava esperando. Como poderia ser criada sem um pai? Como eu conseguiria viver sem o meu italiano, pelo qual havia abandonado tudo? Após algum tempo, Genoveva entrou no quarto.

— Margarete, o português conversou com um amigo que tem uma carroça funerária e ele vai trazer o corpo do Juliano. Você quer ir com ele?

— Não, Genoveva, prefiro esperar aqui.

— Está bem. Pode deixar que eu vou com ele.

— Ela saiu e, naquele momento, pensei: "Não posso sair deste quarto. Aqui tenho todas as lembranças de Juliano. Sinto até o seu cheiro..." Quando voltaram, já eram seis horas da tarde e eu fique ali, chorando e me lembrando dos momentos que passamos juntos. Por incrível que possa parecer, Edite, eu, naquele dia e até hoje, nunca me arrependi de tê-lo seguido. Os poucos meses em que vivemos juntos foram de amor, carinho e muita felicidade, apesar de toda a pobreza.

Margarete, ao se lembrar daquele dia, começou a chorar. Edite, também emocionada, só conseguiu dizer:

— Sinto muito em ouvir isso, Margarete. Aquele dia deve ter sido realmente muito triste, e sei que nunca conseguirá esquecer. Não posso nem imaginar a sua dor, Margarete, mas o que aconteceu depois desse dia com você, com sua criança?

— Aquele dia foi terrível, sim, Edite, mas o meu sofrimento estava só começando.

— O que aconteceu depois?

— Os homens banharam o corpo de Juliano e colocaram nele uma calça e uma camisa que dei a eles. Quando peguei essas peças de roupa, lembrei-me do dia em que ele as trouxe. Estava animado:

— *Olhe o que comprei, Margarete! Tem um libanês que vende, de porta em porta, tudo o que as pessoas precisam: roupas, lençóis, fronhas e cobertores. Ele tem tudo o que você pode imaginar. Ele disse que quem costura as roupas são a irmã e a mãe. Eu estava em um bar entregando o gelo quando ele chegou e me mostrou esta calça e esta camisa. Gostei muito e resolvi comprar. Você sabe que, quando saímos da fazenda, eu só trouxe as roupas que vestia e mais uma calça e uma camisa que uso para trabalhar. Quero levar você para conhecer o centro da cidade e não posso sair com as roupas de trabalho, por isso comprei estas. Ele vende a prestação, mas preferi pagar na hora. Não gosto de ter dívidas, mesmo assim, pedi que trouxesse um vestido bonito para você usar quando formos passear.*

— Ele nunca usou aquela roupa, Edite. Nunca teve tempo de ficar com um dia livre para passear. Como não havia uma mesa grande ou espaço, os homens colocaram o corpo sobre a nossa cama. Durante toda a noite, Genoveva e alguns vizinhos ficaram do lado de fora, sentados e conversando. Genoveva fritou alguns bolinhos e fez café. Naquele dia, por estar revoltada com Deus, não percebi, mas hoje sabe o que penso.

— O quê?

— Que, quando precisamos passar por momentos ruins, Deus sempre coloca ao nosso lado uma pessoa ou pessoas para nos ajudarem a passar por eles. A primeira foi Genoveva, depois o português, e os outros que só vim a conhecer naquele dia. Embora eles não tenham conseguido fazer com que minha dor passasse, eles me deram força.

Edite, após se lembrar de sua própria vida e por tudo o que havia passado, disse:

— É verdade, Margarete. Acho que essas pessoas são anjos disfarçados ou os anjos falam por eles. O que você fez em seguida?

— Na manhã seguinte, a carroça funerária chegou. O português estava com sua carroça na rua em frente à entrada do cortiço. Genoveva me emprestou um dos seus vestidos, que era preto. Eu, assim como o Juliano, só trouxera três vestidos: aquele que vestia e mais dois, mas nenhum deles era preto. De qualquer maneira, usei o vestido de Genoveva para acompanhar o enterro. Os homens colocaram o caixão na carroça funerária. Eu, Genoveva e seu marido, além de dois vizinhos, fomos na carroça do português. Durante o trajeto, eu parecia estar anestesiada, não chorava mais. O trajeto foi longo. Quando chegamos ao cemitério, pareceu-me que acordava, e percebi que dentro de alguns minutos Juliano seria enterrado e eu nunca mais o veria. Foi aí que chorei muito e não conseguia parar. Amparada por Genoveva, seguimos até o local onde ele seria enterrado. Depois do enterro, voltamos para a carroça. Assim que chegamos ao cortiço, fui para o meu quarto e chorei, chorei muito. Tudo havia terminado. Eu estava sozinha e, o pior, nunca mais veria o meu italiano lindo. Genoveva me deu um chá e eu, sem perceber, adormeci. Acordei e, minutos depois, Genoveva entrou no quarto. Ao ver que eu estava acordada, disse:

— Vim ver se você não quer almoçar.

— Não estou com fome, Genoveva.

— Não está, mas precisa se alimentar. Não se esqueça de que sua criança está crescendo dentro de você e ela precisa se alimentar.

— Só naquele momento eu me lembrei da minha criança, Edite. Ela estava dentro de mim e era a única coisa que me restara de Juliano. Precisava fazer o possível para que crescesse feliz e saudável. Vendo a boa vontade de Genoveva, eu disse:

— Vou comer um pouco, Genoveva, e obrigada por se preocupar comigo.

— Não tem o que agradecer, Margarete. Somos amigas, e amigos servem para isso. Tenho certeza de que, se alguma coisa me acontecer, você sempre estará ao meu lado, e é o que pretendo fazer. Sua vida vai mudar totalmente e precisa se preparar. Por enquanto, vamos nos preocupar somente com essa criança. Quer comer lá em casa ou quer que eu traga a comida até aqui?

— Se você não se importar, eu prefiro comer aqui.

— Ela trouxe um prato com arroz, feijão e um pedaço de carne. A comida estava muito boa, mas eu, realmente, não estava com fome. Enquanto eu comia, perguntei:

— Genoveva, quem pagou o enterro de Juliano?

— Não se preocupe com isso, Margarete. Fomos nós todos, aqui do cortiço, que nos juntamos e pagamos.

— Isso não é justo, Genoveva. Sei que todos vocês trabalham para sobreviver. Tenho dinheiro e algumas joias que posso usar para pagar o que gastaram. Faço questão de pagar.

— Está bem, já que insiste, vou conversar com os outros.

— Realmente, Edite. Eu tinha algum dinheiro que Juliano havia guardado, e o que eu peguei de Jaime, além das minhas joias, nas quais ainda não havia tocado. Não tinha ideia alguma do valor do dinheiro e para o que ele daria, mas não poderia deixar que os vizinhos pagassem, ainda mais sabendo que viviam com dificuldades. Eu nunca havia me preocupado com isso. Primeiro, foi meu pai quem cuidou de tudo, depois, Jaime, e em seguida havia sido Juliano. Eu só sabia que precisava pagar pelo enterro do meu marido. Depois de muito insistir, finalmente, Genoveva me trouxe o valor gasto e eu paguei. Depois de isso ter sido resolvido, fiquei em meu quarto, deitada o dia inteiro, só pensando em Juliano e na sua morte. Eu não entendia o motivo de ele ter morrido tão cedo e culpava Deus por isso. Não tinha vontade de fazer coisa alguma. Muitas vezes, Genoveva me convidou para ir à igreja, mas eu sempre me recusei. Não tinha fé em Deus, Nossa

Senhora ou qualquer santo. Na realidade, eu não acreditava em coisa alguma. Deitada, lembrava-me dos momentos felizes que passamos ali e, ao mesmo tempo, surgia em minha mente Juliano ali morto, aí eu voltava a chorar. Genoveva mandou rezar a missa de sétimo dia. Confesso que não tinha vontade alguma de comparecer.

— *Não acredito em missas ou em coisa alguma, Genoveva...*

— *Entendo o que está sentindo, mas, para ele, talvez fosse importante e deve estar esperando pela missa. Por isso, pelo sim ou pelo não, vamos à missa rezar por sua alma.*

— Fui à missa, Edite, e durante todo o tempo só chorei. Passaram-se mais alguns dias e eu continuava da mesma maneira. Ficava o tempo todo dormindo sem nada fazer. Em uma manhã, Genoveva veio ao meu quarto e, nervosa, disse:

— *Sei que você está nervosa com Deus, mas isso não quer dizer que deva ficar neste quarto sem nada fazer. Vamos à igreja, lá tem muito para ser feito.*

— Ao ouvir aquilo, chorando, respondi:

— *Está bem, eu vou só porque você está pedindo, mas não acredito que Deus exista e, se existir, não sabe que eu existo.*

— *Não fale assim, Margarete! Claro que Deus existe e conhece você. Não sabemos o motivo de seu marido ter morrido, mas aconteceu, e você não pode mudar ou parar sua vida. Precisa continuar, se não for por você, apenas pense nessa criança que está chegando.*

— *Não faço outra coisa a não ser pensar nela, Genoveva! Como vou criar essa criança? Nunca trabalhei, não sei fazer coisa alguma e, mesmo se arrumar algum emprego, quem vai cuidar dela para que eu possa trabalhar? Além do mais, como ela vai crescer sem um pai?*

— *Ela tem pai, Margarete! Seu marido morreu, não a abandonou, nem a ela! Hoje, ele é uma alma que precisa seguir seu caminho. Por isso, precisa rezar para que ele caminhe em paz. Você não pode continuar assim, Margarete! Ele partiu, mas você* precisa continuar! Sabe que sua criança vai nascer e ela precisa de você para crescer em paz e feliz!

— Não sei o que fazer, Genoveva. Não sinto vontade de fazer coisa alguma. Na realidade, se não fosse pela minha criança, o que eu queria mesmo era morrer e ir ao encontro de Juliano.

— Não fale assim, você ainda tem uma longa vida pela frente e vai ser feliz. Por que não volta para a fazenda, para sua família?

— Não posso fazer isso, Genoveva! Eles nunca me aceitarão de volta, ainda mais com uma criança...

— Não entendo, por que não a aceitariam?

— Eles têm motivo para não me aceitarem, Genoveva...

— Por quê? O que você fez?

— Vou contar e sei que, assim como eles, também, provavelmente, não me aceitará mais.

— Acho que isso seja difícil, pois aprendi muito cedo que não temos o direito de julgar outra pessoa. Todos nós temos nossos acertos e erros. Ninguém é perfeito, Margarete. Os perfeitos não nasceram. Estão ao lado dos santos e dos anjos.

— Está bem, acho que preciso contar.

— Contei tudo a ela, Edite, e terminei dizendo:

— Como pode ver, Genoveva, meus pais têm razão em não me aceitarem e, mais ainda, em não me perdoarem.

— Desde que conheci você, sempre desconfiei de que não tivesse trabalhado na lavoura, como você e seu marido disseram. Você é uma moça fina e parece ter tido uma boa educação. Além do mais, apesar de ter só dois ou três vestidos, todos eles são de boa qualidade, diferentes dos meus ou de qualquer mulher que trabalhe em uma fazenda. Como já disse, Margarete, não sou ninguém para julgar. Você é muito jovem. Quantos anos você tem?

— Vou fazer dezenove.

— Como eu disse, você é muito jovem e já sofreu muito para sua pouca idade. Seu marido talvez tenha razão para não perdoar você, mas seus pais com certeza a perdoarão e aceitarão, ainda mais quando souberem que está esperando um neto deles. Acho que deveria ir para lá, Margarete!

— Não sei, Genoveva. Não tenho coragem. Não posso voltar.

— Você disse que tem algum dinheiro, com ele, poderá sobreviver até a criança nascer. Depois, você vai precisar encontrar algo para fazer. Vamos à igreja trabalhar com outras mulheres e ajudar quem tem menos que nós. Assim, também, você preencherá seu tempo. Não se preocupe com o futuro! Na hora certa, tudo sempre se arranja! Nunca estamos sozinhos, sempre tem um anjo ao nosso lado para nos socorrer. Agora, pense só nessa criança. Sei que não vai ser fácil, mas quem disse que viver é fácil?

— Eu chorei, Edite, pois era a única coisa que conseguia fazer. Fui à igreja e, durante todo o tempo, não sabia o que estava fazendo ali, pois eu, mesmo que quisesse, não era capaz de me interessar por nada. No dia seguinte, novamente, fui à missa e à sala e continuei ajudando as mulheres, que nada falaram a respeito da morte de Juliano. Elas sabiam que eu estava sofrendo e respeitaram isso. Eu, em silêncio, agradeci, pois não queria falar sobre aquilo. O tempo foi passando e eu deixei de me preocupar com o meu futuro e o da minha criança. No dia em que venceu o aluguel, fui até o bar para pagar. Estava preocupada, pois, para pagar o aluguel, teria que usar todo o dinheiro que Juliano havia guardado. Quando paguei ainda sobrou um pouco, mas daria somente para eu comprar comida até o próximo mês. Conversei com Genoveva.

— Estou preocupada, Genoveva. Usei todo o dinheiro de Juliano para pagar o aluguel. Não sei como vai ser. Tenho, ainda, algum dinheiro e minhas joias, mas não sei se será o suficiente.

— Ela, após me ouvir, disse:

— Falta um pouco menos de seis meses para a criança nascer. Até lá, use o seu dinheiro e, se precisar, venda suas joias.

— Vender como e a quem?

— Já disse a você que não deve se preocupar com o futuro, pois esse só pertence a Deus. Quando chegar a hora de vender as joias, o Vincenzo encontrará alguém. Ele conhece muita gente.

*Eu, quando saí da Itália, trouxe algumas joias e ele vendeu todas até arrumar um emprego. Fique calma, pense só na sua criança.*

— Nos meses seguintes, Edite, comecei a vender minhas joias. Sabia que o dinheiro que recebia por elas não significava nem dez por cento do valor, mas o que eu poderia fazer? Precisava do dinheiro. Eu e as mulheres da igreja fizemos um enxoval lindo para minha criança, ao menos não tive que me preocupar com o enxoval. O tempo foi passando e eu, vendendo minhas joias por um valor irrisório, mas não havia o que fazer, precisava pagar o aluguel e comer. O colar que Jaime me deu foi a última coisa que vendi. O dinheiro que recebi por minhas joias, inclusive o colar, só durou até o meu oitavo mês de gravidez. Quando faltava um pouco menos de um mês para minha criança nascer, eu não tinha mais dinheiro para pagar o aluguel. Fui conversar com o dono do bar:

— *Este mês não tenho como pagar o aluguel. Falta menos de um mês para minha criança nascer e, assim que isso acontecer, vou encontrar um emprego. A Genoveva disse que, enquanto eu estiver trabalhando, ela vai cuidar da criança. Estou aqui para pedir que espere um ou dois meses e eu vou pagar tudo o que eu estiver devendo.*

— *Sinto muito, mas não posso esperar. Tem muita gente procurando um quarto para alugar e não posso ter prejuízo. Vou precisar do quarto de volta.*

— *Eu não tenho para onde ir...* — disse, começando a chorar, Edite.

— *Sinto muito, senhora, mas esse é um problema seu. Não posso ter prejuízo. A não ser que possamos negociar.*

— *Eu faço qualquer negócio. O que quer que eu faça?*

— *A senhora poderá ficar até quando quiser, desde que esta noite, quando todos do cortiço estiverem dormindo, eu possa visitá-la em seu quarto.*

— Eu era tão ingênua, Edite. No primeiro momento, não entendi aquela proposta; se fosse hoje, com tudo o que aprendi aqui, teria tirado até o último tostão daquele bandido.

— É o que ele merecia, Margarete! Como pôde fazer uma proposta como essa, pois, além de você estar precisando de um teto, ainda estava prestes a ter uma criança? O que respondeu a ele?

— Hoje penso como você, mas, naquele tempo, eu não tinha esse alcance. Perguntei:

— *Não entendi o senhor; quer me visitar por que e para quê?*

— *Desde o primeiro dia em que chegou com seu marido, achei a senhora a mulher mais linda deste mundo, mas, como era casada, me contive, porém agora esse empecilho não existe mais. Portanto, se a senhora me aceitar em seu quarto e em sua cama, poderá ficar aqui o tempo que quiser.*

— *Eu estou grávida. Falta menos de um mês para a criança nascer...*

— *Não existe problema algum. Prometo que vou ser cuidadoso e carinhoso. Pense bem na sua resposta, pois se não aceitar terá de sair amanhã bem cedo do quarto. Já tenho um novo inquilino na fila.*

— Ao ouvir o que aquele bandido me propôs, Edite, indignada, saí dali e, chorando, fui para o meu quarto. Genoveva viu quando cheguei e, preocupada, perguntou:

— *O que aconteceu, Margarete? Por que está chorando assim?*

— Contei tudo o que ele havia me dito. Ela, também indignada, disse:

— *Você não pode aceitar isso, Margarete, a não ser que esteja disposta.*

— *Acho que não posso aceitar, mas, também, não tenho opção. O que vou fazer sem um teto para que minha criança possa nascer, Genoveva?*

— *Sempre temos opção, Margarete. Você pode, se quiser, aceitar essa proposta ou pode voltar para sua casa. Seus pais poderão, no primeiro momento, brigar com você, mas depois, vendo que essa criança vai nascer, seu pai, como médico, não vai se recusar a ajudar você. Sua mãe, com certeza, não vai querer* abandonar essa criança que será sua neta. Pense bem e tome a decisão que achar melhor para você.

— Está bem, vou pensar.

— Entrei no meu quarto, Edite, me deitei e fiquei pensando: "Não sei o que fazer. Não tenho coragem de voltar para casa, nem de me deitar com esse homem pavoroso. Sei que estou em uma encruzilhada e não sei qual caminho tomar". Fiquei ali por quase uma hora, até que decidi. Fui até o quarto de Genoveva, bati na porta e ela a abriu.

— O que aconteceu, Margarete? Você decidiu?

— Sim.

— Qual foi sua decisão?

— Vou seguir o seu conselho e voltar para minha casa. Sei que não vai ser fácil, mas sei também que, como você disse, meu pai não vai se recusar a ajudar minha criança a nascer, e minha mãe, talvez, aceite minha criança, mas, mesmo que depois que ela nascer não aceitarem, eu vou encontrar outro caminho. Eu vim com Juliano. Foi ele quem comprou as passagens. Não sei onde fica a estação para ver o horário do trem e valor. Você sabe onde fica a estação?

— Não sei, mas o senhor Antônio deve saber. Vamos até o lugar onde ele fica parado esperando os passageiros. Você tem algum dinheiro?

— Tenho um pouco, nem sei se vai dar para eu comprar a passagem.

— Está bem. Vamos encontrar o senhor Antônio. Depois, preciso passar no trabalho do Vincenzo para avisar ele de que estamos indo à estação e pegar algum dinheiro com ele.

— Saímos dali e fomos encontrar o português; para sorte nossa, estava no lugar de costume. Conversei com ele e fomos para o trabalho do marido da Genoveva. Assim que chegamos, depois de ela ter contado a ele que eu estava voltando para a fazenda e teria minha criança lá, pediu dinheiro a ele dizendo que, se fosse preciso, ela o usaria para comprar minha passagem. Ele deu sem pestanejar. Dali, fomos para a estação e vimos que o trem sairia no dia seguinte às seis horas da manhã. O dinheiro que eu tinha deu para pagar a passagem. Voltamos para casa. Passei o resto do dia guardando as minhas roupas na mesma sacola em que as havia trazido, só que faltavam minhas joias e o dinheiro, mas não me preocupei com isso. Sabia que meu pai tinha muito dinheiro e poderia me sustentar, pelo menos até a criança nascer. Em outra sacola, coloquei o enxoval da criança e fiquei pensando nela. A minha ansiedade em saber se era menino ou menina era imensa, mas sabia que não havia como resolver aquilo e que eu só saberia no momento em que nascesse. Não tinha outra preocupação com ela, pois, assim como Genoveva havia dito, tinha certeza de que meus pais poderiam abandonar a mim, mas a ela nunca.

— Foi a melhor coisa que poderia fazer, Margarete! O que aconteceu? Onde está sua criança?

— Genoveva achava e sempre disse que todos nós nascemos com um destino ou um caminho para seguir, e que, mesmo sem percebermos, a vida nos faz seguir por esse caminho.

— Não estou entendendo o que você está dizendo, Margarete!

— Vai entender, Edite. Vai entender...

— Continue, Margarete. O que aconteceu com você e com a sua criança? Você a abandonou também?

— Por estar muito ansiosa, não consegui dormir direito. Acordei com uma dor na barriga e pensei: "Devo ter comido alguma coisa que me fez mal". Pensei isso, mas, com o passar do tempo, percebi que não se tratava de uma dor comum. Eu já havia passado por aquilo, quando Luizinho ia nascer, e percebi que minha criança estava se preparando para nascer. A princípio, fiquei preocupada, mas depois pensei: "Quando Luizinho nasceu, essas dores demoraram muito tempo. Por isso, sei que vai dar tempo para eu chegar à casa do meu pai. Sei que ele vai me ajudar". Levantei-me, tomei um chá e passei o resto da noite assim. A dor aumentava, mas não me preocupei, sabia que ia dar tempo. Na hora combinada, o português bateu em minha porta. Peguei as duas sacolas e abri a porta.

— *Bom dia, dona Margarete. Está na hora de irmos.*

— *Bom dia, senhor Antônio. Estou pronta.*

— *Então, vamos.*

— Nesse instante, a porta de Genoveva se abriu.

— *Bom dia! Estou pronta para acompanhar você, Margarete.*

— *Não precisa, Genoveva. O senhor Antônio vai me deixar no lugar do embarque. Não tem como eu me perder. Também, vamos chegar quase na hora de o trem sair. Fique tranquila. Assim que o neném chegar, vou escrever a você contando como foi e se é menino ou menina!*

— *Prometa que vai fazer isso, Margarete!*

— *Não preciso prometer, Genoveva! Sei que, assim como eu, você está louca para saber. Vou escrever, fique tranquila.*

— *Está bem. Vá com Deus...*

— *Obrigada, minha amiga, e obrigada por tudo o que fez por mim.*

— *Vá com Deus* — ela disse com lágrimas nos olhos. Nós nos abraçamos e o português pegou as minhas sacolas e saímos do cortiço. Demorou um pouco. Depois, parou a carroça e me acompanhou até o lugar em que eu deveria embarcar. O trem já estava ali, parado.

— *Pronto, dona Margarete! Chegamos. Entre, sente-se no seu banco, pois daqui a pouco o trem vai partir. Desejo que tudo dê certo para a senhora e para a sua criança.*

— *Obrigada por tudo, senhor Antônio.*

— Entrei e me sentei junto à janela. O português ficou ali, parado, até que o trem partisse. Quando o trem começou a andar, abanei a mão para ele, que respondeu sorrindo. Comecei a olhar em volta e percebi que aquela viagem seria diferente da primeira, pois naquela eu e Juliano viajamos na primeira classe, com poltronas confortáveis, e esta, ao contrário, era de madeira dura. Mesmo assim, não me importei. O que eu queria, realmente, era chegar logo em casa, embora soubesse que iria demorar muito. As dores continuaram e foram aumentando pouco a pouco. Eu ia relembrando os momentos que passei, no trem, ao lado de Juliano e o terrível dia da sua morte, e ao mesmo tempo lembrei-me daquelas pessoas que me ajudaram, mesmo sem me conhecerem. Pensei: "No final, acho que Genoveva estava certa quando disse: 'Nunca estamos sós, Margarete'". O trem continuou e as dores também. Depois de duas horas de viagem, percebi que não aguentaria por muito tempo. As dores estavam insuportáveis. Na minha frente, estava sentado um casal. A mulher, percebendo que eu não estava bem, perguntou:

— *A senhora não está passando bem? Parece que está com dores...*

— *Realmente, acho que minha criança quer nascer.*

— *A senhora vai descer logo do trem?*

— *Não. Ainda falta muito tempo, mas sinto que não vou conseguir segurar. Estou com medo de que nasça aqui.*

— *Nós vamos descer na próxima estação e, se quiser, pode descer também. Moramos ao lado da estação e conheço uma parteira que mora perto da minha casa. Posso chamá-la.*

— *Obrigada. Sinto que não vai demorar muito. As dores estão muito fortes.*

— O trem demorou mais uns quinze minutos para parar na estação. Por quase não poder andar, fui apoiada pelos dois, desci. Realmente, ela morava em frente à estação. Bastava atravessar a rua. Assim que chegamos à casa, ela fez com que eu entrasse e me deitou em uma cama que havia em um dos quartos. Em seguida, seu marido saiu e voltou logo depois ao lado de uma senhora que trazia uma maleta. Ela me examinou e, preocupada, disse:

— *A criança não está em boa situação. Ela deveria ser levada à Santa Casa.*

— *Não temos Santa Casa nesta cidade, dona Maria.*

— *Sei disso. Não dá para irmos para outra cidade. Ela não aguentaria. Vou fazer tudo o que estiver ao meu alcance.*

— Ao ouvir aquilo, estremeci. Lembrei-me dessas mesmas palavras que o médico me disse quando cuidou de Juliano. Desesperada, comecei a chorar. A parteira, carinhosa, disse:

— *Sei que a dor não está fácil, mas logo vai passar. Vou cuidar para que tanto sua criança como a senhora fiquem bem.*

— Eu não tinha o que fazer, Edite. Apenas consenti com a cabeça. As horas seguintes foram terríveis. As dores aumentaram de uma maneira que achei que não aguentaria, até que, finalmente, senti que a criança nascia. A parteira enrolou a criança em um lençol e saiu apressada. Eu fiquei ali, esperando a volta dela para saber se era menino ou menina. Percebi que alguma coisa havia acontecido. Tentei me levantar, mas não consegui. Meu corpo não me obedeceu e voltei a me deitar. Alguns minutos depois, ela voltou e, com a voz trêmula, disse:

— *Sinto muito. Fiz o possível, mas não adiantou. Sua menina nasceu morta...*

— *Menina? Morta?*

— Morta, Margarete?

— Sim, Edite. Minha criança que tanto esperei e que era a única coisa que me restara de Juliano era uma menina e estava morta... — Margarete disse chorando.

— Custo a acreditar que isso tenha acontecido com você.

— Aconteceu, Edite. Ela nasceu morta. A parteira perguntou se eu queria vê-la. Claro que eu quis. Quando peguei aquele corpinho inerte e sem vida, só me restou abraçá-lo e chorar. Depois eu o devolvi à dona da casa, que saiu com ela. A parteira cuidou de mim e, quando terminou, disse:

— *Infelizmente, isso aconteceu, mas a senhora é jovem e terá outros filhos.*

— *Eu não quero outros filhos, nunca mais vou ter outro!*

— *Está bem, mas o tempo é o senhor de tudo. Com o tempo, tudo isso vai passar. Pense em Deus e tudo vai ficar bem.*

— *Como a senhora ousa dizer para eu pensar em Deus? Ele me tirou tudo o que tinha e agora, minha filhinha? Não posso nem quero acreditar em Deus! Ele não existe!*

— Como pode dizer isso? Todos os pais daqui da Terra amam seus filhos, imagine Deus!

— Por que ele está me castigando tanto? Sei que fiz algumas coisas que, para muitas pessoas, podem parecer erradas, mas não foram tão graves assim. Se Deus existir, Ele me odeia! Por que ele me castiga tanto?

— Ele não castiga, apenas ensina e nos dá a oportunidade para que possamos fazer nossas escolhas, para que possamos voltar ao caminho do qual, por um motivo qualquer, em dado momento da nossa vida, nos desviamos. A felicidade é algo que não podemos medir. Na maioria das vezes, a nossa felicidade representa o sofrimento de uma ou mais pessoas.

— Naquele momento, Edite, lembrei-me de Jaime, Carlota e o coronel. Claro que de meus pais também. Sabia que todos haviam sofrido com a minha fuga. Ainda bem que Luizinho era pequeno e não sabia o que estava acontecendo. Odila, a parteira, continuou:

— Eu entendo o que está sentindo, mas, com o tempo, a senhora vai se acalmar. Por enquanto, precisa ficar deitada por três ou quatro dias; depois, poderá seguir com sua vida. Vou pedir a Maria Helena que faça um chá para que seu corpo volte ao normal. Porém, qualquer coisa que sinta, basta me chamar que virei em seguida. Agora, preciso ir embora. Tenho que ficar em casa, pois, a qualquer momento, alguma criança vai querer nascer — disse rindo.

— Só posso agradecer pelo carinho com que me tratou. Sei que a morte da minha filha não foi sua culpa, mas, sim, a falta de recursos. Se tivesse um hospital, talvez não tivesse acontecido. Assim sendo, só me falta perguntar: quanto preciso pagar pelo seu trabalho? Não sei o seu nome.

— Conversei com Maria Helena e ela me disse como encontrou e conheceu você. Disse, também, que não sabe se vai ter dinheiro para poder me pagar, mas não se preocupe. Só sinto não ter podido salvar sua menina. O valor é de quatrocentos.

— *Quatrocentos? Realmente não tenho esse dinheiro, mas meu pai tem. Estou indo para casa e, assim que eu chegar, ele mandará o seu dinheiro. Basta que me dê seu endereço.*

— Ela pegou um papel e um lápis, que estavam em sua bolsa. Anotou o endereço e me deu, dizendo:

— Aqui está o meu endereço, mas, se não tiver como pagar, não se preocupe. Só desejo que fique bem e que seja feliz.

— *Obrigada, mais uma vez. Não se preocupe, logo terá seu dinheiro.*

— Ela sorriu e saiu, Edite. Eu fiquei ali, deitada e chorando, ao mesmo tempo que pensava no que eu havia feito de tão errado para merecer todo aquele castigo e sofrimento. Algum tempo depois, Maria Helena, a dona da casa, entrou no quarto.

— *Eu e meu marido estivemos na prefeitura e contamos tudo o que havia acontecido. Mandaram este papel para que assine e sua filhinha será enterrada daqui a duas horas. Você tem alguma roupa para que possamos vesti-la?*

— Pedi a ela que pegasse a sacola onde estava o enxoval que as mulheres da igreja haviam feito. Tirei uma camisolinha branca, bordada, com rendas e fitas. Era linda e seria usada no dia do batizado. Naquele momento, lembrei-me de que ela não havia sido batizada. Fiquei nervosa.

— *Ela não foi batizada, dona Maria Helena!*

— *Não se preocupe, falei com o padre e ele disse que, por ela ter nascido morta, poderá ser batizada, e ele vai fazer isso.*

— Chorando, vesti a minha filha. Não tinha o que fazer, além disso. Maria Helena e o marido levaram minha menininha. Eu quis ir, mas ela não deixou.

— *Seu parto não foi fácil, Margarete. Não pode se levantar. Nós a levaremos.*

— Eles saíram e eu fiquei ali, sentindo-me infeliz, triste e impotente. Quando voltaram, ela me deu uma sopa que havia feito. Enquanto eu comia, ela me contou:

— Tenho só uma filha que se casou e mudou para o Ceará; só me comunico com ela por cartas. Ela está bem e agora está esperando uma criança. Estou feliz por ela, apesar da saudade que sinto. Estou me preparando para que, quando chegar a hora de a criança nascer, possa ir para lá.

— Eu a ouvi e senti em sua voz um tom de preocupação. Passei o resto daquele dia e a noite deitada, e o dia seguinte também, Edite, pois ela não permitiu que eu fizesse coisa alguma. No dia seguinte, ela entrou no quarto trazendo uma caneca com café e leite e pão com manteiga. Enquanto tomava o café, eu disse:

— Estou me sentindo bem, dona Maria Helena. Acho que já posso ir embora.

— Não pode. A Odila disse que não pode se levantar por três ou quatro dias.

— A senhora está me tratando tão bem que não sei como agradecer.

— Não tem o que agradecer. Estou fazendo aquilo que espero que, se precisar, alguém faça por minha filha. Além do mais, não acho que nosso encontro tenha sido uma coincidência.

— Por que está dizendo isso?

— Quase nunca saímos daqui. Porém, minha irmã está muito mal, por isso fomos até a capital. Íamos ficar por uma semana, mas não sei por que me deu uma vontade imensa de voltar antes do tempo. Minha irmã melhorou, portanto, não havia motivo algum para continuarmos lá e voltamos. Quando você se sentou naquele banco do trem que estava em frente ao nosso, prestei atenção e notei que não estava bem. Fiquei o tempo todo preocupada, pois sabia que estava esperando uma criança. Como viu, foi muito bom eu estar lá. Acho que Deus me usou para ajudar você.

— Será, dona Maria Helena?

— Não sei, mas penso que sim. Infelizmente sua criança não resistiu, mas você está bem e pode continuar com sua vida. Com certeza, isso acontecerá. Por isso, quero que fique tranquila e só vá embora quando se sentir, realmente, bem e forte.

— Está bem. Vou fazer o que diz e obrigada por tudo.

— Passei o resto do dia deitada. Como eu estava me sentindo muito bem, não sentia dor alguma e nem parecia que eu havia tido uma criança, por várias vezes tentei me levantar. Porém, dona Maria Helena não aceitou:

— Não, Margarete. Só vai se levantar amanhã e andar um pouco, mas não muito. Sei que não é bom ficar na cama, mas é melhor fazer isso para evitarmos qualquer complicação.

— Eu não quis magoá-la, Edite, e resolvi que ficaria até o dia em que ela dissesse que eu estava pronta para ir embora. Para me distrair, perguntou se eu gostava de ler e, como eu gostava, disse que sim. Ela me deu um livro, dizendo:

— Uma amiga me deu este livro, gostei muito e comecei a ver muitas coisas de uma maneira diferente. Talvez goste. Este livro não é simplesmente para ler, é preciso pensar em tudo o que está escrito nele.

— Peguei o livro e li a capa. O título do livro era: O Evangelho segundo o Espiritismo. Estranhei aquele título. Eu não era muito de prestar atenção em religião alguma e só ia à igreja porque meus pais insistiam. Nunca havia ouvido sobre o espiritismo. Perguntei:

— O que é espiritismo, dona Maria Helena?

— É uma nova religião que está surgindo. Foi iniciada por um professor francês. Ele fala sobre vidas passadas, reencarnação e que precisamos morrer e renascer muitas vezes para podermos nos encontrar com amigos e inimigos, perdoar e sermos perdoados para que, assim, possamos progredir espiritualmente. Tenho lido outros livros a esse respeito. Eles dizem que esta vida é o reflexo de outra vida passada.

— Se o que está dizendo for verdade, as mortes de meu marido e de minha filha foram causadas por algo de ruim que fiz em outra vida? Meu marido era um homem bom e trabalhador. Minha filha nasceu sem vida! Acha isso certo ou justo?

— Não sei, Margarete, mas, de acordo com o que está escrito neste livro e em outros, a reencarnação pode ser uma resposta. Não podemos nos esquecer de que cada um tem sua vida e seus resgastes. Porém, por enquanto, apenas leia sem querer se aprofundar muito.

— Eu, apesar de tudo o que ela me falou, nunca acreditei muito, mas agora estou pensando a respeito, Edite. Depois de tudo pelo que passei para chegar até aqui, acredito que nosso encontro não foi uma coincidência. Acredito que amigos espirituais nos encaminharam. Sinto que precisamos continuar a nossa jornada juntas.

Edite estranhou tudo aquilo que Margarete falou. Margarete continuou:

— Eu conversei muito com dona Maria Helena enquanto ela cuidava de mim. No início, não me interessei muito por esse assunto. Mesmo assim, talvez por não ter o que fazer, comecei a ler sem muita vontade, mas, aos poucos, fui me interessando. Embora não gostasse muito de ir à igreja, conhecia alguma coisa. Tinha aprendido o catecismo e feito a Primeira Comunhão, além do que o padre falava na missa. Mas o que estava escrito ali tinha um significado diferente de tudo o que eu havia ouvido. Passei todo aquele dia lendo e pensando sobre o que lia. No fim da tarde, quase na hora do jantar, dona Maria Helena entrou no quarto e, sorrindo, perguntou:

— *Está gostando do livro, Margarete?*

— *Muito! Realmente, fala sobre coisas que eu nunca havia ouvido e me fez pensar.*

— *Ele tem esse poder, Margarete. Pensar é coisa que precisamos fazer para entendermos algo que nos acontece.*

— *Não sei o motivo, mas, enquanto eu lia, fiquei tranquila, com a sensação de que tanto Juliano como minha filha estavam em algum lugar e que, um dia, eu os encontraria. É muito estranho tudo isso.*

— *É, sim, Margarete, mas com o tempo você vai passar a entender tudo o que possa acontecer na sua vida e, se decidir ir embora, pode levar este livro. Ele precisa ser sempre lido.*

— *Obrigada, dona Maria Helena.*

— *Não tem o que agradecer. Agora, está na hora do jantar.*

— Sorrindo, ela foi para a cozinha e eu fiquei ali, pensando em tudo o que ela havia falado.

— Interessante tudo isso. Trouxe o livro, Margarete?

— Trouxe, sim, Edite.

— Pode me emprestar? Gostaria de saber mais a esse respeito. Talvez eu encontre respostas para as coisas que aconteceram na minha vida.

— Acho que vai encontrar, Edite.

— Vou ler. Agora, continue com a sua história. Estou curiosa para saber como chegou aqui.

— Está bem. Está quase acabando. Durante aquela noite, acordei com sede. Resolvi ir para a cozinha pegar água. Eu, quando cheguei, estava com muita dor e não prestei atenção na casa. Por isso, me assustei quando abri a porta do quarto para sair. Dona Maria Helena e seu marido estavam dormindo no chão da sala. Olhei com atenção e vi que na casa só havia um quarto, uma sala e uma cozinha. Não acreditei que eles haviam me dado a única cama que havia na casa. Devagar para que não acordassem, fui até a cozinha, peguei a água e voltei para o quarto.

— Eles fizeram isso, Margarete?

— Fizeram, Edite. Aquilo me emocionou muito. Durante o resto da noite, quase não consegui dormir. Pensando em tudo o que dona Maria Helena havia falado a respeito daquela nova religião, cheguei à conclusão de que ela era, sim, um anjo da guarda que tinha sido colocado na minha vida naquele momento em que eu tanto precisava. Assim como Carlota, Genoveva e todos aqueles que me ajudaram. Como não consegui dormir mais, comecei a ler o livro. Algum tempo depois, dona Maria Helena, sorrindo, entrou no quarto trazendo o café. Também sorri e, enquanto tomava o café, perguntei:

— *Dona Maria Helena, a que horas o trem passa por aqui?*

— *Nove e meia, mas por que está perguntando isso?*

— Vou embora. Saindo às nove e meia, antes do almoço já estarei em casa.

— Já conversamos sobre isso, Margarete, você só vai quando estiver bem e forte.

— Estou bem e, graças à senhora, estou forte. Não estou sentindo dor. Mesmo porque, assim que chegar à minha casa, se for preciso, meu pai, como médico, vai me atender.

— Não pode fazer isso, Margarete!

— Posso, sim, e vou fazer.

— Por quê? O que aconteceu para que tomasse essa decisão?

— Esta noite me levantei para tomar água e vi a senhora e seu marido dormindo no chão da sala. Não é justo, dona Maria Helena...

— Nós não nos importamos, Margarete! Sabemos que é por pouco tempo...

— Sei que não se importam, mas mesmo assim não é justo nem necessário. Serão somente duas horas de viagem.

— Tem certeza de que quer fazer isso?

— Tenho. Segundo o que me falou e o livro que me deu, já cumpriu, e com louvor, a sua missão para comigo — eu disse rindo. Ela, também rindo, falou:

— Está bem. Não tenho como impedir você. Vou preparar um lanche para que leve na viagem.

— Não precisa, dona Maria Helena. Vou chegar a minha casa antes da hora do almoço.

— Tem certeza? Para mim não tem problema algum.

— Tenho certeza, sim.

— Ela, contrariada, saiu do quarto, Edite, e eu fui me preparar para a viagem. Quando chegou a hora, ela me acompanhou até a estação, e eu disse:

— Obrigada, dona Maria Helena. Assim que chegar à minha casa, vou escrever para a senhora. Peguei o livro que a senhora me deu. Posso levá-lo, mesmo?

— Claro que sim. Dei a você e espero que ele a ajude na sua caminhada.

— Sei que vai ajudar muito.

— Quando o trem chegou, nós nos abraçamos, e eu disse:

— *Obrigada por tudo o que fez por mim. Nunca poderei esquecer.*

— *Não tem o que agradecer. Foi um prazer conhecer você. Se precisar, pode voltar a qualquer hora.*

— *Obrigada, mas espero não precisar. Espero voltar para visitar a senhora, somente isso.*

— Entrei no trem e ela continuou em pé na plataforma. Quando o trem começou a andar, ela abanou a mão me dando adeus. O trem foi andando e eu, olhando pela janela, fui apreciando a paisagem. Quando faltava meia hora para chegar, comecei a pensar: "Não posso voltar para casa. Quando saí daquela maneira, toda a cidade deve ter comentado. Meus pais ficaram envergonhados e, se eu voltar, os comentários recomeçarão. Eles não merecem passar por tudo aquilo novamente. Não, definitivamente, não posso voltar". Sem pensar muito, quando o trem parou na próxima estação, mesmo sem saber o que fazer ou para onde ir, desci.

— Como fez uma coisa como essa, Margarete?

— Não sei, Edite. Fiz no impulso, somente sabia que não poderia voltar para casa.

— O que aconteceu depois? Ficou naquela cidade?

— Quando saí da estação, comecei a caminhar sem saber para onde ir. A cidade era pequena, mas me pareceu muito limpa e bem cuidada. Estava andando quando vi, ao longe, a torre de uma igreja, caminhei em direção a ela. Quando cheguei diante da igreja, a porta estava aberta. Entrei. Havia poucas pessoas sentadas ou ajoelhadas. Também me ajoelhei e, lembrando-me daquilo que dona Maria Helena havia me falado sobre aquela nova religião e de tudo o que havia lido, pensei: "Meu Deus, minha Nossa Senhora, segundo dona Maria Helena, tudo o que nos acontece tem sempre um motivo. Não sei qual é, mas preciso de ajuda para continuar meu caminho. Por favor, me ajude". Fiquei ali por muito tempo, pensando no que iria me acontecer, para onde ir e onde morar. Comecei a sentir fome e lamentei por não ter aceitado o lanche que dona Maria Helena havia me oferecido. Depois de algum tempo, vendo que não tinha resposta alguma de Deus ou de Nossa Senhora, saí da igreja e voltei a andar pela praça. Sentei e fiquei olhando à minha volta. Notei que, em frente de onde eu estava sentada, havia um bar e resolvi caminhar até lá. Quando cheguei, encontrei um homem que estava atrás do balcão. Perguntei:

— *Bom dia. Estou precisando de um emprego. Sabe se tem algum aqui na cidade?*

— Ele ficou me olhando e respondeu:

— *Sei de um, mas não sei se vai se interessar. Não deve ser bom trabalhar ali, pois sempre estão em busca de gente.*

— *Não me importo, preciso muito de um trabalho.*

— *Está bem. A casa fica no fim daquela rua.* — Apontou para a rua. Eu agradeci e caminhei em direção a ela. Quando cheguei ao início, notei que era uma rua comprida e que não havia casas. Somente, no final dela, vi uma casa que, de longe, parecia ser grande. Era pintada de um rosa muito forte, quase vermelha. Continuei andando e, por eu estar com muita fome, parecia que, quanto mais eu andava, mais longe ela ficava. Depois de andar muito, acho que quase meia hora, finalmente cheguei diante dela. Era realmente muito grande. Na cerca havia uma placa onde estava escrito: "Precisamos de serviçal". Bati palmas e esperei. Uma senhora de uns quarenta anos abriu a porta da casa.

— *Pois não?*

— *Estou aqui por causa do trabalho.*

— Ela me olhou de cima a baixo e perguntou:

— *Quer mesmo trabalhar como serviçal?*

— *Quero muito e preciso.*

— *Está bem, entre.*

— Fui até a porta e ela fez com que eu entrasse na sua frente.

— *Entre e sente-se nesta cadeira. Preciso ir até a cozinha e já volto.*

— Ela saiu e eu fiquei olhando à minha volta. A sala era grande, com mesas, poltronas e cadeiras. A parede, pintada em vermelho. Nas paredes havia candelabros com pequenas velas neles, para que iluminassem o ambiente. As cortinas eram vermelhas e brancas. Achei tudo lindo e diferente do que eu havia visto até então.

— Parece que está falando desta casa, Margarete.

— É dela mesma que estou falando, Edite. Foi assim que cheguei aqui.

— Não consigo acreditar que passou tanta coisa para terminar aqui!

Margarete começou a rir.

— Segundo dona Maria Helena e o livro que me deu, a vida nos conduz para o nosso caminho.

— Acredita que foi conduzida para cá? Para esta casa? — Edite perguntou, rindo.

— Sim. Foi isso que aconteceu, Edite, e, como pode ver, eu não tinha outro caminho para seguir. Dona Maria Helena disse que tudo o que nos acontece tem sempre um propósito. Até agora não sei que propósito foi esse, mas deve ter algum.

A mulher voltou e, puxando uma cadeira, sentou-se à minha frente.

— Meu nome é Amélia. Antes de aceitar o trabalho, preciso dizer que ele, aqui nesta casa, não é fácil. Eu e outra senhora trabalhávamos aqui, mas ela não aguentou e foi embora. Por isso, precisamos de outra pessoa. Pela manhã, enquanto as moças dormem, cuidamos da parte de baixo da casa e ajudamos Jussara, a cozinheira, a preparar o almoço. Na parte da tarde cuidamos da parte de cima. São seis quartos.

— Moças? Aqui é uma pensão para moças?

— Ela começou a rir e respondeu:

— Quase isso, quase isso.

— Naquele dia, não entendi o porquê de ela ter rido, Edite. Hoje, eu sei.

— É tudo muito estranho, Margarete...

— É, sim, Edite. Ela, depois de sorrir, disse:

— *Bem, já que quer o trabalho, vamos ao que interessa. Quem morreu na sua família?*

— Estranhei aquela pergunta.

— *Por que está perguntando isso?*

— *Você é jovem, usando esse vestido preto, só pode estar de luto. Quem morreu?*

— Com a voz embargada, respondi:

— *Meu marido. Faz alguns meses. Por isso é que preciso do trabalho. Estou sozinha no mundo.*

— *Tem filhos?*

— *Tive uma menina que nasceu morta.*

— *Faz tempo que tudo isso aconteceu?*

— *Faz alguns meses.*

— Precisei mentir, Edite, pois não poderia dizer a ela que fazia só três dias que minha menina havia nascido; se eu dissesse isso, provavelmente, não me daria o trabalho.

— *Então, não tem ninguém?*

— *Não, senhora. Não tenho ninguém.*

— *Por sua pouca idade, parece que já passou um bocado, menina! O trabalho é seu. O salário é de cento e cinquenta. Precisa morar aqui, pois começamos muito cedo e terminamos tarde. Quer mesmo o trabalho?*

— Ao ouvir o valor, fiquei preocupada, pois sabia que era muito pouco, mas, por outro lado, eu teria um lugar para morar. Novamente, sem opção, respondi:

— *Para mim, está bom, dona Amélia.*

— *Está bem, então, pegue sua sacola e coloque ali naquele quarto. É lá que vai dormir, ao meu lado. Vá e volte logo, temos muito que fazer.*

— Peguei a sacola e fui para o quarto que ela me mostrou. A porta estava aberta, olhei. O quarto era pequeno, havia duas camas, uma quase grudada na outra. Olhei e vi que não havia janela. Pensei: "Acho que não vai ser fácil dormir neste quarto, pois, se fechar a porta, não terá ar, mas preciso de um lugar para ficar". Uma das camas estava com lençol e travesseiro, Edite. A outra estava vazia. Deduzi que aquela seria a minha. Coloquei a sacola sobre ela e voltei para a sala. Amélia estava colocando pratos e talheres sobre a mesa, onde havia colocado uma toalha branca bordada em verde-claro. Era muito bonita. Assim que entrei na sala, ela disse:

— *Agora, vamos para a cozinha. Precisa ajudar Jussara. Ela está terminando o almoço.*

— Ao ouvir aquilo, Edite, sorri por dentro, pois minha fome era grande e, provavelmente, eu poderia comer. Entramos na cozinha e vi uma senhora negra que estava diante do fogão mexendo nas panelas. Assim que entramos, Amélia disse:

— *Jussara, esta moça vai ajudar você na cozinha e também vai cuidar da casa.*

— Jussara olhou para mim e perguntou:

— *Como é o seu nome?*

— *Margarete* — respondi.

— *Ela vai ajudar você, Jussara.*

— Jussara, sem se voltar para me olhar, disse:

— *Pode começar lavando essas verduras que estão aí na pia.*

— Olhei para a pia e, para minha felicidade, tinha uma torneira. Eu já conhecia, pois tinha na casa do meu pai e na da fazenda, embora eu soubesse que eram poucas as casas que tinham água saindo de uma torneira. Comecei a lavar as verduras. De vez em quando, eu olhava para Jussara, que permanecia calada mexendo em suas panelas. Quando terminei de lavar, Jussara, com a voz grave, disse:

— *Agora vá para a sala e veja se Amélia precisa de ajuda.*

— Obedeci. Amélia estava arrumando a mesa. E me deu alguns pratos para que colocasse. Eram três dos lados da mesa e um em uma das pontas. Depois, coloquei os talheres e copos de cristal. Amélia, vendo minha surpresa, disse:

— *A madame trouxe esses copos de Paris, por isso, tome muito cuidado para não quebrá-los.*

— Eu estava ali, quando ouvi um som de risos e palavras. Olhei para o alto da escada e vi três moças que, rindo e parecendo felizes, desciam os degraus. Sentaram-se nas cadeiras em volta da mesa. Eu fiquei ali, parada, olhando para aquelas moças lindas. Já tivera vestidos bonitos, mas nenhum igual aos delas. Todas usavam joias lindíssimas. Estavam com o rosto e os olhos pintados. Amélia, percebendo a minha atitude, segurando em meu braço, me conduziu de volta para a cozinha.

— *Agora, vamos levar a comida para a mesa. Daqui a pouco a madame vai descer.*

— Ela me deu duas travessas, pegou outras duas. Eu a acompanhei e fiz o mesmo que ela fazia. Quando estávamos colocando as travessas sobre a mesa, notei que as moças olharam para a escada. Também olhei e vi uma senhora, muito bem-vestida, que descia os degraus. Novamente, Amélia segurou em meu braço e fez com que eu a acompanhasse. Assim que chegamos à cozinha, ela pegou um prato e me deu outro, dizendo o que eu mais queria ouvir:

— *Agora, enquanto elas comem, vamos aproveitar para comer também. Precisa ser rápido, pois, assim que elas terminarem, precisamos arrumar a sala novamente.*

— Eu sabia que não ia demorar, Edite, pois estava com muita fome. Aquilo que ela disse foi como o som de uma linda música. Coloquei comida no meu prato, e a fome era tanta, que quase nem mastiguei, fui engolindo rapidamente. Quando as moças terminaram de comer, levantaram-se, sentaram-se em um dos sofás e continuaram conversando. A madame, olhando sério para elas, disse:

— *Quando o mascate chegar, precisam ser rápidas. Sabem que logo mais começaremos o nosso trabalho e precisam estar lindas.*

— Ao ouvir aquilo, olhei para Amélia, que disse:

— *Vai chegar um turco que traz muitas mercadorias. Elas devem ter encomendado algumas, mas ele sempre traz coisas novas. Vai ser uma farra. Agora, vamos tirar a mesa e deixar tudo arrumado.*

— Rapidamente começamos a arrumar tudo. Mais ou menos uma hora depois, um homem chegou. Trazia com ele três malas grandes e dentro delas várias mercadorias. As moças pareciam alucinadas de tanta felicidade. Ele abriu as malas, e elas começaram a tocar em tudo: vestidos, roupas de baixo e joias. Tinha também perfume e pó de arroz.

Edite sorriu.

— Conheço muito bem o mascate, Margarete, e confesso que, sempre que ele vem aqui, também fico alucinada.

— Eu também, Edite. Ele realmente traz coisas lindas. Continuando. Eu estava ali, parada, só olhando. Amélia teve de novamente pegar no meu braço e falar baixinho:

— *Vamos lá para o alto. Temos pouco tempo para arrumar os quartos.*

— Subimos e, rapidamente, começamos a arrumar os quartos. Eu achei um mais lindo do que o outro. Cada um com decoração diferente. Amélia me explicou que cada moça poderia decorar seu quarto da maneira que quisesse. Depois de tudo arrumado, descemos. As moças ainda estavam com o mascate. Eu e Amélia fomos para a cozinha ajudar Jussara com a louça e a arrumação da cozinha. Depois, Amélia me mostrou onde ficava o tanque. Olhei e me assustei. Tinha muita roupa ali: lençóis, fronhas e toalhas de banho. Talvez eu tenha demonstrado o meu espanto pelos olhos. Amélia, tentando sorrir, disse:

— *As moças cuidam de suas roupas, mas as de cama e banho somos nós que lavamos.*

— Passei o resto da tarde lavando as roupas. Lá de fora podia ouvir a música que tocava na sala, mas não sabia o que estava acontecendo lá. No fim da tarde, quando eu estava terminando de lavar as roupas, Amélia voltou.

— *Agora que já terminou as roupas, precisa ajudar Jussara com o jantar.*

— Eu estava exausta, talvez com fraqueza por ter acabado de ter uma criança, mas sabia que precisava daquele emprego e fui para a cozinha. Assim que entrei, me espantei, pois Jussara não estava preparando comida. Ela fazia alguns petiscos.

— Não tem jantar, Jussara?

— Ela, que até então não tinha trocado uma palavra comigo, respondeu:

— Não tem jantar, só essas coxinhas, cuscuz e bolinhos de carne. Tem também estas batatas em conserva e empadinhas, para que as moças comam com os homens.

— Que homens? — perguntei intrigada.

— Você sabe onde está e o que acontece aqui?

— Não é uma pensão para moças?

— Ela, rindo, respondeu:

— Não, aqui as moças recebem homens.

— Finalmente eu entendi o que acontecia na casa, Edite, e sorri.

— Agora venha me ajudar a enrolar os bolinhos.

— Eram mais de oito horas quando chegou um rapaz, jovem e bonito, que, quando me viu, disse:

— Você é nova aqui? Meu nome é Natanael. Eu sirvo as mesas.

— Deixa de conversa e comece a servir as mesas, menino.

— Ele olhou para mim e, rindo, falou:

— Essa mulher é minha mãe. Ela é carrancuda, mas uma boa pessoa.

— Deixa de falar e comece o seu trabalho.

— Está bem, mãe, já vou.

— Pegou algumas bandejas e saiu da cozinha. Jussara, terminando de fritar os últimos bolinhos, olhando sério para mim, disse:

— Pronto, terminei. Acho que agora você já pode ir dormir. Sei que trabalhou muito e deve estar cansada.

— Estou cansada mesmo, mas preciso ver se dona Amélia não tem outro serviço para mim.

— Se depender disso, não vai parar nunca. Ela sempre vai encontrar alguma coisa para que você faça.

— Fazer o que, Jussara?

— Eu e ela nos voltamos. Amélia estava parada na porta da cozinha. Jussara, olhando para ela, respondeu séria:

— *Esta menina já trabalhou muito hoje, Amélia. Está na hora de ela ir dormir.*

— *Não precisa se intrometer no meu trabalho, Jussara. Foi exatamente isso que vim falar com ela. Margarete, coma alguma coisa, depois pegue um lençol e uma fronha daquelas que passou e um cobertor que está no armário e vá dormir. Por hoje chega, mas amanhã vai ter de acordar bem cedo.*

— Ouvi aquilo como se fosse um sonho, Edite, e percebi que Jussara não era tão má como demonstrava ser. Eu sabia que ela também havia trabalhado muito. Sorri e, com a cabeça, olhando para ela, agradeci. Comi alguns bolinhos, um pedaço de cuscuz e fui para o quarto. Entrei e achei que não conseguiria dormir, pois ele era muito pequeno e quase sem ar; mesmo assim, coloquei o lençol e a fronha na cama. Tirei, também, o vestido com que havia chegado à cidade e me deitei. Achei que fosse demorar muito para dormir, mas, como estava cansada, nem percebi quando adormeci. Sonhei alguma coisa, mas não consegui me lembrar sobre o que foi. Não vi a hora em que Amélia se deitou. Na manhã seguinte, fui acordada por ela:

— *Levante-se, Margarete. Está na hora, e, hoje, o dia vai ser longo e trabalhoso.*

— Sem pensar muito, eu me levantei e fui para o banheiro. Lá havia uma bacia de banho e eu estava desesperadamente precisando de um bom banho. Saí dali e perguntei para Amélia:

— *Posso tomar um banho?*

— *Agora não. Deixe para à noite, antes de dormir.*

— Eu precisava naquela hora, mas fazer o quê? Obedeci. Abri a torneira de água fria e lavei tudo o que pude. Meu vestido preto estava cheirando, pois, além de estar com ele por um dia inteiro, ainda tinha suado muito durante o dia. Pedindo perdão a Juliano por tirar o luto por um dia, peguei outro vestido na sacola e me vesti. Saí dali e aquele dia foi como o anterior, com muito trabalho. Quando entrei na cozinha, Jussara já estava lá e, quando me viu, disse:

— *Você precisa colocar um lenço na sua cabeça, pois, com o calor e o óleo da comida, seus cabelos vão ficar engordurados. Se você não tiver um, tenho ali naquela sacola. Pode pegar.*

— Sorri ao ouvir aquilo, Edite, pois eu, que havia pensado que Jussara era uma mulher ruim, percebi que, ao contrário, ela era muito boa. Peguei o lenço e coloquei na cabeça. Em seguida, comecei o meu trabalho. Aos poucos, fui me acostumando com aquela rotina. No quinto dia em que eu estava trabalhando, Natanael chegou e, assim que ele entrou, disse:

— *Mãe, não estou bem. Estou com muita dor no corpo e com tosse. Não sei se consigo trabalhar.*

— Jussara colocou a mão na testa e no pescoço dele e, preocupada, falou:

— *Você está com muita febre. Não pode trabalhar assim. Vou falar com Amélia e ver o que podemos fazer. Agora, enquanto converso com Amélia, vá falar com o cocheiro e peça a ele que deixe você se deitar um pouco na cama que tem lá no quarto onde ele dorme. Eu vou fazer um chá e levo pra você. Assim que eu terminar aqui, vamos embora e vou cuidar de você.*

— *Tem certeza, mãe? Sabe que não posso perder este trabalho.*

— *Também não pode trabalhar doente assim.*

— Naquele momento, Amélia entrou na cozinha.

— *O que está acontecendo aqui?*

— *Meu filho está muito doente e não vai conseguir trabalhar.*

— *Como não, Jussara? O que vamos fazer? Quem vai cuidar da sala?*

— *Ele não consegue trabalhar e eu também não posso ficar, pois tenho de cuidar dele, dona Amélia.*

— *Não sei o que fazer.*

— *Margarete, você pode fazer o serviço do Natanael?* — Jussara perguntou.

— *Eu? Não posso, nunca servi mesa!*

— Tem razão, Jussara. Margarete, você pode fazer esse trabalho. Eu e você, juntas, poderemos cuidar de tudo.

— Não sei nem por onde começar...

— Não é difícil, basta seguir tudo o que eu fizer. Logo você vai aprender. Assim que os clientes chegarem, você precisa ir até as mesas, mostrar esses papéis e esperar os pedidos. Antes, porém, não pode servir com esse vestido sujo. Tem outro vestido limpo?

— Tenho, sim.

— Então, vá para seu quarto, troque de vestido, tire esse lenço da cabeça e prenda seus cabelos. Precisa ter uma boa aparência. Os homens que vêm aqui são exigentes.

— Está bem. Vou fazer isso.

— Fui para o meu quarto, Edite, troquei o vestido pelo outro que havia trazido da fazenda e que era o último. Prendi meus cabelos na nuca. Eu estava triste, pois, novamente, tive de tirar meu luto, mas sabia que Juliano entenderia o motivo. Depois, voltei para a cozinha. Assim que entrei, Jussara e Amélia me olharam de cima a baixo. Jussara disse:

— Viu, Amélia? Não disse que ela poderia fazer esse trabalho?

— Tem razão, Jussara. Margarete, vamos até a sala e vou explicar a você como deve fazer o trabalho.

— Na sala, Amélia sentou-se na cadeira junto a uma mesa, pegou alguns papéis e disse:

— Nestes papéis estão escritos os preços dos salgadinhos e das bebidas que servimos. Precisa dá-los a cada um que estiver sentado junto à mesa. Anotar neste outro papel tudo o que eles pedirem. Ir para a cozinha, trazer o pedido e anotar aqui. No final da noite, precisa apresentar o papel e receber o dinheiro. Entendeu?

— Sim, senhora. Só não sei se vou dar conta.

— Vai dar, sim. Você é esperta e logo vai aprender. Vamos para a sala; vou me sentar e você vai me servir como se eu fosse um cliente.

— Logo mais, as moças começaram a descer e, como sempre, estavam lindas com aqueles vestidos maravilhosos. Depois de algum tempo, os homens começaram a chegar e a se sentar. Amélia me fez um sinal e eu fui até as mesas e apresentei o papel a eles, que se admiraram com a minha presença e perguntaram sobre Natanael. Eu respondi a cada um. Alguns deles soltaram gracejos, mas eu me fiz de desentendida. No início, me perdi um pouco, mas Amélia estava ali para me socorrer. Logo aprendi e percebi que não era tão difícil como eu havia pensado. Embora estivesse cansada pelo dia de trabalho que havia tido, naquela sala eu me senti muito bem. Naquela noite, quando entrei no quarto, caí sobre a cama como se fosse uma pedra. Todos os dias, Jussara nos trazia notícias de Natanael. Ele estava com pneumonia e precisava ficar acamado por alguns dias. Na terceira noite em que eu servia às mesas, percebi que um homem, ainda jovem, conversava com dona Irene, a madame. Fiquei incomodada com o olhar dele sobre mim, mas, como tinha muito trabalho, deixei de olhar para ele e continuei servindo os clientes. No fim da noite, depois que os clientes foram embora, eu estava exausta, indo para o meu quarto, quando dona Irene me chamou:

— *Margarete, venha até aqui.*

— Ela estava sentada em uma cadeira ao lado de uma das moças. Pensei que ela ia reclamar de alguma coisa que eu não havia feito. Preocupada, aproximei-me.

— *Sente-se, Margarete, precisamos conversar.*

— Sentei-me e fiquei olhando para ela, esperando o que ia dizer.

— *Você viu aquele senhor com quem eu estava conversando?*

— *Vi sim, senhora.*

— *O nome dele é Manoel. Ele é um advogado famoso e tem muito dinheiro, além de propriedades.*

— Fiquei olhando para ela sem entender o porquê daquela conversa. Ela continuou:

— *Ele esteve conversando comigo e quer que você fique somente com ele.*

— *Ficar? Como?*

— Ora, Margarete, não se faça de ingênua. Você sabe o que acontece nesta casa!

— Sei, sim, mas não sou como as moças que vivem aqui...

— Não é, mas pode ser. Ele me ofereceu uma boa quantia e você pode mudar sua vida e ter tudo o que as outras têm, como roupas, joias e dinheiro. Deixará também essa vida de serviçal e, ao contrário, será servida.

— Desculpe, senhora, mas não posso aceitar. Ainda estou de luto por meu marido, a quem eu amava muito.

— Sei disso. Amélia me contou. Mas ele morreu e você ainda está aqui tentando sobreviver. A escolha é sua, não posso obrigá-la, mas preciso dizer que, se não aceitar essa oferta, precisará ir embora desta casa.

— Eu não tenho para onde ir...

— Esse problema é seu, não meu. Não posso perder todo o dinheiro que ele me ofereceu. Pense até amanhã e decida o que quer fazer.

— Antes que eu dissesse alguma coisa, ela se levantou e foi embora, Edite. A moça que estava ao lado da madame ficou ali e, olhando para mim, disse com voz suave:

— Pense bem, Margarete, pois, embora não seja a melhor, está tendo uma oportunidade de melhorar de vida. Meu nome é Olívia.

— Eu já tinha visto Olívia, mas nunca tinha conversado com ela e não sabia o seu nome. Respondi:

— Entendo, Olívia, mas não sei se vou conseguir. Ainda tenho viva na minha lembrança a figura de Juliano. Ele foi o amor da minha vida.

— Você é ainda muito jovem e tem a vida toda pela frente. Muitos amores ainda surgirão. Agora, vá se deitar. Está cansada, sei o quanto tem trabalhado desde que chegou aqui. Amanhã vai ser outro dia e muita coisa pode acontecer.

— Eu estava aturdida, Edite, sem saber que caminho tomar. Olívia se levantou e, sorrindo, caminhou em direção à escada.

Eu fiquei ali, sentada, pensando no que ia fazer. Depois de algum tempo, fui para o meu quarto e me deitei. Amélia chegou.

— *Mais um dia se passou, Margarete. Vamos dormir e descansar.*

— Ela se deitou, Edite, e eu fiquei ali pensando em tudo o que havia acontecido. Ao perceber que ela ainda estava acordada, disse:

— *Preciso conversar com a senhora, dona Amélia.*

— *A esta hora, Margarete? Sobre o que quer conversar?*

— Como ela não estava junto com Olívia e a madame, não sabia o que havíamos conversado. Contei a ela o que dona Irene havia falado e terminei dizendo:

— *Não sei o que fazer. Ainda estou de luto pelo meu marido...*

— *Foi por isso que dona Irene pediu que eu, amanhã bem cedo, chamasse a Clarice, uma senhora que sempre vem nos ajudar quando ficamos sem serviçal. Ela não pode ficar trabalhando aqui direto, pois tem quatro crianças pequenas para cuidar. Porém, da maneira como dona Irene falou com você, vamos, mesmo, precisar de outra serviçal.*

— *Não entendi...*

— *É fácil de entender, pois, se você aceitar a proposta, vai viver na parte alta da casa, igual às outras moças, e, se não aceitar, vai ter que ir embora. Ela é muito esperta e sabe que vamos ficar sem ninguém para ajudar no trabalho da casa.*

— *Não sei o que fazer, dona Amélia. Nunca estive com um homem desconhecido. O que poderá me acontecer? Não tenho para onde ir e não quero mais ficar com fome ou sem um teto para dormir.*

— *Não vejo outra saída para você, Margarete. O advogado Manoel é um homem bonito e deve ser educado. Não posso dizer o que precisa fazer. Só sei que a vida cobra da gente, muitas vezes, que façamos escolhas. Você está em um momento desses. Reze para fazer a melhor escolha para você.*

— *Obrigada, dona Amélia. Já resolvi, vou dizer a dona Irene que aceito a proposta e vamos ver no que vai dar.*

— *Faça isso e entregue o resto nas mãos de Deus. Agora, vamos dormir e, amanhã, fique aqui até que dona Irene desça.*

— Não posso ficar sem fazer nada!

— Está bem. Você poderá ajudar Jussara, mas saiba que não vai receber pagamento por isso.

— Vou fazer isso. Não posso esperar sem nada fazer, pois, se fizer isso, ficarei louca.

— Está bem, faça o que quiser. Agora, vamos dormir.

— Na manhã seguinte, acordei e fui para a cozinha; como sempre fazia, fui ajudar Jussara. Estava preparando a mesa, quando dona Amélia, ao ver que eu estava ali, sorriu, se afastou e foi até a cozinha, onde Jussara estava junto ao fogão, e disse:

— Vim ajudar você, Jussara.

— Não precisa. Clarice não está aqui?

— Eu, que a segui até a cozinha, preocupada, falei:

— Preciso trabalhar, dona Amélia. Sei que preciso esperar dona Irene se levantar e, se não fizer alguma coisa, vou enlouquecer.

— Amélia nada disse e saiu da cozinha, Edite. Jussara olhou para mim e falou:

— Soube da proposta que dona Irene fez a você. Vai aceitar?

— Não tenho para onde ir, Jussara...

— Realmente, você está em uma situação muito difícil, mas, já que decidiu e quer me ajudar, pode começar a lavar as panelas que estou usando.

— Foi o que fiz, Edite. Embora triste e nervosa, sabia que não havia outro caminho. Fiquei ali com Jussara, até que Amélia entrou na cozinha.

— Margarete, dona Irene está esperando por você na sala.

— Tirei o avental que estava usando e fui para a sala. Dona Irene estava sentada junto a uma das mesas que havia ali. Assim que me aproximei, ela, com um sorriso que dificilmente eu via, disse:

— Amélia disse que você quer conversar comigo. Então, o que decidiu?

— Não tenho o que decidir, dona Irene. Não tenho para onde ir, portanto, aceito sua proposta. Não sei se vai dar certo, pois nunca fiz isso, mas vou tentar.

— Não se preocupe. Vai dar certo, todos nós nos acostumamos com o que é bom, e, para você, tenho certeza de que será muito bom. Melhor do que tudo o que teve até aqui na sua vida.

— Estávamos ali conversando, quando Olívia começou a descer a escada e se aproximou. Olhando para mim, perguntou:

— Tudo bem, Margarete? Decidiu-se?

— Sim, Olívia, ela se decidiu e aceitou. Estava dizendo que vai ser muito bom para ela — dona Irene, sorrindo, disse.

— Vai ser sim, Margarete. Parece que já sofreu muito e que está na hora de ter uma boa vida.

— Olívia, leve Margarete até o quarto que ela vai usar a partir de agora e não se esqueça de mostrar as roupas, os brincos e os colares. Depois, ela vai tomar um banho e se preparar para a tarde, quando o doutor Manoel vai chegar.

— Olívia, sorrindo, pegou minha mão.

— Venha, Margarete. Vamos ver o reinício da sua vida.

— Antes de sairmos, ela olhou para Clarice, que estava colocando a mesa para o café, e falou:

— Clarice, leve água quente para o alto e prepare um banho para Margarete.

— Clarice levantou os olhos.

— Está bem, senhorita.

— Eu conhecia tudo o que havia na parte de cima da casa: os quartos e o lugar onde as moças tomavam banho, pois já os havia limpado várias vezes; mesmo assim, segui Olívia. Ela me conduziu ao único quarto que estava vago. Entramos. Ela abriu o armário, de onde apareceram muitos vestidos. Mesmo sem tocá-los, vi que eram lindos.

— Use este, é um dos mais bonitos e caros. Sei que vai ficar linda!

— Em seguida foi até a cômoda, sobre a qual estava um porta-joias.

— Sabe que não são joias verdadeiras, mas são lindas. Pode usar a que quiser. Sei que logo terá joias verdadeiras, pois o doutor Manoel é um homem muito rico e, na maioria das vezes, eles são generosos.

— Eu apenas sorri, Edite. Estava nervosa e ansiosa. Não conseguia me esquecer de Juliano nem da minha filha que havia perdido, mas sabia que não havia outra opção ou volta. Precisava continuar. Em seguida, Olívia me acompanhou até o quarto de banho. Clarice estava lá terminando de preparar meu banho. Sobre uma banqueta estavam duas toalhas de banho, limpas e passadas.

— Agora tome um banho e se prepare para este grande dia. Será o começo de uma nova vida.

— Em seguida, ela e Clarice saíram e eu entrei na tina, que estava com a água quente e com um cheiro muito bom. Eu me lembrei do tempo em que morava na casa de Jaime e em que Carlota preparava meus banhos. Recostei a cabeça e apenas senti o calor daquela água, ficando por alguns minutos sem me mexer. Fazia muito tempo que eu não tomava um banho como aquele. Depois do banho, fui para o quarto que, a partir daquele momento, seria meu. Olívia estava lá. Pegou o vestido que estava sobre a cama e me ajudou a vesti-lo. Em seguida, fez com que eu me sentasse em frente à penteadeira e, enrolando pequenas mechas de cabelo em um jornal, com o ferro quente de passar, secou meus cabelos. Estranhei, pois nunca havia secado meus cabelos daquela maneira. Sempre os sequei ao vento. Em seguida, colocou-os para o alto. Depois, me ajudou a me maquiar. No final, olhando para o espelho, senti-me linda, Edite, como há muito não me sentia.

— Você está linda, Margarete! Sei que Manoel vai gostar.

— Ao me lembrar dele, senti meu corpo estremecer e pensei: "Será que vou conseguir?" Olívia, parecendo ler meus pensamentos, disse:

— Não se preocupe, Margarete, logo você vai se acostumar. Sempre nos acostumamos com aquilo que é bom, que, no seu caso, será para o melhor.

— Eu entendi e aceitei o que ela disse, Edite, e sorri. Sabia que não havia outro caminho para eu seguir. Quando estava descendo a escada, dona Irene me viu e exclamou:

— *Você está linda, Margarete!*

— Senti o sangue subir para o meu rosto; sabia que estava vermelho. Olhei para as moças que estavam sentadas junto à mesa do café. Elas também me olhavam e sorriam. Devagar, desci a escada. Dona Irene pegou minha mão e me conduziu até a mesa. Puxou uma das cadeiras e fez com que eu me sentasse, dizendo:

— *Meninas, esta é Margarete e a partir de hoje vai fazer parte da nossa família.*

— Todas me olharam e sorriram. Luciana disse:

— *Seja bem-vinda, Margarete. Espero que seja muito feliz aqui.*

— Eu estava confusa e com dificuldade para entender o que estava me acontecendo, Edite. Quatro moças estavam sentadas. Comigo e com Olívia, seríamos seis. Eu olhava para elas, que riam e conversavam sobre futilidades. Parecia que nenhuma tinha problema algum. Fiquei o tempo todo calada, somente respondendo quando alguma delas me fazia uma pergunta. Quando terminamos de tomar o café, percebi que todas subiam a escada e iam para seus quartos. Olhei para Olívia, que disse:

— *Vamos subir também, Margarete. Precisamos descansar para estarmos lindas quando os clientes começarem a chegar.*

— Subi e, assim que entrei em meu quarto, deitei-me e comecei a pensar em minha vida e em tudo o que havia me acontecido para que eu estivesse aqui. Pensei em Jaime, Juliano e, principalmente, em Luizinho, meu lindo filho que, provavelmente, nunca mais iria ver de novo. Fiz um esforço enorme para não chorar. Fiquei ali até que Olívia veio me avisar que estava na hora do almoço. Levantei-me, arrumei meu vestido, passei a mão pelos cabelos e descemos. Vi Clarice, que corria de um lado para o outro preparando a mesa para nos servir o almoço. Ela estava com pratos em suas mãos. Lembrei-me de que no dia anterior eu estava no seu lugar e sabia como era difícil. Caminhei até ela e falei:

— Bom dia.

— Ela se admirou e ficou confusa. Percebi e continuei:

— Vá até a cozinha e pegue os copos e talheres. Deixe que eu coloque os pratos.

— Não precisa fazer isso, senhorita...

— Não preciso, mas quero. Não me custa nada. Vá buscar os pratos. Além do mais, não me chamo senhorita, meu nome é Margarete. O seu como é?

— Clarice — respondeu sorrindo enquanto voltava para a cozinha. Eu já tinha ouvido o nome dela, mas, naquele momento, havia esquecido. Estava ali quando dona Irene desceu a escada e, ao ver que eu estava arrumando a mesa, caminhou em minha direção e, nervosa, perguntou:

— O que está fazendo, Margarete?

— Estou ajudando Clarice a arrumar a mesa.

— Não precisa fazer isso! Será que ainda não entendeu que agora não é mais uma serviçal?

— Sei disso, mas nada me custa. Clarice tem muito que fazer e posso ajudá-la.

— Largue esses pratos e vá se sentar!

— Não entendi por que ela ficou tão nervosa, Edite, mas terminei de colocar os pratos e depois fui me sentar em uma cadeira que havia ao redor de uma das mesas. Assim que me sentei, tentando disfarçar o meu desagrado, Olívia se aproximou.

— Parece que está nervosa, Margarete. O que aconteceu?

— Dona Irene chamou minha atenção por eu estar ajudando a arrumar a mesa.

— Ela é movida por dinheiro, e Manoel está pagando muito bem. Por isso, ela quer que fique linda e descansada para quando ele chegar. Aos poucos, você vai se acostumar com ela.

— Não é justo, Olívia! Sei como é difícil trabalhar aqui nesta casa como serviçal, por isso, tentei ajudar um pouco. O que tem isso de mal?

— Nada tem de mal, mas, hoje, você não é mais uma serviçal; é uma dama e precisa se portar como tal.

— Dama? Eu? — perguntei, demonstrando espanto e rindo.

— Sim, Margarete, uma dama! — respondeu ela, rindo também. — Uma dama que, por sinal, é muito linda. Agora fique calma, porque os clientes daqui a pouco estarão chegando e Manoel com eles.

— Sempre que penso nisso, meu corpo começa a tremer. Não sei o que falar nem como me comportar. Nunca estive em uma situação como esta.

— Não se preocupe. Apenas seja você. Ele é um homem educado e vai entender sua atitude, mas lembre-se de que ele está aqui para ser servido.

— Está bem. Vou conseguir...

— Um senhor entrou na sala, Edite. Olívia, sorrindo, foi ao seu encontro. Eu fiquei ali. Aos poucos, os clientes foram chegando. Natanael também chegou e logo vi que ele corria de um lado para o outro servindo as mesas. Fiquei ali por muito tempo, sem conseguir tirar os olhos da porta. Muitos entraram, menos Manoel. Enquanto eu estava ali, embora já soubesse a resposta, fiquei pensando em como eu havia chegado ali e como minha vida tinha mudado. Sabia que tudo tinha começado no momento em que resolvi abandonar Jaime e meu filho, mas sabia, também, que não havia volta. Depois de muito tempo, ele apareceu na porta e dona Irene correu ao seu encontro. Conversaram por alguns minutos e vieram em minha direção. Eu não sabia o que fazer, se me levantava ou continuava sentada. Resolvi ficar parada, pois minhas pernas tremiam tanto que achei que não conseguiria ficar em pé. Enquanto ele caminhava na minha direção, olhei atentamente e vi que era um homem de meia-idade, mas de boa aparência. Alto, moreno, com os cabelos levemente grisalhos, além de estar bem-vestido. Quando se aproximaram, dona Irene, rindo, disse:

— *Margarete, este é o doutor Manoel e está aqui para vê-la.*

— Eu apenas sorri, e ele sentou-se na cadeira que havia na minha frente. Olhando para mim, falou:

— *Parece que está muito nervosa, senhorita. Posso garantir que não precisa ficar. Quis conhecê-la, pois assim que a vi notei sua beleza.*

— *Obrigada, vou ficar bem.*

— *Vamos beber um bom vinho, Margarete?*

— *Desculpe, mas eu não bebo.*

— *Sempre tem a primeira vez. Não estou dizendo para se embebedar, apenas uma taça...*

— *Está bem.*

— Ele fez um sinal para Natanael, que se aproximou. Manoel disse:

— *Traga duas taças do melhor vinho que tiver na casa, por favor.*

— Natanael olhou para mim e, sorrindo, piscou um olho, saiu e em seguida voltou com uma garrafa de vinho. Encheu duas taças. Manoel me ofereceu uma delas e levantou a sua, dizendo:

— *Vamos brindar o nosso encontro e espero que dure muito tempo.*

— Eu sorri e bebi da taça. Senti um calor imenso em todo o meu corpo, pois, durante minha vida, havia bebido apenas uma vez e odiei. Por isso nunca mais bebi. Manoel percebeu.

— *Parece que não está bem. Não quer se deitar? Podemos ir para o seu quarto.*

— Eu apenas disse que sim com a cabeça, Edite. Ele se levantou, deu a volta na mesa. Eu me levantei e ele puxou a cadeira para que eu pudesse sair. Quando nos dirigíamos para a escada, olhei para dona Irene, que sorria feliz. Ao chegarmos diante do meu quarto, ele disse:

— *Não vai abrir a porta para que possamos entrar?*

— Abri a porta e entrei na frente. Ele, depois de entrar, disse sorrindo:

— *Agora, eu e você vamos nos deitar. Não se preocupe, nada vai acontecer se não quiser.*

— Eu me deitei e ele se deitou no outro lado da cama. Assim que o fez, disse:

— *Você parece ser uma moça que teve uma boa educação. Fala muito bem. Como chegou até aqui?*

— Eu me lembrei do que dona Irene havia dito, que os clientes estavam ali para se divertir, não para ouvir tristeza ou reclamações. Disse, tentando sorrir:

— *Essa é uma longa história.*

— *Não se preocupe com isso, Margarete. Temos um longo tempo.*

— *Sei disso, mas podemos deixar para outro dia? Hoje não estou disposta a contar. Só posso dizer que acredito que foi a vida que me trouxe até aqui.*

— *Está bem, se não quiser falar, só me resta aceitar. Parece que está tonta. Aquela taça de vinho fez isso?*

— *Acredito que sim, pois só bebi uma vez na minha vida e não gostei...*

— *Entendo. Acho que deveria dormir um pouco. Logo vai ficar bem.*

— *Não posso dormir! O senhor não veio aqui para me ver dormindo...*

— *Sei disso, mas não se preocupe.*

— *Colocou o braço sob minha cabeça, dizendo:*

— *Agora, durma. Vou ficar aqui, não se preocupe.*

— Eu me aconcheguei e dormi. Eu dormi, Edite! Pode acreditar nisso?

— Não consigo acreditar. Como conseguiu dormir, Margarete? — Edite perguntou, não conseguindo evitar o riso.

— Não sei, Edite, mas dormi.

— O que ele fez? Foi embora nervoso?

— Não. Dormi por um bom tempo. Quando acordei, ele não estava mais lá. Olhei para a janela e vi que era dia. Eu havia dormido muito. Apavorada com a reação que dona Irene poderia ter, comecei a chorar. Sabia que ela me mandaria embora e que eu não tinha para onde ir. Tornei a me deitar e continuei chorando. Não tinha coragem de descer e encarar dona Irene. Fiquei ali chorando e pensando no que ela diria e o que poderia fazer com minha vida. Estava ali deitada, quando ouvi uma batida na porta e Olívia dizendo:

— *Margarete! Posso entrar?*

— Eu sabia que a hora havia chegado, Edite, e que não tinha o que fazer.

— *Entre, Olívia...*

— Ela entrou e, com a voz firme, disse:

— *Todos os clientes já foram embora e dona Irene quer falar com você.*

— *O que ela quer, Olívia?*

— *Não sei. Ela não disse, mas desça logo. Ela não gosta de ser contrariada.*

— *Está bem. Vou descer...*

— *Faça isso. Todas nós estamos curiosas para saber o que aconteceu aqui.*

— Ao ouvir aquilo, eu tremi. Sabia que não tinha explicação, mas sabia, também, que não havia o que fazer a não ser ir embora. Só pedi a Deus que ela não me mandasse embora naquela noite, pois eu não teria onde dormir. Tremendo, desci. Ao chegar à sala, vi dona Irene sentada em uma cadeira ao redor da mesa. Ela fez um sinal para que eu me aproximasse e me sentasse ao seu lado. Depois que me sentei, curiosa, perguntou:

— *O que fez com Manoel?*

— *Não fiz coisa alguma, dona Irene...*

— Eu falei a verdade, Edite. Eu, realmente, não havia feito coisa alguma — disse rindo. — Ela, parecendo não acreditar no que eu dizia, rindo, falou:

— Como não, Margarete? Ele saiu daqui muito feliz e me deu um bom dinheiro, dizendo: "Margarete é uma moça especial!"

— Ao ouvir aquilo, respirei fundo, Edite. Eu não entendia o que havia feito de tão extraordinário para que ele dissesse aquilo. Dona Irene continuou:

— Não sei o que fez, mas continue! Sinto que teremos um grande futuro com ele.

— Eu sorri, mas nada disse. Ela acrescentou:

— Hoje, quando ele chegar, quero que a encontre linda e descansada. Quero que ele, a cada dia que passe, mais se interesse por você.

— Está bem, dona Irene. Vou me esforçar.

— Ela se levantou e, rindo, falou:

— Depois do almoço, suba para seu quarto e se prepare.

— Eu, com a cabeça, disse que sim. Depois que ela se afastou, fiquei pensando em tudo o que havia acontecido e não estava entendendo. Como ele podia ter ido embora feliz e ainda ter dado dinheiro a ela? Sem conseguir uma resposta, passei o resto da manhã e, depois do almoço, me preparei da melhor maneira possível para esperá-lo.

— O que ele fez quando chegou, Margarete? — Edite perguntou curiosa.

— Ele não voltou naquela tarde nem nas seguintes.

— Não voltou?

— Não, Edite. Eu fiquei apavorada. Sentia que ele não voltaria, pois o que fiz, quando dormi, deveria ter feito com que ficasse muito bravo. Todas as tardes eu ficava ali, esperando, mas ele não chegou. A cada dia que passava, eu ficava mais e mais perturbada e nervosa. Sabia que dona Irene logo notaria a ausência dele e me culparia, e, no fundo, sabia que ela tinha razão. Comecei a pensar no que faria quando ela me mandasse embora. No mínimo, eu voltaria a ser uma serviçal aqui na cidade ou em outro lugar. No quinto dia, embora eu tivesse acordado cedo, não consegui me levantar e não desci para o café. Estava ansiosa, pois tinha certeza de que, a qualquer momento, dona Irene me mandaria embora. Fiquei pensando em tudo o que havia acontecido em minha vida e sabia que a culpa de tudo aquilo era só minha. Eu havia feito uma escolha ao fugir com Juliano, ter abandonado Jaime e, principalmente, meu filho. Sabia que estava pagando o preço. Estava ali, deitada, quando Olívia bateu de leve na porta.

— *Posso entrar, Margarete?*

— *Sim, Olívia.*

— Ela entrou e, vendo que eu continuava deitada, preocupada, perguntou:

— *Está doente, Margarete? Por que ainda não se levantou?*

— *Não estou doente, Olívia, apenas nervosa e sem vontade de sair da cama.*

— *Nervosa por quê?*

— *O doutor Manoel não voltou e sinto que não voltará mais. Dona Irene, provavelmente, vai me mandar embora, e eu não tenho para onde ir...*

— Olívia começou a rir.

— *Quem disse isso a você, Margarete?*

— *Ninguém, mas é óbvio que vai acontecer.*

— *Não tem coisa alguma de óbvio. Já lhe disse que ela é movida a dinheiro. Sabe que você é jovem, linda e que, a qualquer momento em que anunciar que está livre, não faltarão clientes para pagar por você! Por isso, agora, levante-se, vista-se e fique linda e fresca.*

— *Tem certeza disso?*

— *Toda certeza do mundo! Hoje à tarde o mascate vem aqui trazendo todas aquelas coisas lindas! Estamos todas ansiosas.*

— Ao ouvir aquilo me senti confiante e sorri, Edite.

— *Está bem, Olívia. Vou fazer isso.*

— Ela, sorrindo, saiu do quarto e eu fiquei ali, pensando em tudo o que ela tinha dito. Resolvi que a melhor coisa a fazer naquele momento era seguir o que ela havia falado. Desci, almocei e, assim como as outras, esperei que o mascate chegasse. Ele trouxe coisas lindas, mas eu nada comprei, pois não tinha dinheiro. Depois que ele foi embora, fiquei ali sentada, com os olhos pregados na porta de entrada, com um fio de esperança de que, a qualquer momento, Manoel entraria por ela. Dona Irene passava de um lado para outro, mas nada disse. Eu, embora não olhasse para ela, sabia que seus olhos estavam presos em mim. Continuei ali, triste, pois sabia que ele não viria. Quando estava começando a escurecer, vi que ele entrava pela porta e que trazia, em suas mãos, um enorme maço de flores. Olhou para mim e, sorrindo, caminhou em minha direção. Eu, num impulso, me levantei. Ele, quando chegou ao meu lado, beijou minha testa, dizendo:

— *Boa tarde, minha linda. Estas flores são para você...*

— Peguei as flores e, mesmo tentando, não consegui evitar que uma lágrima corresse pelo meu rosto. Ele se sentou e fez com que eu me sentasse também.

— *Por que está emocionada assim?*

— *Pensei que o senhor não viesse mais.*

— *Por que eu não viria? Você foi maravilhosa!*

— *Maravilhosa, como? Dormi o tempo todo...*

— *Talvez tenha sido isso o que mais me agradou. Você foi verdadeira e não tentou me enganar, mas hoje espero que seja diferente. Vou pedir uma taça de vinho. Claro que não vou oferecer a você.*

— *Obrigada. O senhor já sabe que não tenho tolerância a bebida alguma.*

— Ele sorriu. Pediu a Natanael uma taça de vinho. Após tomá-lo, olhando em meus olhos, perguntou:

— *Está pronta para irmos ao seu quarto?*

— Eu apenas sorri. Ele se levantou, deu a volta na mesa, segurou no meu braço para que eu me levantasse também. Eu estava pronta, Edite. Sentia que podia confiar naquele homem. Quando estávamos subindo a escada, olhei para dona Irene, que sorria feliz. Assim que chegamos ao meu quarto, ele fez com que eu me deitasse e, depois, em silêncio, deitou-se ao meu lado, e eu me entreguei totalmente, não a um cliente, mas a um homem educado e gentil.

— Finalmente, Margarete! — Edite disse rindo. — Onde ele está? Eu não o conheço!

— Quando tudo isso aconteceu, você ainda não havia chegado aqui. Durante quase um ano, ele vinha quase todos os dias e me trazia presentes lindos. Na maioria das vezes, joias e dinheiro para que eu encomendasse o que quisesse ao mascate. Ele me disse que era advogado de pessoas importantes da cidade e das vizinhas, por isso, uma ou duas vezes por mês precisava ir para a capital, mas que sempre que precisasse viajar me avisaria. Disse, também, que era casado, que tinha um casal de filhos já adultos e que seu casamento era apenas de aparência e por conveniência financeira; que há muito tempo ele e a mulher não tinham vida conjugal. Eu não acreditei em tudo o que ele me contou, mas preferi fingir acreditar. Naquele tempo, me senti como há muito tempo não me sentia. Fui tratada como uma princesa e estava tão feliz que até me esqueci de que estava morando aqui e de quem eu era. Depois de toda essa felicidade, porém, como nada de bom ou ruim dura por muito tempo, tudo aquilo também mudaria e a vida me cobraria, outra vez, pela minha escolha. Um dia, ele disse:

— *Recebi uma oferta de trabalho muito boa, na capital, e preciso me mudar para lá.*

— *Emprego? Você tem muito dinheiro. Não precisa de um emprego...*

— *Não se trata de dinheiro, Margarete, mas sim de carreira. Com esse emprego, poderei subir muito na vida, quem sabe ser um promotor ou até um ministro. São coisas com que sempre sonhei, mas não se preocupe, eu voltarei sempre para ver você e trazer dinheiro para dona Irene. Enquanto isso, não precisa ficar com outro homem; ela vai entender e nunca mais vai pressioná-la.*

— Ainda bem que ele falou isso, Margarete. Pelo menos você pôde ficar tranquila.

— Sim, mas não por muito tempo, Edite. Ele nunca mais voltou ou mandou dinheiro. Você sabe que todos os homens que frequentam esta casa são conhecidos ou amigos, por isso, logo começaram a surgir comentários de que a esposa dele descobrira que ele estava tendo um caso sério com uma moça daqui, ficara preocupada e exigira que se mudassem para a capital. Ela sabia que ele frequentava a casa, mas acreditava que fosse apenas para se distrair; quando soube que o caso era sério, não permitiu que continuasse.

— Por que ele aceitou isso, Margarete?

— Ela era herdeira de muito dinheiro e ele vivia à custa dela. Era advogado, sim, mas não tão importante como dizia. No final, eu voltei para a minha vida anterior.

— Não me diga isso, Margarete! Ele desapareceu mesmo?

— Desapareceu, Edite. Dona Irene esperou dois meses sem me incomodar; no terceiro, me chamou e disse:

— *Como pode ver, o doutor Manoel não mais voltará, por isso, você precisa retornar ao trabalho. Sabe que não pode ter a vida que tinha até aqui.*

— *Sei disso, dona Irene. Sei, também, que não tenho alternativa.*

— *Ainda bem que entendeu isso, Margarete. Hoje vou anunciar que você está livre.*

— Ela fez isso, Margarete?

— Fez, Edite, e, como Olívia havia dito, não faltaram clientes. Todos, há muito tempo, queriam ocupar o lugar de Manoel. Claro que não em tudo. Daquele dia em diante, tive muitos clientes, mas não me apeguei a mais ninguém. Eu resolvi que, já que aquele era o meu lugar, somente aproveitaria o máximo. Continuei e estou aqui até hoje.

— Nunca quis sair daqui e recomeçar sua vida? Voltar para seus pais ou para seu marido?

— Claro que sim, Edite. Penso nisso todos os dias, mas até hoje não tive nem tenho coragem, pois sei que nunca me aceitarão ou me perdoarão.

— Entendo.

— Depois que voltei a trabalhar, tudo caminhou bem, até o dia em que, novamente, tudo mudou.

— O que foi, Margarete?

— Em uma tarde, quando eu estava descendo a escada para ir ao salão, vi que a porta de entrada se abriu e, por ela, entrou Claudio, o primo de Jaime. Instintivamente, voltei para o quarto e fiquei lá até que Olívia chegou perguntando:

— *O que aconteceu, Margarete? Vi quando descia a escada e depois quando voltou para o quarto, e agora está aqui chorando?*

— Contei a ela o que havia acontecido e terminei dizendo:

— *Não quero que ele me veja aqui, Olívia! Isso não pode acontecer!*

— *Está bem, mas não precisa ficar tão nervosa. Vou contar a dona Irene o que aconteceu e, com certeza, ela vai entender. Fique aqui e, assim que ele for embora, voltarei para avisar você.*

— Sorri para ela e disse:

— *Obrigada, Olívia.*

— Ela saiu e, depois de algum tempo, voltou:

— *Ele foi embora, Margarete! Pode descer! O coronel Olímpio está esperando por você.*

— *Tem certeza de que ele foi embora?*

— *Tenho, sim! Pode descer tranquila.*

— Desci, mas não fiquei tranquila. Sentia um medo enorme de que ele voltasse e me visse ali. Não sabia se ele havia me visto, mas sabia que, se isso tivesse acontecido, ele contaria para Jaime e era tudo o que eu não queria. Nos primeiros dias a seguir, fiquei com muito medo e preocupada, mas aos poucos essa preocupação foi passando. Depois de quase dois meses, eu já havia me esquecido de Claudio, quando quase no fim daquele dia, com todos os clientes se preparando para sair, eu estava sentada e, apavorada, vi Jaime entrando. Meu coração começou a disparar. Ele foi até dona Irene e conversaram sobre alguma coisa, que no meu íntimo já sabia do que se tratava. Em seguida, ela sorrindo caminhou com ele em minha direção e falou:

— *Margarete, este senhor quer que você o acompanhe até o quarto.*

— Eu não conseguia parar de tremer, Edite, e, olhando para ele, apenas disse que sim com a cabeça. Ele, percebendo como eu estava e vendo que eu não conseguiria me levantar, segurou em meu braço e, com um sorriso maligno, ajudou-me a levantar. Colocou suas duas mãos sobre minha cintura e me auxiliou a subir a escada. Quando chegamos ao meu quarto, ele fechou a porta e, com violência, me jogou sobre a cama. Com os olhos vermelhos e dilatados, quase gritou:

— *Foi para isso que você me abandonou e, o pior, abandonou seu filho? Uma criança que não tinha a menor ideia do que estava acontecendo! Eu dei tudo a você! Tudo o que desejou e até o que apenas pensou, mas para você não foi o suficiente! Fez tudo aquilo para se tornar uma perdida, uma mulher da vida?*

— Eu não conseguia falar ou responder, Edite, apenas tremia e chorava. Disse:

— *Muitas vezes eu quis voltar, mas não tive coragem, Jaime...*

— *Fez bem, pois se voltasse para a fazenda seria escorraçada! Jamais conseguirei perdoar você pelo que me fez!*

— *Como está nosso filho?*

— *Nosso, não! Meu filho, somente meu! Não interessa a você saber como ele está! Para ele, você morreu!*

— Fiquei calada, Edite, pois sabia que ele tinha razão e pensei que, se fosse eu no lugar dele, teria feito o mesmo. Demonstrando uma raiva e agressividade que jamais pensei ver nele, fez com que eu me levantasse e ficasse de frente para ele. Olhando em meus olhos, perguntou:

— *Quanto cobra de um homem que queira se deitar com você?*

— Não respondi, Edite. Não consegui falar. Apenas continuei chorando. Ele tirou algumas notas da carteira e, segurando-as na mão, muito nervoso, falou:

— Não vai dizer quanto cobra? Sei que não vai! Agora tire a roupa e se deite!

— Fiquei parada, sem coragem de fazer o que ele pedia. Ainda mais nervoso, quase gritou:

— Tire a roupa! Vou pagar e, por isso, estou mandando!

— Sem alternativa diante de toda a raiva com que me olhava, tirei minha roupa. Ele, a distância, ficou me olhando de cima a baixo, depois me jogou sobre a cama novamente. Jogou o dinheiro sobre mim, dizendo:

— Está no lugar que merece! Não se preocupe com isso, eu jamais tocaria em você! Sinto nojo da mulher que se tornou!

— Ele fez isso, Margarete?

— Fez, Edite. Ele fez e eu nunca me senti tão humilhada.

— Ele foi muito cruel.

— Foi sim, mas eu, apesar de humilhada, não consegui ficar com raiva. Sabia que ele tinha razão. Foi o melhor marido que toda mulher queria ter, e eu o abandonei de uma forma covarde.

— Pensando por esse lado, ele realmente teve razão, mas não precisava ser tão cruel, Margarete...

— Também, às vezes, penso assim. Em seguida, ele saiu do quarto e eu fiquei ali fazendo somente aquilo que me restava fazer: chorei, por muito tempo. Queria ficar com raiva, mas não consegui. Apenas resolvi que nunca mais seria humilhada e que, já que eu estava ali, aproveitaria o máximo, e é isso que tenho feito. Voltei ao trabalho sem medo, pois tudo o que poderia acontecer de mau já havia acontecido. Quinze dias depois, eu estava sentada, conversando com um cliente, quando vi entrando pela porta Claudio. Ele, assim que me viu, caminhou até onde eu estava.

— Boa noite, Margarete, podemos conversar?

— Fiquei surpresa ao vê-lo, Edite, mas não assustada. Eu não tinha mais coisa alguma a temer. Pedi licença ao senhor que estava ao meu lado, me levantei e fui em direção à outra mesa. Claudio me seguiu. Assim que nos sentamos, ele disse:

— Preciso que me perdoe por ter contado a Jaime que você estava aqui. Não imaginei que ele viria. Só fiquei sabendo ontem. Jaime esteve viajando.

— Não tenho o que desculpar, pois, desde o dia em que cheguei aqui, sabia que, a qualquer momento, isso poderia acontecer. Só queria saber sobre meu filho, mas Jaime se recusou a falar dele.

— Seu filho está bem. Jaime se juntou com Amália, uma moça que cuida muito bem dos dois. Ele está feliz, Margarete.

— Senti um aperto no coração, Edite, ao saber que outra mulher estava ocupando o lugar que um dia fora meu, mas somente consegui dizer:

— Fico feliz em saber que ambos estão bem e felizes, Claudio. Jaime merece, ele é um bom homem, e meu filho merece uma mãe melhor do que eu.

— Em seguida, me despedi dele, levantei e voltei para o lado do senhor com quem eu conversava quando Claudio chegou. Depois de alguns minutos, Claudio foi embora e eu respirei aliviada.

— Foi difícil essa situação, Margarete!

— Sim, Edite. Realmente, embora estivesse amargurada, era a única coisa que poderia fazer. Eu havia abandonado minha vida e sabia que não haveria volta. Precisava continuar aqui, até o dia em que tivesse coragem de ir embora, mas isso nunca aconteceu. De lá para cá, tenho levado a vida da maneira como se apresentou. Ganhei muito dinheiro, além de joias e presentes.

— Não tem vontade de abandonar tudo isto e tentar levar a vida de outra maneira, Margarete?

— Claro que sim, Edite, mas sou fraca para tomar uma decisão como essa. Entende agora por que preciso tirar essa criança que está dentro de mim? Não tenho como criá-la aqui, neste lugar, e não posso abandoná-la, como fiz com Luizinho...

— Espere só um ou dois dias, Margarete! Acho que tenho uma solução!

— Será, Edite? Isso seria muito bom.

— Se tudo sair como estou pensando, poderemos ir embora e essa criança poderá nascer.

— Está bem, vou esperar. Torço para que tenha razão e, como sei que não vai me contar agora do que se trata, vou embora tentar dormir.

— Faça isso, Margarete. Como Anastácia dizia, amanhã é sempre outro dia.

— Anastácia? Quem é Anastácia, Edite?

— Um anjo bom que passou por minha vida, mas essa é outra história e vamos deixá-la para amanhã.

Margarete se levantou, caminhou em direção à porta e disse, rindo:

— Boa noite, Edite, melhor, bom resto da madrugada!

— Antes que saia, pode me dizer algo?

— O quê?

— Sabe quem é o pai dessa criança?

— Não, Edite. Como vou saber, se me deito com qualquer homem?

— Está bem, mesmo porque isso não importa. Boa noite, Margarete! Boa madrugada.

Margarete saiu e Edite continuou deitada e pensando: "Quando conheci Margarete, sempre me pareceu feliz, sem problema algum; nunca imaginei que tivesse tido uma vida sofrida como a que me contou. No final, só me resta dizer que, assim como eu, cada um tem sua própria história e que, na maioria das vezes, com muito sofrimento. Agora estou cansada e precisando dormir. Amanhã, quando acordar, vou pensar mais sobre a solução que parece que encontrei, e a criança dela poderá nascer e ser criada com muito amor".

Ajeitou-se no travesseiro e adormeceu.

# A VIDA CONTINUA

A estação de trem estava quase deserta. Olímpia e Tião, enquanto esperavam o trem, conversavam:

— Nunca pensei que um dia precisaria abandonar a minha casa e a minha cidade. Não estou feliz, Olímpia.

— Também não estou feliz, Tião, mas sempre soube que uma coisa como essa poderia acontecer. Sempre soube que minha profissão era proibida, mas o que eu poderia fazer? Precisava ajudar as mulheres que não queriam os filhos.

— Ajudar, Olímpia? Você cobrava muito caro delas. Sempre esteve interessada no dinheiro fácil que recebia. Eu sempre disse que era errado, que você estava matando crianças.

— Que crianças, Tião? Não eram crianças, não estavam nem formadas, e algumas das mulheres não queriam ter problemas com crianças. Queriam aproveitar a vida. Outras não teriam como criar as crianças indesejadas! Por isso, não fale bobagem! Alias você sempre reclamou, mas nunca deixou de aproveitar a boa vida que tenho dado a você!

— Tem razão, mas o que eu ia fazer? Sabe que sempre tive dificuldade em arranjar um emprego.

— Dificuldade, não! Você nunca gostou de pegar no pesado.

Tião ficou calado. Sabia que ela tinha razão. Depois de algum tempo de silêncio, que só era quebrado pelo barulho nos trilhos, por onde uma máquina fazia manobras, Olímpia disse:

— Nunca senti tanto medo, Tião. Quando vi aquela moça morta, fiquei sem saber o que fazer. A amiga dela estava muito nervosa dizendo que ia chamar a polícia, e eu sabia que se ela fizesse isso eu seria presa. Não entendo como isso foi acontecer, Tião. Já fiz tantos abortos e nunca aconteceu nada parecido. Essa moça que morreu já era a quarta vez que vinha buscar minha ajuda e trouxe, também, outras moças da casa. Por isso que, quando vi que ela estava morta e a amiga desesperada, fiquei sem saber o que fazer e aproveitei quando a amiga saiu para chamar a polícia. Fui então até os fundos chamar você, que, como sempre, estava deitado lendo.

— Eu me lembro disso. Você chegou, estava assustada e gritando:

— *Tião, Tião! Precisamos ir embora daqui! Tem uma moça morta lá na sala!*

— *Morta? Como morta, Olímpia?*

— *Isso, agora, não interessa, Tião, mais tarde eu conto para você. Agora, precisa preparar, bem rápido, a carroça para levarmos a moça daqui.*

— *Vamos levar a moça para onde, Olímpia?*

— *Não sei, Tião! Vamos pensar nisso depois. Agora vamos rápido preparar a carroça!*

— Verdade, Olímpia. Foi assim mesmo que aconteceu. Enquanto eu preparei a carroça, você enrolou a moça no lençol, colocou o corpo no chão e tirou o colchão, que estava sujo de sangue, deixando o quarto completamente limpo. Encostei a carroça na porta dos fundos e, juntos, carregamos o corpo. Confesso que estava morrendo de medo, mas precisava ajudar você. Saímos sem destino, com cuidado para que ninguém nos visse. Pegamos aquela estradinha que quase ninguém usava e largamos o corpo no meio do mato. Depois, saímos em disparada e só paramos quando estávamos longe dali. Lembro-me como se estivesse acontecendo agora:

— *O que vamos fazer, Olímpia? A polícia vai nos procurar! Aquela moça deve estar contando tudo o que aconteceu com a amiga!*

— *Sei disso, Tião! Fique calmo. Precisamos pensar em ir para algum lugar e nos esconder até que esse assunto seja esquecido.*

— *Essa seria uma solução, Olímpia, mas vamos para onde?*

— *Não sei, não sei, Tião. Precisamos pensar. Logo a cidade toda vai saber e comentar sobre o que aconteceu, e a polícia vai nos procurar! Por isso não podemos mais ficar aqui. Temos de ir para outra cidade, mas qual, onde?*

— *Tenho um primo que não vejo há muito tempo. Ele mora em uma cidade a mais ou menos duzentos quilômetros daqui. Lá ninguém vai nos encontrar.*

— *Verdade, Tião! Ele acreditou na história que você inventou de que, aqui, não conseguia trabalho e disse que, na sua cidade, havia um emprego para mim. Nunca aceitei, mas, agora, acho que podemos ir para lá.*

— Você, Olímpia, soltou uma gargalhada e falou:

— *Acreditou porque mora longe e não conhece você, Tião, pois se conhecesse não teria acreditado, saberia que você não gosta de trabalhar.*

— Eu fiquei calado. Você continuou:

— *Vamos para lá, Tião!*

— *Eu sei que ele mora lá, mas não tenho o endereço.*

— *A cidade não deve ser muito grande, Tião, e, por isso, todos se conhecem e alguém deve conhecer seu primo.*

— Agora me lembrei, Olímpia. Na próxima cidade mora um amigo meu e de meu primo. Eles sempre foram muito próximos.

— Quem sabe esse amigo tenha o endereço do seu primo, Tião! Precisamos ir até lá para perguntar.

— Tem razão, Olímpia, é a única coisa que podemos fazer.

— Depois de andarmos três dias por esta estradinha, nesta carroça e com este cavalo, que está velho e, por isso, anda devagar, dormindo na carroça e comendo frutas que encontramos pelo caminho, finalmente chegamos à cidade.

— Sim, é verdade, mas como foi difícil chegarmos até aqui. O importante é que conseguimos, Tião, e, como eu havia previsto, a cidade parece ser pequena.

— Bem, agora que estamos aqui, vamos procurar o amigo do seu primo. Olhe aquela bodega. Talvez eles o conheçam.

Tião parou a carroça em frente à bodega e desceu. Olímpia continuou sentada olhando para ele enquanto se dirigia para dentro. Um senhor que estava no balcão se aproximou.

— Bom dia! Preciso de uma informação.

— Pois não. Do que se trata?

— Estou procurando um amigo que sei que mora aqui na cidade, mas não tenho o endereço. O nome dele é Orlando.

— Orlando? Conheço, sim. Ele mora no fim desta rua, em uma casa branca com porta e janelas azuis. Ele trabalha na ferrovia. Não sei se está em casa. Sabe que na ferrovia tem vários horários de trabalho, mas a mulher dele está com certeza. Ela está esperando criança!

— Obrigado, senhor. Vou até lá.

— Não tem de quê!

Tião, sorrindo, afastou-se e voltou para a carroça. Sob o olhar curioso de Olímpia, assim que ele subiu, ela perguntou, ansiosa:

— Ele conhece o seu amigo?

— Conhece, sim. Ele mora no fim desta rua. Vamos para lá e torcer para que acredite na nossa história.

Tião fez com que o cavalo andasse e, depois de duas quadras, parou em frente a uma casa branca com porta e janelas azuis.

— Pelo que o homem da bodega disse, ele deve morar nesta casa. Vamos descer.

Desceu e ajudou Olímpia a descer também. Diante do portão, bateram palmas. A porta de entrada da casa se abriu e, por ela, saiu um senhor que, ao vê-los, abriu um sorriso.

— Tião? O que você está fazendo por estas bandas?

— Estou indo para a casa do Vaguinho e, como não sei o endereço, passei por aqui para ver se você sabe. Esta é minha mulher, Olímpia.

— Claro que sei onde ele mora, mas entre! Bom dia, senhora!

— Bom dia, senhor.

— Vamos entrar?

Orlando, demonstrando e sentindo felicidade, assim que eles entraram, disse:

— Sentem-se. Vou chamar Manuela. Ela está no fundo do quintal assando pão para o café, e as crianças estão com ela.

Ao ouvir aquilo, tanto Tião como Olímpia respiraram fundo. Estavam com muita fome. Tião tentou disfarçar e perguntou:

— Quantos filhos você tem, Orlando?

— Tenho duas meninas e um menino, e Manuela está esperando outra criança, Tião. Eles são a razão da minha vida. Logo não vou ter espaço aqui nesta casa — disse, rindo.

— Esta casa parece ser muito boa. Notei que todas as daqui desta rua são iguais.

— As casas são boas, sim, Tião. A ferrovia construiu para os funcionários.

— É muito bom trabalhar em uma boa companhia.

— Verdade, Tião. Vim para esta cidade para trabalhar na ferrovia e não me arrependo. E você, faz o que na vida?

Tião olhou para Olímpia e, engasgando, respondeu:

— Eu, diferente de você e do Vaguinho, meu primo, não estudei, por isso, faço qualquer coisa, aquilo que aparece. Estou indo para a casa do Vaguinho ver se ele encontra um emprego para mim. Sabe que aquela cidade onde nascemos e nos criamos é pequena. Não tem muito emprego.

— É verdade. Por isso, eu me mudei para cá. Fiquei sabendo que a ferrovia precisava de empregados e não pensei duas vezes. Vim correndo e foi a melhor coisa que eu poderia ter feito. Também vim em busca do Vaguinho, mas, quando cheguei, ele estava se mudando para outra cidade; antes, porém, arrumou um trabalho para mim na ferrovia.

— Você tem o endereço do Vaguinho, Orlando?

— Tenho, sim. Vou anotar para você.

Orlando anotou o endereço em um papel e, quando estava saindo para chamar Manuela, ela entrou, trazendo, em uma travessa, vários pães. O cheiro de pão quente invadiu a sala, e tanto Olímpia como Tião não conseguiram se impedir de salivar. Ela, ao encontrá-los ali, soltou um grito de felicidade:

— Tião! Que surpresa boa! Como vai?

— Estou bem, e você? Parece estar bem também!

Ela colocou a mão sobre a barriga e, rindo, disse:

— Estou, sim. Logo esta criança vai nascer e eu vou ficar melhor. Falta menos de um mês.

— Tomara que venha outro menino. Assim, vocês vão ter dois casais.

— É verdade, mas eu não me preocupo com isso, só peço a Deus que venha com saúde.

Ela colocou a travessa sobre a mesa e, sorrindo, perguntou:

— Esta é a sua mulher?

— É sim, Manuela. Fiquei tão feliz em ver você que me esqueci de apresentar. Minha mulher, Olímpia.

— Muito prazer. — Voltando-se para Tião, perguntou: — O que estão fazendo neste fim de mundo, Tião?

— Ele veio atrás do endereço do Vaguinho, Manuela. Quer ir para a cidade onde ele mora.

— Ainda é muito cedo. Não devem ter tomado café. Vou até a cozinha preparar.

Manuela saiu e Orlando perguntou:

— Como está a nossa cidade, Tião?

— Igual ao de sempre, Orlando. Lá nada muda.

— Eu sei, mas sabe que algumas vezes eu sinto saudade de lá?

— Sinto que também vou sentir saudade, Orlando.

— Mas com você é diferente, não tem filhos e poderá voltar a qualquer momento. Para mim é mais difícil. Aqui tenho um bom emprego e uma boa casa para morar.

— É verdade...

Manuela voltou para a sala.

— Você não é da nossa cidade, Olímpia?

Olímpia olhou para Tião, que respondeu:

— Não, Manuela. Ela chegou há três anos. Nasceu na capital.

— Não entendo como uma pessoa que nasceu na capital consegue morar em uma cidade do interior que nada tem.

— Como não, Manuela? Aqui tem paz e tranquilidade, e o mais importante, não tem tanta gente! — Olímpia disse rindo.

— Isso é verdade, mas, para mim, tem tranquilidade demais — Manuela falou, voltando para a cozinha.

Todos riram. Ela voltou logo depois trazendo em suas mãos um bule com café e uma leiteira com leite que colocou sobre a mesa.

— Agora, vamos tomar café. Crianças, venham tomar café.

As crianças se sentaram, e Manuela olhou para Tião e Olímpia, dizendo:

— Podem começar a comer. Não tem muita coisa, mas acho que vai dar para matar a fome.

— Está ótimo, Manuela. Depois de passar tanto tempo na estrada, estamos com muita vontade de tomar um café fresco e comer desse pão que parece estar maravilhoso — Tião disse, pegando um pão e passando manteiga. Em seguida, Manuela sentou-se e começou a servir os filhos e o marido. Olímpia e Tião quase não conseguiram disfarçar a fome que estavam sentindo e comeram com muita vontade. Quando terminaram, Manuela se levantou e começou a tirar a mesa. Olímpia também se levantou e passou a ajudá-la. Com a louça nas mãos, foram para a cozinha. Enquanto Manuela lavava a louça, Olímpia secava e conversavam:

— Estou feliz com a visita de vocês, Olímpia. Fazia tempo que eu não tinha notícias da nossa cidade. Confesso que sinto muita saudade de lá, da casa, dos meus pais, irmãos e amigos.

— Mas parece que vive bem aqui.

— Vivo, sim, Olímpia, não posso negar. Mas, mesmo assim, sinto falta de muita coisa.

— Entendo, Manuela. Eu, por minha vez, não sinto saudade alguma. Fazia algum tempo que eu queria me mudar. Gosto de conhecer outros lugares. Já morei em muitos. Tomara que dê tudo certo para Tião na cidade onde o primo mora.

— Vai dar certo, Olímpia. Sempre dá.

Estavam quase terminando, quando Manuela, demonstrando dor no rosto, disse:

— Passei a noite toda com muita dor nas costas, Olímpia, mas agora está mais forte.

— Será que o neném vai nascer?

— Não, acho que não. Ainda falta quase um mês.

— Não sei, mas precisa prestar atenção. Muitas crianças nascem antes do tempo.

— Os meus nasceram no tempo certo, Olímpia, e nunca senti dor nas costas. Devo ter dado um mau jeito ou é o colchão.

— Pode ser. Vamos esperar.

Voltaram para a sala. Orlando e Tião conversavam:

— Tem certeza de que não quer que eu tente encontrar um emprego na ferrovia, Tião?

Ele olhou para Olímpia, que entrava na sala. Ela, com a cabeça, disse que não. Mesmo sem saber o motivo de ela não querer, respondeu:

— Obrigado, Orlando, mas vamos mesmo ao encontro do Vaguinho. Sinto que vou ter melhores condições ali.

— Está bem, mas, se precisar, estaremos aqui para qualquer coisa. Agora, preciso ir trabalhar. Volto à tarde.

Olímpia olhou para Manuela e percebeu que ela não estava bem. Preocupada, perguntou:

— Você não está bem, Manuela? A dor aumentou?

— Aumentou e está ficando cada vez mais forte.

Preocupada, Olímpia olhou para Orlando.

— Acho que a criança vai nascer, Orlando. Precisa chamar a parteira.

— Tem certeza disso, Olímpia?

— Acho que sim, mas pelo bem ou pelo mal é melhor chamar a parteira.

— Está bem. Vou até a ferrovia avisar que talvez me atrase.

Preocupado, saiu apressado. Olímpia ficou apreensiva. Já havia presenciado o nascimento de muitas crianças. Orlando voltou meia hora depois.

— Dona Cida não vai poder vir. Ela está com muita febre e dor pelo corpo. Não consegue se levantar.

— O que vamos fazer, Orlando, se a criança for nascer realmente?

— Não sei, Manuela. Podemos tentar ir para a cidade vizinha, mas fica longe e talvez não dê tempo.

— Pode chamar um médico, Orlando! — disse Tião.

— Não tem médico. A cidade é muito pequena. Tem um que só vem uma vez por semana, e ele veio ontem.

— O que vamos fazer, Orlando? — Manuela, nervosa e assustada, perguntou.

— Não sei, Manuela! Não sei!

— A dor está aumentando! Acho que a bolsa se rompeu. A criança vai mesmo nascer!

Olímpia, desesperada e com a imagem de Olívia morta em sua casa, olhou para Tião e disse:

— Tião, vá até a carroça e pegue minha maleta!

— Tem certeza, Olímpia?

— Tenho! Vá e não demore!

Ele, sem nada dizer, saiu e voltou em seguida trazendo a maleta.

— Agora vocês dois saiam com as crianças para que não se assustem. Manuela, você vai para o seu quarto e se deite. Não se preocupe, já vi muitas crianças nascerem e sei como fazer.

— Está bem — Manuela respondeu, sabendo que não havia alternativa.

Orlando e Tião pegaram as crianças e saíram. Olímpia ajudou Manuela a ir para o quarto e a se deitar.

Durante o resto do dia, Olímpia ficou ao lado de Manuela. Passava um pouco das três horas quando Olímpia percebeu que estava na hora. Manuela estava desesperada e gritando de dor. Olímpia se colocou na posição de receber a criança e pediu:

— Sempre que a dor vier, faça força, Manuela.

Realmente, foi isso que aconteceu. A criança nasceu. Olímpia a pegou em suas mãos e, entregando-a a Manuela, disse rindo:

— É uma menina, Manuela! Sua criança está em seus braços.

Manuela pegou a filha e, rindo, olhou para Olímpia.

— Obrigada! Você salvou a minha vida e a da minha filha. Já me falaram que, sempre que vamos passar por algum momento difícil, Deus nos manda anjos para nos ajudar, e a sua presença aqui em casa, neste momento, é a prova disso. Você é o anjo que Deus me mandou.

Olímpia não se conteve e, rindo, falou:

— Eu, anjo? Não, Manuela, nem de longe sou um anjo!

— Pode ser que não, mas neste momento é!

Olímpia sentiu algo que nunca havia sentido e pôde apenas dizer:

— Agora, descanse que vou preparar o jantar. Orlando e Tião devem estar voltando com as crianças. Vou fazer também uma canja de galinha, para que seu leite venha logo e forte.

Manuela sorriu.

— Estou cansada mesmo, mas feliz.

Olímpia saiu do quarto e foi para a cozinha. Quando chegou, parou um pouco, pensando: "Nunca, em minha vida, senti algo como isso! Como fiquei emocionada em ver nascer e receber esta criança! Tão diferente do que sinto quando eu as mato... Eu as mato? O que estou pensando? Não as mato! Apenas ajudo as mulheres que precisam".

Olhou para o armário, pegou arroz, feijão e os colocou no fogão a lenha para cozinhar. Depois, foi para o quintal, pegou uma galinha, matou-a e voltou para a cozinha.

Faltavam poucos minutos para as seis horas quando Tião, Orlando e as crianças voltaram, entraram e, depois de olharem para Olímpia, que sorriu, foram para o quarto. Manuela estava deitada com a menina ao seu lado. Foi um momento de felicidade e emoção. Enquanto Orlando pegava a menina e conversava com Manuela, Tião foi para a cozinha ao encontro de Olímpia, que estava com um sorriso.

— Você viu como ela é linda e grande, Tião?

— Vi, sim, Olímpia, e você parece que está muito bem.

— Estou, sim. Você não pode imaginar quando vi e ouvi a menina chorar. Senti como se eu fosse uma privilegiada por estar ali naquele momento. Nunca antes eu vivi um momento como esse.

— Dá para perceber que está feliz, Olímpia. Acho que esse momento foi bem diferente daqueles em que você impede que uma criança nasça.

— O que está falando, Tião? Eu não faço isso, apenas ajudo as mulheres que precisam, pois, se não for eu, será outra! Sabe que quase todo dia tem uma mulher querendo ser ajudada.

— Está bem, Olímpia. Agora, só não entendi qual é o motivo de você não querer que Orlando me arrume um emprego aqui nesta cidade.

— Primeiro, porque você não gosta de trabalhar, e o trabalho na ferrovia não deve ser fácil. Depois, você não pensa mesmo, Tião! Esta cidade é muito perto da nossa e, se ficarmos aqui, a qualquer momento a polícia pode nos encontrar. Por isso, precisamos ir para o mais longe possível.

— Pensando assim, você está certa. Quando vamos embora?

— Não podemos demorar muito. Precisamos ficar o mais longe possível. O trem só vai passar por aqui amanhã. Estive pensando: em vez de irmos para a cidade do Vaguinho, sem saber se ele ainda está lá, acho que o melhor seria irmos para a capital; lá, com certeza, ninguém nos conhece e também, pelo que ouvi dizer, tem muito trabalho. Com o dinheiro que consegui guardar, embora não seja muito, poderemos viver por um bom tempo, até encontrarmos trabalho. O que você acha?

— Eu não acho nada, foi você quem sempre decidiu tudo.

— Está bem. Vamos pedir ao Orlando que nos leve até a estação.

— Por quê? Não podemos ir sozinhos?

— Podemos, sim, mas onde vamos deixar a carroça e o cavalo? Vamos dar a ele para que faça o que quiser. Só precisamos chegar à estação.

— Está bem.

Olímpia estava terminando de colocar a mesa quando Orlando, saindo do quarto, entrou na sala e foi dizendo:

— Manuela me contou tudo o que se passou aqui e quanto você a ajudou. Obrigado, Olímpia. Que bom que vocês estão aqui, senão, não sei o que teria acontecido. Foram enviados por Deus.

Ao ouvir aquilo, Olímpia olhou para Tião, que também estava olhando para ela, e disse:

— Isso foi coisa do destino, Orlando, mas não precisa agradecer, não foi trabalho algum e fiquei muito feliz em ver sua menina nascer. Agora, como as duas estão bem, precisamos ir embora e queria pedir que, amanhã, nos levasse até a estação.

— Está bem, Olímpia, mas acho que poderiam ficar mais alguns dias, até Manuela se recuperar e poder cuidar da casa e das crianças.

— Não podemos, Orlando. Manuela está bem e não vai ter problema algum. Precisamos que nos leve até a estação para poder ficar com a carroça e o cavalo.

— O quê? Não tenho como pagar por eles...

— Não precisa pagar. Pode ficar com eles. Estamos indo para a capital, por isso, não poderemos levá-los.

— Vocês vão me dar os dois?

— Sim, eles já são seus.

— Obrigado. Sempre quis ter uma carroça e um cavalo, mas não tinha como. Eu preferia que ficassem aqui mais alguns dias, mas, como não podem, amanhã cedo eu levo vocês até a estação, porém, sempre que quiserem ou precisarem, minha casa estará de portas abertas.

Sorriram e continuaram a comer. Manuela, no quarto, enquanto comia sua canja, ouvia toda a conversa.

Na manhã seguinte, eles e Orlando chegaram à estação. Como Orlando precisava ir trabalhar, pegou a carroça e o cavalo e se despediu:

— Obrigado por terem ajudado Manuela e minha filha. Sempre que quiserem podem voltar.

Despediram-se. Assim que ficaram sozinhos, Tião disse:

— Pronto, Olímpia. Aqui estamos, na estação, esperando o trem. Foi com muita dor que tive de deixar o Faísca, mas fazer o quê? Não tinha mesmo como irmos de carroça.

— Verdade, Tião. Estou tranquila e acho que nunca mais vou ter coragem de impedir que uma criança nasça. Aquele foi um momento muito lindo e não consigo esquecer.

— O que será que vai acontecer com a gente, Olímpia?

— Não sei, Tião, mas precisamos seguir em frente. Vamos para a capital, tentar reiniciar nossa vida, e, desta vez, de uma maneira diferente.

— Está certo, Olímpia. Olhe, o trem está chegando.

Olímpia pegou sua maleta com as ferramentas de trabalho e Tião pegou as duas sacolas com as roupas e entraram no trem.

Depois de viajarem por muito tempo, finalmente chegaram à capital. Desceram do trem e saíram para a rua. Ficaram impressionados com tudo o que viam, diferente do que haviam visto até então. Tião, olhando para Olímpia, perguntou:

— O que vamos fazer agora, Olímpia?

— Vamos perguntar para aquele carroceiro, ele deve saber onde poderemos encontrar um lugar para ficarmos.

Aproximaram-se e Tião disse ao carroceiro:

— Acabamos de chegar e não conhecemos a cidade. Precisamos de um lugar para ficarmos. O senhor conhece algum?

— Aqui tem várias pensões onde podem ficar por algum tempo. Tem, também, quartos para serem alugados em cortiços. O senhor pode escolher o que quiser.

Tião olhou para Olímpia, que respondeu:

— Vamos ficar por alguns dias em uma pensão que não seja muito cara, pois o dinheiro que temos é pouco. Depois, quando encontrarmos trabalho, pensaremos no que fazer.

— Está bem. Vamos para uma pensão que não fica muito longe daqui.

Agradeceram e entraram na charrete, que começou a andar devagar. Após viajar tantas horas, estavam cansados e queriam chegar o mais rápido possível. Finalmente, pararam em frente de uma casa. O carroceiro disse:

— Vamos entrar? Conheço a dona da pensão. Ela é uma pessoa muito boa. Sei que vão gostar dela.

Tião desceu e ajudou Olímpia a descer. O homem abriu o portão e entrou, no que foi seguido por eles. Entraram na casa e encontraram uma senhora que os recebeu com um sorriso.

— Bom dia! Posso ajudar?

— Sim, precisamos de um quarto para ficarmos por alguns dias. A senhora tem algum vago?

— Tenho, sim. Sentem-se enquanto conversamos. — Sentaram-se. — Meu nome é Adelina. Esta é uma pensão familiar, por isso, sei que se sentirão à vontade. Tenho um bom quarto. Querem ver?

— Sim. Acabamos de chegar e não conhecemos ninguém ou qualquer coisa da cidade. Meu nome é Olímpia e o do meu marido é Sebastião, mas eu o chamo de Tião.

— Muito prazer. Sei que gostarão da cidade. Ela tem muito a oferecer. Queiram me acompanhar.

Adelina caminhou na frente. Abriu uma porta das que existiam em um grande corredor. Deixou que eles entrassem na sua frente. Entraram e ambos ficaram encantados com o quarto que, embora fosse pequeno, era muito limpo e bem arejado. Assim que saíram, Olímpia falou:

— Vamos ficar com o quarto. Qual é o preço?

— Depende do tempo que pretendem ficar.

— Não sabemos ainda. Precisamos encontrar trabalho. Dependendo do preço, talvez uma ou duas semanas.

— Eu costumo cobrar trinta por dia, mas, se ficarem mais tempo, poderemos conversar a respeito. No preço estão incluídos o café da manhã, o almoço e a janta.

Olharam-se e Tião disse:

— Vamos ficar, não é, Olímpia?

— Vamos, sim.

— Ótimo. Podem ficar à vontade. Às sete horas, servirei o jantar. O banheiro fica no fim do corredor e lá poderão tomar banho.

Dizendo isso, ela saiu, e eles sorriram e se abraçaram.

— Por quinze dias, temos dinheiro, Tião, mas precisamos encontrar um trabalho para mim ou para você.

— Vamos encontrar, Olímpia. Não viu como esta cidade é imensa?

— É verdade! Nunca pensei que fosse tão grande! Agora, vamos nos preparar para o jantar. Aproveitaremos para conversar com dona Adelina. Ela deve conhecer muita gente.

Às sete horas em ponto, entraram na sala de jantar, onde a mesa, agora, estava colocada. Havia quatro pessoas sentadas. Adelina mostrou a eles as cadeiras em que deveriam se sentar, dizendo:

— Estas são algumas pessoas que estão na pensão: Maria, José Carlos, Cândida e sua filha, Ester. — Olhando para eles, continuou: — Estes são Olímpia e Tião. Acabaram de chegar.

Todos sorriram. Eles se sentaram e começaram a pegar a comida que estava sobre a mesa. Tentaram comer devagar para não demonstrarem a enorme fome que estavam sentindo, pois, durante a viagem, para economizar, tinham se servido só com alguns salgadinhos que havia no vagão-restaurante.

Enquanto comiam, Olímpia pensava: "Tomara que tudo dê certo".

Após o jantar, Adelina serviu café. Enquanto o tomavam, Olímpia, sorrindo, disse:

— Como puderam ver, acabamos de chegar e estamos precisando de emprego. Alguém conhece alguma vaga?

Eles se olharam. Adelina perguntou:

— Qual é a profissão de vocês?

— Tião faz qualquer coisa. Só precisa de um trabalho, por isso, pode ser qualquer um, não é, Tião?

Ele, embora a contragosto, acenou com a cabeça, dizendo sim. Olímpia continuou:

— Eu sou parteira.

— Parteira? Essa profissão é muito procurada! Existem várias mulheres que precisam de seu trabalho. Muitas preferem ser atendidas por parteiras, mesmo porque a assistência na Santa Casa é precária.

— Obrigada, dona Adelina. Estou à disposição.

José Carlos, um dos pensionistas, falou:

— Eu trabalho em uma carvoaria e lá sempre precisam de ajudantes. Se o senhor quiser, pode ir comigo para ver se consegue trabalho. O pagamento não é muito, mas pode ficar por lá até aparecer algo melhor.

Olímpia olhou firme para Tião e disse:

— Ele vai, sim, não é, Tião?

Ele, novamente, acenou com a cabeça, concordando. Terminaram de tomar o café e ficaram por mais algum tempo conversando. Depois, todos foram para seus quartos.

Assim que entraram no quarto, Tião, demonstrando que não estava feliz, disse:

— Olímpia, não posso trabalhar em uma carvoaria. Sabe que o trabalho não é fácil.

— Sei, sim, Tião, mas não estamos em condições de escolher. Qualquer trabalho é bem-vindo. Você vai, sim, até eu conseguir trabalhar. Depois, vamos ver como vai ficar.

— Você mentiu quando disse que é parteira. Por que fez isso?

— Não podia dizer o que faço realmente. Além do mais, eu disse que nunca mais farei aquilo. O que aconteceu com aquela moça, que morreu em minhas mãos, não vai acontecer nunca mais. Nunca mais vou fazer aquilo!

— Está bem, não precisa ficar nervosa. Amanhã, vou até a carvoaria.

No dia seguinte, bem cedo, Tião acompanhou José Carlos até a carvoaria. Ele já conhecia uma igual àquela, pois, na cidade onde morava, havia muitas. Sabia também como era difícil trabalhar ali, mas não havia opção, precisava trabalhar até que Olímpia voltasse a fazê-lo. Sabia que, depois, poderia ter a vida de sempre e de que gostava. Olímpia, por sua vez, após tomar café, conversava com Adelina, que perguntou:

— A senhora disse que é parteira. Posso trazer uma amiga que está prestes a ter uma criança e poderá combinar com ela. Quer que eu faça isso?

— Por favor. Preciso trabalhar.

— Está bem, mais tarde vou até a casa dela. Pensando bem, a senhora poderia vir junto. Assim, já conversará com ela.

— Está bem, acho que esse é mesmo o melhor caminho.

Tudo combinado, Olímpia voltou para seu quarto e se preparou para sair ao lado de Adelina. Saíram e, assim que chegaram à casa de Mirtes, ela as recebeu ao lado do marido. Depois de entrarem, sentaram-se em uma das cadeiras que havia ao redor de uma mesa de jantar.

Depois de conversarem, e por Mirtes ser muito jovem e estar prestes a ter seu primeiro filho em dois meses, Olímpia disse como tudo aconteceria. Ficou combinado que Olímpia seria chamada assim que as primeiras dores acontecessem.

Após tomarem um café, saíram da casa e voltaram para a pensão.

Olímpia foi para seu quarto, e Adelina foi, ao lado da cozinheira, preparar o almoço. Olímpia, deitada no quarto, pensou: "Ainda bem que já tenho um trabalho. Espero que logo venham outros. Parece que tudo vai dar certo. A única coisa que está me preocupando é o Tião. Será que vai ficar no trabalho? Sei que não gosta de trabalhar".

Ficou ali por todo o dia, só saiu para almoçar. No fim da tarde, Tião voltou. Estava sujo de poeira de carvão. Assim que ele entrou no quarto, Olímpia, arregalando os olhos, disse:

— Nossa, Tião, como você está sujo!

— Estou, sim, e muito cansado. Trabalhar em carvoaria é muito ruim!

— Para você, qualquer trabalho é ruim, mas estamos precisando e não há outro caminho.

— Amanhã não volto para lá! Preciso encontrar outro trabalho!

— Tudo bem, mas só vai deixar de ir para a carvoaria no momento em que encontrar outro trabalho, Tião. Ainda não entendeu que temos pouco dinheiro e que ele vai acabar? — Olímpia, nervosa, disse quase gritando. — Agora, vá tomar um banho e troque essa roupa.

Tião, como sempre fazia, obedeceu. Assim que ele saiu do quarto, Olímpia, ainda nervosa, pensou: "Não posso dizer a ele que já tenho um trabalho à vista. Ele precisa tomar jeito na vida!"

O tempo foi passando. Tião, embora reclamasse todos os dias, continuou na carvoaria. Olímpia foi chamada pelo marido de Mirtes e ajudou seu menino a nascer. Com a criança no colo e ao entregá-la para a mãe, emocionada, falou:

— Aqui está o seu filho. Ele está muito bem. Vou ficar aqui por algumas horas para ver se está tudo bem, depois vou para casa, mas pode me chamar a qualquer momento.

Mirtes, cansada, pegou o menino no colo e o aconchegou junto de seu peito, com aquele carinho que toda mãe sente ao pegar pela primeira vez seu filho nos braços.

Enquanto Olímpia voltava para casa, foi pensando: "Ainda bem que tudo correu bem, e estou feliz por ter ajudado uma criança a nascer. Não quero pensar muito, mas a quantas crianças eu impedi que isso acontecesse?"

O tempo passou. Tião, embora a contragosto, continuou trabalhando na carvoaria. Olímpia conseguiu algum trabalho, mas não o suficiente para que conseguissem viver. O dinheiro que tinham estava acabando. Naquele dia, ela estava extremamente nervosa.

— Isso não pode estar acontecendo! O que vou fazer?

Passou o dia todo em seu quarto. Na hora do almoço, Adelina estranhou a atitude dela e perguntou:

— O que está acontecendo, Olímpia? Parece que está muito nervosa...

— Está tudo bem, Adelina. Estou preocupada com a falta de trabalho, mas vai passar.

À tarde, quando Tião voltou do trabalho, mal-humorado como sempre, encontrou Olímpia deitada. Estranhou:

— O que está acontecendo, Olímpia? Nunca vi você deitada a esta hora.

— Estou preocupada, Tião, e sem saber o que fazer.

— O que aconteceu?

— Estou grávida e não sei o que fazer.

— O quê? Como isso aconteceu?

— Não sei, pois, depois de tanto tempo casada, nunca aconteceu. Achei que eu não poderia engravidar...

— Por outro lado, Olímpia, estou muito feliz, sempre quis ter um filho!

— Não podemos ter uma criança agora, Tião...

— Por que não?

— Você não está vendo a nossa vida? Daqui a algum tempo, o dinheiro vai acabar, e o que você ganha não dá nem para pagar a pensão...

— Tem razão, mas não vejo problema algum; você sabe como resolver isso. Só precisa fazer o que sempre fez.

— O que está dizendo, Tião?

— Você sabe como interromper isso, afinal, já fez muitas vezes.

— Depois da morte daquela moça e de ter feito o parto de Manuela, prometi que nunca mais faria isso, Tião. Como vou fazer com meu próprio filho?

— Eu não sei o que dizer, Olímpia. Quero muito um filho, mas entendo que não estamos em condições de ter um agora. Faça como sempre fez: o que achar melhor.

— Vou pensar, Tião, vou pensar...

Por mais que Olímpia tentasse aceitar a ideia de que não poderia ter aquela criança, sentia que não podia fazer aquilo e pensava: "Sempre foi tão fácil praticar o aborto em moças, na maioria das vezes, desesperadas, mas, agora que se trata do meu filho, não tenho coragem e até consigo ver o seu rostinho. Não posso fazer isso; definitivamente, não posso!"

Embora Tião continuasse insistindo para que Olímpia fizesse o que era necessário, ela, nervosa, respondia:

— Não adianta, Tião. Eu não consigo imaginar matar a minha criança. Não posso e não vou fazer.

— Está bem, Olímpia, faça o que você quiser.

— Esta criança vai nascer e seja o que Deus quiser.

O tempo foi passando e Olímpia ficou firme na decisão de deixar aquela criança nascer. Ela não praticou mais o trabalho que sempre fazia e, assim, muitas crianças nasceram. Tião entendeu que precisava ganhar algum dinheiro e começou a trabalhar em qualquer coisa que aparecesse.

Olímpia estava feliz por saber que o dia do nascimento estava perto e preparava, da maneira como podia, o enxoval da criança.

Estava tudo caminhando, quando, em certa manhã, ela acordou com muita dor nas costas. Pela prática, sabia que havia chegado a hora. Acordou Tião, dizendo:

— Acorda, Tião. A criança vai nascer e precisamos ir até o hospital. Prepare a carroça.

Tião, assustado, acordou e levantou-se rapidamente. Saiu da casa e preparou a carroça.

Olímpia saiu da casa e subiu na carroça.

Uma hora depois, chegaram à Santa Casa e ela foi atendida. Depois da entrega dos documentos, foi encaminhada a um quarto, deitou-se e ficou esperando o momento em que sua criança iria nascer.

O dia foi passando e as dores que Olímpia sentia iam ficando a cada momento mais fortes. Ela conhecia muito bem aquele assunto.

Finalmente, a hora chegou, e a criança nasceu — um menino que não chorou.

Olímpia estava feliz, mas ficou apreensiva ao olhar para o médico que a atendeu. Ele parecia preocupado.

Vendo que alguma coisa estava errada, perguntou:

— Por que ele não está chorando, doutor?

O médico olhou para ela e respondeu:

— Sinto muito, senhora, mas ele não está bem.

Entregou o menino a uma enfermeira, que saiu correndo do quarto.

Olímpia ficou desesperada e começou a chorar. Sabia e sentia que aquilo não era bom. Depois, o médico saiu da sala e ela foi levada de volta para o quarto.

No outro dia, na hora da visita, Tião entrou no quarto e, pela sua expressão, Olímpia percebeu que ele não estava bem. Preocupada, perguntou:

— O que aconteceu, Tião, por que você está desse jeito?

— Um médico me disse que o nosso menino não está bem e que tem pouca chance de viver...

— O que você está dizendo, Tião? Que nosso menino vai morrer?

— Foi o que o médico disse, Olímpia. Também estou assustado...

— Quero ver o meu filho, Tião!

— Não sei se poderá, Olímpia. Acho que preciso falar com o médico para ver se ele autoriza você a sair do quarto.

— Faça isso agora, Tião, mas, se ele permitir ou não, eu não me importo. Vou até o berçário de qualquer maneira.

— Sei disso, mas prefiro falar com o médico e ter a autorização.

Antes que ela falasse qualquer coisa, ele saiu do quarto e voltou algum tempo depois, dizendo:

— O médico falou que você pode ir até lá, mas não pode ficar por muito tempo, Olímpia.

— O que mais ele disse, Tião?

— Disse que o menino nasceu com um problema muito sério, o que pode causar sua morte, mas, se ele conseguir sobreviver, pode ter problemas mais sérios ainda.

— Que problemas, Tião?

— O problema é no cérebro, e ele poderá ficar sem falar, andar e conversar. Terá de ser cuidado durante sua vida toda.

— Isso não me importa, Tião! É meu filho e quero que ele fique ao meu lado! Vou cuidar dele por toda a minha vida, se precisar!

— Não sei se penso como você, mas é nosso filho e, se ele sobreviver, vamos cuidar dele da maneira que pudermos. Agora, vou ajudar você a se levantar e vamos ver como ele está.

Ele a ajudou e ela se levantou rapidamente. Queria muito ver seu filho. Quando chegaram ao berçário, Tião falou com a enfermeira e ela se aproximou de um pequeno berço, onde o menino estava. Mostrou e voltou a falar com eles, que a estavam acompanhando através de um vidro. Depois fez um sinal com a mão, indicando que eles fossem até a porta que ficava distante da sala onde o menino estava.

Eles foram, e um médico abriu a porta por alguns centímetros.

— Como puderam ver, ele não está bem. Estamos fazendo tudo ao nosso alcance para que ele sobreviva, mas devo dizer que está muito mal.

Olímpia, ao ver o filho daquela maneira, não pôde evitar e começou a chorar sem conseguir parar.

O médico foi chamado pela enfermeira e foi para o quarto. Olímpia e Tião o acompanharam e viram que ele foi em direção ao berço onde o menino deles estava. Viram que o médico o examinou, depois olhou para a enfermeira e, com a cabeça, disse não.

A enfermeira, após confirmar, também com a cabeça, olhou para Olímpia e Tião, que acompanhavam tudo através do vidro.

Olímpia, que já estava chorando, ao entender o que havia acontecido, desesperou-se e, abraçada a Tião, falou:

— Não pode ser, Tião! O meu filho não podia ter morrido! Não podia!

Tião ficou calado, apenas permitindo que lágrimas corressem pelo seu rosto. Com carinho, encaminhou Olímpia de volta até o quarto.

Olímpia, resignada, deixou-se levar. Por sua mente passou o rosto de todas as mulheres que havia ajudado a se livrar de seus filhos, e ela foi entendendo tudo o que aconteceu.

Daquele dia em diante, Olímpia nunca mais foi a mesma mulher. Tornou-se triste e quase não falava. Julgava que seu filho havia morrido por castigo de Deus.

De qualquer maneira, a vida nunca para, e Olímpia continuou vivendo, mas nunca mais exerceu a sua profissão. Vivia dizendo:

— Meu Senhor, preciso que me perdoe... Hoje entendo o que fiz. Não me abandone, meu Pai.

# PLANEJANDO O FUTURO

Naquele mesmo instante, apesar de ter dormido em alta hora da madrugada, Edite acordou. Olhou para a janela e, por suas frestas, viu que o dia amanhecia. Continuou deitada e pensando: "Depois de tudo o que Margarete me contou, fico pensando em como a vida trabalha e anda. Não sei o que pensar. Qual teria sido o motivo de tudo isso ter acontecido? Por que eu e ela, por motivos diferentes, viemos parar aqui? Apenas sei que aqui estamos e precisamos sair. Essa criança que quer nascer precisa ser protegida. Sinto que só eu poderei ajudá-la. Margarete está perdida e sem saber que caminho tomar, mas sinto que, também, não deseja interromper o nascimento dessa criança. Talvez o que estou pensando em propor a ela possa nos ajudar".

Estava assim deitada e pensando, quando ouviu uma leve batida na porta. Sorriu:

— Entre, Margarete.

A porta se abriu e Margarete entrou.

— Bom dia, Edite. Acordei cedo e, passando por sua porta, bati de leve na esperança de que estivesse acordada.

— Bom dia, Margarete. Acabei de acordar. Sente-se aqui na cama.

Margarete se sentou, dizendo:

— Não consegui dormir, pensando e tentando descobrir qual é a solução em que você disse estar pensando para que possamos sair daqui sem eu precisar tirar a minha criança.

— Também estive pensando sobre isso e vou contar a você, mas, antes disso, preciso falar como e por que cheguei aqui.

— Estou curiosa, Edite! Comece a contar!

Edite sorriu e começou falando:

— Vou contar a minha história, porque a solução dos nossos problemas passa por tudo o que aconteceu em minha vida até aqui.

— Está bem, Edite. Sou toda ouvidos.

Edite contou até o momento em que Anastácia lhe mostrou a máquina de costura e continuou:

— Eu estava encantada com tudo aquilo, Margarete. Anastácia pegou uma das revistas e abriu-a na página em que estava o modelo de um dos vestidos que havia escolhido. Dobrou a folha no meio e pegou alguns papéis que havia feito quando costurara os outros vestidos. Riscou aqui e ali, dizendo:

— *Está pronto, Edite. Agora, vamos colocar sobre o tecido e cortar. Você vai ver que vai ficar igualzinho a este aqui da revista.*

— Pegou uma tesoura e me entregou, depois pegou outras e me fez cortar junto com ela. A princípio, comecei a cortar com medo de estragar o tecido, mas aos poucos fui ficando confiante e terminei cortando todas as partes, claro que com ela me orientando. Depois ela me ensinou a alfinetar, alinhavar e, finalmente, a costurar na máquina. Daquele dia em diante, aprendi tudo sobre como confeccionar um vestido, desde o mais simples até o mais rico, bordado com pedraria. Ela, a cada vestido feito por mim, ficava feliz e dizia:

— *Você, agora, já pode se considerar uma costureira e não vai precisar, mas, se isso acontecer, já tem uma profissão para seguir sua vida.*

— Que mulher maravilhosa, Edite!

— Sim, Margarete, ela era maravilhosa. Eu nunca imaginei que um dia eu estaria em um lugar como este. Ela é uma daquelas pessoas que passam por nossa vida sempre que precisamos ser ajudados. Se você pensar bem, muitas pessoas já a ajudaram, mesmo sem conhecê-la.

— Tem razão, Edite. Fui ajudada por pessoas que não conhecia e que, provavelmente, nunca mais encontrarei, mas como chegou aqui, Edite?

— Aquele tempo em que vivi na fazenda ao lado do coronel, que me tratava como uma filha, e ao lado de Anastácia, foi o mais feliz da minha vida. Usava os vestidos mais bonitos e joias com as quais o coronel sempre me presenteava. Meu pai, um dia, veio até a fazenda para se despedir. Chegou perto de mim e disse:

— *Com o dinheiro que o coronel me deu comprei umas terras no Nordeste e estamos indo para lá. Depois que chegarmos, vou mandar o endereço para você.*

— Nunca mandou notícias e eu não sabia onde estava, Margarete, mas, para ser sincera, não me importei, pois aquela vida que eu vivia com o coronel nunca havia tido ou teria se continuasse a viver ao lado dos meus pais. Nunca me preocupei com o que aconteceu com ele, com meus irmãos, nem mesmo com Paulinho, o menorzinho. O tempo foi passando e continuei ali, feliz e aprendendo sempre mais sobre corte e costura. Fazia aquilo só para me distrair, além de gostar. Anastácia esteve sempre ao meu lado, ensinando tudo. Aprendi a fazer qualquer roupa que aparecesse em uma revista. Um dia, pela manhã, o coronel acordou sentindo muita dor na cabeça.

Anastácia fez um chá e deu para ele, mas não adiantou. A dor foi ficando sempre mais forte, até que ele resolveu que precisava ir a um médico na cidade. Mandou que Simão, o rapaz que cuidava dos animais, da charrete e da carruagem, preparasse tudo. Eu, Simão e Anastácia o levamos para a cidade. Depois de examinar o coronel, o médico disse:

— Não deve ser nada grave. Por enquanto, vou mandar preparar um remédio; deverá tomar dez gotas três vezes ao dia, mas, se não melhorar, precisará ir à capital para fazer alguns exames.

— Passamos pela farmácia, pegamos o remédio e voltamos para casa. Ele tomou o remédio por dois ou três dias, e a dor não passou, só aumentou. Quando não suportava mais tanta dor, chamou Anastácia e falou:

— O melhor é irmos para a capital. Lá tem melhores médicos. Pegue estes documentos e dinheiro para que, se precisar, pague o hospital e um hotel para vocês duas ficarem.

— Mas é muito dinheiro, coronel!

— Não é, Anastácia. Não sabemos o que pode acontecer e, se precisar pagar o hospital ou acontecer coisa pior, é melhor estar prevenida.

— Está bem, coronel, mas nada vai acontecer, o senhor vai ficar bem.

— Espero que sim — disse ele tentando rir.

— Na manhã seguinte, bem cedo, com Simão dirigindo, nós três subimos na charrete e fomos para a estação de trem, que chegou meia hora depois. Simão nos ajudou a entrar e depois voltou para a fazenda. Embora estivéssemos na primeira classe, com bancos confortáveis, para o coronel foi muito difícil fazer aquela viagem. Durante todo o tempo, sentiu muita dor; ele fez o possível para que nem eu nem Anastácia percebêssemos, mas nem sempre conseguiu disfarçar. Eu, ao mesmo tempo que estava apavorada por ver o que ele sentia, também estava encantada com o trem. Nunca havia saído da minha casa, menos ainda conhecido outra cidade além da minha. Para mim, o trem era a coisa mais linda que eu havia visto. As poltronas eram macias, forradas com tecido. Não conseguimos dormir. O coronel, por causa das dores; eu e Anastácia, preocupadas com ele. Aquela viagem foi longa e parecia que nunca chegaríamos. Finalmente, chegamos à estação da Luz na capital. Com dificuldade e ajudado por nós duas, o coronel pôde, ao nosso lado, sair do trem e da estação. Meu espanto, então, foi maior ainda. Na nossa cidade, a estação era pequena e não tinha nem de longe o tamanho e a beleza daquela. Assim que chegamos à rua, vimos uma fila de carruagens, charretes e carroças. O coronel, olhando para todas, disse:

— *Anastácia, vá conversar com o cocheiro daquela carruagem e diga a ele que precisamos ir até a Santa Casa.*

— Enquanto eu e o coronel caminhávamos devagar, Anastácia foi apressada conversar com o cocheiro e voltou em seguida com ele, que ajudou o coronel a caminhar e a subir na carruagem. Depois de mais ou menos meia hora, enfim chegamos à Santa Casa. O cocheiro, vendo que o coronel não estava bem, desceu dizendo:

— *Esperem aí, vou entrar e chamar alguém.*

— Desceu e voltou em seguida com dois enfermeiros e uma maca. Colocaram o coronel nela e saíram apressados. Eu e Anastácia os seguimos. Entraram com o coronel por uma porta. Eu e Anastácia ficamos por algum tempo sem saber o que fazer, até que o cocheiro disse:

— *Precisam ir até aquele balcão para fazerem uma ficha.*

— Anastácia agradeceu. Ele continuou:

— *A senhora quer que eu fique esperando?*

— *Se puder, eu agradeceria. Espero que não demore muito. Se ele não ficar internado, precisaremos ir para a estação, pois o trem, para a nossa cidade, partirá à noite.*

— *Está bem, senhora.*

— Ele saiu, Margarete. Eu e Anastácia fomos até o balcão, onde ela apresentou os documentos pedidos e fez a ficha do coronel. Depois, nós nos sentamos em um dos bancos e ficamos esperando, sem conseguir tirar os olhos da porta pela qual levaram o coronel. Ficamos ali nem sei por quanto tempo, mas foi muito, e ficamos caladas, apenas rezando para que tudo terminasse bem, mas isso não aconteceu. Mais ou menos três horas depois, a porta se abriu e um médico saiu por ela. Aproximou-se de nós, o que nos fez levantarmos juntas. Ele nos olhou e, com tristeza na voz, falou:

— *Sinto muito, fizemos tudo o que estava ao nosso alcance, mas ele não resistiu. Acabou de morrer. Precisam se dirigir até a recepção para poderem liberar o corpo.*

— Nós nos levantamos e, nos abraçando, começamos a chorar, sem poder acreditar no que estava acontecendo. Foi um momento muito triste e inesquecível. O médico deu um papel para a recepcionista e se afastou. Após algum tempo, a moça deu alguns papéis para Anastácia, dizendo:

— *Com esses papéis, a senhora poderá liberar o corpo.*

— Com os papéis na mão, Anastácia olhou para mim com um olhar de interrogação. Percebi que ela não sabia o que fazer com aqueles papéis. Eu também não sabia, mas, como se fosse a providência de Deus, o cocheiro entrou e se aproximou; ao ver que chorávamos, perguntou:

— *Ele morreu, senhora?*

— *Sim, e não sei o que fazer* — Anastácia respondeu.

— *Como moram longe, acho melhor irmos até a estação de trem e perguntar como pode ser feito.*

— *Está bem. O senhor pode nos levar?*

— *Claro que sim. Talvez dê tempo para que seja esta noite. O trem parte às dez horas, e agora são quase seis horas da tarde. Vamos, não podemos perder tempo.*

— Saímos rapidamente. Fomos até a estação. O cocheiro, aquele homem enviado por Deus, conversou com quem de direito e tudo foi acertado. Poderíamos viajar naquela mesma noite. Ele providenciou a carruagem mortuária e voltamos ao hospital. O corpo foi entregue e voltamos para a estação. O cocheiro permaneceu ao nosso lado até que chegasse a hora de partirmos. Agradecida, Anastácia pagou além daquilo que ele pediu. Ficamos esperando a hora de partir. Quando o trem chegou, agradecidas, despedimo-nos do cocheiro e entramos. A viagem foi longa e, durante todo o tempo, não conseguimos dormir; apenas, caladas, choramos sem parar. Tanto eu como Anastácia estávamos tristes, sem pensar em coisa alguma além da morte dele. Quando, finalmente, chegamos à nossa cidade, o corpo foi desembarcado. Ao descer, fomos até o local onde ficavam as carruagens e carroças. Anastácia conversou com um dos cocheiros. Contou o que havia acontecido e perguntou:

— *Como levaremos o coronel até em casa?*

— Abalado, o cocheiro chamou um outro que ali estava e que tinha uma carroça grande. Contou o acontecido e perguntou:

— *Pode levar o caixão?*

— O cocheiro, que também conhecia o coronel, ficou abalado e, com a cabeça, disse que sim. Todos ficaram tristes e ajudaram a tirar o corpo do trem. Assim, fomos para casa. Quando chegamos, o dia ainda não tinha clareado. Os trabalhadores ainda não haviam acordado. A carruagem parou diante da porta. Sabendo que nós três não conseguiríamos tirar o caixão, acordei Simão, que foi chamar outros trabalhadores. Estes, que sabiam que tínhamos ido à cidade por ele estar doente, estavam ansiosos esperando a nossa volta. Por isso, vieram prontamente e levaram o caixão para a sala da casa. Não preciso nem dizer o que aconteceu naquele momento. Eu não sabia o que dizer e chorava sem parar. Aquele homem foi em minha vida uma luz. Eu o amava como se fosse meu pai. Ele, com muito carinho, foi velado e enterrado na própria fazenda, e ficamos ali fazendo a única coisa que poderíamos fazer: apenas chorar. Naquele mesmo dia, Anastácia escreveu para Bárbara, a filha dele. Os dias foram passando e, aos poucos, mesmo tristes, todos voltaram aos seus afazeres. Quase dois meses se passaram até que um dia uma carruagem entrou na fazenda e parou diante da porta de entrada. O cocheiro desceu e abriu a porta, por onde desceu uma moça muito bonita. Eu e Anastácia ficamos paradas diante da porta da casa. Assim que desceu, ajudada pelo cocheiro, olhou para nós e disse:

— *Sou Bárbara, filha do coronel e dona de tudo aqui.*

— Ao ouvir sua voz, senti um frio correr pelo meu corpo. Notei que ela era arrogante e bem diferente do pai, e senti que, a partir daquele momento, minha vida mudaria, Margarete, e mudou. Anastácia, que também deve ter sentido o mesmo que eu, sorriu e respondeu:

— *Seja bem-vinda, senhorita. Eu estava esperando sua chegada. Vamos entrar?*

— Eu e Anastácia nos afastamos para que Bárbara entrasse na nossa frente. Assim que o fez, ela olhou a sua volta, depois para mim, dizendo:

— *Esta fazenda, a casa e tudo o que há aqui me pertence. Por isso, muita coisa vai mudar.*

— Ao ouvir aquilo, novamente senti um frio por todo o meu corpo. Anastácia sorriu e afastou uma cadeira para que ela se sentasse junto à mesa. Após sentar-se, com arrogância, disse:

— *Anastácia, eu a conheço, pois meu pai, sempre que me escreveu, falou muito bem de você.*

— Olhou para mim e perguntou:

— *Você, quem é?*

— Com a voz trêmula, respondi:

— *Meu nome é Edite e moro aqui há algum tempo.*

— *Mora? Como e por quê?*

— *O coronel sentiu pena dela por ser muito pobre e a trouxe para cá para que pudesse ter uma vida melhor.*

— *Foi por isso, ou para que ela se tornasse sua amante?*

— *Não, senhorita! Ele sempre a tratou como se fosse sua filha!*

— *A filha dele sou eu! Ela é apenas uma oportunista e, por isso, vai embora ainda hoje!*

— Não pode fazer isso, senhorita! Ela é apenas uma menina e não tem família nem para onde ir...

— Não só posso como vou fazer! Pode ir embora, moça. Não quero que fique aqui nem mais por um minuto!

— Por favor, senhorita, não faça isso... — Anastácia disse, quase chorando.

— Já fiz e não vou mudar de ideia. Vá embora, moça, e não demore muito!

— Eu, tremendo muito, Margarete, fiquei sem saber o que fazer. Ela gritou:

— Não ouviu o que falei? Saia daqui e vá para onde quiser!

— Não tenho para onde ir, senhorita... — eu disse chorando.

— Esse problema é só seu! Só quero que saia agora mesmo!

— Está bem, vou pegar minhas coisas.

— Coisas? Que coisas? Deve ter chegado aqui com a roupa do corpo e é com ela que vai embora!

— Ao ouvir aquilo, Anastácia, em desespero, pediu:

— Por favor, senhorita. Ela é apenas uma criança...

— Ela vai embora, e você, Anastácia, se quiser, pode ir também!

— Anastácia olhou para mim e, agora chorando, disse:

— Não posso ir com você, Edite. Sou velha e não tenho como recomeçar, mas você é jovem e já tem uma profissão, poderá ser costureira e conseguirá sobreviver. Vá com Deus, minha filha. Ele nunca abandona Seus filhos e não vai abandonar você...

— Depois me abraçou com força e muito carinho. Bárbara permaneceu com o rosto frio, como se nada estivesse acontecendo. Anastácia ainda tentou me ajudar:

— Ela pode trabalhar aqui e morar com algum dos empregados.

— Já disse que quero essa moça fora da fazenda! — falou com a voz firme e quase gritando.

— Anastácia estava desolada. Ela me conhecia e sabia que eu não tinha para onde ir. Olhou para mim e, chorando, falou:

— Vá, minha filha, e não se esqueça de tudo o que lhe ensinei. Tenha fé, que tudo sempre dá certo...

— Tentei entrar em casa, mas Bárbara se colocou em frente à porta, me impedindo. Anastácia, ainda chorando, disse:

— *Vou pedir ao Simão que leve você até a cidade.*

— *Quem é Simão?* — ela perguntou com raiva.

— *É o cocheiro da fazenda* — Anastácia respondeu com a voz trêmula.

— *Pois ele trabalha para a fazenda, não para qualquer uma! Simão não vai a lugar algum! Ela que vá a pé!* — Bárbara estava muito nervosa e impaciente.

— *É muito longe, senhorita...*

— *Pare de tentar ajudá-la, Anastácia! Se continuar assim, vai junto com ela! Você só vai ficar aqui porque ficou muito tempo ao lado do meu pai. Por carta, ele me disse que você sempre cuidou muito bem dele, mas, quanto a essa moça, nada fez por ele, apenas o explorou!*

— Sem alternativa, Margarete, e sentindo que nada mais poderia ser feito, com o coração apertado e desesperada, abracei-me a Anastácia, beijei-a e me afastei. Fui para a estradinha e comecei a caminhar sem saber para onde ir ou o que ia fazer. Fui caminhando. Chorava tanto que quase não conseguia ver a estrada. Meu coração chegou a doer. Enquanto caminhava, ia me recordando de como havia sido a minha vida até ali. Quanto havia sofrido com a miséria na minha infância e os momentos bons que havia passado na casa do coronel. Agora, eu estava ali caminhando sem nada e sem destino. Ouvi o barulho de uma carroça que, vindo por trás, aproximava-se. Parei e me voltei. A carroça estava a uns vinte metros de distância. Vi que nela estava um casal de trabalhadores da fazenda, um casal de italianos que havia chegado há pouco tempo. Assim que se aproximaram e vendo que eu chorava, a mulher perguntou:

— *O que aconteceu, senhorita? Para onde está indo?*

— Eu quase não conseguia falar, pois não era capaz de conter os meus gemidos.

— *Não sei para onde estou indo, estou apenas caminhando.*

— *Suba aqui e sente-se ao meu lado. Durante o caminho poderá nos contar o que aconteceu. A senhorita não mora na casa-grande?*

— Entre lágrimas, Margarete, sorri para aquela mulher que não conhecia, pois só a tinha visto algumas vezes. Ela se encostou ao marido e eu subi e me sentei ao seu lado. O marido colocou a carroça em movimento. Não sei o motivo, mas me senti bem ao lado deles. Enquanto a carroça andava lentamente, fui contando o que Bárbara havia feito e a minha situação no momento. Quando terminei de contar, percebi que havia parado de chorar. Ela me olhou firmemente e, tentando sorrir, disse:

— *Você vai encontrar um lugar para ficar e trabalhar. Olha, eu e meu marido saímos da nossa terra e da nossa pátria e estamos aqui, longe de parentes e amigos, mas estamos sobrevivendo. Quando viemos para cá nunca imaginamos que seria tão difícil, mas aqui estamos, lutando para termos uma vida melhor, e temos fé de que vamos conseguir. Deus nunca abandona Seus filhos e não vai abandonar você.*

— Eu ouvi o que ela disse, mas, naquele momento, tudo aquilo me soava estranho. Nunca tinha me preocupado com religião ou com Deus. Conhecia alguma coisa que Anastácia tinha me dito, mas nunca dei muita atenção. Porém, ao ouvir aquilo, senti no coração um ponto de esperança e, no íntimo, pedi que ela tivesse razão. Durante o caminho, ela falava sem parar. Seu marido permaneceu calado. Ela contou como era a vida deles na Itália e quanto sofreram no navio até chegarem ao Brasil:

— *Quando saímos da Itália, achamos que estávamos vindo para uma terra de riqueza e felicidade, mas não foi isso que aconteceu. Quando chegamos, fomos recebidos no porto por um senhor que nos trouxe para cá e estamos trabalhando para ajuntarmos algum dinheiro, para podermos ir embora para a capital e conseguirmos um bom trabalho lá. Somos jovens e queremos que nossos futuros filhos tenham uma vida diferente da nossa.*

— Eu a ouvia falando, Margarete, mas não entendia como alguém podia deixar sua terra e se envolver em uma aventura como aquela. Ela não me parecia triste ou revoltada, e ainda disse:

— *Ainda bem que viemos para esta fazenda, onde o dono trata muito bem seus trabalhadores. Tivemos notícia de amigos que foram para outras fazendas e que estão sendo explorados por seus patrões.*

— Eu, calada, somente ouvia. Não tinha o que dizer, só pensava em como seria minha vida dali para a frente. Anastácia disse que eu poderia viver como costureira, mas onde e como começar, já que não tinha onde morar? Por fim, chegamos à cidade. Ele parou a carroça e nos ajudou a descer. Assim que descemos, Joana, esse era o nome dela, falou:

— *Chegamos. Não temos como ajudar você, pois como sabe vivemos na fazenda e não temos muito. Viemos fazer algumas compras. Podemos ajudar você com algo que não seja dinheiro?*

— *A senhora conhece alguém aqui na cidade?*

— *Infelizmente, não. Mas não fique preocupada, algo ou alguém vai aparecer para ajudar você. Tenha certeza disso.*

— *Está bem e obrigada. Sem a sua ajuda, eu ainda não estaria nem no meio do caminho. Vou procurar por aí, talvez encontre algum trabalho ou um lugar para morar.*

— *Vai encontrar, sim. Pode ter certeza. Deus nunca abandona Seus filhos. Quando uma janela se fecha, uma porta se abre.*

— Eles entraram no mercado e eu comecei a andar sem destino. Fiquei olhando por todos os lados da praça, sem saber o que fazer. Algumas crianças brincavam e eu me lembrei da minha infância e de como havia sido pobre, mas feliz. Corria, subia em árvores, brincava com meus irmãos, e me perguntava como tudo poderia ter mudado daquela maneira e como poderia encontrar meus pais. Não tinha ideia de para onde tinham ido. Ali, sozinha, comecei a ficar com fome. Aos poucos, ela foi apertando. Não sabia o que fazer. Eu me levantei e caminhei em direção a uma moça que passava por ali.

— Boa tarde, senhora. Cheguei agora na cidade e não tenho onde ficar. A senhora sabe de algum lugar em que eu possa trabalhar e morar?

— Ela me olhou de cima a baixo e respondeu:

— Não. Sinto muito, mas continue procurando.

— Ela se afastou, Margarete, e eu continuei andando. Depois, parei e voltei a me sentar. Estava completamente desnorteada. Vi várias crianças que passavam por ali. Estavam com uniformes escolares. Por já ser meio da tarde, deduzi que deviam estar voltando da escola. Elas passavam por mim, olhavam e continuavam andando. Uma menina parou na minha frente:

— Está cansada?

— Por que está perguntando isso?

— Está parecendo cansada. Onde você mora?

— Estou cansada, sim, e não tenho onde morar.

— Como não tem onde morar? Todo mundo tem onde morar!

— Eu não tenho...

— Eu moro em um quarto com minha mãe e mais três irmãos. Meu pai morreu, por isso lá em casa não tem lugar, mas eu tenho um pedaço de pão que não comi, a senhora quer?

— Você não vai comer mesmo?

— Não, uma amiga fez aniversário e trouxe bolo, por isso não comi.

— Está bem, estou mesmo com muita fome. Obrigada.

— Ela abriu uma sacola que carregava, tirou um caderno e um livro e pegou o pão, que estava enrolado em um pano. Peguei e comi com pressa. A fome era muita. Você sabe muito bem o que é a fome, não é, Margarete?

— Sei, sim, Edite. É terrível.

— Enquanto eu comia, outras crianças que viram a amiga parar também se aproximaram e, tirando das malas os lanches, também me deram. Eu não sabia o que dizer ou pensar. Apenas comia. Para mim, naquele momento, aquelas crianças eram como anjos que Deus havia mandado para me ajudar.

Depois, elas foram embora e pareciam felizes por terem me ajudado, e eu continuei ali, sentada. Pelo menos, não sentia mais fome.

— Sei como é isso, Edite. A fome dói...

— É verdade, Margarete, e nunca mais quero passar por aquilo novamente.

— Nem eu, Edite! Continue a contar, como chegou aqui?

— A noite chegou e eu continuei sentada naquele banco. A minha sorte é que aquela noite estava muito quente e não senti frio. Quando não aguentei mais de sono, e novamente com fome, deitei-me no banco e adormeci. Dormi a noite toda, o que foi uma bênção. Quando acordei, o dia estava clareando. Meu estômago doeu e senti fome novamente. Desesperada, sem saber o que fazer, fiquei por algum tempo parada, olhando para os lados, na esperança de encontrar algum caminho para seguir. Percebi que a porta da igreja se abriu. Eu me levantei e caminhei na sua direção, na esperança de que pudesse encontrar ajuda. Quando entrei, a igreja estava quase vazia. Havia somente algumas pessoas sentadas nos bancos. Eu me sentei em um dos bancos. Depois de algum tempo, me ajoelhei e comecei a pedir a Deus para que eu pudesse encontrar alguém para me ajudar. Pensei no coronel, em Anastácia, que foram como anjos em minha vida, mas pensei, também, em Bárbara, que demonstrou tanto ódio por mim, sem mesmo me conhecer. Fiquei por algum tempo ajoelhada, até que comecei a passar mal. Minha vista escureceu. Tentei me levantar e me sentar novamente, mas não consegui. Desmaiei.

— Nossa, Edite! O que aconteceu com você?

— Não sei, Margarete. Só sei que, quando acordei, percebi uma senhora ao meu lado e um padre, que perguntou:

— *Está melhor, minha filha?*

— *Acho que estou. Obrigada, padre* — respondi, sentando-me novamente.

— *Você está com fome?*

— *Estou, padre. Não como desde ontem à tarde.*

— Ele olhou para a senhora que estava ali e disse:

— *Dona Isabel, vou começar a rezar a missa. Leve essa moça até minha casa e dê alguma coisa para que ela coma.*

— Ela me ajudou a levantar e só aí eu vi que havia muitas pessoas na igreja. Com carinho, a senhora pegou no meu braço e me conduziu por uma porta que havia ao lado do altar. Entramos na sacristia, passamos por ela e entramos por outra porta, chegando à cozinha de uma pequena casa. Ela fez com que eu me sentasse, dizendo:

— *Esta é a casa do padre. Ele vive aqui sozinho. Vou pegar pão e café com leite.*

— Ela se virou para o fogão a lenha, onde havia uma chapa de aço, e pegou uma leiteira e um bule. Voltou para a mesa e colocou-os sobre ela. Pegou um pão que estava no meio da mesa e, colocando manteiga, disse:

— *Não é muito, mas vai ajudar você a ficar mais forte.*

— Eu apenas sorri e comecei a comer e beber o café com leite. Ela se sentou ao meu lado e perguntou:

— *Você não é aquela moça que mora na fazenda do coronel Augusto? Eu já a vi com ele em algumas festas da cidade. Sabe como é cidade pequena... todos se conhecem.*

— Admirada por ela ter me reconhecido e vendo que não teria como negar, respondi:

— *Sou, sim.*

— *Por que está aqui na cidade e nessa situação?*

— Comecei a chorar, pois era a única coisa que podia fazer, e contei a ela o que havia me acontecido com a morte do coronel e a chegada de Bárbara. Terminei dizendo:

— *Por isso que estou aqui e nessa situação, precisando de ajuda, de um lugar para trabalhar e morar.*

— *Sinto muito pelo que aconteceu com você, mas acho que aqui nesta cidade não vai encontrar ajuda.*

— *Por que não?*

— *Sempre houve muitos comentários a seu respeito...*

— *Que comentários?*

— Todos pensam e comentam o mesmo que a filha do coronel. Dizem que você se tornou amante dele por causa de dinheiro. Precisa entender que, realmente, você é muito jovem e bonita, e ele era bem mais velho...

— Isso não é verdade! Ele sempre me tratou como um pai! — respondi quase gritando e indignada, Margarete.

— Teve razão, Edite, mas você há de convir que a diferença de idade entre vocês era muito grande, e é difícil acreditar que eram como pai e filha. O que aconteceu depois?

— Ela continuou falando:

— Você está dizendo isso e eu acredito, mas, para as pessoas da cidade, você sempre foi uma oportunista. Como já disse, a cidade é pequena e todos se conhecem.

— Voltei a chorar.

— Meu Deus do céu, o que vou fazer? Não tenho para onde ir...

— Naquele momento, o padre entrou na cozinha e, ao me ver ali, perguntou:

— Já tomou seu café?

— Sim, senhor, e obrigada.

— Por que está chorando?

— Depois que o coronel morreu, a filha dele chegou e não quer que ela continue na fazenda. Ela não tem para onde ir.

— Como assim? O que aconteceu?

— Eu contei tudo a ele, Margarete, e terminei dizendo:

— Preciso de um lugar para trabalhar e morar. Estou na rua e sem destino. O senhor pode me ajudar? Conhece todas as pessoas desta cidade...

— O padre e dona Isabel se olharam. Ele demorou um pouco para responder.

— Sinto muito. Como está vendo, aqui não tem lugar para ninguém morar além de mim. Quanto às pessoas da cidade, conheço todas e sei que também vai ser difícil encontrar alguém que a ajude.

— Dona Isabel já me disse isso, mas não é justo! O coronel sempre me tratou como sua filha! Nunca teve outra intenção...

— *Acredito em você, mas, sabe como é, não posso influenciar as pessoas.*

— Olhei para ele e percebi que, embora tivesse dito que havia acreditado no que eu tinha dito, ele também não acreditava. Como eu não conseguia parar de chorar, ele disse:

— *A única coisa que posso fazer por você é lhe dar algum dinheiro para que possa tomar o trem e ir para outra cidade, onde ninguém a conheça. Assim, talvez, possa encontrar um abrigo. A igreja é muito pobre, mas posso conseguir algum dinheiro.*

— Vendo que eu não tinha outro caminho, ainda chorando, disse:

— *Obrigada, padre. Vou aceitar e seja o que Deus quiser.*

— *O trem vai passar por aqui às três horas da tarde. Pode ficar na estação.*

— *Eu não posso ficar aqui na igreja?*

— *Infelizmente, não pode. Vou ter de sair para atender algumas pessoas que estão doentes e preciso fechar a igreja.*

— Olhei para o seu rosto e percebi que ele estava incomodado com minha presença, Margarete. Acho que estava com medo de que chegasse alguém e me visse lá.

— Não acredito, Edite! Ele não deveria ter ajudado você? Afinal, é um homem de Deus.

— Também pensei isso, mas depois entendi. Ele precisava continuar ali e não podia perder seus fiéis, o que provavelmente aconteceria. Após alguns minutos de silêncio, ele pegou dinheiro na sacola de ofertas da igreja e me deu o suficiente para a passagem do trem. Olhou para mim e continuou:

— *Moça, precisa ir embora, pois vou fechar a igreja.*

— Eu fiquei calada, pois não sabia o que dizer e só me perguntava em pensamento: "Meu Deus! O que fiz de mau para merecer isso? O que vou fazer para continuar vivendo? Acho que a melhor coisa é ir até a estação e, quando o trem chegar, me jogar nos trilhos e morrer".

— Pensou isso mesmo, Edite?

— Sim, Margarete! Eu não via outro caminho para seguir, pois sabia que, mesmo que fosse embora da cidade, não teria como sobreviver, principalmente em um lugar desconhecido.

— Que horror, Edite. Eu, por tudo o que passei, em nenhum momento pensei em tirar minha vida.

— Hoje também penso assim, mas, naquele dia, foi o que pensei.

— O que fez depois? Foi para a estação?

— Saí e, quando me vi na rua, olhei para aquela praça à qual tantas vezes tinha vindo com Anastácia e o coronel, lembrando-me dos tecidos e sapatos que havia comprado ali no armazém. Lembrei-me também do senhor Joaquim, o dono do armazém, e pensei: "Talvez ele me arrume um trabalho no armazém; é muito grande e precisa de trabalhadores". Caminhei até o armazém, entrei e fui direto falar com ele. Porém, quando me viu, ele olhou para o outro lado, dando-me as costas. Percebi que, embora sempre tivesse me tratado muito bem, agora, sem o coronel, ele devia pensar como as outras pessoas. Dei meia-volta e, voltando a chorar, fui até o banco da praça, onde sempre me sentava ao lado de Anastácia para esperar o Simão chegar com a charrete. Chorando e desesperada, fiquei ali. Em dado momento, lembrei-me do que Anastácia sempre dizia: "Aconteça o que acontecer em sua vida, nunca perca a fé em Deus, pois Ele jamais abandona Seus filhos. Todos nós, quando nascemos, temos um caminho a seguir e não temos como nos afastar. Ele sempre vem ao nosso encontro". Sorri ao me lembrar dela e do carinho com que sempre me tratou. Fiquei triste, por também me lembrar do seu olhar de desespero quando Bárbara fez com que eu fosse embora. Continuei ali sentada, vendo as pessoas andando de um lado para outro ou entrando e saindo do armazém. Eu parecia invisível, ninguém olhava para mim e, quando olhavam, viravam o rosto. A cada minuto que passava, eu pensava que tanto dona Isabel como o padre tinham razão. Embora eu me lembrasse daquilo que Anastácia falava, sabia que, na cidade, não encontraria ajuda. Olhei para o relógio que havia na praça e vi que era meio-dia e meia. Comecei a ficar com fome, pois tinha comido muito cedo. Embora eu soubesse que o trem para a capital só viria na manhã seguinte, via algumas máquinas sozinhas, ou com alguns vagões. Fui até lá e perguntei a um homem que estava ali, um tipo de vigilante:

— A que horas passa o trem?

— O de passageiros para a capital só chega às seis horas da manhã.

— Acabei de ver um trem passando agora mesmo...

— São trens de carga que passam por aqui, mas sem passageiros.

— Quando virá o próximo?

— Às três horas da tarde.

— Saí de lá e voltei para o banco, onde estivera sentada e de onde podia ver o relógio que estava pendurado na estação. Fiquei pensando: "Quando faltar quinze minutos para as três horas, vou para a estação e, assim que o trem estiver chegando, eu me jogo nos trilhos e todo esse desespero vai acabar, e a fome também". Hoje, penso que essa ideia jamais passaria por minha cabeça, mas naquele dia eu estava desesperada.

— Entendo. Mas o que aconteceu depois para que você não colocasse em prática o seu plano?

— Fiquei sentada ali por mais alguns minutos. Estava ali, chorando, quando duas mulheres se aproximaram. Uma delas perguntou:

— Por que está chorando, moça?

— Olhei para ela e continuei calada, Margarete. Ela insistiu:

— O que aconteceu, moça? Ninguém chora dessa maneira, a não ser que algo muito grave tenha acontecido.

— Como eu não conseguia parar de chorar, elas se sentaram ao meu lado, e a moça continuou:

— Meu nome é Olívia e esta é dona Irene. Embora não tivéssemos planejado, viemos para o centro comprar algumas coisas. Dona

*Irene não queria vir, mas eu, não sei qual o motivo, a convenci. Acho que era para encontrar você. Como é o seu nome?*

— Edite. Meu nome é Edite.

— Olívia, Edite?

— Sim, Margarete. Uma mulher da vida foi quem me ajudou. Olhei-a e, também não sei o motivo, confiei nela e contei tudo o que havia se passado comigo. Terminei dizendo:

— *Estou esperando o trem chegar para me jogar nos trilhos e morrer.*

Uma olhou para a outra e, com o olhar desesperado, dona Irene falou:

— *Que bobagem você está falando? Uma moça bonita e educada como você não tem motivo para morrer. Sua vida está apenas começando. Não é, Olívia?*

— *Claro que não, dona Irene! Está pensando o mesmo que eu?*

— *Estou, Olívia.*

— A senhora pegou em minha mão, levantou minha cabeça e disse:

— *Você, se quiser, poderá ir para minha casa. Lá você vai ter trabalho e um lugar para morar. Você quer?*

— *A senhora não pensa como as demais pessoas da cidade?*

— *Não, Edite.*

— *Também somos discriminadas. Minha casa é uma casa de diversão para homens.*

— Olhei para ela, que notou que eu não entendia o que estava falando. Sorriu e continuou:

— *Na minha casa, você vai ter uma boa cama e vestidos lindos. Terá, também, joias e poderá guardar algum dinheiro.*

— Eu não acreditei no que estava ouvindo, Margarete, pois, alguns minutos atrás, achava que o único caminho que me restava era morrer, e aquela mulher me oferecia coisas maravilhosas. Perguntei:

— *O que preciso fazer para ter tudo isso?*

— *Como eu disse, na minha casa, os homens vão para se distrair e se divertir. Você só precisa dar atenção e ficar com eles.*

— Ficar? Ficar como?

— Deitar-se com eles.

— Anastácia já havia conversado comigo sobre esse assunto e o que eu deveria fazer com meu marido quando me casasse, mas eu não sabia que poderia fazer aquilo sem estar casada. Ela, vendo em meu rosto que estava confusa, continuou falando:

— *Eu não posso obrigá-la, mas acredito que estou oferecendo a você uma oportunidade de continuar vivendo. Somente você pode resolver.*

— Pensei por alguns minutos e só pude chegar à conclusão de que ela tinha razão. Disse:

— *Está bem, senhora. Eu aceito, pois só me resta esse caminho, o outro seria me matar.*

— *Então, já que aceitou, levante-se e vamos para casa.*

— Obedeci, me levantei e as segui. Foi assim que cheguei aqui, Margarete. Assim que entramos na sala da casa, fiquei encantada com o tamanho e o colorido. Sofás e poltronas com cores fortes e alegres. As cortinas também eram coloridas. Achei tudo muito lindo. Havia uma mesa posta para o almoço, com pratos, copos e talheres riquíssimos, que eu só tinha visto em festas na casa do coronel ou em algumas das cidades às quais eu o acompanhei. Senti um aroma delicioso de comida que invadia o ambiente. Meu estômago chegou a doer. Olívia percebeu que eu estava encantada e sorriu. Dona Irene, voltando-se para ela, disse:

— *Olívia, leve a moça até a cozinha para que coma alguma coisa e converse com ela a respeito das regras da casa.*

— Olívia me encaminhou até a cozinha. Assim que entrei, vi uma senhora junto ao fogão. Olívia falou:

— *Zefinha, esta é Edite e, a partir de hoje, vai morar aqui na casa. Prepare algo para que ela possa comer.*

— Zefinha olhou para mim e, arregalando os olhos, perguntou:

— *Você não era a mulher do coronel Augusto?*

— Estremeci, mas Olívia, antes que eu respondesse, falou com voz firme:

— *Isso não interessa, Zefinha! Ela é apenas uma moça que vai morar aqui! Prepare algo para que ela possa comer!*

— Olívia sempre nos ajudou e defendeu, Edite. Ela era maravilhosa! Foi uma pena ter morrido tão cedo...

— Verdade, Margarete. Ela vai fazer muita falta. Zefinha preparou um prato com comida e colocou sobre a mesa. Não sei se a comida estava boa ou não, pois a fome era muita e comi rapidamente. Enquanto eu comia, Olívia, como aconteceu com você, disse tudo o que acontecia aqui na casa e como eu devia me comportar. Quando terminei de comer, pediu a Laurinda, a arrumadeira, que me preparasse um banho. Em seguida, subimos para os altos da casa. Após tomar um banho quente, cheiroso e demorado na tina, Olívia me conduziu até um quarto que também era colorido. Embora fosse diferente daquele que eu tinha na casa do coronel, achei lindo. Ela percebeu o meu espanto e, sorrindo, abriu um guarda-roupa e fez com que eu escolhesse o vestido de que mais gostasse. Todos eram lindos, embora fossem diferentes daqueles que estava acostumada a usar. Tinham decotes grandes, diferentes dos meus, o que me assustou.

— *Eles são lindos, mas os decotes são muito grandes. Vou ter de usar esses vestidos com esse decote?*

— *Vai, sim, Edite. Os homens que visitam a casa gostam de ver partes do corpo das moças, mas não se preocupe, em breve vai se acostumar. O importante é que esteja sempre linda.*

— Depois de muito olhar, escolhi um que tinha um decote menor. Depois de vestida, Olívia me colocou um colar e brincos. Pintou meu rosto. Em seguida, prendeu meus cabelos e pediu que eu me virasse para um espelho grande que havia ali.

— *Você está linda, Edite! Agora, sente-se nesta poltrona. Vou descer e almoçar. Depois voltarei e conversaremos mais.*

— Sorri e ela saiu. Eu, ali sozinha, voltei a pensar em toda a minha vida e em como ela havia mudado tão de repente.

Comecei a chorar de novo por não saber o que aconteceria dali para a frente. Depois de algum tempo, ela voltou. Sentou-se em frente ao sofá em que eu estava e falou:

— *Agora vamos conversar mais sério a respeito da sua vida aqui. Hoje, você não vai "trabalhar". Vai descer e ficar olhando o que as moças fazem, para também, amanhã, fazer igual. Amanhã, será apresentada aos homens e um deles escolherá você, que virá com ele para este quarto para ficar com ele, pelo tempo que for necessário e ele quiser.*

— *O que vou fazer nesse tempo?*

— Olívia riu alto.

— *Está dizendo que ainda não entendeu o que acontece aqui? Você vai se deitar com ele e fazer tudo o que ele quiser!*

— *Nunca estive com um homem, não sei o que fazer...*

— *Está dizendo que é virgem?*

— *Sou, Olívia!*

— *Dona Irene vai ficar muito feliz em saber disso, e você também vai ganhar um bom dinheiro!*

— *Não estou entendendo...*

— *É muito raro aparecer uma moça virgem, Edite! Os homens vão disputar você e pagar muito!*

— Finalmente eu entendi e comecei a chorar. Meu sonho era me casar com um homem que eu amasse. Como tinha lido em alguns romances que Anastácia me dera para ler. Eu queria ter muitos filhos e um marido para cuidar. Naquele momento, Margarete, percebi que, daquele dia em diante, aquilo seria impossível, e chorei ainda mais. Olívia, brava e com a voz forte, disse:

— *Pare de chorar, Edite! Não pode manchar sua maquiagem! Não se preocupe, logo vai se acostumar e entender que está apenas trabalhando!*

— Eu não acreditei no que ela disse, mas sabia, também, que não havia alternativa. Olívia saiu do quarto e eu fiquei ali, sozinha, pensando na minha vida. Alguns minutos depois, ela voltou ao quarto acompanhada por dona Irene, que estava sorrindo e com um olhar que eu, até aquele momento, não tinha visto.

— *Edite, Olívia me contou que você é virgem! Isso é verdade?*

— Com a cabeça, eu disse que sim.

— *Que maravilha, menina! Eu e você vamos ganhar muito dinheiro! Bem que estou precisando de carne nova por aqui! Olívia, prepare-a para ser apresentada a todos.*

— Ela saiu do quarto. Olívia, retocando minha maquiagem e cabelos, disse:

— *Agora, você vai ficar aqui por mais algum tempo, até que os homens cheguem. Vou descer e, depois, eu venho buscar você.*

— Eu, nervosa e assustada, não sabia o que fazer ou falar. Fiquei ali, sentada. Algum tempo depois, ela voltou. Tornou a arrumar meu cabelo, vestido e a retocar meu rosto. Pegou em meu braço, dizendo:

— *Vamos, hoje vai ser o seu grande dia e o começo de uma nova vida!*

— Descemos a escada e, ao entrar na sala, vi que havia muitos homens e moças que eu não conhecia. A sala estava iluminada, e uma música soava pelas mãos de um homem que tocava violino. Achei tudo lindo. Dona Irene olhou para mim, caminhou em minha direção e, sorrindo, abraçou-me pela cintura e me levou até o meio da sala. Fazendo com que eu rodasse, disse, eufórica:

— *Esta moça é Edite! Ela é nova na casa e está precisando de companhia; alguém a quer? Antes, porém, preciso dizer que ela é virgem e, por isso, vale muito!*

— Eu me lembro desse dia, Edite. Confesso que, assim como as outras moças, também fiquei eufórica. Estávamos acostumadas com aquela cena, pois muitas de nós que estávamos ali também havíamos passado por aquilo.

— Hoje entendo isso, Margarete, mas, naquele dia, fiquei apavorada. Para que entenda o motivo de eu estar contando tudo isso a você, vou continuar. A sala se transformou em uma imensa gritaria. Os homens começaram a oferecer dinheiro por mim, e as moças, que eu ainda não conhecia, riam alto. Para minha surpresa, eu conhecia todos aqueles homens que estavam ali, pois eu já havia frequentado suas casas e festas, acompanhando o coronel. Conhecia suas mulheres e filhos. Eram amigos do coronel. Um deles ofereceu uma quantidade de dinheiro imensa. Os outros, embora também me quisessem, não quiseram competir com ele. Dona Irene estava muito feliz e, rindo, falou:

— *Ela é sua, coronel! Pode levá-la lá para cima!*

— Ele olhou para mim, e aquele olhar me fez tremer. Eu sabia que o coronel não gostava dele e, por aquele olhar, compreendi o motivo. O coronel dizia que ele era um homem rude e que batia muito na mulher e nos seus filhos. Quando ele me disse isso, não prestei muita atenção, mas naquele momento percebi que o coronel tinha razão. Ele pegou em minha cintura e me empurrou em direção à escada. Quando chegamos ao quarto, ele se sentou no sofá e, com voz grave, disse:

— *Tire suas roupas.*

— Eu, assustada, fiquei parada. Ele gritou:

— *Tire suas roupas! Quero ver se você é realmente virgem! Não acredito que o Augusto tenha ficado com você por tanto tempo e não a tenha tocado!*

— *Ele nunca me tocou, sempre me tratou como se fosse sua filha...*

— *Não posso acreditar nisso! Tire suas roupas! Estou pagando muito caro por isso!*

— Tremendo muito, tirei minhas roupas. Assim que ele me viu nua, com fúria me jogou sobre a cama e me penetrou com muita força, e começou a me bater no corpo todo. A dor que senti foi imensa, mas me contive. Confesso que, naquele momento, me arrependi de não ter ido até a estação e me jogado nos trilhos. Depois que ele terminou, olhou e viu que havia sangue. Com mais fúria ainda, gritou:

— *Não é que aquele idiota nunca a tocou? Era um pamonha, mesmo.*

— Em seguida, vestiu-se e saiu do quarto. Antes de sair, porém, deixou sobre o criado-mudo algumas notas. Eu continuei deitada, sem forças para me levantar e chorando muito. Fiquei ali por bastante tempo, até que Olívia veio ao quarto e, ao ver que eu estava chorando e ainda me encontrava nua sobre a cama, abraçou-me e disse:

— *Sinto muito, Edite. Quando eu vi que aquele cretino e bruto havia sido o escolhido, sabia que isso poderia acontecer. Já estive com ele algumas vezes e sei como se comporta, mas nem todos os homens são assim; a maioria nos trata muito bem. Agora, levante-se e coloque esta camisola. Não precisa voltar à sala.*

— Ela me ajudou a me vestir, Margarete, e, com um cobertor, me cobriu. Antes de sair, perguntou:

— *Está com fome? Não come nada desde o almoço. Posso trazer alguma coisa para que possa comer.*

— *Não quero comer, Olívia, não estou com fome, mas obrigada.*

— *Está bem. Procure dormir e, se sentir fome, vá até a cozinha e coma o que quiser.*

— Ela saiu do quarto e eu continuei ali, deitada e chorando, sem conseguir dormir. Depois de muito tempo, sem perceber, adormeci. Na manhã seguinte, quando acordei, senti meu corpo todo dolorido, e, ao me levantar, olhei-me no espelho e vi que havia manchas roxas nos meus braços e costas, e recomecei a tremer. Não consegui ficar em pé por muito tempo e voltei a me deitar. Não conseguia esquecer o que havia acontecido. Lembrei-me de tudo, mas não chorei novamente. A única coisa que eu queria era ir embora dali e ir até os trilhos. Aquele pensamento não saía da minha cabeça. Não tinha para onde ir e não seria capaz de viver daquela maneira, sendo espancada e humilhada. Fiquei ali, até que Olívia entrou no quarto e, ao ver que eu não estava bem, preocupada, perguntou:

— *Bom dia, Edite. Como você está?*

— Eu não respondi. Não estava com vontade de conversar. Só pensava em uma maneira de sair daqui. Ela continuou:

— Sei como se sente, já passei por isso, mas posso garantir a você que isso não é normal. Levante-se e venha conhecer as outras moças que moram aqui. Poderá conversar com elas e verá que a vida aqui não é tão ruim.

— Eu não quero me levantar, Olívia. Meu corpo todo está doendo. Estou com pontos roxos nos braços e nas costas. Estou, também, envergonhada e sem entender o motivo de tudo isso estar acontecendo comigo. Por que estou sendo castigada dessa maneira? Nunca fui uma pessoa má e nunca fiz mal a ninguém.

— Essa pergunta todas nós um dia fizemos ou faremos, Edite. Acredito que não haja resposta, pois existe muita desigualdade neste mundo. Alguns têm muito e outros nada têm. Como explicar isso? Será que Deus existe realmente? Nunca pensei nisso, mas, neste momento, estou me perguntando.

— Naquele momento, lembrei-me do que Anastácia, uma vez, havia me falado, Margarete:

"— Deus é muito bom, Edite. Ele está sempre ao nosso lado e, quando precisamos, sempre nos manda anjos para nos ajudar.

— Por que existe tanta diferença no mundo, Anastácia? Aqui na casa do coronel tem tudo o que alguém precisa para viver e ser feliz, enquanto na minha casa não tínhamos nada, assim como os trabalhadores da fazenda, que são todos muito pobres.

— Sempre existe um motivo, Edite. Minha mãe falava que cada um de nós tem um caminho para seguir e que, durante esse tempo, precisamos pagar o que fizemos de errado em outra vida.

— Que outra vida, Anastácia?

— Ela dizia que a gente nasce e morre muitas vezes e que, a cada momento em que isso acontece, a gente vai aprendendo e ficando melhor."

— Ela me disse tudo aquilo, Olívia, mas eu não prestei muita atenção. Estava vivendo uma vida muito boa, bem longe da vida que levara até ali e da dos trabalhadores da fazenda. Naquele tempo, eu não tinha com que me preocupar, mas hoje é diferente e chego a pensar que a única resposta para o que estou vivendo é, talvez, que esteja pagando por erros passados.

— Isso não é justo, Edite! Como precisamos pagar por algo do qual não nos lembramos? Isso é loucura!

— Talvez seja loucura, Olívia, mas não deixa de ser uma resposta.

— Vou pensar sobre isso que você falou, Edite.

— Enquanto conversávamos, senti uma leve brisa passar pelo meu rosto, Margarete. As dores pelo meu corpo continuavam, mas, agora, já não me incomodavam. Olívia disse:

— Você não pode continuar deitada. Precisa de um bom banho, vestir-se e ficar linda. Logo, tudo isso vai se tornar uma lembrança que, aos poucos, vai desaparecer.

— Ela fez com que eu me levantasse e me levou até o banheiro, onde Laurinda já havia preparado um banho quente e cheiroso. Olívia me ajudou a entrar na tina. Enquanto eu me banhava, Olívia continuou falando:

— Depois desse banho, você vai ficar bem, Edite. Fique tranquila. Assim como sua vida mudou de repente, sua vida pode mudar novamente.

— A única coisa que sempre quis foi encontrar um homem a quem eu amasse, para poder me casar, ter muitos filhos e ser feliz para sempre.

— Quem disse que isso não pode acontecer?

— Claro que não vai acontecer, Olívia! Não sou mais inocente como era antes. Qual homem vai querer se casar com uma moça como eu estou agora?

— Está enganada, Edite. Muitas moças aqui da casa saíram para se casar.

— O que está dizendo, Olívia?

— Isso que você ouviu. Muitas moças saíram para se casar.

— Ao ouvir aquilo, senti um alívio e, ao mesmo tempo, tranquilidade e esperança. Depois do banho, voltamos para o quarto. Olívia, novamente, mostrou-me um vestido, este com mangas longas para que as manchas roxas não aparecessem, e me ajudou a vesti-lo. Escovou meus cabelos, coloriu meu rosto. Depois, fez com que eu me olhasse no espelho.

— Está linda, Edite! Olhando para você, ninguém vai imaginar tudo o que aconteceu. Vamos descer. Está na hora do almoço. As moças já estão lá, e todas ansiosas para conhecer você.

— Sem muita vontade, acompanhei Olívia. Quando cheguei à sala, as moças já estavam sentadas. Dona Irene foi a primeira a se levantar e a caminhar em minha direção. Ela me abraçou, dizendo:

— Você foi um sucesso, Edite! Todos só falaram sobre você! O coronel, quando desceu, parecia muito feliz. Pagou bebidas a todos e, além do dinheiro que havíamos combinado, deu-me mais uma boa quantidade. Todos os homens que estavam aqui, e, tenho certeza, alguns que saberão da sua existência, estão querendo ficar com você e querem pagar muito bem. Vamos ganhar muito dinheiro!

— Ao ouvir aquilo, quase voltei a chorar, Margarete, mas, como ela disse que eu ia ter muito dinheiro, pensei que, com esse dinheiro, poderia ir embora. Fiquei parada. Todas as moças se levantaram e me abraçaram. Como eu não estava bem, talvez, não sei direito o motivo, mas me senti feliz em ser tão bem-aceita.

— As moças da casa realmente são alegres e divertidas, Edite, e, ao vê-las, ninguém pode imaginar as histórias de cada uma delas.

— Verdade, Margarete. Embora dona Irene tenha dito que eu ia ganhar muito dinheiro, isso não aconteceu. Todos os homens, realmente, quiseram ficar comigo, mas, como eu não sabia quanto eles pagavam a ela, aceitei o que me cabia naquele acordo. O dinheiro não era muito. Resolvi que juntaria uma boa quantidade com a qual eu pudesse ir embora e ter condições de viver em outro lugar, talvez até na capital, onde ninguém me conhecia. Como Olívia havia dito, os outros homens se comportaram bem comigo. E eu os recebia com um sorriso, sem sentimento algum, apenas fazendo o meu "trabalho".

— Por que não foi embora, Edite?

— Não sei dizer, Margarete, apenas fui ficando, esperando a hora certa para ir embora. Apesar de ter ficado com muitos homens, aquele tão esperado nunca apareceu. Com o tempo, fui aceitando que nunca me casaria ou teria filhos. Eu e Olívia nos tornamos muito amigas. Sempre que precisei, ela estava presente. Com o tempo, tornou-se como uma irmã. Eu gostava dela e não entendia como podia dizer que gostava desta vida e que não queria se casar ou ter filhos. Conversávamos sempre sobre todos os assuntos. Muitas coisas que eu não conhecia ou sabia, ela me explicava. Ela tinha horror em pensar em ter um filho, não conseguia imaginar ver seu corpo deformado por uma gravidez. Era muito vaidosa, mas uma amiga leal e feliz. Por isso, fiquei muito triste com sua morte e sei que vai ser difícil esquecê-la.

— Todas nós vamos sempre nos lembrar dela e de sua felicidade. Porém, acho que ela tinha razão em não querer ter filhos. Entende, agora, por que não posso ter este filho, Edite? Como vou cuidar dele aqui neste lugar, além do que, dona Irene não aceitaria.

— Pode, sim, Margarete!

— Como, Edite?

— Depois que você me contou sua história, fiquei pensando nessa criança e em como ela poderia nascer e ser criada com tranquilidade e felicidade, e acho que encontrei uma solução.

— Encontrou? O que está dizendo, Edite?

— Você disse que aprendeu a fazer o enxoval do bebê. Eu sei costurar e bordar. Tenho dinheiro e joias, você também deve ter. Podemos ir para a capital, arrumar um quarto para morar, comprar o material de que precisarmos para que eu possa costurar vestidos e você possa fazer enxovais de bebê. Nós os venderemos e, assim, essa criança poderá nascer. O que acha da minha ideia?

— Não sei, Edite. Duas mulheres sozinhas, sem marido, com certeza não serão bem-vistas. Sabe como é a sociedade. Nunca seremos aceitas, ainda mais eu estando grávida.

— Vamos para um lugar onde ninguém nos conheça. Diremos que somos irmãs e que seu marido morreu. Acho que poderemos superar tudo, Margarete.

— Tenho medo de que não dê certo, Edite, e eu volte a sentir fome e desespero, ainda mais com uma criança.

— Está bem. Não posso obrigar você a tomar uma decisão difícil como essa. Espere alguns dias antes de tirar essa criança. Eu vou aceitar o que você decidir, mas, com ou sem você, eu vou embora. Não quero mais esta vida. Como só agora essa ideia de costurar apareceu, acho que tenho chance de mudar de vida. Tenho dinheiro suficiente para começar.

— Vai embora mesmo?

— Vou, sim, Margarete.

— Estou pensando que, se fizermos isso, como e para quem vamos vender esses vestidos e o enxoval?

— Vamos oferecê-los em lojas espalhadas pela cidade, Margarete. Quando estive na capital, vi que havia algumas perto da estação de trem.

— Também eu, quando fui com Jaime até a capital, entrei e fiz compras em algumas delas. Acho que poderá dar certo. Preciso pensar...

Margarete, pensativa, saiu do quarto. Edite continuou ali, pensando em seu plano: "Com Margarete ou sem ela, vou embora e tentarei mudar minha vida".

Os dias foram passando e Margarete não dizia coisa alguma sobre o assunto que havia conversado com Edite. Durante cinco dias, Edite, por sua vez, após pensar muito, continuava decidida a ir embora, mesmo que sozinha. "Estive contando o meu dinheiro e acho que com ele e com as joias que guardei poderei viver, talvez, até por um ano. Não sei se Margarete vai querer ir comigo, mas eu não fico mais aqui. Tenho certeza de que conseguirei viver sozinha."

Margarete também pensava: "Não sei o que fazer. Edite tem razão em querer sair daqui e em me ajudar para que minha criança nasça, mas e se não der certo? O que vou fazer com minha vida?"

À noite, depois que as luzes das velas que iluminavam a casa foram apagadas e as moças voltaram aos seus quartos, Edite, recostada em sua cama, pensava: "Está decidido. Amanhã, bem cedo, vou conversar com dona Irene e irei embora. Não posso mais continuar aqui. Sinto que está na hora de recomeçar minha vida em outro lugar. Margarete não tocou mais no assunto, acho que ela não está disposta a se arriscar; até entendo, pois ela já sofreu muito, e ainda mais com uma criança... Mas continuo pensando que tudo dará certo e que essa criança poderia nascer e ser feliz, porém nada posso fazer. Eu vou tentar e seja o que Deus quiser..."

Ouviu uma batida leve na porta. Em seguida, Margarete disse:

— Posso entrar, Edite?

— Claro que sim, Margarete.

Margarete entrou e, mesmo sem ser convidada, sentou-se na cama e falou rápido:

— Estive pensando, e acredito que até pode dar certo! Tenho um bom dinheiro e algumas joias valiosas. Talvez o meu filho tenha chance de nascer!

— Terá, sim, Margarete! Estive pensando em tudo o que Anastácia falou dessa nova religião que está surgindo. Ela sempre disse que as pessoas não se conhecem por acaso. Que são almas que já viveram muitas vidas juntas e estão sempre uma ao lado da outra, se ajudando, perdoando e até tentando se vingar por algo do passado. Não sei o motivo, mas sinto que entre mim, Olívia e você isso aconteceu. Acho que viemos para esta casa apenas para nos conhecermos e permitirmos que essa criança nasça! Vai dar certo, Margarete! Sinto que vai dar certo!

— Porém, pode não dar, Edite, e o que vamos fazer com uma criança pequena?

— A melhor coisa que temos de fazer agora é não nos preocuparmos com o futuro. O amanhã a Deus pertence.

— Tem razão, Edite. Como vamos fazer?

— Prepare sua mala, mas não coloque muita coisa, pois teremos de carregar. Quando a madame acordar, conversaremos
com ela, pegaremos o que nos deve e iremos embora.

— Ela pode não aceitar, Edite!

— Acredito que não fará isso quando você contar que está
esperando uma criança e que não quer abortar. Não se esqueça de que ela só pensa no dinheiro e sabe que, durante a
gravidez, quando sua barriga começar a crescer, não poderá
servir aos homens. A madame não vai querer isso! Decididamente, não vai querer! — Edite falou rindo.

— Tem razão, Edite! Decididamente, ela não vai querer.
Como vamos fazer isso?

— O trem passa todos os dias às seis horas da manhã. Vamos
conversar com a madame e dizer o que pretendemos fazer.

— Ela vai ficar furiosa...

— Sei disso, mas, como já conversamos, quando ela souber
que está grávida e que não quer abortar, entenderá que não
tem o que fazer.

— Quando vamos falar com ela?

— Como o trem só passará amanhã cedo, precisamos trabalhar hoje e só falaremos com ela à noite, quando terminarmos
o trabalho. Conversaremos, dormiremos aqui por esta noite
e sairemos amanhã bem cedo.

— Será que ela vai nos deixar dormir aqui esta noite?

— Não sei, mas vamos tentar.

— Está certo, Edite, e, como você sempre fala, seja o que
Deus quiser.

— Está certo! Agora, vá dormir, porque amanhã vai ser um
dia difícil, Margarete.

— Vou tentar dormir, só não sei se vou conseguir.

— Vai, sim, Margarete. Sabe que fez a escolha certa!

Margarete sorriu e saiu do quarto. Claro que, embora quisessem, não conseguiram dormir direito. Sabiam que o passo que iam dar era longo e perigoso, mas tinha que ser dado. Pela manhã, Margarete bateu e entrou no quarto de Edite. Estava com uma maleta na mão e entrou dizendo:

— Estou pronta, Edite. Peguei dinheiro, as joias e só algumas roupas. O resto vou deixar para as meninas ou para outra moça que vier a ocupar meu quarto. Confesso que estou com medo do que vamos fazer, mas não tem volta. Tomara que dê tudo certo.

Quando faltava um pouco para as dez horas, ouviram as moças, rindo e conversando, passando pelo corredor. Fizeram o mesmo e, juntas, desceram demonstrando uma felicidade que, realmente, não sentiam, pois no íntimo estavam preocupadas com o futuro. A mesa do café estava posta. Sentaram-se. Logo depois, dona Irene também chegou. Como sempre, estava bem-vestida, maquiada e com um colar e brincos extravagantes. Tomaram o café tranquilamente. Quando terminaram, levantaram-se e foram para as poltronas, onde conversariam sobre amenidades. Faltavam alguns dias para que o mascate chegasse, e elas falavam sobre as encomendas que tinham feito a ele e sobre novas compras. O dia passou, como todos os outros. Riram, conversaram e receberam homens em seus quartos. À noite, quando as velas começaram a ser apagadas, as moças foram para seus quartos. Quando dona Irene se levantou para também ir se recolher, Edite disse:

— Espere um pouco, dona Irene, precisamos conversar.

Dona Irene, surpresa, olhou para ela, perguntando:

— Conversar sobre o que, Edite?

— Eu e Margarete estamos indo embora.

— Embora? Para onde?

— Vamos para a capital.

— Vão fazer o que lá?

— Vamos tentar sobreviver com costuras e bordados.

Irene riu alto.

— Costuras e bordados? Estão loucas? Você são mulheres da vida e nunca conseguirão sobreviver de outra maneira! Devem estar loucas para pensarem em algo assim!

— Talvez a senhora tenha razão, mas precisamos tentar. Não queremos mais esta vida e pretendemos mudar.

— Mudar como? Querem se tornar mulheres honestas? Isso não vai acontecer.

— Talvez não, talvez sim. Não podemos saber se não tentarmos.

— Definitivamente, estão loucas! O que diz sobre isso, Margarete? Também quer participar dessa loucura? Está de acordo com o que Edite está falando? Já pensou nas consequências do que pretendem fazer?

— Pensei muito, dona Irene, e não encontrei outra solução. Pode ser que não dará certo, mas, também, poderá dar certo e, assim, nossa vida mudará.

— Entendo o que estão dizendo, só preciso lembrar a vocês como foi que chegaram nesta casa. Estavam desesperadas e famintas. Querem passar por tudo aquilo novamente? Devem a mim por tê-las recebido, dando-lhes casa e comida. Não podem ser tão ingratas.

— Não somos ingratas, dona Irene, e agradecemos à senhora por nos ter recebido, mas acredito que, durante todos esses anos, já pagamos várias vezes a sua hospitalidade. Não queremos brigar com a senhora; queremos, apenas, tentar viver de uma maneira diferente.

— Está falando bonito, Edite, mas, se não der certo, pretendem voltar e acreditam que eu as receberei?

— Não pretendemos voltar, dona Irene, e acreditamos que vai dar certo, mas, se não der, na capital devem existir casas como esta. Tem mais uma coisa que fará com que a senhora não nos acuse dessa maneira e mude de ideia. Conte a ela, Margarete.

— Estou esperando uma criança, dona Irene, e não quero tirá-la. Quero que nasça e que cresça feliz.

— O que está dizendo, Margarete? Uma criança? Você não pode ter uma criança!

— Posso, sim, dona Irene, e é por isso que preciso ir embora. Aqui, nesta casa, não tenho como fazer com que nasça e seja criada.

— Acredita, mesmo, que pode criá-la em qualquer lugar para onde for? Vocês não vão conseguir! Estão acostumadas com esta vida de luxo e não suportarão viver na pobreza novamente! Acredito que o melhor que têm a fazer é voltarem para seus quartos, conversarem e pensarem no que pretendem fazer realmente. Quanto a você, Margarete, a melhor coisa a fazer é pensar em uma maneira de se livrar dessa criança!

— Não vou fazer isso, dona Irene! Minha criança vai nascer e, se eu não conseguir criá-la, encontrarei uma maneira de protegê-la! Nós vamos embora, sim, e seja o que Deus quiser!

— Como pretendem fazer isso?

— O trem para a capital vai passar por aqui às seis horas da manhã. Pretendemos pegar ele.

— Às seis horas da manhã? Onde pretendem ficar até lá? Não venham me dizer que, por esta noite, querem dormir aqui.

— Pensamos nisso, sim. Será só por uma noite. Não fará diferença alguma para a senhora.

— Como não? Já pensaram, com a morte de Olívia e agora com a partida de vocês, no tamanho do meu desfalque e prejuízo, e no que vou dizer para os clientes? — Irene perguntou, muito nervosa e alterada. — Quero que peguem suas coisas e saiam imediatamente. Será bom começarem a pensar sobre o que estão deixando aqui e o que significa ficar com fome e sem abrigo.

— Não temos onde passar a noite, dona Irene...

— A vida de vocês já não me interessa mais! Embora ainda pretenda esquecer o que conversamos e continuar tudo como antes.

— Não, dona Irene! Não vou ficar aqui nem um minuto a mais. Edite, vamos embora! — Dizendo isso, Margarete, nervosa, levantou-se e foi para o seu quarto.

Edite, surpresa pela atitude dela e feliz, foi ao seu encontro. Quando chegou lá, Margarete estava pegando a maleta, uma sacola e se dirigindo para o corredor.

— Espere que eu pegue minha maleta, Margarete! Esqueceu de que vamos embora juntas? — disse sorrindo.

Margarete também sorriu.

— Pensei que dona Irene a tinha convencido de que ficar aqui seria a melhor coisa que temos a fazer.

— Nem pensar, Margarete! Esqueceu-se de que fui eu quem teve essa ideia? Vamos pegar nossas coisas. Embora o trem só venha amanhã cedo, precisamos ir embora agora. Dona Irene deixou bem claro que não vai permitir que fiquemos aqui nem por mais um minuto.

— Está certo, Edite. Vamos embora!

Pegaram as maletas, as sacolas e desceram. Dona Irene não estava mais lá. Deduziram que ela esperava que saíssem. Sorriram e saíram. Assim que chegaram à rua, viram que a noite estava muito escura, só iluminada pela lua e algumas estrelas. Por alguma claridade que vinha da cidade, viram que o centro e a estação ficavam longe, e que teriam de andar muito. Edite disse:

— Vamos precisar caminhar muito; sabemos que será por mais de meia hora, ainda mais carregando as maletas e as sacolas.

— Não tem problema, Edite. Precisamos fazer isso.

— Para quem não queria largar tudo o que tinha, Margarete, você está bem animada — Edite disse rindo.

— Tem razão! Agora, só quero que minha criança nasça, e, para isso, farei tudo o que estiver ao meu alcance! O medo está longe de mim!

Sorriram, respiraram fundo e começaram a caminhar. Enquanto andavam, iam pensando e falando como suas vidas tinham mudado e como mudariam dali para a frente. A noite estava escura, o que fez com que caminhassem lentamente. Por estarem carregando a maleta e a sacola, cansaram-se e pararam por alguns minutos. Mesmo assim, não desistiram; continuaram andando. Finalmente, após andarem por tanto tempo e sob aquela escuridão, chegaram ao centro da cidade, que continuava como sempre tinha sido. Naquela hora, não havia ninguém, embora durante o dia, como acontece em todas as cidades, as pessoas iam e vinham. O pequeno comércio que havia ali estava fechado. Assim que chegaram à praça, cansadas, sentaram-se em um dos bancos que ficava em frente à estação de trem. Esta, àquela hora, estava fechada, mas dali poderiam ver quando ela abrisse. Edite, olhando para o relógio que havia na estação, disse:

— Faltam quinze minutos para a meia-noite, Margarete; teremos muito tempo para esperar. Esta noite vai ser longa.

— Tem razão, Edite, mas conseguiremos. Amanhã, no trem, poderemos descansar e até dormir.

— É verdade, Edite. Mesmo assim, estou muito nervosa...

— Também estou nervosa, Margarete, mas logo estaremos bem.

Olharam em volta e, mesmo que não quisessem, lembraram-se do dia em que chegaram ali e em quanto tinham sofrido. Edite olhou para Margarete e falou:

— Margarete, você se lembra do dia em que chegou aqui?

— Claro que sim, Edite. Eu estava muito triste e sem saber o que fazer com minha vida depois que havia perdido o homem que amara e minha filha que tanto esperei. E o pior: não sabia o que aconteceria com minha vida. Foi um momento muito triste.

— Eu também cheguei aqui desesperada. Não sabia o que fazer e só queria morrer depois que Bárbara me expulsou, não permitindo que eu levasse um vestido sequer ou algum dinheiro. Nunca senti tanta fome como naquele dia. Foi muito triste, sim, mas hoje estamos mudando nossa história, Margarete! Tenho certeza de que será para melhor!

— Assim espero, Edite, embora ainda tenha minhas dúvidas.

— Não vamos pensar no que pode dar errado, Margarete, mas, sim, naquilo que pode dar certo.

— Tem razão, Edite. Precisamos pensar no que vai dar certo e por onde vamos começar. Quando chegarmos à capital, já vai ser no meio da tarde. O que vamos fazer? Onde vamos dormir?

— Quando estive na capital com o coronel e Anastácia, ao chegarmos, havia em frente à estação do trem várias charretes, carroças e até carruagens. O cocheiro que nos atendeu foi muito agradável e solícito. Ele nos disse que, se precisássemos ficar na capital enquanto o coronel estivesse no hospital, nos indicaria um bom hotel. Por isso, espero que não tenhamos dificuldade. Como temos dinheiro, encontraremos um hotel para ficarmos.

— Temos dinheiro, mas não podemos gastar muito logo de início, Edite.

— Sei disso, mas, por amanhã, quando chegarmos, precisaremos ficar em algum lugar. O cocheiro que nos atender talvez conheça algum quarto para que possamos alugar. Não sei, Margarete, vamos esperar e ver o que acontece, e então resolveremos.

Ficaram conversando por mais um tempo e sentiram fome, pois haviam comido só alguns salgadinhos.

— Estou com fome, Margarete. O pior é que não temos o que comer. Pensei que nunca mais sentiria essa sensação.

— Também estou com fome, Edite, mas hoje é diferente; quando o dia amanhecer e o trem chegar, poderemos tomar café no vagão-restaurante.

— Verdade, Margarete. Vamos tomar um café reforçado.

Sorriram e continuaram conversando, até que o sono chegou e, mesmo sem perceberem, encostaram-se uma na outra e adormeceram. Edite acordou e, olhando para a estação, viu que ela estava aberta e que várias pessoas entravam nela. Ansiosa, acordou Margarete, que dormia tranquila.

— Acorde, Margarete, a estação está aberta!

Margarete abriu os olhos e olhou para a estação. Mesmo sem estar totalmente acordada, levantou-se, pegou sua maleta, a sacola e começou a andar. Edite se admirou com toda aquela animação.

— Espere, Margarete! Preciso pegar minhas coisas!

Margarete se voltou e, rindo, disse:

— Desculpe, Edite. Ainda não acordei totalmente.

Edite pegou suas coisas e, juntas, caminharam em direção à estação. Atravessaram a rua e, assim que entraram, viram que havia muitas pessoas. Compraram as passagens, olharam para o relógio e perceberam que faltavam menos de dez minutos para o trem chegar. Depois, sentaram-se em um dos bancos ali perto.

Quando o trem chegou, elas entraram e sentaram-se em um banco de madeira. Embora tivessem dinheiro, acharam melhor não viajar na primeira classe. O trem começou a andar, e as duas ficaram olhando pela janela. Edite disse:

— Estamos deixando uma parte da nossa vida e indo para um destino desconhecido, Margarete. Tomara que tudo dê certo e que nunca mais precisemos ter a vida que tivemos nesta cidade.

— Tomara, Edite, tomara...

# O RECOMEÇO

Meia hora depois que o trem partiu, elas foram para o vagão-restaurante e tomaram café.

Durante a viagem, dormiram e acordaram muitas vezes, pois, apesar de cansadas, a ansiedade não as abandonou.

Um pouco antes da uma hora da tarde, o trem chegou e parou. Elas pegaram as maletas e as sacolas e saíram da estação. Assim que saíram, viram que havia ali várias carroças, charretes e até carruagens. Como não queriam gastar muito, dirigiram-se a uma das charretes que estavam paradas ali, pois as carroças eram usadas para carregar cargas e grande quantidade de malas. Quando chegaram a uma das charretes, um homem se apresentou. Edite disse:

— Acabamos de chegar e precisamos alugar um quarto. O senhor sabe onde poderemos encontrar um?

O homem as olhou de cima a baixo e perguntou:

— Onde estão os maridos de vocês?

— Por que está perguntando isso? — Margarete questionou, indignada.

— Porque, para mulheres sozinhas, é muito difícil alguém alugar casa.

— Por que isso acontece?

— Porque os proprietários não confiam em mulheres sozinhas. Eles têm medo de que possam usar suas casas de maneira suspeita. Ainda mais mulheres jovens e bonitas como as senhoritas.

— Isso é um absurdo. Vamos alugar e temos dinheiro para pagar.

— Também acho um absurdo. Mas é assim que as coisas funcionam.

— Está dizendo que não podemos morar em lugar algum, que teremos de dormir na rua?

— Talvez não. Não poderão alugar uma casa, mas poderão alugar um quarto. Está bem assim?

Elas se olharam, e Edite respondeu:

— Está bem, não podemos ficar na rua. O senhor conhece algum quarto?

— Conheço e fica aqui perto.

— Está bem. Pode nos levar até lá?

— Posso, sim. Entrem — ele disse, pegando as maletas e ajudando-as a subir.

Após elas se sentarem, ele também subiu e colocou o cavalo para andar. Quinze minutos depois, ele parou a charrete em frente a um portão grande, dizendo:

— É aqui. Entrem e, na primeira porta, alguém vai atender as senhoritas.

— O senhor tem certeza de que aqui tem um quarto? — perguntou Edite.

— Tenho, sim, pois assim que um quarto fica vago todos os proprietários avisam aos cocheiros que trabalham na estação. Assim que são alugados, eles voltam a avisar. Faz dois dias que tem um quarto vago aqui. Podem entrar.

— Mesmo assim, o senhor pode esperar até acertarmos com o proprietário, pois, se não der certo ou não tiver o quarto, precisaremos encontrar outro lugar.

— Está bem, vou esperar, mas sei que tem um quarto.

Elas abriram o portão e entraram. Pararam em frente à primeira porta, que estava aberta. Uma mulher que estava sentada diante de uma escrivaninha, ao vê-las, disse:

— Boa tarde. Posso ajudar em alguma coisa?

— Chegamos agora do interior e precisamos de um quarto para ficar. O cocheiro disse que aqui tem um. Ainda está vago? — Edite perguntou.

Assim como o cocheiro fez, a mulher também as olhou de cima a baixo e indagou:

— Os maridos de vocês estão chegando?

— Não temos marido. Minha irmã ficou viúva e eu sou solteira. Viemos para tentar a vida aqui.

— Pretendem ficar por quanto tempo?

— Ainda não sabemos. Depende de conseguirmos um trabalho.

— Trabalham com quê?

— Eu sou costureira e minha irmã é bordadeira.

— É uma boa profissão e, se forem boas, poderei arrumar algumas freguesas. Claro que com uma comissão.

— Ótimo, vamos precisar de toda ajuda possível. Qual é o preço do aluguel?

— Trezentos por mês.

— Trezentos? — Margarete perguntou, demonstrando espanto.

— É mais barato do que é cobrado por aí. Tem outro problema: como são sozinhas, preciso cobrar três meses adiantados. Preciso avisar também que, se depois dos três meses não pagarem no dia combinado, no dia seguinte terão de ir embora. E, claro, se se mudarem antes, não vou devolver o dinheiro.

Elas se olharam, e Edite, sabendo que não tinham alternativas, disse:

— Está bem. Nós aceitamos.

— Assim sendo, aqui está a chave. Fica na terceira porta da direita. Podem ir até lá e, se gostarem, fecharemos o negócio.

Edite pegou a chave e foram em busca do quarto. Chegaram à terceira porta. Edite abriu e viu que o quarto era muito pequeno, mas que era bem melhor do que nada. Voltou-se para Margarete, que estava parada diante da porta com lágrimas nos olhos.

— O que aconteceu, Margarete? Por que está parada e com lágrimas descendo por seu rosto?

— Desculpe-me, Edite, mas estou me lembrando do tempo em que vivi, com Juliano, em um quarto como esse.

— Entendo, Margarete, mas o tempo agora é outro e você também é outra. Agora é diferente, estamos começando uma vida e tenho certeza de que vai dar certo. Vamos ficar com o quarto? Embora seja pequeno, não temos tempo para escolher. Sabemos que, com a chegada do neném, teremos de nos mudar, mas vamos nos preocupar quando chegar a hora. Tenho certeza de que conseguiremos vender os vestidos e o enxoval de criança e ganharemos dinheiro para podermos nos mudar para uma casa maior.

— Está bem, Edite. Como sempre, você tem razão — Margarete disse, enxugando as lágrimas que caíam por seu rosto e sorrindo.

Margarete notou que aquele quarto era como o que morara com Juliano e igual a todos os que existiam nos cortiços: com um fogão a lenha e algumas madeiras no chão, e, ao seu lado, uma pia. Havia, também, um guarda-roupa pequeno, e ainda uma mesa e um armário, no qual estavam pratos e canecas de alumínio. Encostada em uma das paredes tinha uma cama — era a única diferença do quarto onde morara, pois essa era de solteiro. Na parede havia uma bacia grande, que servia para tomar banho. Dois baldes estavam no chão, junto à pia. Margarete abriu a porta do guarda-roupa e viu que havia algumas toalhas de banho, fronhas, lençóis e um cobertor.

— Pelo menos precisaremos comprar pouca coisa, Edite. Aqui tem tudo de que vamos precisar.

Voltaram para conversar com a mulher, que as recebeu com um sorriso.

— E então, gostaram?

— Sim, só tem um problema, precisamos de outra cama de solteiro. Não podemos dormir juntas.

— Não se preocupem. Vou arrumar outra cama. Tiveram sorte.

— Por que está dizendo isso?

— A moça que morava nesse quarto voltou para o interior e, como não conseguiria levar suas coisas, deixou tudo; se quiserem, podem usar também.

— Vamos usar, sim, e obrigada — Edite disse, tirando da cintura uma meia, dentro da qual havia guardado dinheiro. A meia estava presa por dois alfinetes grandes.

Ao ver aquilo, a mulher disse, rindo:

— Sabe se prevenir, moça, e faz bem; nunca se sabe o que pode acontecer, não é?

Edite lembrou-se de que fora Anastácia que a ensinara a fazer aquilo, e respondeu rindo:

— Fui bem ensinada. — Depois, pegou algumas notas e pagou a mulher, que falou:

— Obrigada. Meu nome é Albertina, e, se precisarem de alguma coisa, é só falar. Aqui está o recibo. Não se esqueçam de que não poderão ficar um dia a mais do prazo sem me pagar.

— Está bem, e não se preocupe. Ficaremos o tempo que for preciso e pagaremos em dia.

A mulher guardou o dinheiro, e elas voltaram para o quarto. Assim que entraram, sentaram-se na cama, e Margarete disse:

— Foi muita sorte mesmo a moça que morava aqui ter deixado tudo isso, não foi, Edite?

— Foi, sim, mas o que será que aconteceu para que largasse tudo e voltasse para o interior?

— Acho que nunca teremos essa resposta, Edite. Tomara que também não precisemos voltar.

— Claro que não voltaremos, Margarete! Até agora está tudo dando certo, e Anastácia sempre me disse que, quando planejamos algo que vai dando certo, é sinal de que estamos, também, no caminho certo; e que, quando começa dando errado, é melhor parar e tentar pensar em outra coisa.

— Essa Anastácia era uma mulher muito sábia, não era, Edite?

— Era, sim, e como queria que ela estivesse aqui ao meu lado...

— Ao nosso lado, Edite. Gostaria muito de conhecê-la.

— Bem, vamos ver o que temos de louças e panelas?

Levantaram-se e foram conferir o que realmente havia ali. Viram que tinha uma panela, um caldeirão e uma leiteira. Tinha, também, uma chaleira e um bule com coador, um escorredor de macarrão, quatro pratos, alguns talheres e três canecas de alumínio.

— Bem, Edite, temos tudo de que precisamos para viver. Não precisaremos comprar nada, nem mesmo roupas de cama e toalhas.

— Verdade, Margarete. Falando em toalhas, eu gostaria de tomar um banho, mas como vamos fazer?

— Eu também. Aqui tem esses baldes, lá no fundo deve ter um poço de água e banheiros.

— Você deve saber, mesmo! Morou em um lugar como este, não foi?

— Sim, morei e nem sempre foi ruim. No começo estranhei, mas com o tempo me acostumei. Aliás, é o que acontece com todos nós. Nós nos acostumamos com o bom e com o ruim.

— Bem, temos tudo aqui, só está faltando uma coisa.

— Que coisa, Edite?

— Mantimento, Margarete. O que vamos comer? Estou ficando com fome, pois, quando comemos, ainda não era meio-dia.

— Tem razão, Edite. Pensando bem, também estou começando a ficar com fome. Vamos colocar madeira e acender o fogo. Enquanto a madeira vai acendendo, vamos até os fundos do quintal para pegar água. Depois voltamos, colocamos o balde com água sobre a chapa e, enquanto ela esquenta, iremos conversar com dona Albertina. Ela deve saber onde poderemos comprar mantimentos. Deve ter algum lugar aqui por perto.

— Está certo, Margarete.

Colocaram madeira e acenderam o fogão. Depois, pegaram os baldes e foram para os fundos do quintal. Algumas crianças brincavam no corredor; pararam e ficaram olhando para elas duas enquanto passavam. Ambas riram para as crianças e continuaram a caminhada. Quando chegaram, Edite, rindo, disse:

— Tinha razão, Margarete, aqui está o poço de água e três banheiros, que parecem limpos. Quem será que os limpa?

— Todos os moradores. Eles entregam um papel onde está marcado o dia de cada um. Porém, eu não usava o banheiro. Só usava quando Juliano ficava do lado de fora. Tinha medo de ficar sozinha, pois a qualquer momento algum morador podia aparecer. Quando ele não estava, eu usava o urinol e fazia minhas necessidades. Pensando nisso, não vi se tem um no quarto.

— Quando voltarmos para lá, vamos ver. Também não sinto vontade alguma de usar esses banheiros.

Encheram os baldes com água que tiraram do poço por uma corda enrolada em uma roda de madeira e com uma manivela, por onde puxaram o balde, que era preso à outra ponta da corda. Antes de saírem, Margarete disse:

— Edite, vamos aproveitar que estamos as duas aqui para usarmos o banheiro? Uma cuida da outra.

— Vamos fazer isso, sim, Margarete. Preciso urgente.

— Está bem, entre primeiro que ficarei de guarda.

Primeiro Edite, depois Margarete usaram o banheiro. Em seguida, pegaram os baldes e voltaram para o quarto. Enquanto caminhavam, recebiam e distribuíam sorrisos, mas não conversaram com algumas pessoas que estavam por ali. Quando chegaram ao quarto, colocaram o balde sobre a chapa de ferro que havia sobre o fogão. Edite disse:

— Vamos conversar com a dona Albertina. Não gostei muito dela, mas fazer o quê? Vamos ter de conviver com ela.

Estavam saindo do quarto, quando dois rapazes chegaram trazendo em seus ombros uma cama de solteiro. Um deles falou:

— Dona Albertina mandou que a gente trouxesse esta cama para as moças. Depois de colocá-la no quarto, vamos buscar o colchão.

Elas agradeceram e, depois de a cama ser colocada no lugar indicado e os rapazes saírem, foram até onde dona Albertina estava. Esta, ao vê-las, abriu um enorme sorriso.

— Pois não, moças, precisam de alguma coisa?

— Precisamos, sim, dona Albertina. Estamos precisando comprar alimentos; como não conhecemos a cidade, viemos ver se pode nos ajudar.

— Claro que sim. Na rua atrás desta tem uma quitanda. Lá encontrarão tudo o que precisam.

— Obrigada, dona Albertina. Iremos até lá. — Dizendo isso, elas saíram e foram procurar a quitanda. Encontraram-na, compraram tudo o que precisavam e voltaram. Quando estavam passando pela porta onde Albertina estava, e ao olharem para ela, pararam, pois ela fez com a mão um sinal para que se aproximassem. Elas se aproximaram, e Albertina disse:

— Enquanto estavam fazendo suas compras, fiquei pensando no que disseram. Pretendem costurar, não é?

— Sim, dona Albertina. É isso que pretendemos fazer — Edite foi quem respondeu.

— Percebi que não trouxeram uma máquina de costura. Como pretendem costurar?

— Estamos pensando em comprar uma. A senhora sabe onde poderemos encontrar?

— Sei, sim. Um casal ficou aqui por algum tempo, depois, precisaram se mudar e, como não tinham dinheiro para me pagar, deixaram uma máquina, dizendo que voltariam para buscar. Isso aconteceu há mais de um ano, por isso pergunto: não querem ficar com ela? Posso vender por um preço muito bom.

— Qual é o preço? — Edite perguntou, olhando para Margarete, que acompanhava a conversa.

— O preço do aluguel que eles não pagaram. Trezentos.

— Trezentos?

— Sim. Mas, como sei que estão começando, posso facilitar em três meses. Aceitam?

Edite olhou para Margarete, que respondeu:

— Vamos ficar com ela.

— Ótimo. Vou mandar os rapazes levarem-na lá para o quarto.

— Obrigada, dona Albertina. Depois, traremos a primeira prestação da máquina.

— Podem dar para os rapazes, eles são meus filhos.

— Está bem, obrigada.

Voltaram para o quarto, e logo depois os rapazes chegaram com a máquina e a colocaram no lugar que Edite indicou. Ela deu o dinheiro a eles e, após saírem, Edite, que estava muito alegre, disse:

— Que bom que já temos o começo, Margarete! Estou pensando que, se Anastácia estava certa, tudo o que planejamos vai acontecer, pois, até agora, tudo está dando certo! Estamos tendo muita sorte!

— Tem razão, Edite. O mais difícil seria comprarmos uma máquina, e ela já está aqui. Tomara que nossa sorte continue. Vamos cozinhar. Estou cansada.

— Vamos, sim, Margarete.

Colocaram o arroz para cozinhar, aproveitando a água que estava esquentando sobre o fogão. Fritaram dois ovos, comeram, tomaram banho e, tranquilas, foram dormir.

No dia seguinte, acordaram cedo, tomaram café com leite e pão com manteiga esquentados na chapa quente do fogão.

Depois de se vestirem, foram, novamente, conversar com dona Albertina, que as recebeu com um largo sorriso.

— Bom dia, moças! Posso ajudar de alguma maneira?

— Bom dia, dona Albertina. Pode nos ajudar, sim. Precisamos comprar tecidos e aviamentos para começarmos a trabalhar. A senhora sabe onde poderemos encontrar?

— Sei, sim. Tem uma rua onde poderão encontrar tudo o que precisarem.

— É longe daqui?

— Um pouco, mas, se quiserem, meu filho pode levá-las de charrete. Claro que terão de pagar por isso.

Novamente, voltaram a se olhar. Margarete respondeu:

— Obrigada, dona Irene...

— Meu nome não é Irene. Sou Albertina!

Margarete, lembrando-se de dona Irene, olhou para Edite, que entendeu a ironia da amiga, e sorriu. Ambas estavam comparando Albertina com dona Irene, pois tanto uma quanto outra só pensavam em dinheiro. Margarete continuou:

— Desculpe-me, dona Albertina. Eu me confundi.

— Não tem problema. Vou mandar chamar meu filho.

Dizendo isso, abriu uma porta e chamou o filho, que veio em seguida. A mãe sorriu e falou:

— As moças precisam ir à rua Vinte e Cinco. Você vai levá-las até lá.

— Está bem, mãe. Vou buscar a charrete.

Ele saiu e voltou cinco minutos depois, dizendo:

— A charrete já está aí na frente. Podemos ir quando quiserem.

— Vamos agora mesmo! — disse Margarete.

Saíram acompanhadas pelo rapaz, que era bem falante. Enquanto dirigia a charrete, ia mostrando e comentando sobre os lugares por onde passavam. Depois de algum tempo, cujo decorrer elas nem notaram devido ao deslumbramento, finalmente o rapaz parou a charrete em uma rua muito comprida. Ele desceu e as ajudou a descerem também. Olharam para a rua, que parecia não ter fim. José, o rapaz, falou:

— Existem muitas lojas de tecidos e aviamentos aqui. Podem andar e olhar todas elas. Eu vou ficar por aqui até voltarem. A rua é reta e não tem como se perderem.

Elas começaram a andar e a olhar as lojas, que, realmente, eram muitas. Entraram em uma que apresentava vários rolos de tecidos na entrada. Começaram a olhar os tecidos e perceberam como era difícil escolhê-los, pois todos eram muito bonitos. Edite colocou a mão em um deles e pôde sentir sua textura. Olhou para Margarete, que disse:

— É lindo, Edite. Já estou imaginando o vestido pronto!

— Também achei. Vamos levar cinco metros. Acho que vai ser o suficiente para que eu possa fazer um lindo vestido. Por enquanto, vamos levar só este e ver se conseguiremos vender.

— Tem razão, Edite. Precisamos economizar nosso dinheiro. Agora, preciso ver se encontro cambraia, que é próprio para fazer as camisinhas e casaquinhos para um bebê.

— Vamos conversar com o balconista. Ele deve saber onde está o tecido de que precisa.

Foi o que fizeram. Atrás do balcão havia um senhor que acompanhava todos os passos delas. Assim que se aproximaram, Edite disse que queria o tecido de que gostara. O senhor saiu de trás do balcão, pegou o pesado rolo de tecido e cortou os cinco metros pedidos por ela. Depois, Margarete falou sobre a cambraia, o tecido que procurava. Ele voltou trazendo vários rolos, um de cada cor, e colocou-os sobre o balcão. Elas olharam, e Margarete ficou encantada; não sabia qual cor escolher. Depois de olhar bastante, como não precisaria de muito, escolheu levar o branco, o azul e o rosa. Feliz, o balconista cortou os tecidos e os embrulhou. Fez as contas e deu um papel com o valor. Edite tirou uma nota da meia que estava na cintura e a entregou a ele, que prontamente devolveu o troco. Antes de sair, Edite perguntou:

— Vamos precisar de aviamentos, como linhas para costurar e bordar. E também fitas. O senhor sabe onde poderemos comprar?

— Ali naquela loja do outro lado da rua poderão encontrar tudo o que precisam.

Elas agradeceram e saíram. Quando chegaram à rua, rindo, Margarete disse:

— Edite, você viu como o vendedor falava estranho?

— Percebi. Ele me lembrou do Farid, aquele mascate que sempre vai na casa da dona Irene e que vende coisas lindas.

— Também me lembrei dele.

— De que país será que ele é?

— Não sei, Margarete. Só sei que ele não é brasileiro.

Atravessaram a rua e entraram na loja que o vendedor havia mostrado. Lá dentro, ficaram encantadas com tudo o que viram. Era o sonho de qualquer costureira. Tinha tudo o que precisavam e um pouco mais. Compraram os aviamentos e uma revista com modelos para que Edite pudesse escolher qual iria fazer. Pagaram e saíram. E, como já haviam feito, comentaram que aquele vendedor também falava de maneira igual ao outro.

— Será que em todas as lojas desta rua os vendedores vieram do mesmo país?

— Parece que sim.

Pegaram o caminho de volta para encontrarem José, que as esperava.

— Encontraram tudo o que precisavam?

— Sim, agora podemos ir embora.

Voltaram para o cortiço. Assim que chegaram, Edite abriu o pacote e tirou os tecidos que haviam comprado, estendendo-os sobre a mesa. Depois, pegou a revista e, juntas, escolheram o modelo. Edite desenhou e cortou o tecido, e depois se sentou em frente à máquina de costura. Margarete, por sua vez, cortou o tecido para fazer um casaquinho de bebê, e cada uma começou a fazer sua parte. Dois dias depois, o vestido estava pronto, com rendas e bordados. Acharam que estava lindo. O casaquinho ainda não estava pronto, pois Margarete ainda o bordava, o que levava muito tempo.

— Agora, Edite, como vamos vender e para quem?

— Não sei, Margarete, mas encontraremos uma maneira. Estive pensando que poderíamos voltar àquela rua onde compramos os tecidos. Talvez alguma loja se interesse em comprar para vender.

Pegaram o vestido e foram falar com dona Albertina, que sorriu ao vê-las.

— Bom dia, está tudo bem?

— Está, sim, dona Albertina. Terminei um vestido e pensei em ir até aquela rua à qual José nos levou e tentar vendê-lo em alguma daquelas lojas que existem ali.

— Não sei se vão conseguir. Nunca vi lá alguma loja que vendesse roupas prontas, mas não custa tentar, não é? Posso ver o vestido?

— Claro que sim — Edite disse, desembrulhando o vestido e colocando-o em frente ao seu corpo, para que Albertina pudesse vê-lo por inteiro.

Dona Albertina arregalou os olhos e disse, entusiasmada:

— Ele é lindo! Quanto você vai cobrar?

— Fizemos a conta de quanto gastamos com material, mas não sabemos como cobrar...

— Acho que sei como fazer esse preço. Quanto tempo você levou para costurar?

— Dois dias e pouco.

— Então, vamos colocar cinquenta por cento como mão de obra.

— Não é muito, dona Albertina?

— Não, Edite. Você precisa valorizar o seu trabalho! Tomara que consiga vender logo, para que possa fazer outro ou outros!

— Também estou torcendo para que isso aconteça.

Edite estava dobrando o vestido para embrulhá-lo novamente, quando uma senhora entrou dizendo:

— Bom dia, Albertina.

— Bom dia, Valquíria. Que bom que chegou. Olhe que vestido lindo; essa moça costurou! Ele está à venda — Albertina disse, pegando o vestido das mãos de Edite e dando-o para Valquíria, que, assim que o pegou, colocou-o em frente ao corpo e falou:

— Ele é lindo! Estou precisando, exatamente, de um vestido como este para ir a um jantar! Qual é o preço, moça?

Edite levou um susto e olhou primeiro para Margarete, que também estava espantada, e, depois, para Albertina, que respondeu:

— O valor dele é oitenta.

— Não é caro! É lindo! Vou comprar!

Sem conseguir esconder a satisfação, Edite pegou o vestido de volta e o embrulhou novamente. Depois, entregou-o a Valquíria, que estava radiante pela compra. Tirou da bolsa algumas notas e as entregou para Edite, que, com a mão trêmula, as pegou. Margarete e Albertina fizeram o possível para não demonstrarem a felicidade que estavam sentindo. Depois, Valquíria, olhando para Edite, disse:

— Eu e minhas filhas estamos precisando de alguns vestidos. Vou conversar com elas e, se trouxermos alguns tecidos, poderá costurar?

— Claro que sim, dona Valquíria — Edite respondeu com a voz trêmula.

Valquíria saiu feliz por sua compra. Edite e Margarete se abraçaram por verem que já tinham uma cliente. Naquele instante, Edite se lembrou de Anastácia quando disse que, quando as coisas estão dando certo, é sinal de que o caminho está certo. Após pensar nisso, falou para Margarete:

— Você se lembra de quando eu disse aquilo que Anastácia sempre dizia: que, quando tudo o que planejamos começa dando certo, é porque se está no caminho certo?

— Claro que me lembro, e pensei nisso quando a mulher comprou o vestido e disse que vai querer outros. Estamos no caminho certo, Edite! Graças a Deus!

— O melhor é podermos guardar este dinheiro, pois ela vai trazer o tecido para os vestidos!

— Não acho que devam fazer isso — Albertina disse com a voz forte. — Vocês não iam tentar vender o vestido em uma loja?

— Sim...

— Pois então, Edite. Acho que deveriam pegar uma parte desse dinheiro e comprar um ou dois tecidos para fazerem outros vestidos e depois tentarem vender nas lojas. Não sabem quando Valquíria vai voltar.

Novamente, Edite e Margarete voltaram a se olhar. Margarete disse:

— Ela tem razão, Edite. Estamos felizes, mas podemos tentar ampliar o nosso negócio!

— Está bem, vamos fazer isso. Dona Albertina, o José está livre, agora, para nos levar?

— Está, sim. Vou chamá-lo.

Dizendo isso, abriu a porta que separava aquela sala do resto da casa. Depois de algum tempo, voltou falando:

— José já vem. Espero que comprem lindos tecidos.

Elas sorriram. Logo depois, José chegou. Saíram e ele as ajudou a subirem na charrete que estava parada em frente da casa. Entraram nas lojas que já conheciam e compraram tecidos e aviamentos para costurarem dois vestidos. Felizes, voltaram para casa. Ao entrarem no quarto, foram contar o dinheiro que sobrara depois das compras. Depois de contarem, uma olhou para a outra. Margarete, sorrindo, disse:

— Não gastamos nem a metade, Edite!

— Está ótimo, Margarete! Nosso negócio está apenas começando e, de acordo com Anastácia, estamos no caminho certo.

— Você vai começar a fazer o novo vestido?

— Já são quase três horas da tarde e estou cansada. Andamos muito. Precisamos descansar um pouco e, depois, vamos escolher os modelos.

Foi o que fizeram. Depois que descansaram, escolheram os modelos de acordo com os tecidos e Edite começou a trabalhar. Após três dias, os vestidos estavam prontos e lindos.

— Ficaram lindos, Edite!

— Ficaram mesmo. Como agora já são quase quatro horas, amanhã cedo vamos tentar vendê-los!

— Isso mesmo. Se Deus quiser, vamos conseguir vendê-los.

Edite começou a ajudar Margarete com as roupinhas de bebê, que também estavam quase prontas.

No dia seguinte, pegaram os vestidos e voltaram a conversar com dona Albertina. Assim que ela viu os vestidos, ficou encantada, não só pelos modelos, mas, também, pelo acabamento perfeito.

— Tenho quase certeza de que vocês vão conseguir vender esses dois vestidos! Vou chamar o José para levá-las até lá.

José chegou e elas foram, esperançosas de que venderiam os vestidos rapidamente, porém, após passarem por muitas lojas, não conseguiram vender nenhum. Quase às duas horas da tarde e após andarem muito, resolveram voltar para o cortiço. Estavam tristes e desanimadas. Encontraram José e foram embora.

— O que vamos fazer, Edite?

— Não sei, Margarete. Dona Valquíria não voltou. Precisamos pensar em encontrar outro trabalho. Por enquanto ainda temos dinheiro, mas não vai dar por muito tempo.

— Vamos trabalhar no que, Edite? Eu não sei fazer coisa alguma, nem você!

— Vamos pensar, Margarete. Talvez dona Albertina possa nos ajudar...

Cansadas e desiludidas, chegaram ao cortiço. Contaram a Albertina o que havia acontecido e, triste, Edite falou:

— Precisamos trabalhar em qualquer coisa, dona Albertina.

— Calma! Vocês estão desistindo muito cedo! Valquíria, provavelmente, voltará. Vou conversar com outras amigas. Tenho certeza de que vai dar certo, sim!

— Tomara, dona Albertina. Agora, vamos comer alguma coisa e descansar.

— Façam isso e não se esqueçam de que, quando precisamos, a ajuda sempre vem.

— Esperamos que sim, dona Albertina.

Saíram e, desanimadas, foram para o quarto. Tiraram os vestidos da sacola e os colocaram pendurados em um cabide no lado de fora do armário, para que não amassassem. Margarete ainda tinha tecido para fazer mais roupinhas de bebê, por isso Edite começou a ajudá-la.

Estavam ansiosas para que dona Valquíria viesse com encomendas, mas três dias se passaram e ela não apareceu. Elas estavam preocupadas, pois precisavam encontrar um trabalho, mas não sabiam onde nem o que procurar. Em dado momento, Margarete disse:

— Edite, eu trabalhei como doméstica na casa de dona Irene, aprendi e acho que posso trabalhar nisso! Vou sair amanhã cedo e procurar. Quem sabe eu encontre algum trabalho?

— Não pode fazer isso, Margarete, está grávida!

— Estou grávida, mas não doente. Além do mais, ainda faltam mais de oito meses para a criança nascer. Preciso aproveitar que minha barriga ainda não está aparecendo.

— Não sei, Margarete, mas penso que não seja uma boa ideia. Sinto que algo pode acontecer para nos ajudar...

— Quando vendemos o vestido para dona Valquíria, achei que a Anastácia estivesse com a razão e que tudo daria certo, mas agora vejo que não é bem assim. Deus nem sempre está do nosso lado, pelo menos nunca esteve do meu. Ele tirou meu marido e a minha filha. Acha, ainda, que eu posso acreditar em Deus? Precisamos sobreviver e não adianta ficarmos esperando que a ajuda venha do céu. Vou procurar um emprego e esperar ficar até que minha barriga comece a aparecer.

— Não quero concordar com você, mas não posso negar que já sofreu muito e tem o direito de pensar assim. Faça o que achar certo. Também vou pensar em algo para fazer.

Margarete não respondeu e continuou bordando.

# A AJUDA SEMPRE CHEGA

No dia seguinte, Margarete levantou cedo e saiu. Edite ficou bordando e relembrando tudo o que aprendera com Anastácia e que agora não estava servindo para nada. Embora achasse que Margarete não poderia trabalhar por muito tempo, sentia que ela tinha razão.

Eram quase duas horas da tarde quando Margarete voltou. Estava triste e abatida. Entrou no quarto e, sentando-se na cama, disse:

— Não encontrei emprego algum, Edite. Perguntei para dona Albertina se ela conhecia alguém que precisasse de uma empregada, ela disse que não. Saí andando sem rumo na esperança de ver alguma placa, como encontrei na casa de dona Irene, mas nada. Estou arrasada. O que vai nos acontecer, Edite? — falou, começando a chorar.

Edite, que estava sentada em frente à mesa, levantou-se e, calada, abraçou-a.

— Fique calma, Margarete. Ainda tenho fé de que dona Valquíria voltará! Ela gostou muito do vestido e disse que vai trazer as filhas. Vamos esperar.

— Tomara, Edite, mas não estou acreditando em mais nada. Não vou dizer que estou arrependida de ter saído da casa de dona Irene, pois salvei o meu filho que ainda nem nasceu, mas preciso confessar que estou apavorada, sem saber se conseguirei criá-lo...

Edite ficou sem saber o que falar e manteve-se calada.

Margarete, cansada e desanimada, deitou-se e ficou olhando para o teto, pensando em sua vida e no que poderia fazer dali para a frente. Estavam assim, naquele silêncio, quando ouviram:

— Edite, Margarete! O que estão fazendo aqui?

Elas, ao ouvirem aquela voz conhecida e com aquele sotaque estranho, voltaram-se para a porta, que, por causa do calor devido às brasas no fogão, ficava sempre aberta, e sorriram. Margarete se levantou e Edite quase gritou:

— Eu é que pergunto: o que você está fazendo aqui, Farid?

— Vocês esqueceram que vivo de vender coisas? Sempre venho aqui, neste cortiço e em outros espalhados pela cidade.

— Pensei que só vendesse na nossa cidade!

— Não! Eu moro aqui com meu irmão e, uma ou duas vezes, dependendo das encomendas, vou para o interior, mas a minha maior freguesia é aqui. Eu fiquei surpreso em saber que tinham saído da casa, mas ninguém quis comentar por quê. O que aconteceu?

Elas se olharam e Margarete respondeu:

— Essa é uma longa história...

— Está bem, se não quiserem me contar, eu entendo. O importante é que estejam bem. Que vestidos são estes ali pendurados?

— Foi Edite quem costurou e bordou.

Ele, sem pedir licença, foi até o armário e pegou um dos vestidos nas mãos. Após olhá-lo bem, colocou-o de volta no lugar e pegou o outro. Depois de olhá-lo também, entusiasmado, disse:

— São lindos! Vocês vão a alguma festa?

Ambas riram. Edite foi quem respondeu:

— Não! Estamos tentando vendê-los! Nossa ideia é que possamos fazer disso uma profissão.

Ele continuou olhando os vestidos, depois perguntou:

— Estes já estão vendidos?

— Não. Ainda não conseguimos vendê-los e, na realidade, não temos para quem oferecer. Acabamos de chegar à cidade e não conhecemos ninguém.

— Eu conheço, e já até sei a quem mostrar. Se vocês concordarem, poderei levá-los e tentar vendê-los.

Ambas voltaram a se olhar. Desta vez, quem respondeu foi Margarete:

— Acho que podemos experimentar, não é, Edite?

— Estamos de acordo, Farid. Quem sabe, daqui para a frente, poderemos fazer uma parceria. Não temos a quem oferecer os vestidos. Pode levá-los e tomara que consiga vendê-los.

— Sendo assim, vou levar. Qual o valor que estão pedindo?

Margarete deu o valor e ele aceitou, dizendo:

— Para as pessoas que vou oferecer, esse valor não é muito alto. Acho que vou conseguir vendê-los com facilidade!

Elas riram. Ele pediu que colocassem os vestidos em uma sacola e, em seguida, saiu falando:

— Acredito que voltarei em breve com o dinheiro que pediram.

— Tomara, Farid, tomara... — foi Edite quem falou.

Assim que ele saiu, elas riram diante da esperança de que tudo ficaria bem. Voltaram ao enxoval de bebê, que ainda não estava pronto.

No dia seguinte, tinham terminado. Elas lavaram, passaram e colocaram tudo sobre um banquinho que estava encostado a uma parede. Naquela tarde, para surpresa delas, Valquíria voltou. Trazia em suas mãos um pacote. Enquanto o abria, disse:

— Tenho aqui três cortes de tecido e esta revista, para que possam costurar os vestidos de acordo com esses modelos. Tenho, também, as medidas de cada um deles — disse, abrindo a revista e perguntando: — Conseguem fazer?

Edite pegou a revista e olhou os modelos que estavam nela, Depois respondeu:

— Podemos fazer, sim. Não vejo problema algum.

— Quanto irão cobrar pela costura?

Elas, que nunca haviam pensado a esse respeito, olharam-se, e Margarete, lembrando-se do que Albertina havia dito sobre a mão de obra, deu um valor que, para elas, poderia ser muito. Edite se assustou com o valor, mas ficou calada. Valquíria, ao contrário, nem pestanejou:

— Está ótimo! Quando posso pegá-los?

Margarete, séria, olhou para Edite, que respondeu:

— Na quarta-feira que vem estarão prontos.

— Ótimo, virei pegá-los! — Dizendo isso, saiu. Novamente, elas se abraçaram felizes. Edite pegou os tecidos e os olhou atentamente.

— Vamos começar agora mesmo, Margarete! Eles vão ficar lindos. Pegue o jornal, enquanto eu esvazio a mesa.

Em seguida, Edite riscou e cortou o tecido, e ambas começaram a fazer os vestidos. Trabalharam com muito carinho e felicidade.

Dois dias depois, estavam trabalhando quando Farid voltou e, pelo seu rosto, puderam ver que estava feliz.

— Eu vendi os vestidos rapidamente, só não vim antes porque tinha que fazer outras visitas a alguns clientes. A mulher que os comprou ficou muito feliz e disse que eram muito lindos. Na semana que vem, uma das filhas vai se casar e estavam procurando costureiras! Estou achando que vocês vão fazer sucesso com as pessoas de muito dinheiro!

— Isso é verdade, Farid?

— É, sim, Edite! Estou vendo que estão costurando. Quando vão ficar prontos, para que eu possa levá-los?

— Estes não, Farid. São encomendas, mas, após terminá-los, faremos alguns para você.

— Que bom que tenham encomendas, Edite! Tenho até algumas medidas, pois mostrei os vestidos a outras clientes, mas eles não serviram. Elas mandaram estas revistas com o modelo marcado, as cores preferidas, e pediram que escolhessem os tecidos que mais se adequem aos modelos. Acho que terão de trabalhar por muito tempo! — falou, entregando as revistas.

— Obrigada, Farid! Está nos ajudando muito!

— Não é bem assim, Margarete. Estou colocando cinquenta por cento em cima do preço que vocês estão pedindo. Assim que vi os vestidos, como muitas das minhas clientes haviam falado sobre vestidos diferentes daqueles que tenho levado para elas, percebi que os de vocês seriam vendidos rapidamente. Foi por isso que os levei. Como pensei, eles foram vendidos sem demora e aqui estou, querendo mais.

Elas sorriram. Farid, enquanto falava, viu sobre o banquinho as roupinhas que estavam sobre ele e perguntou:

— Estas são roupas de bebê?

— São, sim, fui eu quem bordei e coloquei as fitas e rendas.

Ele pegou as roupinhas e ficou encantado com o bordado, as fitas e rendas. Animado, perguntou:

— Pretende vender, Margarete?

— Sim, foi por isso que fiz este enxoval. Precisamos de dinheiro e só temos este caminho, costurar e bordar.

— Posso levar tudo isso? Tenho uma cliente que está grávida e acho que ela vai se interessar. Estão lindas as roupinhas!

Margarete não pôde conter sua felicidade e, rindo, respondeu:

— Claro que pode levar, e tomara que consiga vender!

Em seguida, ela pegou as roupinhas e as embrulhou em papel de seda, entregando-as a Farid, que, feliz, foi embora.

# UNIDAS PELA FELICIDADE

Seis meses se passaram. Elas trabalharam muito. Embora tivessem conseguido guardar algum dinheiro, ficaram com medo de mudar para uma casa maior e mais confortável, pois o aluguel seria maior e temiam que as encomendas terminassem e não tivessem dinheiro suficiente para pagá-lo.

A barriga de Margarete começou a aparecer. Em uma das visitas de Farid, ele percebeu e pensou: "Será que esse foi o motivo de elas terem saído da casa das mulheres?" Assim que entrou no quarto, ele, olhando sério para Margarete, disse:

— Margarete, agora estou entendendo o motivo de vocês estarem aqui. Quando essa criança vai nascer?

Ela, um pouco constrangida, respondeu:

— Sim, foi esse o motivo. Resolvi, junto com Edite, ter essa criança. Ela vai nascer daqui a três meses.

— Três meses? Com uma criança recém-nascida, vocês não podem continuar morando neste quarto pequeno e quente. Precisam de uma casa maior, onde a criança poderá nascer e viver tranquila.

— Esse é o nosso sonho, mas não temos como pagar um aluguel maior e temos medo de que as encomendas terminem ou fiquem menores.

— Os vestidos e o enxoval de vocês são bonitos e de boa qualidade, sempre terão muita encomenda. Precisam se mudar daqui!

— Não podemos nos arriscar. Aqui, pelo menos, temos um teto e dinheiro para pagar por ele.

— Moro com minha mãe e dois irmãos em uma casa grande, e estou terminando outra casa nos fundos do quintal para ser alugada. Ficará pronta imagino que em mais um mês. Ela tem dois quartos, uma sala e cozinha. Quando ficar pronta, se quiserem, poderão alugá-la. Os cômodos não são muito grandes, mas são maiores do que estes.

Margarete olhou para Edite, que respondeu:

— Gostaríamos muito, Farid, mas, como Margarete disse, não temos garantia de que nossas encomendas continuem.

— Tenho certeza de que terão muitas encomendas, afinal, eu sou responsável pela maior parte delas. Além do mais, uma coisa eu sei: nenhuma criança pode ser criada em um lugar como este!

— Também pensamos assim, e, já que tem tanta certeza de que teremos dinheiro para pagar, vamos aceitar, não é, Margarete?

Margarete, com lágrimas nos olhos, respondeu:

— Vamos, Edite, e seja o que Deus quiser. Obrigada, Farid.

— Fico contente com essa decisão. Afinal, essa casa é para alugar mesmo; que seja para vocês, que conheço e sei que pagarão direito.

Elas riram e tomaram café que Edite acabara de coar.

Como combinado, um pouco antes de um mês, a casa ficou pronta e Farid as levou até lá para conhecerem o lugar e ver se concordavam com o aluguel. Assim que viram a casa, ficaram encantadas, pois, embora fosse pequena, era bem maior do que o quarto em que viviam até então. Aceitaram o valor do aluguel. Como tinham um pouco de dinheiro, compraram de um amigo de Farid, a prestação, duas camas com colchões, um armário e uma mesa grande para poderem trabalhar, além de um berço, louças e panelas. De Farid, compraram, também, roupas de cama e toalhas. Com tudo comprado, felizes, voltaram para o quarto e, antes de se mudarem, foram conversar com Albertina, que, embora já tivesse visto que Margarete estava grávida, nunca comentara sobre o assunto.

Assim que entraram no local em que Albertina sempre ficava, Edite disse:

— Bom dia, dona Albertina. Como a senhora já deve ter notado, Margarete está grávida e a criança nascerá em breve, por isso, precisamos nos mudar.

— Eu já tinha pensado que isso aconteceria, Edite. Realmente, o quarto onde estão morando não é grande o suficiente para que uma criança seja criada. Para onde vão se mudar?

— Farid tem uma casa para alugar, nos ofereceu e nós aceitamos.

— Como é ele quem mais tem clientes para vocês, acho que sabe o que está fazendo e vocês também. Desejo muita sorte para vocês e para essa criança. Só posso dizer que fiquei muito feliz com vocês aqui e que espero que não precisem, mas, se precisarem, estarei sempre pronta para recebê-las de volta.

— Obrigada, dona Albertina. Somos nós que precisamos agradecer.

Voltaram para o quarto. Colocaram em caixas suas coisas e esperaram por Farid, que havia avisado que esvaziaria a carroça com a qual trabalhava e voltaria com ela para levar a mudança. Ele chegou e ajudou a pegar as coisas, e foram embora.

Assim que chegaram, conheceram Samira, mãe de Farid, que as recebeu com um largo sorriso e, com aquela maneira diferente de falar, disse:

— Que bom que chegaram. Farid está muito feliz, e eu também. Sejam bem-vindas! Estou vendo que logo teremos uma criança aqui no quintal! Isso é muito bom. Seu marido vem depois?

Margarete ficou abalada e sem saber o que responder. Farid, percebendo o constrangimento dela, respondeu:

— Ele morreu, mãe! Ela vai criar a criança sozinha e com a ajuda da irmã. Não é, Edite?

— É, sim, Farid! Vamos criar essa criança juntas!

— Criar filho sem pai é muito difícil.

— Nós vamos conseguir, e este bebê será muito feliz. Agora, podemos entrar? — Edite perguntou, para encerrar aquela conversa.

Farid entendeu e abriu a porta, por onde elas entraram. Depois, juntos foram até a carroça e pegaram as caixas que ainda estavam lá. Depois, com a carroça já vazia, Farid e sua mãe saíram. Ao ficarem sozinhas, Edite e Margarete deitaram-se em suas camas. Não conseguiam esconder a felicidade que estavam sentindo. Margarete, olhando para Edite, falou:

— Não sei o motivo, Edite, mas estou me lembrando de Anastácia, quando disse a você que, quando as coisas estão certas, tudo dá sempre certo. Estamos no caminho certo!

— Também pensei nela, Margarete, e como gostaria de saber o que aconteceu com ela. Gostaria muito que estivesse aqui...

— Quem sabe, um dia, você poderá voltar para a fazenda e trazê-la para morar aqui.

— Para isso, preciso ter dinheiro, mas confio que, um dia, eu possa fazer isso.

# ALGO IMPENSADO ACONTECE

❀ ❀ ❀

O tempo foi passando. Continuaram tendo muito trabalho. Quando sobrava algum tempo, elas se dedicavam a fazer o enxoval da criança de Margarete. Tudo caminhava bem, até que, em uma noite, Margarete acordou sentindo dor nas costas. Aguentou por um bom tempo, achando que havia dado um mau jeito. Quando percebeu que aquela dor não era estranha para ela, pois já havia tido duas crianças, chamou baixinho:

— Acorde, Edite!

Edite acordou e, assustada, perguntou:

— O que aconteceu, Margarete?

— Estou com muita dor. Acho que a criança vai nascer...

— Meu Deus! O que vamos fazer, Margarete?

— Preciso ir para a Santa Casa...

Enquanto se levantava e colocava um vestido, Edite falou:

— Vou chamar o Farid. Ele tem a carroça e pode nos levar até a Santa Casa.

— Faça isso, Edite. Estou com medo de que minha criança nasça aqui em casa...

Sem responder, Edite saiu correndo e foi até a casa da frente, onde morava Farid. Com força, bateu na porta, chamando por ele, que, assustado, levantou-se e abriu a porta.

— O que aconteceu, Edite? Por que está tão nervosa?

— Margarete acha que a criança vai nascer e precisa ir para a Santa Casa!

— Espere um pouco, vou me trocar e pegar o cavalo e a carroça para levar vocês.

Ela voltou para o quarto e ajudou Margarete a se vestir. Depois, pegou uma maleta e colocou roupas de Margarete e da criança.

Farid voltou logo depois.

— A carroça está lá na rua. Consegue andar, Margarete?

— Sim, com a ajuda de vocês. A dor está muito forte.

Eles, cada um de um lado, seguraram-na e a conduziram até a rua. Depois a ajudaram a subir na parte de trás da carroça. Edite correu para a casa e pegou um travesseiro e um cobertor. Voltou para a carroça e ajeitou Margarete, para que ficasse o mais confortável possível. Seguiram rápido.

Farid, preocupado, fez com que os cavalos andassem rapidamente. Por fim, chegaram à frente da Santa Casa. Ele desceu e correu para a entrada do hospital. Conversou com um homem que, apressado, pegou uma cadeira de rodas e foi até a carroça. Com a ajuda de Edite e Farid, Margarete foi tirada da carroça e entraram no hospital. O homem entrou por uma porta. Edite e Farid, após fazerem a ficha de Margarete, sentaram-se e ficaram esperando.

Meia hora depois, uma enfermeira saiu pela porta e perguntou:

— Quem está acompanhando a paciente Margarete?

Eles se levantaram com rapidez. Ela, ao vê-los, aproximou-se e disse:

— Está tudo bem com ela, mas a criança vai demorar algumas horas para nascer. Por isso, acho melhor irem embora e só voltarem às três horas da tarde, que é a hora da visita.

— Podemos ficar aqui até a tarde?

— Poder, podem, senhorita, mas vai ser uma longa espera. Nada poderão fazer. Por isso, acho melhor que voltem mais tarde, mas vocês é que decidem.

Dizendo isso, sorriu e voltou a entrar pela porta pela qual havia saído. Edite olhou para Farid, que estava muito nervoso, e perguntou:

— O que vamos fazer, Farid?

— Não sei. Será que vai demorar tudo isso mesmo?

— Acho que sim, Farid. Ainda são duas horas da manhã. Podemos ir para casa e amanhã, quando voltarmos, a criança já terá nascido e Margarete estará bem.

Decidiram ir embora. Claro que não conseguiram dormir bem. Estavam ansiosos para que amanhecesse. Na tarde daquele dia, foram para o hospital. Assim que chegaram, foram informados de que a criança havia nascido e de que estava no berçário. Eles, felizes, foram para o quarto onde Margarete estava. Assim que chegaram, ela, sorrindo, olhou para Edite e disse:

— É uma menina, Edite, e é linda!

— Que bom, Margarete! Já que está bem, vou até o berçário para poder vê-la! Quer ir também, Farid?

— Claro que quero!

Assim falando, saíram rapidamente do quarto. Assim que chegaram ao berçário, após falarem com a enfermeira, ela disse:

— Vou mostrar a criança. Poderão ver pelo vidro aí do lado.

Eles sorriram e foram para a frente do vidro.

A enfermeira pegou uma criança e mostrou a eles. Edite se emocionou e começou a chorar. Nem a enfermeira nem Farid entenderam o motivo daquele choro e sorriram.

A enfermeira colocou a criança no berço e saiu para conversar com eles. Olhando para Farid, disse:

— Sua filha é linda e se parece com o senhor.

Ele olhou para Edite, que também o olhava, e falou:

— Obrigado! Realmente é linda e estou muito feliz!

Ao ouvir aquilo, Edite olhou, admirada, para Farid, mas ficou calada.

Voltaram para o quarto. Margarete estava com os olhos presos na porta para ver como estariam depois de ver a menina.

Edite, com lágrimas nos olhos, disse:

— Ela é linda, Margarete! Fiquei emocionada quando a vi e agradecida a Deus por ter feito com que ela nascesse linda e perfeita.

— Verdade, Edite! Também fiz isso e acredito que, quando decidimos o que fazer a respeito da vida dela, apesar de todos os problemas que tivemos, foi a melhor decisão que podíamos ter tomado.

— Verdade, Margarete. Apesar de que nossas dificuldades não foram muitas; encontramos pessoas que nos ajudaram na nossa jornada, e até você, Farid, foi muito importante. Chego a pensar que nunca estivemos sozinhas, sempre tivemos ajuda, tanto dos vivos como dos mortos. Anastácia sempre disse que Deus manda seus anjos, tanto do céu como os daqui da terra, para nos ajudar em momentos difíceis.

— Pode ser, mas, no princípio, eu só as ajudei porque, quando vi a qualidade e a beleza dos vestidos, sabia que ganharia muito dinheiro.

— Por que disse *no princípio*, Farid?

— Porque, com o passar do tempo, fui vendo que vocês eram boas pessoas e, quando vi que Margarete estava esperando criança, entendi o que havia acontecido e o motivo de terem saído daquela casa. Estou feliz por ter ajudado para que esta linda menina nascesse.

— Por que você disse à enfermeira que era o pai dela, Farid?

— O que está dizendo, Edite? — Margarete perguntou, curiosa.

Edite contou o que havia acontecido e terminou dizendo:

— Farid falou com tanta segurança que até eu acreditei — Edite falou, rindo.

— Por que fez isso, Farid?

— Não sei, Margarete. Na hora pensei no que a enfermeira pensaria ao saber que você não tinha marido e que iria criar a menina sozinha. Você sabe que, na sociedade, uma mulher sem marido não tem valor.

— Confesso que nunca pensei isso, Farid. Sei que posso criar minha filha sem problema algum...

— Sei disso, mas você não pode negar que, infelizmente, o preconceito existe e é cruel.

Margarete olhou para Edite, que indicou com a cabeça que concordava com Farid.

— Entendo o que você fez, Farid — Margarete continuou —, mas não podemos negar que não tenho marido e que ela vai, sim, ser criada por mim e por Edite.

— Está bem. Desculpe-me pelo que fiz.

— Não precisa pedir desculpas, Farid. Entendo sua preocupação e fico feliz pelo que fez.

Mudaram de assunto e começaram a falar sobre a menina. Quando chegou a hora do fim da visita, prometeram que voltariam no dia seguinte e nos outros, até que chegasse o dia em que Margarete receberia alta.

Isso foi feito e, no dia marcado, eles voltaram ao hospital e levaram Margarete e a menina para casa. Quando chegaram e após terem colocado a menina no berço, Farid disse:

— Ela precisa ser registrada, Margarete. Quando pretende fazer isso?

— Ainda não tinha pensado nisso, Farid. Vamos esperar alguns dias para que eu fique mais forte. Depois, faremos isso — disse olhando para Edite, que concordou com a cabeça.

Farid sorriu e saiu. Assim que as deixou sozinhas, Edite, olhando para a menina que dormia tranquilamente, falou:

— Ela parece um anjo, Margarete. Espero que possamos criá-la com tudo o que precisar.

— Vamos criar, Edite. Temos uma profissão que vai nos garantir isso.

— Tenho certeza disso, Margarete, mas Farid tem razão. O preconceito existe e ela, por não ter pai, poderá sofrer na escola e em outros lugares. Você não se casou com Juliano e, como mulher, não pode registrar sua filha. Sabe que apenas o homem pode fazer isso.

— Isso não é justo, Edite! Ela é minha filha e sou responsável por ela. O que vou fazer para poder registrá-la?

— Também acho que não é justo e espero que, com o tempo, isso mude. Porém, por enquanto, é assim, mas não vamos nos preocupar com isso agora. A semana que vem, quando se sentir mais forte, vamos ao cartório e diremos que, embora você não tenha um documento, foi casada com Juliano e que ele morreu. Talvez consiga registrá-la no nome dele. Falando nisso, já pensou em qual nome vai dar a ela?

— Estive pensando nisso, Edite. O que acha se a chamarmos de Olívia? Sei quanto você gostava dela...

— Eu gostaria muito, porém Olívia era, apesar de ser minha amiga, sempre muito fútil, só se preocupando com a beleza e o próprio corpo. Não quero isso para nossa menina. Quero que seja uma mulher forte e decidida, que saiba escolher o melhor para si e para os outros.

— Está certa, mas não acredito que o nome possa determinar isso.

— Está bem, você é a mãe e sei que sempre fará o que achar melhor para sua filha.

— Tudo bem, Edite. Vamos pensar mais um pouco a respeito do nome.

Os dias se passaram e Margarete sentia-se bem e forte. Resolveram que era hora de ir até o cartório para registrar a menina, e que o nome dela seria Ana Maria. Chamaram Farid para que ele as levasse até o cartório. Assim que ele chegou, Margarete lhe contou qual era sua intenção e terminou dizendo:

— Precisamos dar um nome para a nossa menina. Poderia nos levar até o cartório?

— Claro que sim. Estive pensando muito nisso. Antes, porém, preciso fazer um pedido a você, Margarete.

— Que pedido?

— Gosto de você desde quando eu ia à casa da dona Irene. Porém, nunca quis falar com você, porque achei que não aceitaria qualquer coisa nesse sentido. Mas agora é diferente. Não quero que você passe por um constrangimento no cartório. Por isso, tenho um pedido para fazer a você.

— Que pedido?

— Quer se casar comigo? Assim poderei dar o meu nome para a Ana Maria.

Margarete sentiu um tremor passar por seu corpo. Olhou para Edite, que estava com a menina nos braços, e não precisou dizer coisa alguma. Edite entendeu aquele olhar e falou:

— Não posso decidir por você, Margarete. Você é quem precisa decidir. Embora acredite que, se a nossa menina tiver o nome do pai, seria muito bom para ela. O que decidir, para mim, será a melhor decisão.

Dizendo isso, saiu da sala. Assim que ela o fez, Farid pegou as mãos de Margarete.

— Sei que está surpresa, mas não poderia deixar passar este momento. Sei que não gosta de mim e que nunca pensou em se casar comigo, mas garanto que, se aceitar, nunca vai se arrepender, pois vou fazer tudo o que estiver ao meu alcance para que tanto você como Ana Maria sejam felizes. O que me responde?

— Não sei, Farid. Realmente nunca pensei em me casar novamente. Para ser sincera, nunca achei que isso seria possível. Nunca pensei em você como meu marido. Estou sem saber o que fazer.

— Não precisa responder agora, mas também não precisa registrar a menina hoje. Pode esperar mais alguns dias. Assim, terá tempo para pensar e decidir. Não exijo que me ame, apenas que goste um pouco de mim. Sei que, com o tempo, passará a gostar. Sei também que nunca vai se arrepender.

Margarete estava tremendo. Mil coisas passavam por sua cabeça. Naqueles minutos, lembrou-se de Jaime e de Juliano. Lembrou-se de quanto havia sido amada e amara. Depois de algum tempo, falou:

— Vou pensar, Farid. Sei que essa sua oferta para mim e para minha filha é muito boa. Sei que se ela tiver o nome do pai no registro não terá problema algum em sua vida. Vou pensar, Farid...

— Está bem. Quando tiver uma resposta, me avise.

Ele saiu e encontrou Edite, que caminhava pelo quintal com a menina no colo. Passou por ela e sorriu, sem nada dizer. Edite, curiosa, entrou em casa, onde encontrou Margarete, que, também ansiosa, contou a ela o que havia conversado com Farid. Terminou dizendo:

— Não sei o que fazer, Edite. Ele é um homem bom e trabalhador. Embora não o ame como amei Juliano, e até Jaime, sei que serei feliz junto dele. Por outro lado, já passei por tanta coisa, que já não sou mais aquela menina sonhadora, e acho que aquele amor esperado não passa de um sonho juvenil.

— Acho que você tem razão. Com Farid, sua vida mudará muito e a Ana Maria poderá ter uma vida tranquila. Não posso decidir por você, por isso, faça o que achar certo.

— Já pensei e só vou aceitar se ele aceitar que você continue vivendo conosco. Não posso abandonar você, minha amiga.

— Não se preocupe comigo, Margarete. Também já não sou mais aquela menina que nada entendia da vida. Hoje, cresci e sei que minha vida vai caminhar. Por isso, não coloque a minha presença como empecilho para a sua caminhada. Nesse momento, sou obrigada a pensar nas coisas que Anastácia sempre falava.

— Que coisas, Edite?

— Ela dizia que todos nós, quando nascemos, temos um caminho e uma missão para cumprir. Acho que minha missão ao seu lado foi ajudar para que Ana Maria nascesse. Então, agora, minha missão foi cumprida. Portanto, faça o que achar melhor. Se Farid não aceitar a minha presença com vocês, não haverá problema algum. Já vivi o suficiente para saber que, de alguma maneira, um novo caminho surgirá em minha vida.

— Mesmo tendo dito isso, nunca vou abandoná-la. Você é mais do que uma amiga, é minha irmã.

— Está bem, mas acho que está na hora de Ana Maria mamar. Ela já começou a acordar.

Margarete sorriu e, recostando-se na cama, preparou-se para dar de mamar a Ana Maria, que já estava impaciente. Enquanto a menina mamava, Edite pegou um corte de tecido e começou a cortar outro vestido. Margarete, por sua vez, em silêncio, pensava no que deveria fazer. Edite também pensava no que faria com sua vida, pois, mesmo que Farid aceitasse a presença dela ao lado deles, não se sentiria bem.

No fim da tarde, Farid, como fazia todos os dias, assim que voltava do trabalho, foi até a casa delas. Encontrou as duas trabalhando, enquanto Ana Maria dormia no berço. Assim que ele chegou, Edite disse:

— Margarete, vou até o armazém comprar arroz, que está faltando.

Margarete, sabendo da intenção dela, sorriu e disse:

— Está bem. Faça isso.

Edite saiu. Farid ficou calado, com medo da resposta que Margarete teria para ele. Ela foi até o fogão, pegou uma caneca e colocou café, depois ofereceu a ele, que aceitou prontamente.

Enquanto tomava o café, ficou olhando para ela e esperando que dissesse alguma coisa. Ela pegou uma caneca de café para ela também, sentou-se a sua frente e disse:

— Refleti muito na proposta que você me fez. Preciso dizer que nunca pensei em você dessa maneira. Por outro lado, sei também que uma mulher na minha condição jamais encontraria um homem disposto a dar o seu nome para minha filha. Não posso dizer que o amo, mas também não desgosto de você. Porém, não posso ser sua mulher, Farid.

— Por que, Margarete? Sei que não gosta de mim da mesma maneira que gosto de você, mas garanto que, com o tempo, aprenderá a gostar.

— Não tenho dúvida disso, mas existe outra razão.

— Que razão?

— Você não sabe o que aconteceu em minha vida.

— Não me interessa, Margarete! Sei o que sinto por você e que teve uma vida diferente, e hoje é uma mulher de bem.

— Não posso me casar com você porque já sou casada, Farid.

— Como? O que está dizendo?

— Sou casada, Farid, e, por isso, não poderemos nos casar. Nunca comentei sobre isso, mas vou contar agora o que aconteceu comigo e o motivo de eu ter ido para a casa de dona Irene.

— Acha que precisa mesmo me contar, Margarete? Nada do que disser fará com que eu mude de ideia. Quero ficar com você e cuidar de Ana Maria.

— Obrigada, Farid, mas preciso contar.

— Está bem, já que insiste, conte.

Margarete contou tudo o que havia acontecido em sua vida, inclusive o abandono de seu filho. Terminou dizendo:

— Como pode ver, não sou a mulher da qual você pensa gostar. Tenho um passado triste e de difícil entendimento.

— Sinto muito por tudo o que você passou. Como todos, teve acertos e erros, mas conseguiu se libertar de tudo. Tem agora uma filha linda e que precisa ser criada. Acredito que poderemos ser felizes, Margarete.

— Sendo assim, aceito a sua proposta. Sinto que poderá dar certo e que seremos uma família.

— Está dizendo que aceita ser minha mulher?

— Sim, com uma condição.

— Que condição?

— Não posso abandonar Edite. Ela esteve ao meu lado e me ajudou a preservar a vida da minha filha em um momento em que pensei em não deixá-la nascer. Ela não tem ninguém na vida. Por isso, não seria certo nem justo se eu a abandonasse.

— O que está dizendo? Nunca pensei em você sem Edite ao nosso lado!

— Ainda bem que pensa assim. Portanto, por isso que acabou de dizer, aceito ser sua esposa e prometo que farei tudo o que estiver ao meu alcance para fazer você feliz...

— Estou feliz, Margarete. Sei que nunca pensou nisso, nem que me ama, mas sei, também, que com o tempo vai me amar, pois farei tudo para que isso aconteça, e pode ter certeza de que, com o tempo, vai passar a gostar muito de mim!

— Tenho certeza disso, Farid. Só por aceitar e gostar da minha filha, já tenho essa certeza.

Ele, timidamente, aproximou-se dela e a abraçou com muito carinho. Ela se aconchegou a ele e, fechando os olhos, agradeceu a Deus por ter colocado aquele homem em sua vida.

Edite chegou e, pelo olhar deles, percebeu que haviam chegado a um acordo.

Ao vê-la entrando, Margarete, sorrindo, disse:

— Eu e Farid chegamos a um acordo e vamos nos casar, e você vai continuar ao nosso lado.

— Fico feliz por vocês e tranquila por saber que Ana Maria terá um lar feliz. — Em seguida, abraçou os dois.

— Bem, já que está tudo certo, vou conversar com minha mãe. Ela ainda não sabe da minha decisão e sei que essa notícia não vai ser bem aceita por ela.

— Por que está dizendo isso, Farid?

— Como sabe, somos libaneses e muçulmanos. Em nosso meio, não é permitido o casamento entre pessoas que não tenham a mesma origem e religião. Sei que vai dar muito trabalho, mas, no final, eu a convencerei, e a meus irmãos, de que minha decisão não tem volta.

— Não quero causar problemas entre você e sua família, Farid.

— Não se preocupe com isso, Margarete. Esse assunto é meu e vou resolvê-lo.

Dizendo isso, ele saiu e foi conversar com sua mãe. Margarete, sorrindo, abraçou-se a Edite, dizendo:

— Ele é um homem bom, Edite, e tenho certeza de que será um bom marido e pai! Estou muito feliz!

— Também estou feliz por você, Margarete, e mais ainda por Ana Maria. Desejo toda a felicidade a vocês.

— A nós, Edite! Você faz parte da nossa família!

— Obrigada, Margarete, mas acho que a minha missão junto a você terminou. Ana Maria nasceu e será criada com muito amor. Quanto a mim, não se preocupe.

— O que está querendo dizer, Edite?

— Estive pensando sobre nossa vida. Conseguimos guardar uma boa quantidade de dinheiro e poderei tentar um novo caminho.

— Está dizendo que vai me abandonar, Edite?

— Nunca abandonaria você, Margarete. Somente vou tentar viver sozinha. Farid tem uma boa clientela e vai continuar vendendo os meus vestidos, portanto, poderei viver muito bem. Não se preocupe, estarei sempre por perto, mas agora você vai precisar iniciar uma nova vida e tem que fazer isso sozinha, sem a minha presença. Você e Farid não se conhecem e precisam de um tempo para que isso aconteça. Será melhor que seja somente entre vocês. Não posso continuar aqui.

— Não diga isso, Edite! Não vou ficar com ele se isso significar que você vai embora!

— Não se preocupe, Margarete. Tudo vai ficar bem. Já há algum tempo tenho pensado muito em Anastácia. Preciso saber o que aconteceu com ela e se está bem. Ela foi muito importante em minha vida. Estou pensando em ir até a fazenda.

— Vai ter coragem de voltar a encontrar Bárbara?

— Sim, Margarete, e por que não? Hoje sou uma mulher diferente. Consegui sobreviver à maldade que ela fez comigo. Portanto, não tenho medo algum de encontrá-la. Não pretendo ficar ali, minha única preocupação é com Anastácia.

— Pensando bem, acho que você tem razão, e, se precisar, e ela quiser, terá como cuidar de Anastácia.

— Então, está tudo certo. Assim que tudo ficar bem entre você e Farid, vou até a fazenda e, como Anastácia sempre disse, seja tudo o que Deus quiser.

— Está bem, desde que me prometa que, se precisar, voltará...

— Prometo. Pode ficar tranquila.

Após se abraçarem, foram cuidar de Ana Maria, que acordou e começou a chorar.

Enquanto isso, Farid entrou em sua casa. Sua mãe estava junto ao fogão. Ele foi até o fogão e pegou uma caneca, onde colocou café. Sua mãe admirou-se de ele estar àquela hora em casa; perguntou:

— Por que não foi trabalhar hoje, Farid?

— Estava resolvendo um assunto importante, mãe.

— Que assunto?

— Vou me casar.

— O quê? Vai se casar? Quando, com quem?

— Com Margarete.

— Margarete? Ela não é muçulmana nem libanesa!

— Nada do que falou me importa, mãe. A religião ou a nacionalidade não podem servir para separar duas pessoas que se amam.

— Como não? Ela não conhece nossa religião nem nossos costumes. Além do mais, se você fizer isso, não será aceito junto a nossos amigos!

— Não me importa o que nossos amigos vão dizer. Aqueles que realmente forem nossos amigos entenderão e a receberão bem.

— Ela tem uma filha sem pai! Não pode fazer isso! Não pode envergonhar a nossa família!

— Não vou envergonhar ninguém, mãe! Só vou ser feliz. Quanto a sua filha não ter um pai, isso será resolvido rapidamente. Vou registrar a menina como se fosse minha.

— Você está totalmente louco, Farid! Não pode mudar assim! Eu e seus irmãos também seremos atingidos!

— Não serão, mãe! Vocês não podem ser atingidos por uma decisão que é só minha!

Nervosa, Samira saiu da cozinha e foi andar pelo quintal. Ela não conseguia entender nem aceitar que aquilo estivesse acontecendo.

Farid continuou sentado e tomando café. Depois de algum tempo, Samira voltou e disse:

— Estive pensando. Você, até hoje, sempre foi um bom filho e irmão. Sei que não vai ser fácil contarmos para nossos amigos, mas não posso condenar você, meu filho. Essa moça parece ser uma boa pessoa e não gostaria que você morasse com ela antes do casamento.

— Embora eu tenha dito que vou me casar com ela, mãe, isso não é verdade. Não podemos nos casar, porque ela já é casada.

— Casada? Como assim? Ela não disse que era viúva?

— Disse, mas na verdade é casada com outro homem que não é o pai da menina.

— Não pode ser, Farid! Como você quer a minha bênção para uma união como essa? Essa mulher não é digna de confiança!

— Por que, mãe? Apesar de tudo, não podemos julgar, porque não sabemos como foi a vida dela. Todos cometem erros e acertos, mãe! Eu gosto dela e tenho a certeza de que poderemos ter a nossa família e de que seremos felizes.

— Não posso aceitar isso, Farid! Vai contra tudo o que aprendi durante toda a minha vida!

— Está bem, mãe. Já entendi que essa nossa conversa não vai dar em lugar algum. Vou sair e a senhora terá tempo para pensar no que vai fazer. Esta casa é minha, fui eu quem a construiu para nossa família. Por isso, se não for possível a senhora e meus irmãos aceitarem Margarete como minha mulher, vou me mudar com ela, e a senhora e meus irmãos poderão continuar morando aqui. Não pretendo obrigar a senhora a aceitar a minha decisão, mas também não vou perder a minha felicidade, que está no fato de poder viver ao lado da mulher que escolhi!

Dizendo isso, ele saiu e foi para a casa onde Margarete e Edite moravam. Quando chegou, viu que Margarete estava amamentando Ana Maria e Edite estava costurando. Assim que entrou, disse:

— Conversei com minha mãe a nosso respeito, Margarete, e, como eu havia previsto, ela não ficou feliz. Por isso, talvez tenhamos de nos mudar.

— Por que, Farid?

— Para minha mãe, e com certeza para meus irmãos e amigos, não será fácil aceitar. Eles são presos à religião e à cultura árabes, que proíbem a união entre religiões e nacionalidades diferentes. Esta casa é minha. Eu a construí para nossa família. Não seria justo eu fazer com que eles precisem escolher entre aceitar você ou terem de se mudar. Por isso, nós é que vamos nos mudar. Amanhã mesmo vou procurar um lugar para nós. É o certo!

— Não quero causar problemas entre você e sua família, Farid...

— Não se preocupe com isso, Margarete. Sei o que estou fazendo e nada fará com que eu mude de ideia. Sempre gostei de você, desde que a vi na casa de dona Irene, só nunca me declarei porque não ficaria bem, pois todas as moças que moram lá são minhas clientes. Vamos ficar juntos e ninguém poderá evitar isso.

— Está bem. Faça o que achar melhor para todos nós.

Ele sorriu e saiu. Edite, que durante todo o tempo ficou ali calada e ouvindo, assim que ele saiu, disse:

— Pelo que vi, Farid está mesmo disposto a ficar ao seu lado, Margarete. Agora sei que tanto você como Ana Maria estarão protegidas. Por isso, preciso cuidar da minha vida.

— O que está dizendo, Edite? Você sempre esteve ao meu lado e quero que continue!

— Como disse a você, tenho pensado muito em Anastácia. Hoje estou bem e, se ela quiser, poderei trazê-la para morar comigo.

— Tem certeza de que é isso mesmo que quer?

— Tenho, Margarete. Não sei o motivo, mas acho que ela precisa da minha ajuda.

— Está bem, sendo assim, só posso aceitar. Porém, se precisar da minha ajuda, não se preocupe em me procurar.

— Está bem. Pode ter certeza de que farei isso. Quando eu voltar, vou até sua casa com Anastácia para que possa conhecê-la.

— Ainda não sei onde vou morar. Farid vai procurar um lugar.

— Não se preocupe, Margarete. Só vou embora depois que Farid encontrar um lugar para vocês morarem e, assim, com o endereço, quando eu voltar poderei encontrar você.

— Está bem. Já que foi isso que decidiu, não vou me opor. Tomara que encontre Anastácia bem.

— Obrigada por entender e aceitar.

Edite voltou à máquina de costura, e Margarete pegou Ana Maria no colo.

Naquela mesma tarde, Farid chegou e, por seu rosto, podia se ver que estava feliz.

— Encontrei uma casa muito boa, Margarete! Ela tem dois quartos e um banheiro ao lado da porta de saída da cozinha. Conversei com um patrício e ele me alugou. Está tudo certo e amanhã mesmo poderemos nos mudar. Acho que vocês se sentirão muito bem nela!

— Isso é muito bom, mas Edite resolveu que irá embora.

— Embora? Por quê? Eu nunca pensei em ficar com Margarete e abandonar você!

— Sei disso, Farid. Você é um bom homem e sei que fará Margarete e Ana Maria felizes. Por isso mesmo, posso ir embora tranquila. Sinto que uma grande amiga, de quem gosto muito, como se fosse minha mãe, está precisando de ajuda e resolvi, já que Margarete estará bem, ir ao encontro dela.

— É isso mesmo que você quer? Não é por minha causa?

— Sim, Farid, é isso que quero. Preciso do novo endereço para que, quando voltar, possa visitá-los e contar tudo o que aconteceu nesta minha viagem.

— Está bem. Aqui está o endereço — Farid disse, escrevendo em um papel o endereço.

Edite pegou o papel e, sorrindo, falou:

— Amanhã à noite vou embarcar para a minha cidade e descobrir o que aconteceu com Anastácia.

# VOLTANDO AO PASSADO

No dia seguinte, um pouco antes das nove horas, Edite estava sentada em um dos bancos da estação. Preocupada, pensava: "Como será que encontrarei a fazenda? Não sei se Bárbara vai permitir que eu entre ou que veja Anastácia. Pensando bem, ela pode não permitir que eu fique lá, mas não pode impedir que eu veja Anastácia. Isso ela não pode fazer!"

Continuou ali, pensando naquilo que poderia acontecer, mas com a certeza de que, se Anastácia quisesse, poderia voltar com ela para a capital e, juntas, viverem na paz.

O trem chegou e ela entrou. Sentou-se em um dos bancos junto à janela. Lembrou-se do dia em que naquele mesmo trem voltou para a fazenda, levando a urna funerária com seu coronel tão amado.

Durante a viagem, foi se lembrando de como havia sido sua vida até ali. "Por quanta coisa passei! Quantos caminhos percorri! Por quantos momentos de tristeza e até de desespero passei! Conheci Olívia, que muito me ajudou e que se tornou minha melhor amiga. De repente, ela partiu e me deixou sozinha. Como é estranha essa vida. Será que nunca conseguiremos ser felizes completamente? O que será de minha vida daqui para a frente?"

Ficou ali pensando por mais algum tempo, até que finalmente adormeceu.

Acordou e olhou para o relógio. "Ainda faltam mais três horas? Estou com fome. Vou até o vagão-restaurante tomar um chá para que possa dormir mais um pouco".

Levantou-se e se dirigiu ao vagão-restaurante. Sentou-se em um dos bancos. Um garçom se aproximou. Ela pediu um chá com bolachas e, após terminar de comer, voltou à sua poltrona, ajeitou-se e dormiu novamente.

Quando acordou, olhou para o relógio e viu que faltavam menos de quinze minutos para chegarem à sua cidade. Sorriu. Pegou a maleta com poucas roupas, apenas o suficiente para ficar alguns dias.

Logo depois, o trem parou. Ela pegou sua maleta e desceu. Assim que saiu da estação, olhou para a rua que levava à casa de dona Irene, sorriu e pensou: "Como será que estão lá? Não sei, mas também não posso me preocupar com isso. Graças a Deus, consegui me livrar e tenho, hoje, uma vida segura".

Caminhou em direção ao ponto das carroças e charretes. Como acontecia todos os dias, assim que o trem chegava, havia muitas estacionadas. Aproximou-se de uma charrete e, assim que o cocheiro a viu, abriu um sorriso.

— Bom dia, moça. Que bom ver a senhorita voltando para a nossa cidade! Seja bem-vinda!

Ela tentou se lembrar do nome dele, mas não conseguiu. Apenas sorriu.

— Obrigada. Também estou feliz por ter voltado. O senhor poderia me levar até a fazenda do coronel?

— Claro, senhorita. Vou ajudá-la a subir.

Com uma das mãos, ele pegou a maleta, e, com a outra, ajudou-a a subir. Depois, também subiu e colocou o cavalo para andar.

Enquanto a charrete ia por aquela estradinha tão sua conhecida, Edite pensava: "Naquele dia em que Bárbara me expulsou, eu estava tão triste e desolada, sem saber para onde ir e o que seria da minha vida. Não imaginava qual seria meu novo rumo. Graças a Deus que, apesar de tudo, eu venci. Estou voltando e espero que Bárbara me permita ver Anastácia e que ela esteja bem".

Continuou pensando até que a charrete entrou pela porteira da fazenda. Seu coração começou a bater acelerado. Ao mesmo tempo que estava feliz por ter voltado, também temia o que iria acontecer.

Assim que o cocheiro parou a charrete e a ajudou a descer, ela disse:

— Por favor, espere um pouco. Não sei se vou ficar algum tempo ou terei de voltar para a cidade.

— Fique tranquila, senhorita, não vou sair daqui.

Ela sorriu e olhou para a porta da frente, que se abriu. Avistou então Anastácia, que, ao vê-la, sorriu e desceu a escada para abraçá-la.

— Menina! Que bom que voltou! Durante todo esse tempo, não passou um dia em que eu não me lembrasse de você! Estou muito feliz!

— Também estou feliz por ver e abraçar você, Anastácia!

— Você já não é mais aquela menina! Já é uma mulher e está linda!

Edite sorriu e abraçou Anastácia com mais força. Assim que se separaram, Anastácia, sem conseguir disfarçar sua felicidade, falou:

— Entre, menina, deve estar cansada da viagem!

— Estou, sim, mas Bárbara vai permitir que eu entre?

— Não se preocupe com isso. Entre que vou lhe servir um café e, enquanto o tomamos, vou lhe contar tudo o que aconteceu depois que você foi embora.

O cocheiro pegou a maleta e entrou atrás delas, perguntando:

— Posso ir embora ou preciso esperar, senhorita?

Anastácia foi quem respondeu:

— Pode ir embora, moço, ela vai ficar aqui por muito tempo!

Edite, surpresa, olhou para Anastácia, que sorriu.

— Fique tranquila, está tudo bem.

Edite, sorrindo, pagou o cocheiro, que feliz foi embora.

Assim que entrou, olhou por toda a sala e lembrou-se dos bons momentos que tinha passado ali ao lado de Anastácia e do coronel. Anastácia, ao perceber que ela estava emocionada, disse:

— Sente-se que vou pedir a Martinha que coloque mais uma xícara para que possa tomar seu café.

Só nesse momento foi que Edite viu que a mesa estava colocada para duas pessoas. Estremeceu.

— Tem certeza de que está tudo bem mesmo, Anastácia? Bárbara vai permitir que eu fique aqui e tome do seu café?

— Já disse que não precisa se preocupar, Edite. Sente-se!

Assim dizendo, Anastácia entrou pela porta que levava à cozinha. Logo depois, voltou acompanhada por Martinha, que, ao ver Edite ali, correu para ela e gritou:

— É verdade mesmo que a senhorita voltou?

Edite, ao vê-la sorrindo, também se levantou e a abraçou.

— Voltei, sim, Martinha, mas não vai ser por muito tempo; só queria rever vocês, mas parece que está tudo bem.

— Está sim, senhorita! — disse ela, abraçando Edite com muita força, que, também feliz, retribuiu o abraço.

Edite voltou a se sentar e Martinha foi para a cozinha. Anastácia sentou-se ao lado dela e disse:

— Sei que está com muita curiosidade em saber o que aconteceu depois que foi embora. Fique tranquila, Bárbara não está aqui.

— Não está? O que aconteceu?

Quando Anastácia ia começar a falar, entrou na sala um senhor que, ao vê-las, surpreso, disse:

— Bom dia!

— Bom dia, doutor. Esta moça é Edite, de quem já lhe falei muito.

— Bom dia, Edite! É um prazer tê-la aqui.

Edite, surpresa, respondeu:

— Bom dia e obrigada por me receber.

— Seja bem-vinda — disse ele, sentando-se em uma das cadeiras. Após sentar-se, continuou falando: — Anastácia fala tanto sobre você que eu tinha muita curiosidade. Pensei em procurá-la, mas não sabia por onde começar. O Brasil é muito grande!

— Tem razão. Por muito tempo, eu pensei em voltar para ver como Anastácia estava, mas confesso que tive medo. Agora estou em boas condições e, se ela quiser, poderá ir embora comigo.

— Fique tranquila; se ela quiser, não me oporei. A propósito, meu nome é Leonardo e sou o dono da fazenda.

— Dono? Como isso aconteceu?

Ele, sorrindo, falou:

— Agora está na hora de tomarmos café, depois Anastácia contará o que aconteceu.

Começaram a tomar o café que Martinha, assim que ouviu a voz do patrão, correu para servir. Enquanto isso, Edite pensava: "O que será que aconteceu para que Bárbara tenha vendido a fazenda?"

Assim que terminaram, Leonardo levantou-se e, sorrindo, disse:

— Preciso ir até a plantação e também vou deixar que vocês fiquem sozinhas para que possam conversar.

— Bom trabalho, doutor, e obrigada pela sua compreensão.

Ele sorriu e saiu. Assim que ficaram sozinhas, Anastácia também se levantou, dizendo:

— Vamos para a varanda, Edite, pois lá poderemos conversar com tranquilidade. Tenho muito para contar a você.

Edite se levantou e acompanhou Anastácia, que, assim que voltou a se sentar, disse:

— Como pode ver, Edite, o nosso patrão é um homem muito bom e aqui na fazenda está tudo bem. Eu estou muito feliz.

— Fico contente com isso, Anastácia. Durante todo esse tempo, sempre estive muito preocupada com sua situação, mas não consegui voltar antes.

— Imaginei isso, Edite, e também sempre me preocupei em saber como você estava depois daquele dia horrível. Mas, pelo que estou vendo, você está muito bem.

— Hoje, estou bem, mesmo, Anastácia; graças a você, consegui.

— A mim? O que eu fiz?

— Você me ensinou a costurar, e essa foi minha saída de um momento desesperador.

— O que aconteceu com você, menina?

— Depois eu conto, mas estou curiosa por não encontrar Bárbara aqui. O que aconteceu?

— Um mês depois que você foi embora, ela chegou para mim e disse:

— *Estou indo embora, Anastácia. Não consigo ficar nem mais um minuto neste fim de mundo.*

— Eu fiquei surpresa, Edite, embora soubesse que ela, durante o tempo que havia passado aqui, nunca se sentiu bem. Parecia sufocada, e sempre nervosa, gritando e ofendendo a todos nós. Preocupada com aquela notícia, perguntei:

— *Vai embora? Mas como vai ficar a fazenda?*

— *Eu a vendi a um senhor que diz adorar morar em uma fazenda. Ele chegará daqui a dois ou três dias. Ainda bem, assim poderei voltar à minha vida e fugir deste marasmo! Não aguento mais ficar aqui!*

— *Será que ele vai ser um bom patrão?*

— *Não sei e não quero saber! A única coisa que quero é ficar o mais longe possível daqui! Já fiz o que precisava ser feito, afastei daqui aquela mulher que só explorou meu pai!*

— Ao ouvir aquilo, senti um aperto no coração, Edite, pois sabia que era mentira. Pior ainda: não sabia o que havia acontecido com você nem por onde andava.

— Como ela foi má, Anastácia...

— Foi, sim, Edite. Ela tirou as próprias conclusões, sem imaginar que seu pai havia sido muito feliz enquanto viveu ao seu lado. Pessoas como ela não imaginam que alguém possa fazer o bem sem se preocupar com pagamento. Para ela, somente o dinheiro interessa. Daquele dia em diante, ela mudou. Começou a arrumar as malas e já não gritava mais nem brigava com todos nós como antes. No dia seguinte, foi embora, sem esperar pelo novo dono. Como ela havia dito, depois de três dias, uma charrete parou em frente à porta da entrada. Ao ouvir o barulho dos cavalos, saí para ver quem era que havia chegado. Atrás da charrete, havia uma carroça com malas e caixas. Da charrete, desceu esse homem bonito que você viu. Assim que o vi, fiquei impressionada com o seu porte e pensei: "Que homem bonito! Parece ter menos de trinta anos". Ele, descendo da carroça e sorrindo, disse:

— *Bom dia, você deve ser a Anastácia. Eu sou Leonardo, o novo dono da fazenda. A antiga proprietária deve ter falado a meu respeito.*

— *Bom dia, doutor. Ela falou, sim! Seja bem-vindo.*

— *Obrigado. Antes que minhas malas sejam tiradas da carroça, preciso que me mostre qual vai ser o meu quarto, para que minhas coisas possam ser colocadas nele.*

— *Poderá ser o quarto que o senhor quiser! Vamos entrar, para que possa olhar todos.*

— Eu mostrei a ele todos os quartos. Ele olhou um por um e escolheu o que era do coronel. Os carregadores trouxeram as caixas e deixaram no quarto. Mais tarde, eu guardei as roupas. Ele pediu que eu deixasse as outras caixas para que ele mesmo guardasse as coisas. Depois, voltou à sala e, sentando-se, disse:

— *Agora, vamos conversar, Anastácia. Preciso saber em que condições se encontra a fazenda.*

— Eu disse a ele que, depois que o coronel morreu, a fazenda estava abandonada, pois Bárbara nunca prestou atenção ou tentou administrá-la. Ele ouviu atentamente e, em seguida, saiu da casa. Eu fiquei ali pensando no que aconteceria dali em diante na fazenda. Depois de algumas horas, ele voltou e, ao entrar, falou:

— *Anastácia, andei por toda a fazenda e conversei com vários trabalhadores. Percebi que nem tudo está perdido. Acredito que em pouco tempo conseguiremos consertar tudo.*

— Durante muitos dias, ele ficou quase o dia inteiro junto aos trabalhadores e dando ordens. Comigo, sempre teve muito respeito e me tratou com atenção. Aos poucos aprendi sua rotina e procurei não interferir nos seus passos. Além do mais, percebi que tudo caminhava bem. Em uma tarde, depois de voltar da roça, ele pediu que eu servisse um café para que pudéssemos conversar. Estranhei, pois ele não costumava fazer isso. Sempre que voltava, ia para seu quarto e só retornava na hora do jantar. Prontamente, pedi que Martinha servisse o café. Ela atendeu e, depois de ter colocado a mesa, saiu. Ele se levantou, sentou-se e pediu que eu me sentasse também. Eu, um pouco preocupada, sentei-me. Ele, enquanto se servia, disse:

— *Andei conversando com algumas pessoas e me disseram que havia uma moça que morava aqui, de quem o coronel gostava muito e que, depois que ele morreu, foi expulsa pela filha dele, sem poder levar coisa alguma. Isso é verdade?*

— *É sim, doutor. Foi muito triste. Bárbara a acusou de ter sido amante do pai e de só estar ao lado dele por causa de dinheiro, mas isso não era verdade. Edite é quase uma menina, que só trouxe felicidade ao coronel e a todos nós. No começo era meio tímida, mas com o tempo foi se soltando e fez com que o coronel deixasse o sofrimento que sentia pela falta da filha, que nunca se aproximou dele e só escrevia quando precisava de dinheiro. O carinho e a atenção com que Edite sempre o tratou fizeram dele uma pessoa feliz. Ela, assim como todos nós, sofreu muito* quando ele morreu daquela maneira tão rápida. Quando Bárbara chegou, logo que a vi olhando para Edite, percebi o ódio que sentia pela menina, o qual não conseguia esconder. Depois, ela obrigou Edite a ir embora levando apenas a roupa do corpo. Foi muito triste, doutor.

— Onde essa moça está?

— Não sei. Bárbara nunca permitiu que alguém a procurasse. Por isso, não sei o que aconteceu com ela ou onde está. Ela saiu daqui tão desesperada que tenho medo de que algo ruim tenha lhe acontecido.

— Vou escrever para alguns amigos e pedir que procurem por ela. Não sei se vai ser possível, mas vamos tentar.

— Obrigada, doutor. Preciso muito saber o que aconteceu com ela...

— Vamos fazer isso. Agora, vamos tomar o café?

— Ele fez o que disse, Edite. Conversou com amigos e começaram a procurar por você, mas não a encontraram.

— Eu estava bem perto daqui, Anastácia.

— Como assim? Onde você estava?

Edite contou tudo o que havia ocorrido e terminou dizendo:

— Isso foi o que aconteceu. Como pode ver, Anastácia, percorri um longo caminho. Conheci coisas que, quando morava aqui, não imaginava que existissem.

— Meu Deus, Edite. Nunca pensei que estaria tão perto. Nem mesmo o doutor pensou em procurar você em uma casa como essa que descreveu. Aliás, eu nem sabia que isso existia.

— Nunca tive coragem de voltar, Anastácia, com medo de me reencontrar com Bárbara. Hoje, graças a você, estou muito bem. Tenho muitas freguesas e dinheiro para me manter. Por isso, voltei para ver se você quer ir comigo para a capital.

— Obrigada, Edite, mas estou bem aqui. Sabe que gosto de viver na fazenda e, além do mais, o doutor precisa de mim. Eu me tornei, mais que amiga, quase sua mãe. Ele me trata muito bem, não só a mim, mas a todos os moradores daqui.

— Estou feliz por isso, Anastácia. Durante todo esse tempo, sempre fiquei muito preocupada com você. Conhecia a maldade do coração de Bárbara e tinha medo de que ela tivesse feito algo ruim com você.

— Não fez, Edite. Ela veio até aqui para punir você, depois foi embora como se nada tivesse acontecido. Vendeu a fazenda por um preço muito baixo, sem saber se quem a tinha comprado seria uma pessoa boa ou não. O que ela queria era sumir daqui o mais rápido possível.

— Não entendo o motivo de tanto ódio, Anastácia. Eu só fiz o pai dela feliz...

Ficaram conversando e, distraídas, não perceberam que o tempo havia passado e que estava quase na hora do almoço. Leonardo chegou e, ao vê-las ali, sorrindo, disse:

— Bem, parece que estão colocando a conversa em dia.

— Estamos, sim, doutor. Temos muito para conversar.

— Imagino. Agora, vamos almoçar? Estou morrendo de fome.

— Vamos, sim, doutor. O almoço já deve estar pronto.

Entraram e sentaram-se. A mesa estava colocada para três pessoas. Logo depois, Martinha entrou carregando uma panela. Voltou trazendo outras, e após se retirou. Em seguida, começaram a comer.

Enquanto se alimentavam, Leonardo perguntou:

— Então, senhorita, pretende ficar aqui por quanto tempo?

— Na realidade, eu só vim para visitar Anastácia. Por isso, pretendo ir embora talvez amanhã.

— Não precisa ir embora tão rápido. Sei que Anastácia ficará feliz com sua presença aqui. Espero que, quando for embora, deixe seu endereço, assim sempre poderemos nos corresponder.

— Hoje, isso não vai ser possível, pois não tenho um endereço.

— Como não? Todos têm um endereço — disse ele rindo.

— Verdade, mas eu morava com uma amiga e ela se casou. Não quis ficar morando com eles. Vim até aqui para ver se Anastácia estava bem ou se queria ir embora comigo, para que eu alugue uma casa maior para nós duas, ou apenas um quarto para mim.

— Não tem onde morar, menina?

— Não, Anastácia, mas tenho condições de arrumar um lugar. Como estou vendo que você está bem e que não quer ir comigo para a capital, quando voltar, poderei alugar um lugar pequeno, sem problema algum.

— Sendo assim, senhorita, pode ficar aqui pelo tempo que quiser. Acredito que tenha vontade de rever os amigos que deixou por aqui. Conversei a seu respeito com algumas pessoas e todos estão com muita saudade da senhorita. Disseram que pretendem fazer uma festa, como antes, para homenageá-la. Notei que é muito querida aqui por todos.

— Obrigada, doutor. Também tenho muito carinho por todos.

— Sendo assim, precisa ficar até o dia da festa. Sei que, se ficar, vai fazer muitas pessoas felizes.

— Obrigada, doutor. Confesso que ficar aqui por alguns dias vai me fazer feliz também.

Ele sorriu e continuaram a comer.

Assim que terminaram, Leonardo se levantou e, desculpando-se com um sorriso, foi para o seu quarto.

Anastácia e Edite ajudaram Martinha a tirar a mesa, depois voltaram para a varanda e continuaram a conversar.

— Ele é simpático, agradável, Anastácia.

— Simpático? Ele é muito bonito! E, além de simpático, é um ótimo administrador. Todos os trabalhadores gostam muito dele! Com seu jeito, rapidamente colocou a fazenda para funcionar sem problema algum.

— Fico feliz por todos vocês e pelo coronel, pois sei que, de onde estiver, deve estar feliz.

— Está, sim, menina, ainda mais vendo você aqui novamente.

Edite sorriu. Estavam conversando e nem perceberam que o tempo havia passado, por isso, se assustaram quando Leonardo se aproximou, depois do seu descanso. Ao vê-las, sorriu:

— Ainda estão conversando? Embora eu saiba que devem ter muitos assuntos para colocar em dia.

Ambas sorriram. Martinha se aproximou trazendo uma jarra com limonada e copos. Sorrindo, Leonardo colocou o suco no copo para os três e falou:

— Estive pensando, Edite. Não quer ir comigo até a plantação para rever seus amigos? Acho que ficarão felizes.

Edite olhou para Anastácia, que, sorrindo, fez com a cabeça dizendo que sim. Ela se levantou e falou:

— Gostaria muito. Como o senhor disse, deixei muitos amigos aqui e gostaria de revê-los.

Os dois saíram e Anastácia ficou olhando eles se afastarem. Depois, entrou em casa e foi falar com Martinha, que sorriu ao vê-la.

Enquanto isso, Leonardo e Edite caminhavam. Ela corria o olhar por todos os lugares, lembrando-se do amor que o coronel sentia por tudo ali.

— Está muito calada. No que está pensando, senhorita?

— Estou me lembrando de quantas vezes fiz este mesmo caminho ao lado do coronel. Ele ficava muito feliz.

— Imagino. Ele fez um ótimo trabalho aqui. Você parece estar muito feliz por ter retornado.

— Estou, sim. Aqui eu vivi o tempo mais feliz da minha vida.

Continuaram andando e chegaram ao local onde moravam os trabalhadores. As casas, embora fossem feitas com madeira, eram pintadas de branco com portas e janelas em azul. Assim que chegaram, uma das mulheres que moravam ali, ao vê-la, quase gritou:

— A senhorita voltou? Isso é muito bom!

Ela falou tão alto que as outras mulheres, que estavam dentro de casa, também saíram e, ao verem Edite, correram para ela e a abraçaram, felizes.

Depois dos abraços, Leonardo falou:

— Vou até a lavoura, mas vejo que precisam conversar. Logo mais eu volto e poderemos retornar para casa, senhorita.

Edite sorriu e ele se afastou. As mulheres queriam saber o que havia acontecido com ela depois daquele dia horrível em que Bárbara a havia expulsado daquela maneira tenebrosa.

Edite contou que havia conhecido Margarete, sem dizer onde nem como. Depois disse que, com Margarete, tinha começado a costurar, o que havia dado certo, e que, agora, tinha voltado somente para levar Anastácia dali, mas que percebera que ela não queria ir embora.

— Ninguém quer, senhorita. O doutor é um ótimo patrão, diria até que é igual ou melhor que o coronel. Que Deus o tenha.

— Fico feliz por todos.

— Quanto tempo vai ficar aqui, senhorita?

— Não vou ficar muito. Como não sabia o que ia acontecer, já comprei minha passagem para amanhã à noite.

— Precisa ficar mais alguns dias. Hoje é terça-feira e podemos fazer um churrasco no sábado!

— Não sei. Não trouxe roupas para todos esses dias — Edite disse sorrindo.

— Anastácia pode cuidar disso. Ela costura num instante!

— É verdade, vou falar com ela para ver o que acha.

— Ela vai querer, senhorita, com certeza.

Continuaram ali, rindo e conversando. Algum tempo depois, Leonardo voltou e, ao vê-las tão alegres, aproximou-se e disse:

— Pelo que estou vendo, a conversa está muito boa.

Todas se voltaram para ele. Maria Antônia, a mais falante, comentou:

— A gente estava com muita saudade dela. Sempre foi muito boa para todas nós.

— Fico feliz por isso.

— Dissemos a ela que poderia ficar até o sábado, para comemorarmos sua visita com um churrasco. Antes, porém, precisamos saber se o senhor concorda com isso e se pode fornecer a carne.

— Claro que sim. Afinal, nem sempre temos uma visita tão ilustre — disse ele, olhando para Edite e sorrindo.

Em seguida, saíram caminhando. Ao chegarem a casa, Edite contou a Anastácia o que havia acontecido.

— Que bom, Edite, assim você vai ficar por mais alguns dias.

— Só tem um problema, Anastácia. Eu não trouxe roupas, pensei em ficar apenas algumas horas...

— Não tem problema algum, Edite. Quando vi a atitude de Bárbara, escondi a maioria das suas roupas e só deixei algumas para que ela jogasse fora. Guardei, também, todas as joias que o coronel deu a você. Venha, vamos até o meu quarto. Está tudo lá.

— Você fez isso?

— Fiz, sempre acreditei que um dia você voltaria.

Foram juntas até o quarto de Anastácia, que tirou de seu guarda-roupa vestidos e demais roupas, e foi colocando-as sobre a cama. Edite ficou muito feliz e foi colocando um vestido depois do outro na frente de seu corpo, olhando-se no espelho de corpo inteiro que havia ali.

Depois voltaram para a sala e tomaram o café da tarde.

Os dias passaram e o sábado chegou. Logo cedo, Anastácia e Edite foram ajudar na preparação do churrasco. A alegria de todos era evidente.

Na hora do almoço, comeram, beberam e riram muito.

À tarde, enquanto caminhavam de volta para casa, foram conversando. Anastácia não conseguia esconder sua felicidade por ter Edite ali.

— Estou feliz por tudo o que aconteceu hoje, mas estou triste porque, agora, você vai embora, Edite.

— Embora? Por quê? — perguntou Leonardo.

— Eu preciso. Já fiquei muito tempo. Preciso retomar minha vida. Tenho clientes que estão esperando a minha volta, além de precisar encontrar um lugar para morar.

— Por mim, não precisa ir embora, senhorita. Eu e Anastácia estamos felizes com sua presença, não é, Anastácia?

— Verdade, doutor. Por mim, minha menina nunca mais iria embora. Fique mais um tempo, Edite...

Edite, emocionada, falou:

— O senhor tem certeza disso, doutor?

— Tenho, sim. Não precisa me chamar de doutor, meu nome é Leonardo.

— O meu também não é senhorita, é Edite...

— Tem razão. De hoje em diante vamos usar o nosso nome. Para felicidade de Anastácia e minha, peço que fique mais algum tempo, a não ser que não goste mais de viver em uma fazenda.

— Eu adoro a fazenda. Aqui sempre me senti protegida.

— Pois bem, está proibida de ir embora! — Leonardo disse rindo.

Edite olhou para Anastácia, que ria.

— Está bem, vou ficar um pouco mais. Temos muito que conversar, não é, Anastácia?

— É sim, menina! Vou ficar muito feliz com você aqui.

Chegaram. Assim que entraram em casa, Leonardo falou:

— Antes do jantar, podemos tomar limonada e conversarmos na varanda? A tarde está agradável...

Elas concordaram e, enquanto eles se sentavam nos bancos que havia ali, Anastácia foi até a cozinha pedir que Martinha preparasse a limonada.

Sentados um em frente ao outro, Leonardo comentou:

— Edite, você parece estar feliz aqui.

— Estou, sim. Adoro viver na fazenda.

— Por que não fica aqui para sempre? Estou dizendo isso porque também sempre gostei de morar na fazenda do meu pai e só fui embora porque ele exigiu que eu me formasse como advogado, mas eu sempre quis voltar.

Anastácia voltou e se sentou. Calada, ficou ouvindo os dois conversando. Edite, curiosa, perguntou:

— Por que não voltou antes?

— É uma longa história. Fui para São Paulo estudar em uma grande faculdade de Direito. Lá conheci Amélia e logo nos apaixonamos. Confesso que, ao lado dela, pouco me lembrei da fazenda. Estudamos e terminamos juntos. Ela era filha de um empresário no ramo de tecelagem.

— Era? Não é mais? — Edite perguntou.

— Infelizmente, não é mais.

— Como assim?

— Quando nos formamos, pelo conhecimento que o pai dela tinha, fomos trabalhar com um advogado renomado. Ficamos por dois anos e nos dedicamos muito, não só a trabalhar, mas muito mais em colocar na prática aquilo que havíamos aprendido na teoria. Nesse meio-tempo, resolvemos nos casar, o que foi aceito com felicidade pelas duas famílias. Depois do casamento, ficamos trabalhando por mais algum tempo no escritório, até que o advogado-chefe do escritório nos chamou, pois tinha algo para nos comunicar. Juntos, entramos em sua sala e, ao nos ver, ele pediu que nos sentássemos. Nós o fizemos e ele disse:

— *Vocês estão aqui há mais de três anos, acho que chegou a hora de terem o próprio escritório.*

— Nós nos assustamos.

— *Como assim?* — Olhei para Amélia e vi que ela também estava preocupada. Gostávamos de trabalhar ali e nunca pensamos em ter o nosso próprio escritório. Ele continuou:

— *Como sabem, temos muitos clientes no Rio de Janeiro que nos consultam para vários problemas jurídicos, mas, agora, estão surgindo lá advogados muito bons e estamos perdendo nossos clientes, por isso, resolvi que preciso ter um representante meu ali e pensei em vocês.*

— *Em nós?* — perguntei assustado.

— *Sim, em vocês. Durante o tempo em que trabalharam aqui, vi quanto aprenderam e como são dedicados. Muitos dos clientes que vocês atendem são do Rio de Janeiro. Tenho certeza de que se darão muito bem.*

— *O senhor tem certeza?* — perguntei.

— Tenho, claro que tenho, senão, não estaria fazendo esta proposta. Vocês darão conta e muito bem do escritório e dos clientes. Sei que continuarão atendendo os nossos clientes e conseguirão outros.

— Temos tempo para dar uma resposta? — indaguei. — Toda nossa vida e nossas famílias estão aqui.

— Claro que sim. Usem o tempo que precisarem e, se não aceitarem, não haverá problema algum, continuarão trabalhando aqui.

— Obrigado, doutor. Vamos conversar.

— Eu e Amélia saímos da sala aturdidos. Sou filho único; minha mãe, quando percebeu que eu não voltaria mais para a fazenda, depois de muito tempo, convenceu meu pai a vendê-la e a ir para onde estávamos. Ela achava que não valeria a pena ficar na fazenda sem me ter por perto. Ela é um pouco possessiva. Ainda bem que gostou de Amélia. As duas sempre se deram muito bem. Sabendo disso, fiquei preocupado com a reação dela ao saber que iríamos embora. Depois de conversarmos muito, eu e Amélia resolvemos que deveríamos aceitar o desafio. Sabíamos que seria difícil, mas sabíamos também que tínhamos capacidade de levar para a frente aquele trabalho. No final, depois de decidirmos que iríamos, fomos falar primeiro com os pais de Amélia e depois com os meus. Os pais dela ficaram, a princípio, preocupados, mas, diante de nossos argumentos, aceitaram, com a promessa de que todos os meses voltaríamos para visitá-los. Com meus pais foi um pouco mais difícil, pois, depois de meu pai ter vendido a fazenda para que pudessem ficar perto de mim, não queriam aceitar que eu ficasse longe novamente. Depois de muito conversarmos, finalmente, também aceitaram e foi assim que nos mudamos para o Rio. Encontramos um escritório já montado com tudo o que precisávamos para começar a trabalhar. No começo foi difícil, mas, com o passar do tempo, logo estávamos com nossos clientes já conhecidos, que trouxeram outros. Nesse tempo, algumas vezes íamos visitar nossos pais ou eles vinham para o Rio.

— Não tiveram filhos?

— Pensamos muitas vezes nisso, mas sempre adiamos, pois o nosso trabalho tinha prioridade, e filhos, poderíamos deixá-los para depois. Porém, após seis meses em que estávamos no Rio, Amélia engravidou. No princípio, ficamos assustados, pois tínhamos muito trabalho, e Amélia não queria deixar de trabalhar. Depois de muito conversarmos, resolvemos que aquela criança ia nascer e que seria recebida com muito amor e carinho. Amélia trabalhou até o último dia e, finalmente, nossa menina nasceu e ficamos felizes. Amélia precisou deixar de trabalhar, porque não tinha confiança em deixar nossa filha com pessoas estranhas. Sempre me ajudava em alguns processos, mas a nossa prioridade era a criança. Quando Inês estava com dois anos, em uma noite, ao chegar em casa, encontrei Amélia chorando. Assustado, perguntei:

— *O que aconteceu, Amélia? Por que está chorando dessa maneira?*

— *Recebi esta carta. Minha mãe está muito doente e preciso ir até lá.*

— *Não posso sair daqui agora, Amélia. Sabe que estou no processo do senhor Altamiro!*

— *Sei, Leonardo, mas posso ir com Inês. Vou de trem na primeira classe e não terei problema algum.*

— *Não sei, Amélia... Você ir sozinha com a menina?*

— *Não vai ter problema algum. Viajaremos à noite e ela dormirá tranquila.*

— Eu não queria que ela fosse sozinha, mas também precisei entender que se tratava da mãe dela. Aceitei. Combinamos que no dia seguinte ela pegaria uma charrete de aluguel e iria até o meu escritório, e eu a levaria até a estação para que tomasse o trem. Assim foi feito. Porém, nada saiu da maneira como conversamos. Eu estava na calçada, esperando que elas chegassem, quando vi que uma charrete entrava na rua, a uns duzentos metros, e, não sei o motivo, só vi que o cavalo que puxava a charrete começou a pular. Não sabia se Amélia estava naquela charrete, mesmo assim, corri para lá. Quando cheguei perto, vi que Amélia estava no chão com a cabeça envolvida em sangue e, pela sua expressão, percebi que estava morta. Olhei para Inês e vi que estava presa nos braços de Amélia, e chorando, com sangue na roupinha. Tive que fazer muita força para soltar os braços de Amélia, que ainda a envolvia. Com aquele gesto, Amélia a tinha protegido. Com minha filha no colo, fiquei desesperado, sem saber o que fazer. Algumas pessoas que também se encontravam ali ficaram ao meu lado e alguém foi até a delegacia, que ficava naquela mesma rua. Eu estava nervoso e desnorteado, sem entender ou aceitar o que havia acontecido e me culpando por não ter feito com que ela me esperasse em casa, pois daria tempo de pegar o trem, mas eu precisava ficar no escritório o maior tempo possível.

— Meu Deus, que tristeza...

— Foi, sim, muito triste; eu diria até que foi desesperador, Anastácia. A polícia do Rio se comunicou com a polícia de São Paulo, dando a notícia aos nossos pais, que vieram prontamente. Enterramos Amélia. Assim que ela foi enterrada, entreguei minha filha para os pais de Amélia dizendo que não estava em condições de cuidar dela e que iria buscá-la quando me sentisse bem. Eles entenderam. Minha mãe quis ficar comigo, mas não permiti; eu precisava ficar sozinho. Fui visitar meus pais e minha filha, mas, por ver que ela estava bem, nunca quis trazê-la de volta. Senti que, ao lado dos nossos pais, ela estaria melhor.

— Foram momentos muito difíceis...

— Foram sim, Edite. Sempre que me lembro, sinto toda aquela dor de volta. Por isso, me joguei com mais força no trabalho. Porém, por mais que eu trabalhasse, não conseguia me esquecer do rosto e do sorriso de Amélia. Dois anos se passaram e percebi que não era aquela a vida que eu queria. Eu me sentia sufocado e sem encontrar motivo para viver.

Precisava de paz e tranquilidade. Lembrei-me do tempo em que morei na fazenda e de como era feliz ali. Foi quando tive a ideia de comprar uma fazenda. Eu tinha dinheiro guardado, mas não o suficiente para comprar uma fazenda. Conversei com meu pai, e ele disse que me ajudaria, mas que minha mãe não queria saber de morar em uma fazenda outra vez; ela havia se acostumado com a vida na cidade. Foi quando vi um anúncio no jornal de que havia uma fazenda para ser vendida e estranhei o preço. Achei que havia algo de errado, pois o valor era muito pequeno, mas, mesmo assim, entrei em contato com Bárbara, que me disse o motivo: a morte de seu pai, e que não queria nem saberia cuidar de uma fazenda. Sempre tinha morado na cidade. Examinei os documentos e vi que estava tudo perfeito e que não havia problema algum. Como ela era filha única, poderia me vender, sem maiores complicações. Mesmo sem conhecer, eu a comprei. Não me importavam as condições da fazenda; eu, ao contrário de Bárbara, só queria sair da cidade. Foi assim que vim para cá e não me arrependo. Isso faz mais de cinco anos. Minha filha cresceu e está linda. Este ano começou a frequentar a esco-la. Quando pergunta sobre a mãe, apenas dizemos que ela foi para o céu.

— Que história triste, Leonardo.

— É, sim, Edite, mas, durante todo o tempo em que estive sofrendo, um dos meus clientes me falou a respeito de uma nova religião que estava surgindo, a qual diz que a morte não existe e que o tempo que passamos aqui na Terra é muito curto diante da eternidade. Disse, também, que nossos amados que morrem estão em algum lugar esperando e torcendo para que possamos cumprir a missão que todos trazemos quando renascemos. Não sei se é verdade, mas aquilo fez com que eu passasse a estudar sobre essa religião e, pelo que vi até agora, me parece ter uma boa resposta para minhas angús-tias. Depois de ter ouvido sobre tudo o que meu cliente disse e ter estudado a respeito, decidi parar com aquela vida que vivia, só pensando no trabalho e em dinheiro, o que me tornava infeliz; resolvi largar tudo e fazer o que eu realmente queria para minha vida, e aqui estou.

— Que bom que isso aconteceu, doutor. Estamos felizes com sua presença aqui!

— Também estou feliz por ter tomado essa decisão.

— Bem, agora preciso ir ajudar a Martinha com o jantar.

— Também vou, Anastácia.

— Não, Edite, fique aqui conversando com o doutor.

— Talvez ele também tenha algo para fazer até a hora do jantar, Anastácia.

— Não tenho nada a fazer, Edite, e podemos continuar a nossa conversa.

Anastácia saiu e eles permaneceram ali. Conversaram sobre a felicidade de estarem na fazenda. Em dado momento, Leonardo perguntou:

— Desde que Anastácia me contou sobre a maneira como você foi expulsa daqui, tive uma grande curiosidade de saber o que você fez quando saiu deste lugar, ainda mais vendo que voltou vitoriosa.

— É uma longa história.

— Eu gostaria de conhecer essa longa história. Pode me contar?

— Posso, mas acredito que, no final, talvez faça o mesmo que Bárbara fez.

— Por quê? Você cometeu algum grande roubo?

— Não! — ela respondeu rindo.

— Então, se não foi isso, o que foi?

— Vou contar e, se achar que não sou digna de estar aqui, não o condenarei se pedir que eu vá embora hoje mesmo.

— Acredito que isso não vai acontecer.

— Está bem, vou contar.

Contou tudo o que havia acontecido e terminou dizendo:

— Como pode ver, não tenho motivo para me orgulhar da minha vida. Só sei dizer que, graças ao que Anastácia me ensinou enquanto estive aqui, a filha de Margarete nasceu e é uma linda menina. Margarete se casou e está feliz. Como não quis morar com eles, mas sabendo que ela não gostaria de ficar sem trabalhar, mesmo não precisando, resolvi que vou alugar um lugar para morar perto dela e, assim, continuarmos com nosso trabalho. Farid, o marido dela, tem uma grande freguesia e poderá vender nossas roupas. Bem, agora que já conhece tudo a meu respeito, posso ir embora. Amanhã passa o trem que vai me levar de volta à capital.

Ele ia dizer alguma coisa, quando Anastácia voltou.

— Parece que conversaram muito. O jantar está pronto e a comida está muito boa.

— Obrigado, Anastácia. Vou me preparar para o jantar. — Dizendo isso, Leonardo se levantou e saiu. Edite ficou ali parada, olhando Leonardo se afastar.

Anastácia, percebendo que ele estava estranho, perguntou:

— Sobre o que vocês conversaram, Edite, para ele estar assim?

— Contei a ele o que fiz depois que fui expulsa daqui.

— Contou tudo?

— Sim, Anastácia. Não achei justo mentir para ele, que me recebeu tão bem.

— Ao mesmo tempo que acho que fez mal em contar tudo, sinto que fez o certo. Não seria justo ter mentido. Afinal, no fim das contas, você conseguiu vencer e, hoje, está muito bem. E o mais importante: ajudou uma criança a nascer. Só por isso, deve se sentir muito bem. Ninguém pode condenar você por, devido às circunstâncias, ter tomado um caminho que não conhecia.

— Sempre penso nisso. Sei que talvez seja uma desculpa, mas, de qualquer maneira, acho que ele tem razão. Afinal, quando ele tomou conhecimento da minha expulsão daqui, pensou que eu fosse uma "santa", e agora descobriu que não era verdade. Vou para meu quarto arrumar minhas coisas para ir embora esta noite. Você poderia pedir ao Simão que me leve até a estação?

— Quer ir embora hoje, mesmo?

— Sim, Anastácia. Não quero que o senhor Leonardo fique constrangido ao pedir que eu vá embora. Ele me recebeu muito bem e é um bom homem.

— Será que você não está se precipitando?

— Não, Anastácia. Percebi a expressão do seu rosto enquanto eu contava o que havia feito.

— Acho que está se precipitando sim, mas, já que quer assim, vou mandar chamar o Simão e pedir que prepare a charrete.

— Obrigada, Anastácia. Enquanto isso, vou para o quarto pegar minha maleta.

— Vai levar os vestidos e as joias que guardei para você?

— Os vestidos, sim, mas as joias quero que fiquem com você. Em alguns momentos, pensei muito nelas e em quanto me ajudariam, mas hoje não preciso mais.

— O que vou fazer com suas joias? Sou velha e não tenho onde usá-las.

— Faça o que quiser com elas, Anastácia. Eu não quero nem preciso.

— Está bem. Você está bem diferente daquela menina que parecia muda e que tive que obrigar a falar. Você mudou muito.

— Tudo o que sou hoje, devo aos seus ensinamentos, Anastácia. Um dos seus ensinamentos que nunca esqueci foi quando me disse que eu nunca estaria só, porque existem anjos que estão sempre ao nosso lado para nos ajudar a caminhar. Esse pensamento sempre esteve ao meu lado e me ajudou a combater os maus momentos.

— Estou feliz por isso. Deus acompanhe você. Sei que está pronta para prosseguir sua vida. Agora, diferente da outra vez, você construiu uma vida e tem para onde voltar. Vou doar as joias para o padre, sei que ele saberá dar um bom destino para elas.

Edite sorriu e foi para o quarto. Anastácia pediu a Martinha que fosse chamar Simão e que pedisse a ele para preparar a charrete.

Edite, no quarto, pegou as roupas, inclusive os vestidos que Anastácia guardou, colocou-os em uma maleta e desceu. No corredor, passou pelo quarto onde Leonardo estava. Sorriu e continuou caminhando. Ao chegar à sala, Anastácia, sorrindo, abraçou-a dizendo:

— Simão já está lá fora esperando por você. Vá em paz e tenha certeza de que, realmente, você nunca estará só.

Edite abraçou Anastácia.

— Obrigada. Tenho certeza de que conseguirei prosseguir com minha vida.

Com a maleta na mão, saiu da casa e, ajudada por Simão, subiu na charrete. Abanando o braço para Anastácia e dando-lhe adeus, foi embora.

Quando estavam longe da fazenda, ela, não conseguindo mais esconder a tristeza que estava sentindo, começou a chorar, o que foi notado por Simão.

— A senhorita não está bem?

— Não, Simão. Estou muito triste por ter de ir embora novamente.

— Tem que ir? Por quê? O doutor mandou a senhora embora?

— Não, Simão! Somente preciso ir embora, nada além disso.

Ele se calou e ela continuou chorando, enquanto pensava em tudo o que havia acontecido naquele dia em que fora expulsa por Bárbara. "Embora eu esteja triste por ir embora, estou feliz por hoje estar em condições diferentes das daquele dia".

Finalmente pararam na estação. Ainda faltava muito tempo para o trem chegar. Com a ajuda de Simão, Edite desceu da charrete e o abraçou.

— Obrigada.

— O que é isso, senhorita? Não precisa agradecer, estou triste por ver que vai embora novamente. Todos nós ficamos muito felizes quando voltou e, agora, sei que todos nós vamos ficar tristes novamente pela sua partida. Quer que eu fique aqui até a chegada do trem? Ainda vai demorar.

— Não precisa, Simão. Vou ficar bem. Pode voltar à fazenda.

Simão, com o semblante triste, acompanhou-a até que entrasse na estação e depois foi embora.

Edite comprou o bilhete e foi se sentar em um dos bancos. Sentiu uma solidão imensa e recomeçou a chorar, pensando: "Novamente estou nesta estação. Estou triste, pois, na realidade, gostaria de ficar aqui, mas não posso. Por outro lado, como disse a Anastácia, desta vez tenho para onde voltar. Ela também sempre disse que a nossa vida está nas mãos de Deus. Ele é quem sempre sabe de todas as coisas. Confio que não esteja sozinha e que tenho anjos cuidando da minha vida, como sempre tive".

Enquanto isso, na fazenda, Leonardo saiu do quarto e voltou para a sala. Ao ver que só havia um prato colocado, perguntou:

— Por que só tem um prato colocado, Anastácia? Onde está Edite?

— Ela foi embora.

— Embora? Por quê? E sem se despedir? Por que ela fez isso?

— Ela disse que, depois de ter contado o que aconteceu com ela quando foi expulsa daqui, percebeu que o senhor ficou muito abalado e quis evitar algum constrangimento seu de ter que pedir a ela que fosse embora.

— De onde ela tirou essa ideia? Eu não disse coisa alguma, nem fiquei abalado!

— Foi o que ela pensou.

— Quanto tempo faz que ela partiu?

— Um pouco mais de meia hora. Foi na charrete com Simão. Não devem ter chegado, ainda, à estação.

— Isso não pode estar acontecendo! Vou pegar um cavalo e tentar chegar à estação antes que o trem parta. Ela não pode ir embora sem se despedir! Em nenhum momento pensei qualquer coisa de mau contra ela, ao contrário, só me admirei por sua força em ter, embora movida pelas circunstâncias, conseguido vencer. Ela é uma mulher maravilhosa, Anastácia!

— Faça isso, senhor! Ela saiu daqui muito triste...

Ele saiu e rapidamente foi até a cocheira, montou em seu cavalo e partiu em disparada. Faltavam quinze minutos para chegar à estação, quando viu que Simão voltava de lá. Parou seu cavalo ao lado do dele, perguntando:

— Onde ela está, Simão?

— Na estação; o trem deve estar quase chegando.

— Volte à estação. Edite não vai embora e você precisa trazê-la de volta para a fazenda. Vou indo na frente.

— Está bem, doutor! — Simão disse, abrindo um sorriso.

Leonardo seguiu em disparada. Ao chegar à estação, desceu do cavalo e o amarrou, depois entrou correndo na estação. Neste exato momento, o trem chegava e parava. Edite se levantou e se dirigiu para uma das portas. Leonardo viu quando ela se levantou e gritou:

— Edite, espere!

Ela ouviu e se voltou. Ao ver Leonardo, sentiu um alívio. Ele se aproximou e, olhando em seus olhos, falou:

— O que está fazendo, Edite?

— Estou indo embora.

— Por quê?

— Quero evitar o seu constrangimento em pedir que eu faça isso.

— Quem disse a você que eu ia fazer isso?

— Pela expressão do seu rosto, enquanto eu contava a minha história, e depois, quando foi para seu quarto de uma maneira estranha.

— Expressão do meu rosto? Maneira estranha? Como pode tirar essas conclusões? Em momento algum eu a julguei, ao contrário, fiquei encantado pela sua vitória através do trabalho. Não posso obrigar você a ficar aqui, mas, se for ajudar a tomar sua decisão, peço que fique por mais um tempo; aliás, peço que nunca vá embora. Sei que não nos conhecemos, mas acredito que temos a oportunidade para que isso aconteça. Quer mesmo ir embora?

Edite, ao ouvir aquilo, olhou para ele e respondeu:

— Não! Não quero. Eu me sinto muito bem na fazenda, ainda mais por estar ao lado de Anastácia, que sempre foi mais do que uma mãe para mim.

— Pois bem, então vamos para a fazenda, porque lá, neste momento, é o seu lugar. Não se preocupe com o que eu penso a seu respeito, pois pode ter certeza de que são somente coisas boas. Vamos, Simão já deve estar lá fora nos esperando — disse, pegando com uma das mãos a maleta de Edite e com a outra o seu braço.

Edite, com alegria, acompanhou-o. Ao saírem da estação, viram Simão, que se aproximou e, com um largo sorriso e demonstrando sua alegria, pegou a maleta que estava na mão de Leonardo, enquanto ele ajudava Edite a subir. Depois de acomodarem-na, voltaram para a fazenda. Leonardo seguiu a cavalo.

Anastácia, desde que Leonardo saíra em disparada, ficava olhando para fora, vendo se a charrete se aproximava. Não sabia se ele havia chegado a tempo de trazer Edite de volta, nem se ela voltaria.

Assim que a charrete parou e Simão desceu, ela viu que Edite estava nela. Não conseguiu conter o impulso de correr para Edite. Disparou em sua direção e, abraçando-a, sorrindo e chorando ao mesmo tempo, disse:

— Que bom que voltou, menina! Eu estava aflita com sua partida! Fique aqui até quando quiser e não precisa ir embora da maneira como foi.

Edite, também rindo e chorando, falou:

— Vou ficar, Anastácia, por mais alguns dias. Preciso desse tempo para ficar forte e voltar à minha vida.

Leonardo, ao ver aquela cena, sorriu ao perceber o grande amor que existia entre elas. Juntos, entraram na sala, onde Martinha, também feliz, já havia preparado a mesa para o jantar e colocado mais um prato.

Jantaram e não conseguiram disfarçar toda a felicidade que sentiam.

Após o jantar, embora já fosse tarde, foram para a varanda e, enquanto tomavam café, conversaram por mais algum tempo. Depois, foram dormir em paz.

# UMA NOVA JORNADA

No dia seguinte, Edite abriu os olhos e olhou para a janela, onde os primeiros raios de sol já surgiam. Sorriu e, levantando-se, abriu a janela e respirou fundo. "Como é bom estar aqui. Eu adoro tudo o que existe aqui. Quando estava longe, nunca me senti bem, sempre tive muita saudade. Estranhei ver que Leonardo foi me buscar. Por que será que ele fez isso? Será que foi Anastácia quem pediu? Acredito que sim. Ele é um homem que, além de ser muito bonito e agradável, também me parece ser justo. Eu não ficaria triste se ele se interessasse por mim de outra maneira que não fosse só amizade", pensou sorrindo.

Após se arrumar, foi para a sala e percebeu que somente Martinha estava ali, na cozinha, preparando o café da manhã. Foi até lá.

Assim que entrou na cozinha, falou:

— Bom dia, Martinha. Já está preparando o nosso café?

— Bom dia, senhorita! Estou preparando o café com muito carinho e feliz por a senhorita estar aqui.

— Obrigada, Martinha. Também estou feliz por estar aqui. Vou ajudar você. — disse, enquanto pegava as louças e os talheres. A mesa já estava colocada quando Leonardo entrou.

— Bom dia!

— Bom dia, senhor.

— Vamos tomar café? — Leonardo disse, rindo e sentando-se.

Elas também se sentaram e, enquanto comiam, Leonardo falou:

— Estou indo para a plantação. Quer ir comigo, Edite?

Edite olhou para Anastácia e, sorrindo, respondeu:

— Gostaria muito, mas não tenho roupas apropriadas.

— Tem, sim, Edite. Eu guardei quando você foi embora. Sabia ou torcia para que um dia você voltasse. Quando terminarmos de tomar o café, vamos até o meu quarto. Elas estão lá.

— Obrigada, Anastácia! Não pensei que tivesse feito isso. Muitas vezes eu cavalguei ao lado do coronel e sempre fiquei feliz por isso. Adoro cavalgar.

— Sendo assim, vamos cavalgar! — Leonardo disse rindo. Depois, olhou para Martinha, que estava ali prestando atenção no que comiam e no que falavam. Então pediu: — Martinha, por favor, peça ao Simão que sele mais um cavalo.

— Está bem, senhor — disse ela, saindo feliz e sorrindo.

Do lado de fora, Simão estava esperando ao lado de um cavalo. Ela se aproximou.

— O doutor pediu que você prepare um cavalo para a senhorita Edite. Ela vai cavalgar com ele — disse com um sorriso malicioso.

— Será, Martinha, que eles vão começar a namorar?

— Não sei, Simão, mas eu ia ficar bem feliz. Eles são pessoas boas e merecem ser felizes. O doutor, apesar de estar sempre rindo e demonstrando felicidade, me parece muito solitário. E a senhorita merece ser feliz.

— Tem razão. Gosto muito dos dois. Agora, vou preparar outro cavalo.

Rindo, saiu e caminhou em direção ao estábulo. Martinha entrou e comunicou que Simão ia preparar outro cavalo.

Assim que terminaram de tomar o café, Anastácia e Edite foram pegar as roupas que estavam no quarto de Anastácia. Leonardo saiu e, na varanda, sentou-se em um dos bancos e ficou pensando em tudo o que estava acontecendo.

Logo depois, Simão se aproximou trazendo um cavalo branco e imponente.

— Escolhi o Brilhante para a senhorita, doutor. Ele é bem manso e gosta de ser montado. A senhorita sempre cavalgava nele ao lado do coronel.

— Fez bem, Simão. Acredito que a senhorita não vá ter problema algum com ele. Ainda mais por já conhecê-lo.

Simão sorriu e Anastácia e Edite surgiram à porta. Edite, ao ver o cavalo, correu para ele e começou a acariciá-lo.

— Brilhante! Como você está bonito!

Enquanto ela passava a mão sobre a cabeça e o corpo do cavalo, ele inclinou a cabeça e relinchou, mostrando sua felicidade.

Leonardo também se levantou e, chegando ao lado do cavalo em que iria montar, ajudou Edite a subir. Saíram cavalgando acompanhados pelo olhar feliz de Simão e de Anastácia.

Assim que pegaram a pequena estrada que passava pela fazenda, Leonardo, ao invés de ir em direção à plantação, cavalgou para o lado oposto.

Edite estranhou, mas o acompanhou. Ele, aproximando-se do cavalo dela, disse:

— Por aqui, poderemos cavalgar mais livres. Vamos apostar uma corrida, Edite?

— Vamos, sim! Faz muito tempo que não cavalgo, portanto, com certeza, vou perder a corrida.

— Pode ser, mas vamos tentar? Além do mais, quem cavalgou uma vez não esquece jamais.

— Sim, vamos.

Antes que ele percebesse, ela saiu em disparada. Brilhante atendeu ao seu comando. Leonardo deixou que ela tomasse uma distância considerável e também deu comando para que seu cavalo a seguisse. Em breve, estavam cavalgando um ao lado do outro. Leonardo prestou atenção no sorriso feliz de Edite e sorriu também, pensando: "Ela parece estar livre. Isso me deixa muito feliz".

Depois de quase chegarem ao centro da cidade, Leonardo parou.

— Acho que podemos voltar daqui, Edite. Estamos bem longe da fazenda.

— Verdade! Sabe que nem percebi?

Virando os cavalos, cavalgaram em direção à fazenda. Assim que passaram pela casa, Leonardo continuou cavalgando e foi seguido por Edite, que não entendeu o que estava acontecendo, pois pensou que ele pararia para que ela descesse e entrasse na casa.

Continuaram cavalgando e, quando estavam em um lugar mais alto, de onde poderiam ver a plantação, Leonardo parou e disse:

— Olhe, Edite, como está linda a nossa plantação. O café logo estará pronto para ser colhido.

— É verdade, Leonardo. Daqui de onde estamos podemos ver até as frutas vermelhas. A colheita vai ser muito boa.

— Vai, sim, Edite, e, por isso, pensei em fazermos uma festa da colheita.

— Festa?

— Sim, uma festa com todos os trabalhadores, que muito se esforçaram para esse resultado.

— Isso seria muito bom, Leonardo! Realmente, eles merecem!

— Pois bem, se você aceitar, poderá pensar em como seria essa festa. Fica por sua conta a organização. Aceita?

— Claro que sim! Vou preparar uma festa linda, você vai ver!

— Sendo assim, podemos ir até a plantação e caminhar por ela. Enquanto eu for conversar com o capataz, você poderia conversar com as mulheres?

— Claro que vou! Já estou pensando no que vou fazer! Quando pretende fazer a colheita?

— Daqui a um mês, mais ou menos.

— Está bem. Nesse dia, estará tudo pronto!

Chegaram ao ponto onde ficavam as casas dos trabalhadores. Não eram casas luxuosas, mas agradáveis. Edite parou o cavalo e desceu. Leonardo foi para a lavoura.

As mulheres, que estavam preparando o almoço que levariam aos maridos, ao vê-la chegando, foram ao seu encontro e a receberam com sorrisos e muito carinho.

— Bom dia a todas — Edite disse sorrindo.

— Bom dia, senhorita!

— Estou aqui por uma razão especial.

Elas ficaram olhando para Edite, esperando que contasse qual era a razão. Edite continuou e contou o que Leonardo havia dito sobre a festa.

Claro que elas ficaram felizes e cada uma começou a dar uma ideia.

Ficou definido que Leonardo daria carne para um grande churrasco. Uma delas falou:

— Poderemos ter música e dança! Que tal dançarmos a tarantela?

— Uma boa ideia, Lucia! Vou pedir a Leonardo que construa um barracão e, se ele aceitar, vou pedir, também, que compre alguns tecidos para que, juntas, aqui no barracão, possamos costurar vestidos para a dança. O que vocês acham? Depois, esse barracão poderá servir como escola!

Todas ficaram muito felizes. Edite continuou:

— Vou conversar com Anastácia para que ela nos empreste a máquina de costura, assim, aquelas que sabem costurar poderão usá-la, e as que não sabem poderão aprender!

A alegria foi geral. Edite ponderou:

— Porém, tudo vai depender do doutor. Não sei se ele vai aceitar. Vou conversar com ele e com Anastácia.

Continuaram ali conversando e planejando a festa, até que Leonardo voltou da lavoura.

Assim que ele chegou, Edite montou em seu cavalo e, juntos, voltaram para a casa.

Lá, depois do almoço, Edite contou a ele e a Anastácia o que havia conversado com as mulheres. Ambos ouviram atentamente. No final, Anastácia disse:

— Essa é uma boa ideia. A máquina está a sua disposição, Edite. Agora, depende do doutor para que possamos seguir essa ideia.

Leonardo ficou calado. Depois, sem nada dizer, foi para seu quarto, como fazia todos os dias após o almoço.

Anastácia e Edite ficaram olhando ele se afastar, preocupadas por não terem visto nenhuma reação em seu rosto de que havia aprovado a ideia. Anastácia sentiu uma brisa suave, olhou para o lado e viu a imagem do coronel, que lhe sorria. Ela também sorriu, o que foi notado por Edite, que perguntou:

— Por que está olhando para esse lado e sorrindo, Anastácia?

Anastácia se voltou para ela e, ainda sorrindo, respondeu:

— O coronel está aqui, Edite, e muito feliz.

— Você está vendo ele?

— Sim. Sempre o vejo. Ele, embora tenha se afastado daqui, sempre vem me fazer uma visita. Acho que tudo vai dar certo. Ele está afirmando com a cabeça que sim.

Edite, um pouco desconfiada e achando que Anastácia estava ficando louca, ficou calada.

Na mesma hora, Leonardo retornou para a sala. Assim que entrou, disse com um sorriso:

— Está bem. Vamos fazer da maneira como vocês querem. Vou conversar com os homens para que eles consigam madeira e façam o tal barracão do modo e do tamanho que desejam. Enquanto isso, Anastácia, vocês podem ir até a cidade com Simão para comprar tudo de que precisarem para fazer os vestidos.

Edite ficou radiante e quase se jogou sobre ele para abraçá-lo, mas se conteve e apenas pensou: "Este homem é maravilhoso!"

Depois que ele saiu, ela e Anastácia observavam, sorrindo, enquanto ele se afastava. Em seguida, Anastácia foi até o celeiro, onde Simão estava cuidando dos cavalos.

— Simão, amanhã cedo eu e Edite precisamos ir até a cidade. Prepare a charrete.

— Está bem, dona Anastácia. Amanhã bem cedo a charrete vai estar pronta.

No dia seguinte, assim que Leonardo saiu para a plantação, elas subiram na charrete e foram, felizes, para a cidade. Anastácia já havia feito o cálculo de quantos metros de tecido precisariam, e do que mais seria necessário para fazer os vestidos, inclusive um para Edite, que não sabia que também dançaria a tarantela.

— Sabe, Edite, estou me lembrando daquele dia em que fomos até a cidade comprar tecidos para fazer seus vestidos. Você estava assustada, sem entender bem o que estava acontecendo. Você era muito tímida e quase não falava. Parecia muda. Lembra-se de que briguei com você por causa disso?

— Lembro-me, Anastácia. Eu realmente estava assustada. Estou me lembrando, também, de como fui tratada naquele dia pelo dono do armazém, com toda a atenção, e de como ele me tratou quando fui expulsa da fazenda.

— Esqueça-se disso, Edite. Aquele foi um mau momento. Bons e maus momentos existem durante toda a nossa vida. Os bons são para nos ajudar a caminhar e conhecer os amigos verdadeiros. Os maus são para nos ensinar a viver e a nos defender dos inimigos. Assim, com um e com outro, vamos vivendo, aprendendo e nos aperfeiçoando. Agora, você está em um bom momento; não se preocupe e se esqueça do que passou. Viva este momento para estar preparada para o mau, que, com certeza, acontecerá. Só que, quando ele ocorrer, você saberá como passar por ele.

— Verdade, Anastácia. Para que pensar em coisas ruins em um momento como este que estou vivendo? Voltei para a fazenda e estou muito feliz. Não sei por quanto tempo vou ficar, só sei que agora, neste momento, estou muito feliz.

— Isso mesmo, menina! Aproveite!

Chegaram ao centro da cidade. Simão parou a charrete em frente ao armazém e ajudou Anastácia e Edite a descerem.

Anastácia foi direto falar com o senhor Joaquim, o dono da loja.

— Bom dia, senhor Joaquim. Eu e a senhorita Edite estamos aqui para comprarmos tecidos, pois vamos fazer vestidos para serem usados em uma grande festa que vai acontecer lá na fazenda. O doutor disse que poderemos comprar tudo o que precisarmos e pediu que o senhor anotasse quanto gastamos que, depois, ele mandará pagar. Pode ser?

— Claro que sim, dona Anastácia! A senhorita está bem? — disse, voltando-se para Edite, que, com muita raiva, respondeu:

— Estou muito bem, senhor! Bem melhor do que da última vez em que nos encontramos!

Anastácia, percebendo que Edite estava nervosa, pegou em seu braço, dizendo:

— Vamos, Edite, temos muito para comprar.

Escolheram os tecidos e tudo de que precisariam para fazer os vestidos. Voltaram felizes para a fazenda.

Durante o caminho, Edite, ainda demonstrando raiva, falou:

— Você viu como o dono do armazém me tratou, Anastácia? Só faltou beijar os meus pés! Quando precisei, ele me ignorou e me tratou muito mal! Que ódio que estou sentindo!

— Não pense assim, Edite. O ódio é um sentimento muito ruim que não devemos carregar. A própria vida se encarrega de ensinar as pessoas. Quem faz mal aqui, logo vai entender que o que fez não era o certo e vai se arrepender e até esquecer, enquanto aquele que carrega o ódio poderá até ficar doente.

Você, hoje, está vivendo um bom momento; aproveite e não pense em vingança, porque não levará você a nada. Ele ficou incomodado com a sua presença e soube o que você estava pensando; com certeza, também se lembrou daquele dia em que a tratou tão mal. Vamos somente pensar nos modelos de vestidos que faremos.

— Tem razão, Anastácia! Meu Deus! O que eu seria sem você? — disse, beijando a mão de Anastácia, que respondeu:

— Seria exatamente o que é: uma linda e adorável moça! Eu posso ajudar um pouco, mas o jeito de ser é todo seu. Mas vamos falar sobre a festa?

Continuaram a viagem falando sobre os vestidos e a festa.

O tempo passou. Em uma semana, o barracão já estava pronto. Pensando em que poderia se transformar em uma sala de aula, Edite pediu que ele fosse feito de um tamanho no qual coubessem tanto as crianças, como as mulheres.

Todos os dias pela manhã, Anastácia e Edite iam para a pequena vila e, enquanto Anastácia ensinava às mulheres como cortar os vestidos, Edite ensinava como costurá-los. Logo, os vestidos para a dança da tarantela ficaram prontos, inclusive o de Edite. Fizeram, também, calças e camisas para os homens, que também dançariam.

Naquela noite, durante o jantar, Leonardo disse:

— Convidei algumas pessoas para a festa. Espero que não fiquem preocupadas.

— Ora, doutor, a fazenda é sua e pode convidar quem quiser. Para nós, será uma honra receber todos aqui.

— Sei disso, Anastácia, por isso não tive dúvida alguma em convidar essas pessoas. São as mais importantes da redondeza e até da capital. Quero que tenham uma boa impressão da fazenda e de todos nós.

Edite, ao ouvir aquilo, empalideceu.

— O que aconteceu, Edite? Por que está tão nervosa?

— Estou nervosa, Leonardo, porque muitos homens da cidade me conhecem da casa de dona Irene...

— Qual é o problema? Você tem vergonha do tempo que passou ali e de si mesma?

— Tenho um pouco...

— Pois não deveria. Pelo que sei, você foi levada para aquela vida pelas circunstâncias em que foi colocada, não por vontade própria. Não foi?

— Foi, sim.

— O doutor tem razão, Edite. Não tem com que se preocupar. Aqui você está protegida de qualquer maldade. Não é, doutor?

— Está sim, Anastácia. Não me importo com o que as pessoas possam falar. Nós sabemos o que na realidade aconteceu. Bem, agora, vamos falar de como andam os preparativos para a festa?

Todos riram e continuaram a conversar.

Leonardo e Edite conversavam muito sobre como havia sido a vida de cada um e, conforme o tempo passava, a amizade entre os dois ia crescendo. Anastácia e o coronel observavam os dois e sorriam.

Finalmente, o dia da colheita chegou, e ela foi muito boa. Leonardo estava feliz, e os trabalhadores também.

Estava tudo preparado para a festa. Leonardo mandou matar um boi para o churrasco e encomendou cerveja para a festa. Anastácia e as mulheres assaram pão e fizeram macarronada à moda italiana, além de baldes de limonada para aqueles que não gostavam de beber.

Um pouco antes da hora marcada para o almoço, as pessoas começaram a chegar. Edite estava linda, com um vestido que Anastácia fizera para aquela ocasião. Em uma das vezes que foram à cidade, compraram um lindo chapéu, da mesma cor do vestido, que era verde-claro.

Estavam todos atarefados e, enquanto Leonardo, Anastácia e Edite, que não queria estar ali, recebiam os convidados, as mulheres seguiam com a preparação de tudo.

Charretes e carruagens entravam uma atrás da outra e, delas, desciam homens acompanhados de suas esposas e filhos.

Todos foram recebidos com muita atenção. Os homens, embora conhecessem Edite, não fizeram menção alguma sobre a vida pregressa dela. As mulheres, que achavam que fora expulsa da fazenda por estar usando do dinheiro do coronel e por ser sua amante, olhavam-na com desprezo, mas Anastácia e Leonardo fizeram questão de deixar bem claro que Edite era um membro da família.

Edite achou melhor se afastar e ir para junto das mulheres ajudar na preparação do almoço. Estava distraída e não percebeu que, de uma das carruagens, descera Bárbara. Anastácia a viu e estremeceu. Bárbara, fazendo de conta que nada havia acontecido, aproximou-se:

— Bom dia, Anastácia, como você está?

Anastácia a olhou bem no fundo dos olhos e respondeu:

— Estou muito bem, senhora. Feliz como nunca, mas, por favor, vá para junto da mesa, que logo o almoço será servido.

Bárbara viu Edite, que estava de costas e não notou quando ela se aproximou. Sem conseguir esconder seu desagrado, perguntou para Anastácia:

— O que essa mulher está fazendo aqui, Anastácia?

Anastácia, vibrando por dentro e com um sorriso, respondeu:

— Ela é convidada do doutor.

— Como assim, convidada? Ele sabe o que ela fez com meu pai?

— Sabe e não se importou com as mentiras que contaram sobre ela. Ele está muito feliz com a presença dela aqui, mas, por favor, sente-se à mesa.

Nervosa e com muita raiva, Bárbara se sentou e ficou olhando para Edite, que ainda continuava de costas, ajudando a preparar o almoço.

Leonardo estava ao lado de alguns homens e conversava sobre a colheita:

— Este ano correu tudo bem, graças aos meus trabalhadores, que não pouparam esforços.

Nesse momento, ele olhou para Bárbara e notou seu olhar de ódio dirigido a Edite. Pediu licença e se aproximou dela.

— Está gostando, senhora Bárbara?

Bárbara olhou para ele e não se conteve.

— Não posso negar que está tudo bem organizado, mas confesso que não me sinto bem na presença dessa mulher — disse, olhando para Edite, com os olhos destilando veneno.

— De quem, da Edite? — Leonardo perguntou rindo, e também olhou para ela, que continuava de costas para eles.

— Dela mesma! Como pode aceitar uma mulher como essa que usa de seus encantos para ludibriar os homens? Não viu o que ela fez com meu pai?

— Pelo que apurei aqui na fazenda, ela fez muito bem ao seu pai. Não vejo motivo para tanto ódio, mas não se preocupe com Edite, aproveite a festa — disse, afastando-se com um sorriso.

Sem alternativa, Bárbara ficou calada e ainda olhando para Edite, que, nesse momento, virou-se trazendo uma travessa de salada para a mesa e, ao ver Bárbara, estremeceu e quase deixou a travessa cair. Ficou muda por alguns instantes, com o coração pulando e tentando esconder o tremor de suas mãos. Anastácia, percebendo que ela não estava bem, aproximou-se:

— Viu que bela notícia, Edite? O doutor convidou dona Bárbara para a nossa festa!

Edite, entendendo a interferência de Anastácia, sorriu:

— Seja bem-vinda, senhora.

Dizendo isso, afastou-se, escondendo sua raiva misturada com medo.

O almoço transcorreu tranquilo e feliz. As pessoas comiam, bebiam e riam muito, menos Bárbara, que não conseguia esconder seu desagrado.

Após o almoço e depois de terem lavado e guardado a louça, as mulheres que dançariam desapareceram e entraram em uma das casas, inclusive Edite. Logo depois voltaram com seus lindos vestidos costurados por elas mesmas. A sanfona começou a tocar, e elas, acompanhadas por seus parceiros, passaram a dançar. Pode-se imaginar a alegria de todos. Quando a música parou, Leonardo se pronunciou:

— Como podem ver, tudo, hoje, está perfeito. Procuramos fazer com que este fosse um dia muito feliz, mas ainda não está completo.

Todos olharam curiosos para ele, que continuou:

— Sei que vai ser uma surpresa para todos e, principalmente, para você, Edite, mas não encontro um melhor momento. Diante de todos vocês, preciso dizer algumas coisas.

A curiosidade aumentou. Ele continuou:

— Sei que todos aqui presentes conhecem a história de Edite e de como ela, quase uma menina, foi expulsa da fazenda, sem dinheiro e sem ter para onde ir. Ela, apesar de tudo, venceu e está aqui nos mostrando que, por pior que possa parecer um momento ruim, ele serve para nos mostrar o caminho a seguir. Eu e os senhores — disse olhando para os homens — sabemos por tudo que ela passou para sobreviver, mas agora ela está aqui, feliz e vitoriosa.

Todos se olharam, recordando-se do julgamento que tinham feito sem conhecerem a verdadeira história, e voltaram os olhos para Bárbara, que, sem poder esconder o ódio que sentia, levantou-se da cadeira para ir embora.

Leonardo, percebendo o que ela estava fazendo, continuou:

— Espere um pouco, dona Bárbara, ainda não terminei.

Bárbara voltou a se sentar.

— Como disse, será uma surpresa para todos, inclusive para Edite, mas preciso fazer isso hoje e agora.

Tirou do bolso uma aliança e, olhando para Edite, falou:

— Sei que nos conhecemos há pouco tempo, mas, para mim, foi o suficiente para saber quanto a senhorita é honesta e verdadeira. Estou viúvo há muito tempo e acho que chegou a hora de me casar novamente. A senhorita aceita ser minha esposa?

Edite e todos os que estavam ali não acreditavam no que ouviam. Ela e Leonardo nunca haviam conversado a respeito sequer de um namoro, embora soubesse do muito que haviam conversado, abrindo suas vidas. Ficou sem saber o que responder e olhou para Anastácia, que, com a cabeça e sorrindo, feliz, disse que sim. Depois, Edite percebeu que ela olhou para o seu lado direito e sorriu também; a moça então percebeu que o coronel também estava ali. Voltando o olhar para Leonardo, esquecendo-se de que estava rodeada de juízes de outrora, respondeu:

— Embora nunca tenhamos conversado sobre isso, eu aceito!

Bárbara, ao ouvir e ver aquilo, furiosa, levantou-se e fez menção de sair dali. Enquanto o fazia, ainda pôde ouvir Leonardo dizer:

— Edite, você, que um dia foi expulsa desta fazenda sozinha, sem dinheiro e sem destino, sem saber o que ia fazer da sua vida, a partir do nosso casamento, se tornará dona dela!

Bárbara continuou andando e chorando, com muita raiva por aquela humilhação. Sentiu que todos a olhavam.

Leonardo prosseguiu:

— Agora, vamos continuar a nossa festa!

Muitas das pessoas que estavam ali também se sentiram atingidas e relembraram como haviam julgado e tratado uma quase menina, mas continuaram ali. Depois, aos poucos, começaram a sair.

Anastácia, acompanhada por Edite, Leonardo e o coronel, que estava ali, foram para casa. Quando chegaram, sentaram-se em um dos bancos que havia ali.

Leonardo, sorrindo, perguntou:

— Então, Edite. O que achou da surpresa?

Edite, olhando para ele com carinho, respondeu:

— Embora muitas vezes tivesse pensado em ficar aqui ao seu lado, jamais achei que um dia isso pudesse acontecer, e por isso estou muito feliz.

— Vocês querem jantar?

Os dois olharam para Anastácia, que fizera aquela pergunta. Edite, rindo, respondeu:

— Eu, não. E você, Leonardo?

— Também não. Comi muito na nossa festa.

— Eu também não quero. Vou me deitar. Estou cansada...

— Vá, Anastácia. Tenha uma boa noite.

— Obrigada, doutor, por tudo o que tem feito nesta fazenda e pela imensa felicidade no dia de hoje.

— Não tem o que agradecer, Anastácia. Esta fazenda e vocês me ajudaram a conseguir viver. Eu estava perdido e sem futuro, e aqui encontrei tudo para voltar a ser feliz. Ainda mais agora, que vou me casar com esta mulher maravilhosa — disse, beijando a mão de Edite, que sorriu e não conseguiu evitar que uma lágrima corresse pelo seu rosto.

Anastácia, também emocionada, olhou para o coronel, que a acompanhava e sorria, e entrou na casa.

Assim que ela saiu, Edite falou:

— Até agora, não entendi o motivo de ter me proposto casamento sem antes termos conversado sobre isso. O que aconteceu?

— Sei que não entendeu. Embora eu tenha feito o pedido, não sabia se você ia aceitar, mas, para minha felicidade, você aceitou.

— Não respondeu à minha pergunta. Por que fez isso dessa maneira? Poderíamos ter conversado antes...

— Peço perdão, mas precisava ser feito assim.

— Por quê?

— Quando cheguei aqui, estava com minha vida destruída. Havia perdido a mulher que amara desde a primeira vez em que a vi e, embora tivesse a minha filha e a amasse, ela não conseguia afastar o meu sofrimento. Assim que cheguei e me envolvi com o trabalho aqui na fazenda, aos poucos aquele sentimento de tristeza foi dando lugar a uma saudade que não era mais triste. Finalmente, eu entendi que a vida é assim mesmo. As pessoas se encontram, se amam e desaparecem.

Eu me envolvi totalmente no trabalho e, vendo que a fazenda renascia, fui ficando, a cada dia, mais feliz e tranquilo. Durante esse tempo, alguns trabalhadores e Anastácia me contaram o que havia acontecido com você e como Bárbara havia sido cruel e desumana. Confesso que fiquei com muita raiva, mas ao mesmo tempo eu não conhecia a história toda. Talvez as pessoas, por gostarem de você, tivessem entendido errado e me perguntava: será que essa moça não enganou mesmo o coronel? Anastácia insistiu para que eu a procurasse, mas a fiz ver que seria impossível, pois não saberia por onde começar. Mesmo porque, eu não tinha motivo algum para perder meu tempo e dinheiro para procurar alguém que não conhecia.

— Vocês não poderiam imaginar que eu estava tão perto.

— Verdade. E, se eu ao menos imaginasse, com certeza teria encontrado você.

Edite sorriu.

— Que bom teria sido se isso tivesse acontecido. Porém, não aconteceu.

— Verdade, Edite. O tempo foi passando, e eu, mesmo envolvido com o trabalho, não conseguia parar de pensar em você. Não conhecia seu rosto, mas a imaginava. Anastácia nunca me deixou esquecer — disse rindo. — Sempre que alguém falava sobre você, eu percebia que era amada e respeitada. No dia em que você chegou, confesso que eu a imaginava diferente, mas ao mesmo tempo me surpreendi com sua beleza e carinho com Anastácia. Aos poucos, após conversarmos muito e você ter me contado a verdade sobre o que havia acontecido em sua vida sem esconder coisa alguma, percebi que você era simples e verdadeira, e, para mim, a verdade liberta, sendo o caminho para a felicidade. Antes de você chegar, conversei muito com Anastácia, que sempre disse:

— Não adianta nos preocuparmos com o futuro, pois ele chegará de qualquer maneira e na hora certa. O que tiver de ser será e ninguém poderá mudar isso. Se ficarmos nervosos, ansiosos e *tristes, nada mudará. Por isso, o melhor a fazer é confiarmos em Deus e continuarmos nossa vida da maneira como ela vier.*

— Lembro-me de que, quando ela disse isso, perguntei:

— *Você está dizendo que aquilo que aconteceu com Edite foi o certo e que Bárbara não tem culpa alguma?*

— *Exatamente isso. Sei que aquilo que aconteceu com Edite foi muito triste, mas talvez aconteceu porque ela tinha alguma missão para cumprir e Bárbara foi apenas um instrumento para forçá-la a cumprir essa missão.*

— *Missão? Que história é essa de missão, Anastácia? Ela era apenas uma menina!*

— *Não sei, doutor, mas algum motivo teve. Por isso, não devemos guardar ressentimento ou sentirmos ódio por algo que alguém nos fez. Não sabemos se foi apenas Deus usando essa pessoa para nos ajudar. O ódio só faz mal a nós mesmos. Por isso, o melhor caminho a seguir sempre será o do perdão.*

— Eu também sentia muito ódio por Bárbara, por tudo o que havia me feito, mas, quando Anastácia me falou sobre isso, sobre a tranquilidade que o perdão nos dá, passei a não pensar mais nela. Quando as lembranças voltavam, eu procurava mudar meu pensamento. Confesso que isso tem me feito muito bem.

— É verdade. Também tenho feito isso. Resolvi que Deus é quem deve cuidar daqueles que me fizeram sofrer, Edite. Depois de conhecer o que havia acontecido com você, cheguei à conclusão de que Anastácia tinha razão.

— Por que está dizendo isso?

— Acredito que você tinha a missão de salvar a filha de Margarete, pois, se não fosse por você, aquela criança jamais teria nascido.

Edite ficou, por alguns segundos, com os olhos fixos no horizonte e, rapidamente, pensou em tudo o que havia acontecido entre ela e Margarete. Depois, disse:

— Pensando por esse lado, pode ser verdade tudo o que Anastácia disse. Ela sempre tem razão em tudo o que diz.

Provavelmente, se eu não estivesse lá, Margarete teria arrumado um jeito de se livrar da criança, como sempre acontece naquela casa. Vendo isso, só posso agradecer a Deus por tudo o que passei. A menina nasceu e é linda. Margarete está feliz ao lado do homem que a recebeu e aceitou sua filha com tanto carinho. Só posso estar feliz por ela.

— Fique feliz mesmo! Bem, se essa foi a sua missão, você a cumpriu muito bem e, daqui para a frente, sua vida vai mudar e você só terá momentos felizes, eu prometo.

Edite voltou a sorrir.

— Espero que assim seja...

— Vai ser, pode ter certeza, pois, no que depender de mim, tudo farei.

— Já que você sabia que haveria um constrangimento em um encontro entre mim e Bárbara, por que a convidou para a festa?

— Há mais ou menos dois meses, recebi uma carta dela me contando que havia perdido todo o dinheiro que seu pai deixou, inclusive o da fazenda que comprei. Ela me perguntou se havia uma maneira de ajudá-la. A princípio, não dei muita atenção, pois eu não tinha como ajudá-la. Eu precisava de dinheiro para tocar a fazenda, mesmo porque ela disse que havia perdido tudo com maus negócios, viagens e festas. Logo depois que recebi aquela carta, você chegou. Eu pude ver que Anastácia e todas as pessoas que a conheciam tinham razão em tudo o que falaram a seu respeito e que você, na realidade, é maravilhosa. Percebi que a história que Bárbara havia me contado era mentira. Mesmo nada falando com você, e sem saber se você aceitaria, resolvi correr o risco de receber um não. Queria também mostrar a ela que tripudiar sobre outras pessoas não nos leva a lugar algum. Quando resolvi fazer a festa da colheita, encontrei uma maneira de fazer com que ela viesse até aqui. Escrevi uma carta fazendo o convite, não sabia se ela viria, mas ela veio e eu pude mostrar a Bárbara, e a muitas pessoas da cidade, a grande injustiça que haviam feito com você.

— Eu, a princípio, fiquei constrangida ao vê-la, mas, depois que você fez o pedido de casamento diante dela, não posso negar que me senti satisfeita e, por algum tempo, me esqueci do que Anastácia havia dito sobre o perdão, embora tenha resolvido agora me esquecer de tudo o que ela me fez, pois só quero ser feliz.

— Você vai ser, Edite! Eu prometo! Agora quero que só pense no nosso casamento, e tudo o que deseja será feito.

— Obrigada, Leonardo, por me fazer tão feliz.

— Não tem o que agradecer; sou eu quem deve agradecer a você por me fazer voltar a ter esperança.

Dizendo isso, ele se levantou e a beijou com muito carinho, no que foi correspondido.

O dia do casamento foi marcado. Anastácia estava muito feliz e, sempre que via o coronel, ele estava sorrindo, demonstrando, assim, que também sentia-se feliz. Edite mandou, pelo correio, uma carta a Margarete contando tudo o que havia acontecido e convidou ela e Farid para que viessem ao casamento.

Os trabalhadores construíram um altar em frente à casa-grande. O padre e as autoridades da cidade vieram. Anastácia e Edite fizeram um lindo vestido de noiva em cetim e rendas. Elas foram ajudadas por algumas mulheres da fazenda a bordá-lo com pedrarias. Quando ficou pronto, Edite, ajudada por Anastácia, colocou o vestido. Olhou para o grande espelho que havia no quarto e disse, com lágrimas nos olhos:

— Jamais imaginei que isso pudesse acontecer em minha vida, Anastácia. Estou muito feliz.

— Deve ficar mesmo. Aprenda que tudo o que tem de acontecer na nossa vida, de bom e de ruim, acontece e ninguém pode impedir.

Estava terminando de se olhar, quando Martinha entrou no quarto.

— Desculpe, senhora, mas tem uma moça que deseja muito falar com você, Edite.

— Quem é?

— Ela não quis dizer o nome, mas garantiu que você vai ficar feliz.

Edite e Anastácia olharam para a porta no momento em que ela se abria. Por ela, entrou Margarete, que, chorando e segurando a filha no colo, correu para se abraçar a Edite, dizendo:

— Como você está linda, Edite, nesse vestido de noiva! Quando nos conhecemos, jamais imaginei que um dia nossa vida daria uma virada tão grande! Estou muito feliz por você! Olhe como está linda a minha filha! Ela, um dia, saberá que deve a vida dela a você, que muito fez para que ela pudesse nascer, e eu nunca vou poder agradecer pelo que fez por mim e por ela!

— Não tem o que agradecer, pois, segundo Anastácia, era a minha missão na Terra! O importante é que encontramos o nosso caminho e garanto que farei tudo para seguir sendo feliz como estou hoje. Esta é Anastácia, o anjo do bem que surgiu na minha vida.

Margarete se voltou para Anastácia, abraçou-a também e lhe disse:

— Sempre quis conhecer a senhora. Edite falava da senhora com muito carinho. Obrigada por tudo o que ensinou a ela, pois isso a fez se tornar a mulher maravilhosa que é. Quero poder vir sempre aqui para que minha filha conheça não só Edite, mas a senhora também. Sei que tem muito a ensinar a ela.

— Venha sempre que quiser. Ficarei muito feliz em conversar com sua menina.

— Obrigada. Agora, preciso ir lá fora. Deixei Farid sozinho no meio de pessoas que não conhece.

Margarete saiu, e Anastácia fez com que Edite parasse de chorar, terminando de arrumá-la. Quando tudo estava pronto,

Edite, acompanhada por Anastácia, saiu pela porta da frente. Ao lado do altar, estava Leonardo, que fazia um esforço enorme para não demonstrar seu nervosismo. Ao lado dele estavam seus pais e sogros, que também demonstravam felicidade.

Assim que Edite apareceu à porta, uma menina que conversava com outras crianças, ao vê-la, aproximou-se de Leonardo e segurou, com força, sua mão. Ele também apertou a mão dela e sorriu.

— Aquela é a minha noiva. Sei que sempre tratará muito bem a você e a mim. Não se preocupe; nós três seremos felizes.

— Vovó me falou que o senhor ia se casar. Ela disse que precisava muito de uma companhia. Estou feliz.

— Obrigada, filha.

A menina sorriu e permaneceu ao lado dele.

A festa foi linda! As pessoas iam chegando e se acomodando nas mesas e cadeiras espalhadas por todo o pátio. Bárbara, claro, não veio.

Poderiam ter feito uma longa viagem de lua de mel, mas resolveram que o melhor lugar para ficarem seria na fazenda.

O tempo passou. Edite teve três crianças: uma menina e dois meninos. Leonardo cumpriu o que prometeu: foi um ótimo marido, apaixonado e carinhoso. Anastácia, assim como o coronel, que de vez em quando vinha visitá-los, também estava feliz.

As crianças foram crescendo e a fazenda também. Não tiveram maiores problemas, a não ser os naturais do dia a dia.

Dez anos depois, Anastácia ficou doente. Leonardo a levou para a capital, onde foi descoberta uma doença que não teria cura. Edite ficou desesperada, mas Anastácia, assim que soube o que estava acontecendo, disse:

— Menina, não precisa ficar triste. Todos nós nascemos, vivemos e morremos, o que não é tão terrível. Estou voltando para a casa do meu Pai tranquila em saber que minha missão foi cumprida. Você está bem e feliz. Nossas crianças estão lindas e fortes. Tomou posse da sua vida e está em boas mãos. Deus abençoou todos nós. Depois que eu morrer, continue sua vida fazendo o que tiver de ser feito e sempre com a certeza de que um dia nos reencontraremos.

— Não sei como vou viver sem você, Anastácia...

— Vai viver como sempre viveu, apenas seguindo a vida da maneira como ela vier. Com o tempo, serei apenas uma lembrança boa. Não chore nem se desespere.

— Como não vou chorar? Não sei como continuarei sem você...

— Não se preocupe, terá muita ajuda, não só minha como do coronel, que também nunca a abandonou.

A doença de Anastácia foi longa e dolorida, mas ela nunca reclamou. Teve a seu lado Edite, que cuidou dela com todo o carinho. No dia em que, finalmente, se foi, Edite chorou muito e relembrou toda a vida que viveu ao lado daquela mulher que foi mais do que uma mãe para ela.

O enterro foi bonito. Todos os trabalhadores da fazenda, consternados, participaram do velório. Leonardo conseguiu, junto às autoridades, que ela fosse enterrada na própria fazenda.

Junto ao caixão mortuário, Edite chorou muito e ficou ali por todo o tempo. Mesmo sem poder ver, sentia a presença do coronel.

O tempo, como sempre acontece, não parou. Os filhos de Edite cresceram e foram estudar na capital. Leonardo continuou sendo um bom pai e marido. Era amado por todos os trabalhadores. Quando tinha cinquenta e seis anos, depois de uma longa doença, também morreu.

Outra vez, Edite passou por tudo aquilo. Viu seu amor ir embora sem nada poder fazer para que aquilo não acontecesse.

Com o tempo, a lembrança de Leonardo, tanto como a de Anastácia, foi se tornando menos dolorida. Viveu mais alguns anos. Viu seus filhos formados, casados e tinha cinco netos. Em uma noite, quando estava na varanda sentada, lembrou-se das vezes em que havia ficado ali ao lado de Leonardo, do coronel e de Anastácia. Não conseguiu evitar que uma lágrima escorresse pelo seu rosto. Depois de algum tempo, levantou-se, foi para o quarto e adormeceu.

Acordou durante a noite sentindo-se mal. Tentou se levantar para chamar Martinha, que havia se casado, mas ainda vivia ali ao seu lado, porém não conseguiu. Deu alguns passos e caiu.

No dia seguinte, vendo que Edite não chegou para o café da manhã, Martinha foi até o quarto e a encontrou caída no chão. Ficou desesperada e saiu em busca de ajuda, mas nada poderia ser feito. Edite havia morrido.

Aquela morte pegou todos de surpresa, pois, embora já idosa, Edite nunca demonstrou problema algum de saúde.

A notícia correu por toda a fazenda e na cidade. Os filhos foram avisados e vieram para o enterro. Muitas pessoas da cidade, também. Margarete, consternada, também tinha sido avisada, já que todos sabiam que eram amigas de muito tempo. Ela chegou acompanhada de Farid e de seus cinco filhos.

O enterro foi triste e de muita emoção. Margarete, junto ao caixão, chorando, pensou: "Que Deus abençoe você e a receba na sua glória. Nunca vou me esquecer daquela noite em que, para salvar minha criança, você nos lançou naquela aventura que, felizmente, deu certo. Devo a você minha felicidade e a vida dos meus filhos. Não tive tempo de lhe contar, mas Luizinho, meu filho, me procurou e encontrou. Disse que Jaime havia lhe contado que tínhamos nos separado porque brigávamos muito, e por isso eu havia ido embora e que, como eu não tinha como criá-lo sozinha, resolvemos que o melhor a fazer seria deixá-lo com o pai. Fiquei parada ouvindo aquilo. Jaime não me condenou perante o meu filho, que hoje está casado e tem quatro filhos. Fiquei feliz por, finalmente, reencontrar meu filho e saber que ele não me odiava. Como Anastácia sempre nos disse: o tempo, a vida colocam tudo no lugar. Vá em paz, minha amiga, e até um dia".

# O RETORNO

Edite abriu os olhos e não reconheceu o quarto em que se encontrava. Sentou-se na cama e ficou olhando tudo o que havia ao seu redor. Preocupada, pensou: "Onde estou? Que lugar é este?"

Ficou assim por alguns minutos, quando a porta se abriu. Olhou e, entre feliz e maravilhada, quase gritou:

— Anastácia, coronel! Como estão aqui? Estou sonhando?

Anastácia se aproximou e, beijando-a no rosto e na testa, disse:

— Não, menina! Você veio nos visitar...

— Visitar como?

— Eu não disse sempre a você que um dia nos reencontra-ríamos? Esse dia chegou, e seja bem-vinda ao lar.

— Não estou entendendo...

O coronel também se aproximou e, beijando-a na testa, falou:

— Estou feliz que esteja aqui. Como Anastácia disse, seja bem-vinda.

— Estou feliz em ver o senhor, coronel, mas estou muito confusa. Não sei se estou viva, morta ou apenas sonhando.

— Você acha que está morta?

— Não! Acho que estou viva, bem viva! Estou sentindo o meu corpo!

— Você não é a primeira nem será a última a sentir-se assim. Todos passam por esse momento. Quando estamos na Terra, não se fala muito ou quase nada a respeito da morte. Evitamos essa conversa, pois para todos nós a morte é uma coisa ruim, quando na realidade não é. Ela é apenas muito diferente. Por isso, assim que chegamos aqui, ficamos confusos como você está agora, mas logo entenderá o que aconteceu e o que está acontecendo.

— Está dizendo que estou morta, mesmo?

— Depende do que você entende como morte. Para nós, e você logo se convencerá disso, estamos mais vivos do que nunca.

— Anastácia, isso que o coronel está dizendo é verdade?

— Sim, Edite. Todos nós, na Terra, nascemos, vivemos e morremos. Além do que cada um, quando nasce, tem uma missão ou mais para poder se aprimorar. Seu tempo, na Terra, chegou ao fim. Está de volta e estamos felizes por isso.

— Bem, Anastácia, nunca poderia duvidar da sua palavra e estou convencida de que morri realmente. Só posso dizer que estou me sentindo muito feliz.

— Que bom que entendeu logo, Edite. Isso evita muito sofrimento.

— Pois bem, se estou morta e vendo vocês, só me resta perguntar: como estão meus filhos? Eles aceitaram bem a minha morte?

— Estão bem, Edite, não se preocupe com eles. No começo é normal que sintam sua falta, mas, com o tempo, a vida se encarregará de fazer com que, quando se lembrarem de você, sintam apenas uma saudade confortadora. Sua missão terminou, mas a deles ainda continua. Não se esqueça de que o tempo passa rápido e que logo mais todos chegarão também.

— Estão dizendo que estou morta e, por mais que não queira ou sinta isso, preciso acreditar. Já que estou morta, onde está Leonardo? Por que ele não está aqui? Vou revê-lo também?

— Ele está em uma missão no Vale, já foi avisado da sua chegada e, assim que terminar essa missão, estará aqui.

— Vale? Missão? Que lugar é este e que missão é essa?

— O Vale é um lugar onde ficam as pessoas que não aceitaram a morte ou precisam repensar sobre a vida que tiveram na Terra, ou ainda aquelas que atentaram contra a própria vida. Elas ficam lá por algum ou muito tempo, embora nunca sejam abandonadas por aqueles que foram seus amigos ou parentes queridos. Existem vários grupos que sempre vão até lá para poderem dar a ela a oportunidade de caminharem para a luz. Algumas entendem, outras não, mas todas têm essa oportunidade. Leonardo está em uma dessas missões. Nesta missão, ele está há muito tempo, tentando convencer Olívia de que ela cometeu alguns erros, mas que sempre existe uma chance de se arrepender. Tem conversado com ela, mas não tem obtido êxito. Ela se recusa a entender que cometeu suicídio; ao contrário, diz que sempre amou a vida.

— Isso é verdade, Anastácia, Olívia jamais pensaria em suicídio. Ela adorava viver...

— Sim, mas nunca se preocupou com as crianças que matou.

— Ela nunca matou uma criança!

— Matou, sim, Edite.

— Não eram crianças, eram apenas fetos!

— Que, se não tivessem sido impedidos, teriam se transformado em crianças, jovens e adultos. Ela impediu que isso acontecesse.

— Sim, mas precisamos levar em conta que a vida que ela levava e o lugar onde estava não poderiam ter uma criança.

— Sim, é verdade, mas você mesma não evitou que a filha de Margarete fosse tirada e pudesse nascer, crescer e se tornar adulta e, assim, cumprir sua missão? Sempre existe um caminho, Edite. Alguns mais fáceis do que outros, mas sempre há uma maneira de permitirmos que uma criança nasça. Depois de ela nascer, também sempre haverá uma maneira para que possa crescer. Poderá ser dada a alguém ou levada a um orfanato. Sempre tem um caminho, e é isso que Olívia precisa entender, pois, enquanto isso não acontecer, ela não poderá sair do Vale, onde sofre muito. Lá não é um lugar agradável de se estar.

— Tomara que ela entenda. Talvez fosse mais fácil se eu pudesse falar com ela. Isso pode acontecer?

— Ainda é muito cedo. Você precisa se acostumar com esse nosso ambiente, que é totalmente diferente daquele em que viveu em tempos recentes. Depois que Leonardo voltar, vocês poderão conversar a respeito de Olívia e caberá a ele decidir se você está pronta para visitar o Vale ou não.

— Está bem. Estou ansiosa para vê-lo novamente.

— Sei disso. Ele chegará em breve. Quer ir até lá fora para ver como tudo acontece aqui?

— Bem, agora que você está bem, Edite, posso voltar aos meus afazeres. Anastácia se encarregará de acompanhar você para onde quiser e deve ir — o coronel disse, beijando a testa de Edite, que, emocionada, respondeu:

— Obrigada, coronel, por tudo o que fez por mim quando mais precisei, e obrigada por estar aqui neste momento.

Ele sorriu e saiu. Anastácia e Edite o acompanharam com os olhos até que saísse e fechasse a porta. Depois, Anastácia, não conseguindo esconder a felicidade que sentia por ter Edite ali, falou:

— E então, vamos sair ou prefere ficar aqui?

— Vamos sair, Anastácia! Você sabe que não gosto de ficar dentro de casa; só fiquei enquanto estive doente, mas agora estou muito bem e curiosa para ver como é lá fora.

— Está bem. Vamos?

— Espere, vou sair com este camisolão?

— Pode ser ou não, depende do que quiser vestir. Aqui, todos nos vestimos da maneira que quisermos. Eu continuo me vestindo do modo que sempre me vesti. Quer trocar de roupas?

— Gostaria muito. Não sei andar fora de casa com camisola.

— Está bem. Quando soube que você estava chegando, guardei alguns dos seus vestidos ali naquele armário. Pode escolher aquele que quiser.

— Você costura aqui, Anastácia?

— Não, preciso apenas pensar — Anastácia disse rindo.
— Aqui tudo é diferente, Edite. Nosso pensamento tem muita força; embora não imaginemos, ele é sempre muito forte, tanto para o bem como para o mal. Quando estamos na Terra, não temos a menor ideia de como ele é forte, por isso, muitas vezes o usamos mal. O pensamento pode nos conduzir para a frente ou nos deter, tanto aqui como na Terra. Quando chegamos aqui, vamos descobrindo essa verdade. Eu conhecia todos os seus vestidos e escolhi alguns deles.

Edite foi até o armário e, vendo muitos dos seus vestidos ali, espantou-se:

— Alguns são de agora e outros do tempo em que eu era jovem! Qual deles devo escolher?

— Aquele que quiser, assim como, também, pode continuar como está agora, ou como era quando jovem.

— Posso voltar a ser jovem?

— Pode, se quiser. Nada a impede.

— Preciso voltar a ser jovem, já que, a qualquer momento, Leonardo pode chegar, e sei que ele gostará de me ver jovem e linda!

— Aqui podemos tudo, mas, com o tempo, vamos vendo que aparência é o que menos importa. Nosso espírito sempre terá a vida que tem. Para o espírito não existe idade, apenas aprendizado e conhecimento, mas isso você aprenderá com o tempo. Escolha um dos vestidos.

Edite escolheu, entre todos, aquele de que mais gostava. Depois, juntas, saíram do quarto. Percorreram um longo corredor e chegaram até a porta da frente da casa. Anastácia a abriu. Assim que saiu para fora, Edite se espantou.

— Estamos na fazenda, Anastácia?

— Não, Edite. Quisemos que você se sentisse bem, por isso construímos uma réplica da fazenda, porque sabemos quanto você amou esse local. Por isso, se olhar à sua volta, verá que aqui poderá se sentir bem ou mal. Então, o que achou?

— Estou encantada, Anastácia! Nunca poderia imaginar que, após a nossa morte, isso poderia acontecer! Esse bem-estar ocorre com todas as pessoas?

— Infelizmente, não, Edite. Algumas pessoas ficam, mesmo aqui, presas a coisas ou pessoas e continuam no lugar e ao lado daqueles que ficaram na Terra; por isso, embora não saibam nem desejem, fazem muito mal para si e para aqueles que deixaram. As energias daqui são diferentes das da Terra. Sendo assim, quando nos aproximamos daqueles que amamos e ao entrarmos em contato com as energias deles, podemos causar muito mal a nós próprios e a eles. Muitas vezes, quando voltamos para cá, alguns parentes e amigos sentem uma mudança em suas vidas, e quase sempre para pior. Nem aqueles que partiram, tampouco aqueles que ainda estão na Terra, imaginam que sejam energias diferentes lutando entre si. Isso vai continuar até que aqueles que partiram aceitem e entendam que precisam seguir seu caminho e permitir que seus amados sigam os deles.

— Isso acontece sempre?

— Não. Aqueles que um dia pensaram e aceitaram que a morte não é o fim de tudo recebem com mais tranquilidade sua situação e seguem sua caminhada. Vamos andar?

— Gostaria muito, Anastácia. Ainda não estou entendendo o que está acontecendo, só sei que estou me sentindo muito bem.

Anastácia sorriu e começaram a caminhar. Edite estava tranquila e sentindo-se feliz por andar por aqueles caminhos que conhecia tão bem. Ia relembrando os momentos bons e ruins que vivera durante sua vida. Lembrou-se do tempo em que vivera na casa de dona Irene e do seu convívio com as moças, principalmente com Olívia. Lembrou-se de como ela era feliz e linda.

— Olívia era tão linda, Anastácia. Não se preocupava com nada, somente em manter sua aparência. Você disse que aqui podemos viver em qualquer época da nossa vida. Olívia continua linda?

— Infelizmente, não, Edite. Aqui, colhemos o que plantamos. Ela, embora por fora fosse linda, tinha uma alma voltada somente para a vaidade e cometeu alguns excessos. Hoje, está exatamente como era na realidade. Estou dizendo isso para que não se assuste ao vê-la. Está diferente e precisando muito da nossa ajuda. Já tentamos de todas as maneiras, mas nada conseguimos. Leonardo e sua equipe estão sempre ao lado dela, tentando fazer com que enfim entenda o que aconteceu e retorne ao seu caminho.

— Isso pode acontecer, Anastácia?

— Sim, Edite. Deus é um Pai amoroso e sempre quer o nosso bem. Por isso, sempre nos deu e dará novas chances, tantas quantas forem necessárias. Quando nos criou, deu-nos um único poder, que poderia nos ajudar a evoluir.

— Que poder?

— O livre-arbítrio.

— O que é isso?

— O poder de escolhermos o caminho que queremos seguir. Desde sempre, essa escolha tem nos levado, aos trancos e barrancos, para a frente, para a nossa evolução como espírito. Esse poder é tão forte que nem mesmo o Pai interfere nas nossas decisões. Desde então, estamos livres para fazermos as nossas escolhas.

— Como podemos saber que as nossas escolhas são as certas? Ninguém faz uma escolha pensando que ela seja a errada...

— Exatamente, é assim que acontece. Podemos e devemos fazer nossas escolhas livremente, porém, quando o resultado dela é o nosso sofrimento e nada em relação a ela caminha para o nosso bem ou crescimento, é sinal de que a escolha foi errada e que devemos nos afastar dela e procurarmos outro caminho. Quando a escolha é a certa, tudo caminha tranquilamente e nos sentimos felizes.

— Acho que nunca fiz uma boa escolha...

— Ao contrário, você fez boas escolhas, entre elas, uma em especial.

— Quando e como?

— Quando escolheu abandonar a vida que levava na casa de Irene, que, embora não fosse das melhores, tinha a segurança de um lugar para viver. Porém, mesmo sabendo que poderia perder tudo, arriscou-se a sair dali ao lado de Margarete para que sua criança pudesse nascer. Naquele momento, a sua escolha foi o que ajudou a menina a nascer, e não ser morta como aconteceu, acontece e acontecerá com tantos outros espíritos que são impedidos de nascer.

— Confesso, Anastácia, que está sendo muito difícil para mim entender o que está dizendo. Tudo me parece tão complicado...

— Parece complicado, mas não é, Edite. Cada um de nós está em um estágio de evolução. Estamos há muito tempo caminhando em busca dela. Desde a criação dos espíritos, fomos nos reunindo em pequenos grupos, o que chamamos de família e amigos próximos. Nesses grupos, sempre existiram os menos e os mais evoluídos, que tentam sempre, embora muitos não saibam, evoluir. Esses grupos formados sempre caminharam juntos, uns protegendo aos outros, caminhando e perdoando-se mutuamente. Todas as pessoas que encontramos durante nossa vida na Terra, embora seja apenas por alguns minutos, fazem parte desse grupo.

— Está dizendo que todos os que encontrei nesta vida já eram meus amigos?

— Sim, e inimigos também, mas todos, sem exceção, ajudaram você a caminhar, assim como aconteceu com eles. Embora estivessem um ao lado do outro, cada um deles teve e tem as próprias história e caminhada.

— Tudo me parece muito complicado, mas devo dizer que, pensando em minha vida, em muitos momentos fui ajudada por pessoas desconhecidas que nunca mais encontrei durante o resto da minha vida.

— Sim, e esses são os espíritos que fazem parte do mesmo grupo de que falei há pouco. Alguns estão na Terra, outros estão aqui no mundo espiritual e, sempre que necessário, eles encontram uma maneira de nos ajudar, inspirando alguma pessoa para dizer certas palavras ou realizar alguma ajuda, a fim de que possamos continuar nossa caminhada. Isso acontece com todos e em muitos lugares e momentos; se você relembrar sua vida, verá quantas vezes pessoas desconhecidas a ajudaram com palavras ou alguma atitude. Isso acontece com todos nós — Anastácia disse sorrindo e continuou: — Agora que já respondi a algumas de suas dúvidas, vamos continuar nossa visita à fazenda?

— Sim, mas tenho mais uma pergunta.

— Qual? — Anastácia indagou sorrindo.

— Quero muito me encontrar com Olívia. Você poderá me levar até ela?

— Sim, Edite, você vai encontrá-la, mas ainda não é a hora. Precisa estar pronta para esse encontro, que não será fácil.

— Quando chegará essa hora, Anastácia?

— Tenha calma e paciência. A ansiedade é um dos princi-pais motivos para que atrasemos a nossa evolução. Quando entendemos que existe um motivo e uma hora certos para algo acontecer, a vida, tanto aqui como em qualquer lugar, se torna mais fácil. Quando entendermos e aceitarmos que chorar, brigar ou nos lastimar não mudará o rumo dos acon-tecimentos e aprendermos a entregar nas mãos de Deus os nossos problemas, acreditando que serão resolvidos na hora e no momento adequados, tudo se tornará mais simples e fácil.

Edite, sorrindo, disse:

— Falar é fácil, Anastácia, mas na realidade é muito difícil. Eu e todas as pessoas que conheci na minha vida eram e são ansiosas...

— Tem razão, esse é um longo processo, e o mais difícil para qualquer espírito, mas, com o tempo, todos nós vamos aprendendo.

— Hoje estou entendendo que, durante a vida, cometemos muitos erros...

— Quem somos nós para julgar, Edite? Só posso dizer que cada um de nós tem o poder de escolher o caminho que quiser seguir.

— Muitas vezes não temos escolha, Anastácia. Todas as moças que estavam na casa de dona Irene foram levadas até lá por algum motivo, eu sou a prova disso. A maioria não queria estar ali...

— É verdade, mas todas que estiveram e estão ali, ou em outro lugar parecido, sempre terão um motivo. Como eu disse, não somos ninguém para julgar.

— O motivo de eu ter ido para lá foi a fome e o desespe-ro. Quando Olívia apareceu, senti uma esperança de poder sobreviver.

— Será que foi esse mesmo o motivo?

— Claro que foi, Anastácia. Eu estava desesperada!

— Você nunca pensou no motivo de Olívia ter aparecido exatamente naquele momento em sua vida?

— Não, nunca pensei...

— Você nunca pensou que precisava ir para aquela casa para poder encontrar Margarete e ajudá-la?

— Não, nunca pensei nisso...

— Existem muitas coisas sobre cujos como e por que estão acontecendo nunca pensamos. Com o tempo, tudo vai ficando mais claro, nos acostumamos com as situações e sofremos menos. Lembra-se de como se sentiu quando a filha de Margarete nasceu?

— Sim. Fiquei muito feliz! Era um neném lindo. Fiquei com ela nos braços e estava muito feliz.

— Naquele momento, pensou que só estava com aquela criança nos braços porque havia impedido que ela fosse assassinada?

— Não, Anastácia! Nem por um minuto eu me lembrei de tudo o que havia acontecido.

— É exatamente assim que acontece com todos nós. Quando nossa felicidade é grande, os maus momentos desaparecem e só pensamos na felicidade que estamos sentindo.

— Verdade, Anastácia. Agora, conversando com você, entendo o motivo de eu ter ido para a casa de dona Irene.

— Antes de renascermos, fazemos muitas promessas e compromissos, nem sempre conseguimos cumpri-los, mas na maioria das vezes cumprimos mais de cinquenta por cento deles.

— Renascer? Do que está falando, Anastácia?

— Essa é uma outra conversa que, no momento certo, teremos com você. Por ora, saiba que fez um compromisso com Margarete e sua filha de que as ajudaria e ajudou. Ponto para você. Fez o mesmo juramento com Olívia e David; esse compromisso, infelizmente, não conseguiu cumprir, mas tentou.

— David? Quem é ele? Nunca conheci alguém com esse nome!

— Conheceu, sim, e vai se lembrar dele assim que o encontrar.

— Não estou entendendo coisa alguma do que está falando, Anastácia...

— Sei que não, mas logo tudo será esclarecido. Por enquanto, se quiser, pode continuar aqui fora. Preciso voltar para casa, tenho algo para fazer. Quer entrar comigo?

— Não, prefiro continuar aqui, pensando em tudo o que aconteceu e em como posso estar me sentindo tão bem aqui.

Anastácia, sorrindo, afastou-se e entrou em casa.

Edite, pensativa, parou diante do seu jardim e pôde ver as rosas que cultivava com carinho. Estavam lindas e perfumadas. Parou e mexeu em cada uma delas, com cuidado, para que não se machucassem.

— Estão lindas! Anastácia deve ter cuidado delas para que continuassem da maneira que as deixei.

Edite ficou ali caminhando por mais algum tempo; depois, entrou na casa. Tudo estava igual ao que se lembrava. Encontrou Anastácia, que conversava com um rapaz. Este a olhou profundamente. Ao vê-la, Anastácia sorriu e perguntou:

— Já está aqui, Edite? Pode ir olhando tudo e veja se está do modo como se lembra. Daqui a pouco vou estar com você.

Edite começou a caminhar pela sala, olhando cada detalhe, e notou que tudo estava como se lembrava. Por todos os cômodos, sentiu saudade do tempo que passou ali. Parecia que havia passado muito tempo. Parou em seu quarto e lembrou-se dos momentos vividos ali. Olhou para Anastácia, que agora estava ao seu lado, e perguntou:

— Quanto tempo faz que eu morri, Anastácia? Para mim, parece que foi ontem...

— Faz mais de dois meses. Você ficou adormecida durante todo esse tempo para poder se restabelecer e aceitar sua nova vida.

Edite ficou calada e continuou olhando todo o quarto. Lembrou-se dos momentos de felicidade e tristeza que ali passou. Lembrou-se de Leonardo e no quanto tinham sido felizes.

Depois, saiu do quarto e continuou andando. De repente, parou e perguntou:

— Anastácia, como e onde estão meus filhos e todos os que moravam aqui?

— Esta fazenda é uma réplica, Edite. As pessoas continuam vivendo na fazenda verdadeira.

— Não posso ir até lá?

— Ainda não, Edite. Suas energias precisam ser renovadas. Você precisa estar bem para ir ao encontro de todos.

— Estou bem, Anastácia. Sinto que não vou interferir na vida deles.

— Realmente, você está bem, mas eles ainda não. Sua morte ainda está recente. Apesar de a vida ter continuado para eles, ainda sentem a sua falta. Com a sua presença, embora não percebam, a saudade aumentará, e eles poderão voltar a sofrer. Por isso, não é recomendável que vá até lá, pelo menos por agora. Daqui a algum tempo, poderá ir com tranquilidade. Não fique triste por isso. Você ainda tem muito para ver por aqui.

Edite ouviu e, calada, continuou andando pela casa. Relembrou toda a sua vida e como ela foi mudando. Lembrou-se, também, das pessoas que a ajudaram e que nunca mais viu. Lembrou-se da sua vida ao lado de Margarete e da felicidade que sentiu no dia em que a filha dela nasceu. Sorriu, pensando: "Embora tenha tido algum tempo de sofrimento, os momentos felizes foram maiores". Sorriu ainda mais.

Anastácia, que caminhava ao seu lado, ao ver a felicidade dela, também sorriu.

Estavam na cozinha, e Edite olhava para o fogão. Ouviram então uma voz. Edite imediatamente a reconheceu e correu para a porta de entrada. Ao ver Leonardo, que entrava, atirou-se em seus braços. Abraçaram-se com muito carinho e saudade.

— Finalmente você chegou, Edite. Estava ansioso pela sua volta.

— Eu, embora não soubesse da sua saudade, nunca esqueci os momentos que passamos juntos e como fui feliz ao seu lado.

Voltaram a se abraçar. Anastácia, que a tudo acompanhava, sorriu, e uma lágrima de felicidade correu por seu rosto.

Ainda abraçados, saíram para a varanda e sentaram-se em uma poltrona que havia ali. Anastácia, percebendo que estava sobrando, saiu de mansinho e sem nada falar.

Edite e Leonardo começaram a conversar, lembrando-se de como haviam se conhecido, do nascimento dos filhos e de como foram felizes naquele lugar.

Em dado momento, ela disse:

— Você continua como no dia em que morreu. Não quis voltar a ser jovem?

— Não, Edite. Não havia motivo, pois vivi muito bem cada momento, e foi também como adquiri muito conhecimento. Aqui, a aparência não faz diferença alguma. Porém, você está linda jovem novamente! Eu amei você como jovem e continuei amando enquanto envelhecia. O amor está acima de tudo. Quer que eu fique jovem novamente? Para mim, não há problema algum.

— Não, Leonardo! Também amei você em todos os momentos da nossa vida e, ao contrário, quero voltar a ter a idade com que cheguei aqui. Como faço para mudar?

— Apenas pense e relembre como era! — ele disse rindo.

Ela fechou os olhos e em minutos voltou a ser a Edite que chegara ali. Ambos riram. Edite, com o olhar pensativo, falou:

— Anastácia me falou sobre Olívia e disse que você está tentando ajudá-la. Teve algum progresso?

— Infelizmente, não. Ela está cercada por entidades perversas e não nos ouve. Essas entidades a perseguem e fazem com que ela tenha visões horrorosas, que realmente não existem. Está sofrendo muito, mas só pensa em como era bonita, nas suas joias e no dinheiro que tinha, e em momento algum pensa nas crianças que impediu de nascer.

— Para ela, isso nunca foi crime. Dizia que eram apenas fetos e que não tinham vida.

— Isso não é verdade, Edite. Todo espírito precisa renascer. Todos têm encontros com outros espíritos para resgatar erros passados, para ajudar e serem ajudados. Alguns nascem em casa de amigos, para caminharem juntos. Outros nascem na casa de inimigos, para que se ajudem no resgate de erros passados. Muitos, quando estão aqui, antes de renascerem, fazem promessas de se reunirem como filhos e pais para caminharem juntos, por amor ou para se ajudarem, e, ao impedir que um espírito nasça, você quebra uma promessa feita.

— Entendi o que você disse, Anastácia também falou a mesma coisa, mas, quando estamos na Terra, muitos têm dificuldade para entender isso. Existem muitos homens e mulheres que pensam como Olívia. Fico pensando: o que acontece com eles quando chegam aqui? Todos são levados para esse Vale?

— Não, Edite. Apenas os homens e as mulheres responsáveis por essas vidas ceifadas. Normalmente, as mulheres são consideradas culpadas, pois são as únicas que podem decidir se a criança vai ou não nascer, mas todos os que contribuíram para o ato fatal também terão de responder por isso. Porém, todos são recebidos com muito carinho e levados a pensar naquilo que fizeram. Alguns, ao entenderem, se arrependem e pedem perdão, comprometendo-se a resgatar o mal causado. Outros não aceitam e continuam achando que fizeram o certo. Esses são levados para o Vale e ficam lá até que, finalmente, entendam e aceitem o que fizeram. Então são resgatados e terão nova chance. Lembre-se de que Jesus disse: "Vá e não peque mais". É isso o que acontece aqui. Todos têm a chance de se redimir. Até agora, embora tenhamos tentado muito, isso não aconteceu com Olívia, mas sei que, um dia, ela vai entender e se arrepender do que fez. Nesse dia, a nossa felicidade e a dela serão imensas.

— Em momento algum você falou sobre os homens que, na maioria das vezes, abandonam as mulheres. Sempre os considerei culpados também.

— Claro que sim, Edite! Aqui todos são iguais, não importando o sexo. Homem ou mulher têm os mesmos direitos, obrigações e missões para serem cumpridas. Entendeu?

— Mais ou menos — Edite respondeu, sorrindo.

— Todos os que estão no Vale são espíritos que precisam reencontrar o caminho. Alguns demoram mais que outros, mas todos, um dia, despertam para a realidade.

— Como isso acontece? Quando e como despertam?

— Isso depende de cada um. Alguns despertam depois de algum tempo, outros se tornam escravos e demoram mais.

— Meu Deus, que tristeza estar em um lugar tão ruim e abandonados...

— Não, Edite! Assim como acontece na Terra, eles nunca estão sozinhos. Existem espíritos amigos e de familiares que estão sempre ao lado deles. Deus é um pai amoroso e nunca abandona Seus filhos, não importando como e onde estão. Agora mesmo, Juliano, o marido italiano de Margarete, está, com sua equipe, ao lado de Olívia.

— Juliano? Mas ele não a conhecia!

— Não a conheceu nesta vida, mas fazem parte do mesmo grupo há muito tempo.

— Mesmo grupo? Anastácia me falou algo sobre isso...

— Sim, desde o início da humanidade, as pessoas se reuniram em pequenos grupos de familiares e amigos. Durante a evolução, esses grupos caminharam sempre juntos, sempre uns ajudando os outros.

— Está dizendo que todos estão juntos desde o início dos tempos? São sempre os mesmos espíritos?

— Não. Com o tempo, foram evoluindo e cada um seguiu seu caminho pela eternidade. Tornaram-se professores para aqueles que chegavam, independentemente de a qual grupo pertencessem. Tornaram-se protetores da humanidade e, ainda hoje, ajudam as pessoas em sua caminhada. Todos nós que nos encontramos por pouco ou muito tempo pertencemos a um mesmo grupo. Nunca é por acaso que encontramos as pessoas. Muitas aparecem nos momentos em que mais precisamos e nos ajudam com palavras ou ações. Quando chegamos aqui e analisamos como foi nossa vida enquanto renascidos, vemos que, em muitos momentos, pessoas apareceram e nos ajudaram, como também ajudamos outras pessoas que nunca havíamos conhecido. Essa é a beleza da vida. A espiritualidade é perfeita. Todos são tratados de maneira justa. Aqui não existem preferidos, e todos são responsabilizados por seus atos.

— Nunca imaginei que fosse assim, Leonardo.

— Eu também não, mas, de qualquer forma, é muito bom descobrir.

— Gostaria de poder me encontrar com Olívia. Talvez ela me ouça e possa ser ajudada. Você pode me levar até ela?

— Por enquanto não, Edite. No Vale, as energias são pesadas e você ainda não está preparada. Precisa ficar mais algum tempo sendo fortalecida. Depois, quando estiver bem, prometo que a levarei até ela.

— Eu me sinto muito bem, acho que não haveria problema, mas, como não entendo bem o que acontece aqui, sei que, no momento que for possível, você me levará. Tomara que eu consiga convencê-la do melhor caminho a seguir.

— Sim. Por enquanto, descubra tudo o que acontece por aqui. Não vai demorar muito, pois você está mesmo muito bem. Nunca se esqueça de que eu a amo muito. Em muitas encarnações estivemos juntos e espero que continuemos por muitas mais.

— Também espero — ela disse rindo.

Abraçaram-se e saíram caminhando pela fazenda. Edite estava feliz por estar ao lado dele.

# O REENCONTRO

O tempo foi passando. Edite, ao lado de Anastácia e Leonardo, conheceu vários lugares e pessoas que ali estavam. Reencontrou pessoas que conhecera e que nem sabia que haviam morrido. Durante todo o tempo, assistiu a aulas sobre o mundo espiritual e como tudo funcionava ali. As aulas eram ministradas por espíritos envolvidos em uma aura de luz brilhante, em um grande salão. Trabalhou com pessoas doentes e crianças. Estranhou encontrar crianças, pois achava que todos eram espíritos adultos. Perguntou:

— Como existem crianças aqui, Anastácia? Pensei que todos fossem espíritos adultos e que já viveram muito! São espíritos novos?

— Não são espíritos novos, Edite! Aqui temos o livre-arbítrio e todos escolhem como desejam se apresentar. Você quis voltar a ser jovem, depois entendeu que isso não fazia a menor diferença. Esses preferem continuar como crianças, e nossa vontade é sempre respeitada. Leonardo, eu e outros, assim como você, escolhemos continuar da maneira como voltamos para cá. Depende da vontade de cada um. Alguns querem continuar a ser crianças; normalmente são espíritos que precisam de mais aprendizado, pois se recusam a crescer, por isso foi permitido que continuassem como crianças.

A cada dia que passava, mais e mais Edite ia se encantando com tudo o que havia ali — coisas nas quais, como renascida, nunca havia pensado. Leonardo ficava fora por dias. Edite sabia que ele visitava o Vale. Sua vontade de reencontrar Olívia crescia dia a dia, mas sabia que precisava esperar e que, no momento certo, Leonardo a levaria com ele.

Em uma tarde, ela estava se preparando para ir a uma reunião em que aprenderia sobre a vida daqueles que iam renascer e tudo o que poderiam encontrar assim que voltassem. Quando terminou a aula e estava saindo, viu que Leonardo estava ali. Correu para ele e se abraçaram. Começaram a caminhar, e ele disse:

— Chegou o dia, Edite. Você agora está bem e pronta para ir comigo ao Vale rever Olívia. Tenho conversado com ela, fazendo com que se relembre daquele tempo em que viveram juntas e o que você representou em sua vida. Ela está demorando um pouco para relembrar, pois seu pensamento ainda está naquela moça fútil que foi e se recusa a pensar nas crianças que assassinou.

— Não fale assim, Leonardo, pois, para ela, não houve assassinato.

— Sei disso, mas não há como ela se afastar dessa realidade. Aconteceu, e por quatro vezes; eram vidas, Edite!

— Sei disso, mas Olívia, naquele tempo, não pensava assim.

— Agora, isso não importa. Quero que esta noite se prepare com orações, para que possa entrar no Vale e sair dele. Como já disse a você, as energias lá são muito pesadas.

— Está bem, Leonardo, vou pedir a Anastácia que me ajude a me preparar.

— Faça isso. Também vou me preparar.

Chegaram à fazenda onde Edite morava ao lado de Anastácia e do coronel. Pararam em frente ao portão, e ela perguntou:

— Quando poderemos voltar a morar juntos, Leonardo?

— Assim que terminarmos nosso trabalho junto a Olívia. Depois, juntos vamos ter a nossa casa, para esperarmos os outros que chegarão, um a um, e precisarão de um lugar seguro.

Edite se abraçou a ele, que a beijou na testa. Ela entrou, e ele foi caminhando para a casa onde morava com amigos.

No dia seguinte, Edite acordou com os raios de sol entrando pelas frestas da janela. Ainda deitada, lembrou-se de como aquele dia seria importante em sua vida. Levantou-se e foi para a cozinha, onde Anastácia estava. Desta vez, não se preocupou ao ver que ela estava junto ao fogão. Lembrou-se de que no primeiro dia em que a viu ali, curiosa, perguntou:

— Está fazendo café no fogão como se estivéssemos na Terra? Não podemos apenas pensar no café e ele surgir? Precisamos realmente comer?

— Suas perguntas são válidas. Não precisamos nos alimentar e, sim, poderíamos apenas pensar, mas prefiro fazer assim. Gosto de pensar que ainda estou na fazenda, na minha cozinha, mas, se isso incomodar você, poderemos fazer da maneira que quiser e nem precisamos comer.

— Não, Anastácia! Também gosto de viver como se estivéssemos na nossa fazenda, onde fui tão feliz.

Anastácia terminou de fazer o café e sentaram-se. Estavam ali, conversando com tranquilidade, quando Leonardo chegou.

— Bom dia! Como estão as minhas meninas?

Edite levantou-se e se abraçou a ele, que retribuiu com muito carinho.

— Estamos bem. Quer tomar café?

— Não, já tomei. Assim que terminar, podemos ir?

— Claro que sim. Enquanto isso, sente-se aqui ao meu lado.

— Vou me sentar, mas antes tenho uma surpresa para você, Edite!

— Surpresa? Que surpresa?

Ele se afastou para o lado, dizendo:

— Quero apresentar a você a equipe que vai nos acompanhar.

Ela olhou e, ao ver quem estava ali, levantou-se, rindo, e correu para abraçar uma moça que também lhe sorria.

— Branca! Você está aqui? Como fico feliz em ver você!

— Estou, Edite! Cheguei há alguns anos. Parece que você está muito bem! Soube que havia chegado e fiquei ansiosa para vê-la.

— Também estou muito feliz.

— Este é meu amigo, Juliano, o amor italiano de Margarete! — Leonardo disse, apontando para um rapaz. Ela, apertando a mão que ele oferecia, falou:

— Muito prazer, Juliano! Embora eu nunca tenha visto você, eu já o conheço por intermédio de Margarete; ela sempre me falou muito de você, com muito amor e carinho.

— Também sinto muito carinho por ela. Quando cheguei aqui, sofri bastante por tê-la deixado sozinha. Cada lágrima dela chegava até mim como uma lança. Depois, foi permitido que eu a visitasse e, sempre que ela estava sofrendo, eu estava ao lado dela. Mais tarde, entendi que tudo estava certo e que Margarete precisava passar, sozinha, por tudo o que passou. Estive ao lado dela quando nossa filha nasceu e morreu. Depois, durante toda a sua caminhada. Porém, Deus nosso Pai, que nunca nos abandona, colocou você na vida dela e, assim, foi mais fácil seu caminho. A filha dela nasceu e, graças a você, que a ajudou muito, está linda. Obrigado, Edite.

— Não tem o que agradecer, Juliano. Ela também me ajudou. Por ela, consegui sair da casa de dona Irene e levar uma nova vida. Nós duas nos ajudamos, pois eu queria sair dali há muito tempo, mas não tinha coragem. Portanto, salvar aquela criança fez com que eu tomasse a coragem que não tinha tido até então.

Os dois, com lágrimas nos olhos, sorriram. Depois, Juliano, passando as mãos pelos olhos, tentando secar as lágrimas, falou:

— Este é Luigi, meu irmão mais velho. Quando saí da Itália, ele havia morrido há dois anos. A minha intenção era trazer meus pais e meus outros dois irmãos para o Brasil, mas não consegui, não tive tempo. Quando cheguei aqui, pode imaginar a felicidade e a emoção que senti ao encontrá-lo. Ele me ajudou a me adaptar. No começo foi difícil, pois eu me recusava a permanecer aqui e queria voltar para ficar ao lado de Margarete, que chorava muito pela minha falta. Foram tempos difíceis. Mais tarde, conheci Leonardo e comecei a fazer parte desta equipe maravilhosa. Sempre que Margarete precisava, eu tinha permissão para visitá-la. Fiquei feliz quando ela se reencontrou com Farid. Sabia que ele era um homem bom e que a faria feliz, e foi isso que aconteceu.

— Verdade, Juliano, hoje eles têm uma linda família e são felizes. Farid é um ótimo pai e marido. Margarete nunca se esqueceu de você e, sempre que conversamos, ela renova o carinho e o amor que sentiu.

Depois, ela estendeu a mão para Luigi, que a recebeu sorrindo.

— Muito prazer, Luigi. Estou feliz em conhecê-lo.

— Eu também, Edite. Leonardo fala muito sobre você e no quanto foram felizes.

— Com certeza, fomos muito felizes. Vocês não podem imaginar a felicidade que estou sentindo neste momento.

— Todos nós estamos felizes, Edite. Quando renascidos, nunca poderíamos imaginar que um reencontro como este poderia acontecer.

Edite, emocionada e abraçando-se novamente a Branca, perguntou para Anastácia:

— Você conhece esta moça linda, Anastácia?

— Sim, Edite. Fui eu quem a recebeu quando ela chegou aqui. Estava muito fraca e achava que ainda sentia dores, embora elas não existissem mais.

— Verdade, sofri muito com uma doença dolorosa. Por mais que vocês dissessem que eu não estava mais com a doença, levei muito tempo para acreditar e devo tudo isso a você, Anastácia.

— Deixe para lá, menina. O importante é que agora está bem e ajudando outros que aqui chegam.

— Bem, a conversa está boa, mas precisamos nos apressar.

— Está certo, Leonardo. Podemos ir. — disse Edite.

Despediram-se de Anastácia e saíram.

Em alguns segundos, chegaram a um lugar que, para Edite, parecia ser tenebroso. Foram recebidos por um espírito, que disse:

— Sejam bem-vindos. Meu nome é Aluísio. Está preparada para o que vai ver? — perguntou para Edite, que estava assustada.

— Não sei, espero que sim.

— À primeira vista, este lugar causa essa impressão, mas, se ficar firme ao nosso lado, não existe perigo algum. Fique tranquila.

Em seguida, começou a andar e foi seguido pelos outros.

Passaram por lugares horríveis. Edite, segurando firme o braço de Leonardo, foi caminhando. Sentiu-se mal, mas não parou.

Durante a caminhada, podiam-se ver espíritos que se aglomeravam e ouvir gritos de dor por todos os lados.

Chegaram a um lugar mais escuro que os demais, e Edite pôde ver Olívia, que estava sentada e encolhida, sem lembrar nem por um minuto a Olívia que conhecera.

Ao lado dos outros, aproximou-se e, com a voz trêmula, perguntou:

— Olá, Olívia, como você está?

— Quem são vocês e o que estão fazendo aqui? — Olívia perguntou, olhando para ela e os demais.

Edite olhou para Leonardo, que com a cabeça disse que sim, e, com a voz emocionada, respondeu:

— Somos seus amigos, Olívia, e estamos aqui para ajudar você.

— Amigos? Que amigos? Não conheço nenhum de vocês...

— Sou Edite. Não se lembra de mim?

— Não. Nunca vi você por aqui...

— Você não se lembra da casa de dona Irene?

Olívia ficou com o olhar distante, como se estivesse querendo se lembrar. Edite continuou:

— Não se lembra das festas, dos vestidos e das joias que usava?

Olívia, como se estivesse relembrando, continuou olhando para um determinado lugar.

— Tente, Olívia. Você precisa relembrar. Precisa sair deste lugar, e isso só vai acontecer quando você relembrar, entender o que aconteceu e quiser sair daqui.

Olívia ficou por algum tempo com aquela expressão no rosto, e de repente disse:

— Estou me lembrando da casa, das festas e das minhas joias! Onde elas estão? Desde que cheguei aqui as tenho procurado por todos os lados, meus vestidos e joias, mas não consigo encontrá-los. Onde estão?

Sem saber o que responder, Edite olhou para Leonardo, que disse:

— Não estão aqui, Olívia. Estão em outro lugar que você poderá encontrar se resolver nos seguir.

Ao ver a situação em que Olívia se encontrava e percebendo que ela não a havia reconhecido e que, portanto, não conseguiria sair dali, Edite começou a chorar, desesperada. O choro estava descontrolado, tanto que todo o seu corpo tremia.

Leonardo, ao perceber que figuras tenebrosas se aproximavam, fez um sinal com a cabeça e imediatamente os outros se colocaram ao redor de Edite. Branca a abraçou do lado direito, Juliano do lado esquerdo, enquanto Luigi e Aluísio ficaram por trás, às suas costas, e começaram a orar. Leonardo colocou-se à sua frente e, com voz firme, disse:

— Acalme-se, Edite! Você foi avisada de que este lugar é perigoso e que, por isso, precisamos estar conectados com o Alto! Pare de chorar e procure entrar em oração. Não é dessa maneira que vai ajudar Olívia!

Edite tentou, mas não foi capaz; por mais que quisesse parar, não conseguia. Sentia como que uma força maior controlando-a. Todos continuavam em oração, enquanto Olívia permanecia ali, distante, como se nada estivesse acontecendo.

Leonardo, embora estivesse também orando, sentia que as figuras se aproximavam lentamente.

Fechou os olhos e implorou:

— Amigos, precisamos de ajuda.

No mesmo instante, uma luz forte os envolveu. Assim que todos foram cercados pela luz, a figura de uma mulher começou a aparecer.

Leonardo, ao vê-la sorrindo, agradeceu com a cabeça e disse:

— Obrigado, Maria Rita.

Ela sorriu e olhou para as figuras, que, ao verem aquela luz, se afastaram, mas continuaram, de longe, olhando o que acontecia. Em seguida, Maria Rita estendeu suas mãos sobre a cabeça de Edite, que, aos poucos, começou a se acalmar.

Quando Edite estava calma, Maria Rita voltou-se para Olívia, que continuava ali, sem perceber o que acontecia, e com voz tranquila falou:

— Olívia, está na hora de você voltar para casa. Seus amigos estão aqui e vieram buscar você.

Como se só agora Olívia percebesse que algo estava diferente, olhou para os lados e viu Maria Rita, que a olhava com carinho. Depois, olhou para todos e parou o olhar em Edite, que agora estava serena.

— Maria Rita! O que está fazendo aqui?

— Vim buscar você, Olívia.

— Eu não quero ir embora. Estou bem, e só vou quando tiver um vestido bonito e encontrar minhas joias que estou procurando, mas não as encontro...

— Você não precisa mais de joias ou vestidos. Precisa apenas se lembrar do que aconteceu.

Em seguida, colocou sua mão na testa de Olívia, que sentiu uma tontura e, em sua mente, voltou ao passado e se viu dentro do quarto da casa de dona Irene. Estava diante do espelho, colocando suas joias. Olhou para Edite, que estava ao seu lado, e sorriu. Perguntou:

— O que você acha, Edite?

Edite estranhou por estar em duas situações diferentes: uma na casa de dona Irene, ao lado de Olívia, e outra ao lado de Leonardo e dos outros, mas ficou calada. Realmente não sabia o que fazer ou falar. Demorou algum tempo para entender o que estava acontecendo. Olhou para o lado e viu Leonardo e os demais. Continuou calada, abraçada por ele e acompanhando as cenas da casa de dona Irene.

Olívia voltou a perguntar:

— O que você acha, Edite?

Edite ia responder, mas não teve tempo. No mesmo instante, estavam na casa de dona Olímpia, no exato momento em que ouviu os gritos de Olívia dentro do quarto, e, ao relembrar aquele momento e o desespero que sentiu, lágrimas começaram a correr por seu rosto.

Olívia ficou calada por algum tempo, com os olhos parados, tentando relembrar o que havia acontecido. De repente, voltou seus olhos para eles e, ao ver Edite, chorando, gritou:

— Dite! Eu fiz isso? Não permiti que David renascesse?

Edite, agora, chorava sem conseguir se controlar e, entre lágrimas, respondeu:

— Fez, Olívia, infelizmente...

— Meu Deus, eu não podia ter feito isso!

Levantou-se e começou a caminhar, no que foi seguida por todos eles.

Maria Rita perguntou:

— O que está procurando, Olívia? Suas joias, seus vestidos?

Ela se voltou para Maria Rita e quase gritou:

— Não! Estou procurando e vou encontrar David! Preciso pedir perdão pelo que fiz! Onde ele está?

— Ele não está aqui, Olívia, mas, se quiser, pode nos acompanhar, que a levaremos até ele...

— Eu quero! Eu preciso, por favor... — Disse isso chorando copiosamente.

— Está bem, estamos aqui exatamente para isso. Quer nos acompanhar?

— Sim — respondeu, ajoelhando-se e chorando muito.

Todos, juntos, elevaram os olhos para o Alto e agradeceram por aquele momento. Depois, com as mãos dadas, rodearam-na.

Maria Rita voltou-se para as figuras que ainda estavam ali. Olhou uma a uma e disse em voz alta:

— Sei que muitos de vocês não entendem o que aconteceu aqui; só posso dizer que, neste momento, pelo arrependimento, um espírito conseguiu ser resgatado. Isso pode acontecer com qualquer um de vocês. Em qualquer lugar, sempre teremos amigos para nos socorrer em momentos difíceis, aqui ou quando renascidos. Algum de vocês quer pedir ajuda?

As figuras, admiradas, entreolharam-se. Eram mais ou menos vinte que estavam ali. Depois de algum tempo, uma delas se ajoelhou e gritou:

— Quero, eu quero!

Maria Rita olhou para um senhor, que era quem estava quase aos gritos. Seus olhos se encheram de lágrimas e, lentamente, aproximou-se dele. Estendendo-lhe as mãos, falou:

— Que bom! Há muito tempo estou esperando por este dia. Tem certeza de que é isso mesmo que deseja?

O homem ficou olhando para ela e pareceu não a reconhecer.

Maria Rita sorriu e enviou sobre ele um forte raio de luz, que o atingiu totalmente. Ele, no mesmo momento, começou a chorar, dizendo:

— Maria Rita, é você mesmo?

— Sim. Sou eu, Horácio.

— Será que algum dia poderá me perdoar por todo o mal que fiz a você?

— Não se preocupe com isso agora. O importante é que tenha, finalmente, entendido que está na hora de recomeçar. Vamos embora daqui?

Maria Rita voltou-se e, olhando para Leonardo e sorrindo, fez um sinal com a cabeça.

Leonardo entendeu o sinal. Tirando o braço que estava sobre Edite, aproximou-se do senhor e o ajudou a se levantar, encaminhando-o para junto de Olívia, que a tudo acompanhava. Em seguida, Maria Rita olhou para Aluísio e disse:

— Obrigada por tudo o que tem feito aqui no Vale, Aluísio...

— Não tem o que agradecer, Maria Rita. Sabe que o motivo de eu estar aqui é para poder ficar ao lado do meu filho, e sabe, também, que só irei embora quando puder levá-lo comigo. Sei que eu poderia estar em um lugar melhor, com mais tranquilidade, mas isso só será possível quando ele me ouvir.

— Esse dia chegará, meu amigo, e sinto que será logo.

— Que assim seja...

Em seguida, com todos ao redor de Olívia e de Horácio, que também fora resgatado, fecharam os olhos e desapareceram. Olívia e Horácio, adormecidos, foram levados para um quarto de hospital e acomodados em duas camas. Edite, Leonardo e Maria Rita despediram-se dos demais, que, sorrindo, desapareceram.

Edite, ao lado da cama onde Olívia estava, olhando para Leonardo e Maria Rita, falou:

— Vou ficar aqui ao lado deles. Quero que, quando Olívia acordar, ela possa me ver a seu lado.

— Não precisa, Edite. Estão adormecidos e ficarão assim por muito tempo. Embora estejam aqui, ficaram muito tempo no Vale e ainda estão sob a influência de energias pesadas. A sua presença aqui não vai ajudar e, por causa de sua amizade com Olívia, pode até atrapalhar o tratamento. O mesmo acontece comigo. Também queria ficar ao lado de Horácio, mas não posso e sei disso. Vamos continuar com o nosso trabalho e, quando chegar a hora, voltaremos.

Ao ouvir aquilo, Edite olhou para Leonardo, que disse:

— Maria Rita tem razão, Edite. Não se preocupe, Olívia está em boas mãos. Logo mais estará bem, e vocês poderão conversar muito e programar o futuro.

— Está bem. Vou fazer o que dizem. Agora pelo menos sei que ela está bem.

Feliz e tranquila, Edite, ao lado de Leonardo, voltou para a fazenda e contou tudo o que havia acontecido para Anastácia, que a ouvia e ria com o entusiasmo dela.

— Que bom, menina. Eu sempre soube que o Pai nunca nos abandona. Agora, Olívia, com a sua ajuda, novamente poderá ter uma nova chance. Que Deus abençoe vocês duas.

— Estaremos sempre juntas...

— Isso já acontece há muito tempo. Não é, Leonardo?

— Sim, Anastácia. Essas duas nunca se separarão — ele disse rindo.

A vida continuou. Edite passou a se dedicar a cuidar das crianças. Em uma manhã, ela estava caminhando no meio das crianças, quando viu ao longe um menino que brincava com as outras. Ao vê-lo, correu em sua direção. Ajoelhou-se, ficando assim na altura de seu rosto. Ele, ao vê-la, começou a chorar e falou:

— Você voltou, Edite? Demorou muito!

— Perdão, Paulinho... — disse chorando —, mas agora estou aqui e nunca mais vou embora.

— Fiquei o tempo todo esperando por você, mas o pai sempre dizia que você nunca voltaria. Quando ele disse que a gente ia ter que se mudar, eu não queria ir, porque sabia que, se eu saísse dali, você nunca mais me encontraria, mas tive de ir com ele.

Naquele momento, Edite chorou com ainda mais dor, pois sabia que, durante todo aquele tempo, quase nunca pensara em seu pequeno irmão. Só conseguiu dizer:

— Perdão, Paulinho... perdão...

— Agora não importa mais, pois finalmente você chegou.

Ela ficou sem saber o que falar. Sentia-se culpada e não encontrava uma maneira de se desculpar.

O menino, em sua inocência, perguntou:

— Agora você vai me levar para a sua casa, Edite?

— Vou, claro que vou, e você vai gostar muito.

Ele, rindo, abraçou-a e, depois, soltou-se e correu para o lado das outras crianças, voltando a brincar. Ela o ficou olhando enquanto isso. Uma das senhoras que cuidava das crianças se aproximou.

— Ele, finalmente, está feliz, não é, Edite?

— Sim, e estou feliz também, Mariana, porém, tem algo que não estou entendendo...

— O quê?

— Embora eu esteja mais velha, com outra aparência, ele me reconheceu, então por que ele continua criança depois de tanto tempo?

— Para ele nada mudou, e, por isso, você também não. Ele se lembra de você como era naquele tempo. Chegou aqui alguns meses depois que você foi embora. Desde aquele dia, começou a ficar triste e não tirava os olhos do lugar por onde você tinha partido, esperando a sua volta, o que não aconteceu. Depois de algum tempo, ficou muito doente. Seus pais não entenderam, e também não se preocuparam. Ele chorava muito e dizia sentir uma dor muito forte no coração. Alguns meses depois, em uma manhã, sua mãe estranhou que ele não se levantava; foi até a cama onde ele dormia e o encontrou morto. Quando ele acordou, tomou conhecimento do que havia acontecido naquela encarnação e na anterior. Como acontece com todos nós, poderia escolher continuar como criança ou voltar a sua aparência atual. Preferiu continuar criança, como você viu, e disse que ficaria assim até que você voltasse, e esse dia enfim chegou.

— Coitadinho, Mariana. O que mais me dói, neste momento, é ter me lembrado tão pouco dele. Durante todos esses anos, fiquei somente preocupada com minha vida. Eu poderia, quando morava com o coronel, tendo uma vida tão boa, ter ido buscá-lo, mas não lembrei nem pensei nele...

— Não fique triste por isso, Edite. Você tinha outro caminho para seguir.

— Sim, nisso você tem razão, porém meu irmão sofreu muito.

— Na nossa vida terrestre, nem sempre as coisas caminham como gostaríamos ou como nos parece ser o certo, porém, nada do que nos acontece está fora do programado. Todos nós temos um caminho para seguir e ele será trilhado de qualquer maneira. Foi isso que aconteceu com você. Sua missão maior era ajudar a filha de Margarete renascer, e isso você conseguiu. Agora, ela está seguindo o caminho dela; tomara que consiga cumprir a missão para a qual foi destinada.

— Tomara, Mariana, tomara...

# RECOMEÇANDO

O tempo foi passando. Todos os dias, Edite visitava Olívia por uma ou duas horas. Ficava ao seu lado, relembrando a amizade que tinham tido na casa de dona Irene e orando para que ela se reabilitasse.

Em um desses dias, Cláudia, uma das enfermeiras, entrou no quarto e, ao ver que Edite estava ali, sorrindo, disse:

— Olá, Edite. Estou aqui para tratar Olívia.

— Como ela está, Cláudia? Algumas vezes, ela me parece calma, em outras, ela se debate, como se estivesse sofrendo.

— Ela está em um estado de meditação. Embora adormecida, está revivendo toda a sua vida e, como você sabe, ela teve bons e maus momentos, aliás, como acontece com todos nós, encarnados e desencarnados.

— Vai demorar muito para ela sair desse estado?

— Não tenho como responder a essa pergunta, pois vai depender de como ela entender o que está passando, mas fique tranquila, ela terá todo o tempo que for necessário.

— Sei disso, mas confesso que estou ansiosa para podermos nos reencontrar da maneira como éramos antigamente.

— A ansiedade é um dos piores males de todos nós, mas é por isso que estamos aqui, tentando aprender a ter o bem mais precioso, a paciência — Cláudia disse sorrindo.

Edite também sorriu.

— Isso é verdade. Estive pensando que perdemos muito tempo sofrendo por ansiedade. Seria tão bom se pudéssemos ter essa paciência que você diz, mas sabemos que é muito difícil.

Cláudia fez um sinal com as mãos, que Edite compreendeu imediatamente e abaixou a cabeça, começando a orar. Sabia que Cláudia estava administrando o tratamento tão necessário a Olívia.

Cláudia, em oração, começou a aplicar passes reconfortadores em Olívia, que permanecia dormindo tranquila. Imediatamente, luzes passaram a cair sobre Olívia, envolvendo todo o seu corpo.

Edite não resistiu ao clarão daquelas luzes; abriu os olhos apenas por um segundo e, diante de tanta beleza, começou a chorar de felicidade.

Depois de alguns minutos, Cláudia terminou e disse:

— Pronto, Edite. Por um bom tempo, ela ficará bem e terá só visões boas, que a deixarão feliz. Agora, preciso ir tratar de Horácio.

— Ainda bem que você está aqui, Cláudia. Ele, diferentemente de Olívia, tem mais momentos de sofrimento e desespero no rosto. Confesso que por muitas vezes cheguei a me assustar.

— Não sei como foi a vida dele como encarnado, mas não deve ter sido muito boa. Ele, assim como Olívia, está revivendo tudo o que fez de bom e de ruim, e, pelo visto, tem mais momentos ruins do que bons, mas não se preocupe, em algum momento ele vai acordar e poderá repensar toda a sua vida, tanto aqui como na Terra.

— Desejo que chegue logo este momento, Cláudia, pois sinto que ele está sofrendo muito.

— Então, me ajude, Edite. Coloque-se em oração.

Edite imediatamente fechou os olhos e começou a orar por aquele pobre espírito. Cláudia elevou os braços para o alto, e aquela luz forte e brilhante voltou a iluminar o quarto. Um foco mais forte pairou sobre Horácio, que, aos poucos, foi se acalmando.

Depois de alguns minutos, a luz foi se afastando e tudo voltou ao normal no quarto. Edite abriu os olhos e, olhando para Horácio, percebeu que ele parecia tranquilo.

Cláudia sorriu e, abanando a mão para dar adeus, saiu do quarto. Edite permaneceu lá por mais algum tempo, olhando para os dois, que estavam tranquilos. Ela sorriu aliviada.

Estava se preparando para sair; levantou-se e deu um beijo na testa de Olívia, que continuava tranquila. Nesse instante, o quarto voltou a se iluminar, o que assustou Edite. Maria Rita apareceu e sorriu para ela, que a olhava sem entender o que estava acontecendo.

— Não se preocupe, Edite, está tudo bem. Estou aqui para ajudar Horácio a despertar. Chegou a hora.

— Tenho notado que ele está mais tranquilo nestes últimos dias, Maria Rita.

— Sim. Ele durante todo esse tempo tem revivido toda a sua vida na Terra, Edite, mas agora vai acordar e enfrentar as suas verdades. Peço a você que, se puder, permaneça ao meu lado. Vou precisar de boas vibrações.

— Claro que sim, Maria Rita. Para ser sincera, eu não queria sair agora.

Maria Rita sorriu, voltou-se para Horácio e levou suas mãos sobre ele. Delas, luzes muito fortes saíam, percorrendo todo o corpo dele, que permanecia estático.

Edite seguia todos os seus passos. Aos poucos, Horácio começou a se mexer. Depois de alguns segundos, abriu os olhos e viu diante de si Maria Rita, que sorria. Quase gritou:

— É você mesmo, Maria Rita? Tenho procurado por você há muito tempo.

— Sempre estive ao seu lado, Horácio.

— Como nunca a vi antes, a não ser naquele momento em que me resgatou?

— Não fui eu que o resgatei, Horácio, foi você quem se resgatou. Eu apenas o conduzi até aqui. Agora chegou a hora de você entender o que se passou.

— Tenho pensado muito na minha vida, Maria Rita. Não sei o que aconteceu, só sei que, de repente, eu estava em uma situação horrível e não encontrava um caminho para sair dela. Chamei muito por você, mas não obtive resposta. O que aconteceu comigo?

— Simplesmente, você não está mais na Terra. Seu tempo ali terminou.

— O que está dizendo, Maria Rita? Está falando que morri?

— Sim, Horácio. Foi isso o que aconteceu.

— Não pode ser verdade isso que está dizendo. Estou vivo, sinto meu corpo e tenho fome e sede. Como posso estar morto?

— Sempre disse a você que havia vida após a morte, mas você nunca acreditou. Agora, está começando a perceber.

— Não pode ser! Eu não morri! Você está querendo se vingar de tudo o que fiz.

Maria Rita sorriu e falou:

— Não, Horácio. Não sou eu quem está querendo vingança, você é quem vai responder a tudo o que fez com a oportuni-dade que teve ao renascer. Chegou a hora de prestar contas.

— Não consigo entender!

— Não se preocupe com isso, Horácio. Com o tempo, en-tenderá tudo o que aconteceu e o que está acontecendo.

— Eu estive sonhando com tudo o que fiz na minha vida e queria ter uma oportunidade de mudar tudo. Isso será possível, Maria Rita?

— Deus é nosso Pai e, como todos os pais, nunca abandonou ou abandonará Seus filhos. Você terá, sim, uma oportunidade. Porém, por enquanto, volte a dormir e a sonhar. Na hora certa, tudo se resolverá.

Enquanto falava isso, levantou suas mãos para o alto e fez uma oração.

Horácio, devagar, adormeceu.

Edite continuava ali, ao lado, olhando tudo o que acontecia. Voltou os olhos para Olívia, que continuava adormecida.

Após Horácio adormecer, Maria Rita voltou-se para Edite e, sorrindo, disse:

— Agora, eles estão bem, Edite, e continuarão sonhando e relembrando tudo o que fizeram. Quando despertarem, estarão prontos para entender o que aconteceu e poderão escolher o caminho que desejarão seguir.

— Escolher? Como assim? Não entendi...

— Como tudo o que acontece em nossa vida, sempre chega o momento de conhecermos a verdade e escolhermos um caminho para seguir, Edite. A hora de todos nós que pertencemos ao mesmo grupo e que caminhamos juntos pela Terra está chegando.

— Como assim, Maria Rita?

— Todos nós que sempre vivemos e caminhamos juntos desde o início já retornamos e estamos nos preparando para um novo salto para o aperfeiçoamento.

— O que vai acontecer com todos nós, Maria Rita?

— Teremos a oportunidade de renascermos ou não, Edite. Todos nós, sabendo o que aconteceu, poderemos escolher o que queremos para o futuro.

— Poderemos renascer e fazer tudo diferente do que fizemos?

— Sim. Todos os problemas se repetirão e teremos a oportunidade de agirmos de forma diferente.

— Sabendo o que fizemos de certo ou errado, será fácil corrigirmos nossos erros e agirmos de modo diferente.

— Isso que você está dizendo seria o ideal, mas não é bem assim que vai acontecer, Edite.

— Como assim? Não entendi, Maria Rita...

— Ao renascermos, nos esqueceremos de tudo o que aconteceu e é preciso que seja assim, para termos a oportunidade de evoluir em nosso entendimento e atuação. Passaremos pelos mesmos momentos em que tivemos alguma dificuldade. Isso nos ajudará a caminharmos em paz. Novamente encontraremos nossos amigos e inimigos, e teremos a oportunidade de fazermos tudo diferente. Sempre estará em nossas mãos escolhermos o nosso caminho.

— Ouvindo você falar, parece tudo tão difícil.

— Parece, mas não é, Edite. Sempre teremos ajuda durante a nossa caminhada. Nunca estamos ou estaremos sozinhos — Maria Rita falou rindo.

— Tomara que consigamos, Maria Rita.

— Conseguiremos, Edite, não importa o tempo que demore.

Edite ficou pensativa, e Maria Rita, sorrindo, disse:

— Por enquanto, vamos caminhando, Edite. Agora vou embora, e pode ficar aqui por quanto tempo quiser. Até mais.

Dizendo isso, Maria Rita saiu.

Edite ficou ali por mais algum tempo. Depois, beijou Olívia na testa e também saiu.

# HORA DA DECISÃO

O tempo foi passando. Edite continuou trabalhando junto às crianças e assistindo aulas sobre a evolução da Terra e dos seres humanos. Com essas aulas, ela, assim como todos os outros, a cada dia que passava, ia entendendo coisas que aconteciam com a humanidade e a Terra, e muitas dúvidas foram sendo sanadas. Um dia, estava tendo uma aula sobre a oportunidade que todos temos de renascer e quantas coisas boas ela pode nos fornecer, e que, portanto, devíamos agradecer a Deus por nos ter dado tantas oportunidades para evoluirmos. Uma senhora que sempre estivera ali, mas que permanecia calada, sem parecer prestar atenção ao que acontecia, de repente disse:

— Desde que cheguei aqui tenho ouvido falar de um Deus que é um Pai amoroso e que cuida de todos, mas, por mais que eu tente acreditar nisso, não consigo. Ele não me parece ser como é descrito aqui...

Maria Rita, instrutora daquela aula, olhou para ela e perguntou:

— Por que está dizendo isso, Natalia?

— Durante os quase setenta anos em que vivi na Terra, vi muita desigualdade, muito sofrimento. Alguns com muito dinheiro e felizes, enquanto outros eram muito pobres, algumas vezes sem ter o que comer. Quando me deparava com essas pessoas, pensava: "Onde está esse Deus de que todos falam, que permite tanta desigualdade e sofrimento?" Sempre perguntei, mas nunca encontrei respostas.

— Você sofreu muito na sua última vida, Natalia?

— Não, Maria Rita. Tive uma vida muito boa. Nasci em uma casa com bons pais, fui criada com muito carinho e nunca me faltou coisa alguma. Talvez por isso eu não entendia o porquê de com outras pessoas não ser igual. À medida que os anos iam passando, mais eu me preocupava com essas coisas, e até hoje não consigo parar de pensar nisso. Onde está Deus quando crianças passam fome e ficam doentes? Onde está Deus quando aqueles que deveriam cuidar de um povo não o fazem, só pensando no seu próprio bem e, para isso, roubam, se corrompem e destroem uma nação, levando muitos à dor e ao desespero? O pior é que, enquanto muitos sofrem, Deus permite que esses que causam esse sofrimento tenham muito dinheiro e, portanto, uma boa vida. Isso não é justo. Quando ouvi você dizer que a Terra é um lugar de oportunidades, desculpe-me, Maria Rita, mas não posso aceitar isso. Para mim, a Terra é um lugar de muito sofrimento para a maioria das pessoas.

Maria Rita olhou para os outros e percebeu que muitos deles estavam aceitando aquelas palavras como verdade. Tranquilamente, olhando para cada um, falou:

— Percebo que vocês estão concordando com o que Natalia falou. Por isso, pergunto: será que realmente só existem dor e sofrimento na Terra? Será que não existem momentos bons também? Cada um de nós é dono do seu próprio destino e temos o livre-arbítrio para escolhermos o caminho que queremos seguir. Se pararmos para pensar, veremos que, durante nossa vida na Terra, sempre encontramos pessoas más, porém, também encontramos pessoas boas, que nos ajudam nos momentos em que mais precisamos. Peço que todos fechem os olhos e relembrem os momentos ruins pelos quais passaram, vendo por quem ou como foram ajudados. Relembrarão que em todos os momentos, bons ou ruins, nunca estiveram sozinhos. Cada um de nós teve a oportunidade de renascer para cumprir uma missão, resgatar erros passados, redimir-se e avançar ao encontro da Luz Divina. A caminhada não é fácil, mas, com o tempo, conseguiremos.

Todos ficaram pensativos e relembraram a vida que tiveram, percebendo que Maria Rita tinha razão. Muitos foram os momentos ruins e bons pelos quais passaram. Alguns sorriam, outros choravam em um misto de dor e alegria. Maria Rita acompanhava as reações e continuou:

— Muitas vezes não entendemos por que algumas pessoas sofrem mais do que as outras, mas, se pensarmos no significado da reencarnação, entenderemos que tudo está sempre certo. Muitos daqueles que hoje são pobres e vivem na miséria, em outras vidas, foram ricos, poderosos e fizeram da sua riqueza e poder as ferramentas para humilhar e roubar ainda mais aqueles que nada tinham. Deus, que muito nos ama e que não quer nos perder, nos dá vários caminhos para nos levar ao seu encontro. Um desses caminhos é a reencarnação. Por intermédio dela, podemos sentir o que outros sentiram, ver o que fizemos de bom ou ruim, e enxergar os caminhos que poderemos trilhar para resgatarmos nossos erros.

— Está dizendo que os pobres de hoje foram, ontem, ricos e maus, Maria Rita?

— Não, Natalia. Estou dizendo que a encarnação nos iguala e que, através dela, temos a oportunidade de nos aproximarmos da nossa essência e de Deus. Com o livre-arbítrio e a reencarnação, podemos escolher a vida que teremos quando renascermos.

— Não dá para acreditar nisso, Maria Rita.

— Por que não, Natalia?

— Porque, se todos pudessem escolher como viver na Terra, todos escolheriam nascer ricos e poderosos. Ninguém escolheria ser pobre e humilhado.

— Não é bem assim que acontece, Natalia. Todos nós, quando retornamos, temos a oportunidade de rever a nossa vida na Terra, o que fizemos de bom e de ruim, quantas pessoas ajudamos e quantas prejudicamos. Quantos amigos e inimigos encontramos. Quantos perdoamos e por quantos fomos perdoados, e assim vai. A nossa visão deste lado é diferente daquela que temos na Terra. Lá vivemos por algum tempo; aqui, nossa vida é eterna. Lá, os valores são outros, diferentes dos daqui. Lá existem coisas que aqui não têm valor algum, como dinheiro, poder e glória, assim como, também, inveja, ciúme e ódio. Lá existem ganância e luta pelo poder, sentimentos que destroem o espírito.

— De uma coisa tenho certeza: se puder escolher como será minha próxima vida, quero ser muito rico e poderoso!

— Nem sempre, Luiz. O dinheiro e o poder são inimigos mortais para o espírito.

— Eu não consigo acreditar que isso seja verdade, Maria Rita. O sofrimento e a miséria só trazem a revolta e a impressão de que Deus não existe.

— Isso acontece, Luiz, porque pensamos na vida na Terra, mas ela é a que menos importa. A vida espiritual e eterna é a mais importante. O dinheiro é um dos principais motivos para que muitos não consigam cumprir seus compromissos assumidos aqui antes de renascer. Por isso é importante que pensemos muito bem em como queremos viver antes de renascer. Nem sempre o dinheiro ou o poder poderão nos ajudar para conseguirmos caminhar rumo à Luz Divina. Todos os que estão aqui estão se preparando para renascer. Por isso, é importante que se lembrem de como foram e viveram a última encarnação. Depois disso, entenderão o motivo do que aconteceu com cada um e poderão estar livres para escolherem como será a próxima oportunidade na Terra. Estão interessados?

Todos ficaram animados, pois a maioria que ali estava não tinha a menor ideia e queriam muito saber. Maria Rita sorriu e disse:

— Pois bem, agora podem voltar aos seus aposentos e esperem que terão essa oportunidade. Minha missão aqui é prepará-los para esse renascimento.

Edite, ao ouvir aquilo, pensou: "Não posso renascer sem saber o que vai acontecer com Olívia. Não quero renascer sem ela..."

Maria Rita olhou para ela e falou:

— Não se preocupe, Edite. Tudo será esclarecido e todos renascerão juntos. Não podemos nos esquecer de que fazemos parte de um mesmo grupo que há muito tempo caminha junto. Sabemos que, embora sempre tenhamos caminhado juntos, alguns conseguiram passar por várias provas e outros não. Aqueles que já passaram poderão escolher se querem ou não voltar, mas tenho quase certeza de que todos vão querer voltar para ajudar os amigos que ainda estão pelo caminho.

Edite sorriu aliviada. Saiu dali e foi ver Olívia, que continuava da mesma maneira. Sempre que ia até lá, tinha a esperança de ver Olívia acordada, mas isso nunca acontecia. Estava desanimada, pois já fazia muito tempo que esperava por aquele momento. Ficou lá por mais de meia hora, olhando para a amiga que permanecia da mesma maneira e pensando: "Você precisa acordar, Olívia. Precisa entender o que aconteceu e o que está acontecendo. Pelo que Maria Rita disse, poderemos ter a chance de renascermos juntas e fazermos tudo diferente".

Olhou para o lado e viu Horácio, que, assim como Olívia, também continuava da mesma maneira. Pensou: "Por que será que demoram tanto tempo para acordar? O que será que estão vendo ou vivendo?"

Após beijar Olívia na testa, estava saindo, quando Maria Rita chegou. Feliz, ela disse:

— Que bom que está aqui, Edite. Chegou a hora; Olívia vai acordar.

Edite não conseguiu segurar sua felicidade e, rindo, falou:

— Isso é maravilhoso, Maria Rita! Já não aguentava tanta espera!

— Sim, sei disso, mas tudo tem seu tempo e sua hora. Coloque-se ao lado dela e, com as mãos sobre sua cabeça, faça uma oração. Neste momento, precisamos de muita paz e harmonia. Não sabemos qual será sua reação ao acordar. Ficou por muito tempo em um mundo só dela.

Edite acenou com a cabeça dizendo que sim e, embora não quisesse, uma lágrima escorreu por seu rosto. Colocou as mãos em volta da cabeça de Olívia e começou a fazer uma oração pedindo ajuda.

Maria Rita colocou as mãos a uma certa distância da cabeça de Olívia, e uma luz branca forte surgiu através de seus dedos. Foi descendo, e a luz foi se espalhando por todo o corpo, que permanecia imóvel.

Após alguns minutos, Olívia abriu os olhos e olhou à sua volta. Parou os olhos em Edite, que chorava. Emocionada, perguntou:

— Edite, onde estou?

— Está aqui ao meu lado, Olívia! Que bom que acordou!

Após olhar o ambiente, curiosa, perguntou:

— Estou em um quarto de hospital, Edite?

— Sim, mas vai ser por pouco tempo. Agora que acordou, tudo vai ficar bem.

Olívia olhou para Maria Rita, que, sorrindo, disse:

— Seja bem-vinda, Olívia. Estávamos ansiosas esperando que acordasse. Não se preocupe, tudo agora está bem.

Com a ajuda de Edite, Olívia sentou-se e comentou:

— Estive em um lugar estranho, Edite. Encontrei pessoas que há muito tempo eu não via. Vi você, dona Irene e as meninas da casa, mas todas estavam diferentes. Fiquei muito confusa. Eu estava vestida com roupas pobres e todos também. O lugar em que vivíamos era muito pobre, e eu detestava tudo o que acontecia. Eu queria ter joias e vestidos lindos. Era uma vida muito diferente daquela que vivemos juntas na casa de dona Irene. Eu chorava muito e queria sair daquele lugar, mas não conseguia. Tentei me casar com um homem muito rico, mas ele me enganou e eu fiquei grávida. Quando contei isso a ele, me abandonou, e eu fiquei desesperada e matei a criança que esperava. Foi horrível, Edite! Jurei que jamais voltaria a ser pobre e a me envolver com qualquer coisa ou pessoa. Jamais teria responsabilidade com alguém e, principalmente, nunca teria ou criaria filhos. Depois de algum tempo, entendi tudo o que havia feito da minha vida e jurei que jamais cometeria os mesmos enganos, mas isso não aconteceu, pois nada mudou. Fui para a casa de dona Irene porque quis, não havia motivo algum. Quis ter uma vida com luxo e sem responsabilidades. Quando fiquei grávida, por várias vezes me revoltei e fui matando as crianças, uma a uma. Quanta loucura, Edite! Por que fiz essas coisas? Por que fui inconsequente novamente?

— Não se preocupe mais com tudo isso. Já passou e, de agora em diante, você poderá mudar tudo isso — Maria Rita disse sorrindo.

— Tenho esperança de conseguir ser diferente. Para isso, preciso encontrar David. Onde ele está, Maria Rita?

— Está cumprindo uma missão, mas a qualquer momento virá até você. Realmente, vocês têm muito a conversar, Olívia.

— Estou ansiosa para conversar com ele e pedir perdão por ter lhe faltado mais uma vez.

— Vocês terão essa oportunidade. Por enquanto, você deve começar a ajudar Edite e os outros na missão deles. No momento certo, todos se reunirão e poderão escolher o futuro que querem para uma nova tentativa, em uma nova encarnação.

Todas sorriram. Maria Rita então deu adeus, acenando com a mão, e desapareceu.

# UM PASSADO REMOTO

O tempo foi passando. Olívia ficou o tempo todo ao lado de Edite, ajudando e cuidando das crianças que chegavam, meio perdidas e sem entender muito bem o que estava acontecendo. Muitas choravam pela falta dos pais e de toda a família.

Elas se dedicavam a conversar e distrair essas crianças. Olívia, mesmo sem perceber, começou a se entregar às crianças com muito amor e carinho. Com o tempo, foi entendendo-as e amando-as.

Em certo dia, como sempre acontecia, todos foram convocados para uma reunião que se daria às duas horas da tarde. Ficaram curiosos para saber qual seria o assunto a ser tratado.

Perto das duas horas, todos começaram a chegar. Olívia e Edite chegaram juntas e entraram no imenso salão; caladas e curiosas, sentaram-se.

Aos poucos, outros também foram chegando: Margarete, Irene e os demais que haviam participado, juntos, da última encarnação.

Elas se levantaram e começaram a se abraçar com muita felicidade. Olívia e Edite, assim como os demais, estavam curiosas.

Após algum tempo, Maria Rita, acompanhada de algumas outras pessoas, chegou e cumprimentou a todos. Em seguida, passou a falar:

— Todos nós sempre soubemos que um dia renasceríamos. Esse dia chegou.

Aqueles que estavam ali entreolharam-se, mais curiosos ainda.

Maria Rita continuou:

— Como há algum tempo já falamos sobre esse assunto, vocês já relembraram como foi a encarnação passada, entenderam o que aconteceu e se comprometeram com que tudo seja diferente, fazendo o possível para resgatarem enganos passados. Estão preparados para renascer?

Eles voltaram a se olhar e concordaram com a cabeça. Maria Rita prosseguiu:

— Cada um de vocês teve a oportunidade de se lembrar de tudo o que fez e, portanto, escolher como e por que vai renascer. Estarão juntos novamente, como tem acontecido há muito tempo. Passarão por momentos bons e ruins que viverão juntos e poderão, de acordo com cada um, repetir ou não os mesmos enganos. Antes de aceitarem ou não, precisam saber que aqui, neste plano, tudo parece ser muito fácil, mas, quando na Terra, com as energias pesadas que lá existem, tudo parecerá mais difícil do que aqui e muitas vezes, ao passarem por momentos difíceis, não os entenderão nem os aceitarão, mas, com o passar do tempo, aprenderão que tudo sempre passa, tanto os maus quanto os bons momentos, e que, no final, tudo sempre está certo.

— Como assim, Maria Rita? — Edite perguntou.

— Sei que, ao se lembrar de como tudo aconteceu, a tendência, no primeiro instante, é escolher provas mais difíceis para compensar o que fizeram de errado, mas precisam pensar muito bem e lembrar sempre que o Nosso Pai nunca nos dá uma cruz tão pesada que não possamos carregar. Quando renascerem não se lembrarão de coisa alguma do que passaram aqui; sendo assim, pensem muito bem e escolham com cuidado.

— Como pode ser isso, Maria Rita? Já que passaremos pelos mesmos desafios, como saberemos qual é a maneira certa de agir se não nos lembrarmos do que aprendemos aqui?

— Existe em todos nós, Olívia, aquilo que na Terra chamamos de instinto. No momento em que estiverem caminhando por um caminho errado, sentirão que algo não está bem e que precisam mudar o rumo dos acontecimentos. Saibam que, a todo momento, todos recebemos avisos, por alguém ou por um sonho. Basta acreditar que o caminho certo sempre estará à nossa frente.

Assim que terminou de falar, Maria Rita olhou para a sala e viu que em uma das cadeiras do fundo estava sentado um senhor, que levantou a mão, querendo falar.

— Pois não, Luiz, deseja falar algo?

— Sim, por favor... Nunca mais quero nascer pobre.

— Por que está dizendo isso, Luiz?

— Na última encarnação sofri muito nas mãos de pessoas poderosas. Nunca mais quero passar por tudo o que passei!

— Você já teve a oportunidade de relembrar como foi a última encarnação antes dessa?

— Não, ainda não, mas sei que a última foi muito ruim.

— Depois de rever o que você fez na anterior, talvez mude de ideia. Quer rever?

— Claro que sim! Como você disse, talvez eu mude de ideia, mas acho difícil, Maria Rita. Sofri muito e fui, também, muito humilhado! Acreditei em pessoas que muito me prometeram, mas que não cumpriram coisa alguma.

— Está bem. Vamos todos assistir a como foi sua vida anterior. Talvez todos compreendam a enorme responsabilidade que temos ao escolher a nossa próxima encarnação.

Todos estavam olhando para Maria Rita com um olhar curioso. Nenhum deles se lembrava de suas vidas anteriores.

Na frente da sala, uma enorme tela apareceu. Nela, havia um palanque montado e muitas pessoas na parte de baixo, esperando para ouvir as pessoas que estavam sobre ele.

Aqueles que estavam sobre o palanque irradiavam saúde, riqueza e felicidade. Aqueles que estavam na parte de baixo, tristeza, miséria e uma enorme vontade de ouvir o que eles iriam falar.

Luiz se admirou ao ver que estava no meio daqueles que estavam sobre o palanque. Quase gritou:

— Sou eu quem está lá em cima?

— Sim, é você, Luiz — Maria Rita disse, sorrindo.

— Eu já fui político?

— Sim, e por muito tempo. Naquela encarnação, você foi um político que nunca se importou com o povo, mas só com os próprios interesses, o que causou muito mal ao povo que acreditou em você.

— Não pode ser! Eu jamais faria isso, ainda mais sabendo que fui muito prejudicado, e por causa de um político!

— Quer continuar vendo essa encarnação na qual foi político ou prefere falar de outras coisas?

— Quero e preciso continuar vendo!

— Pois bem, vamos continuar.

Admirado, Luiz ficou com os olhos presos, sem acreditar que poderia ter sido um político. No palanque, o político falava com entusiasmo, prometendo uma boa vida para aqueles que o assistiam.

Luiz ouvia e pensava: "Eu não posso acreditar que tenha sido político e feito esse papel! Ela está mentindo!"

Após terminar de falar por mais de meia hora, Luiz se despediu e foi embora. As pessoas que o escutaram também foram saindo, a maioria acreditando em tudo o que Luiz havia prometido.

Assim que Luiz chegou ao seu escritório, sentou-se em sua cadeira em frente a uma grande mesa e falou para Antero, um de seus assessores:

— O que você achou do meu discurso, Antero, me saí bem?

— Sim, prefeito. Pelo semblante das pessoas, pude ver que estavam aceitando suas palavras. Claro que sempre existem alguns que não concordam.

— Você conseguiu ver algumas dessas pessoas, Antero?

— Sim, prefeito. O mais eufórico e nervoso foi o Severino, aquele vereador que faz parte daquele partido que é oposição ao nosso. Ele pode ser perigoso.

Luiz, nervoso, batendo com a mão sobre a mesa, quase gritou:

— Você precisa dar um jeito nele e nos seus comparsas. Não podemos permitir que eles mintam para as pessoas!

— Já pedi para o Florisberto dar uma espiada nele e nos seus comparsas. Pensando bem, vou, pessoalmente, ver o que está acontecendo. Depois, direi ao senhor tudo o que descobri.

— Faça isso! Não podemos colocar em risco a minha reeleição! Você precisa dar um jeito nesse sujeito, Antero! Ele precisa parar com essas conversas! Você sabe como o povo é fácil de enganar!

— Pode deixar, senhor! Vou até lá e logo mais vou trazer uma resposta.

Assim que Antero saiu, Luiz deu uma olhada em alguns papéis que estavam sobre a mesa. Depois, levantou-se e foi para casa.

Entrou e viu sua filha de onze anos, que estava lendo um livro. Foi até ela e beijou seu rosto.

— Tudo bem, Mariana?

— Sim, papai. Estou lendo este livro.

— Está gostando?

— Sim. Conta a história de uma moça que lutou muito no tempo da escravidão. Estou gostando muito!

— Faça isso, filha! Leia e estude, que só assim você poderá entender tudo o que acontece à sua volta.

A menina sorriu e voltou os olhos para o livro.

Luiz sorriu e foi ao encontro da esposa, que o recebeu com um abraço e lhe disse:

— Como foi o seu discurso?

— Foi bom, embora nunca tenha sido difícil falar com o povo. Ele gosta de ter a ilusão de que existe alguém que pode resolver seus problemas. Por isso, fica fácil.

Helena sorriu e falou:

— Daqui a pouco, o jantar vai ser servido. Estávamos apenas esperando você chegar.

— Está bem.

Ele sorriu e foi para seu quarto. Deitou-se na cama e começou a pensar: "Meus planos estão dando certo: vou ser reeleito e conseguirei fazer tudo o que desejo. Preciso pensar na minha vida e, principalmente, no futuro dos meus filhos. Meu pai foi político a vida toda e não conseguiu uma grande fortuna. Nunca quis se unir com aqueles que poderiam fazê-lo conseguir muito dinheiro. Comigo vai ser diferente. Sei que, por causa dele, serei reeleito, pois ele sempre foi muito amado pelo povo. Vou aproveitar isso para obter tudo o que quero. O que meu pai conseguiu sendo a favor do povo? Nada! Morreu com a mesma fortuna que já tinha antes de ser político. Comigo vai ser diferente! Vou fazer tudo o que for possível para conseguir mais dinheiro e poder!"

Enquanto isso, Antero, ao lado de alguns homens, aproximou-se da casa de Severino, que estava ao lado de algumas pessoas e dizia:

— Precisamos pensar muito bem em quem vamos votar. Luiz não é o mesmo que seu pai foi. Ele é ganancioso e louco pelo poder! Não tem intenção alguma de ajudar o povo, só está pensando em si e no seu bolso. Ele, por poder e dinheiro, será capaz de praticar todo tipo de maldade.

— Será que isso é verdade, Severino? Como pode dizer isso?

— Basta prestar atenção em como ele age hoje na sua fazenda. Ele é um tirano. Explora seus empregados. Quantos aqui trabalham para ele?

Muitos que estavam ali levantaram a mão.

Severino, olhando para eles, perguntou:

— Vocês confirmam que ele não é um bom patrão?

Todos, com a cabeça, disseram que sim.

— Pois bem. Acham realmente que ele vai ser um bom prefeito, interessado no povo?

Todos começaram a falar juntos, alguns contra e outros a favor.

Severino, gesticulando e falando alto, tentou fazer com que eles se acalmassem. Aos poucos, eles foram se tranquilizando.

Severino recomeçou a falar:

— Pois bem, aqueles que estão a favor e contra a candidatura dele, precisam tomar uma decisão. Precisamos visitar as pessoas que conhecemos e falar com elas, dizendo o que pensamos a respeito. Precisamos fazer com que as pessoas enxerguem Luiz como realmente ele é. Não podemos deixar o povo ter como exemplo seu pai, que foi um ótimo prefeito. Ele é muito diferente.

Antero, do lado de fora da casa, acompanhava tudo o que acontecia. Olhou um por um os que estavam contra Luiz.

Quando a reunião estava chegando ao fim, Antero olhou para os companheiros que estavam a seu lado e disse:

— Vou conversar com o prefeito. Ele precisa saber o que estão planejando.

— Quer que eu vá com você, Antero?

— Não, João. Pode ir para sua casa.

Sorriram e cada um foi para sua casa.

Antero seguiu para a casa de Luiz.

Assim que chegou à frente da casa, bateu palmas. Uma senhora, que se chamava Cleuza, abriu a porta dizendo:

— Boa noite, Antero. O que deseja?

— Preciso falar com o prefeito.

— Ele está terminando de jantar, vou perguntar se pode receber o senhor.

Assim que terminou de falar, voltou para dentro da casa, deixando a porta aberta, e foi em direção a Luiz, que estava sentado. Disse:

— Com licença, prefeito. O Antero está aí fora dizendo que precisa conversar, urgente, com o senhor.

Enquanto se levantava, Luiz avisou:

— Estou indo para o meu escritório. Diga a ele que vá até lá.

Cleuza voltou à porta da casa e falou para Antero:

— Pode entrar. O prefeito está esperando por você no escritório. Já sabe onde fica.

Em poucos segundos, Antero entrou no escritório. Luiz estava sentado e, com um sorriso, perguntou:

— O que tem para me contar, Antero? Sente-se.

Antero sentou-se e contou tudo o que havia acontecido na casa de Severino. Terminou dizendo:

— Severino conseguiu juntar várias pessoas que não querem que o senhor se reeleja.

— Como assim? O que pretendem fazer para que isso não aconteça?

— Eles vão se dividir e querem ir de casa em casa conversar com os eleitores e contar a eles o que o senhor tem feito pela cidade e que é diferente do seu pai.

— Você acha que eles podem convencer as pessoas?

— Bem, o senhor sabe que o seu tempo como prefeito não foi muito bom. Muitas pessoas estão descontentes.

— O que estão falando?

— Que o senhor nunca ligou para o povo e que é muito diferente de seu pai.

— Como não liguei para o povo? Eu sempre pensei só no bem-estar dele!

Antero ficou calado, sem falar o que realmente pensava. Luiz continuou:

— Precisamos encontrar uma maneira de evitar que esse plano continue. Quero que faça esse Severino conversar comigo. Vou tentar fazer com que venha para o meu lado.

Antero, em silêncio, acenou com a cabeça dizendo que sim e, despedindo-se, saiu.

Luiz ficou pensando no que poderia fazer para que Severino mudasse de ideia.

Antero, preocupado, foi para sua casa e não conseguiu dormir, sem saber o que fazer. Pensou: "Severino não vai aceitar conversar com o prefeito. O ódio que sente por ele é muito grande, embora eu tenha que concordar que ele tem um pouco de razão. O prefeito, realmente, não tem se preocupado muito com o povo, mas não posso me colocar contra ele, pois o dinheiro que me paga é muito e não poderia viver nem cuidar da minha família sem ele".

Depois de algum tempo, embora preocupado, conseguiu adormecer.

No dia seguinte, assim que acordou, pensou: "Vou até a gráfica de Severino tentar convencê-lo a ir conversar com o prefeito. Tomara que ele aceite".

Assim pensando, tomou café e saiu. Pouco tempo depois, estava na gráfica que pertencia a Severino. Entrou dizendo:

— Bom dia, Severino. Como você está?

— Estou bem, trabalhando, como sempre, diferente de você, que nunca trabalhou e que sempre esteve pronto para ajudar políticos a roubar o povo.

— O que é isso, Severino? Por que está tão amargo assim?

— Estou me lembrando de como éramos amigos e no quanto você mudou. Quando jovens, tínhamos tantos sonhos, mas você escolheu o caminho mais fácil.

— Escolhi o caminho certo, Severino. Hoje, tenho uma boa vida. Meus filhos estão saudáveis e com boa vida, enquanto você e os seus continuam quase na miséria, vivendo do seu trabalho, que nunca lhe dará a minha vida.

— Você pode ter razão, mas eu prefiro, quando colocar minha cabeça no travesseiro, dormir tranquilo, e não sei se você pode fazer a mesma coisa.

Antero lembrou-se da noite anterior, em que quase não conseguiu dormir, e ficou calado. Depois de algum tempo, disse:

— Não vim aqui para brigar com você, mas para dizer que o prefeito pede que você vá até a prefeitura, para que possam conversar.

— Não tenho o que conversar com ele.

— Achei que sua resposta seria essa, mas precisa pensar bem. Talvez possam chegar a um acordo.

— Não tenho o que conversar com o prefeito, menos ainda entrar em um acordo.

— Tem certeza disso, Severino? Pense bem.

— Já disse, mas vou repetir: não tenho o que pensar. O prefeito já fez muito mal a esta cidade.

— Está bem, depois não diga que não avisei você.

— Está me ameaçando, Antero?

— Não! Estou apenas pedindo que pense.

— Está bem, mas quero dizer a você que não tenho medo do prefeito, nem de você, Antero!

Antero, calado, sorriu e se afastou. Alguns minutos depois, chegou à prefeitura, entrou e foi para o gabinete do prefeito, pedindo à secretária que o anunciasse. Ela entrou no gabinete e saiu em seguida dizendo:

— O prefeito pediu que entre.

Ele, sorrindo, entrou e falou:

— Bom dia, prefeito. Fui conversar com Severino.

— Bom dia, Antero. O que ele disse?

— Está irredutível. Não tive como convencê-lo a vir até aqui e disse que não tem o que conversar com o senhor.

— O que você respondeu?

— Não tive o que fazer, só avisei para que tomasse cuidado.

O prefeito, nervoso, quase gritou, batendo na mesa com as mãos:

— Esse é o caminho, Antero! Você precisa encontrar uma maneira de convencê-lo!

— O que quer que eu faça, prefeito?

— Ele não tem uma gráfica?

— Tem sim, prefeito.

— Pois bem. Contrate alguns homens e destrua as máquinas da gráfica, coloque fogo em tudo! Quero ver ele se recusar a falar comigo se não tiver dinheiro para sobreviver!

Antero ficou surpreso e tentou argumentar:

— Ele tem quatro ou cinco filhos, prefeito. Como vai cuidar da sua família?

— Não tenho coisa alguma com isso! Não quero destruir a família dele, só quero que ele deixe de me atrapalhar! Preciso me reeleger e não vai ser ele quem vai impedir que isso aconteça!

Antero ficou calado. O prefeito continuou:

— Não quero saber o que você pensa! Quero que faça o que estou ordenando, a não ser que queira perder o seu emprego aqui na prefeitura e ao meu lado!

— Não, prefeito, isso não! Não posso perder este emprego! Também tenho a minha família para cuidar!

— Então faça o que tem que fazer, e não aceito desculpas! Preciso destruir esse homem; ele tem muita força!

Antero, nervoso, saiu do gabinete e da prefeitura. Enquanto caminhava pela rua, pensava: "Embora saiba que o prefeito tenha alguma razão em querer salvar seu mandato, o que ele pediu é muito drástico! Eu não posso me recusar, pois, como todos me conhecem, se perder esse emprego, ninguém me dará outro, e tenho, também, uma família que sempre teve uma boa vida e jamais aceitaria outra. Não posso; vou procurar o Vavá. Ele conhece pessoas que podem fazer esse trabalho".

Embora nervoso, Antero foi até a casa de Vavá, que era um auxiliar do prefeito, mas que não tinha cargo algum, embora recebesse um bom dinheiro para resolver problemas contra o prefeito.

Antero encontrou Vavá em sua casa. Este, ao vê-lo, falou:

— Bom dia, Antero! O que está fazendo aqui? Tem algum trabalho para mim?

— Sim. O prefeito quer que você faça um trabalho para ele.

— Que trabalho, Antero?

Antero contou tudo o que havia acontecido e terminou dizendo:

— Isso é tudo. Você aceita o trabalho?

— Sabe que eu nunca deixei de cumprir uma ordem do prefeito, mas contra o Severino? Não sei, Antero. Ele é um bom homem e, como vereador, ajuda muito a todos. Tem família; precisamos pensar bem antes de tomar qualquer atitude...

— Você não é pago para pensar, Vavá! Precisa obedecer aos desejos do prefeito, sem reclamar ou pensar!

Vavá ficou pensando na vida que tinha ao lado de sua família. Sabia que, se não fosse o prefeito, nunca viveria naquele conforto. Continuaria trabalhando na roça, sem futuro algum. Depois de algum tempo, disse:

— Está bem, Antero. Diga ao prefeito que vou fazer o que ele quer, mas que preciso ser bem pago, pois esse trabalho é muito difícil.

— Está fazendo o certo, Vavá, e não se preocupe com o pagamento. Sabe que o prefeito foi sempre muito generoso comigo e com você. Precisa ser nesta noite. Precisa ser feito com rapidez, sem deixar pistas. Nada que possa envolver o prefeito.

— Está bem, Antero. Vou passar o dia planejando o ataque para que tudo saia como o prefeito quer e, à noite, eu faço o trabalho. Amanhã tudo estará realizado.

Antero, mais tranquilo, foi embora. Estava certo de que Vavá ia fazer um bom trabalho.

Vavá passou o dia planejando. Sabia que estava fazendo algo errado, mas pensava: "Severino é um bom homem, porém preciso pensar na minha família e no seu bem-estar. Vou fazer de uma maneira que agrade o prefeito, mas que não prejudique muito Severino".

# TRABALHO FEITO

Severino, alheio ao que acontecia, estava na gráfica onde trabalhava. Como tinha muito trabalho, não pensava no prefeito e não imaginava que ele poderia estar planejando algo contra ele.

No meio da tarde, um cliente seu de muito tempo apareceu e, afobado, falou:

— Severino, não sei como está de trabalho, mas preciso, urgente, que me prepare alguns panfletos para que eu possa levar a um congresso, daqui a dois dias. Além dos assuntos já programados, entrou outro para o qual eu não estava preparado. Será que você consegue?

Severino olhou para os papéis que o cliente lhe entregou e falou:

— Estou terminando uma encomenda e vou fazer o possível para fazer esse pedido. Fique tranquilo, nem que seja preciso trabalhar a noite toda, vou fazer.

O cliente, sorrindo, disse:

— Sabia que você não ia me faltar neste momento em que tanto preciso.

Severino sorriu e respondeu:

— Fique tranquilo. Vou entregar seu pedido na hora certa.

O cliente agradeceu e foi embora.

Severino foi terminar o trabalho que estava fazendo e disse a si mesmo:

— Vou ter de trabalhar até mais tarde, mas vale a pena, pois, além de esse cliente ser muito bom, também paga muito bem.

Luiz, que estava sentado junto com os demais, à medida que na tela aparecia tudo o que havia acontecido, ia se encolhendo sempre mais. Desesperado, e com lágrimas escorrendo pelo rosto, falou:

— Pode parar, Maria Rita, já me lembrei de tudo o que fiz! Pare, por favor...

Surpresos, todos olharam para ele, inclusive Maria Rita, que disse:

— O que aconteceu, Luiz? Por que está agindo dessa maneira? Não foi você quem pediu para rever o seu passado?

— Sim, eu pedi, porque não me lembrava do que tinha feito nem do motivo de ter sofrido tanto nas mãos de um político maldoso, mas agora já me lembrei e não preciso continuar vendo. Pare, por favor...

— Que bom que você entendeu, Luiz, mas não podemos parar, pois, assim como você tinha dúvidas, muitos dos que estão aqui possuem essa mesma dúvida e, com a visão do que aconteceu com você, poderão também entender o que aconteceu com eles na última encarnação.

— Eu quero continuar assistindo.

Todos olharam para um homem que falava. Luiz também olhou e se admirou:

— Pacheco, por que quer continuar vendo? Sempre foi meu amigo!

— Sim, Luiz, realmente sempre fui seu amigo e também, assim como você, sofri muito nas mãos desse mesmo político e tenho o direito de ficar sabendo o que aconteceu com você, assim entenderei o que aconteceu comigo.

Luiz, envergonhado, baixou a cabeça, concordando com Maria Rita.

— Está bem.

A tela voltou a se iluminar e todos voltaram seus olhos para ela, onde aparecia Severino, ainda em sua oficina, pensando: "Vou deixar a máquina trabalhando e, já que preciso avisar minha esposa de que preciso trabalhar até mais tarde, para que não fique preocupada, preciso correr até em casa e voltar rapidamente".

Pensando assim, foi até a máquina que estava ligada, olhou e viu que estava tudo bem. Saiu quase correndo.

Antero, ao lado de Vavá, dizia a alguns homens que estavam ali:

— Hoje, durante a madrugada, já que a gráfica estará fechada, e Severino, em casa dormindo, vamos até lá. Jogaremos gasolina e tocaremos fogo em tudo. Assim, Severino não terá como trabalhar e, sem dinheiro, vai conversar com o prefeito. Vocês sabem que o dinheiro vai ser muito bom. Sabem que o prefeito sempre foi muito generoso.

Todos concordaram com a cabeça.

Pacheco, com os olhos presos na tela, quase gritou:

— Eu fui o Antero?

Maria Rita sorriu.

— Sim, Pacheco. Você foi Antero e ajudou a prejudicar Severino.

Maria Rita, sorrindo, disse:

— Essa é a maneira de o nosso Pai nos mostrar o seu grande amor por todos nós. Sempre teremos à nossa volta amigos e inimigos para que possamos nos ajudar mutuamente.

Olhando para Antero, prosseguiu:

— Vamos continuar olhando para a tela e veremos como tudo aconteceu. Assim, todos saberemos como Antero pôde ter voltado ao lado de Severino como seu melhor amigo. Sempre existe uma resposta para qualquer dúvida que possa surgir.

A tela voltou a se iluminar e todos ficaram com os olhos presos nela.

Na tela apareceu Severino em sua casa, conversando com a esposa:

— Vou passar a noite toda e, talvez, uma parte da manhã trabalhando, para poder entregar um pedido muito importante. Com o dinheiro que vou receber, poderemos levar nossa menina para a capital e, assim, tentar curar nossa filha.

— Que bom, Severino! Tomara que os médicos consigam nos ajudar. Ainda bem que surgiu esse pedido.

— Sim, Alzira, com fé em Deus, vamos conseguir.

Juntos foram jantar.

Severino jantou rapidamente, pois tinha pressa. Após terminar, saiu e voltou para a gráfica. Entrou e foi direto para a máquina, que continuava trabalhando, terminando um pedido, para poder começar aquele que lhe daria muito dinheiro. Abriu a garrafa de café que trouxe de casa, colocou um pouco de café em uma xícara e tomou. Depois, começou a preparar o material que iria para a máquina assim que ela parasse.

A máquina parou e Severino, rapidamente, esvaziou-a, colocando-a para imprimir o material que havia preparado.

Quando terminou, pensou: "Agora é só esperar o tempo passar e tudo estará pronto. Essa primeira fase vai demorar quatro horas, posso tentar dormir um pouco".

Foi o que fez: colocou todo o material na máquina, o relógio para despertar e, depois, deitou-se em um sofá que havia ali. Após alguns minutos, cansado, adormeceu.

Enquanto isso, na tela, apareceu Antero conversando com Vavá:

— Bem, Vavá, você já entendeu o que precisa fazer. Destrua tudo para que Severino não tenha saída e precise conversar com o prefeito.

— Pode deixar. Vai dar tudo certo. Você vai com a gente, Antero?

— Acho melhor não ir. Não podemos deixar que as pessoas pensem que estamos juntos.

— Tem razão, Antero, mas vou fazer o possível para que ninguém veja a gente.

Antero sorriu e despediu-se de Vavá, indo para sua casa.

Um pouco depois da meia-noite, Vavá e seus amigos chegaram à gráfica. Pararam em frente à porta e investigaram o ambiente. Escutaram o barulho da máquina. Vavá disse:

— A máquina está funcionando, mas está tudo escuro, o que demonstra que não tem ninguém aí. Podemos agir e, depois, a gente pode ir embora e esperar o que vai acontecer quando Severino descobrir o que ocorreu.

Abriram a porta, que estava apenas encostada, e entraram com latas de óleo nas mãos, jogando-o por onde passavam.

Entraram na oficina e, sem perceberem que Severino estava ali dormindo, também espalharam o óleo.

Depois jogaram tochas acesas e saíram, indo embora rapidamente. O fogo logo tomou conta de tudo.

Severino, em sono profundo, levou algum tempo para acordar e, assustado, correu de um lado para o outro procurando uma saída, mas não a encontrou. Logo, seu corpo estava tomado pelo fogo.

Os vizinhos, acordados pelo barulho que o fogo fazia, correram para a gráfica e, com baldes, tentaram apagar o fogo, mas foi em vão, pois em poucos minutos ele se espalhou, destruindo tudo.

Um dos homens correu para a casa de Severino, sem saber que ele estava dentro da gráfica. Quando chegou diante da casa dele, o homem bateu palmas. Demorou algum tempo para que a porta se abrisse. Por ela, surgiu Alzira, mulher de Severino, que assustada perguntou:

— O que está acontecendo? Por que está aqui a esta hora?

— Preciso avisar o Severino de que a gráfica dele está pegando fogo!

Alzira, assustada e saindo para a rua, disse:

— Meu Deus! Severino não está aqui, ele está na gráfica!

O homem, surpreso, falou:

— Não pode ser! O fogo está destruindo tudo! Vamos até lá!

Alzira, sem se preocupar com o fato de estar de camisola, acompanhou, correndo, o homem.

Quando chegaram à gráfica, Alzira percebeu a gravidade da situação e, desesperada, tentou entrar, mas foi contida pelas pessoas. Sem nada poder fazer, ajoelhou-se e ficou chorando.

Homens e mulheres, com baldes cheios de água, tentavam apagar o fogo, pois na cidade não havia bombeiros, mas as chamas continuaram destruindo tudo. O delegado foi chamado e chegou acompanhado de três policiais.

Após algumas horas, que pareceram uma eternidade, o dia clareou e o sol apareceu, fazendo com que todos pudessem ver a destruição causada pelo fogo. Entre eles, Vavá também estava lá e, embora não demonstrasse, ficou apavorado ao saber que Severino estava na gráfica. Embora ainda restasse fogo aqui e ali, com alguma fumaça, entraram no local e encontraram o corpo carbonizado de Severino a alguns metros da porta da oficina, o que fez que todos chegassem à conclusão de que ele havia tentado sair pela porta, mas não conseguira.

O delegado disse:

— Vamos retirar o corpo de Severino e investigar o que aconteceu aqui.

Todos estavam tristes pelo acontecido. Alzira, ajoelhada, continuava chorando em desespero. Algumas mulheres fizeram com que ela se levantasse e a conduziram para sua casa, onde as crianças dormiam.

Luiz quase gritou:
— Pare, Maria Rita, por favor! Não quero mais ver esse horror!
— Vejo que você entendeu o motivo de ter sofrido nas mãos de políticos. A Lei sempre foi justa, Luiz.
Depois desse dia, as investigações chegaram à conclusão de que fora apenas um acidente. Antero foi até o prefeito para contar o que havia acontecido com Severino. Terminou dizendo:
— Tudo saiu do controle. Não era para ter acontecido dessa maneira. As coisas estão bem confusas.
— Não tem nada de mais no que aconteceu. Pelo menos agora estamos livres desse inútil. Vou arrumar um emprego para a mulher dele. Com isso, ainda sairei muito bem nessa história.
Antero entendeu o que o prefeito queria fazer e achou que ele estava certo.
Luiz, Antero e Vavá, que estavam ali, ficaram calados; apenas choravam sem parar. Maria Rita continuou:
— Vocês três se uniram para prejudicar Severino. Cometeram algo grave contra ele. Você ainda não entendeu como Nosso Pai é maravilhoso e nunca erra.
Os três estavam com os olhos fixos em Maria Rita, que continuou:
— Depois que você, como Antero, ouviu o que o prefeito disse, saiu dali e, embora quisesse aceitar a solução dele, não conseguia. Tinha em sua mente a imagem do corpo de Severino carbonizado. Após aquele dia, Antero e Vavá não

foram capazes de esquecer tudo o que aconteceu. A consciência não os deixava em paz. Depois de algum tempo, assim como você, Luiz, eles retornaram para o plano espiritual e se reencontraram, conversaram muito e entenderam tudo o que havia ocorrido. Foi difícil para você, Severino, entender e aceitar que deveria perdoar os três. Por muito tempo, se recusou a entender e, pior, a perdoar. Finalmente, aceitou, e os três resolveram que Severino deveria dar uma oportunidade a vocês, e isso só aconteceria se renascessem juntos. Por isso, renasceram, foram amigos por todo o tempo e resgataram todo o mal feito.

Os três voltaram a se olhar e sorriram, pois isso realmente havia acontecido. Eles tinham conseguido resgatar suas dívidas. Severino, um pouco distante, também sorriu. Maria Rita, sorrindo, falou:

— Espero que todos tenham entendido como Nosso Pai é misericordioso e nos ama, a todos; que para Ele não existe o mal, apenas aprendizado; e que todos sempre teremos a oportunidade de caminharmos em direção à Luz Divina.

Todos os presentes na sala sorriram e concordaram. Maria Rita continuou:

— Agora, todos vocês participarão de reuniões preparatórias para a reencarnação. Será dada, a cada um, a oportunidade de aceitarem ou não. Nunca deverão pensar que serão obrigados a aceitar qualquer sugestão. Todos terão a oportunidade de sugerir qualquer caminho que queiram seguir, sem nunca esquecer que aqui tudo sempre parecerá mais fácil. Entenderam?

Todos, com a cabeça, disseram que sim.

David, que estava sentado nas últimas cadeiras, falou:

— Não quero voltar.

Todos olharam para ele, e Maria Rita perguntou:

— Por que, David?

— Várias vezes voltei, mas não consegui renascer. Minha vida sempre foi interrompida, mesmo antes de eu nascer.

Olívia, ao ouvir aquilo, quase gritou:

— Desta vez vai ser diferente, David! Você vai nascer e eu vou ser sua mãe! Prometo!

— Você já prometeu muitas vezes enquanto estamos aqui, mas quando chega na Terra você esquece, e desta vez vai esquecer novamente.

— Não vou, David! Pode acreditar em mim! — Olívia disse chorando.

David nada respondeu e foi saindo.

Edite, que a tudo acompanhava, também gritou:

— Você vai nascer, David! Eu vou ser sua mãe! Precisa acreditar em mim!

David olhou para ela e, sorrindo, falou:

— Em você eu acredito, Edite, mas quem deveria ser minha mãe era Olívia.

— Poderemos encontrar uma maneira para que isso aconteça, David! Precisa acreditar mais uma vez...

— Está bem, Edite. Sei que você fará tudo para que eu renasça. Vamos tentar mais uma vez...

Maria Rita falou:

— Está terminada a reunião. Poderão e deverão conversar muito, sem esquecer que o caminho do bem está nas mãos de todos. Não podem se esquecer de que aqui tudo parece fácil, mas, quando estiverem na Terra, alguns poderão pensar que a vida está difícil. Nesses momentos, sempre estarão sendo acompanhados e ajudados, para que consigam caminhar bem.

Todos ali naquela sala estavam tranquilos e confiantes. Em grupos, foram saindo com a certeza de que teriam mais uma oportunidade. Maria Rita ficou observando a saída deles, e respirou tranquila. Pensou: "Sei que o caminho deles está recomeçando e que todos poderão, um dia, voltar vitoriosos".

Levantou os olhos para o alto e agradeceu por mais um trabalho.

# MUITO TEMPO DEPOIS

Olívia e Amauri chegaram diante de uma mansão. Ele parou o carro em frente da casa e puderam ver uma placa onde estava escrito: VENDE-SE.

Desceram e foram recebidos por um senhor.

— Bom dia! Chegaram na hora.

— Bom dia, Estávamos ansiosos para ver a casa. Por fora ela é linda! Espero que por dentro seja linda também!

— Posso garantir à senhorita que é bonita! Tenho certeza de que gostarão muito. Vamos entrar? Acredito que seria melhor irem de carro, pois daqui até a porta de entrada tem cinquenta metros de jardim e árvores.

— Estamos vendo, mas vamos a pé mesmo. Queremos apreciar a paisagem — Olívia falou rindo e olhando para Amauri, que sorriu também. Começaram a caminhar.

O corretor, animado com a venda, foi mostrando tudo:

— Lá no lado esquerdo existe um pomar com várias árvores frutíferas e, do outro lado, uma horta com muitas verduras e legumes.

Encantados com o que viam, continuaram caminhando. Pararam diante de uma escada com cinco degraus. O corretor se apressou em dizer:

— Esta pequena escada e a sala foram construídas com mármore travertino trazido da Itália, onde os antigos donos que construíram a casa moravam.

— Por que foram embora? — Olívia perguntou.

— São franceses. Vieram trabalhar no Consulado Francês, mas se apaixonaram pelo Brasil e não quiseram voltar. Moraram muito tempo aqui. Na França, pertencem a uma família muito rica. Como o pai dele morreu, vai precisar voltar para cuidar dos negócios da família. Mas vamos entrar para que possam ver a casa por dentro!

— Vamos, sim. Estamos curiosos!

Ele abriu a porta, que era alta e de madeira maciça.

— Esta porta é linda, não acha, Olívia?

— Sim, Amauri! Nunca vi uma porta com essa altura!

Assim que a porta foi aberta, entraram em uma sala imensa. Olívia não se conteve:

— É linda, Amauri! Olhe o lustre!

Amauri olhou para o alto e viu um lustre enorme de cristal com várias pedrinhas que, pelo horário da manhã, brilhavam pelo reflexo do sol que entrava pelos vários vitrôs que rodeavam a sala. Notou, também, que ela era rodeada por candelabros, também de cristal. Extasiados, acompanharam o corretor pelo resto da casa. Em dado momento, Olívia perguntou:

— Por que não tem móveis? Deviam ser maravilhosos.

— Sim, eram! Os proprietários também achavam e, por isso, levaram para a França.

— É uma pena...

— Não, Olívia, acho que é melhor, pois poderemos escolher os móveis que quisermos e do nosso gosto!

Ficaram encantados com tudo o que viram. A casa possuía quatro quartos. Assim que os viu, Olívia, rindo, disse:

— Nesta casa, poderemos ter muitas crianças. Você sabe que quero ter no mínimo cinco, Amauri!

— Sei que quer tudo isso, e, se depender de mim, teremos dez!

Abraçaram-se e riram. O corretor também riu, feliz por sentir que a venda seria concluída.

— Na imobiliária nos disseram o valor. O preço é alto, mas a casa vale. Vamos ver se conseguiremos o dinheiro. Amanhã, entraremos em contato — Amauri falou, olhando para o corretor.

O corretor, experiente, ao ver o interesse deles, acrescentou:

— Precisam decidir logo, porque tem muitas pessoas interessadas.

— Sabemos disso, mas agora não podemos decidir.

Despediram-se do corretor e entraram no carro, partindo em seguida.

Amauri, que dirigia o veículo, parecia preocupado.

— Por que está preocupado, Amauri?

— Sabe que não temos dinheiro suficiente para comprarmos esta casa, Olívia, e estou triste, porque gostei muito dela.

— Sei disso, Amauri, mas vou conversar com meu pai, talvez ele nos ajude.

— É muito dinheiro, Olívia, mas vou falar com meu pai também. Os dois juntos poderão nos ajudar.

Amauri parou o carro em frente a uma casa. Desceu, contornou o veículo e abriu a porta para que Olívia descesse. Enquanto o fazia, Olívia falou:

— Vou conversar com meu pai. Ele deve estar chegando para o almoço.

— Também vou conversar com o meu, Olívia. Vou dizer o quanto gostamos da casa e que queremos muito comprá-la, pois ela tem bastante espaço para os netos que virão! — disse rindo. Em seguida, entrou no carro e saiu.

Olívia ficou olhando o carro até que desaparecesse. Entrou em casa e foi recebida por sua mãe.

— Olívia, como é a casa? Vocês gostaram?

— Muito, mamãe! Ela é linda e requintada! A senhora precisa ver o espaço que tem para que as crianças possam correr! O problema é que o preço é alto e Amauri não tem dinheiro para comprá-la. Vou conversar com o papai para ver se pode nos ajudar.

— Faça isso. Sabe que ele sempre faz o que você quer. Essa é a vantagem de ser filha única.

— Nesse ponto é bom, mas por ser filha única é que quero ter muitos filhos. É triste crescer sozinha, sem irmãos.

— As coisas são estranhas, Olívia. Depois de você não quisemos outros filhos para que pudesse ter tudo o que desejasse, e você reclama por isso...

Olívia abraçou a mãe.

— Não pense que não sou feliz e agradecida por ter nascido nesta casa e ter a senhora e o papai como meus pais. Só que, durante minha vida, senti falta de um irmão.

Estavam conversando quando um senhor entrou. Olívia, ao vê-lo, correu e abraçou-se a ele.

— O que você quer, Olívia?

— Por que está dizendo isso, papai? — falou, enquanto se afastava dele.

— Dificilmente você me dá um abraço. Só quando eu próprio a abraço.

— Tem razão, papai, me perdoe. Vamos almoçar? Depois do almoço tenho um assunto importante para conversarmos.

— Sabia disso — disse rindo, e se encaminhou para o banheiro para lavar as mãos. Em seguida, voltou para a sala e sentou-se. Olívia e a mãe já estavam sentadas. O almoço foi servido por uma empregada e comeram conversando sobre amenidades. Quando terminaram de comer a sobremesa, foram para a sala de estar. Sentaram-se. Leopoldo olhou sério para Olívia e perguntou:

— Pronto, Olívia. Agora, sobre o que quer falar comigo?

— Quero falar sobre a casa que eu e o Amauri fomos ver.

— Está bem, sou todo ouvidos.

Olívia, empolgada, contou como era a casa. Terminou dizendo:

— Ela é linda, papai, e tem um espaço enorme para que muitas crianças possam brincar e crescer.

— Você quer mesmo ter vários filhos? Não sabe o trabalho que dá! — disse, rindo e piscando para Amélia, a esposa, que também riu.

— Quero muitos mesmo, papai. Sei que vai dar trabalho, mas o importante é que temos condições de que eles tenham tudo de que precisam.

— Está bem, mas qual é o problema com a casa?

— O problema é o preço. Mesmo que Amauri trabalhe como diretor na empresa do pai, não tem o dinheiro que os proprietários pedem.

— Quanto eles pedem?

— Novecentos...

— Novecentos? É muito dinheiro, minha filha! Essa casa deve ser um palácio!

— Parece mesmo um palácio, papai. O corretor nos disse que os donos são franceses e, como estão voltando para a França, precisam receber esse valor à vista, e não temos esse dinheiro. Queremos muito aquela casa, papai!

— É muito dinheiro, mesmo para mim, Olívia. Não disponho no momento. Talvez consiga uma parte, mas não tudo.

— Está bem, papai. Amauri também vai falar com o pai dele. Vamos ver o que ele consegue. Mesmo assim, obrigada!

Enquanto isso, Amauri também falava com seu pai.

— A casa é linda, papai. Eu e Olívia queremos muito morar nela. Sei que o preço é alto, mas garanto que vale até mais.

— Não sei, Amauri. Quero que me dê o endereço da casa e do corretor. Eu e sua mãe vamos visitá-la. Depois conversaremos.

Amauri deu o cartão do corretor ao pai.

— Sei que o senhor e a mamãe, assim como aconteceu comigo e com Olívia, vão gostar. A casa, realmente, é maravilhosa.

O pai pegou o cartão e sorriu com a empolgação do filho.

— Está bem, vou conversar com o corretor e ver a casa. Porém, de antemão preciso dizer que essa quantia é impossível.

— Está bem, papai. Se não conseguirmos, infelizmente precisaremos encontrar uma casa de menor valor.

— Não vejo problema algum vocês comprarem uma casa diferente desta e de menor valor. São jovens e, com o tempo, poderão comprar uma casa igual a essa que querem ou até melhor.

— Obrigado, pai. O senhor tem razão.

Saiu dali triste e frustrado. Telefonou para Olívia, que também estava desanimada. Amauri contou o que conversou com o pai e terminou dizendo:

— Acho que vamos ter que encontrar uma casa menor e de melhor preço, Olívia. Daqui a algum tempo, compraremos uma maior.

— Sei disso, Amauri, mas nunca será igual a essa que vimos. Ela é maravilhosa!

— Também acho isso, mas precisamos nos conformar.

Os pais conversaram entre si. Amauri e Olívia sempre estavam juntos e falando da beleza da casa. Depois de idas e vindas à casa, resolveram completar o dinheiro que faltava.

Olívia e Amauri não conseguiam esconder a felicidade que sentiam. O dia do casamento foi marcado. Olívia tomou conta da parte prática: enxoval, festa e tudo relacionado a isso. Quanto à casa, foram juntos comprar os móveis, cortinas e todo o necessário. Contrataram um pintor para que a casa ficasse como nova. No dia do casamento, ela estava pronta.

O casamento foi realizado na igreja, que ficou lotada. Eles eram pessoas queridas na cidade. A festa, como podemos imaginar, também foi linda. Muita felicidade, não só dos noivos, mas de todos os convidados. Olívia era a mais feliz, pois finalmente poderia começar a pensar nos filhos que iria ter.

A festa terminou e eles foram para Roma, onde passariam a lua de mel. Queriam conhecer todos os pontos turísticos, principalmente o Vaticano, e, quem sabe, poder ver o papa, mesmo que fosse a distância.

Foram até a Fontana di Trevi e ficaram encantados, embora pensassem que fosse maior. Olívia jogou uma moeda e pediu que seus filhos viessem com saúde. Foram ao Vaticano e se espantaram com o seu tamanho. Entraram, mas naquele dia o papa não ia aparecer, mesmo assim ficaram deslumbrados com tudo o que viram.

No Coliseu, Olívia, diante daquelas ruínas, começou a imaginar como haviam sido as batalhas ali travadas. Viveram dias inesquecíveis.

Após quinze dias de muita emoção, voltaram ao Brasil. Assim que chegaram, foram recebidos com muito carinho por suas famílias. Passaram o dia falando sobre a viagem, mostrando fotos e distribuindo os presentes que trouxeram.

Depois do almoço, por estarem cansados, devido à viagem e ao fuso horário, resolveram ir para a casa, que estava pronta e à espera dos donos. Assim que chegaram, enquanto Amauri foi tomar banho, Olívia começou a andar por todos os cômodos. Ela estava muito feliz por ter conseguido aquela casa que a havia conquistado assim que a viu. Abriu uma das portas e olhou para um quarto que estava vazio. Sorriu. "Logo mais, ele vai estar mobiliado com móveis e cortinas lindas. Vou ficar ansiosa esperando sua chegada".

Estava tão entretida que não percebeu que Amauri tinha chegado. Abraçando-a por trás, disse:

— Está muito ansiosa com a chegada da nossa criança, não é, Olívia?

Ela se voltou e, abraçando-o, respondeu:

— Estou, sim, Amauri! Não vejo a hora da chegada dela!

Como estavam cansados, resolveram dormir até a hora do jantar.

Quando acordaram, Amauri continuou deitado, e Olívia foi até a cozinha. Abriu uma porta e entrou. Junto ao fogão estava Clarita, a empregada de Olívia que cuidava dela desde que tinha seis anos. Olívia gostava muito daquela senhora e a tratava como se fosse sua mãe. Assim que a porta se abriu, Olívia correu para ela e se abraçaram felizes. Clarita estava emocionada por ver sua menina de volta.

— Sabia que iam chegar hoje, por isso, passei no mercado e comprei algumas coisas para fazer um jantar delicioso.

— Estou com saudade da sua comida, Clarita. Mamãe já aceitou que você viria comigo?

— Demorou um pouco, mas minha vizinha está se dando bem trabalhando para sua mãe. Como foi sua viagem, Olívia? Quero saber tudo o que viu lá na Europa!

— Foi tudo maravilhoso, Clarita! Estou vendo que está terminando o jantar; enquanto você cozinha contarei tudo!

— Quero mesmo saber. Sente-se aí que vou lhe fazer um suco de laranja.

Olívia sentou-se e começou a contar como ficou encantada com a viagem.

Clarita, enquanto cozinhava, ouvia com atenção e sorria ao ver a felicidade de Olívia, a menina que praticamente havia criado. Entusiasmada, a moça, enquanto tomava o suco que Clarita preparara, falava sem parar, descrevendo tudo o que havia visto, com os olhos brilhantes de felicidade.

Depois de falar muito e mostrar as fotografias que havia tirado na viagem, Olívia foi para seu quarto. Quando estava no corredor que levava aos quartos, parou em frente a uma porta, abriu-a e, ainda da porta, imaginou como seria quando o cômodo estivesse mobiliado para esperar a criança que, logicamente, viria. Sorriu, fechou a porta e foi para seu quarto, fechou a janela, deitou-se e continuou pensando na viagem e na criança que logo estaria ali.

# REINÍCIO DE JORNADA

A vida continuou. Depois de quatro meses de casada, Olívia, para seu desespero, ainda não havia engravidado. Começou a ficar nervosa, pois o que mais queria era ter filhos. Conversando com a mãe, disse:

— Estou muito nervosa, mamãe.

— Nervosa por que, Olívia?

— Ainda não engravidei. Será que preciso ir ao médico?

Sua mãe começou a rir.

— Calma, Olívia! Não se preocupe tanto nem fique ansiosa. Ainda é cedo. Quando menos esperar, isso vai acontecer!

— Eu sei, mas a senhora sabe quanto quero ser mãe! Fico nervosa porque Amauri parece não se preocupar...

— Sei disso, mas não adianta ficar assim. O que tem feito da sua vida, além de ficar tão ansiosa?

— Nada, mamãe...

— Sabe por que Amauri não está tão preocupado?

— Não sei e não entendo...

— Simplesmente porque você está apenas pensando nisso. Amauri, pelo contrário, está trabalhando e preocupado com outras coisas. Você precisa fazer algo diferente. Ocupar seu tempo com alguma atividade.

— Fazer o quê?

— Por que não conversa com seu pai e pede para trabalhar na empresa? Você estudou muito e tem capacidade para ocupar uma boa função.

— Não sei, mamãe. Acho que não estou com cabeça para exercer qualquer trabalho.

— Claro que está. Com o tempo, não tem como não se envolver. Poderia também voltar a estudar. Sempre gostou de arte. Volte para a faculdade e se distraia com algo de que goste. Garanto que, quando menos pensar, vai engravidar. Tudo tem sua hora e tempo.

— Vou pensar nisso, mamãe. Vou, também, conversar com Amauri antes de tomar essa decisão.

— Faça isso, minha filha. Garanto que vai ser muito bom. Agora, vamos almoçar.

Depois do almoço, Olívia foi para casa. Durante o caminho, não conseguia deixar de pensar no que sua mãe havia dito: "Mamãe tem razão. Preciso mesmo fazer alguma coisa para preencher meu tempo".

Chegou em casa e encontrou Clarita, que estava na cozinha. Entrou e sentou-se, dizendo:

— Mamãe me deu uma ideia sobre a qual estou pensando muito, Clarita.

— O que ela falou?

Olívia contou e terminou dizendo:

— O que você acha, Clarita?

— Acho uma ótima ideia, Olívia! Sua mãe tem razão. Tenho visto você andando pela casa sem se interessar por coisa alguma. Como diz o ditado: "Cabeça vazia é o ninho do diabo".

Faça alguma coisa, Olívia, e vai se sentir muito bem. O ser humano não consegue ficar sem fazer alguma coisa útil.

Olívia sorriu. Tomou o suco que Clarita havia colocado sobre a mesa e foi para seu quarto. Ficou o resto do dia pensando no que sua mãe havia falado e no que Amauri diria sobre isso.

Amauri chegou e foi recebido por Olívia com um sorriso. Ele, ao ver um brilho diferente nos olhos de Olívia, perguntou:

— O que aconteceu? Parece que está muito bem.

— Estou mesmo, Amauri. Fui almoçar com minha mãe e ela me deu uma ideia na qual estou pensando muito.

— Que ideia?

Olívia contou a conversa que havia tido com sua mãe e terminou dizendo:

— O que você acha? Será que vou conseguir mudar meu pensamento e, assim, poderei engravidar?

Amauri, rindo, abraçou-a.

— Penso que seja uma ótima ideia, Olívia. Você precisa mesmo fazer alguma coisa. Precisa ter alguma coisa em que pensar, para que deixe de ficar andando dentro de casa, como está fazendo. Sua mãe tem razão: tudo tem seu tempo. Posso ver na empresa se existe algum lugar para que possa começar a trabalhar lá.

— Está bem, já decidi, vou começar a trabalhar. Não se preocupe se não tiver uma vaga na sua empresa. Vou conversar com papai e sei que a empresa dele sempre precisa de alguém com minhas qualidades — disse rindo e abraçando-se a ele.

Jantaram, e tanto Amauri como Clarita ficaram felizes com o entusiasmo de Olívia, pois ambos estavam preocupados com ela e com medo de que entrasse em depressão.

No dia seguinte, Olívia saiu com Amauri para ir até a empresa conversar com seu pai.

— Não quer mesmo que eu veja se tem alguma vaga na minha empresa?

— Não, Amauri. Sabe muito bem que não sou boa com números. Acho que me darei melhor com a empresa de papai, que é de confecção de roupas infantis. Além disso, já ouvi dizer que marido e mulher trabalhando juntos quase nunca dá certo — falou rindo. Ele, também rindo, abraçou-a e beijou-a levemente.

Quando chegaram à frente da empresa do pai de Olívia, ela desceu e Amauri foi embora. Entrou na empresa e, passando pela recepcionista, sorriu e foi direto para o escritório do pai, que ao vê-la, e depois de abraçá-la e beijá-la no rosto, disse:

— Bom dia, minha filha! Sente-se. Sua mãe me disse que você viria e que quer trabalhar aqui. Confesso que não entendi. Seu marido está muito bem de vida e você não precisa trabalhar.

— O senhor tem razão, papai, mas não é por dinheiro que quero trabalhar; se quiser, não precisa nem me pagar. Só estou precisando encontrar algo para fazer. Minha casa é muito grande, e eu, não tendo o que fazer, sinto que estou entrando em depressão.

— Não, filha! Nem pense nisso! Sabe como foi difícil quando sua mãe ficou depressiva! Ela quase nos enlouqueceu!

— Sei disso, papai. Por isso é que preciso ter algo para fazer, até que fique grávida. Depois, sei que não vou poder trabalhar mais. Minha vida vai ser só para viver em função da minha criança.

— Está bem, minha filha, mas só tenho uma vaga no almoxarifado. Depois de tudo o que estudou, não sei se você vai querer.

— Quero, papai! Só de pensar em ficar mexendo com roupinhas de criança já me sinto muito feliz.

— Essa vaga vai surgir daqui a alguns dias, porque a Rosália vai ter de se afastar por um tempo, para ter uma criança. Eu já havia colocado no jornal um anúncio para conseguir uma substituta.

— Não precisa procurar, papai. Eu fico no lugar dela. Só preciso aprender o serviço.

— Está bem. Sei que você é responsável e que vai dar conta do trabalho.

Pegando o interfone, pediu à recepcionista que fosse até sua sala.

Uma moça, que parecia ser principiante, entrou na sala.

— Pois não, senhor.

— Preciso que leve esta moça até o almoxarifado. Ela vai trabalhar no lugar da Rosália, até que volte da licença-maternidade.

A moça, confusa, perguntou:

— Ela não é sua filha?

— Sim, tem algum problema?

— Não, claro que não, senhor.

— Está bem, vá com ela até Rosália e não conte a ninguém que Olívia é minha filha! Ela precisa ter a liberdade de aprender e trabalhar, e as pessoas também de a tratarem como igual. Ela vai ser apenas uma funcionária.

— Sim, senhor. Não vou dizer coisa alguma. Vamos, senhorita?

Abriu a porta para que Olívia saísse e a conduziu. Assim que entraram no almoxarifado, Olívia viu uma moça sentada em uma cadeira em frente a uma mesa, que, ao vê-las, admirou-se.

— Bom dia, Rosália. Esta moça vai ficar no seu lugar até que volte e precisa aprender o trabalho. Você pode ensiná-la?

Rosália olhou de cima a baixo para Olívia, que, um tanto tímida diante daquele olhar, apenas disse:

— Bom dia. Meu nome é Olívia e preciso aprender o trabalho. A senhora pode me ajudar?

— Claro que sim. Desculpe. Quando vai começar?

— Se não se importar, agora mesmo.

Rosália, sorrindo, olhou para Paula, a recepcionista, e disse:

— Pode deixar, Paula. Vou ensinar tudo o que sei.

Paula saiu e Olívia ficou em pé, esperando para ver o que precisava fazer.

Assim que Rosália se levantou, Olívia percebeu que a sua barriga estava bem grande. Não se conteve e perguntou:

— Para quando a senhora está esperando seu bebê?

— Estou no oitavo mês, mas sei que pode nascer a qualquer momento.

— Como a qualquer momento? Não é preciso esperar os nove meses?

Rosália, rindo, respondeu:

— Não. Este já é o meu quarto filho e sei como funciona.

— Quarto? Como pode estar trabalhando aqui com quatro filhos? Quem está cuidando deles?

— Estou trabalhando justamente porque tenho quatro filhos e eles precisam comer. O salário do meu marido é pequeno e preciso ajudar. As crianças ficam com minha mãe, que cuida muito bem deles. Soube que a senhora se casou há pouco tempo. Está pensando em ter um filho?

— Muito! É o meu sonho! Como está demorando muito, comecei a ficar depressiva e, por isso, vou começar a trabalhar aqui.

— Vai trabalhar somente para se distrair? — Rosália perguntou admirada.

— Sim. Por que está tão admirada?

— Desculpe-me, senhora, mas, como tenho três filhos e sei como é, se eu fosse a senhora, esperaria mais um pouco. Depois que os filhos nascem, passamos a viver só para eles e nos esquecemos de nós mesmos.

— Sei disso e já discuti muito com meu marido, mas enquanto eu não tiver uma criança nos meus braços não serei feliz!

Rosália, sorrindo, falou:

— A senhora tem razão, um filho só nos faz feliz, mas que dão trabalho, isso dão. Agora, vamos ao trabalho? Vou sair daqui a quinze dias, e é o tempo que tem para aprender tudo o que vai precisar fazer. Está disposta?

Olívia sorriu e acenou com a cabeça dizendo que sim.

O tempo foi passando. Olívia aprendeu rapidamente o trabalho e, embora estivesse feliz com ele, todo mês ficava ansiosa para saber se havia engravidado, mas nada acontecia.

Após seis meses de casada, resolveu ir ao médico para ver se havia algum problema que a impedisse de engravidar. Depois de muitos exames, tanto seus como de Amauri, o médico pediu que fossem juntos ao consultório. Assim que entraram na sala, ele, sorrindo, disse:

— Sentem-se, por favor.

Eles se sentaram e o médico continuou:

— Depois de todos os exames que fizeram, só posso dizer que não existe problema algum para que a senhora não engravide. Está tudo em ordem. Acredito que logo isso acontecerá.

— Por que está demorando tanto, doutor?

— Algumas vezes isso acontece pela ansiedade em que se encontram. Podem ficar tranquilos, pois quando menos esperar vai acontecer e serão pais maravilhosos.

— Obrigado, doutor. Vamos esperar.

Tranquilos por saberem que não havia problema médico, foram para casa e voltaram à rotina de sempre. Olívia, feliz por estar trabalhando e por conhecer pessoas que tinham a vida totalmente diferente da sua; Amauri trabalhando na empresa do pai, que, por ser filho único, um dia passaria a ser sua.

Naquela tarde, Olívia estava ansiosa para que Amauri chegasse do trabalho. Ela havia ido ao médico, uma semana atrás, sem que ele soubesse. Não queria que ele tivesse uma decepção ao saber que não era o que pensavam. Porém, para sua felicidade, teve a certeza de que, finalmente, estava grávida e que seu sonho de ser mãe ia se realizar. Amauri ficou feliz com a notícia. Era tudo o que faltava para que fossem completamente felizes.

O tempo passou. Três meses depois, em uma manhã, enquanto tomava banho, sentiu uma dor muito forte, olhou para baixo e, para seu desespero, viu que sangue escorria por suas pernas. O desespero e o medo tomaram conta dela, e Olívia gritou.

Amauri, que estava se vestindo para ir ao trabalho, ao ouvir aquele grito desesperado, entrou no banheiro e conseguiu segurar Olívia, que, chorando, estava quase caindo. Pegou a esposa no colo, passou uma toalha em seu corpo e a levou para a cama. Também ficou desesperado, pois sabia o que aquilo significava.

Como o sangue não parava, resolveu levar Olívia para o hospital. Ela, com os olhos parados em um ponto qualquer, apenas o acompanhou.

Ficou internada por dois dias e voltou para casa. Estava triste e apática. Amauri e toda a família estavam condoídos, mas fizeram de tudo para que ela se sentisse bem, dizendo que ela era jovem e que poderia tentar novamente.

Olívia nada falava, apenas ficava com o olhar distante. Ela não quis voltar ao trabalho. Não via sentido algum na vida. Pediu a Amauri que se desfizesse dos móveis do quarto do bebê, que havia preparado com tanto carinho. Perdeu todo o interesse pela vida e nada a entusiasmava. Todos na família ficaram preocupados e tentavam de todas as maneiras animá-la, mas nada que fizessem parecia surtir efeito.

# A VIDA CAMINHANDO

Enquanto isso, em outra parte da cidade, uma moça caminhava levando em seus braços uma criança. Ela era muito bonita, loura com os olhos azuis. Caminhava devagar, parecendo cansada. Aos poucos e cada vez mais fraca, sentou-se no degrau de uma escada, em frente a uma casa. Chorando e com muito carinho, abraçou a criança e falou baixinho:

— Sinto muito, meu filho, mas não vou poder ficar com você. Estou muito fraca e sinto que em breve deixarei este mundo, coisa com que não me importaria, se não fosse por você. O que vai acontecer? Como será sua vida? Meu Deus! Preciso de ajuda. O que fiz para merecer isso? Já sofri tanto e, agora, sofro mais ainda por não saber o que vai acontecer com meu filho.

Ela ficou ali acariciando o filho e chorando. A porta da casa se abriu e uma senhora saiu. Ao ver aquela moça sentada na escada e vendo que ela chorava abraçada ao filho, perguntou:

— Moça, o que aconteceu? Por que está chorando assim?

A moça olhou para a mulher e, levantando a criança, entregou-a a ela e depois desmaiou.

A mulher, desesperada, gritou:

— Alfredo! Venha até aqui!

Alfredo, seu marido, ao ouvir a mulher gritando, foi até lá rapidamente. Ao chegar à porta, viu a mulher com a criança nos braços e a moça desmaiada.

— O que vamos fazer, Alfredo? — perguntou, nervosa e assustada.

Alfredo chegou mais perto e percebeu que a moça estava viva.

— Vamos levá-la para dentro. Depois veremos o que fazer.

Ele pegou a moça no colo e entraram. A casa era pequena, apenas com um quarto e sala, tendo três crianças nela, a maior com mais ou menos dez anos. As crianças, por não entenderem o que estava acontecendo, também estavam assustadas.

Alfredo colocou a moça sobre a cama. Dora colocou a criança sobre outra cama que havia ali, foi para a cozinha e voltou com vinagre, começando a passá-lo pelos braços e pelo rosto da moça, que continuava desmaiada. Aos poucos, ela foi voltando e, ao ver aquelas pessoas à sua volta, tentou se levantar e perguntou:

— Onde está meu filho?

— Está aqui, não se preocupe, ele está bem. Vou dar leite para ele.

— Obrigada, senhora...

— Parece que você também está com fome. Quer comer alguma coisa?

— Não, senhora, obrigada. Só queria um pouco de água.

Dora olhou para uma das crianças, que foi correndo para a cozinha e voltou com um copo com água. A moça bebeu e, sorrindo, agradeceu.

Alfredo, que precisava ir trabalhar e levar as crianças para a escola, falou:

— Vou trabalhar e levar as crianças para a escola, mas, se precisar de alguma coisa, mande me chamar. Estou trabalhando na praça. — Dizendo isso, ele e as crianças saíram.

Dora, olhando para a moça, perguntou:

— Moça, está muito pálida. Está doente?

— Sim, senhora, e minha doença não tem cura. Tenho pouco tempo de vida.

— Sinto muito. Como é seu nome?

— Edite. Sou do interior, vim para cá para tentar a vida, mas fiquei doente e agora não sei o que fazer com meu filho.

— Meu nome é Dora. Sei que não me conhece, mas quer me contar o que aconteceu com você? É muito jovem.

— Sou do interior. Conheci um rapaz que estava passeando na cidade. Ele morava aqui na capital. Namoramos por algum tempo. Eu me apaixonei e acreditei em tudo o que me prometeu. Ele me enganou e eu me entreguei sem pensar muito. Ficou na cidade por algum tempo e foi embora, dizendo que voltaria no próximo mês, mas isso não aconteceu. Quando descobri que estava grávida, fiquei desesperada, pois sabia que meus pais nunca aceitariam. Minha mãe sempre me disse do perigo de me entregar a um homem. Ela tremia só em pensar que sua filha pudesse ficar grávida sem ser casada. Pensava no que diriam os vizinhos.

— Sei como é. O que aconteceu depois?

— Quando descobri que estava grávida, fiquei desesperada e com medo do que poderia me acontecer; resolvi vir para cá e encontrar o pai do meu filho.

— Encontrou?

— Não. O endereço que ele me deu era falso. Ninguém o conhecia.

— O que você fez?

— Andei por alguns dias, até encontrar uma casa com uma placa dizendo que precisavam de uma empregada. Sempre ajudei minha mãe, por isso sabia como cuidar de uma casa. Conversei com a dona da casa e ela me empregou, e eu ainda poderia dormir no emprego. Minha barriga, por eu ser gordinha, ainda não estava aparecendo, embora já estivesse com quatro meses de gravidez, o que me ajudou. Não sei, mas às vezes acho que Deus nos conduz na vida.

— Pode ter certeza disso. Acredito que nunca estamos sozinhos e que sempre temos anjos ao nosso lado nos ajudando. O que aconteceu depois?

— Fiquei trabalhando lá. A casa era grande e com quatro crianças. O trabalho era muito. O salário, pequeno, mas eu não reclamava. Pelo menos, tinha casa e comida. Depois de quatro meses, eu não tinha mais como esconder minha barriga. Estava com oito meses de gravidez. Minha patroa me chamou e perguntou:

— *Você está grávida, Edite?*

— Tremendo e quase chorando, respondi:

— *Sim, senhora. Estou com oito meses.*

— *Oito meses? Essa criança vai nascer logo!*

— *Sim, senhora...*

— Ela ficou desesperada:

— *Sinto muito, mas não pode continuar aqui! Precisa ir embora! Já tenho quatro filhos. Não posso cuidar de outra criança.*

— *Por favor, senhora! Não tenho para onde ir! Deixe que eu fique aqui até que a criança nasça. Depois eu vou embora.*

— *Não posso fazer isso! Preciso de uma empregada e, quando essa criança nascer, você não vai poder trabalhar. Precisa ir embora para que eu possa encontrar outra para ocupar o seu lugar, e, por favor, não insista! Vá embora agora mesmo!*

— *Não tenho para onde ir!*

— *Tem um hospital que cuida de moças grávidas sem família. Vá até lá e eles vão cuidar de você. Vou telefonar para uma amiga que sabe onde fica esse hospital. Vou pegar o endereço e você pode ir até lá. Vou lhe dar o dinheiro para o ônibus.*

— Ela telefonou, anotou um endereço, me deu o papel e dinheiro para uma passagem de ônibus. Peguei a sacola onde estavam minhas poucas roupas e saí. Na esquina, entrei no ônibus e me sentei junto à janela. Enquanto o ônibus andava, eu estava desesperada, sem saber o que aconteceria com minha vida. Lágrimas, que eu não conseguia evitar, corriam pelo meu rosto. Assim que entrei no ônibus, pedi ao motorista que me avisasse quando chegasse ao ponto onde eu deveria descer. Ele me avisou:

— *É aqui, moça. O hospital fica logo ali.*

— Agradeci e desci. Olhei para o lado onde ele havia apontado e me admirei com o tamanho do hospital. Era enorme. Caminhei até a portaria e falei com o porteiro, que me mostrou um longo corredor para que eu caminhasse até uma porta grande. Caminhei e, assim que entrei pela porta, uma freira me recebeu.

— *Entre, minha filha. Parece que está precisando da nossa ajuda.*

— *Estou, sim* — disse chorando.

— *Fique calma. Você veio ao lugar certo. Não tem onde ficar até que sua criança nasça?*

— *Não, senhora. Sou do interior.*

— *Poderá ficar aqui até que sua criança nasça e, pelo visto, não vai demorar muito. De quantos meses está?*

— *Acredito que sejam oito. Não tenho muita certeza.*

— *Isso não é problema. Consultou algum médico, fez pré-natal?*

— *Não, senhora. Nunca fui a um médico.*

— Enquanto ela perguntava e eu respondia, ela escrevia em um papel. Após perguntar meu nome, idade e anotar, falou:

— *Está bem, não se preocupe. No final, tudo dá sempre certo. Só tenho mais uma coisa para dizer a você: quando sua criança nascer, você terá de ir embora, pois existem muitas mulheres na mesma situação em que se encontra. Poderá,* também, se desejar, entregar sua criança para adoção. Temos uma fila imensa de casais desejando adotar uma criança. Só estou dizendo isso para que vá pensando no que fazer depois que a criança nascer. Não vai ser obrigada a coisa alguma.

— Obrigada, senhora, mas não quero doar minha criança.

— Tudo bem. Vai ter algum tempo para pensar.

— Ela apertou uma campainha e outra freira apareceu. Sorrindo, pegou minha mão, dizendo:

— Venha, vou levar você até o quarto onde vai ficar.

— Eu estava me sentindo muito bem. Aquelas duas mulheres estavam me tratando como se me conhecessem há muito tempo. Não me perguntaram sobre minha vida ou pelo pai da criança. Apenas estavam querendo me ajudar. Por isso, eu a segui sem nada dizer. Ela me levou até um quarto onde havia quatro mulheres grávidas. Disse:

— Esta moça... como é o seu nome?

— Edite.

— Edite, assim como vocês, está esperando uma criança. Espero que se tornem amigas dela e a ajudem em tudo o que precisar.

— As quatro sorriram. Uma delas falou:

— Seja bem-vinda, Edite. Está no lugar certo. Meu nome é Alda. Esta é a sua cama.

— Também sorri e coloquei minha sacola sobre a cama. Daquele dia até quando meu menino nasceu, tive muita paz e um bom atendimento médico. Quase um mês depois, ele nasceu. Eu havia recebido das freiras um pequeno enxoval. Durante esse tempo, algumas vezes, uma freira vinha conversar comigo para que deixasse meu filho para adoção, mas eu nem queria pensar a respeito. Quando o peguei no colo, tive certeza de que nunca o abandonaria.

— Como pôde fazer isso, se não tinha para onde ir?

— Tem razão, mas naquele momento não pensei nisso. Não sei o motivo, mas senti que não seria abandonada por Deus. Eu faria qualquer coisa, menos deixar meu filho. Quinze dias depois, fui avisada de que deveria deixar o hospital e mais uma vez tive a oportunidade de deixar meu filho, porém, mais uma vez recusei.

— Para onde você foi?

— Quando cheguei à rua, fiquei olhando para todos os lados. Não sabia que caminho tomar e comecei a andar com meu filho no colo e carregando duas sacolas: uma com minhas roupas e outra com o enxoval do meu filho que as freiras haviam me dado. Caminhei até o ponto de ônibus e peguei um, sem me importar para onde ia. Uma das freiras me deu algum dinheiro, com o qual eu paguei a passagem. Sentada e enquanto o ônibus andava, fiquei olhando pela janela. Meu filho dormia tranquilo, sem saber de todo o drama que eu estava vivendo. Uma senhora sentou-se ao meu lado. Olhando para mim, disse:

— *Seu filho é lindo. Quantos meses ele tem?*

— *Obrigada. Ele tem quinze dias.*

— *Só quinze dias? É muito grande!*

— *É, sim. Nem sei como isso pôde acontecer. Não tive uma gravidez tranquila nem com boa alimentação.*

— *Como assim? Não tem marido ou família?*

— *Não, senhora.*

— *O que aconteceu? Desculpe minha curiosidade.*

— *Não tem problema.*

— Sorri e comecei a contar tudo o que havia acontecido em minha vida até ali. Terminei dizendo:

— *Hoje estou aqui, neste ônibus que nem sei para onde vai, sem dinheiro, sem emprego, somente com meu filho.*

— *Não tem para onde ir?*

— *Não, senhora.*

— Ela, por algum tempo, ficou calada. Depois disse:

— *Hoje saí de casa muito preocupada. Minha mãe, que está idosa, precisa de alguém que cuide dela e, como trabalho, principalmente à noite, não tenho condições de cuidar dela. Preciso de alguém que me ajude, mas não posso pagar muito. Está disposta a trabalhar para mim?*

— Claro que sim, e nem me importo com salário, só preciso de um lugar para ficar com meu filho.

— Está bem. Meu nome é Tereza, pode trabalhar para mim. Só preciso avisar que minha casa é... como direi? É um lugar onde trabalham mulheres de vida fácil. Está disposta?

— Eu nem sabia direito o que ela queria dizer com aquilo, mas não me importei, só queria ter um lugar para levar meu filho. Respondi:

— Estou, e obrigada!

— Depois de mais ou menos quinze minutos, descemos do ônibus. Caminhamos por mais algumas ruas e chegamos diante de uma casa muito grande. Entramos pela porta do lado e fomos até os fundos do quintal, onde havia outra casa: pequena, bem diferente daquela da frente. Entramos. Ela, alegre, disse:

— É aqui que você vai ficar e trabalhar. Quero que conheça minha mãe. Venha!

— Ela saiu na minha frente e eu a segui, com meu filho nos braços. Entramos em um quarto, onde uma senhora bem idosa estava deitada em uma cama junto à janela. Ela, ao me ver, sorriu. Não sei por que, mas fiquei feliz com aquele sorriso. Ela me pareceu ser uma pessoa meiga, e era. Cuidei dela por seis meses. Vivi naquela casa momentos de tranquilidade. Logo percebi o que havia na casa da frente. Homens entravam e saíam durante o dia, mas em mais quantidade à noite. Conheci algumas das moças que trabalhavam ali e, com o tempo, pude perceber que cada uma tinha uma história. Aos poucos, me tornei amiga delas, que sempre traziam presentes para meu filho. Realmente, o salário era pouco, mas aquilo não me incomodava. Eu e meu filho estávamos abrigados, e isso era tudo o que eu queria e de que precisava. Sabia que em um dos quartos da casa Tereza atendia as moças e outras que vinham até ali. Com o tempo, ela me contou que praticava o aborto de mulheres que não queriam nem podiam ter uma criança. Confesso que fiquei abalada, pois não concordava com aquilo. Estava ali com meu filho e, apesar de tudo pelo que passei, nunca pensei em tirá-lo, mas o que poderia fazer? Não tinha para onde ir. Conheci várias mulheres que entravam e iam embora, algumas como se nada tivesse acontecido. Outras saíam chorando.

— Tem razão, nada poderia fazer — Dora disse, compreensiva. — Também não concordo, pois, mesmo na pobreza, todos os meus filhos nasceram. Não quer mesmo comer alguma coisa?

— Não, muito obrigada. Não sinto fome, apenas dor.

— Quer se deitar um pouco?

— Não, obrigada, fico melhor sentada.

Dora ficou olhando, com muita dor, para aquela moça tão jovem e bonita, vivendo tudo aquilo. Olhando para Dora, Edite continuou:

— Em uma noite, a senhora adormeceu e, de repente, acordou e gritou. Eu, que dormia em uma cama com meu filho, ao lado da dela, também acordei e, me levantando, fui para junto da cama dela. Fiquei impressionada, pois ela, embora tivesse gritado, parecia estar calma, com os olhos fixos em um ponto. Tentei falar com ela, mas percebi que não me ouvia. Parecia que estava vendo alguém que a deixava feliz, alguém que conhecia. Como ela estava calma, voltei a me deitar, mas fiquei acordada, com os olhos fixos nela, que continuou olhando para aquele lado. Embora eu quisesse ficar acordada, o sono tomou conta e eu, sem perceber, adormeci.

Dora ouvia com atenção o que Edite contava. Percebeu que ela falava com dificuldade, pois sempre levava uma das mãos à barriga e em seu rosto podia ver que estava sofrendo uma dor que parecia ser muito forte, mas não quis interromper, já que estava curiosa em saber o que havia acontecido com aquela jovem. Ofereceu-lhe um copo de café com leite, que Edite aceitou, agradeceu e continuou falando:

— Pela manhã, ao acordar, fui para junto dela e percebi que estava morta. Eu me assustei e gritei. Tereza, que sempre dormia até tarde, pois passava a noite acordada, despertou e, assustada, veio para o meu quarto. Ainda da porta, viu que a mãe estava branca como uma vela, e que estava morta. Ela se ajoelhou diante da cama e, beijando as mãos da mãe, começou a chorar. Eu sabia que aquele choro era verdadeiro, pois, durante o tempo em que estive lá, sabia do carinho dela para com a mãe. Ao lado dela, também chorei, pois durante o tempo em que convivi com aquela senhora também me afeiçoei a ela. As moças não estavam lá e só chegaram no meio da tarde. Elas também sentiram muita dor pela morte daquela mulher que muitas conheceram antes que ficasse doente. Acompanhada de uma das moças, Tereza foi providenciar o enterro da mãe. Eu fiquei em casa, cuidando de tudo para o velório. Poucas pessoas vieram além das moças que trabalhavam ali e alguns homens que frequentavam a casa. Depois do enterro, Tereza, que estava abalada, dispensou as moças e foi se deitar. Eu fiquei arrumando a casa. Enquanto passava pano no chão, me dei conta de que Tereza não precisaria mais dos meus serviços. Estremeci ao pensar para onde iria se saísse dali. Tereza acordou no fim da tarde. Veio até a cozinha, onde eu preparava o jantar. Sentou-se em uma das cadeiras junto à mesa e disse:

— A casa parece vazia, não é, Edite?

— É sim, dona Tereza. Embora ela não andasse pela casa, a gente podia sentir a presença dela. Vou aproveitar para perguntar: quantos dias eu posso ficar aqui, antes de ir embora?

— Ir embora? Quem disse que vai embora?

— Pensei que a senhora ia me mandar embora...

— Nem pense nisso. Eu me apaixonei por você e pelo Paulinho! Você é a filha que eu não tive. Pode ficar aqui o tempo que quiser! Continue cuidando da casa.

— Obrigada, dona Tereza. Eu estava preocupada, pois não tenho para onde ir.

— Não se preocupe mais. Aqui, você e seu filho estão e poderão ficar até quando você quiser.

— Fiquei tranquila. Meu filho estava com seis meses e crescia lindo e feliz, mas parece que Deus não queria que eu ficasse bem. Um mês depois, senti uma dor muito forte na barriga. Tereza, preocupada, levou-me até o hospital. Depois de ser examinada, o médico disse:

— *A senhora precisa ficar internada para que possamos fazer alguns exames.*

— Ao ouvir aquilo, fiquei apavorada, pensando em meu filho. Tereza, percebendo minha preocupação, sorrindo, disse:

— *Não se preocupe, Edite. Vou cuidar do menino. Faça os exames que precisar para que fique curada.*

— Ao ouvir aquilo e sabendo que ela cuidaria, muito bem, do meu filho, sorri e concordei. Fiquei internada por cinco dias e muitos exames foram feitos. Pela manhã do quinto dia, o médico entrou no quarto dizendo:

— *A senhora tem um parente com o qual eu possa conversar?*

— Estranhei aquela pergunta e respondi:

— *Não, senhor. Só tenho meu filho, com seis meses de idade.*

— *Sinto muito. Sei que o que vou lhe dizer pode parecer cruel, mas não tem uma maneira melhor de falar, ainda mais sabendo que tem um bebê. A senhora tem uma doença que está muito adiantada. Após os exames, foi constatado que nada mais pode ser feito. A única coisa é eu receitar um remédio para que possa ajudar a amenizar a dor.*

— *O senhor está dizendo que vou morrer?*

— *Sinto muito. Foi preciso que eu falasse dessa maneira, para que possa providenciar alguém para cuidar do seu filho.*

Dora, condoída com que Edite contara, disse:

— Como esse médico pôde ser tão cruel?

— Também pensei isso, mas, depois, entendi a situação. Precisava mesmo pensar no futuro do meu filho. Não sei dizer o que senti naquele momento. Só consegui pensar que Deus não era justo. Como ele poderia fazer aquilo comigo? Já não fora suficiente tudo o que eu havia passado até ali? O médico, com o semblante fechado, saiu. Em seguida, uma enfermeira entrou e disse:

— O doutor pediu que eu aplicasse esta injeção para que adormeça.

— Não quero dormir! Preciso pensar no que vou fazer!

— Sinto, mas preciso cumprir a ordem do médico. A senhora vai ficar bem e, quando acordar, poderá pensar no que fazer.

— Sentindo-me mal e sem forças, consenti. Ela aplicou a injeção e logo adormeci. Quando acordei, ainda um pouco tonta, lembrei-me do que o médico havia dito e comecei a chorar, pois era a única coisa que podia fazer naquele momento. Eram mais de duas horas da tarde. A hora da visita seria às três. Fiquei ansiosa para que Tereza chegasse, pois ela era a única que poderia me ajudar. Sabia quanto ela gostava do meu filho e poderia deixá-lo com ela. Às três horas, Tereza chegou e, ao me ver chorando, perguntou:

— O que aconteceu, Edite? Por que está chorando?

— Contei o que o médico havia dito e terminei dizendo:

— O que vai acontecer com meu filho, Tereza?

— Ela também começou a chorar e, me abraçando, respondeu:

— Sinto muito, nunca pensei que algo assim poderia acontecer com alguém tão jovem. Vamos consultar outro médico! É impossível que isso esteja acontecendo. Deve haver algum tratamento! Vamos para casa e, depois, consultaremos outro médico!

— Eu nada disse, só estava preocupada com meu filho. Sentia muita dor, mas nada era pior do que saber que eu não o veria crescer. Como o médico já havia me dado alta do hospital, saímos dali e fomos para casa. Durante o trajeto, feito em um ônibus, senti muita dor, mas não falei para Tereza, que permanecia calada. No outro dia fomos a outro médico, que, após ouvir o nosso relato, falou:

— Vou pedir alguns exames para dar uma opinião.

— Pediu os exames, que custaram caro, mas Tereza não se importou. Só queria que eu ficasse bem. Após alguns dias, voltamos ao médico, que, tristemente, confirmou o que o outro médico havia dito. Voltamos para casa. Tereza e as moças que trabalhavam lá deram toda a atenção para mim e para meu menino. O tempo passou, até quando hoje, pela manhã, a polícia chegou à casa dizendo que Tereza havia sido denunciada por uma família à qual pertencia uma moça menor de idade que fizera um aborto e tinha morrido. Deitada, consegui ouvir as acusações e, sem nada poder fazer, apenas me levantei e fui até a sala, perguntando:

— O que está acontecendo?

— O policial me olhou e, talvez pela minha aparência, disse:

— Fique calma, moça. Ela foi denunciada e acusada de praticar aborto. Sabe alguma coisa sobre isso?

— Olhei para Tereza e, pelo seu olhar, percebi que não poderia dizer que sim, então apenas respondi:

— Não, senhor...

— Está bem, mas precisamos lacrar a casa.

— Como? Não posso ficar aqui?

— Não. A casa precisa ser lacrada.

— Fiquei desesperada; falei:

— Estou doente e tenho um filho! Não tenho para onde ir...

— Sinto muito, mas preciso cumprir a ordem! A casa vai ser revistada pela polícia civil e não pode ter ninguém aqui. Pegue o que precisa e saia, por favor.

— Eu, desnorteada, voltei para o quarto. Peguei esta sacola e coloquei nela algumas roupas minhas e do meu filho. Fui até a cozinha, peguei um pouco de leite, coloquei em uma mamadeira e dei para ele beber. O policial seguia todos os meus passos. Depois que meu filho terminou de tomar o leite, ele me conduziu até a porta. Sem ter o que fazer, acompanhei o policial até a porta e saí. Fiquei chorando e andando sem destino, com muita dor e me sentindo fraca. Quando cheguei aqui na sua porta, não consegui mais andar e me sentei. Estou desesperada e precisando de ajuda. Não tenho com quem deixar meu filho...

— Eu já percebi isso, mas, como pode ver, tenho três crianças, e esta casa é muito pequena. Meu marido não tem um emprego fixo e vivemos de trabalhos que ele faz aqui e ali. Eu ganho algum dinheiro lendo cartas, que aprendi com minha mãe, que aprendeu com a mãe dela, minha avó, mas não é muito.

— Por favor, senhora. Não vou ficar aqui por muito tempo.

— Já entendi isso, mas acho difícil que meu marido concorde em que fique aqui. Não se preocupe, quando estamos desesperados, sempre existe um caminho para seguirmos.

Sem alternativa, Edite sorriu.

— Entendi. Só me resta esperar que esse caminho chegue, pois estou desesperada.

Dora, com o coração apertado, apenas sorriu e disse:

— Ainda não tomei o café da manhã. Vou tomar. Você quer também?

Edite olhou para o menino, que, após tomar o leite, dormia tranquilamente em uma cama que existia ali na sala e na qual elas estavam sentadas. Sorrindo, respondeu:

— Eu não queria dar trabalho à senhora, mas vou aceitar, pois não como desde ontem à noite.

Dora se levantou e foi até a cozinha, que era muito pequena. Enquanto preparava o café, pensava: "Eu queria muito ajudar essa moça, mas como? Mal tenho para meus filhos. O que vou fazer, meu Deus?"

Edite olhava a sua volta e, embora tenha percebido que Dora realmente era muito pobre, pensou: "Ela realmente é muito pobre, mas tem um bom coração; tenho certeza de que mesmo dentro de sua pobreza cuidaria muito bem do meu filho".

Dora voltou à sala trazendo em suas mãos uma leiteira e um bule de café. Havia sobre a mesa pão e manteiga. Sentou-se, dizendo:

— Pode comer. Não é muito, mas vai matar sua fome.

— Obrigada, senhora.

Tomaram o café em silêncio, cada uma delas envolvida em seu próprio pensamento. Quando terminaram, Dora se levantou e disse:

— Agora, preciso ir tomar banho. Enquanto faço isso, espero que pense em como fará com a sua vida daqui para a frente.

Edite, triste, sorriu.

Dora entrou no banheiro, que ficava em um pequeno corredor. Edite ficou olhando.

Quando Dora terminou de tomar o seu banho, voltou para a pequena sala e se assustou ao ver que Edite não estava lá. Sobre a mesa havia um papel onde estava escrito:

Pensei no que vou fazer com minha vida e em como ela logo vai terminar. Percebi que tem um bom coração e que, apesar de sua pobreza, cuidará dele com muito carinho. Deus a abençoe. Muito obrigada, Edite.

Dora, com o papel na mão e atônita, olhou para o menino que dormia tranquilo. Assustada, pensou: "O que vou fazer? Não posso deixar de cuidar dessa criança. Vou esperar Alfredo voltar para o almoço e ver o que ele acha de tudo isso e o que vamos fazer..."

O menino acordou e começou a chorar. Dora olhou para a sacola que Edite havia deixado. Pegou e olhou o que tinha dentro. Havia algumas fraldas, duas mamadeiras e algumas roupinhas. Foi até a cozinha e, em uma chaleira, colocou água e levou para esquentar. Depois que a água esquentou, colocou-a em uma bacia, tirou a roupa do menino e lhe deu um banho. Depois de vesti-lo novamente, pegou leite, que ainda estava quente sobre a mesa, colocou na mamadeira e deu para que ele bebesse. O menino tomou todo o leite. Depois, ela o colocou novamente na cama e lhe deu um brinquedinho de borracha que pertencia ao seu filho menor, para que brincasse.

Arrumou a casa e fez o almoço. Quando Alfredo chegou com as crianças, como de costume, o almoço estava pronto. Assim que entrou e olhou para o menino sobre a cama, e não vendo Edite ali, curioso, perguntou:

— Onde está a moça, Dora?

— Ela foi embora e deixou o menino...

— Como assim, deixou o menino?

— Não sei, simplesmente desapareceu e deixou este bilhete — Dora disse, pegando o papel que estava sobre a mesa.

Alfredo leu e, nervoso, perguntou:

— Por que ela fez isso?

— Vamos almoçar. As crianças estão com fome e você também. Depois eu vou contar a você tudo o que ela me contou antes de ir embora.

— Está bem.

Sentaram-se. Dora pegou o menino no colo, fez o prato de todos e, enquanto comia, alimentava o menino, que comia com muito gosto.

Quando terminaram de comer, ela trocou a fralda dele, colocou-o de novo na cama, e as crianças foram brincar no quintal.

Quando ficaram sozinhos, sentou-se ao lado de Alfredo, que esperava, ansioso e curioso em saber o motivo de a moça ter deixado o filho ali.

Dora contou tudo o que Edite havia lhe dito e terminou dizendo:

— Fiquei com muita pena dela. Uma moça tão jovem e já condenada à morte. Assim como você, também me assustei quando vi que ela havia ido embora e deixado o menino. Estou pensando em ficar com ele, embora já tenhamos três filhos, mas onde come um, comem cinco, comem seis. Podemos criá-lo como se fosse nosso filho.

— Não podemos ficar com ele, Dora! — disse Alfredo, nervoso. — Além de já termos crianças, ele é branco!

— Nem pensei nisso, Alfredo. Só fiquei muito triste pela moça e me preocupei em cuidar dele.

— Não podemos, Dora. Precisamos levá-lo para a polícia. Eles saberão o que fazer.

— Não, Alfredo! Não vou fazer isso. Acredito que ela vai voltar. Precisamos esperar alguns dias. Quem sabe se nesse tempo ela não consegue encontrar um lugar para ficar com ele? Só algum tempo, Alfredo — falou com voz e olhar suplicantes.

— Está bem. Faça como quiser, só que não pode ser por muito tempo.

Dora ficou calada. Apenas olhou para o menino que dormia tranquilamente, sem imaginar o drama que acontecia em sua tão curta vida.

Alfredo saiu para voltar ao trabalho. As crianças continuavam a brincar no quintal. Enquanto tirava as louças da mesa, ela pensava: "Meu Deus, ajude esta criança. E a sua pobre mãe. Não tenho como cuidar dele, mas confio em Sua bondade. Agora, preciso arrumar tudo aqui, porque vou receber uma cliente. Ela sempre vem aqui em casa, pois confia no que as minhas cartas dizem".

Arrumou tudo. Chamou as crianças, pois precisavam fazer a lição de casa. Elas atenderam prontamente, pois estavam acostumadas a fazer isso todos os dias.

Quando terminaram a lição, voltaram para o quintal. O menino acordou e começou a chorar. Dora voltou a trocar sua fralda e lhe deu leite. Depois, recostou-o em alguns travesseiros, o que o fez ficar sentado. Voltou a lhe dar um brinquedo, e ele ficou brincando e olhando para ela com os olhos muito azuis. Ela sorriu. "Realmente, Alfredo tem razão. Como podemos criar esse menino e dizer que é nosso filho?" Olhou para o relógio que estava na parede. "Nossa! Faltam dez minutos para Francisca chegar, e ela não costuma se atrasar".

Rapidamente, colocou uma toalha sobre a mesa e suas cartas. "Faço isso há muito tempo, e sempre e a cada dia que passa minhas clientes saem daqui contentes. Dizem que as minhas cartas sempre falam a verdade. Peço a Deus que hoje também aconteça o mesmo. Francisca sempre vem e sai daqui feliz".

Enquanto pensava, olhou para o menino, que ainda estava brincando, alheio a tudo o que acontecia. A campainha da casa tocou. Dora foi até a porta e a abriu. Uma moça sorriu.

— Boa tarde, Dora! Cheguei na hora?

— Você sempre chega na hora, Francisca. Entre.

— Esta é minha mãe. Falei tanto de você que ela resolveu vir junto.

— Prazer, senhora. Entrem, por favor.

Entraram. Francisca, ao ver o menino na cama, perguntou:

— Que criança linda, Dora! Está cuidando dela?

— Mais ou menos, Francisca. É um menino.

— Mais ou menos? O que está querendo dizer?

— Sentem-se, vou contar.

Elas se sentaram e Dora, também. Começou a contar o que havia acontecido naquela manhã. Terminou dizendo:

— Foi isso o que aconteceu. Meu marido não quer ficar com ele e tem razão. Sabem que levamos uma vida difícil, com três filhos e morando de aluguel nesta casa, que não é grande. Ele quer ir até a polícia e entregar o menino, mas eu não quero isso. Conversei com ele e consegui alguns dias, dizendo que vamos esperar a mãe achar algum lugar para ficar com o menino, mas sei que ela não vai voltar. Realmente, sei que não vai voltar, só quis mesmo convencer o Alfredo.

— Como pode saber disso?

— Bastou olhar para ela para ver que está muito doente, Francisca. Está muito pálida, fraca e, durante o tempo em que esteve aqui, muitas vezes colocou as mãos na barriga, e em seu rosto podia-se ver que estava sentindo muita dor. Por isso, sei que ela não vai voltar.

Francisca olhou para a mãe e pareceu que pensaram a mesma coisa.

— Você disse que não quer que ele seja entregue à polícia, mas o daria para que um casal o criasse?

— O que está perguntando, Francisca? Você quer ficar com ele?

Francisca sorriu.

— Não, Dora! Sabe que eu sou solteira e, como preciso trabalhar, não teria como cuidar de uma criança.

Olhou para o menino, que olhava para ela. Continuou:

— Não podemos dizer que ele não seja uma criança linda! Também não acho justo que você o entregue à polícia, sem saber o que vai acontecer com seu futuro. Ele é muito lindo!

Olhou para a mãe, que havia se levantado e pegado o menino no colo, perguntando:

— Está pensando o mesmo que eu, mamãe?

Carmela sorriu.

— Estou, minha filha. Acho que poderemos achar uma solução para Olívia e este lindo menino.

— Também pensei nela e acho que vai ficar muito feliz. E será muito bom para ele.

Francisca olhou para Dora e falou, emocionada:

— Tenho uma amiga que é muito rica. Ela tem tudo de que precisa para ser feliz, mas não é, pois seu sonho é ter um filho, mas, por mais que tenha tentado, não conseguiu. Acredito que, assim que ela vir este menino, vai se apaixonar e o adotará. Garanto a você que, se isso acontecer, ele terá uma vida maravilhosa. Será muito amado. Quer conhecer a minha amiga?

— Quero, Francisca! Claro que quero! A única coisa que não desejo é que ele seja enviado a um orfanato.

— Está bem. Assim que sairmos daqui, vou até a casa dela, que é aqui perto. Agora, você vai ler as cartas? Mamãe, de tanto me ouvir falar de você, está curiosa.

— Claro que sim, Francisca! Vamos lá — disse sorrindo e pegando as cartas nas mãos.

Após Dora terminar a leitura, Francisca e Carmela se despediram. Francisca, sorrindo, disse:

— Estamos indo agora para a casa de minha amiga. Por favor, cuide do menino até amanhã. Não sei se ela vai aceitar, pois sempre disse que não queria adotar uma criança, mas vou tentar. De qualquer maneira, pelo sim ou pelo não, amanhã cedo eu voltarei para dizer a você o que ela decidiu.

Despediram-se.

Assim que saíram, Dora olhou para o menino, que Carmela havia colocado de volta à cama, e, pegando-o no colo, disse baixinho:

— Tomara que tudo dê certo e que você possa crescer forte e tranquilo. Meu Deus, faça com que esta moça aceite este menino.

Pegou uma caneca, colocou café com leite e colocou pão dentro da caneca, fazendo assim uma papinha de pão e dando ao menino, que a comeu rapidamente.

Já na rua, Francisca acenou para um táxi que passava por lá. Entraram.

Embora Francisca soubesse onde a amiga morava, não sabia o endereço. Disse ao motorista:

— Eu não sei o endereço, mas vou indicar o caminho.

O motorista sorriu e acelerou o carro, que, logo depois, parou em frente a uma casa grande e bonita.

Francisca pagou a corrida e desceu, seguida pela mãe. Apertaram a campainha e, pouco tempo depois, uma moça apareceu e, ao ver Francisca, sorriu e caminhou até o portão.

— Boa tarde, dona Francisca.

— Boa tarde, Clarita! Olívia está em casa?

— Está, sim. Entre — disse, enquanto abria o portão.

Entraram. Assim que chegaram à sala, Clarita falou:

— Podem se sentar. Vou avisar a dona Olívia que estão aqui.

Clarita saiu. Carmela olhou para Francisca, dizendo:

— Será que ela vai aceitar, Francisca? Muitas vezes disse que não queria adotar uma criança.

— Não sei, mamãe. Espero que sim. Por outro lado, garanto que, se ela vir o menino, não vai se negar. Ele é lindo!

Olívia chegou à sala e, ao ver a amiga, abraçou-a.

— Francisca, dona Carmela, que felicidade em ver vocês aqui!

Francisca e Carmela também se levantaram e a abraçaram.

— Estou curiosa por estarem aqui a esta hora. O que aconteceu?

— Vamos nos sentar, Olívia? O assunto que nos trouxe até aqui é muito sério.

— Sério? O que aconteceu? Sentem-se.

Francisca contou o que havia acontecido e terminou dizendo:

— Sei que você não quer adotar uma criança, mas garanto que, ao ver o menino, vai repensar. Ele é lindo e não merece ser entregue a um orfanato.

— Não sei, Francisca — Olívia disse com a voz triste. — Você sabe quanto já desejei ter um filho, mas hoje já me conformei com o fato de que isso não vai acontecer.

— Sei disso, mas converse com Amauri. Aquele menino precisa ser protegido e amado. Sei que, com vocês, ele terá as duas coisas. Amanhã cedo, poderemos ir até lá e você poderá decidir.

— Amauri está chegando. Vamos jantar na casa dos meus pais. Assim que ele chegar, conte a ele o que me falou. Vamos ver o que ele diz.

Francisca olhou para a mãe, sorriu e pensou: "A primeira fase já passou. Amauri sempre quis adotar uma criança".

Ficaram conversando. Francisca continuou a falar sobre o menino e sua mãe.

Estavam ali quando Amauri entrou e, ao ver Francisca e Carmela, sorrindo, cumprimentou as duas, beijou Olívia e sentou-se, dizendo:

— Que bom que estão aqui! Faz tempo que nós não nos vemos!

— É verdade, Amauri. Sempre é tempo, não é?

— Verdade, Francisca.

— Sei que está curioso em saber o motivo de nossa visita a esta hora.

— Não posso negar. Realmente estou curioso.

— Estamos aqui por um motivo urgente.

— Que motivo, Francisca?

Francisca olhou para Olívia, que estava olhando para ela e para Amauri, sem demonstrar se queria ou não a criança. Continuou falando. Contou o que havia acontecido e terminou dizendo:

— O menino é lindo! Sei que, se o vir, não terá coragem de deixá-lo ser levado a um orfanato. Vocês são boas pessoas e poderão dar a ele tudo de que precisa para crescer saudável, além de muito amor. Eu disse a Olívia para pelo menos irem até a casa de dona Dora. Ela também é uma boa pessoa, mas não tem como ficar com ele, já tem três filhos.

Amauri olhou para Olívia, que estava estática, mas, sabendo da depressão pela qual ela passava, falou:

— Vamos até lá, Olívia! Como Francisca disse, podemos dar a esse menino tudo de que precisa, além de muito amor. Não estou obrigando você a nada, só estou fazendo um pedido. Depois de conhecermos o menino, você é quem vai decidir. Eu acatarei o que desejar.

Olívia, com os olhos distantes e sem demonstrar interesse, ao ouvir o que Amauri disse, olhando para todos, concordou:

— Está bem. Vamos conhecer esse menino, embora vocês saibam que nunca quis adotar uma criança. Quero uma que seja minha!

Amauri, ao ouvir aquilo, olhou para Francisca e Carmela, e sorriu, perguntando:

— Quando poderemos ir, Francisca?

— O mais breve possível. O marido de dona Dora quer entregar o menino à polícia, que, provavelmente, o levará a um orfanato. Se isso acontecer, vai ser difícil tirá-lo de lá.

— Podemos ir amanhã cedo, Olívia?

Olívia, sem demonstrar muito interesse, respondeu:

— Está bem, embora saiba que nada vai me fazer mudar de ideia.

Amauri, Francisca e Carmela sorriram e marcaram um encontro na casa de Dora, no dia seguinte pela manhã. Após se despedirem, saíram.

Já na rua, enquanto esperavam um táxi, Carmela disse:

— Tomara que Olívia aceite o menino, Francisca.

— Verdade, mamãe, pois, se ela fizer isso, será bom para ele, mas ainda mais para ela mesma.

O táxi chegou, elas entraram e foram para casa.

Amauri e Olívia permaneceram calados por um tempo. Olívia foi para o quarto, pois precisava se arrumar para que pudessem sair.

Amauri continuou na sala pensando em como seria a vida deles se Olívia aceitasse. Embora Francisca houvesse dito várias vezes que o menino era muito bonito, isso era o que menos lhe importava. Queria apenas que Olívia voltasse a ser aquela moça feliz com quem se casara. Depois, também foi para o quarto para se arrumar.

Durante o jantar na casa dos pais, Amauri, entusiasmado, contou o que havia acontecido. A mãe de Olívia também demonstrou felicidade. Olhou para a filha, que permanecia distante e alheia à conversa.

— Que boa notícia estão nos trazendo! Pelo que entendi, esse menino está precisando de pais responsáveis, assim como vocês estão precisando de uma criança para que possam dar tudo o que ela precisa e muito amor, pois isso eu sei que têm muito para dar.

— Verdade. A senhora também quer ir conhecer o menino? — Amauri perguntou para a sogra, que olhou para o marido, e este lhe sorriu. Depois, voltou-se para Olívia, que permanecia sem participar da conversa. Então, respondeu entusiasmada:

— Quero muito! Estou ansiosa para conhecer esse menino!

— Que bom! Assim poderá nos ajudar a tomar essa decisão. Amanhã cedo, vou passar por aqui para pegar a senhora.

O pai de Olívia, sabendo da situação da filha, sorriu.

# REENCONTRO DE ALMAS

No dia seguinte, Olívia, que não havia dormido bem, pois tivera sonhos com várias crianças, acordou e voltou a dormir várias vezes. Ao abrir os olhos, tentou relembrar os sonhos, mas não conseguiu. Olhou para o lado e viu que Amauri dormia tranquilo. Sorriu e foi para o banheiro.

Enquanto tomava banho, pensava: "Sei que Amauri quer muito uma criança, não se importando se é nossa ou adotada. Eu, ao contrário, quero sentir uma criança dentro de mim. Quero ser uma mãe completa. Por isso, vou conhecer esse menino, embora saiba que de nada vai adiantar".

Voltou para o quarto e viu que Amauri acabara de abrir os olhos. Sorrindo, ele perguntou:

— Acordou cedo, Olívia, o que aconteceu? Não dormiu bem?

— Não sei o motivo de ter acordado cedo, pois dormi muito bem — mentiu. — Vai se levantar?

— Vou, sim. Estou ansioso para conhecer o menino. Talvez hoje seja o dia do nascimento da nossa criança tão esperada.

Olívia ficou calada. Vestiram-se e foram tomar café, que Clarita já havia preparado.

Logo depois, saíram e foram para a casa dos pais de Olívia, que já os esperava. A mãe de Olívia, sorrindo, entrou no carro e partiram.

Quando chegaram à casa de Dora, Francisca e Carmela já estavam lá. Dora abriu a porta e, sorrindo, disse:

— Bom dia, entrem, por favor. — Entraram e não puderam deixar de olhar a pobreza que havia naquela casa. Tanto Olívia como Amauri sempre viveram em casas grandes e tiveram uma infância com tudo de que uma criança precisasse.

Nem as crianças de Dora nem o marido estavam ali; já tinham saído cedo, ele para trabalhar, e as crianças para a escola.

Assim que entraram, os olhos de Olívia se voltaram para a cama, onde o menino estava sentado, recostado em travesseiros. Embora tivesse oito meses, ainda não conseguia se sentar sem ajuda. O menino também olhou para ela com seus olhos de um azul profundo e sorriu. Ao ver aqueles olhos e o sorriso, sem perceber, ela também sorriu.

Dora apontou as cadeiras junto à mesa.

— Sentem-se, por favor.

Amauri, que também havia visto o menino, ficou encantado. O mesmo aconteceu com a mãe de Olívia. Assim que se sentaram, Dora começou a contar o que havia acontecido e terminou dizendo:

— Eu gostaria muito de ficar com ele, mas, como podem ver, não tenho condições para criar mais uma criança. Além do mais, ele é branco e lindo. Embora meus filhos não estejam aqui, já podem imaginar que, assim como eu, são negros.

Olívia não ouvia mais o que ela falava. Tentava, mas não conseguia tirar os olhos do menino, que, agora, brincava com o brinquedinho que Dora havia lhe dado. Amauri percebeu e, levantando-se, falou:

— Posso pegá-lo no colo?

— Claro que sim.

Ele pegou o menino, que, sorrindo, aconchegou-se em seus braços. Todos acompanharam aquela cena. Olívia sentiu um aperto no coração. Depois de algum tempo, Amauri olhou para Olívia e, estendendo os braços, perguntou:

— Quer segurá-lo, Olívia?

Nervosa e lutando contra seus sentimentos, relutando e com a voz baixa, respondeu:

— Quero...

Feliz em seu íntimo, Amauri o entregou a Olívia, que o recebeu com cuidado. Assim que ela pegou o menino no colo, ele voltou a olhar para ela e, com uma das mãos, segurou o seu dedo com força. Olívia não aguentou. Não sabia, mas eram duas almas que, depois de tanto tempo, se encontravam. Emocionada e com lágrimas nos olhos, indagou:

— Vamos ficar com ele, Amauri?

Ele, com a voz embargada, sorriu.

— Depende de você, Olívia. Eu me apaixonei assim que o vi.

As mulheres não conseguiram esconder a emoção que estavam sentindo, e em vão tentaram evitar as lágrimas, mas não conseguiram. Dora respirou aliviada e pensou: "Obrigada, meu Deus, por eu ter sido um instrumento desse encontro".

Sorrindo, Olívia não conseguiu devolver o menino para a cama e ficou com ele no colo durante todo o tempo em que estiveram ali. Amauri, olhando para Dora, disse:

— Estamos decididos a levar o menino para que seja nosso filho. Como a senhora deve saber, temos condições para que ele cresça feliz e tranquilo. Só tenho uma dúvida.

— Qual?

— A senhora nos mostrou o bilhete que a mãe deixou para que cuidasse dele, mas e se ela voltar a procurar o filho, o que vai acontecer?

— Não acredito que ela volte, pois realmente quando saiu daqui estava muito mal. Porém, se isso acontecer, vai depender do senhor se posso dar seu endereço ou não. Também, se quiserem, não precisam me dar seu endereço.

Amauri olhou para Olívia e para a sogra, que também o olhavam.

— O que vocês acham? Devemos dar o nosso endereço?

— Não sei, Amauri, mas acho que foi muito difícil para ela ter deixado o filho. Sei que estamos correndo o risco de nos apegarmos ao menino e, de repente, ela aparecer, mas o melhor que temos a fazer é deixar que ela tenha esse direito e, se um dia ela aparecer, poderemos ajudá-la e convencê-la de que ele está muito bem ao nosso lado. — disse a mãe da Olívia.

— Também penso assim. Vamos levá-lo e seja o que Deus quiser. Dona Dora, ela disse o nome do menino ou deixou seu registro de nascimento?

— Não, não disse o nome nem deixou o registro. Só disse que ele tem oito meses.

— Está bem, vamos levá-lo. Conversarei com o advogado lá da empresa para saber como pode ser feito. — Olhou para Olívia, que sorriu.

Despediram-se de Dora, que não conseguiu esconder sua felicidade por saber que o menino estava com seu futuro garantido.

Saíram dali com o menino no colo de Olívia, que não quis mais largá-lo.

Na rua, despediram-se de Francisca e de sua mãe. Olívia, sorrindo, falou:

— Obrigada por terem se lembrado de mim, Francisca, e me perdoe pela minha pouca vontade. Ele vai ser nosso filho e será muito feliz.

— Não tem o que agradecer, Olívia. Estou feliz por você e muito mais por ele.

Carmela, que a tudo ouvia e que estivera calada até então, acrescentou:

— Deus comanda nossas vidas e tudo acontece de acordo com Sua vontade. Na minha religião, acreditamos que as almas sempre acharão uma maneira de se encontrarem. Esse filho não será seu por adoção; ele é um velho amigo que está voltando para o seu lado. Tenho certeza de que vocês serão muito felizes.

— Obrigada, dona Carmela! Naquilo que depender de mim e de Amauri, ele será muito feliz.

— Da família também — disse a mãe de Olívia.

Despediram-se e se foram, todos, embora cada um à sua maneira, felizes por ter dado tudo certo.

Já no carro, Olívia falou:

— Ele parece que está um pouco amarelo. Será que está com anemia?

— Pode ser, Olívia. Vamos levá-lo até o doutor Claudio? Ele cuidou muito bem de você durante sua infância e adolescência.

— Está certa, mamãe! Será que ele está no consultório?

— Não sei, mas podemos passar por lá. O consultório fica no nosso caminho.

— Vamos fazer isso — disse Amauri.

Quando chegaram ao consultório, Amauri parou o carro e desceram. Assim que entraram, o pediatra, velho conhecido da família de Olívia, que estava na sala de espera, ao vê-los, sorriu admirado.

— Bom dia, que surpresa! — Olhando para o menino que estava no colo de Olívia, continuou: — Que criança é essa, Olívia? É sua?

— Vai ser. Vamos adotá-la.

— Que bom — disse, enquanto pegava o menino. — Vamos entrar na sala e ver como está a saúde dela.

— Dele, doutor! É um menino!

Ele sorriu e entraram na sala de consultas. Após consultar o menino, ele falou:

— Apesar de um pouco fora do peso, ele me parece muito bem. Vou pedir alguns exames. Por enquanto, vou receitar uma vitamina e uma dieta. Logo ele estará no peso certo.

— Obrigada, doutor — Olívia disse, sorrindo, enquanto vestia e pegava o menino de volta.

O médico escreveu a receita e uma dieta à base de sopinhas e frutas. Em seguida, tranquilos, saíram e foram para casa.

Assim que entraram, Clarita veio na direção deles e, feliz, estendeu o braço para pegar o menino. Estava feliz, pois sabia de tudo pelo que Olívia vinha passando com a depressão.

— Ele é lindo, dona Olívia!

— É, sim, Clarita. Vai precisar de muito cuidado. Vamos comprar algumas roupinhas para ele. Tem algum legume aqui em casa?

— Tem, sim.

— Que bom, pegue esta receita e prepare uma sopinha para ele. Preciso ir até a loja para comprar algumas roupinhas.

— Pode ir, e não se preocupe, vou cuidar muito bem dele!

— Sei disso — Olívia respondeu sorrindo. Olhou para Amauri e sua mãe, que estavam felizes ao verem que ela estava bem e deixando a depressão para trás.

Foram para o quarto que havia sido preparado, com muito carinho por Olívia, para uma criança que nunca veio. Clarita chegou em seguida e ficou olhando Olívia dar banho no menino. Depois deu leite a ele e o colocou na cama. Em seguida, Olívia e a mãe foram comprar algumas roupinhas, e Amauri, feliz, foi para a empresa, para assim poder conversar com o advogado e saber o que podia fazer para legalizar a situação do menino. Não viram, mas o quarto estava todo iluminado por uma luz branca e forte. Três espíritos, junto ao berço, sorriam. Um deles disse:

— Estão juntos novamente, Maria Rita, e tomara que desta vez consigam se perdoar mutuamente.

— Tem razão, Fernando. Isso só o tempo nos dirá. Agora está nas mãos de cada um caminhar com seus acertos e erros, mas sempre rumo à Luz Divina.

# Levamos o livro espírita cada vez mais longe!

 Av. Porto Ferreira, 1031 | Parque Iracema
CEP 15809-020 | Catanduva-SP

 www.**lumeneditorial**.com.br
www.**boanova**.net

 atendimento@lumeneditorial.com.br
boanova@boanova.net

 17 3531.4444

 17 99257.5523

## Siga-nos em nossas redes sociais.

@boanovaed                 boanovaeditora

### CURTA, COMENTE, COMPARTILHE E SALVE.

utilize #boanovaeditora

Acesse nossa loja        Fale pelo whatsapp